PEÓN de REY

PEÓN de REY

PEDRO JESÚS FERNÁNDEZ

EXTRA ALFAGUARA

ALFAGUARA

Torrelaguna, 60. 28043 Madrid
Teléfono 91 744 90 60
Telefax 91 744 92 24
www.alfaguara.com

• Aguilar, Altea, Taurus, Alfaguara S. A.
Beazley 3860. 1437 Buenos Aires
• Aguilar, Altea, Taurus, Alfaguara S. A. de C. V.
Avda. Universidad, 767, Col. del Valle,
México, D.F. C. P. 03100
• Distribuidora y Editora Aguilar, Altea,
Taurus, Alfaguara, S. A.
Calle 80 Nº 10-23
Santafé de Bogotá, Colombia

ISBN: 84-204-8529-2
Depósito legal: M. 11.018-1999
Impreso en España - Printed in Spain

PRIMERA EDICIÓN: MAYO 1998
SEGUNDA EDICIÓN: JULIO 1998
TERCERA EDICIÓN: AGOSTO 1998
CUARTA EDICIÓN: SEPTIEMBRE 1998
QUINTA EDICIÓN: OCTUBRE 1998
SEXTA EDICIÓN: NOVIEMBRE 1998
SÉPTIMA EDICIÓN: ENERO 1999
OCTAVA EDICIÓN: MARZO 1999

Para Belén que lo hizo posible

Índice

Introducción

Toledo, marzo de 1273

Don Çag levantó la cabeza del manuscrito con lentitud. Tras los muros, el día tocaba a su fin, pero él no había percibido el transcurso de la tarde. Llevaba más de seis horas leyendo sin apenas interrupción después de encontrar aquellos papeles por casualidad, mientras buscaba por toda la casa un documento perdido. De repente, en una habitación del piso alto, al fondo del cajón de un escritorio desvencijado, había aparecido un grueso legajo con los cuatro lados sujetos por una cinta de color ocre. Al sacarlo a la luz, vio que estaba cubierto de un polvo negruzco mezclado con excrementos de rata. No se oía ningún ruido en la casa y don Çag limpió con cuidado la suciedad. Intrigado por el hallazgo, desató los nudos y quitó el cordel, pero no empezó a leer, sino que primero pasó varias páginas para comprobar su contenido. Con la mano izquierda sobre la superficie de la mesa, fue recorriendo las líneas de forma precipitada hasta verificar de qué se trataba. Luego buscó un acomodo más apropiado para poder leer con tranquilidad.

—Bueno, ¡ahí estaba! —se dijo. Primorosamente caligrafiado con letra diminuta, en una extraña mezcla de latín, francés y castellano que le hizo sonreír en más de una ocasión, por fin había encontrado el famoso Informe del maestro Raoul de Hinault. Conforme fueron pasando los capítulos ante los asombrados ojos de don Çag, se iban restableciendo los acontecimientos. Leía rápido, pero a veces alguna escena le obligaba a hacer una pausa y se quedaba parado con los párpados entreabiertos, recreando los detalles, reconstruyendo a los personajes. Comprobó con satisfacción que Raoul era buen observador; a través de sus descripciones

sentía palpitar el flujo de las jornadas previas a su vida en común. También observó que Raoul necesitaba superar su estancia en la corte toledana; se había esforzado para mostrar la distancia entre las expectativas de su llegada a Castilla y el resultado real de la visita. Inevitablemente, a don Çag le vino a la memoria una de las coletillas favoritas de su padre: «Entre los fracasos, cada uno escoge el que menos compromete su orgullo». En momentos dados, una anécdota o un comentario le hacían ampliar el punto de enfoque y otras imágenes captaban la atención de don Çag. Fue así recorriendo, a través de las páginas del manuscrito, el Camino de Santiago y la situación del Reino de Castilla en aquel año de 1257, tan sólo cinco después de que fuera coronado rey Alfonso X.

—Ahora las cosas son bien diferentes —pensó con resignación.

Desde entonces habían transcurrido tres lustros extraños y peligrosos: la frustración del sueño imperial, la cuestión de Francia, el problema hereditario... Reflexionaba sobre todo aquello, confuso por la sucesión de dificultades, aunque con menos inquietud que curiosidad.

—Ciertamente —se dijo—, es irónico hallar ahora este texto. Después de tantos interrogantes y tanta búsqueda, de tantos esfuerzos baldíos; cuando había creído que el objeto del encargo real nunca había sido realizado, encontrar este manuscrito no deja de ser un contrapunto feliz.

Poco a poco su mente se trasladó al pasado y, como suele ocurrir bajo el influjo del poder de la historia, los acontecimientos distantes, transformados por el recuerdo, fueron adquiriendo un brillo pulido y suave. Acabó levantando la vista; el paso del tiempo no le había hecho olvidar al autor del Informe, aquel despistado y larguirucho francés de mirada perspicaz y aire indolente que tantas veces le había cautivado.

—La visión —le decía a menudo Raoul de Hinault— es el arte de ver cosas invisibles, de superar la apariencia de lo real.

Mientras leía el manuscrito, don Çag sintió que la sombra de Raoul, esa sombra titubeante que se había escabullido du-

rante tantos años, tomaba forma de nuevo. Era curioso, podía sentir su figura familiar haciéndose presente en la estancia. De hecho, al terminar con la última página, tuvo la ambigua sensación de haber estado con él hacía diez minutos, sabiendo al mismo tiempo que habían transcurrido casi quince años exactos desde su marcha. También se sorprendió al comprobar el poder del azar.

—No puede ser sólo una afortunada coincidencia encontrar, ahora, la huella de Raoul, medio perdida entre los recovecos de la memoria. Parece —pensó con melancolía— que la historia vuelve sus páginas para iluminar los espacios vacíos, como si quisiera hacer verdad las mismas palabras del Informe...

Después de ordenar y anudar escrupulosamente el voluminoso legajo, don Çag se quedó quieto tratando de dilatar el contacto con el mundo periférico. Frente a él, los rayos postreros y alargados del sol del atardecer se colaban por la ventana; la ciudad oscurecía con lentitud, como una tortuga vieja. La penumbra iba invadiendo el salón. Casi por instinto, como si quisiera llenarse del aire de la tarde, se incorporó de la silla y abrió la celosía. Fuera, un sol pálido y mortecino bañaba plácidamente los cigarrales. Abajo, en el patio, dos mujeres acarreaban cántaros de agua y, un poco más arriba, los gorriones alborotaban buscando hueco para pernoctar en el limonero y el naranjo. Más allá del jardín, tras el bosque de ropa tendida y terrazas cúbicas, se veía sobresalir las tejas doradas y calientes bajo los campanarios. De la plaza cercana venía un son pausado, como una invitación, mezclando músicas de flautas y panderos con el griterío de los comerciantes. A la derecha, por Oriente, salía una luna redonda y traslúcida. Pero él estaba muy lejos de percibir el alboroto de la ciudad de Toledo; ni siquiera fue capaz de sentir la belleza del atardecer. Permaneció así un rato, en su postura favorita, con los codos apoyados en el alféizar, mirando a través del cristal, sin retener ningún objeto en la retina. Volvió a sentarse. Aún quedaba un poco de infusión fría en la taza y la apuró de un sorbo. Lentamente, empezó a repasar aquellas inolvidables jornadas y una vez más los recuerdos le invadieron poco a poco, sin necesidad de hacer el menor esfuerzo de memoria.

I. El Informe
Toledo, agosto de 1257

Mi nombre es Raoul de Hinault y soy de origen bretón. Aunque nací en la ciudad de Rennes hace ya casi cuarenta y cuatro años, desde que cumplí los dieciocho e ingresé en la orden de los dominicos, he recorrido tantos caminos y he estado en tantos lugares que difícilmente puedo sentirme parte integrante de alguno.

Ahora, mientras escribo estas notas, en el mes de agosto del año del Señor de 1257, y contemplo tras los cristales de la ventana la ciudad de Toledo, se abre otra puerta en mi vida. ¡Toledo...! ¡Qué paisajes tan diferentes de los de mi país, de los de mi villa natal! Desde aquí puedo contemplar sus tejados y plazas, sus torres, sus iglesias, sus casas y jardines. Oler el aroma de la jara y de las flores. Escuchar el rumor sordo que asciende de las calles como la marea y el bullicio de los pájaros que revolotean por los campanarios y tejados. El conjunto es al tiempo dispar y extrañamente unitario: de alguna manera todo se funde en la mirada. Quizá sea por el omnipresente tono pardo, el color del ladrillo que envuelve todo; quizá sea la luz, el intensísimo fulgor del sol recortando geométricamente cada forma, que había olvidado desde mi estancia en Sicilia; o tal vez sea por estos días de calor seco, pegajoso, en los que el aire quema y la ciudad queda semidesierta, mientras en sus callejas se dibujan las sombras alargadas de los sobrados. Pero si desde mi mirador los contrastes entre luces y sombras se quiebran de continuo, dando la impresión de un paisaje pintado y no de una imagen real, desde los arrabales o paseando por sus callejuelas, la visión es incluso más escenográfica. Toledo impresiona a la vista. Circundada por el río Tajo, que traza una gran S en la arena, las murallas se levantan encima, sobre un cerro de tierra roja. Detrás, el caserío se impone sobre el horizonte como el frontón de un templo griego de dimensiones gigantescas.

Llevo en la ciudad apenas unos días, y en Castilla no más de ocho meses. Continúo siendo un recién llegado. Hasta ahora he estado descansando, dejándome llevar, pero esta mañana me encuentro especialmente bien. A pesar del día caluroso, casi tórrido, ese ambiente queda fuera de los muros y cristales de la casa de mi anfitrión, Ishaq Ben Salomó Ibn Sadoq —más conocido aquí como don Çag de la Maleha— almojarife mayor en la corte del rey de Castilla, Alfonso, décimo de los de su nombre.

La casa en la que estoy alojado tiene una curiosa disposición. Situada al fondo de un estrecho callejón llamado *adarme*, desde fuera su fachada se confunde con las del resto de la calle, como queriendo pasar inadvertida, pero su interior es el recinto más refinado que haya conocido jamás. Ni siquiera las estancias del palacio de Federico II en Palermo en las que residí durante meses alcanzaban este alarde de comodidad y buen gusto. Organizada en torno a dos patios en los que el agua discurre continuamente, al fondo hay un pequeño jardín con una galería de madera cubierta por un emparrado. Al atardecer resulta muy confortable, pues hay muchos macizos de flores y árboles que dan una sombra fresca.

Por lo demás, la casa es esencialmente cómoda. Así debe serlo en invierno; en todo caso, puedo atestiguar su excelente disposición para el verano. El detalle más sorprendente es el increíble lujo de disponer de un baño en cada piso, con una bañera o piscina en el centro alimentada por tuberías de agua fría y caliente. El edificio está asimismo bien construido, con anchos muros, y dentro la temperatura es muy agradable. En los momentos de mayor calor, desde el mediodía hasta el atardecer, cada cuarto principal se refresca mediante un ingenioso procedimiento. Sobre las paredes se ha instalado una estrecha galería de madera de la que penden multitud de hilos de lino que caen hasta el suelo, de tal forma que vistos desde lejos asemejan una cortina. Pues bien, estos hilillos son continuamente regados por un sirviente tan sigiloso que se diría una criatura invisible. Más de una vez me he llevado una sorpresa al levantar la vista y encontrarle arriba, en la galería, con su cuenco de barro y su sonrisa tímida, pero ya me he acostumbrado a su permanente ir y venir, hasta el punto de que, tal como aseguraba mi amable anfitrión, no noto su presencia.

En este ambiente de abandono llevo alojado casi cinco jornadas sin otra ocupación que pasear por las viejas calles de la ciudad, conversar en alguna de las animadas veladas que a diario organiza don Çag o leer los libros de su cuidada biblioteca. No lo esperaba. Ni la misión que me encomendó hace ocho meses Hugo de Conques, el canciller de la Universidad de París, ni su desarrollo hacían suponer esta tranquilidad. Y mucho menos tras el primer día en Toledo, cuando tuve que entrevistarme apresuradamente con Alfonso X, el rey castellano, y la conversación parecía anticipar acciones inmediatas.

Por eso he decidido reaccionar y poner por escrito mis impresiones. Pero debo ser sincero, no se trata sólo de una obligación para con mi Universidad o mi rey, también se me ha insinuado la posibilidad de otro informe para el monarca castellano. Pero, aun cuando no tuviera estas razones, también lo haría. Necesito ordenar mis ideas, repasar los acontecimientos desde la distancia y contar con esas reflexiones para poder elaborar los informes que se esperan de mí. Ya sé que en ocasiones es conveniente mantener una actitud de cierto fatalismo hacia lo inesperado, esperando que la vida dé el siguiente paso, pero no va conmigo la ausencia de compromiso. En realidad, a pesar de mi experiencia, nunca he sabido adoptar una actitud tan neutral ante los acontecimientos que excluya todo protagonismo. Sí, pondré por escrito mis experiencias y expectativas del viaje. Quizá así pueda comprender lo que esperan de mí y acercarme a ese espíritu toledano que, a mi entender, se desprende más de la imagen de la ciudad que de la ciudad misma. Y para ello, nada mejor que tratar de eludir prejuicios previos acerca de informes tan anunciados y tan poco requeridos. Desconozco lo que me va a pedir el rey de Castilla y, en consecuencia, no puedo anticipar la copia que me solicitó en París el canciller de la Universidad. ¿Qué sentido tiene, pues, que imagine sus propósitos? Probablemente sea más inteligente intentar componer un relato escribiendo a mi libre albedrío, describiendo lo que me ha interesado y no lo que suponga que puede interesar.

Así pues, esta mañana me he preparado a conciencia. Además, cuento con todos los elementos a mi favor. Una estancia tranquila, tiempo —según parece, incluso demasiado—. Y papel. Un material que hasta ahora he considerado como un extraño lujo y del que, por increíble que parezca, puedo disponer en abundancia.

Debo comenzar por los últimos días. Si ahora tomo la pluma desde el abandono y la impotencia de una espera continuada, aguardando ser recibido de nuevo por el rey de Castilla, yo soy el primer sorprendido. De hecho, cuando llegué a Toledo hace menos de una semana mi impresión fue la contraria y me aturdió la rapidez con que parecían sucederse los acontecimientos.

Apenas entré en la ciudad por la puerta de Bisagra fui interpelado por un alférez de la guardia real, quien, después de averiguar mi identidad, me acompañó a instalarme en un aposento de palacio cercano a la plaza de Zocodover. No fue preciso solicitar audiencia al rey para poder informarle del desenlace de la misión. A la mañana siguiente, al poco de despertar, me indicaron que debía prepararme para ser recibido durante el transcurso de la jornada.

Justo después del mediodía me condujeron a una pequeña antesala repleta de cortesanos. Poco a poco, el saloncito quedó desierto y me levanté a dar una vuelta, bostezando. Me dirigí a la ventana; a través del cristal empañado miré al patio, donde un vendedor ambulante descargaba su carretón de verduras y frutas. Había extendido una alfombra raída en el suelo y las iba ordenando a medida que las sacaba de las bolsas de esparto; las grandes a la derecha, las pequeñas a la izquierda. Luego comenzó a trasladar los montones hasta las cocinas y se perdió en el tumulto del Alcázar. Volví a sentarme, los minutos transcurrían con lentitud y me devoraba la intranquilidad.

Al abrirse la puerta y anunciarse mi nombre me sobresalté. Aturdido, entré en el Salón Real con paso inseguro. Sólo pude vislumbrar una gran estancia atestada de dignatarios. Casi inmediatamente después de pronunciarse mi nombre, vi al joven monarca descender de su trono sonriendo con amplitud y dirigirse hacia mí con los brazos abiertos. Al observar su silueta a contraluz pude hacerme la primera idea sobre el hombre que había guiado mis pasos desde que crucé la frontera. Alfonso X era un hombre joven; no obstante, conforme atravesaba las losas del salón y se iba acercando, constaté que representaba su verdadera edad: treinta y seis años. Llevaba el cabello sobre los hombros y la barba recortada en punta, lo que confería a su semblante, fino de por sí, una apariencia dura y distante. Pero era una falsa impresión. Cuando se aproximó, la expresión de su cara destilaba cercanía. Los ojos estrechos y almendrados, de un azul veraniego, envolvían una mirada muy cálida. Por lo demás, aunque parecía moverse con despreocupación, sus gestos invitaban al encuentro. Cruzó la sala con detenimiento, intercambiando saludos y pequeños comentarios con algún cortesano, complementados con leves apretones en el brazo o el hombro, que delataban conocer y saber usar el lenguaje del cuerpo.

—Querido Raoul —dijo al llegar a mi lado—. Dejad que os abrace. Tenía tantas ganas de conoceros y daros en persona las gracias por los servicios que nos habéis prestado...

Confuso, le dejé hacer. Sin abandonar su expresión, el rey también me cogió afablemente del brazo, y se dio la vuelta para dirigirse a los presentes:

—Amigos, os presento al maestro Raoul de Hinault, enviado por Luis, rey de Francia, para ayudarnos en diversas cuestiones del gobierno del reino. Viene como mi invitado, por lo que os ruego que le tratéis como a tal cuando os encontréis con él...

Después se giró sobre sí mismo y continuó:

—Debemos hablar más despacio, maestro Hinault. Tengo muchas esperanzas depositadas en vos. Y más ahora, después de comprobar vuestra eficacia y discreción, por las que siempre os estaré agradecido. Pero éste no es el momento adecuado. Ya os avisaré —dirigiéndose a un hombre que se encontraba detrás, en segundo plano, me dijo—: Os presento a mi almojarife mayor, don Çag de la Maleha, en cuya casa os alojaréis. Esperad allí mis noticias. Hasta entonces, descansad un poco y disfrutad de la ciudad. Don Çag os aconsejará en todo...

Éste, con gentileza, me invitó a acompañarle. Era un hombre bajo de estatura, con grandes bigotes y barba rala de color castaño. De ojos hundidos y penetrantes, surcados de pequeñas arrugas, su mirada destilaba inteligencia. Sonreía permanentemente, pero al observarlo con más detenimiento comprobé que se trataba de una ilusión óptica, resultado de una boca con el labio superior en forma de acento circunflejo y unos dientes grandes y blancos. Consciente de ello, había ocultado su defecto dejándose crecer desproporcionadamente el bigote.

Salimos de la estancia en dirección a la puerta. Don Çag se puso en acción de inmediato. Dio las órdenes oportunas para trasladar mis pertenencias a su casa y se ofreció para cuanto necesitara.

Al principio, se deshizo en cortesías:

—Disculpad a don Alfonso, ahora tiene la mente ocupada en otros asuntos y no os puede atender debidamente. Tal y como ha dicho, os llamará pronto. Mientras tanto, seguid su consejo y descansad en mi casa. Creo que no habéis podido hacerlo desde que entrasteis en Castilla. También conozco el resultado de la misión que os encomendaron. Permitidme felicitaros...

Contesté escueto, a la defensiva, sin querer dar mayores indicaciones:

—Sí, la suerte me ha permitido verificar ciertos hechos dudosos...

—¡Oh!, no os preocupéis, no pretendo obtener de vos ninguna información. Estoy enterado de todo. Conozco el encargo que os hizo el rey por intermedio del obispo Guillermo en Jaca y asimismo me han puesto al tanto de vuestros éxitos en Santiago de Compostela. ¿Sabéis? Era muy importante para don Alfonso resolver de forma adecuada este asunto. Estaban en juego muchas cosas. Su afecto por un querido amigo, la necesidad de frenar el poder de ciertos nobles excesivamente ambiciosos y, sobre todo, la exigencia de salvaguardar su equidad. Debían conciliarse sus deseos de intervenir con la imagen de imparcialidad que ha de mantener.

Tras un instante de reflexión, alzó los ojos y continuó:

—No, no era fácil. Y, sin embargo, habéis logrado resolver todos los problemas con prudencia y sagacidad. He oído muchas veces al rey, en ese mismo salón en que hemos estado, alabar vuestras inteligentes deducciones y, sobre todo, vuestra audacia.

Tomándome del brazo, continuó:

—Sin duda, debéis estar cansado de tanto ajetreo...

—No tanto. Simplemente, he tenido suerte. Creo que elogiáis en exceso mis acciones —contesté, sin querer entrar en el asunto.

Don Çag parecía al corriente de todo y yo no tenía ningún interés en dejar discurrir la conversación por ese camino. Ni me interesaba repasar hechos conocidos ni escuchar un rosario de lisonjas intrascendentes. Decidido a cambiar de materia, le pregunté por sus atribuciones como almojarife mayor, cargo cuyo contenido desconocía.

—Bien, hay varios tipos y categorías —respondió mi interlocutor con enfásis—. Por lo general, las funciones de este puesto son la recogida de impuestos, la administración del patrimonio real y el aprovisionamiento del ejército. En mi caso —añadió con orgullo—, como almojarife mayor, estoy al servicio directo del rey y soy su principal consejero de finanzas.

—¿Y cómo habéis llegado a alcanzar tal honor? —insistí.

—Se trata de una tradición: he sido educado para ello. Mi padre, don Çuleman, Abulrebia Selomo Ibn Sadoq, fue también almojarife mayor. Sirvió al padre de don Alfonso, Fernando III, cuya memoria Dios guarde. Pero ahora se ha retirado de todos los cargos públicos y se dedica a la administración de sus bienes y al cultivo de un pequeño huerto en el jardín de nuestra casa. Pronto le conoceréis, pues casualmente acaba de regresar de Carmona y Sevilla.

Poco después llegábamos a la casa de don Çag. Me instalaron en una pequeña habitación situada en el piso alto, sobre una galería de madera que daba a una calleja sin tránsito y a un jardín umbrío, repleto de flores. Cuando llegué, mis pertenencias me aguardaban ordenadas y al lado de la cama había una jarra con agua de limón. Decidí descansar un rato y, al caer la tarde, me preparé para cenar. En el comedor, don Çag me presentó a su padre, don Çuleman, y a otros tres invitados, Abraham, Moshe y don Yehuda Ben Moshe ha-Koken, médicos y astrólogos del rey.

La comida transcurrió sin incidentes, pero a los postres se abrió una cortina al fondo de la sala y apareció una muchacha de turbadora belleza a preparar las infusiones. Era apenas una niña y a primera vista su silueta sugería la dulzura e inocencia propias de su edad, pero lo cierto es que tanto sus formas como su mirada tenían la plenitud de una mujer. Ligera como un pajarillo, caminaba sobre unas chinelas con tal gracia que ni sus pasos parecían hollar el suelo, ni sus manos tocar los objetos, sino que por el milagroso efecto del roce de sus delicados dedos se colocaban en su lugar. Por toda vestimenta lucía una larga hulla de tonos azul turquesa con una pequeña abertura a la altura de los tobillos y su único adorno era una pulsera de oro con dos serpientes entrelazadas. Sin embargo, parecía más engalanada que otras damas cubiertas de joyas. Durante el corto tiempo que estuvo en la habitación, no llegó a levantar la vista prácticamente ninguna vez, pero percibí una mirada de fuerza irresistible. Después, casi por sorpresa, lanzó un suspiro, pero fue un desahogo más atribulado que dichoso. Me sentí turbado, como si violara su intimidad, y cerré los ojos. Cuando volví a abrirlos había desaparecido con tanto sigilo como llegó. Quedé intrigado, pero no tuve tiempo de más. A mi lado, Moshe me invitaba a acercarme al extremo del salón.

Acompañando a Moshe, me dejé caer sobre un amplio almohadón. La copiosa cena, el vino, el agradable aroma a perfume —alcanfor, áloe— que desprendían las sirvientas, la atmósfera de la fiesta, me habían sumido en un estado de perezosa comodidad al que me entregaba de buena gana. Sentado bajo la galería, me situé a la derecha del grupo, frente a don Çuleman que, atentamente, había cedido el lugar central a su hijo. El conjunto formaba un semicírculo en torno a un podio enlosado, en cuyo centro se levantaba un diminuto templete con un surtidor de mármol, que arrojaba chorros de agua delgados como briznas de hierba. A mi alrededor crecían palmeras, pequeños naranjos y adelfas en grandes tiestos revestidos de cobre, y detrás, bajo una pequeña balaustrada, un cuarteto de cuerda interpretaba melodías de origen árabe sobre una tarima.

El ambiente parecía perfecto para disfrutar del frescor de la noche. Todavía estaba sorprendido por el contraste entre la indiscreta algarabía de las calles toledanas y la inteligencia con que las casas se preservaban del exterior. Aisladas, cerradas sobre sus propias penumbras como un cofre repleto de tesoros ocultos, rara vez aparecían abiertas —siquiera entornadas— las celosías y ventanas que daban a la calle. Ese mismo jardín, desde el exterior, no era sino una tapia de ladrillo visto, una muralla en la que apenas destacaba el portón claveteado. Pero dentro, no sólo las estancias proclamaban la riqueza de su mundo interior, sino que el mismo patio era un vergel escondido, un oasis de paz en el que estaban perfectamente marcados los «lugares de fresco», invitando a la brisa y la tertulia. Estaba predispuesto a conversar, tanto que, quizá por esa razón, decidí optar por una prudente actitud de escucha: parecía más adecuado esperar a ver cómo se desarrollaban las cosas. Había observado que don Çag era hombre recatado y juicioso, parco en palabras y gestos. Esa mañana, después de conocerle, quise averiguar algunos datos y le acosé a preguntas, pero, tras presentarse, respondió con monosílabos, cuando no con movimientos secos de la cabeza. Al constatar que no servía de nada tratar de apremiarle, decidí que la mejor actitud era dejarle elegir el momento de conversar. Si durante el trayecto ya lo había intuido, tras la cena fue evidente: don Çag dirigía activamente su mente y conversaba sólo cuando deseaba contar algo. De no ser así, respondía con amabilidad a cualquier pregunta, pero sus respuestas consistían en simple información, sin invitar a proseguir charlando.

Durante unos momentos me dediqué a observar a mis interlocutores. Todos iban vestidos con riqueza y sus trajes contrastaban con mi sencillo hábito dominico. Si bien los capotes de seda y los bordados parecían rivalizar entre sí, quien más destacaba era don Çuleman, enfundado en una discreta zihara de algodón blanco.

Con franqueza, estaba inquieto; temía que el vino se me subiera a la cabeza. Ciertamente, había tomado parte en otras conversaciones con judíos, pero era la primera vez que vivía en casa de uno de ellos, la primera ocasión en que participaba en una tertulia de esas características, el único cristiano en medio de un grupo de hebreos. Sin embargo, para ellos no debía de ser ninguna novedad, y no hicieron la menor alusión al tema. Hablaban de sus negocios, de los entresijos de la corte, interrumpiéndose continuamente. En un momento dado, don Çuleman pareció caer en la cuenta de mi abandono y paró la charla con un ademán autoritario:

—Basta ya, amigos. Estamos siendo descorteses con nuestro invitado, que desconoce nuestras cuitas.

Con una mueca de turbación, abrí las manos para mostrar su falta de importancia.

Don Çuleman, sin darse por vencido, insistió:

—Contadnos, maestro Raoul, ¿cuál ha sido vuestra primera impresión de la corte real?

Le miré de nuevo con expresión de aturdimiento y me apresuré a contestar con vaguedad, decidido a no convertirme en el protagonista de la reunión. Quería aprovechar cualquier oportunidad para alterar el rumbo de la tertulia y tratar de conseguir la información necesaria para situarme. Desde mi llegada a Toledo parecía como si una mano invisible dirigiera cada uno de mis pasos. Estaba empezando a encontrarme incómodo. Es difícil expresarlo, pero me sentía excesivamente condicionado por el desarrollo de la acción y aunque me hubiera gustado tener menos inquietud que curiosidad, no era así.

—Apenas he visto nada —dije—. Desde que llegué todo ha sucedido tan rápido que no he tenido tiempo de sacar impresiones. Como sabéis, estuve con el rey esta misma mañana, pero ya os lo habrá dicho vuestro hijo, permanecí a su lado unos minutos. Así que poco os puedo contar ni de la corte, ni de Toledo, vuestra ciudad.

Decidí tomar la iniciativa. Parecía el momento adecuado:

—Permitidme, sin embargo, que os pregunte yo. Veo que todos trabajáis al servicio del rey y durante mi peregrinación a Santiago he visto a otros hombres de vuestra religión integrados en la sociedad. Debéis disculparme, en mi país las cosas son diferentes. Había oído hablar de vuestro papel, pero no esperaba una acomodación tan natural...

—No os dejéis llevar por las apariencias. Ni estamos tan integrados, ni somos tan respetados.

—¿No? —repetí sin poder evitar un cierto tinte irónico.

Don Çuleman sonrió levemente.

—No. Os pondré un ejemplo: los judíos debemos pagar impuestos a la Corona y los concejos. Eso sin mencionar los inevitables diezmos a la Iglesia.

—Como los demás vecinos, supongo —respondí en el mismo tono.

—Así es. Pero además, en Toledo existe una perversa tradición que nos obliga a contribuir con treinta dineros anuales para construir y mantener la catedral, en recuerdo de la cantidad por la que vendió Judas a Cristo...

—¡Ojalá fuera todo! No olvides, padre, las penosas obligaciones derivadas del Concilio de Letrán, que tarde o temprano deberán acatarse —le interrumpió su hijo.

—Ni tú exageres —le contestó don Çuleman—. Ya han transcurrido cincuenta años desde la celebración del Concilio y nunca nos han exigido cumplirlas. Es más, a causa de ello, algún rey de Castilla ha tenido problemas con el Papa. No sería muy justo que encima le reprocháramos su protección, ¿no te parece?

Y dirigiéndose a mí, aclaró:

—Por daros sólo dos detalles, ni debemos llevar vestidos distintos, ni pagar diezmos por las propiedades que adquirimos. Tan sólo hemos de abonar una cuota anual fija, exactamente la sexta parte de un áureo, por cada miembro de nuestra comunidad mayor de veinte años.

—Sí, había oído que estabais dispensados de las normas del Concilio. Incluso sé que el papa Gregorio VII amonestó a Alfonso VI por consentir que los judíos ejercieran cargos públicos con autoridad sobre los cristianos. También me dijeron que la ciudad se rebeló para defenderos cuando os atacaron los cruzados que acudieron en 1212 a Toledo para participar en la batalla de las Navas de Tolosa.

—Cierto —convino don Çag—. Ésta es una ciudad tolerante y vivimos bien en ella. Pero, como os dijo mi padre, no creáis que estamos tan integrados.

Hablamos mucho rato de la especial situación de Toledo, donde convivían en razonable armonía dos minorías religiosas protegidas, los musulmanes y los judíos, junto a varios grupos cristianos: mozárabes, castellanos, francos y conversos.

Me explicaron que los antiguos reyes de Castilla se habían hecho llamar «emperadores de las tres religiones», copiando el título de los grandes caudillos del oriente abasida, *imbiratur du-l-millatum*.

—Tampoco os llaméis a engaño —prosiguió Çuleman—. Esa actitud tolerante está motivada por razones de conveniencia.

Le miré con expresión de duda.

—La reconquista y la repoblación —continuó— han obligado a tomar medidas diferentes a las vuestras. Por ejemplo, para poder cultivar los campos de labor, los reyes castellanos han permitido y, en ocasiones, pedido a los musulmanes y a las comunidades judías que continuasen en sus tierras después de la conquista.

—Claro —contesté, comprendiendo al fin—. No les importaba la conversión, sino asegurar el territorio, mantener las cosechas, los rebaños y los negocios.

—Los reyes son gobernantes prácticos, sobre todo en tiempo de guerra. Nuestra fe era un problema secundario, tan sólo se nos ha exigido ser fieles súbditos de la Corona...

Don Çuleman finalizó su parlamento narrando una bella historia que deseo transcribir porque, de alguna manera, ha sido detonante de este mismo relato.

—Ya que os interesa nuestra opinión, os contaré algo —dijo, dirigiéndose a mí—. De hecho, aclara mejor que cualquier otra información la necesidad de la convivencia, la armonía que debe presidir la relación entre las tres culturas y las tres religiones.

Se detuvo y, tras repasar con su penetrante mirada a todo el grupo, hizo una pequeña pausa antes de comenzar.

—Se trata de una parábola que quizá tampoco vosotros conozcáis, queridos amigos. Ocurrió hace muchos siglos, en un pequeño pueblo de Oriente, donde vivía un hombre cuyo objeto más preciado era un anillo de valor incalculable. No penséis que estaba hecho de un metal precioso o tenía incrustados diamantes u otras gemas. No, se trataba de una sencilla alianza, cuya importancia residía en conseguir para su portador el secreto poder de volverse agradable a Dios y a los hombres. De hecho, hacía de su dueño el jefe indiscutible y venerado de toda su casa. Este hombre, que era sagaz y justo, comprendió la trascendencia de asegurar tal fuente de sabiduría. Por eso, a su muerte, legó el anillo a su hijo preferido, quien, una vez más, se convirtió en una persona venerada. Éste, a su vez, lo trasmitió al que fue elegido futuro jefe de su casa. Y así ocurrió sucesivamente, de forma que la alianza fue siempre un símbolo de aquella familia.

De generación en generación, el anillo fue pasando hasta llegar a manos de un padre de tres hijos, incapaz de decidir a cuál legarlo, pues amaba a todos por igual. Pensó en todo tipo de soluciones sin encontrar salida a su problema. Su actitud hacia los tres hizo que cada uno alimentara fundadas esperanzas de recibir el preciado don. En consecuencia, le fueron apremiando poco a poco. Le decían:

—Debes decidirte pronto, padre. Has de acabar con la zozobra en la que vivimos. Eso sin mencionar el hecho de que si te ocurriera algo, Dios no lo quiera, podría originarse un altercado de difícil solución.

Pero él no sabía qué hacer. Durante bastante tiempo siguió posponiendo la decisión, hasta que al final, a causa del amor que les profesaba, se comportó con debilidad. Ocurrió así: cometió la imprudencia de prometérselo a cada uno de ellos por separado. Si bien era consciente de haber tomado una solución temporal, gracias a este arreglo transcurrieron muchos años en paz. El patriarca dirigía la casa en armonía y sus descendientes, convencidos de ser los futuros portadores del anillo, desempeñaban sus funciones sin la menor controversia. Sin embargo, conforme pasaba el tiempo, el padre se inquietaba, pues sabía que aquella situación debía resolverse. Sintiendo próximo su fin, no se le ocurrió mejor arreglo que convocar en secreto a su vecino, un reputado orfebre, a quien encargó dos anillos semejantes en todo al primero. El artesano lo hizo tan bien que el mismo padre fue incapaz de distinguir cuál era el original. Después, hizo venir a sus hijos, por separado y sin testigos, y les entregó cada una de las copias, diciéndoles:

—Hijo mío, te he mandado llamar porque se aproxima la hora de mi muerte y debemos hablar. Como sabes, mi más preciado tesoro es el anillo de la sabiduría que mi familia guarda desde tiempos inmemoriales y que te convertirá en el nuevo jefe de nuestra casa. Hace tiempo te lo prometí y hora es de que lo tengas.

Después de pronunciar estas palabras, se acercaba a una alacena y cogía al azar una de las tres cajitas de madera taraceada que contenían las réplicas y el original.

—Tómalo —dijo a cada uno de los hermanos— y no lo lleves en tu dedo hasta el día de mi muerte. Y desde entonces, hazlo sólo en los momentos excepcionales, pues no es su uso, sino su posesión, la que te dará el poder de convertirte en el rector de nuestra familia.

Dicho esto, se despedía con gran pompa de cada uno de los tres hermanos. Pocos días más tarde el patriarca murió dulcemente. Después del entierro, cada uno de los hijos exhibió con orgullo el signo de la autoridad y se presentó como el elegido. ¡Imaginad su estupor! Fue imposible averiguar cuál era el verdadero anillo. En consecuencia, los tres hijos pretendieron obtener la dirección de la casa común con idéntica legitimidad.

Don Çuleman entornó los ojos y viendo que le escuchábamos atentamente, en espera del desenlace, nos miró con perspicacia. Luego prosiguió:

—Aquí finaliza la parábola. Como veis, es muy hermosa. Observo por la expresión de vuestros rostros que habéis apreciado su enseñanza. Pues, en efecto, de la misma forma, cristianos, árabes y judíos formamos parte del mismo linaje, estamos convencidos de profesar la verdadera fe, pero nos vemos imposibilitados de probar a los demás por qué nuestra doctrina es la auténtica.

Dirigiéndose a mí, concluyó:

—Quizá esta historia te ha podido dar la idea de cuál es nuestra sensación como judíos ante el problema de las creencias; quizá te muestre también cuál es el espíritu que desearíamos que impregnara esta ciudad.

No conversamos mucho más aquella noche, pero he pasado estos días asimilando varios conceptos. Lo primero: no puedo permitirme el lujo de dejarme engañar por las apariencias. Si desde que puse los pies en Toledo las acciones han seguido a las palabras en una secuencia perfecta, como si cada movimiento hubiera sido cuidadosamente previsto, los hechos me han obligado a asumir que aquí todo se rige por lo deliberado y cada paso se mide conscientemente. Y segundo, que a diferencia de lo que estaba imaginando, la corte castellana exige enormes dotes de paciencia y serenidad. También he recordado a menudo las palabras de don Çuleman, y su forma de hablar cabal e inteligente, amena y exacta. Por lo demás, he decidido seguir el consejo real y dedicarme a descansar. La prometida entrevista con el rey se está retrasando; y don Çag, aunque es extremadamente amable, apenas para en la casa salvo para cenar, ocupado en sus innumerables negocios. En cuando a don Çuleman, ha transformado su comportamiento. Si la primera noche habló sin cesar, a partir del día siguiente, cuando le he dirigido la palabra, ha sido difícil arrancarle algo más de una sonrisa.

De esta forma, he pasado tres días aburrido, sin poder concentrarme en nada. Se trata de un estado de ánimo que conozco y me disgusta, aquel en el que el tiempo está a tu favor y tanto da retrasarte veinte minutos como treinta. Es verdad, tengo todos los motivos para estar relajado e incluso abandonarme al dulce placer de la meditación o la lectura, pero no puedo hacerlo; interiormente me encuentro o, por decir mejor, me encontraba intranquilo. Hace mucho, demasiado tiempo, que partí de París con un objetivo concreto y todavía no he comenzado el trabajo. Además, el anunciado encuentro con el rey me tiene en ascuas. ¿Qué quieren de mí? Al fin y al cabo, por mucho que haya podido sentirme utilizado, la misión que me ha ocupado durante los últimos siete meses y culminó en Santiago de Compostela surgió por casualidad y el motivo por el que en apariencia se me requirió todavía no se ha planteado. ¿A qué aguarda don Alfonso? No logro encajar la rapidez con que me reclamaron desde que puse mis pies en Toledo y la indiferencia con la que soy tratado ahora. Sólo sé que es preciso tomar alguna determinación.

Ayer, mientras reflexionaba sobre todo aquello, desconcertado, la imagen apareció de pronto con nitidez. La clave me la dio el recuerdo de la conversación de la primera noche, la bella parábola de los anillos. Estaba dando un largo paseo; hacía calor y erraba sin rumbo fijo, con la única precaución de protegerme del tórrido sol. Pero eso no era difícil en Toledo, vieja ciudad de sombras, hecha para la explotación de la penumbra, donde el trazado de la mayoría de las calles está dictado por la necesidad de jugar al escondite con las estaciones; el sol, el frío, la lluvia, el viento... Sin embargo, quería pensar con tranquilidad; el ambiente jaranero y bullicioso de la villa no convenía a mis planes. Al salir de la ciudad, cerca de la muralla, enfilé por una calle que no conocía. Era una calle nueva, sin empedrar aún y con hierbas altas a lo largo de los zócalos de piedra de las casas. Oscura, en ligero descenso, desembocaba en una explanada, más allá de la cual, en una difusa e indirecta claridad, parecía haber un salto en el vacío. Caminando con pasos lentos, vagué un rato a solas por la explanada y luego me asomé a la hondonada, descubriendo, como había pensado, el río más abajo. A mis pies se extendía una pequeña pradera. Me tendí en la hierba y me dormí bajo el sol. Desperté todavía más inquieto, con la cabeza bullendo de ideas. Tras incorporarme, subí hasta la calle frotándome los antebrazos con energía, pues me había quedado destemplado. Miré al cielo cubierto de nubes, el viento agitaba las ramas de los árboles y levanté la nariz para olfatear la lluvia, minutos antes de que estallara la tormenta. La humedad daba una leve pátina al aire y el olor era igual al de las iglesias del campo, las cuadras en las que había dormido en la travesía a Santiago y los armarios de ladrillo; un olor de gozo tan penetrante que me sentí aliviado. Necesitaba deshacerme de la confusión y de forma imperceptible comencé a ordenar mis ideas. Al atravesar la muralla había llegado a la conclusión de que bastaba ya de esperar acontecimientos. Antes de llegar a la puerta de Bisagra me vino a mientes el plan; al entrar en la casa de don Çag el proyecto estaba definido.

—Aunque no sepa con exactitud la propuesta que me hará Alfonso X —me dije—, puedo deducir de las palabras del canciller de la Universidad de París que seré una especie de asesor, alguien capaz de mostrarle las similitudes y diferencias de la obra que está emprendiendo con lo que se hace en otros países. Esa posición me permitirá medir la bondad de lo realizado en uno y otro lugar, comparar las diferencias entre París y Toledo. Pero, ¿y si no es así? ¿Y si el rey no me utiliza para ese fin? ¿No sería, entonces, un poco frustrante renunciar a la capacidad de síntesis que se me ha supuesto? Y sobre todo, ¿no será la conversación del primer día una especie de insinuación para que, independientemente del encargo real, acometa por mi cuenta esa reflexión? Todo el discurso de la tolerancia que se entabló en la primera velada, ¿no fue acaso una provocación para empujarme a escribir desde este prisma?

Creo que sí. En todo caso, basta de cautelas; no tengo cosa mejor que hacer y no quiero empezar divagando. Trataré de ir directamente a la transcripción de los hechos.

II. El canciller de Saint Denis
París, enero de 1257

A primeras horas de la mañana del 10 de enero de 1257 me encontraba leyendo en el *scriptorium* de la abadía de Saint Denis la *Historia Animalium* de Aristóteles, traducida treinta años antes por Michael Scotus en esta misma ciudad de Toledo. El manuscrito era enormemente atractivo y llevaba horas a mis anchas recordando las ideas que tanto había comentado en la corte de Federico II de Sicilia. Si bien Scotus murió quince años antes de mi llegada, pude encontrar bastantes muestras de su trabajo en el ambiente cortesano de la isla mediterránea y por eso me producía especial placer hallar ejemplares de textos que no había podido consultar entonces y concentrarme con tranquilidad en su estudio. O al menos eso creía.

De ahí que no advirtiera la presencia de un joven que había recorrido lentamente la sala, deteniéndose frente a las mesas de los anticuarios, los miniaturistas más expertos, los rubricantes y los copistas, maravillándose ante el arte de la ilustración de algunos de ellos y el conjunto de utensilios que utilizaban. El muchacho era hijo de un mercader de paños y se encontraba al servicio del canciller de la Universidad, pero parece que nunca, a pesar de su interés, había podido penetrar en una biblioteca como aquélla.

Más tarde me contó que incluso pudo hablar con un monje que estaba ensimismado en su labor. Se había detenido, absorto, contemplando cómo alisaba con piedra pómez un pergamino. Después de varios intentos infructuosos logró arrancarle algunas palabras sobre la composición de los libros, hasta que fue interrumpido por la llegada del bibliotecario.

—¿Qué haces aquí, muchacho? —dijo éste—. ¿Quién eres y qué deseas?

—Mi nombre es Jean Rocard y vengo con un mensaje del canciller de la Universidad para Raoul de Hinault que, según cree mi maestro, se encuentra aquí...

—Así es —contestó agriamente el bibliotecario, molesto por la irrupción de un intruso en sus dominios—. Ve allá y espérame frente a mi mesa.

Mientras pronunciaba estas palabras, señaló hacia el fondo de la sala, donde su tablero, en el centro, dividía la estancia en dos espacios, el ocupado por los estudiosos y el de los copistas. A diferencia de las de éstos, la mesa del bibliotecario estaba mal iluminada y no tenía atril alguno que sostuviera un manuscrito de referencia; sólo un grueso volumen, atado con una cadena a una de sus patas, contenía el inventario de los libros del archivo.

Jean, dócilmente, se dirigió hasta ella para esperar.

Ajeno al pequeño barullo, no noté —hasta sentir un suave golpe en el hombro— la llegada del bibliotecario, que, al lado, se esforzaba por llamar mi atención:

—Por favor, maestro Hinault.

Levanté los ojos del libro que estaba leyendo para mirar al hombre que me había golpeado ligeramente. Aunque me molestaba ser interrumpido, supongo que la expresión de mis pequeños ojos grises apenas delataría curiosidad. En realidad, es lógico; espero estar entrenado en la moderación y el autocontrol. Con cuarenta y tres años cumplidos y después de haber recorrido durante los últimos años media Europa, trabajando para diversas cortes catedralicias cumpliendo encargos de mi orden, he recibido demasiadas instrucciones contradictorias para que un incidente tan simple alterara mi semblante.

El bibliotecario prosiguió:

—Aquel joven que se encuentra al final del salón. Viene con un mensaje, supongo que urgente, del canciller. Si pudierais atenderle fuera de estos muros —murmuró con ironía—.

Creo que estamos produciendo demasiado alboroto y no quisiera prolongarlo.

Más adelante, mientras avanzábamos por los corredores de la abadía camino del despacho del canciller, pensé que probablemente iba a perder la mañana. Y, a pesar de que aquel anciano bibliotecario, con su mirada agria y sus maneras antipáticas, no me era especialmente agradable, sentía la interrupción. Finalmente había encontrado la traducción de la aristotélica *Historia de los animales* y, por otro lado, deseaba conversar un poco con el joven monje que concluía un libro de horas para la duquesa de Foix. A mi llegada me habían llamado poderosamente la atención la belleza de sus miniaturas y la admirable invención que demostraban: sirenas marinas, torsos humanos sin brazos y serpientes abrazando todo tipo de letras en un conjunto de detalles y colores en extremo interesantes. Tanto, que había tenido que utilizar a hurtadillas, pues no quería entrar en explicaciones, los vidrios de aumento montados en horquillas de metal que me habían fabricado especialmente en Sicilia. Obviamente, quien sí había observado el extraño artilugio que me ponía en el arco de la nariz era el miniaturista —que se presentó como Robert de Chester—, preguntándome por su utilidad. Para aclarársela en detalle y poder examinar las miniaturas habíamos quedado después citados. Pero la llamada del canciller había roto esa posibilidad. «No obstante —me decía—, quizá no me haga perder demasiado tiempo. Aunque seguramente es éste un deseo vano, dado el carácter de Hugo de Conques. Si no, quizá mañana...».

No pude cavilar demasiado, mi joven acompañante era de conversación fluida y, tras explicarme detenidamente quién era y a qué se dedicaba, me interrogó con profusión sobre problemas y objetos. Lo que más me llamó la atención fue su interés por la iluminación de las diversas salas que estábamos atravesando. ¡La iluminación! ¡La luz! Me sorprendió no tanto por la forma de plantear las preguntas, pues las inquietudes del joven parecían naturales, sino porque se trata de uno de los temas a los que más tiempo de reflexión he dedicado. ¡Y cómo no, si en la luz se condensa el espíritu mismo y en ella están la moralidad, la intelectualidad y las siete virtudes! ¡Si cada color tiene su propio significado y el blanco es una síntesis de totalidad! ¡Si la luz es el símbolo más perfecto del misterio de la Encarnación por ser también fuerza creadora, energía cósmica, irradiación...!

Aunque sea incapaz de precisar los motivos exactos, me dejé llevar por sus inquietudes y, sorprendido por las inocentes preguntas del muchacho, reflexioné un poco en voz alta sobre todo aquello, probablemente contándole más cosas de las que preguntaba, otorgando un alcance al tema que Jean estaría lejos de plantear. Inmerso en la conversación con aquel inquieto joven, cuando quise darme cuenta de dónde estábamos, habíamos llegado a los aposentos del canciller, quien, cosa inusual en él, estaba esperando en el frío corredor, delante de la puerta.

—Querido maestro Hinault... Entrad, entrad —dijo con un entusiasmo cargado de impaciencia que no me pasó desapercibido.

Mientras tomaba asiento frente a la chimenea y veía la oronda silueta de Hugo de Conques sentarse con dificultad a mi lado, me pregunté por las razones que habían motivado la llamada. Supuse que se trataría de intervenir en alguna disertación, o peor, que quizá fuera a ser amonestado por la liberalidad de mis opiniones. Bien es verdad que yo había tenido buen cuidado en evitar su difusión, pues sabía que eran objeto de comentarios malintencionados. ¡Qué lejos estaba de sospechar no sólo los verdaderos motivos de la llamada, sino hasta qué punto aquella conversación cambiaría mis planes!

El canciller me informó de que un día antes había sido llamado a palacio, donde el rey Luis le había dado instrucciones para hacer cumplir una delicada misión. Según deduje de sus palabras, el monarca francés había recibido al embajador de Castilla con una propuesta del rey castellano Alfonso X, heredero de aquel famoso Fernando III que reconquistó la mayor parte de la península Ibérica a los infieles. El emisario le había entregado un documento en el que Alfonso, tras explicarle pormenorizadamente la difícil labor que estaba emprendiendo, concluía solicitándole un consejero para asesorarlo. Al escucharle, sentí que el canciller estaba elaborando una versión aumentada y ampliada de la entrevista con el rey. A pesar de ello, llegué a la conclusión de que el embajador le había informado de que, tras más de quinientos años de dominación árabe, el monarca castellano se había encontrado un país en el que prácticamente se desconocía el latín y en el que la cultura árabe y la judía estaban sólidamente afianzadas y eran muy superiores a la cristiana. Hugo entrecomilló con sarcasmo estas últimas palabras con un ademán de desdén, pero yo sabía que la afirmación encerraba un sentido más profundo, o como dicen los castellanos, tenía calado. No en balde he pasado casi trece meses de mi vida en la corte de Sicilia aprendiendo de la sabiduría y tolerancia de los árabes, quienes tampoco por casualidad se habían consolidado como los mejores consejeros y administradores de aquel reino.

Prosiguió indicando que él no había visto la carta, pero el rey Luis le había expuesto la situación con claridad. Alfonso había optado por acoger el saber arábigo, dando un nuevo impulso a las labores de la Escuela de Traductores, creada por el arzobispo Raimundo de Sauvetat cien años antes, si bien con afanes muy diferentes.

—Como sabréis, Raoul, la primera Escuela de Traductores se hizo con la finalidad de afianzar el latín con la traducción y reconversión de textos que antes sólo podían consultarse en árabe o en hebreo. Lo que entonces se perseguía —insistió con énfasis— era consolidar una política que, por otra parte, había diseñado precisamente el mentor de Raimundo, Pedro el Venerable, a su vuelta de las Cruzadas. Lo que planificó Pedro, nuestro recordado abad de Cluny, tenía por objetivo afianzar el idioma de la Iglesia y a sus ministros como depositarios de la cultura.

—¿Y ahora no es así? —le pregunté.

—No. Ahora el monarca castellano está buscando una vía diferente del saber. No sólo desatiende el estudio de la teología y el latín sino que además está entregando los resortes del poder cultural a los árabes y, lo que es aún peor, a los hebreos. Me llegan noticias de que los encumbra en los más importantes puestos de su administración, haciéndoles intermediarios, cuando no autores, de traducciones y composiciones sobre las más diversas ciencias.

Entrecerrando los ojos, Hugo se aproximó hasta hacerme percibir su pastoso aliento en el rostro:

—Pero eso no es lo más grave. El auténtico problema es su apuesta por el idioma vernáculo de Castilla. Con su política está relegando el latín a lenguaje de clérigos y la teología al ámbito de las catedrales. Vos mismo habéis conocido a religiosos de la patria que querían ampliar estudios en teología o derecho en nuestra Universidad, por no poderlo hacer en su país.

Con un cierto aire de suficiencia, continuó:

—No penséis que todo esto es nuevo para mí. Cuando erigió la tumba de su padre, Fernando III, hizo grabar el epitafio en cuatro lápidas para conceder la misma importancia a los cuatro idiomas de Castilla: árabe, hebreo, latín y castellano.

Hizo una pausa para recapitular mentalmente:

—La verdad, entonces no le prestamos demasiada atención. Francia era la monarquía más poderosa de Occidente y, en Castilla, las exigencias de la guerra contra los árabes justificaban un comportamiento insólito.

Asentí con suavidad.

—Pero ahora —prosiguió—, las cosas están cambiando. Nada de esto tendría mucha importancia si no fuera porque el nuevo rey Alfonso no sólo es osado en cultura, sino que además ha llevado su osadía al terreno político y, una vez prácticamente sometida la Península, pretende ampliar su territorio en Europa. No sé si sabéis que en marzo del año pasado recibió a una legación de la Comuna de Pisa, dirigida por Bandino di Guido Lancia, ofreciéndole la candidatura al trono imperial, en cuanto miembro del linaje de los legítimos duques de Suabia, los Stauffen, pues su madre, Beatriz, es hija del duque de Suabia, hermano del emperador Enrique VI.

—Sí, lo sabía —reconocí.

—¿Y estáis al corriente también de la intensa actividad diplomática que está desarrollando? ¿Sabéis, por ejemplo, que ha establecido un pacto con la monarquía francesa sellado con el compromiso matrimonial del primogénito de nuestro rey Luis y la primogénita de Castilla, Berenguela?

—No, eso no —admití—. ¿Cuál es el pacto?

—Os diré algo, pero os ruego discreción absoluta sobre el tema —rezongó Hugo—. Como sabréis, Francia reclama desde hace bastantes años Montpellier a Aragón, sin recibir una respuesta clara del viejo monarca aragonés. Pues bien, Alfonso se ha comprometido a sostener la posición francesa a cambio de nuestro apoyo en su aventura imperial.

—Parece natural —admití—. Pero yo creía que los castellanos y los aragoneses mantenían buenas relaciones. ¿No es acaso Violante, la mujer de Alfonso, la hija mayor del rey aragonés?

—Sí —admitió displicente Hugo—, pero desde que se casaron las cosas han cambiado mucho —permaneció un instante en silencio—. En todo caso, éstos son detalles para comprender el conjunto; lo que verdaderamente nos importa es el fondo de la cuestión...

Le invité a proseguir con la mirada.

—Además, no quisiera aburriros con datos innecesarios. Si teníamos serios motivos para ocuparnos de los acontecimientos del otro lado de la frontera, la providencia ha venido a ofrecernos en bandeja de plata un camino para poder intervenir. Ya os he indicado que Alfonso espera una cierta ayuda de nuestro rey Luis. Probablemente os preguntaréis qué tipo de ayuda y cuál es vuestro papel en ello.

Afirmé con el mentón.

—O incluso por los verdaderos motivos que esconde la embajada —añadió.

Volví a asentir.

—Pues nosotros también lo hacemos...

Abrió los brazos e hizo un gesto de impotencia.

—Y no estamos seguros de conocer todas las respuestas. Como podéis comprender, después de lo que os he indicado, debe de haber más razones que las escritas, pero en todo caso, éstas están expresadas con total nitidez. Solicita de la Universidad de París que se envíe a Toledo, donde tiene su corte, a un experto en teología y derecho, a ser posible que hable árabe, para que le asesore y le informe. Obviamente, sobre sus pretensiones imperiales no menciona nada o, por decir bien, de ello el rey no me ha indicado nada.

Con un ademán que parecía indicar que ya se enteraría de lo necesario, prosiguió:

—El asunto os sorprenderá. Para empezar, es como mínimo bastante curioso que, en vez de dirigirse a nosotros por vía de su obispo, como hubiera sido lo correcto, mande un emisario directamente al rey. Pero, insisto, no quiero incomodaros con nuestras disquisiciones.

Dicho esto, puso el dedo índice ante su boca y cortó su argumentación en seco, para finalizar diciendo:

—En suma, suponemos que pretende de nuestro hombre de letras, es decir, de vos, una especie de comparación entre la cultura en Castilla y la de otros países como Francia o las cortes italianas. Como veis, el encargo es urgente y no parece fácil de resolver. Resulta cuando menos inquietante que en la carta dirigida a nuestro rey haga una declaración expresa de intenciones culturales contrarias a las que propugnamos... ¡Y que ahora, a pesar de haber marginado a la orden de Cluny al interior de las catedrales, nos solicite consejo!

—Sin duda es un raro proceder —admití—. Debe de tener otras razones...

Los ojos del canciller se nublaron pensativamente.

—Y hasta podríamos entreverlas —continuó mi frase—. No obstante, sólo os diré que hasta nuestro monarca me insinuó que hay en esta petición razones políticas de más alcance que las culturales, aunque sean éstas las que sirvan de pretexto.

Su timbre de voz adquirió un tono más confidencial al proseguir:

—Y bien, aunque ésa no es vuestra misión, no está de más que sepáis algo sobre ello. Ya os dije antes que Alfonso X está manteniendo una intensa actividad diplomática, ¿no?

—Sí, pero sólo me hablasteis del pacto que ha sellado con Francia.

—Pues hay mucho más —me cortó Hugo—. Para empezar, está gastando enormes sumas de oro en ganar adeptos. Por ejemplo, ha pagado el rescate de Felipe, el hijo de María de Brienne, emperatriz de Constantinopla, que estaba en poder de los venecianos como garantía del pago de una deuda contraída por el emperador Babuino. Con una liberalidad insólita, ha desembolsado por su cuenta los cincuenta quintales de oro, al tiempo que exigía a la emperatriz que devolviera al rey de Francia y al Papa las sumas que habían anticipado para liberar a su hijo.

—¿Cincuenta quintales de oro? —respondí asombrado.

—Sí, amigo mío, sí, nada menos que esa cantidad. Y además ha suscrito un tratado con Noruega, está enviando embajadores por toda Europa y hasta dicen que ha recibido una embajada del Soldán de Egipto que traía consigo extraños presentes, como una jirafa y otros animales exóticos.

Mientras tanto, yo asimilaba la información. En realidad, parecía coherente la actitud de Alfonso. No me extrañaba que suscribiera un tratado con Hakkon, el rey noruego, porque sabía que él mismo había sido pretendiente al trono imperial. Y por otro lado, suponía que la embajada egipcia se fundaba en la inclinación de Alfonso por los temas astrológicos, que era comentada en todas las cortes de Europa. Lo que no lograba entender era el interés que pudieran tener los egipcios en conseguir una alianza con un reino tan lejano como Castilla.

Hugo pareció adivinar mis pensamientos. Me informó de que el Soldán necesitaba aliados para hacer frente a los mongoles. Pero no quiso ampliar los detalles. En ese momento lo agradecí. Intuía que el canciller había puesto más de su cosecha en el discurso de lo que exigía la entrevista con el rey. Además la charla estaba siendo un poco larga y, a fuer de sincero, Hugo me pone ligeramente nervioso. Su forma de plantear las cosas y su actitud general resultan irritantes. El canciller es un hombre extraño, de rasgos casi contradictorios. Grueso hasta la obesidad, tiene el pelo ondulado, muy rubio, y la frente bastante alta. De ojos exaltados e inquisitores, su mirada oscila entre la ironía y la gentileza, mientras que la boca dibuja una delicada línea de labios que en una mujer sería hermosa, pero que en él genera una imagen de lascivia. En una palabra, aunque su rostro es proporcionado y debiera ser grato, tiene una de esas caras que inquietan, donde, al fin, priman las sensaciones.

Terminó casi con una advertencia:

—Recordad que esperamos de vos algo más que un buen servicio para el monarca castellano. Si os solicita algún informe, os será requerida copia de vuestras impresiones y anotaciones conforme las vayáis elaborando, bien sea a través de los representantes del rey en la corte, bien de los nuestros en la catedral. Tampoco creo necesario señalaros la importancia de la misión, para la que debéis prepararos de inmediato, quedando relevado desde ahora de vuestras obligaciones para con la Universidad.

III. La misión
Jaca, febrero de 1257

Apremiado por la urgencia del encargo, logré resolver lo mejor que pude mis compromisos. Apenas dos días después tenía preparados los enseres y estaba dispuesto a emprender el camino de la frontera hispana. Así lo hice. Hasta Saint Martín de Tours realicé el viaje sin más compañía que la cabalgadura que me habían proporcionado a través de la misma abadía, un caballo lento pero noble de carácter y, como yo mismo, ya de una cierta edad. Creo que nos entendimos bien y hasta el asalto que sufrí en las cercanías de León, donde lo perdí, jamás me dio motivo de queja.

En Tours me incorporé a una caravana que realizaba el Camino de Santiago y, gracias a su buena organización, pude olvidarme de los peligros que un viaje de esta índole siempre acarrea. Apenas doce días después de haber dejado Tours y tras haber visitado Bordeaux, Belín y otros lugares, la caravana se dividió, dirigiéndose la mayor parte de la misma a Saint Jean Pied de Port para cruzar a Roncesvalles, ya en territorio hispano.

Algunos miembros de la caravana, en especial un joven médico inglés, me habían hablado de las maravillas de Roncesvalles y sentí no poder acompañarlos. Roncesvalles es un lugar un poco mítico para todos nosotros, los descendientes de los francos. En sus alrededores realizó algunas de sus más grandes proezas nuestro venerado emperador Carlomagno. Un día antes me habían contado con admiración que en la ciudad hay una capilla llamada Silo de Carlomagno, edificada sobre la roca que partió Durandal, la mítica espada de Roland, en la que reposan las tumbas de los doce pares de Francia. Pero nada de eso vi, porque yo tomé el otro camino, el que por Somport conduce a Jaca.

Tenía motivos para ello, y de todo tipo, personales y oficiales. De estos últimos hablaré primero, pues llevaba una carta de Hugo de Conques para Guillermo, el obispo de la catedral de Jaca, y confiaba en recibir alguna noticia de sus labios sobre mis nuevos afanes. De forma algo confusa, abrigaba la esperanza de que él podría ser mi primer valedor para introducirme en la cultura y la forma de ser de un país sobre el que iba a tener que reflexionar en detalle. Pero aunque no tuviera que visitar al obispo Guillermo, también habría viajado a Jaca. Llevaba años deseando encontrar un motivo para visitar la ciudad y, aún más que ella, el pequeño monasterio que en sus cercanías guardaba el Santo Grial, San Juan de la Peña.

A pocas leguas de la salida de Somport tuve un incidente que pudo ser penoso y del que, alabado sea el Señor, salí sin mayores preocupaciones. Cabalgaba distraído, concentrado en mis imágenes interiores. Trataba de repasar los pormenores de la conversación con Hugo de Conques, intentando poner en orden mis ideas. ¿Qué era exactamente lo que esperaban de mí? ¿Cuál sería el objeto del asesoramiento que con tanta vaguedad se me había insinuado? ¿Querrían, quizá, un informe comparando la corte castellana con la de otros reinos? ¿O mi experiencia serviría de base para relacionar otros aspectos, como por ejemplo, el mundo de la cultura entre Castilla y Francia, basada, según parecía, en concepciones tan diferentes? Y si el asunto era político, ¿qué podría yo aportar a la nueva dimensión que estaba edificando el joven monarca hispano? ¿Qué iba a poder decir yo sobre sus pretensiones imperiales?

No acabé la reflexión. Iba abstraído en mis proyectos, sin tomar en consideración las dificultades del camino que, de forma paulatina, iba tornándose cada vez más estrecho. Mientras atravesaba la ladera de un monte umbrío, de pronto, en uno de los recovecos de la senda, algo me golpeó la cabeza. Ahora, al recordarlo, todavía me resulta imposible reconocer la causa del impacto. Y lo hizo con tan mala fortuna que caí al suelo, golpeándome la frente con una piedra. Permanecí desmayado por algún tiempo. El incidente pudo haber sido penoso, pero la fortuna estaba de mi lado.

Cuando volvía en mí, sentí pequeños empellones en el pecho. Escuché desde la lejanía una voz:

—Despertad, amigo. ¿Qué os ha pasado?

—¿Dónde estoy...? ¿Qué ocurre? ¿Quién sois vos?

—Tranquilizaos —contestó mi interlocutor haciendo un amplio ademán con los brazos.

Luego dijo que me había visto en la vuelta de un recodo. Al principio sólo distinguió un bulto en el suelo a unos cincuenta pasos de él. A su lado, un caballo comía tranquilamente las hojas de un árbol. Así que sujetó las bridas y redujo la marcha a un suave trote. Cuando llegó a mi altura, vio que se trataba de un monje tendido en el suelo. Detuvo su cabalgadura y, con precaución, pues podía tratarse de una trampa, sacó un puñal de su zurrón y me golpeó suavemente con una rama.

—Tranquilizaos, padre, tranquilizaos...

Sonriendo sinceramente, el jinete guardó el puñal que había desenfundado y descabalgó para ayudarme a levantar, mientras me decía:

—Esperad un poco, monje. Son demasiadas preguntas. Ya os contestaré. Ahora es mejor que recuperéis fuerzas. Tomad un poco de agua. Pero antes, respondedme vos, ¿qué os ha ocurrido?

—No sé. Venía distraído y algo me ha golpeado la cabeza... una rama, una piedra, no sé muy bien...

Me incorporé para beber agua del búcaro que me ofrecía. Después tomé un poco de pan y queso. Nos presentamos. Su nombre era Enrique Haro y era castellano y cantero de profesión; venía desde Bourges después de haber obtenido el título de maestro aparejador. Yo, todavía aturdido, le informé únicamente de mi nombre. El hábito dominico hacía innecesarias las explicaciones.

—Debéis prestar atención al camino, padre. Éstas son tierras en las que el peligro acecha detrás de cualquier rincón.

Enrique me observaba con curiosidad. Yo aún no lo sabía, pero llevaba varios días viajando solo y había sido despedido cruelmente en Bourges. Aunque esperaba no parecerle débil o incapaz de defenderme, al haberme encontrado desvalido, me reconfortó su ayuda. Debió de sentirse un poco protector; casi instintivamente añadió:

—Ya que ambos vamos a Jaca, si os parece, cabalguemos juntos.

Le agradecí el gesto; además, estaba satisfecho por escucharle hablar en francés, idioma en el que se había expresado movido por la costumbre. Durante el trayecto charlamos amigablemente y, si bien al principio nos comportamos de forma reservada, luego hablamos largo y tendido. Cuando empezó a anochecer, temerosos ante la posibilidad de un ataque por parte de animales salvajes o bandidos, buscamos abrigo en un pequeño claro abierto al margen derecho del bosque que rodeaba el sendero. Tras instalar el pequeño campamento y dar de beber a los caballos, Enrique se descolgó del hombro una pequeña bolsa de lona y, apoyándola en el suelo, extrajo un conejo que había cazado poco antes del encuentro. Dispusimos el fuego y con el simple aderezo de unas pocas hierbas aromáticas, el cantero preparó un delicioso conejo a la brasa. Alabé su pericia y Enrique me aclaró que había tenido una buena maestra. Al mirarle con ojos interrogantes, me explicó que en Bourges había vivido alojado en casa de una mujer, cuyo arte en la cocina —añadió orgulloso— le permitió aprender algún truco.

Después de cenar, sentados en cuclillas al lado de la lumbre y apenas iluminados por el resplandor de los rescoldos, Enrique me contó algunos pormenores de su agitada estancia en Francia que consiguieron mantenernos en vela hasta bien entrada la noche, haciéndome apreciar, primero, la férrea determinación del castellano, después su carácter impulsivo y resuelto, e incluso en ocasiones reír a gusto con los detalles de la historia. Al principio, el joven cantero hablaba para sí mismo, con la mirada baja, contemplándose las manos entrelazadas:

—Cuando obtuve el cargo de aparejador de Bourges, mi maestro, Alain, me aconsejó cambiar de alojamiento. Hasta entonces había vivido en una casa de la cofradía, compartiendo un pequeño cuarto con tres canteros. Dormía en un sucio jergón de paja, pero no me importaba. Vivía prácticamente en la obra. Llegaba casi al alba y me iba al anochecer. Todos mis pensamientos estaban en el trabajo.

—¿Todos?

—Os diré sólo un dato. Durante trece meses únicamente mantuve relaciones carnales en una ocasión. Y eso por casualidad, porque no pensaba en las mujeres. Además, cuando ocurrió —dijo riendo—, estaba tan borracho que no recuerdo siquiera la cara de aquella pobre buscona. Fue en la fiesta que organizamos antes de la boda de un compañero. Pero ya os digo, salvo en aquella ocasión, nada.

—Y cambiasteis de casa...

—Sí, Alain me sugirió hacerlo. Dos meses antes de mi llegada había muerto el maestro carpintero al caer del andamio. Su mujer, a pesar de la ayuda del gremio, andaba necesitada de dinero. De ahí que creyera una buena idea hospedarme en su casa. «Ahora bien —me dijo—, debes tener cuidado y actuar con mesura, pues te alojarás con una respetable viuda y debes proteger su reputación».

Sonriendo, me miró a los ojos, intentando hacerme cómplice de su situación:

—La verdad, no le hice mucho caso. Perdonad, pero quizá tampoco vos se lo habríais hecho si hubierais conocido a Giselle.

Yo le miré entre sorprendido y reprobatorio, mientras que Enrique respondía con un gesto de impotencia, reiterando sus disculpas:

—¡Oh!, teníais que haberla visto y, sobre todo, haber probado su cocina. Después de un año alimentándome de gachas y pan con queso, vivir con ella fue como entrar en el paraíso. Al principio me comporté como cualquier huésped con su patrona, pero tenía unos ojos tan dulces y un cuerpo tan bien formado que empecé a hacerle pequeños regalos y a procurar su compañía más de lo conveniente. Y pasó lo que tenía que pasar. No sé si me enamoré de ella... creo que sí. Le dije muchas veces que la quería. Ella, a pesar de tener ocho años más que yo, también decía que me amaba, pero ahora pienso que me veía como al hijo que no había podido tener con su esposo. Es difícil saberlo. Es difícil saber nada con seguridad.

Mientras hablaba, el joven cantero parecía poner en orden sus ideas. Buscando en mis ojos la aprobación a su comportamiento, tuve la sensación de oírle desde una cierta lejanía, como ausente, dirigiéndose más a sí mismo que a cualquier otro auditorio:

—Al ir conociéndola mejor, llegué a la conclusión de que era extremadamente sensible y, en consecuencia, se sentía muy sola. Los primeros días la encontraba a menudo sollozando al fondo del cuarto de estar, con los ojos hinchados, enrojecidos. A mí me daba reparo y solía llegar tarde, apurando las horas en las tabernas. Poco a poco empezó a cambiar. Fue casi imperceptible, pero la casa se fue haciendo más acogedora. En una ocasión me habló de su infancia en una aldea cercana, con sus padres y hermanos, y se le iluminaron los ojos...

Apoyando el mentón en la palma de la mano, Enrique añadió con inteligencia:

—Ya sabéis que con frecuencia los recuerdos tienen mayor capacidad de sugestión que los hechos, pero creo que hablando conmigo, dando rienda suelta a sus sensaciones, comenzó a recuperarse. Por mi parte —matizó—, estaba encantado. Debía haber imaginado que las cosas no podían ser tan perfectas y acabarían mal. Pero, debéis comprenderme, lo tenía todo. Un trabajo estable, en el que había conseguido labrarme una sólida reputación, amigos... Es curioso, antes de ser aparejador no tenía casi ninguno, pero después de las fiestas que di para celebrarlo, surgieron por todos lados. Casi todos los días iba a la taberna después de trabajar, pero poco a poco dejé de hacerlo. Por primera vez en mi vida tenía algo parecido a un hogar y se estaba mejor allí. Me gustaba verla trabajar en la cocina, preparando un guiso, con la toca descolocada, asomándole los mechones de su cabello rojo. Una mañana la vi por la calle, camino del mercado, erguida, mirando al frente, con su capucha blanca y un pañuelo de Flandes ciñendo sus hombros, y me henchí de orgullo; me parecía la mujer más hermosa de Francia.

Enrique, ya relajado, me miró con simpatía. Continuó hablando:

—A ver si logro explicarme, Giselle no era una belleza, pero se portaba tan bien conmigo y era tan cariñosa que colmaba sobradamente mis aspiraciones. Y ya os dije, aunque éramos prudentes y guardábamos las formas, durante varias semanas vivimos como enamorados. Cuando llegaba a su casa, después del trabajo, Giselle acudía solícita y me lavaba los pies cansados, ofreciéndome un poco de vino. Después comíamos. Preparaba platos magníficos aderezados con todas las especias: jengibre, canela, clavo... ¡Aquellos potajes tan condimentados! El venado, los arenques, ¡ah!, y sus increíbles caracoles. Recuerdo guisos suculentos, como un estofado que llamaba *cassoulet,* a base de judías blancas guisadas con ganso en conserva, que ahora, en la distancia, casi paladeo. También cocinaba una salsa picante de vinagre para las salchichas. Y era una gran repostera. Me servía naranjas escarchadas y tartas de mazapán y jengibre. Para desayunar me preparaba una deliciosa compota de nabo, zanahoria y calabaza cuya receta era, me decía riendo, un secreto familiar que no logré averiguar.

El muchacho miraba hacia el frente con los ojos nublados, inyectados de nostalgia. Se volvió hacia mí con expresión fija, dolorosa. En un momento dado esbozó una sonrisa.

—Pero, sobre todo —prosiguió—, me trataba dulcemente, como a un esposo. Cuando iba a dormir, me ponía el gorro de su marido y un camisón de lana, para que estuviera cómodo.

Después, me tapaba con pieles y mantas y acunaba mi sueño. Y, por encima de todo, apaciguaba otros gozos y diversiones, placeres e intimidades que podéis imaginar y sobre los cuales debo guardar silencio. Y lo hizo tan bien que me abandoné. Para abreviar, os diré que comenzaron las insinuaciones y los comentarios. Estúpidamente, los ignoré. Estaba hinchado como un pavo, trabajando de aparejador y cuidado como un duque. No me percaté de nada.

—¿No os previnieron? —pregunté.

—Dios sabe que Alain me advirtió con suavidad en más de una ocasión, pero no le presté demasiada atención. Lo cierto es que los vecinos estaban ofendidos con nosotros y una noche, al volver del trabajo, me esperaban tres hombres en una esquina de la calle donde vivíamos. No les vi. Cuando llegué a su lado, comenzaron a lloverme golpes de todas las direcciones, hasta el punto de quedar desmayado en el suelo, como hoy os he encontrado a vos. Me desperté horas después magullado y aterido por el frío. Giselle me recibió llorando. Habían ido a verla en comisión tres vecinas y el cura de una iglesia cercana. Le advirtieron que la situación no podía continuar, amenazándola veladamente con una denuncia. Estaba aterrada. Aun así, curó y lavó mis heridas y me dio un caldo de hierbas que apaciguó el frío. Aquélla fue la última noche que dormimos juntos. Aunque lloró en silencio y su mirada, ya os lo he dicho, era de natural dulce, se hizo muy fría al hablarme de nuestras posibilidades. Y no tenía salida. Acabó pidiéndome que me marchara.

—Es natural —argüí comprensivo.

Enrique no debió ni oírme.

—Me trasladé a una posada, pero ya nada era igual. No vivía tranquilo. En el trabajo noté la pérdida del afecto de mis compañeros. Pensé que era el momento de regresar a Toledo. Preparé tranquilamente mis cosas y comuniqué a la cofradía mi partida. Debieron de recibir la noticia con alivio, pues no hubo ningún calor en la despedida. Y me puse en camino. Hasta aquí.

Le devolví la mirada afectuosa. Imaginaba su triste postura después de la paliza, tumbado en el barro, con sus hermosas calzas de seda rasgadas, y no podía menos que reírme. Pero también comprendí sus sueños y sus locuras. No hablamos mucho más antes de echarnos a dormir.

Cuando al día siguiente divisamos la ciudad de Jaca, comenzaba a anochecer. Era una tarde de finales de febrero; había llovido y hacía bastante frío. A pesar del cansancio, nos detuvimos un instante en la cima de la colina, contemplando la vista. El viento había arrastrado las nubes y el aire limpio de la tarde confería al crepúsculo una magia extraordinaria. La ciudad se bañaba en un color dorado semejante a la corteza del pan muy cocido al horno, sobresaliendo entre sus casas la gran fábrica de la catedral, con un tono entre limón y anaranjado. No perdimos demasiado tiempo mirando el caserío. Temerosos ante la posibilidad de encontrar cerradas las puertas y no hallar un alojamiento cómodo, aceleramos el paso.

Mientras cruzábamos las murallas, Enrique sonreía satisfecho por encontrarse otra vez en su territorio, la ciudad, y por añadidura, una ciudad de su tierra natal. «Finalmente en casa —iba diciendo—, éstos son ya paisajes conocidos». Le miré con comprensión, pensando que, si bien habíamos abandonado Francia hacía tres días, mi joven compañero no había tenido la sensación de encontrarse plenamente en su país hasta llegar a Jaca, pues según me indicó y yo había podido corroborar, ni los pequeños pueblos, ni el habla ni el paisaje diferían hasta ese momento de los del Pirineo francés.

Una vez en las calles de Jaca, nos encaminamos a una hospedería para alojar a los caballos y poder disfrutar de una buena cena. Con suerte —pensábamos los dos al tiempo—, encontraremos un jergón para cada uno. Ilusión vana. Como desgraciadamente pronto pudimos comprobar, Jaca estaba atestada de viajeros.

Tras averiguar que la Posada de Muñiz era adecuada para nuestras intenciones, nos abrimos paso hasta el albergue. Al llegar, atamos las riendas de los caballos al tronco de un gran roble en el patio y conseguí que las caballerías fueran acomodadas en el establo. Al poco comprendimos que para nosotros iba a ser mucho más complicado. La ciudad bullía de peregrinos y mercaderes y podíamos considerarnos afortunados de encontrar acomodo en un dormitorio común.

Nos consolamos cenando en una inmensa sala repleta de gente. Hasta el último trozo de pavimento estaba ocupado. A nuestro alrededor escuchábamos el vocerío de diferentes grupos de personas debatiendo en casi todas las lenguas conocidas, incluso en alguna extraña para Enrique, aunque no para mí, pues según le expliqué, se trataba del *tudesco* o alemán, idioma en el que se expresaba un grupillo de jóvenes con aspecto de caballeros situado frente a nosotros.

Sin embargo, el conjunto que más me llamó la atención estaba compuesto por cinco judíos de mediana edad que, a mi lado derecho, mantenían una animada conversación sobre la Pasión de Cristo. Enfundados en ropajes oscuros y tocados del inevitable solideo en la coronilla, parecían prototipos del comerciante hebreo. Mientras les observaba fascinado por la naturalidad con que se desenvolvían, Enrique, casi sin darse cuenta, distraídamente, comenzó a tomar apuntes de sus rostros. Concentrado en el dibujo, no advirtió la llegada de un joven de su edad que miraba con atención los rasgos que iba delineando sobre la tablilla.

—Dibujáis muy bien, pero quizá el hombre de la izquierda tiene la nariz menos afilada, ¿no os parece?

—Posiblemente tengáis razón... Aunque, en realidad, yo buscaba más la caricatura, la acentuación grotesca de los rasgos. Me divierte hacer apuntes como éstos. Mirad, por ejemplo, al comerciante del fondo de la sala, el que ahora vacía su copa de vino junto a esa vieja ramera. Sí, aquel medio calvo del fondo vestido con una pelliza de carnero. Pues bien, la línea que me gustaría captar es ésta...

Mientras hablaba, sus ágiles dedos plasmaban la imagen de abandono y glotonería que buscaba, transformando su figura, más bien delgada, en la de un obeso maduro de edad indefinida. A su lado, la pobre meretriz, de amplias ojeras y mirada cansada, se convirtió por obra y gracia de su pluma en una moza sensual y atrevida. El dibujo, no obstante, mostraba los rostros reales; a pesar de haber cambiado rasgos esenciales, se podía reconocer perfectamente en aquel apunte al ebrio bebedor y su acompañante.

Ambos rieron ante la hábil transformación.

—¿Acaso sois pintor?

—No, en absoluto —respondió Enrique, mientras guardaba la pluma en su estuche de cuero—. Soy cantero, maestro cantero, o mejor dicho, era, porque he conseguido que me acrediten en Bourges como aparejador mayor.

—¿Habéis trabajado allí?

—Así es —confirmó Enrique—. Llevo casi dos años viajando por Francia para conocer las técnicas constructivas del sistema francés de crucería. He estado en París, en la obra de la nueva catedral dedicada a Notre-Dame. Pasé allí cuatro meses. Luego estuve trece meses en Bourges, ayudando a rematar la traza del crucero. En realidad, hace tan sólo tres días que he cruzado la frontera, pero, como comentábamos esta mañana, no me he sentido plenamente en mi patria hasta llegar a Jaca —le miró de nuevo—. Sois italiano, ¿no es cierto?

El joven asintió con la cabeza, mientras acercaba la silla a la mesa. Tras sentarse, se presentó como Luca Pontano, genovés:

—Soy comerciante de telas —pareció pensárselo mejor, y añadió—: Bueno, en realidad aspiro a convertirme en comerciante y quizá hasta en cambista. La verdad es que en el negocio de mi padre no pasaba de ser un mero ayudante.

Sonriendo con los ojos, se pasó la manga por la boca para limpiarse los restos de vino y continuó hablando:

—Resumiendo, os diré que mi padre, un conocido negociante de Génova, tiene asuntos desde hace años con mi tío

Paolo, establecido en Sevilla. Como sabe que allí hay buenas oportunidades y desea ampliar sus actividades, me ha enviado a Castilla para que me establezca por mi cuenta.

—Así he oído —confirmó Enrique—. Sé de muchos de tu patria establecidos en Sevilla.

—Es cierto. Además, en Génova mis oportunidades de prosperar eran escasas porque Paolo, mi hermano mayor, se hará cargo del comercio cuando se retire mi padre. Ahora, con esta solución puedo contribuir al negocio familiar y abrirme camino en Sevilla, donde mi ciudad natal tiene consulado y, según dicen, hay muchas posibilidades.

—Y no falta quien lo comente con dureza —añadió Enrique—, a causa de los privilegios especiales de que gozáis los genoveses...

—No lo sé —matizó Luca, evitando polemizar con un desconocido—. En todo caso, tendré ocasión de comprobarlo dentro de unos meses. Ahora mi única intención es recorrer el Camino de Santiago y llegar a la tumba del Apóstol...

—También yo me dirijo hacia Compostela —dijo Enrique—. Si bien debo regresar a Toledo, de donde provengo, he decidido aprovechar la ocasión y recorrer el Camino —señalando a la sala, apuntó—: Como la mayoría de los que están aquí, supongo.

Luca meneó la cabeza, asintiendo. A su alrededor, entremezclados con el gentío que llenaba el salón, había al menos veinte o treinta peregrinos vestidos con los atuendos característicos. Unos lo llevaban desde hacía pocos días y sus ropajes delataban el nuevo empeño. Muchos otros, sentados junto a sombreros de ala ancha, con la calabaza ennegrecida por los meses de uso, exhibían orgullosos las conchas sujetas por esclavinas. Las mismas que servirían a su regreso para atestiguar la veracidad del viaje. Junto al amplio sayal, en muchos casos raído y desgastado, el bordón y las botas de piel delataban la dureza del viaje.

El dormitorio común estaba atestado y, entre el tufo que despedían las ropas húmedas y los cuerpos sin lavar, sentí náuseas. Antes de que clareara el día me encontraba de nuevo en el comedor del albergue. Mientras desayunaba unas gachas, apareció de nuevo Luca. Le saludé y me indicó que esperaría a Enrique para salir a conocer la ciudad.

Por mi parte, me dirigí a visitar al obispo Guillermo. Por el camino traté de ordenar mis ideas; al recordar la última vez que lo había hecho, no pude reprimir una sonrisa: me había concentrado tanto que me costó un accidente. Aunque iba con prisa y no presté atención a las calles de la ciudad, recuerdo la mañana fría y a la niebla envolviendo el inmenso edificio de la catedral. Adosado a ella se encontraba el Palacio Episcopal, donde fui recibido por el obispo Guillermo. Cuando me introdujeron en su estancia, estaba sentado de espaldas a un gran ventanal, de manera que su rostro resultaba difícil de escrutar desde el otro lado del escritorio. El obispo conocía las actitudes superficiales de los poderosos; hombre contradictorio, tan pronto reservado como exultante, al principio se mostró parco en gestos y aun en palabras, hablando con la voz suave y serena de los altos clérigos. No era sino una fachada: como luego comprobaría, podía ser fiero si la ocasión lo exigía.

Tras leer detenidamente la misiva de Hugo de Conques, me interrogó con suavidad sobre el objeto de mi viaje, si bien, por sus comentarios pude adivinar que conocía la causa del mismo. Me escuchó con atención, pero apenas asentía con la cabeza, sin hacer el menor aspaviento. Yo trataba de sonsacarle información sobre su rey, la corte y su país, pero no respondió a mis expectativas como hubiera deseado. Al fin terminé haciéndole alguna pregunta directa y también supo contestar con vaguedades, reiterándome que no tuviera ninguna preocupación, porque, sin duda, mi probada experiencia en otras misiones haría que pudiera desenvolverme con soltura en ésta.

El obispo Guillermo trató de tranquilizar mi inquietud por llegar a Toledo. El rey no esperaba una respuesta tan rápida a su carta. A su parecer, haría bien realizando mi viaje con mayor detenimiento. Su actitud me pareció extraña, dada la premura con la que se me había obligado a dejar la Universidad. Lo cierto es que no me dejó opción siquiera a manifestarlo.

—Quizá en París entendieron con apresuramiento el mensaje —me indicó el obispo—. De hecho, el rey está ahora ocupado con la paz entre Castilla y Aragón. Y ello por no hablar del tiempo que dedica a sus legítimas pretensiones imperiales, por lo que os aseguro que no os podrá recibir hasta el verano.

—Sin embargo, me han asegurado lo contrario —objeté sin entender aquel cúmulo de órdenes contradictorias.

—¡Oh!, ya sé lo que os han asegurado. En cuanto a eso —Guillermo se encogió de hombros—, es inútil intentar adelantarse a los acontecimientos. Por aquí tenemos un dicho apropiado para estas situaciones: no por mucho madrugar amanece más temprano...

Después continuó con palabras generosamente mansas:

—Tranquilizaos, mi buen Raoul... No hay prisa. ¿Por qué no actuáis con inteligencia y aprovecháis esta feliz coyuntura y el tiempo que tenéis disponible para cumplir como un buen cristiano peregrinando a Santiago de Compostela?

Ante mi sorpresa, que debió de traducirse en una expresión de duda, intentó calmarme asegurando que él mismo se encargaría de hacerlo saber tanto en la corte de Toledo como ante mis superiores.

Le manifesté lentamente y con cierta dificultad que no había pensado en ello porque peregrinar a Santiago me ocuparía al menos cuatro o cinco meses.

—Así es —confirmó—. Tiempo bastante para que a mediados de agosto podáis encontraros en Toledo. En esa época del verano, nuestro señor el rey Alfonso suele retirarse a descansar a la Huerta del Rey, una pequeña villa que tiene en las cercanías de la capital y no está tan dedicado como ahora a los asuntos de palacio. Creo que será entonces el momento adecuado para vuestra llegada.

Como quiera que yo aún no estaba seguro, Guillermo zanjó la cuestión haciéndose responsable del viaje y hasta casi diría que ordenándomelo, aunque eso sí, con gran delicadeza.

—Si seguís mi consejo y peregrináis a Santiago —me manifestó con gravedad—, tendréis la bondad de llevar en mano una carta al obispo de la catedral compostelana. Se trata de algo que necesito que traslade una mano segura, de fiar...

¿Qué podía yo decir? Tal como lo recuerdo, a pesar de que inicialmente la idea de peregrinar a Compostela era razonablemente seductora y de que había recibido del obispo Guillermo toda clase de garantías sobre la conveniencia del viaje, había algo que no cuadraba por completo. La verdad es que no estaba satisfecho del desarrollo de la entrevista.

Guillermo notó mi perplejidad.

—No entendéis por qué deseamos que peregrinéis a Santiago, ¿verdad?

—Con franqueza, no. Ni ahora tampoco entiendo —añadí malévolamente— por qué habláis en plural. ¿A quién os estáis refiriendo cuando decís que lo desean varias personas?

Guillermo se echó a reír.

—Ya veo que sois un hombre intuitivo y no tendré más remedio que explicároslo. Ahora lo entenderéis. Veréis, Raoul, esperamos de vos una misión concreta en Santiago de Compostela. Lo esperamos tanto el rey de Castilla, Alfonso X, que me ha encargado que os la trasmitiera, como yo mismo. Hasta ahora tenía algunas dudas sobre la conveniencia de planteárosla de inmediato. No estaba seguro de que fuese el momento apropiado. Ni tampoco —añadió irónicamente— si erais la persona adecuada. Pensaba iros informando poco a poco, conforme realizarais la travesía, de forma que tomarais vos mismo la iniciativa de resolver el enigma. Pero veo que no os lo puedo ocultar. Quizá porque sois demasiado perspicaz, o bien —añadió con malicia— porque aún no tenéis completamente inculcada la virtud de la obediencia. No obstante, ahora da igual. Os diré lo que deseamos que hagáis.

Intrigado por sus palabras, le animé a continuar con un gesto. En síntesis, me contó que pocos días antes de mi llegada a Jaca, había estado con el rey Alfonso en Pamplona. Éste, tras informarle de mi pronta visita, le dio instrucciones para disuadirme de viajar directamente a Toledo. Debería convencerme para peregrinar a Santiago con una misión secreta envuelta en la intención aparente de ir a la tumba del Apóstol. Después iría a la corte. Al llegar a este punto, Guillermo se levantó y, con parsimonia, extrajo de un pequeño cofre una carta del puño y letra del rey y me la tendió.

Sin embargo, no pude leerla. Estaba escrita en la lengua vulgar de Castilla y no entendía bien su significado. Guillermo me miró con expresión entre sarcástica y dubitativa y se echó de nuevo a reír. «¡Como si no lo supieras, bribón!», pensé de nuevo azorado. Luego lo confirmaría sobradamente, pero ya desde ese momento estaba comprobando que el obispo era un hombre de humor enrevesado, al que le gustaba provocar reacciones. No obstante, cada cosa tenía su finalidad.

—Perdonad, maestro Raoul. Había olvidado el empeño de don Alfonso por hacer del castellano la lengua oficial del país. Está resuelto a escribir no sólo él, sino a que todos redacten cualquier documento en el idioma vernáculo de la Península. Y es un dato importante, tanto para conocer al rey como a su reino. Tontamente, lo había olvidado. Pensaba que la carta estaba escrita en latín... No importa, yo os la traduciré...

En la carta, el monarca ordenaba varios asuntos. Tras rogarme que siguiera las instrucciones del obispo jacetano al pie de la letra, a pesar de que alguna escapara a mi comprensión, me explicaba que se me iba a proponer una misión muy delicada, en la que debía mantener un comportamiento en extremo prudente, pues su nombre nunca debería salir a colación. Asimismo, solicitaba que se destruyese su misiva una vez la hubiera leído, para que ningún rastro delatara su participación en la trama. El hecho es que, con esta introducción, Guillermo consiguió el efecto pretendido. Había logrado ponerme en ascuas, anhelante por escuchar de una vez por todas los pormenores de la misteriosa intriga.

Finalmente el obispo me informó con amplitud. Trataré de resumir lo más importante. Según parece, don Rodrigo García, un querido amigo de la niñez del rey don Alfonso e hijo del ayo que le crió, don García Fernández, señor de Villamarín, estaba involucrado en un asesinato en Santiago de Compostela. Aunque las apariencias le convertían en culpable, Alfonso X creía imposible que su amigo hubiera matado con deshonra a alguien. Rodrigo era el hermano pequeño de Juan García, el niño con quien jugó de pequeño, con el que aprendió a leer y escribir, con el que escribió sus primeros versos y, lo que ahora tenía más enjundia, a quien había encumbrado a uno de los puestos más importantes de la corte, Mayordomo Real. En cuanto a Rodrigo, era aun mejor persona. A pesar de los ofrecimientos del rey, no quiso salir de Galicia. Otros dos hermanos de Juan, Fernán y Alfonso, aceptaron los honores reales, pero Rodrigo se mantuvo inflexible.

Guillermo enmarcó las cejas y me cogió del brazo.

—Fijaos cómo actuó. Lo sé porque me lo ha contado el mismo rey. Cuando le ofreció incorporarse a la corte, Rodrigo alegó que su liberalidad con la familia García estaba siendo excesiva y podía provocar envidias. Había honrado a todos sus hermanos y ahora también se lo proponía a él. Terminó rogándole que le permitiera quedarse en sus tierras para cuidar su patrimonio y atender a sus padres. El rey me confesó que inicialmente le molestó que alguien pudiera rechazarle. Pero le duró un instante. No le costaba mucho entender que Rodrigo rehusaba su oferta por gallardía. De hecho, al fin quedó admirado con su comportamiento...

—No me extraña —respondí—. No es usual esa generosidad.

—Ya os digo que yo mismo le oí relatarlo. En cuanto a generosidad, es difícil superar a nuestro rey... Me refiero, no sé si lo sabréis, a que acaba de pagar cincuenta quintales de oro por el rescate de Felipe, el hijo de María de Brienne, emperatriz de Constantinopla.

Yo ya conocía el tema por Hugo de Conques, pero le dejé explicarlo en detalle, para poder apostillar:

—Quizá se trate de generosidad. Como decís, desconozco los usos de este reino...

—¿Lo dudáis?

—No, pero es extraño. Y, sin duda, Alfonso X necesita adeptos...

—Adeptos... —repitió Guillermo con voz queda—. Y, ¿por qué creéis que los necesita?

—La causa imperial... —dije suavemente.

—Bien —contestó Guillermo riendo. Tras una ligera pausa, añadió:

—No esperaba menos de vos, Raoul —bajó el tono de voz—. Tenéis razón, ni don Alfonso está habituado a una generosidad como ésa, ni es habitual en la corte...

Guillermo me miró con intención.

—Volviendo a nuestro tema, el rey está convencido de la inocencia de su amigo. Según él, Rodrigo es incapaz de cometer una fechoría como la que le achacan.

Después me miró interrogador, a lo que contesté intuitivamente asintiendo con la cabeza. Dio resultado.

—Veo que comprendéis. Bueno, pues es precisamente este afecto el que le impide intervenir...

Mientras Guillermo continuaba hablando empezaba a entender la situación. Era verdad, el rey no podía delatar su intervención. Si toda Castilla conocía su debilidad por Rodrigo, si además éste era hermano de su amigo más amado, Alfonso tenía la obligación de demostrar que no se dejaba coaccionar por sus simpatías y actuaba con equidad y justicia para todos. Y, por lo tanto, estaba imposibilitado moralmente para nombrar a alguien con el fin de averiguar lo que de verdad había sucedido. Ahí entraba yo. En ese momento el obispo me explicaba que, para empeorar las cosas, en apariencia ya se habían investigado los hechos con imparcialidad, llegándose a la conclusión irrefutable de que Rodrigo había asesinado con una daga y por la espalda a Diego Pérez Arias, señor de Bembriz y conde de Villamediana.

—Pero no nos cuadra —concluyó Guillermo, con un ademán de los brazos.

Después continuó reiterándome la importancia de la cautela en la averiguación de los hechos:

—Si es cierta la intuición de Alfonso —decía—, y si no lo es, para confirmar el veredicto, debéis saber que el rey ha conseguido que el juicio público se dilate hasta el 26 del mes de julio, es decir, un día después de la festividad de Santiago Apóstol.

—¿Será bastante? —pregunté.

—Sí, es tiempo suficiente para hacer el viaje a Santiago como un peregrino cualquiera sin que nadie sospeche. Para ello, poned atención, deberéis hacer la travesía con calma y llegar a Santiago a principios de julio, de tal forma que tengáis espacio para hacer las indagaciones, y que tampoco os sobre. No sería bueno que permanecierais ocioso una sola jornada en Santiago. Aunque el veredicto oficial no se pronuncie hasta la fecha que os he indicado, hay demasiadas personas interesadas en que se ajusticie a don Rodrigo.

—¿Como quién?

—Ahora dan igual sus nombres. El asesinato de don Diego ha sido muy comentado y todo el reino está convencido de la culpabilidad de don Rodrigo García. Los hechos así parecen demostrarlo. Si alguien sospecha algo, no sólo dudarán del rey, sino que tratarán de impedir que cumpláis la misión...

Yo asentía suavemente.

—Pensad —añadió— que está en juego la capacidad de los nobles para solventar los asuntos de honor sin que haya nadie por encima, ni siquiera el mismo rey. No quiero alarmaros, pero hay algunos descontentos con las reformas que se están emprendiendo y aprovecharán cualquier motivo para intervenir, incluso militarmente.

—¿No exageráis? —pregunté—. ¿Tan grave es la situación?

—Bueno, está bastante controlada, creo yo —concedió Guillermo—. Pero lo cierto es que ha habido dos sublevaciones en los últimos meses. Una de ellas muy cerca de aquí, en Ágreda, aunque se originara en Vizcaya. Don Alfonso en persona se ocupó de someterla, prendiendo a su instigador, Lope Díaz de Haro. Y la otra, en Andalucía, donde su maldito hermano, el infante Enrique, intentó apoderarse de Écija. Pero fue vencido con facilidad por las mesnadas concejiles de Córdoba. Después Enrique se retiró para reorganizar sus huestes, siendo perseguido por el ejército real hasta Lebrija. En la batalla final consiguieron herir a nuestro capitán, Nuño de Lara, pero la victoria fue absoluta.

Hizo una pausa para cambiar de tema:

—En todo caso, lo que quería resaltar es la importancia de actuar con una discreción extrema. Supongo que ahora lo entenderéis mejor. Por eso, creo que sería muy conveniente que hicieseis el viaje en compañía y pasaseis desapercibido entre cualquier grupo de peregrinos.

Yo estaba ya seducido por el encargo y asentí mentalmente. Le comenté que, por casualidad, había conocido a dos jóvenes en la hospedería que tenían la intención de peregrinar a Santiago.

—Creo —añadí— que puedo conseguir fácilmente que me propongan hacer el viaje juntos.

Guillermo asintió complacido.

—Espléndido. Es una buena solución... Pero a pesar de eso, para garantizar en lo posible el anonimato, también os deberíais integrar en alguna caravana de peregrinos. Incluso, os diré más, acompañado de un hombre de mi confianza.

La idea no me produjo la menor extrañeza y, sin embargo, debería haberme sorprendido. Entonces estaba absorto en la perspectiva del encargo, pero ahora, al recordarlo, no puedo menos que reprocharme mi falta de reflejos y alabar el planteamiento de la conversación. El obispo había contrarrestado con rapidez mis reservas iniciales y ahora todos los pasos iban desarrollándose con coherencia. Por ejemplo, el tema de la lengua vernácula de Castilla. Si mi canciller se había referido de forma un tanto zafia a la importancia del idioma, Guillermo me estaba haciendo notar que, en efecto, el tema era esencial, pero de forma más inteligente, para que fuera yo mismo quien valorara la importancia política y cultural de la elección. Supo crearme las impresiones convenientes sin permitirme albergar la sensación de ser un instrumento en manos de su inteligencia. Por otro lado —ahora lo he sabido al reflexionar sobre ello— había decidido previamente hacerme acompañar por alguien; debía de tener planificado desde mucho antes de mi llegada el curso de los acontecimientos. No obstante, yo salí convencido de que había sido una decisión tomada en el proceso de nuestra discusión. Por eso, con cierta inocencia, al principio le cuestioné la propuesta:

—¿Creéis que es una buena idea? ¿No será peligroso hacerme acompañar por alguien que puede ser reconocido?

—Estoy seguro —contestó Guillermo a lo primero, sin prestar demasiada atención a mis temores—. Cuanta más ayuda, mejor. Sin embargo no puedo ofreceros ninguno de los más cercanos; como decís, se delataría mi participación. No sé...

Pareció como si repasara mentalmente algunos nombres hasta que se le iluminaron los ojos.

—Esperad, porque se me está ocurriendo la persona adecuada... Sí, Velasco será perfecto. Ahora no está en Jaca, pero se encuentra muy cerca. Vive recluido a escasas leguas de la ciudad, haciendo penitencia como eremita en el monasterio de San Juan de la Peña. Pero no os preocupéis, le mandaré llamar y en dos días estará aquí.

—No es necesario —le dije—. Puedo ir yo mismo a recogerlo. Y ya que lo mencionáis, tengo un especial interés por visitar el monasterio de San Juan de la Peña y admirar dentro de él la más venerada reliquia del cristianismo, el Santo Grial.

Me miró con lentitud y dijo con expresión enigmática:

—Si deseáis ir vos mismo a San Juan, sea. Confiemos en que seáis capaz de ver el Grial, porque no os será fácil.

Cambiando de tema, añadió:

—Pero no os preocupéis por encontrar a la persona de quien os he hablado. Él os hallará a vos.

Asentí sin entender pero tampoco sin cuestionar sus palabras. La verdad es que no me dio tiempo a hacerlo.

—¿Recordáis que al principio de nuestra conversación, cuando os animaba a ir como simple peregrino a Compostela, os dije que deberíais llevar una carta mía al obispo de Santiago? Pues bien, en ella os acreditaré para poder investigar sin despertar sospechas. Tal y como os describiré y debéis comportaros desde ahora, apareceréis en Santiago como un monje francés experto en derecho que puede ayudar a dilucidar el caso, aunque naturalmente durante el viaje nadie debe sospechar que viajáis a la ciudad del Apóstol con este motivo.

Mientras la redactaba, mandó llamar al deán de la catedral para que me ilustrara sobre las bondades de su templo. Poco después se despidió muy obsequiosamente, augurándome toda clase de éxitos e impidiéndome preguntarle por aspectos que debía haber aclarado y a los que daría vueltas en las jornadas sucesivas. En efecto, ¿por qué, salvo la mínima referencia al nombre de Velasco, eludía hablar sobre mi misterioso acompañante? ¿Qué había querido insinuar cuando dijo que ojalá consiguiera ver el Santo Grial? ¿Por qué no habría de verlo? En realidad, pronto encontraría respuesta a todas las cuestiones, pero entonces no tuve posibilidad de averiguar más detalles.

Con la cabeza llena de sugestiones salí de aquella sala. En la puerta, el deán esperaba solícito mi salida. Al llegar a su lado, me invitó a acompañarle por la iglesia. Al principio, inmerso en mis pensamientos, no hice demasiado caso a sus palabras. En verdad la situación era extraña. Primero, me obligaban a partir de París con una misión tan urgente que ni siquiera pude despedirme de mis estudiantes. Ahora, al cruzar la frontera, el tema ya no era tan apremiante. Por el contrario, surgía una nueva perspectiva, una nueva misión. No obstante, también debo confesar que, en el fondo, el encargo me atraía. La noche anterior había sentido una cierta envidia escuchando a mis jóvenes amigos comentar su dicha por realizar el Camino de Santiago. Convine, pues, en adaptarme a lo que me tuviera reservado el destino y comencé a prestar atención a las palabras del deán, que estaba explicándome pormenorizadamente cada detalle del templo.

Poco después llegábamos a la puerta de la iglesia, donde un criado del obispo Guillermo me entregó el documento que debía llevar al arzobispo de Santiago. Lo guardé con cuidado en mi bolsa. El deán esperaba impaciente que finalizara mis operaciones. Luego me hizo situarme delante de la portada, pidiéndome que la contemplara con atención. Cuando lo hice, quedé fascinado ante la delicadeza de la traza y la profusión de mensajes escritos.

Por su parte, Enrique y Luca también habían acabado su recorrido por la ciudad de Jaca en la catedral de Ramiro I. Según me contaron después, atravesaron sus naves, y admiraron la exquisita cúpula sostenida por arcos califales. Paseando, fueron llegando a la puerta principal. Ante ella, nos encontramos de nuevo.

—Así pues —corroboraba yo las palabras del deán—, aquí aparece por primera vez de forma clara el mensaje del Camino de Santiago.

—En efecto —confirmó—, conforme avancéis por el Camino, lo podréis observar con claridad. Pero el mensaje empieza en esta iglesia y expresa la dualidad Cristo-Dios – Cristo-hombre. Como sabéis, el concepto de Cristo-Dios se ha representado generalmente a través de la imagen de leones. En este tímpano se hace igual, pues el león constituye, como rey de los animales, el oponente terrestre del águila en el cielo y, por lo mismo, es el símbolo del «señor natural» o poseedor de la fuerza y del principio masculino. También sabréis que la idea de Cristo-hombre se suele representar en forma de cordero. A su lado, siempre están los Apóstoles, como intercesores de la humanidad.

Hizo una pausa antes de continuar:

—A lo largo del Camino de Santiago, si hacéis la peregrinación, veréis sobre todo representado a Cristo a través del cordero, pues se trata de un camino de acogimiento, y el cordero, según el libro de Enoch, es símbolo de la pureza, de la inocencia, de la mansedumbre...

Frente a nosotros, el tímpano desarrollaba su escena con toda solemnidad. En el centro, el Crismón, es decir, el emblema signográfico de Cristo se extendía en un círculo de ocho brazos cerrados como los radios de la rueda de un carro. Entre ellos, se habían representado flores de diez pétalos. A ambos lados del círculo se erguían, magníficos, dos imponentes leones, mientras que a derecha e izquierda y sobre ellos, se habían transcrito diversos textos y representado numerosos animales: serpientes, osos, basiliscos, áspides... Ciertamente, había en esta portada un contenido más refinado del habitual en la arquitectura románica. No le faltaba razón a aquel deán —pensé—, cuando afirmaba que aquélla era la puerta del Camino. Su significado no sólo invitaba a entrar en él, sino a entender la peregrinación como un camino en sí mismo, pues peregrinar es comprender el laberinto como tal y tender a superarlo para llegar al centro.

No sé si fue entonces o más tarde cuando decidí alejar los temores que ahora recupero, pero más o menos en ese momento empecé a considerar de otra forma la posibilidad de recorrer el Camino como cualquier otro peregrino. A medida que pasaban las horas, y no sólo por las razones oficiales, la idea me iba satisfaciendo más. Pensé que si, como nos enseña San Marcos, debemos abandonar nuestra casa y nuestra familia para ir al encuentro con Dios, ¿qué mejor posibilidad que aquélla? Y más para mí, *homo viator* desde mi juventud, viajero permanente por los caminos de Europa, entre corte y corte, de escuela catedralicia a escuela catedralicia. Un viajero que, a pesar de haber recorrido tantas leguas, todavía no había podido cumplir, como cualquier otro, la gran peregrinación compostelana.

La misión me iba seduciendo cada vez más.

Yendo al albergue, informé a mis jóvenes amigos de que las circunstancias habían determinado que me convirtiera también en peregrino. A ello respondieron ambos dando muestras de gran alegría, pidiéndome a continuación poder hacer el viaje en mi compañía, idea con la que jugué como si me planteara dudas y a la que terminé accediendo con gusto. Consciente de su respuesta, les sugerí, no obstante, que si así lo deseaban, podían adelantarse, pues antes de emprender la travesía me gustaría visitar un pequeño monasterio del que había escuchado los más bellos comentarios, San Juan de la Peña. Enrique manifestó entonces que por su deseo vendrían conmigo para visitar el monasterio, pero si quería hacer esta etapa solo, me esperarían en Jaca.

IV. Los templarios y el Santo Grial

San Juan de la Peña, febrero de 1257

Decidimos, pues, unir nuestras fuerzas. Después de informarnos de que necesitaríamos al menos dos o tres jornadas para hacer la visita, a la mañana siguiente nos pusimos en camino. Cuando partimos el día era muy claro pero, poco a poco, las nubes dieron paso a un cielo encapotado que amenazaba lluvia. Corría un aire frío y las hojas muertas en el suelo que cubrían el piso pegajoso hicieron más arduo el trayecto de lo que nos pareció a primera vista, ya que el monasterio de San Juan de la Peña se encontraba al final de una sierra difícil.

Cuando llegamos vi que la ladera del monte donde está enclavado el conjunto o, mejor diría, excavado, se afirmaba entre una estrecha garganta y una pradera, cruzada por un pequeño arroyuelo. Quizá fuera por la hora, pues empezaba a anochecer, o quizá por las condiciones atmosféricas, pero la primera imagen que recuerdo es inhóspita y sombría. Los campos que circundaban a los monjes estaban casi deshabitados y la silueta de sus edificios desde lejos era tenebrosa.

Mientras cruzábamos la única calle de la aldea situada bajo el monasterio pensé que, si bien los monjes no tendrían inconveniente en darnos alojamiento, la hora era ya tardía y no resultaba muy favorable a mis intenciones futuras presentarme pidiendo favores. Así pues, decidí buscar un sitio donde pudiésemos cenar algo y pernoctar, por humilde que fuera. Sin embargo, todavía no era consciente de la importancia del lugar y cuando inquirí por algún albergue apropiado, me indicaron al menos tres posadas en las que podríamos instalarnos. Por fin nos hospedamos en una humilde casa de labriegos, a la que habían añadido una galería con dos grandes cuartos cubiertos de paja, en la que atendieron bien a las cabalgaduras, y la posadera cocinó con más pericia que en otros alojamientos de mucha mayor prestancia.

El salón era estrecho pero, como éramos los únicos huéspedes, pudimos instalarnos con comodidad para cenar. Tenían dispuesto un gran caldero en el centro y varias mesas a cada lado. La familia de los posaderos comía pegada a la cocina y nosotros pudimos hacerlo al fondo, sin que nadie nos importunara. Me alegró nuestra intimidad, tanto Luca como Enrique habían permanecido callados la mayor parte del viaje, como si mi presencia les intimidara y no se atrevieran a hablar con libertad. Al fin, sentados, después de haber compartido el camino, pudieron relajarse y comenzamos a charlar con tranquilidad.

Enrique, desde el principio, había dado muestras de curiosidad y quiso saber el objeto de visitar aquel lugar casi inaccesible. A ello contesté informándoles de que pretendía llegar a ver el auténtico Santo Grial. Como no podía ser menos, mi revelación hizo que me miraran con una mezcla de incredulidad y estupor.

—Supongo que habréis oído hablar a menudo del Santo Grial. La búsqueda del Grial es una de las empresas esenciales de nuestra época. Además es, quizá, el tema favorito de los relatos que se están escribiendo.

Eché a mi alrededor una mirada cargada de intención y continué:

—Es natural. El objetivo de esa pesquisa siempre es el mismo. Una meta espiritual que representa la plenitud interior, la unión con lo divino y la autorrealización. Yo he leído casi todos esos relatos —afirmé—. Se suelen ambientar en algún país lejano y paradisíaco, donde el Grial se halla custodiado en un templo en lo alto de una montaña, protegido por obstáculos que sólo los elegidos pueden superar. Su guardián es a la vez un rey y un sacerdote, está a la vez vivo y muerto; y el héroe que triunfa obtiene como recompensa fortuna, honores y, en ocasiones, la mano de la hija del rey. Ya veis, se trata de historias que contienen todos los elementos para hacerse atractivas.

Ambos asintieron, dándome la razón. Como todos, habían oído hablar de leyendas y cuentos populares relacionados con el Grial. Sin embargo, ninguno sabía de ello más allá de comentarios escuchados por azar, relatos de ciegos o romances de juglares. Naturalmente, Enrique quería saber más. Me miró dubitativo. No debía de gustarle aquel sentimiento. Suspiró.

—Es verdad, todos hemos oído mentarlo, y no sé tú, Luca, pero al menos yo no puedo decir nada de él a ciencia cierta. Y ahora vos afirmáis que cerca de aquí se encuentra el verdadero Grial —se detuvo para recobrar el aliento y dijo abruptamente—: ¿Cómo lo sabéis?

Sonreí levemente, mientras resolvía satisfacer su curiosidad. En realidad yo no tenía la certeza de que allí se guardara el cáliz sagrado, pero había motivos sobrados para suponerlo. En todo caso, mis jóvenes compañeros estaban muy lejos de mis interrogantes y necesitaban acercarse a la raíz de la tradición para poder comprender su importancia.

—Escuchad, os contaré la historia del Santo Grial —les dije—. Proviene de la Antigüedad, del momento en que Cristo muere en la cruz y José de Arimatea, un rico hebreo, se hace cargo de su cuerpo. Este hombre, casualmente poseía también el cáliz con el que se celebró la Santa Cena, por lo que, cuando lavó el cuerpo de Cristo, preparándolo para la sepultura, decidió utilizarlo para recoger la sangre que vertían sus heridas. Un día después de la resurrección, cuando los romanos comprobaron que había desaparecido el cuerpo de Nuestro Señor, acusaron a José de haberlo robado y al no revelar dónde lo había escondido, le encerraron en prisión. Pero él se mantuvo en silencio y no confesó su paradero. Los romanos, para desalentarle, decidieron no darle alimento alguno hasta que hablara. No obstante, José de Arimatea persistió en su negativa. Una tarde, mientras estaba en su celda, se le apareció Cristo, bañado en una luz resplandeciente, y le confió el cáliz, ahora ya de forma, ¿cómo diría?..., oficial. Además, le instruyó en el misterio de la misa e incluso en otros secretos especiales, desapareciendo poco después. A partir de entonces, José se mantuvo milagrosamente vivo gracias a una paloma que entraba en su celda una vez al día y depositaba una hostia en el cáliz para que le sirviera de alimento.

—¿Le daba de comer el Espíritu Santo? —preguntó Luca.

Sonreí con comprensión antes de proseguir:

—Muchos años después, cuando José de Arimatea fue puesto en libertad, decidió marchar al exilio con un grupo de seguidores. Por el camino se detuvieron una temporada en un lugar extraño para construir una mesa similar en todo a la de la Última Cena. En ella, el puesto de Cristo estaba ocupado por un pez y el lugar número trece, que representaba a Judas, permaneció vacío...

—¿Por qué? —inquirió Enrique.

—Según la tradición, porque quien intentara sentarse en él, perecería. A este asiento, desde entonces, se le llamará el *sitio peligroso.*

Hice una pequeña pausa.

—A partir de este momento, la historia se ramifica en varias versiones. Para algunos, José se embarcó hacia Gran Bretaña para fundar una capilla dedicada a la Virgen María en un lugar llamado Glastonbury. Otros afirman que José no pasó de Francia, y que cedió la custodia del cáliz a su cuñado Born, que es de quien quizá habéis oído hablar en relatos como *El rico pescador.* Según esta versión, el grupo se estableció en una localidad llamada Avalón, donde fundaron la orden de caballeros del Grial y construyeron una *segunda mesa* dentro de un templo custodiado por un castillo, en un paraje denominado Muntsalvach o Monte de la Salvación. Después la trama se complica, pero hay un hecho destacable: una disputa a consecuencia de la cual Born, el custodio del Grial, recibió una herida de lanza en los genitales...

—¿En los genitales? ¡Vaya sitio! —exclamó Luca sin poder contenerse.

Enrique le miró con ojos cortantes de beligerancia. Luego, dirigiéndose a mí, preguntó:

—¿Cuál fue la causa de la herida?

—No es sencillo. La causa directa fue una pelea, pero es difícil aventurar el motivo real de la misma. No está claro si se produjo por la disputa por el amor de una dama o bien se debió a la pérdida de la fe. Sobre este punto no hay excesivo acuerdo. Pero ya os dije que era una historia compleja y debo resumirla. Lo cierto es que, desde entonces, a Born, al custodio, se le llamó el *Rey Herido* y la región que rodeaba el castillo del Grial quedó desolada; sus ríos, secos; sus árboles, muertos; donde antes todo era rico y hermoso, quedó únicamente el estrago y la muerte.

—Ahora, amigos —continué—, debemos dar un salto y pasar a los tiempos del rey Arturo, que es con quien más a menudo habréis oído relacionar el Grial. Es una época también lejana, de la que sin duda recordaréis el nombre del mago Merlín, fundador de la famosa Mesa Redonda, o *tercera mesa del Grial*. En todo caso, da igual, lo importante es destacar que, para entonces, el cáliz había desaparecido misteriosamente. Así fue pasando el tiempo hasta una noche del día de Pentecostés, cuando el Grial reapareció frente a los caballeros de la Mesa Redonda flotando en un rayo de luz y cubierto por un velo. Luego volvió a desaparecer. Tras la visión, esa misma noche, todos los presentes juraron dedicar su vida a la búsqueda del Grial, comprometiéndose a partir de inmediato. En este punto, el relato se complica mucho, pero el dato decisivo es que, para poder hallarlo, cada caballero tendría que enfrentarse y superar una serie de pruebas.

—Ya recuerdo —dijo Luca—. De esas pruebas hemos oído hablar. Son relatos de heroicidades y luchas sin fin que empiezan y acaban en sí mismos —miró al suelo, levantó la cara sonriendo y preguntó a bocajarro—: ¿Cómo sigue la historia?

—Bueno —continué—. Hay muchos desarrollos. Lanzarote, uno de los caballeros, estuvo a punto de conseguir ver el Grial, pero al fin fue rechazado y cegado temporalmente a causa de la relación adúltera que mantenía con Ginebra, la esposa de Arturo. Otro de ellos, Gawain, consiguió llegar hasta el castillo del Grial, pero también fracasó.

—¿Por qué? —dijo Luca.

—En este caso, por estar demasiado apegado al mundo y carecer de la sencillez y las cualidades espirituales que debe tener el verdadero buscador.

—Entonces, ¿nadie consigue verlo? —preguntó Luca con cierta decepción.

—En realidad —contesté—, hay tres caballeros que lograron encontrarlo. Primero, Galahad, el caballero virgen e impecable; luego, Bors, el hombre humilde y corriente, el único que regresó a Camelot a contarlo. Y, sobre todo, Perceval o Parsifal, a quien apodaban el tonto perfecto, a causa de su inocencia. ¡Ironías de la vida! Perceval es el verdadero héroe de la historia. Narrar sus peripecias me llevaría semanas. Al principio sufrió varios fracasos y, aunque se acercó al Grial, nunca llegó a verlo. Luego, vagó perdido hasta encontrar el camino del *Rey Herido*...

—¿El Rey Herido? —interrumpió Luca.

—¿No te acuerdas? —contesté, aprovechando la ocasión para beber un poco de vino—. Sí, hombre, recuerda tus risas. Se trata de Born, el esposo de la hermana de José de Arimatea, que fue herido con una lanza.

—¡Ah!, sí, el que se hiere en sus partes pudendas... —confirmó ya serio.

—Ése —contesté complaciente mientras dejaba la copa en la mesa—. Perceval consiguió curar sus magulladuras planteando una pregunta ritual de excepcional importancia. Es la siguiente: *¿A quién sirve el cáliz?* Milagrosamente el rey dio la respuesta correcta y, como consecuencia de ello, revivió su reino. Las aguas volvieron a fluir por la tierra desolada y todo floreció de nuevo...

—¿Ahí acaba la historia? —preguntó Enrique.

—No, más tarde Galahad, Perceval y Bors viajaron hasta Sarras, la ciudad celestial de Oriente, para participar en una misa en la que el Grial sirvió de cáliz. En aquella misa ocurrieron muchas maravillas y Cristo se manifestó tres veces. Primero como celebrante, luego como un niño resplandeciente, y por ultimo, en la Hostia, como un crucificado.

—¿Y qué pasó después? —preguntó Luca, a quien por fin había logrado interesar.

—El resto no tiene demasiado interés. Galahad murió en loor de santidad y, según proclaman algunos, con su alma el Grial ascendió a los cielos. Por su parte, Perceval volvió al castillo del Rey Pescador para ocupar su sitio, y Born a Camelot para narrar la historia de sus avatares.

—Hay algo que no entiendo —dijo Luca—. Si encuentran el Grial en Oriente, ¿por qué creéis vos que está cerca de aquí?

—Espera —le interrumpió Enrique—. Antes de que contestéis, maestro, respondedme a otra cuestión que me ha intrigado y habéis dejado en el aire. ¿Cuál es la respuesta acertada a la pregunta ritual que mencionasteis? ¿A quién sirve el Grial? ¿Qué se debe contestar?

Le mire con intención. Al joven aparejador no se le escapaba detalle. Sin embargo, ése era un dato que no conseguiría arrancarme con tanta facilidad; si lo quería, debía ganarlo con más esfuerzo. Ignorando la pregunta de Enrique, pensé en contestar a Luca por qué suponía que el Grial estaba en San Juan de la Peña. Llevaba intentando ubicar el sitio exacto de su localización tantos años que la pregunta me resultaba casi ridícula. El Grial había sido desde los comienzos de mi formación uno de mis temas favoritos de estudio. ¡Había leído tanto sobre él! ¡Había escuchado tantos relatos que me parecía imposible poder condensar las razones!

Sin embargo, era posible. Siempre me resultará extraño cómo recuerda uno las cosas cuando empieza a hablar de ellas. Miré los cuencos de verduras, las copas de vino y el pan sobre la mesa y, de pronto, casi en un instante, pasaron por mi mente las largas tardes de estudio en *scriptoria* de toda Europa consultando y anotando datos. Me vi de nuevo reviviendo mis disputas con los bibliotecarios, volviendo a oír las palabras que dijeron y a ver los gestos de quienes consulté. Pero sobre todo recordaba los libros. A Crethien de Troyes y su *Compte del Graal,* a Robert de Boron y a tantos otros. Y, por encima de todos, el *Parcival*, la obra que Wolfram von Eschenbach había escrito a principios de nuestro siglo, sobre el año 1205, y del que la biblioteca de Federico II poseía un ejemplar en Palermo, la sede de mi estancia en la corte siciliana. Gracias a él hice converger muchos datos que bailaban en mi cabeza y pude aventurarme en el camino correcto. El *Parcival* me ayudó a corregir la primera historia de Crethien de Troyes sobre el Rey Pescador y acercarme a la pista hispana. En él se propone una tesis diferente basada en los datos proporcionados por un tal Kyot de Provenza, quien a su vez los obtuvo de Flegatanis, sabio de Toledo y descendiente de Salomón. Según parece, este Kyot encontró los documentos auténticos del Grial en Anjou, por lo que esta dinastía sería la legítima heredera de la estirpe sagrada del Rey Pescador y no los Plantagenet, como sostiene Chretien de Troyes.

Pero ésta era una cuestión baladí para mí, pues sólo me importaba su localización. No era, sin embargo, trivial la interpretación de Wolfram sobre quién debió de ser el verdadero Rey Pescador o *Anfortas*. Siguiendo su línea de pensamiento, no podía ser otro que Alfonso I el Batallador, rey de Aragón y Navarra, muerto hacia 1104, e introductor de la sagrada orden del Temple en la península Ibérica. Estos hechos concordaban con el resto de mis noticias, pues yo sabía que el Grial había permanecido desde siempre en estas tierras. Por eso, para sintetizar, contesté a Luca:

—Verás, una cosa son los relatos, las leyendas y otra, la historia. Te diré lo que está atestiguado. En el siglo III, en tiempos del emperador romano Valeriano, durante la persecución de los cristianos, el papa Sixto II entregó el Grial junto con otras joyas de la iglesia a su diácono Lorenzo, para que lo pusiera a salvo. También sabemos que el venerable Lorenzo había nacido en estas tierras, parece ser que era hijo de una tal Paciencia y de Orencio. Según se cree, antes de morir en la hoguera pudo entregárselo a un centurión romano llamado Recaredo, que asimismo era originario de este valle aragonés. Él lo trajo a Jaca junto con otras reliquias, como el mismo pie de san Lorenzo, que habéis podido contemplar conmigo en la pequeña iglesia en la que paramos camino al monasterio, Yebra de Bassa.

—Por eso teníais tanto interés en verlo, maestro. Ahora lo entiendo —dijo Enrique, con voz pensativa.

—Así es. Entonces no me pareció apropiado deciros nada. Además, no lo hubierais entendido. Os tendría que haber contado antes todo esto para que comprendierais la importancia del pie de san Lorenzo. Pero para mí era fundamental. ¡Con ello confirmaba estar en el camino correcto! Por otro lado, perdonadme, me encontraba demasiado excitado con su hallazgo como para detenerme a comentarlo. ¡En fin!, ¿qué más da? —concluí—. Ahora ya sabéis por qué me hizo tan feliz comprobar que la reliquia del pie de san Lorenzo estaba donde debía estar.

—Tenéis razón —me dijo Luca—. Hubiera resultado incomprensible para nosotros. Pero, continuad, ¿cómo llegó el Grial hasta este monasterio perdido de la mano de Dios?

Sonreí interiormente. ¡Perdido de la mano de Dios! ¿Qué sabrían ellos de los monasterios erigidos en los lugares más inaccesibles de la cristiandad? Continué:

—Esperad un poco y entenderéis qué pasó. Según he deducido a lo largo de estos años, el Santo Grial estuvo en Jaca hasta los tiempos de la conquista musulmana, cuando, al peligrar su seguridad, fue trasladado por santa Orosia, la patrona de la ciudad, cuya tumba en la catedral, ¡ay!, no vi...

Eché a mi alrededor una mirada cargada de intención.

—Orosia debió de ser una mujer muy especial. Vino de Bohemia para casarse en Jaca con un noble local. Cuando los árabes sitiaron la ciudad, se encargó de trasladar el sagrado cáliz a una caverna situada en el monte Yebra, acompañada de su tío Acisclo, el obispo de Jaca. Luego la pobre Orosia fue mancillada y decapitada por los invasores. En cuanto al Grial, no duró mucho en la gruta; nuevos traslados lo llevarían de iglesia en iglesia, hasta que, hace casi doscientos años, lo trajo a San Juan de la Peña otro obispo de Jaca, en este caso, un tal don Sancho...

—¿Y por qué lo hizo?

—Don Sancho procedía de este monasterio. Al renunciar al obispado y retirarse, quiso venir a morir a San Juan de la Peña acompañado del más preciado tesoro de la catedral.

—Ya veo —reconoció Enrique.

—Sí, queridos muchachos —confirmé—. El Santo Grial, el vaso místico que sirvió para la institución de la Eucaristía, el cáliz en el que se dice recogió José de Arimatea la sagrada sangre que brotó del costado de nuestro Señor en el Gólgota cuando el insensato soldado romano Longinos le hirió en la cruz. ¿Entendéis por qué estoy tan seguro de que se encuentra entre los muros de ese monasterio? —concluí señalando al vacío.

Quedamos todos silenciosos. Pero fue apenas un instante, desde la oscuridad surgió una voz:

—Tenéis razón. Aquí está, señor.

Sorprendidos, nos volvimos hacia atrás, para ver quién pronunciaba esas palabras. Era el posadero, que sigilosamente se había acercado a escuchar la conversación y ahora se aproximaba a nuestra mesa. Nos solicitó permiso para sentarse al lado, antes de proseguir:

—Llevo diez años en esta posada y dos más en la aldea y nunca había oído narrar la historia del Grial de la manera clara y sin rebuscamientos con que lo habéis hecho vos. Os lo agradezco mucho, porque sólo sabemos retazos de la historia y nunca pudimos entender las complicadas conversaciones de otros tantos viajeros.

Incliné la cabeza, en señal de agradecimiento, pero me interrumpió con un suave ademán.

—Ya que me habéis permitido conocer lo que sabéis, os diré algo. No perdáis el tiempo: no os van a dejar acercaros a él. Vuestra espera será vana. Y os lo digo con buena intención. Para nosotros es buen negocio hospedar a gentes como vosotros.

Le miré con impaciencia, pero no se arredró.

—Os pasaréis días esperando sin ningún éxito —continuó el posadero—. No sé quiénes sois ni vuestra importancia, pero está custodiado por caballeros templarios y puedo aseguraros, perdonad mi osadía, que he visto a gentes de mayor alcurnia que la vuestra regresar a sus casas con el rabo entre las piernas después de haber aguardado durante semanas. Iban a visitarlos, tenían entrevistas secretas durante varias jornadas y, al final, el resultado era el mismo. Nada. A los templarios les dan igual los rangos y los honores, salvo los suyos mismos —se pasó la mano por la cabeza y concluyó—: Ya sé que mis palabras no os influirán, pero hacedme caso y cuando mañana os digan que no es posible, no insistáis más. No serviría de nada.

Tal como dijo, sus palabras no tuvieron el menor efecto. Veríamos si podía acercarme al Grial. Había esperado demasiado tiempo como para perder ahora la oportunidad, justo cuando se encontraba al alcance de mi vista.

A la mañana siguiente nos despedimos de nuestros anfitriones y nos encaminamos al monasterio. Después de identificarme, tal y como imaginaba, nos ofrecieron alojarnos en sus dependencias. Al poco de instalarnos nos reunimos en la portería, donde el fraile que custodiaba la entrada nos entretuvo informándonos de que la primitiva iglesia se empezó a construir hacía casi trescientos años y de que su origen se perdía en la noche de los tiempos. Según parece, el lugar, oculto en la espesura del monte Pano, fue descubierto por dos cazadores llamados Voto y Félix, cuando perseguían un ciervo. Al llegar al borde de la roca cortada a pico, el animal cayó al vacío. Cuando bajaron a buscarlo, descubrieron una cueva enorme y dentro, el cuerpo milagrosamente preservado de Juan de Atarés, un anacoreta solitario muerto allí en loor de santidad. Fascinados con el encuentro de un cuerpo incorrupto, decidieron retirarse en la cueva, fundando un ermitorio por el que pasarían otros cenobitas, hasta que en el año 842 se consagró el lugar como monasterio, acogido a la orden de San Benito.

Por tal motivo, el conjunto de San Juan de la Peña tiene una forma muy particular. Construido bajo el amparo de una enorme roca, la iglesia se halla literalmente excavada en la piedra y produce una sensación de rudeza que contrasta con el bellísimo claustro, cuyo techo es la peña que da nombre a la comunidad.

Aunque cuando soñaba con visitar San Juan de la Peña nunca se me ocurrió pensar en el aspecto exterior, recuerdo que su extraña disposición arquitectónica me hizo reflexionar con detenimiento. Además, Enrique facilitó con sus preguntas que manifestase mis opiniones en voz alta, y así poderlas ordenar. Aquella primera tarde, paseando por los alrededores, mientras sentíamos el olor del aire a tierra fresca y al lejano aliento del ganado, le conté las ideas que me propiciaba la vista del lugar. Al ver un edificio perforado, horadando la roca, le pregunté si no tenía la impresión de que mirábamos los edificios como si fueran estatuas.

Pero Enrique no me entendía.

—Quiero decir que las vemos desde fuera sin percibir el interior.

El cantero seguía mirándome con ojos de duda.

Traté de explicarme. Aquel conjunto nos demostraba admirablemente que la arquitectura era, antes que nada, espacio, y más que eso, espacio envuelto, espacio interior, vacío. Creo que terminé diciéndole algo así:

—En arquitectura es esencial asumir una dimensión nueva que deriva de nuestro caminar dentro de ella, cuando vamos desplazando sucesivamente el ángulo visual. Si queremos comprenderla, cuando la recorremos y visualizamos desde dentro, debemos participar de esa otra magnitud que nos exige involucrarnos, que nos obliga a contar con el tiempo de nuestro recorrido.

—¿El tiempo...?

—Sí, el tiempo. ¿O no te parece —proseguí— que, si repasamos mentalmente la historia, es posible comprobarlo? Desde la primera cabaña del hombre primitivo hasta cualquier vivienda, palacio o catedral, todas las construcciones requieren un calibre diferente que abarca al espacio mismo. Gracias a esa nueva dimensión podemos definir el volumen arquitectónico, es decir, la caja de muros que involucra a ese espacio.

Hice una pausa para recapitular, pero Enrique me interrumpió:

—A ver si os entiendo. Si lo que decís fuera cierto, el espacio transcendería los límites de cualquier formato concreto. Por consiguiente, podríamos preguntarnos, ¿cuántas dimensiones tiene este «vacío» arquitectónico del que habláis? ¿Cuatro? ¿Ocho? ¿Diez? ¿Infinitas..?

No lo sabía. No lo sé. Lo único que puedo afirmar, lo averigüé entonces y quiero constatarlo ahora, es que todo lo que no tiene espacio interno no puede ser considerado arquitectura. Pero no quiero divagar sobre estos temas, que no son los míos. ¡Estaba en San Juan de la Peña! ¡En el monasterio que albergaba la reliquia suprema, guardada con devoción desde el nacimiento del cristianismo! Y también, yendo un poco más allá, el edificio que le daba cobijo era al tiempo la síntesis de la arquitectura más esencial y el más fiel reflejo del pensamiento cristiano puro. En él, la íntima unión del edificio con la tierra, el contacto directo con el lugar sacralizado, eran una invitación a otra visión de lo real. Los monjes lo sabían. Por eso eligieron ese enclave para guardar la copa de la sabiduría ancestral, la que fue labrada a partir de la piedra que se desprendió de la frente de Lucifer, el rebelde, el sabio.

Después de cenar, al abandonar el refectorio, observé entre las sombras de la puerta a un hombre haciéndome señas. Me acerqué a él y vi que se trataba casi de un gigante. Sin embargo, aun cuando mi cabeza llegaba sólo a sus hombros, pude ver en sus ojos una mezcla de fuerza y de sumisión que resultaban contradictorias. Su tono de voz era muy bajo, casi un susurro:

—Maestro Hinault, he recibido la orden de abandonarlo todo y ponerme a vuestro servicio. Mi nombre es Pedro García de Velasco, aunque todos me conocen por Velasco. Estoy a vuestra disposición desde este momento.

¡Así que ése era el misterioso Velasco de quien me había hablado el obispo Guillermo! Le miré despacio. Iba pobremente vestido, sin más ropajes que un humilde sayal y sandalias de cuero. Pero apenas podía distinguir los detalles. Después comprobaría su habilidad para moverse con sigilo y pasar inadvertido; entonces no sentí sino una silueta en la oscuridad.

—¡Ah!, sois vos... —le miré con cara de duda—. No sé si estáis informado de la misión que me han encomendado.

Velasco asintió con la cabeza.

—Bien, en ese caso, ya hablaremos más tarde. Ahora desearía que me ayudarais en otra cosa. Según me dijo Guillermo, estáis retirado en este monasterio como eremita, así que quizá podéis indicarme cómo puedo conseguir acceder al Santo Grial. Se lo he preguntado a los monjes, pero me han dicho que está bajo la custodia de los caballeros templarios y que debo ser autorizado por ellos. Decidme, ¿qué puedo hacer?

—No os será fácil, maestro. No lo enseñan a nadie. Tan sólo se puede ver en ciertas fechas destacadas y tendríais que esperar mucho para eso. Si no me equivoco, la próxima vez que se mostrará en el altar mayor de la iglesia será dentro de mes y medio, en Viernes Santo. Hasta entonces está guardado por ellos y no se permite a nadie visitarlo...

—Yo no puedo aguardar tanto tiempo —me quejé—. Como sabéis, debemos cumplir una misión en Santiago de Compostela en el mes de julio. Si esperamos hasta Semana Santa, ¿podríamos llegar a Santiago en la fecha prevista?

—No, es demasiado justo. La travesía dura al menos tres meses y se me ha indicado que deberíamos hacerla sin prisas para no despertar sospechas. He recibido instrucciones de integrarnos en alguna caravana de peregrinos y la marcha exige unas ciento veinte jornadas desde Puente la Reina. No podemos esperar tanto.

—Pero eso es imposible —objeté.

—Si queréis llegar a Santiago a finales de junio o principios de julio, debemos salir de aquí a principios de marzo y comenzar la peregrinación como máximo a mediados de mes. En consecuencia, no podemos quedarnos hasta la Semana Santa.

—Debe de haber algún medio para llegar al Grial sin necesidad de retrasar la salida. Debo encontrarlo. ¿Qué puedo hacer?

Velasco se encogió de hombros.

—Ya os digo que no lo conseguiréis. He visto a otros hombres como vos intentarlo sin éxito. Y también a personas más importantes. Hace escasamente quince días estuvo aquí un noble inglés del que quizá hayáis oído hablar, Geoffrey Crowley. Vino acompañado de un importante séquito que incluía a un obispo y otros muchos clérigos. Pues bien, aunque estuvieron más de un mes porfiando por verlo, no lo lograron. Debéis desechar la idea de obtener permiso y volver otro año en Semana Santa o Navidad, cuando se expone al público...

Yo no podía ocultar mi irritación.

—No, ya os digo, debo verlo en estos días. Es preciso encontrar otra solución. Veamos, ¿quién lo tiene que autorizar?

Me miró con resignación. Quizá pensó que, si tan empeñado estaba, podía perder el tiempo intentándolo. Me dijo que debía solicitarlo al abad del monasterio y que éste, a su vez, lo trasmitiría a los caballeros templarios.

Así lo hice. Al día siguiente hablé con el abad y, después de tratar de disuadirme él también, acabó por indicar que sería recibido esa misma noche por un caballero en un pequeño cuarto adosado al claustro. Salí de su celda determinado a verlo.

Mientras atravesaba la iglesia y sentía emerger de la misma roca naves, columnas y capiteles, la visión del conjunto me sobresaltó de nuevo. En efecto, el monasterio emergía de la caverna, fue construido partiendo de las posibilidades de la cueva. Esta interiorización de la arquitectura, esta sacralización de la tierra, sugería también otros pensamientos complementarios a los que había desarrollado junto a Enrique. Quiero decir lo siguiente: si, como nos dice san Juan, en el principio fue el verbo, el logos —es decir Dios, palabra y razón—, el hombre, ser finito, cosa entre las demás cosas, *ens creatum*, hecho a imagen y semejanza de Dios —esto es, con logos—, no tiene otra alternativa que buscar a Dios en sí mismo. Y para ello no debe vivir entre las cosas del mundo, entre las ciudades y los otros hombres, porque la certeza no está en ellas, sino en sí mismo. Es decir, que para conocer la verdad, debe excavarse, penetrarse, tal y como mostraba la apariencia externa de aquel portentoso y enigmático cenobio de San Juan de la Peña. Y debe, ¡ay!, a diferencia de lo que he hecho yo durante casi toda mi existencia, olvidar cualquier placer terrenal y hasta el contacto con sus semejantes, ¿pues, qué pueden aportar estos divertimentos sobre lo único esencial de su vida terrenal, la búsqueda de Dios? Nada, absolutamente nada.

Pero de nuevo estoy divagando... Lo cierto, lo que quiero destacar, es que en aquel edificio admirable se conjugaba de manera perfecta el principio de la interiorización con la apariencia externa. San Juan de la Peña fue por tanto, para mí, mucho más de lo que esperaba. Si había sido hermoso poder trascender por primera vez mis esquemas sobre la arquitectura, era infinitamente más importante contemplar un edificio que expresaba en su forma la idea misma de la búsqueda de Dios en uno mismo. Si aquel lugar era el sitio al que los hombres se retiran para consagrarse a Dios por medio de la oración y la soledad, ¿qué mejor apariencia que la de la arquitectura penetrada, interiorizada?

Pero además era, esperaba que fuera, el santuario del Santo Grial. ¡Había soñado tanto con tenerlo delante de mis ojos que no podía creer que por fin fuera a suceder! ¡Y finalmente podría verlo! ¡Quizá incluso podría tocarlo, tenerlo en mis manos!

Fue una extraordinaria aventura. Si bien, como ya he señalado, los monjes benedictinos con los que hablé no me pusieron excesivos inconvenientes —tampoco podían hacerlo—, los verdaderos guardianes del Santo Grial eran los caballeros de San Juan. Y para quien se entrevistó conmigo y, con ingenuidad, tomé por el responsable de la encomienda —cuando no era sino un simple caballero—, yo significaba muy poco: un fraile dominico de escasa importancia. Después de esperar por espacio de casi dos horas, me recibió en un pequeño cuarto situado en el extremo derecho del claustro. Estaba tan tenuemente iluminado que apenas podía distinguir los rasgos de su rostro; sólo destacaba en aquella estancia el fulgor de una vela, iluminando sus armas en el suelo y la brillante cruz pateada, emblema de su orden, que cubría el hombro derecho. Francés de nacimiento, al presentarme y oírle hablar en mi lengua, esperaba una cierta cordialidad. Sin embargo, me recibió con altivez, proclamando antes de decir nada que ellos estaban bajo la advocación del discípulo amado de Cristo, san Juan, y no de la de san Pedro; y que, puesto que sólo debían obediencia al Papa y eran independientes del obispado o cualquier otra organización o jerarquía eclesial, no tenían ninguna obligación conmigo. Me explicó la importancia de su misión, enfatizando las razones por las que no podían permitir que el Santo Grial se convirtiera en un objeto de culto como otro cualquiera, de los que, por cierto, estaba lleno el Camino de Santiago.

—Id por el Camino —me dijo con sorna— y os ofrecerán reliquias falsas por cualquier ciudad: auténticos trozos de la Vera Cruz de Nuestro Señor, dientes de san Pablo, trozos de huesos de medio santoral y hasta recipientes que dicen que contienen la leche materna de nuestra Virgen... ¡Id! ¡Id y lo veréis con vuestros propios ojos!

Ante su orgullosa actitud, opté por dejarle hablar. Con sus cabellos rapados al límite y una barba tan poblada que apenas dejaba entrever la boca, parecía un molde del caballero templario. Cuando se calmó un poco, me preguntó por mis intenciones. Me expresé de la forma más modesta posible, eludiendo indicarle que provenía de la corte del rey de Francia y traía una carta del obispo de Jaca. Por el contrario, sabiendo que sus hermanos de orden tenían encomendada la salvaguardia de los Santos Lugares, le hablé de Sicilia y de lo cerca que había estado de Jerusalén. Le ponderé la misión divina de su orden y poco a poco fui atrayéndome su atención. Me preguntó por numerosos detalles de mi vida y por fin, como si no lo supiera de antemano, cuando quiso oír la razón de mi visita, le hablé del Grial. Le conté que había leído todo lo que había podido sobre su compleja historia. Al llegar a este punto comprendí que estaba empezando a ganarlo, pues sólo conocía por referencias el libro de Robert de Boron, *Roman de l'estoire du Saint Graal.* Si bien se trata, en mi opinión, del texto menos interesante de los que había podido estudiar, le hablé con detalle del mismo y hasta creo que le prometí hacerle llegar una copia en cuanto regresara a París, ciudad en la que le acabé confesando que enseñaba filosofía y teología.

Al fin manifestó que, si tanto era mi interés por la sagrada reliquia, no tenía sino que aguardar unos meses para verla. En el aniversario de la Pasión de Nuestro Señor se expondría durante dos días en el altar mayor. Respondí que no podía esperar hasta esas fechas, solicitándole con humildad poder verlo cuanto antes, pues debía llegar pronto a Compostela. Tras negociar prolijamente con sus cautelas, acabó por ceder, pero no creo que fuera por la información que le di. Como en otras ocasiones, la providencia me ayudó confabulándose con el azar: un hermano suyo trabajaba al servicio de la Universidad de París y pude darle noticias suyas después de años sin saber de él. Las nuevas le agradaron tanto que concluyó diciéndome que a la mañana siguiente me darían la posibilidad de ver el sagrado cáliz; debía reunirme con él y otros caballeros en una cueva situada a unos doscientos metros del claustro, donde sería sometido a una pequeña prueba que atestiguara si era merecedor del privilegio. Después de asegurarle que allí estaría, por fin me dio a conocer su nombre, Jacques de Montreal, y me citó casi al alba.

—Esperadme —aclaró— inmediatamente después de maitines en la puerta principal del claustro.

Tras ello, inclinó la cabeza hacia delante y se despidió. En cuanto a mí, agotado por la discusión y preso de una emoción difícil de relatar, me retiré a descansar, si bien no logré conciliar el sueño.

No informé de nada a mis compañeros, que respetaron mi silencio. Después me contarían que me habían notado en tensión, concentrado y como ausente. Por la mañana, sin haber tomado alimento alguno, me dirigí a la puerta del claustro. Aunque todavía era de noche, empezaban a abrirse las primeras luces en el cielo. Frente a mí, la silueta de las montañas que rodeaban el monasterio se erguía oscura y negra, como un telón. Sobre ella, un leve resplandor de tono anaranjado anunciaba la llegada del día. Estaba inquieto, tanto que a punto estuvo de pasarme desapercibida la primera señal, la primera información que se ponía a mi alcance, lo que, como después pude comprobar, me hubiera impedido alcanzar mi objetivo. Y eso que el mensaje estaba encima de mi cabeza, grabado en piedra sobre la puerta de entrada al claustro. Más tarde comprendería que la ligera tardanza de Jacques había sido premeditada. Si bien me brindaban la oportunidad de tomar conciencia de la singularidad de la situación, no podía dejar escapar ningún detalle antes de someterme a sus pruebas.

Mi acompañante llegó con el rostro semioculto, completamente embozado en una capa. Sin dirigirme la palabra, con un ademán seco, me hizo seguirle. Caminamos en silencio hasta un saliente de la roca que ocultaba un pequeño edificio poligonal bastante bien construido. Después de atravesar una minúscula habitación en la que descansaban cinco o seis caballeros, llamó a una puerta de roble y con un gesto, me hizo pasar solo. Se trataba de una estancia octogonal bien iluminada, aunque con el techo bajo, pues estaba levantada en parte sobre la misma roca. Su pavimento era muy peculiar; formado mediante baldosas blancas y negras, constaba de un doble cuadrado que tenía por centro la cruz de ocho puntas. Ésta, a su vez, contenía otro cuadrado en el que había inscrita una cruz griega rodeada de una inscripción que, por desgracia, no pude leer.

Al fondo, tres caballeros me observaban con atención. Estuve todo el día con ellos y pude mirarlos detenidamente. Dos de ellos eran jóvenes, pues apenas habían sobrepasado los veinte años; sólo recuerdo el nombre de uno, Alfonso de Blasco. Sin embargo, quien más me impresionó fue, sin duda, el responsable de la encomienda, Guillén de Monredón, de quien después supe que era el hijo mayor del anterior maestre de los templarios de la provincia de Aragón y custodio del rey Jaime I durante su minoría de edad.

Las horas que pasé en compañía de Guillén son uno de los acontecimientos memorables de este viaje y quiero dejar constancia de ello. Por eso deseo describirlo con detenimiento. A simple vista no aparentaba su edad, casi cincuenta años. De expresión ruda, los rasgos de su cara no parecían naturales sino tallados, sobresaliendo unos ojos pequeños, alargados, envueltos en un mar de pequeñas arrugas que, sin embargo, no conseguían envejecer su mirada. El contorno de la cabeza era, además, singular. Y no sólo por la larga barba, abierta a ambos lados, que caía indolente sobre el pecho, sino por la ausencia de rasgos definitorios, individuales. Únicamente destacaba en el conjunto el cuello, ancho y corto, más propio de un campesino que de un monje-caballero. Tras esa primera impresión, aparecían ciertos matices que delataban su ocupación. Las manos suaves, sin las asperezas y callos del trabajo manual, y el gesto de inteligencia que se escondía tras el brillo de sus ojos, daban las primeras indicaciones. Después, y aunque en general su expresión podría haber sido descrita como severa, un examen más detenido permitía observar una media sonrisa permanente, entre la ironía y la distancia. Por lo demás, era bastante alto y corpulento, delgado y de piernas musculosas, y muy afable. Hablaba con dulzura casi siempre, y con alegría a veces. De hecho, el que a menudo sonriera con benevolencia había permitido que apareciese un hoyuelo en la barbilla que se acompasaba a la perfección con su realidad de hombre en contacto con la realidad trascendente.

Tras presentarse y explicarme que Jacques de Montreal les había puesto al corriente de mis intenciones, Guillén tomó la palabra para reiterar que tenían encomendada la sagrada misión de ser guardianes del Grial. En consecuencia, debían poner un cuidado especial en que no fuera visto, «profanado» —me dijo— por cualquiera.

—Así pues, para tener la posibilidad de acceder a Él —continuó— debéis demostrarnos al menos tres cosas. En primer lugar, sagacidad para traspasar el umbral de la realidad; después, capacidad para interpretar el misterio, es decir, vuestro conocimiento de los enigmas de nuestra religión. Y por fin, la tercera prueba, debéis acreditarnos fe para reverenciar lo sagrado.

Como yo permaneciera en silencio, asintiendo a sus palabras, me preguntó con un gesto si me encontraba preparado y después de mirarme lentamente, con gravedad, me interrogó de la siguiente manera:

—¿Por qué creéis que estáis aquí? O, por decirlo más claro, ¿por qué pensáis que, en el caso de que eso fuera posible, os debemos enseñar el Santo Grial?

Después de pensar en ello durante unos segundos, recordé que la primera prueba era de sagacidad. Y que, por tratarse del primer escalón, no debía ser excesivamente complejo. Debía de poseer los datos o haberlos tenido al alcance de mi mano. Repasé los acontecimientos de la tarde anterior y de esa misma mañana y contesté:

—Antes de venir aquí he estado durante diez minutos esperando a vuestro compañero Jacques delante de la puerta mozárabe que da acceso al claustro del monasterio. En ese tiempo, que creo no ha sido casual, ¿o sí lo ha sido?...

El monje, que me miraba con curiosidad, asintió con desgana.

—En efecto, no ha sido casual.

—Pues bien —continué—, en los pocos minutos que he permanecido bajo la puerta he tenido tiempo para poder entrever una inscripción que puede responder a vuestra pregunta. Está escrita encima y dice: *Porta per hanc caeli fit pervia quique fideli ✠ si stu dead fidei iungere iussa Dei* (La puerta del cielo se abre, a través de ésta, a cualquier fiel ✠ si junto a la fe guarda las leyes del Señor). Creo que el significado de la leyenda escrita indica la santidad del claustro y su especial situación debajo de la roca.

Guillén asintió. Yo continué:

—Y si la santidad viene dada precisamente por la naturaleza del lugar, es que cualquier fiel, a través de ella, puede alcanzar el cielo.

—¿Cualquier fiel o sólo los elegidos?

—Cualquiera, incluso un pobre fraile dominico como yo.

Guillén me miró astutamente:

—Y eso, ¿por qué?

—Porque bastaría conocer las leyes de Dios, es decir, el saber de la Divinidad expandido por la naturaleza...

Uno de los jóvenes caballeros trató de interrumpirme. Le detuve con un ademán de la mano.

—Por eso creo que la inscripción es una especie de mandato. Está puesta allí para que quien sepa entender su significado pueda solicitar a los guardianes del Santo Cáliz que, de la misma forma que la roca actúa de techumbre del claustro al que da acceso la inscripción, la piedra por excelencia, el Grial, pueda ser vista bajo vuestra protección y amparo. En consecuencia —añadí con la más seductora de mis sonrisas—, os solicito humildemente poder verlo.

Guillén intercambió una mirada de complicidad con sus compañeros. No alteró, sin embargo, su severa expresión cuando, a continuación, me indicó que, en efecto, estaban obligados a mostrar a cualquier fiel el Grial siempre y cuando, como yo mismo había señalado, supiera interpretar el saber de Dios expandido por su Creación.

—Ahora bien —prosiguió—, si el objetivo fuera comprender la naturaleza mística del lugar, la unión espiritual del monasterio con la tierra y, en suma, la llamada a otra percepción de lo real, la visión misma de este conjunto de edificios os daría suficiente respuesta.

—Es cierto —reconocí recordando mi conversación con Enrique.

—Por eso es necesario que demostréis también vuestra capacidad, vuestro conocimiento. Debéis entender que no podemos mostrar un tesoro como el que custodiamos a quien sólo es capaz de reverenciarlo; debéis comprender que restrinjamos su contemplación a quienes sean capaces de entender su significado. Y cuando hablo de comprensión, me refiero a un escalón superior más allá de la apariencia de las formas, que exige traspasar el umbral de la realidad sensible.

Yo le miraba atentamente, sin perder una sílaba.

—Así pues —apuntilló con expresión enigmática—, os haré otra u otras preguntas, vos veréis cómo deben ser entendidas. ¿Por qué queréis ver el Grial?

¡Que por qué quería verlo! Tenía tantos motivos que me daba miedo no ser capaz de poder expresarlos sin atropellar los argumentos. De todas formas, intenté proceder con cautela. Aunque sentía todo mi cuerpo en tensión, miré directamente al rostro de los tres caballeros. Todo es cuestión de tácticas, me dije. A fin de cuentas, medité mientras intentaba plantearme la situación desde su punto de vista, yo no era sino un postor más. En consecuencia, para no equivocarme, traté de ir acercándome progresivamente al sentido exacto de la pregunta. Sabía, Guillén me lo había planteado así, que se me estaba preguntando de forma indirecta, es decir, conteniendo más cuestiones de las enunciadas. Cuestiones que, desde mi punto de vista, implicaban mis expectativas de la visita y mi conocimiento del significado del Grial.

—Es difícil responder de forma clara a una pregunta tan compleja. No sé si sabré hacerlo —confesé, haciendo un movimiento a medio camino entre la solicitud y la impotencia—. Pero lo intentaré. Hablabais antes de entendimiento, así que empezaré por uno de los temas que supongo está implícito en vuestra pregunta, el significado. El Grial, de todos es sabido, es un símbolo. Pero no un símbolo más, sino el enigma supremo. El símbolo máximo del conocimiento. Y representa la fuerza, la energía, el poder en su estadio máximo. Desde el prisma filosófico, materia de la que humildemente soy considerado magíster, el Grial constituye la armonización de la dualidad esencial, lo masculino frente a lo femenino, o *anima* y *animus* cristianizados, que se identifican con la Virgen madre, portadora del Grial y el propio Jesucristo, rey del Grial.

—¿Sólo eso?

—No, como vosotros sabéis sobradamente, representa también a la Iglesia secreta, íntima, identificada en José de Arimatea y los que después de él llevaron el título de Rey Pescador. Esta iglesia secreta preserva y transmite el legado espiritual de Cristo, la gnosis cristiana, simbolizando el Grial dentro de ella, el conocimiento y la plena unión con la divinidad a la que aspiran los iniciados. ¿Que qué es para mí el Grial? —proseguí—. ¿Qué puedo deciros con simples palabras? ¡Todo! ¡Prácticamente todo! ¡Y cómo no habría de serlo si está imbricado en mi fe como uno de sus ejes fundamentales! ¡Si en mi ya larga vida ha sido una clave, una referencia permanente!

—En ese caso, contadnos lo que sabéis —apuntilló Guillén.

—Os diré lo que he ido aprendiendo en los sitios más diversos. Según cuentan nuestros maestros, para los celtas el Grial era un caldero del que se renace eternamente; un caldero que dispensa alimentos sin agotarse nunca como el cuerno de la abundancia. En su infierno, llamado *el annwn*, existía uno de estos recipientes, en el que se sumergía la cabeza a los difuntos para que recuperaran la vida, aun cuando privados de la facultad de hablar. Antes de los griegos, en la era de los ritos poseidónicos, el Grial fue utilizado por los jefes de la confederación atlante como cáliz para recoger la sangre de los toros inmolados.

—Y para beberla —me interrumpió Guillén, que escuchaba con atención mis palabras.

—Exacto. Después, los mismos griegos adoraron una piedra de Saturno en el sagrado Monte Helicón, del mismo modo que los musulmanes adoran otra en la Caaba. Hay muchos datos coincidentes. Por ejemplo, recordad que en la filosofía griega el concepto de vaso adopta la forma de crátera o copa, representando la matriz de la creación, el recipiente divino en el que se vertieron y mezclaron los componentes de la vida. Ellos creían que, ofreciéndolo a las almas recién creadas, adquirirían inteligencia y sabiduría.

—Es cierto —asintió Guillén. Y dirigiéndose a sus compañeros, añadió—: Ya que nuestro culto monje nos habla de ello, os diré que el filósofo Platón menciona una crátera de Vulcano, en la que se mezcló la luz del sol. Corregidme si me equivoco, maestro Hinault, pero si no recuerdo mal, Platón afirma que al beber de esa vasija «el alma se ve arrastrada hacia un nuevo cuerpo, como embriagada y luego va deseando saborear un trozo de materia, con lo cual adquiere peso y regresa a la tierra».

Aquélla era mi especialidad. No podía dejar escapar la ocasión. Le di efectivamente la razón y lo agradeció con un gesto. Continué:

—Platón habla de esta crátera a menudo. Incluso en su *Psicogonía* cita otras dos vasijas, en una de las cuales se elabora *el alma de la naturaleza universal*, mientras en la otra *se cocinan las mentes de los hombres*.

—¿En su *Psicogonía*, decís? No conozco esa obra. ¿Dónde la habéis consultado?

—Que yo sepa hay sólo dos ejemplares —contesté—. El que yo he podido leer está en una abadía de los Alpes llamada Saint Gall. Pero allí me dijeron que hay otra copia en el monasterio de Ripoll, no muy lejos de aquí.

—Os agradezco la información —dijo Guillén—. Pero continuad, porque nos estamos alejando de nuestro tema.

—Disculpad. Os decía que hay muchas referencias sobre el contenido mágico de este cáliz. Y no sólo en los celtas o los griegos. También sabemos que en los cultos romanos a Dionisos se bebía de un vaso sagrado, pero quizá sean más interesantes otras alusiones. Así, las de los pueblos del lejano Oriente, a los cuales conozco por citas de viajeros italianos, que ven en esta piedra al tercer ojo o urna incrustado en la frente de una diosa a quien llaman Shiva, en la que se aúnan la sabiduría, el conocimiento iniciático y la perfección.

Guillén detuvo mis argumentos extendiendo la palma de la mano hacia el frente.

—Corregidme si me equivoco; si no os entiendo mal, interpretáis, primero, que todas las culturas veneran una piedra sagrada dotada de poderes mágicos; segundo, que dicha roca sagrada está representada en el cristianismo por el Grial; y tercero, que éste, por tanto, en origen, es una piedra. ¿Es así?

—Algo parecido, sí. No puede ser casual que desde la más remota Antigüedad, todas las religiones hayan conferido poderes mágicos a una piedra para que sirva de origen y sustento a sus creencias. Y la nuestra, la primera. Recordad las palabras del mismo Cristo al fundar la Santa Iglesia e institucionalizar su obra venidera tanto sobre una piedra como sobre el nombre del primer Papa, Pedro. De ahí que os asegure que, antes que otra cosa, en esencia, en el Grial debemos ver a la piedra caída del cielo, *lapsis exillas*, que da origen al Universo. Y de ahí que muchos vean en él a la mismísima piedra filosofal, es decir, a la fuente máxima de la energía.

—¿*Lapsis exillas*? ¿Qué queréis decir exactamente?

—Bien, me refiero —contesté con cautela— a la expresión que utiliza Wolfram von Eschenbach en su *Parzival*.

—Sí, ya sé que os referís a eso —me indicó Guillén con impaciencia—. Lo que yo os pregunto es: ¿qué suponéis que significa esa expresión?

Comprendí que llegaba el primer momento de tomar postura. Podía mostrarme conservador y acudir a la interpretación tópica. También podía contar mis propias impresiones. Fue sólo un instante, pero no lo dudé. Ahora sé que fue un acierto. Pero creo que tampoco tenía alternativa si quería conseguir mi objetivo.

—Ya os lo he insinuado. En mi opinión, aunque Wolfram hable de *lapsis exillas*, lo que quiere decir es *lapis lapsus ex caelis*, o piedra caída del cielo. Fijaos que, más adelante, él mismo afirma que la piedra era una joya, una esmeralda que cayó de la corona de Lucifer durante la guerra entre Dios y Satanás, siendo traída a la tierra por ángeles que se mantuvieron neutrales.

Guillén miró con inteligencia a sus acompañantes. Al verle, detuve mi parlamento, pero Guillén no quería interrumpirme. Con un gesto de la mano, me animó a seguir.

—En otras palabras, considero que esta «piedra pura», que contiene en sí mismo el Grial, no es sino una referencia más o menos directa a la *lapis philosophorum* o piedra filosofal que tanto sabios como nigromantes y alquimistas buscan con denuedo. Eso quería mostrar antes cuando citaba ejemplos de su importancia en todo el orbe.

Y adoptando la expresión más inocente que pude, continué:

—Pero este punto de vista es habitual. Pasa lo mismo en otras culturas...

Como me miraban con indisimulada curiosidad, proseguí hablando:

—Fijaos. Para los árabes, el Grial es el anillo que dispensa el conocimiento. Los judíos, en cambio, lo simbolizan en el Arca de la Alianza y las Tablas del Sinaí. Y ya entre nosotros, los cristianos, los caballeros de la Tabla Redonda lo utilizaron como emblema de la infinitud, de la bóveda celeste, representándolo por un círculo en una gran mesa agujereada en su centro, alrededor de la cual se reunían.

Intercambiaron entre ellos otra mirada de complicidad que me desconcertó. Interrumpí mi discurso. Guillén, entornando los ojos con una insinuación de sonrisa que no lograba asentársele en la boca, se disculpó:

—Veo que conocéis las leyendas artúricas. Perdonad la interrupción, pero nos interesan en particular... Proseguid, por favor, maestro Hinault.

—Sí —le confirmé— algo conozco de Arturo y Ginebra. Y de Merlín, su mago. Pero supongo que vosotros estaréis mucho más al tanto de este asunto, por lo que no insistiré más. Sólo diré que, si el Grial es la copa en la que José de Arimatea recogió la sangre de Jesús después del descendimiento, también creo que debe ser la esmeralda que adornaba la frente de Lucifer antes de su caída del cielo. Pues no debemos olvidar que Lucifer significa el que lleva la luz...

Extendí las manos como indicando lo inabarcable del tema y acabé añadiendo:

—No quiero cansaros con más referencias. Tan sólo pretendo constatar que, después de múltiples lecturas y búsquedas, he llegado a la conclusión de que para todos el Grial ha sido y es el símbolo que cada religión implica en su vertiente más íntima. Creo que es tanto instrumento de redención frente al pecado original de Lucifer o Adán, como sagrario de la eucaristía, sangre del mismo Dios, agua de la laguna Estigia, elixir de la eterna juventud o, como dije antes, piedra filosofal. Se trata, para concluir, de una fuente de energía pura que, si como he oído, para vosotros los templarios puede simbolizar el objetivo o el fin del plan, para el resto de nosotros, simples iniciados, es la piedra caída del cielo, en la que se sintetizan el poder y la energía.

Ya lanzado, decidí expresar todo lo que llevaba dentro:

—En cualquier caso, os diré lo que supone íntimamente para mí. El Grial significa la unión con lo divino, el discernimiento, la ascensión a una esfera superior de conocimiento en la que se comprende directamente a Dios y su creación. En la que el hombre alcanza su máxima perfección y plenitud espiritual. Creo que, con este legado, nuestro Señor nos dejó un instrumento único para conseguir trascender a un estado místico que nos permitiera comunicarnos con Él.

Quedé en silencio, expectante, nervioso, agotado por el ímpetu de una disertación en la que había puesto todos mis sentidos y desahogado ideas que había ido acumulando dispersamente a lo largo de mi vida y que, ahora, encontraban un hilo conductor. Después de unos segundos que sentí interminables, Guillén tomó la palabra y dijo:

—Me sorprendéis, Raoul, no esperaba de vos una respuesta tan extensa. No podía esperar que estuvierais tan cerca de comprender lo que nuestro sagrado cáliz significa de síntesis y plenitud de fe.

Debí mirarle con expresión de alivio.

—Y por cierto que me agrada —continuó—. Como sabéis, los templarios somos los más fieles cristianos, pero también hemos sido capaces de profundizar en otras culturas...

Intervino uno de los caballeros:

—Tanto aquí, en Hispania, con el legado de los musulmanes, como durante nuestra larga estancia en Oriente Medio.

—Así es, Alfonso —dijo Guillén—. Y porque hemos aprendido de las enseñanzas secretas de los gnósticos, de los coptos, de los esenios, de las religiones solares siríacas y del culto a la Gran Madre anatólica, comprendemos las inquietudes del maestro Hinault. También debo insistir en mi sorpresa.

Con un matiz de ironía, que nadie dejó de advertir, abrió las manos y concluyó:

—La verdad, no imaginaba una argumentación como la que he oído en labios de un magíster de la Universidad de París.

Ahora el que sonreí fui yo. Guillén estaba lejos de saber hasta qué punto esas «ideas» estaban casi proscritas en mi Universidad. Hasta qué punto sus preguntas me habían permitido dejarme llevar por mis desvelos. Lo difícil que me había sido ocultarlos en París, donde a pesar de extremar mis cuidados, era tildado de heterodoxo e influenciado por los autores árabes, a quienes, por cierto, no tenía más remedio que utilizar, pues de ellos venían las traducciones de Aristóteles y tantos otros autores. Lo cierto es que, en esta ocasión, mi osadía estaba siendo bien recibida. En mi descargo debo añadir que, si bien había tenido muy poco trato con templarios, estaba informado sobre sus formas de actuar y, por tanto, no hablaba inconscientemente. Aun así, respiré al escuchar su respuesta.

Pero Guillén no había terminado. No podía hacerlo sin plantear la pregunta ritual. La verdad es que yo ya no la esperaba. Por eso, aunque sonreí en mí interior, cuidé muy bien que una expresión de complacencia transformara mi semblante. La enunció con estudiada parsimonia:

—Y bien, maestro, veo que conocéis muchas cosas. ¿Pero acaso sabéis a quién sirve el cáliz?

—La respuesta —dije quedamente—, ya lo sabéis, nunca se revela de forma explícita. Como recordaréis, la historia tradicional narra que, tras la pérdida del Grial, los doce caballeros de la Tercera Mesa se dispersaron por el mundo para hallarlo. En esa peregrinación Perceval llegó al territorio del Rey Pescador, quien tuvo que asistir impotente a la ruina y desolación de su reino tras ser herido por la lanza. Pues bien, si el Rey Pescador permaneció vivo más allá del alcance de su vida normal, aunque atormentado por la herida, y sólo tras su curación milagrosa por el cáliz sagrado, las aguas volvieron a fluir por la tierra desolada, haciéndola florecer, la respuesta a lo que preguntáis sólo puede ser una: *Al Rey mismo.*

En ese instante Guillén echó a su alrededor una mirada de complacencia, se acercó a mí y, sin mediar palabra, me dio una palmada afectuosa en el hombro derecho. Aunque no entendí el significado exacto del gesto, deduje que el examen estaba transcurriendo a su satisfacción. Suspiré, pasándome la mano por la frente, pensando que el paso crucial estaba salvado. Faltaban, no obstante, algunos detalles que, como después me comentaría sin darle demasiada importancia, serían decisivos. En honor a la verdad, debo decir que no fui plenamente consciente de todos ellos o al menos no los puedo recordar con exactitud. Recuerdo, eso sí, que la conversación se relajó gracias a la irrupción de un sirviente que nos trajo un pequeño refrigerio.

—Comed un poco con nosotros, Raoul. Creo que anoche no cenasteis y que esta mañana aún no habéis probado bocado. Comprendería que desearais ayunar, pero os aconsejo que nos acompañéis. Después proseguiremos.

Agradecí el gesto; si había ayunado desde el mediodía anterior, no fue por un acto de voluntad, sino porque los acontecimientos y mi impaciencia me habían impedido comer. Sin embargo, tampoco en ese momento pude descansar; mientras tomábamos un trozo de pan de trigo, fruta y un cuenco de leche, los caballeros continuaron haciéndome pequeñas preguntas sobre mi vida que me obligaron a mantener intactas mis defensas. Es verdad que la conversación fue cordial, en apariencia intrascendente, pero percibía detrás de cada palabra sus ojos escrutadores, como si trataran de contrastar en cada respuesta las reservas que me habían transmitido inicialmente. Me preguntaron por mi trabajo en la Universidad de París, por los motivos de mi viaje a Castilla y por otras muchas cosas que no recuerdo. Por mi parte, me mantuve a la expectativa, prudente, contestándoles con cortesía, evitando manifestar comentarios polémicos. No obstante, en un momento dado, Guillén me dirigió unas enigmáticas palabras que no he olvidado:

—Vais a Toledo, la Jerusalén de Occidente, la ciudad de las generaciones. Pues bien, estad atento porque allí todo es obvio y todo está oculto —cogió una cebolla de un cesto y comenzó a pelarla, diciendo—: Porque en esa ciudad de tradiciones y conocimiento el enigma es cosa común y lo real, *la verdad*, como ocurre con este bulbo, se puede encontrar en cada capa, pero para conseguir el mejor sabor hay que esperar a las últimas. Y también —añadió riendo y llorando al tiempo—, igual que ahora, llegar a ese nivel exige esfuerzo y sufrimiento.

Aproveché el intervalo para intentar relajarme un poco. Era el momento de alterar las tornas y ser yo el que pudiera parapetarse tras las preguntas. Necesitaba un pequeño descanso para poder observarlos e intentar calibrar su naturaleza. Así pues, tomé la iniciativa y les pregunté por el significado del dibujo del extraño pavimento sobre el que estábamos situados.

Guillén volvió a sonreír, ahora ya abiertamente. Extendió sus brazos y con las dos manos abiertas en expresión de impotencia dijo que explicar el contenido del dibujo geométrico que delineaban las baldosas nos llevaría el día entero y que, por otro lado, parte de sus contenidos eran secretos.

—No obstante —matizó— algo sí puedo contar, pero no ante una pregunta tan genérica. Decidme, ¿qué os llama la atención?

Tal y como imaginaba, Guillén era buen retórico; no iba a facilitar que pudiese agazaparme esperando sus contestaciones. Por consiguiente, traté de estimular su discurso:

—He observado que estamos en una sala poligonal, como en otros recintos templarios que he visto en Francia e Italia, pero nunca había visto un diseño como éste en el suelo; dos cuadrados concéntricos que contienen a su vez otros cuadrados, hasta sumar un número de... veamos... esperad que cuente.

—No es necesario. Yo os lo diré. Son sesenta y cuatro lados en total. ¿Qué os parece? ¿Deducís algo de ello? —con expresión maliciosa, añadió—: Antes de que nos contestéis, os ayudaré algo. Como habéis dicho, la sala en la que estamos es efectivamente poligonal, un octógono, para ser más exactos. ¿Y bien?

Opté de nuevo por la prudencia, intentando animarle a explicar lo que esperaba de mí:

—Bueno, el número sesenta y cuatro es el producto de multiplicar ocho consigo mismo, ¿no?

La estrategia dio resultado; contestó de inmediato:

—Así es. Pero hay algo más que eso. Nosotros nos regimos por símbolos, por signos iniciales y atributos complejos. Como sabéis, nuestro emblema es la cruz de ocho puntas, que llevamos en el pecho o en el hombro y veis ahí representada en el suelo.

—La cruz pateada, sí.

—Nosotros preferimos llamarla *Cruz de las Ocho Beatitudes*. En ella, Raoul, si sabéis mirar, está todo...

—¿Todo? —repetí.

—Sí, todo nuestro alfabeto está ahí —miró a sus compañeros y luego a mí—. De hecho, necesitaríais una vida para conocer su contenido secreto, pero ahora sólo haré referencia a vuestra pregunta. Fijaos en su forma. Pues bien, esta cruz, incluida en un polígono, determina un octógono, es decir, la planta o esquema básico de nuestras capillas, las cuales, como sabréis, constan de dos cuerpos...

—Ya entiendo —respondí—. Queréis decir que, dado que esta sala está en una cueva, ¿con el número sesenta y cuatro habéis representado simbólicamente los dos pisos que debería tener la capilla?

—Ciertamente, pero ésa es sólo la simbología inicial de la que os hablaba antes. Veréis, hay dos recintos que vienen determinados por el numero ocho, pero ésa no es sino una cifra base a la que se debe añadir el signo mediador de la cruz. La capilla no puede entenderse sin su relación con el centro, con la unidad, con el uno. Por tanto, su esquema contiene tanto al ocho, como al ocho más uno, el nueve. Y el nueve, querido amigo...

Ante la mirada de perplejidad de uno de los caballeros, Guillén le hizo guardar silencio con un ademán y acercando su rostro a mi cara, continuó:

—En su interpretación jeroglífica, el nueve significa el asilo, el refugio que los hombres se procuran para protegerse de los peligros que les acechan. Su representación es una muralla escondida y erigida para guardar un tesoro...

No pude contenerme y exclamé:

—¡El Santo Grial!

—Así es. El nueve identifica al Santo Grial. Pero venid conmigo, hora es de que podáis contemplarlo... Os estáis haciendo merecedor de tal privilegio.

Guillén de Monredón se levantó con lentitud, ofreciéndome el brazo para ayudarme a hacerlo. Ante mi incredulidad, nos dirigimos a la pared de roca, en la que únicamente sobresalía una de las antorchas que iluminaba la estancia. Con un gesto apenas perceptible, accionó un mecanismo secreto, abriéndose ante nosotros una pequeña entrada y tras ella, un pasadizo umbrío. Después descendimos algunos escalones y atravesamos un largo corredor cubierto por una larga inscripción que no pude leer; todavía me tenía reservada otra prueba:

—Querido hermano Raoul, está siendo para mí una inmensa satisfacción haberos conocido. No es frecuente encontrar clérigos capaces de buscar más allá de lo evidente.

—Gracias —contesté en un murmullo.

—No hay nada que agradecer. Continuamente llegan aquí compañeros de vuestra orden, o franciscanos, y condes y obispos de todos los lugares. Unos y otros vienen siempre con la misma obsesión, con la misma pretensión que vos: ver el Grial y, si es posible, tocarlo; sin comprender que permitir verlo sin haber profundizado en su entendimiento para nosotros es una profanación.

—Y por eso habéis establecido estas pruebas —dije yo.

—Yo no diría tanto —puntualizó—. Son un pequeño rito que nos permite averiguar el grado de iniciación de los solicitantes.

—¿Grado de iniciación? —repetí.

—Exacto. Vos habéis demostrado estar buscando la verdad y hacerlo con algo más que el deseo, lo cual, puedo asegurároslo, no es común. Los demás, en general, viven de los dogmas y de las verdades establecidas y no sé si es que no osan cuestionárselas o es que son incapaces de ello. Pero vos sois diferente, por eso, os quisiera preguntar, de forma personal, por un tema que me preocupa y del que difícilmente puedo hablar: ¿qué opináis sobre la leyenda que identifica a María Magdalena con la mujer que porta el Grial?

Sentí que pisaba terreno movedizo. Una cosa era discutir sobre significados y números y otra, posicionarse ante posibles herejías. Elegí, en consecuencia, un camino cauto y sin emitir ningún juicio de valor, le comenté que había oído hablar de un texto apócrifo en el que se relataba que María Magdalena había sido la esposa terrenal de Cristo.

—Sabido es —le dije— que los judíos ortodoxos —y Cristo era uno de ellos— estaban obligados a casarse. Y en efecto, como decís, una vieja tradición afirma que se desposó con ella. Tras la Pasión y muerte de nuestro Señor, María Magdalena emigró a Francia y contrajo matrimonio de nuevo con un miembro de los Anjou o de los Plantagenet; en este punto no hay acuerdo entre los diversos relatores. En consecuencia, al menos teóricamente, una de esas dos dinastías lleva en sus venas la sangre de Cristo, *sang real*, es decir, al mismo Grial.

Mientras hablaba, Guillén me observaba con atención, pero mantuve un tono de voz sereno, tratando de que mi relato sólo contuviera los acontecimientos de la leyenda. ¡En fin!, supongo que superé bien aquella última prueba, pues no respondió nada. Lo cierto es que nos estábamos acercando a un pequeño salón cubierto por una falsa bóveda, bajo la cual había tres caballeros fuertemente armados. Tras sortearlos, Guillén introdujo una pesada llave que llevaba colgada de una cadena en una puerta de metal. Cuando la abrió, penetramos en una sala redonda cubierta por cortinajes, en cuyo centro se erguía un altar de piedra. Encima de él, sobre un lienzo blanco había una arqueta de marfil, labrada minuciosamente. Y dentro de ella, el Grial.

Pasé más tiempo del que puedo recordar en aquella sala. Cuando salí, creía que todos los acontecimientos del día me habían ocupado la mañana. Era, sin embargo, noche cerrada. El tiempo, volátil como el humo, había transcurrido sin sentirlo. En realidad, ahora que reconstruyo los acontecimientos, era natural. Entonces, ni lo comprendí, ni me preocupó demasiado. Estaba embelesado con la fortuna que me deparó el encargo del buen Hugo de Conques allá en París. Y todavía más, embargado de una felicidad mística que soy incapaz de transcribir. Es verdad, soy un religioso, pero también lo es que he pasado más tiempo en los *scriptoria* de los monasterios que frente a los altares dedicados a Nuestro Señor. Si he de hacer balance de mi vida, es indudable que las horas de reflexión y estudio superan con mucho a las dedicadas a la oración. Por eso debo confesar que ni estaba preparado, ni puedo expresar aquel estado de arrobamiento en que quedé, aquel ensimismamiento en el que sentía la extraña sensación de ir perdiendo todas mis potencias, o por intentar aclararlo mejor, no las sentía desaparecer sino que, aunque no estuvieran perdidas, estaban como absortas, inhábiles para actuar mediante la razón. Era un estado de embriaguez y felicidad tal que el cuerpo se me mostraba como si no tuviera consistencia. En el que cualquier razonamiento y aun la mente misma se anulaba en la contemplación.

Pero ya digo, ni sé, ni quiero transcribir más sobre aquellos momentos. ¿Para qué, además? ¿Qué sentido tiene poner en palabras lo indescriptible? ¿De qué sirve que pormenorice sobre el papel la forma de aquel cáliz sagrado? ¿Importa, acaso, que fuera de calcedonia o ágata? ¿O que su pie y nudo estuvieran labrados en una filigrana de metal? No. Mil veces no. Baste reseñar tres cosas: la primera, la más importante, que salí bendecido del lugar y que su recuerdo, que llevaré siempre presente, ha hecho de mí un hombre diferente.

Y después, algo casi obvio. La lealtad a los hombres y al símbolo. Si Guillén y el resto de los caballeros me abrieron su corazón para demostrarme que la mayoría de los hombres no están preparados para ver el Grial, si habían establecido todo un rosario de pruebas para acreditar quién merecía acercarse al cáliz sagrado, ¿acaso no me comportaría como un traidor con ellos, y lo que es más importante, con sus enseñanzas, si traicionara su confianza pormenorizando sobre el papel su apariencia externa? Una de las lecciones de aquella experiencia fue asimilar que describir al Santo Grial sería tanto como profanarlo.

Pero hay algo más, algo que deberían comprender bien los hombres como yo, peregrinos permanentes del conocimiento. Ciertamente, resultó fundamental para mí llegar al Grial, sentir entre las manos su tacto, pero también lo es que quizá no fuera menos importante su búsqueda. Gracias a ese itinerante camino, a esa idea en mi corazón, a esa permanente obsesión, he podido obtener otras riquezas que nunca hubiera hallado si no hubiera estado poseído por tal deseo.

Ahora, contemplando todo aquello desde mi atril toledano, doy gracias a Dios por haber tenido la dicha de haber conocido su precioso Cáliz, pero se las doy también por haber dificultado el camino en mil ocasiones, por haberme obligado a realizar tantas lecturas, visitar cortes y monasterios en toda la cristiandad, y hablar con hombres de todas las razas y culturas, sabios y sencillos, nobles y mendigos. Doy gracias también por haber debido superar tantas pruebas. Y también le agradezco que me permitiese conocer a aquel Guillén de Monredón, que forzó mis conocimientos y mi fe. Finalmente, le estoy reconocido porque ello haya ocurrido cuando ya soy un hombre viejo. Le venero en especial al permitirme comprender ahora que mi satisfacción es mayor por haber pasado la mayor parte de mi vida. Si soy un hombre que ha empleado buena parte de las fuerzas que recibió de Él en ese empeño, un hombre que ha hecho de la búsqueda del Grial un faro en su navegación, ese hecho, para un anciano viajero, tiene incluso más importancia que el objeto del deseo.

Quisiera añadir una cosa más, un dato final para justificar la imposibilidad de narrar aquellos momentos. Quizá muchos podrían decir que con el Grial, a pesar del tiempo transcurrido hasta su encuentro, había conseguido llegar a mi destino. Incluso podría pensarse que lo había logrado. Pero no es ésa mi idea del destino, pues, ¿qué quedaría, entonces, al llegar a él? Quien crea que llegué al puerto definitivo no comprende el espíritu del verdadero *homo viator*. Como los antiguos marineros de los relatos de la Antigüedad, yo conseguí recalar en el puerto más importante de mi tránsito, pero eso no significaba renunciar al periplo. Todavía resta por delante otro universo de destinos. La condición de transeúnte constante, hombre en el camino, obliga a virar permanentemente.

De todas formas, es inútil explicarlo. Cuando ahora intento anotar gráficamente mi postura descubro con pesar lo baldío del intento. Quiero decir lo siguiente: ya sé que es muy improbable que alguna vez ocurra, pero si, por casualidad, estas líneas que escribo trabajosamente son vistas por alguien que sea capaz de comprender el valor de una búsqueda como la del Grial, sin duda entenderá por qué es innecesario describir la apariencia física de aquel maravilloso cáliz. Y si no lo entiende, debo confesar que me resulta imposible explicárselo. Hay ciertas cosas que sólo se pueden aprender a través de uno mismo.

Pero debo continuar mi relato. Todavía permanecí otros dos días en el monasterio. Fueron largas horas de conversación y de silencio las que aún habría de pasar en compañía de don Guillén de Monredón. La noche anterior a mi salida, mientras cenábamos solos en su celda, cuando ya me iba a despedir, tuvo otro detalle conmovedor:

—Hace diez años —me dijo— fui, como vos ahora, peregrino del Camino de Compostela. De aquel viaje, guardo como recuerdo acontecimientos entrañables que no puedo compartir. Y conservo también un hábito de peregrino, un bordón y un sombrero de ala ancha. Como he visto que no lleváis la indumentaria apropiada para el viaje y aunque están viejos y raídos, me gustaría ofrecéroslos en recuerdo de las horas que hemos pasado juntos. Si os digo la verdad, no sé muy bien por qué los he conservado, aunque a veces, como ahora, la vida da sentido a hechos que uno consideraba sin mayor trascendencia. Veréis que no valen mucho, pero sé que vos sabréis apreciarlos.

Conforme me decía estas palabras, se acercó a una silla donde tenía preparados los aderezos y me los fue dando uno a uno:

—El bordón es de buena calidad. No es sino un sólido bastón de fresno, rematado por un hierro afilado, que ¡alabado sea el Señor!, nunca tuve que utilizar salvo para ayudarme en el viaje. El sombrero está un poco gastado, pero es de buen fieltro y creo que todavía servirá. De todas formas, consejo de antiguo caminante, os sugiero que utilicéis debajo de él un gorro para proteger la nuca. Los días son fríos y la travesía es larga. En cuanto a mi vieja capa peregrina, no vale nada en dinero, pero la librea del santo Santiago que lleva bordada me fue confeccionada especialmente por uno de los monjes benedictinos del monasterio. Un hombre de imaginación portentosa en las ilustraciones de pergaminos que estuvo dos años en estas sierras. Se llamaba Benito y no he vuelto a saber de él, pero era uno de los hombres más diestros que he conocido con el pincel y la pluma. Para mí fue un honor llevarla y confío en que también lo sea para vos.

V. Los signos del Camino
Marzo de 1257

Cuando al día siguiente, casi al alba, salimos, me sentía colmado de una plenitud que no recordaba desde mis años jóvenes. Enrique y Luca, a quienes prácticamente no había visto durante la estancia en San Juan de la Peña, fueron al principio callados, pero después me abrumaron con preguntas sobre mi visita. Por su parte, Velasco se mantenía detrás, en silencio. Les conté algunas cosas. Pocas. Muchas menos de las que he transcrito en estos pliegos de papel, porque he de confesar que, si bien caminaba optimista y feliz, recreándome en los acontecimientos vividos, no me sentía inclinado, como ahora, a compartirlos. De todas formas, cabalgamos contentos hasta el monasterio de Leyre, donde, tras hospedarnos, pudimos saborear un licor elaborado por los monjes, al que llamaban *benedictine*. Según aseguró el encargado de la bodega, estaba compuesto de treinta y seis hierbas y puedo dar fe de que es tan sabroso al paladar como peligroso para la cabeza. Nos aconsejó beberlo con moderación, pues como advierte san Agustín y nos recordó el cillerero, quien, por cierto, tenía una nariz sospechosamente rojiza, «la embriaguez anula la memoria, trastorna el sentido, desprecia la mente, confunde el intelecto, traba la lengua y embrolla las palabras». No obstante, Enrique y Luca pueden dar testimonio de otros efectos no sólo menos perturbadores, sino incluso contradictorios, pues mientras el primero cayó en un estado de melancolía, el italiano nos entretuvo, alegre y dicharachero como no le había visto hasta entonces, con acertijos y canciones de su país.

Era curioso el carácter de estos dos muchachos. Tan parecidos en entusiasmo y ambiciones y tan diferentes en su forma de ser. Observar sus reacciones, comparar sus comentarios, calibrar la diferente forma que tenían de acercarse a mí, constituyó durante el viaje una de mis distracciones preferidas.

Luca tenía una manera de ser muy latina, muy entusiasta de las frases, de las actitudes. No comprendía el espíritu paciente del clérigo, su vaguedad, su misticismo, su piedad. Creo que a veces confundía la sensualidad y la grosería con la belleza. Ahora bien, poseía esa sonrisa permanente tan típica de los italianos, esa aparente cordialidad que no se sabe si es simple simpatía fingida u obsequiosidad aprendida. Enérgico y decidido, aunque no demasiado inteligente, era, sin embargo, curioso y listo. También un poco contradictorio. Luca era capaz de pasar en segundos de extremadamente expansivo a extremadamente reservado. Tenía atributos poco comunes, como esa forma de ser que tan buenos resultados da en la vida: dudas constantes, miradas melancólicas, supuesta docilidad... y, en el fondo, profundo egoísmo. Estaba hecho para seducir, para ser mimado... Sin duda, tenía una inclinación natural para la intriga, una capacidad particular de ganarse la simpatía de cualquiera. Pero no deseo criticarle, siquiera veladamente, porque además tenía otros méritos destacables como, por ejemplo, la independencia. Fue capaz de atravesar su país y abandonar una posición cómoda, quizá de segundo nivel, pero segura, para intentar abrirse camino por sí mismo. A pesar de ello, nunca estuve seguro de él: a veces tenía la impresión de que su interés era fingido, que oía, pero no escuchaba.

Enrique, en cambio, es expeditivo, constantemente está haciendo planes y, según parece, realizándolos. Aunque pregunta mucho, pertenece a ese tipo de hombres decididos que no albergan dudas cuando han tomado una resolución. Posee además las cualidades que siempre he envidiado: una vista casi perfecta, el oído agudo y, sobre todo, un olfato finísimo, capaz de apreciar matices extraordinarios. Acostumbrado a trabajar con la piedra, con la tierra, está cerca de los elementos y ha desarrollado o posee de nacimiento un olfato extraordinario. Una mañana, mientras nos explicaba nuestros olores específicos y describía con precisión las diferencias, recuerdo haber pensado en la generosidad de Nuestro Señor, otorgando o negando capacidades, permitiendo que un ser humano desarrolle o tenga de nacimiento un sentido capaz de advertir escalas enormemente sutiles, mientras otros, entre los que me encuentro yo mismo, son incapaces de sentir a alguien a través de su olor y sólo de su olor.

Es asimismo orgulloso, hasta el punto de desarrollar aptitudes para las que está poco capacitado. Aunque le gustaría ser tan independiente que fuera imposible catalogarlo, lo cierto es que, con su actitud hostil a las limitaciones impuestas, ha conseguido convertirse en aparejador cuando su destino natural le llevaba a ser un simple cantero. Con una audacia impropia de su condición ha sido capaz de conocer lo que podía abarcar y amoldarse a ello.

A diferencia de ellos, mi carácter es poco expansivo. Necesito ondularme, trazar curvas, como los ríos; saborear los acontecimientos, las cosas. Necesito del tiempo y la observación. Pero, sobre todo, me es imprescindible el afecto. Quizá sea un poco ingenuo, pero lo cierto es que disfruto cuando puedo simpatizar con una persona, cuando siento que mis palabras le abren nuevos caminos. Creo que tengo una sensibilidad más aguda que otros hombres de mi linaje, quizá fomentada por mi voluntad, que creo es tenaz. No por mi inteligencia, que algunos erróneamente juzgan demasiado elevada. Lo cierto es que la sensibilidad me domina. Y también que, por miedo a convertirla en sensiblería, la he ido transformando en una actitud mucho más cerebral, algo que está más cerca de la ironía y del desapego que de lo sensible. A veces mis compañeros me han reprochado cierta indiferencia hacia las personas que considero injusta. Incluso cierta afectación. No es verdad, los acontecimientos me influyen, y generalmente los siento ocurrir dentro de mí. Quizá por eso tengo necesidad de adoptar un aire de lejanía. También sé el efecto que suelo producir en las gentes y a veces, ¡Dios me perdone!, juego con eso, tratando de provocar reacciones incluso antagónicas por el simple placer de verlas. Y cuando hablo de efectos, no solamente pienso en el juego de las simpatías, sino que sé el lugar exacto que atribuyen a mis frases y mis maneras. Creo que, en ocasiones, podría anotar gráficamente el estado de ánimo de mis interlocutores respecto a mí, sin equivocarme.

Continuamos la marcha. Llegamos a Leyre por una sierra peligrosa, llena de aves rapaces, águilas, buitres y azores. Las vimos volar camino del cielo y acechar desde las rocas, por lo que sentimos miedo y aceleramos el paso hasta atravesar la foz de Lumbier y el río Irati. Cuando cruzamos el puente Jesús, el paisaje se serenó. En el arroyo, que venía escurriéndose desde el puerto, se podían pescar buenas truchas. Lo comprobamos pronto; mientras descansábamos, Velasco entabló conversación con un mozo que bajaba cantando por el sendero del puerto, sentado sobre las ancas de un asno recio y blando. Después nos ofreció compartir sus truchas e hicimos una hoguera para tomarlas a la brasa.

Esa noche se nos unió una vendedora ambulante, que viajaba en un gran carromato con una niña de unos diez años vestida de forma extravagante: su falda, muy larga, estaba adornada de un juego de volantes, la blusa estaba hecha de retales como un mosaico y alrededor del pelo llevaba una cinta de terciopelo azul. Además calzaba unos enormes zuecos blancos que le desbordaban los pies. La mujer era muy vieja. Pequeña y flaca, algo cargada de hombros, tenía el pelo negro y crespo, untado con aceite para que no abultara tanto, y la cara cubierta de unos polvos amarillos para ocultar su tez olivácea. Con ello había conseguido perder algo de color, pero también acentuar sus rasgos demacrados. Parecía una bruja. Sin embargo, era buena conversadora y cuando terminamos de cenar, alrededor de la fogata, nos contó historias de aparecidos y muertos que hicieron las delicias de nuestro pequeño grupo.

Sabía de quiromancia y nos leyó las manos a Luca y a mí. Del italiano pronosticó toda clase de aventuras y deslices. Le dijo que pronto se vería envuelto en una relación amorosa con dos mujeres al tiempo.

—Te será complicado salir de ella —le advirtió—. Pero no olvides esto. La clave para solucionar tu problema es la siguiente: primero, lo más importante, saber controlar las bajas pasiones; y segundo, tu capacidad para discernir los consejos de buena fe de los mal intencionados —luego se quedó como absorta por unos instantes, y acabó diciéndole—: Si puedes, acuérdate de apartarte en el momento oportuno, pero ¡vaya..! ¿sabes qué te digo? ¡Diviértete cuanto puedas! La vida es corta, muchacho...

Ninguno entendimos muy bien sus enigmáticas advertencias, aunque más tarde se vería que aquella mujer no era una farsante. Conmigo estuvo más comedida, aunque no menos intuitiva. Advirtió de inmediato mi posición entre los cuatro y me trató con deferencia, augurándome que sería reconocido por lo que no esperaba y no obtendría reconocimiento de lo que imaginaba. Lo dijo así, con esas palabras. Luego añadió algo que tampoco supe entender y he recordado a menudo: «No seas impaciente —me dijo—. Quieres comprender demasiado pronto. Tienes un cometido harto difícil como para captar los detalles con tanta premura». Sin embargo, olvidé sus palabras no bien las hubo pronunciado porque después me previno sobre los efectos de la embriaguez, y ese comentario me pareció bastante simple, pues nunca en mi vida me había emborrachado.

Cuando iba a leer la mano de Enrique, se quedó quieta mirando al buen Velasco, quien tenía la virtud de permanecer agazapado y pasar desapercibido entre las sombras. Éste, al fin, dio la cara y le dijo que no deseaba conocer su futuro. La mujer no dijo nada, permaneció con los ojos clavados en su imponente figura. Velasco, incómodo, acabó por preguntarle si deseaba algo de él. Ella le contestó que le permitiera verle los ojos de cerca y mirarle su mano derecha aunque a los demás nos hubiera visto la siniestra. Rezongando, Velasco acabó por asentir con la cabeza. Ella le cogió la palma con suavidad; mientras se concentraba pude observar que cambiaba de expresión y parecía asustarse. Luego, al interpretar lo que veía, fue muy escueta y acabó con mayor rapidez que con el resto. Velasco, con su discreción habitual, atendió en silencio y no profundizó en sus palabras. Después, la mujer alegó estar muy cansada por el viaje y se retiró a dormir debajo de su carromato, a pesar de las protestas de Enrique, inquieto por conocer qué le tenía reservado el destino.

A la mañana siguiente, mientras preparaba mis enseres, observé a la niña recogiendo hojas del suelo para hacer un ramillete: grandes hojas verdes ligeramente descoloridas. Tenía el pelo largo y sucio y el rostro pálido, muy pálido, como de porcelana blanca, con una naricilla respingona y unos ojos oscuros vivísimos. Me gustó ver su expresión de inocencia, sus hermosos cabellos rubios maltratados por los días de caminar. Pensé que debía ser imposible que aquella mujer vieja y fea pudiera tener una hija tan pequeña y dulce como ésta. ¿Quién sabe qué historia esconderían? Al poco, algo me interrumpió y no volví a pensar en ellas hasta que nos abandonaron en las puertas de Sangüesa.

Aunque no quiero detallar en exceso mi relato del Camino de Santiago, debo mencionar la impresión que nos causó el *Juicio Final* de la iglesia de Santa María la Real de Sangüesa, firmado por el mismo maestro del tímpano de la catedral de Jaca, Leodegarius. Al tiempo que Enrique explicaba a Luca y Velasco la disposición según los patrones oficiales, Santiago a la derecha de la Virgen, bajo el Pantocrátor, abriendo el cortejo de Apóstoles, yo veía otra escena. En ella, los animales fantásticos, los personajes mitológicos y las alegorías de los vicios y las virtudes se amontonaban como motivos iniciáticos de un mensaje en clave. Mis largas conversaciones con Guillén de Monredón, allá en San Juan de la Peña, me habían preparado para descubrir signos ocultistas. Gracias a eso, vi al herrero y a la mujer que amamanta la serpiente. Y el monstruo aparentemente devorador que, en realidad, trata de explicar al hombre que, para llegar al conocimiento, debe penetrar en su antro y arrancarlo, del mismo modo que entró Jonás en el vientre de la ballena. También pude ver un laberinto y una sirena de doble cola. Y corroborar cómo todos los personajes, incluso los condenados del Juicio Final, tenían el semblante feliz de los poseedores del conocimiento.

Pero si en Sangüesa las esculturas atestiguaban que hay muchos modos de ver la realidad, en la pequeña iglesia de Eunate, apenas unas leguas al oeste, la arquitectura se transfiguraba en símbolo. Me había encarecido Guillén que no dejara de visitarla, y agradecí su consejo. Su extraño nombre procede del idioma de la región, una lengua imposible que llaman vascuence, y significa cien puertas, supongo que por su extraño claustro, más bien deambulatorio, que, como en San Juan de la Peña, también está descubierto, sólo que aquí rodea por completo la pequeña capilla de la orden templaria. Después de saludar a los caballeros y gracias a la intercesión del nombre de Guillén de Monredón, se nos permitió visitarla. En su interior pudimos recorrer los espacios reservados a cada uno de los ritos del ceremonial templario. Los lugares del ritual de iniciación, donde se despojaban de sus vestiduras anteriores. Los lugares de la práctica de las pruebas y de la consagración, es decir, donde se purificaban por el agua, se revestían del nuevo hábito rojiblanco, ayunaban y comulgaban. Vimos la pequeña habitación donde el futuro caballero velaba las armas. Y también el sitio donde se realizaba el símbolo esencial, la recepción de la espada, el golpe sobre el hombro que daba fe de su tránsito a caballero templario. Finalmente, recorrimos el círculo reservado al resto de los camaradas durante la ceremonia de la investidura, hasta concluir en el punto donde, una vez investido, el caballero pronunciaba su solemne juramento frente a la atenta mirada de sus compañeros de armas.

De esta forma pudimos penetrar, aunque fuera superficialmente, en algunos de sus enigmas. En los muros de la ermita vimos representaciones de espirales, conchas y patas de oca. Gerard de Molay, su sargento, nos contó escuetamente el orden secuencial que debía seguirse al visitar el recinto sagrado. Pero sobre todo vimos sus *bafomets*. Los famosos *bafomets* templarios. Fue Luca quien se fijó primero y nos llamó la atención sobre ellos, extrañado ante un capitel que representaba dos cabezas humanas de enormes ojos abiertos, escrutadores, cuyas barbas se entrelazaban formando espirales. Cuando preguntamos a Gerard por ellas, sonrió con malicia y, acompañándonos al interior, nos mostró una cabeza-relicario de tamaño casi natural, también con dos rostros, delicadamente labrada en plata, con los cabellos rizados y las barbas pobladas. Pero Gerard era obstinado, no quiso indicar ni la reliquia que contenía, ni los ritos que practicaban con ella. Protestamos con firmeza, pidiendo una explicación, pero no conseguimos sacarle una palabra. Con aire ausente, el caballero escuchaba las preguntas, mirándonos con tranquilidad. Después, esbozó una sonrisa y pareció caer en la cuenta de algo. Dirigiéndose a mí, nos narró esta enigmática historia:

—Supongo que no habréis oído hablar del papa del milenio, Silvestre II. Se llamaba Gerbert d'Aurillac. Su historia es muy instructiva. Siendo muy joven, se escapó del convento donde profesaba, en Auvernia, para viajar a Hispania y estudiar con los árabes. Pronto su ciencia superó a la de todos sus maestros, salvo a la de un anciano que poseía un libro con todas las respuestas...

—Sí —le interrumpí—, el famoso *Libro de la Ciencia* o *Abacum*.

Gerard me miró con resquemor.

—Ése será. Para lograrlo, Gerbert sedujo a su hija y consiguió el tratado. Como era lo único que le interesaba de ella, buscó una excusa para marcharse y regresó a Francia a ejercer como clérigo. Con el paso del tiempo, su fama científica y su piedad le llevaron al arzobispado de Reims. Durante estos años hizo muchos prodigios y otras maravillas, despertando tanto las alabanzas como los celos. Entre los que le envidiaban se encontraba el mismo Papa, quien llegó a excomulgarle. Sin embargo, ¡Dios es justo!, un día después de cometer esta iniquidad, murió de repente, siendo sustituido precisamente por Gerbert.

—O sea que Gerbert llegó a Papa —preguntó Luca.

—Ya nos lo ha señalado antes, muchacho —le interrumpí con rapidez—. Pero lo que dices tiene interés, porque su nombre no aparece en la lista oficial de papas...

—Sin embargo, ejerció su pontificado entre los años 999 y 1003 —dijo Gerard con voz autoritaria. Luego bajó el tono—: Lo importante es que llevó a Roma sus tesoros. Entre ellos destacaba el astrolabio, el reloj de péndulo y un órgano hidráulico a vapor. Pero, sobre todos, sobresalía una fabulosa cabeza de cobre llamada *bafomet*, accionada mediante un mecanismo secreto. Tenía la facultad de contestar sí o no y predecir el porvenir.

Intenté suavizar la actitud de Gerard.

—Silvestre II fue un hombre por delante de su tiempo, comprendido por pocos, inspiró a los más un temor reverencial y muchos se alegraron con su muerte.

—Muy cierto —corroboró—. No obstante, los caballeros templarios veneramos su recuerdo...

—¿Y qué pasó con la cabeza? —preguntó Luca, que estaba verdaderamente fascinado con la historia.

Pero Gerard no respondió. Aunque le insistimos, se mantuvo en silencio, mirándonos con calma, sin que nuestras palabras le hicieran el menor efecto. Finalmente, opté por explicar a Luca lo que había oído sobre el asunto.

—Según contaban en París —le dije— el *bafomet* pasó a manos del franciscano inglés y venerable filósofo, Roger Bacon, si bien ahora parece estar en poder de Alberto el Grande, el ocultista alemán.

A Gerard de Molay volvió a irritarle mi aclaración. Sonrió con acidez, nos miró con lentitud y empezó a contar otra historia, mucho más simbólica y terrible, matizando al empezar con un tinte de ironía demasiado explícito:

—Como sin duda conocéis, maestro Hinault...

Su relato trataba de un noble caballero de Sidón que se enamoró locamente de una joven llamada Ise, que murió repentinamente en Estella. Decepcionado y loco de deseo, se negó a aceptar que la muerte pudiera frustrar su amor. El día de los funerales, después de enterrarla, el caballero esperó hasta que se marchara su familia. A continuación, se situó frente a la sepultura y pasó la noche en vela salmodiando una extraña oración, como si se estuviera preparando para algo. Poco antes del amanecer profanó la tumba de la doncella y la violó repetidamente. En el momento de finalizar su horrendo acto, escuchó una voz de ultratumba que le reprochaba su actitud y le alababa la prueba de amor. La siniestra voz le hizo saber que, si había tenido el valor de llegar hasta allí, debía aceptar las consecuencias naturales de su gesto, exigiéndole regresar al mismo lugar pasados nueve meses. Al desenterrar a su amada hallaría, primero, una cabeza, fruto de su obra, de la que no debía separarse jamás, pues le proporcionaría cuanto deseara. El segundo presente sería una alianza, la misma que el caballero no había podido colocarle. Su prometida llevaría puesto el anillo para probar sus postreros desposorios.

—Ese anillo —le dijo la misteriosa voz—, te permitirá obtener el amor de cualquier mujer que lo enlace.

Gerard quedó un momento en silencio, comprobando el efecto de sus palabras.

—Al concluir el plazo —continuó diciendo—, el caballero, aterrado, cumplió el mandato y regresó a la tumba. Al descubrirla encontró, entre los muslos marchitos de su amada, la cabeza que le había anunciado la voz. Gracias a ella realizaría toda clase de prodigios.

—O sea, el *bafomet* —dijo Enrique sin poder contenerse.

Gerard se volvió hacia él sin contestar. Yo me adelanté y le puse la mano en el brazo, asintiendo en silencio con la cabeza; no quería interrumpir el relato.

—Después de coger la cabeza —continuó Gerard—, el caballero abrió la mano derecha de su dama y le acopló entre los dedos una rosa blanca que había recogido unos momentos antes sin saber muy bien el motivo. Quizá —nos dijo Gerard—, para compensar con un pequeño regalo el símbolo de pasión y supervivencia que se llevaba.

Junto a la rosa quedó también el anillo en su dedo, porque, según nos dijo Gerard, «a pesar de su poder, nadie debía osar tocar jamás esa prueba de amor perfecto».

Cuando Gerard finalizó de hablar guardamos silencio, impresionados por la historia. Y si bien el templario persistió en su mutismo, era bastante para mí, que empecé a comprender alguno de los significados ocultos del *bafomet*, aunque no para mis compañeros, que le acosaron con preguntas que no tuvieron respuesta. Por mi parte, miré lentamente el capitel, pensando mientras jugueteaba con los dedos que, si la doncella se llamaba Ise, parecía razonable suponer que se estaba realizando una alegoría sobre la leyenda de los amantes de Isis. Según ésta, aquel que se atreva a levantar un pico de su velo, aquel que ose tocarla y descubrirla, es decir, aquel que tenga el valor de romper con las convenciones establecidas, violará sus secretos más ocultos, obteniendo de esa forma el instrumento de la sabiduría y el poder.

Seguimos recorriendo el lugar cabizbajos y pensativos. Gerard nos acompañaba distante y con un punto de ironía en su mirada, satisfecho de habernos intrigado y seguro de nuestra impotencia; seguíamos en el umbral de los misterios, sus palabras no contenían explicación alguna. Viendo su expresión altiva, decidí devolverle la moneda. Por eso, cuando ya montábamos en nuestras caballerías, después de habernos despedido, me volví y con voz muy serena, le dije:

—Probablemente vuestro relato entre Ise y el caballero de Sidón tenga que ver con el famoso acertijo alquimista: *la ma-*

teria prima debe recogerse en el sexo de Isis. ¿No os parece así, mi querido amigo?

Gerard se quedó atónito, y a mí —debo confesarlo— no me importó. Se había comportado de un modo que, ahora, en la distancia, sólo puedo calificar de arrogante. Lo dejamos atrás, con la vista fija en nosotros, mientras mis dos compañeros me interrogaban a mí con la mirada. Recuerdo que me volví varias veces y que durante mucho tiempo permaneció inmutable su silueta a contraluz, recortándose contra el horizonte, mirándonos fijamente en medio de aquella inmensa llanura donde se alza solitaria la enigmática magia templaria de Eunate.

A mediados de marzo llegamos de mañana a Puente la Reina, para recuperar el sendero principal del Camino, ya que en Jaca y Eunate nos habíamos desviado de su ruta y esta villa era el punto de encuentro de las calzadas que conducían a Santiago de Compostela desde todos los países de Europa. Después de haber transitado días y días en soledad, nos sorprendió la algarabía que envolvía al próspero burgo. Al poco de internarnos en sus calles, un tanto desconcertados por el ruido de nuestro alrededor, nos detuvimos en el centro de un puente que atravesaba el río Arga para decidir qué haríamos. Luca propuso buscar una posada donde pudiéramos disfrutar de una buena comida y descansar. Nos pareció una excelente idea. La experiencia de Jaca nos había enseñado a no perder tiempo si queríamos conseguir una cama para cada uno. Nuestra previsión fue recompensada por la suerte y encontramos alojamiento. Tras instalarnos, salimos a conocer la villa. Después de atravesar un rosario de callejuelas y plazas, desembocamos en un mercado de especias, frente al puente de entrada que dividía la ciudad: el Pons Reginae. Con sus seis grandes arcos de medio punto, trasmitía una inolvidable sensación de elegancia y sobriedad. Por lo demás, la ciudad estaba llena de gente y crecía continuamente en torno al trazado de la calzada en una calle larga y sinuosa a cuyo alrededor se habían instalado multitud de tenderetes.

Por la tarde Velasco hizo nuestra fortuna, averiguando por el marido de la posadera que su mujer era bretona como yo. Vino a verme y descubrimos que habíamos nacido a unas pocas leguas de distancia, pues ella era originaria de Dinan y yo de Rennes. Se llamaba Elisabeth y era una mujer de temperamento expansivo, fuerte, de anchos brazos y constitución robusta. Aún recuerdo sus risas y chanzas, atronando la sala. Supongo que la convivencia con ella no debía ser fácil, pero para nosotros fue un hallazgo. Al poco de conocernos decidió preparar un magnífico asado de cabrito con coles que despertó la envidia de toda la sala.

—No podéis marcharos de esta posada sin probar mi especialidad —nos había dicho con resolución.

A los postres, se acercó a nuestra mesa y nos hizo brindar con vino caliente. Charlamos amigablemente hasta bien entrada la noche. Cuando le pregunté el motivo por el que se encontraba allí, contó que había venido veinte años atrás como una de tantas peregrinas, acompañando a sus cuñados, pero que en Puente la Reina se enamoró del posadero y decidió quedarse: «Éste villano navarro, que me sedujo con sus malas artes», nos dijo, riendo y golpeando con la mano la espalda de su marido, un buen hombre que se mantenía aparte, asintiendo tímidamente con la cabeza.

Elisabeth nos dio buenos consejos y pudo aclararnos alguna confusión: «Dicen que los navarros son duros y que odian a los franceses, pero no hagáis caso, sólo es una leyenda que inventó un peregrino llamado Aymeric, al que le debió de ir mal, pero lo escribió en un libro y todos lo comentan». En efecto, en la guía del Camino, que llevo siempre conmigo, Aymeric los describe con resentimiento, incluyendo algunos datos entre divertidos y excéntricos que no me resisto a copiar: «Los navarros, mientras se calientan, se enseñan sus partes, el hombre a la mujer y la mujer al hombre. Además, fornican incestuosamente al ganado. Y cuentan también que el navarro coloca en las ancas de su mula o de su yegua una protección, para que no pueda acceder a ellas más que él. Además, da lujuriosos besos a la vulva de su mujer y de su mula».

Puedo dar fe de que nada de eso vimos. Lo único que constatamos de esa región fue su excelente cocina. Aún paladeo en la distancia el asado que nos preparó Elisabeth, mi activa compatriota, quien por cierto tuvo con nosotros otra intervención mucho más decisiva. Cuando supo que viajábamos solos, nos reprendió con afecto, indicándonos que sería mejor si pudiéramos unirnos a algún grupo:

—Esta región no es más peligrosa que otras, pero conviene ser prevenido con la travesía del Camino, repleta de amenazas.

Con un cierto tono maternal, nos hizo la siguiente admonición:

—Debéis tener en cuenta que son muchos miles los peregrinos que atraviesan estos parajes y a los riesgos naturales, sierras abruptas y animales salvajes, se añade el que hay muchos peregrinos falsos, buhoneros y tahures esperando desvalijar incautos. Y lo que es peor, bandas de forajidos, bandidos y rufianes, que esperan en las encrucijadas para robar y asesinar sin ninguna misericordia.

Elisabeth no quedó satisfecha con la advertencia y sin decirnos nada, negoció por su cuenta nuestra integración en un grupo. Como no lo imaginábamos, quedamos sorprendidos cuando, poco antes de retirarnos a dormir, vino a vernos un mercader de paños que procedía de Gante con la siguiente propuesta:

—Me dice la posadera que peregrináis solos, sin más defensa que vuestros brazos. También nos ha dicho que sois buenos cristianos y responde por vosotros. Nosotros vamos en grupo, conocemos la ruta y vamos bien defendidos, aunque reconozco que no nos vendría mal fortalecer nuestra defensa con cuatro hombres. En suma, hemos estado hablando y vengo a proponeros integraros en nuestro grupo.

Tras la sorpresa inicial, miré significativamente a Velasco, quien aprobó con un gesto del mentón. No obstante, por no delatarnos, estuvimos discutiendo hasta llegar a la conclusión de que valía la pena acceder. Fue, sin duda, una buena elección. Si bien generó consecuencias inesperadas, era un grupo adecuado. Componían la expedición unas quince personas de distintas procedencias, bien protegidas por dos soldados. Dirigía la marcha un cura valón llamado Claude, que había realizado la travesía tres veces y conocía todas las precauciones que deben tomarse. Le acompañaban varios mercaderes, una familia de nobles aquitanos, los Chartier, que debían cumplir una promesa y se mantenían apartados, fuera del conjunto. Además estábamos otra familia completa de franceses, los soldados, Enrique, Velasco, Luca y yo.

Al día siguiente reemprendimos juntos el Camino de Santiago. Pasamos a su lado muchas jornadas en las que pude conocer las ventajas de ir en grupo. Nuestra rutina diaria era simple y nos amoldamos con facilidad. Nos despertábamos al alba y, después de desayunar y dar de comer a las bestias, cabalgábamos durante la mañana. Por la tarde, dependiendo de si estábamos en el campo o había algún pueblo cerca, preparábamos nuestro campamento o nos alojábamos en una posada. De esta forma, durante el viaje dormimos en todo tipo de sitios y en alojamientos de todas las clases: albergues comunes que hedían a suciedad, celdas de hospederías bien equipadas, cuadras apenas arregladas en las que una simple manta separaba el espacio de unos u otros y hasta habitaciones lujosas como las del palacio de Estella, adornadas con placas de cuero repujado y coloreado, en las que siempre había un aguamanil cerca y un buen vaso de leche en la mesa.

En los días sucesivos, Enrique y Velasco salieron a cazar casi todas las mañanas. Empezaban por el rastrojo, caminando despacio, la honda en la mano derecha, atentos al estremecimiento de las hierbas mojadas por el rocío, a los ruidos bruscos, al canto de las perdices. Después recorrían los valles de álamos, robles y alcornoques, siguiendo el curso de cualquier riachuelo. Cuando cl agua se ensanchaba en una charca se escondían entre los helechos al acecho de las torcaces. Cuando acudían a beber las palomas, esperaban su oportunidad en silencio, pues éstas, si percibían algo sospechoso, se alzaban del suelo y las ramas, sonando como un aplauso. Pero Enrique tenía suerte y siempre regresaba con alguna pieza colgando del cinturón. Aún le veo venir sonriendo, con su torcaz al aire, balanceándose acompasadamente y manchándole de sangre los pantalones. Luego Velasco la limpiaba y disponía una brasa para que la pudiéramos comer todos.

Los Chartier tenían tres hijos, Jacques, Arlette y Fabianne. Esta última, la menor, tenía apenas dieciséis años. Era una muchachita delgada de facciones dulces. Entre rubia y pelirroja, su rostro era muy pálido y sonreía de continuo con ese tipo de expresión serena que sólo se ve en las imágenes. Vestía de manera sencilla y, a diferencia de su madre, siempre envuelta en pesados ropajes y con el ceño fruncido, era muy alegre. La verdad es que como Fabianne hablaba con casi todos y tenía ese tipo de voz dulce y melodiosa tan agradable al oído, dijera lo que dijera, estábamos encantados con su gracia.

En cuanto a Arlette, su carácter era muy diferente. Para empezar, aunque sólo contaba tres años más que Fabianne, era ya una mujer sólida, de rasgos definidos. Y no lo digo por la edad, que hay mujeres hechas a los quince años y otras de veinticinco que siguen pareciendo niñas, sino por su forma de ser. En realidad, su cuerpo, aunque fibroso y fuerte, resultaba más bien escuálido. Alta y huesuda, sonreía poco y, si bien no era bella, sus ojos poseían un azul taciturno tan inquietante como su personalidad. Me refiero a que, siendo una mujer plena, parecía rebelarse contra su condición y se comportaba como un muchacho. Llevaba el pelo corto, a la manera de los pajes en la corte y le gustaba participar en todos los envites. Asimismo montaba bien a caballo, pero lo hacía con excesivo ímpetu, sin la gracia y elegancia de una dama. Simpatizó casi inmediatamente con Luca, que encontró en ella una buena compañera de juegos. Con frecuencia se apartaban del grupo y por la noche, frente a las brasas del fuego, charlaban durante horas haciéndose confidencias y riendo a la menor excusa.

Pero si Luca se mostraba expansivo y alegre con Arlette, con Fabianne actuaba poseído por la timidez, sin ser capaz de articular dos palabras seguidas. Cuando estaba frente a ella sonreía como un bobo que se debate entre la idiotez y la fascinación. Yo lo interpreté creyendo que, como a mí, le embargaba el encanto de la muchacha. Y aunque pensaba que todos la veían de la misma forma que yo, Luca comenzó a intuir otras posibilidades en sus encantos. Ahora lo veo claro, pero entonces no me di cuenta de nada hasta que se desencadenaron los acontecimientos.

Con franqueza, pude haberlo advertido. Entre otras cosas porque hablamos alguna vez de ella por el camino y me dijo cosas que permitían atisbar sus intenciones, pero yo no fui lo bastante sagaz. Por ejemplo, recuerdo que uno de esos días, cabalgando junto a Enrique y Luca, les llamé la atención sobre el hechizo encantador que desprendía Fabianne, cuya inocencia y fragilidad evocaban un tipo de seducción intemporal.

—De todas formas —añadí— debéis tener en cuenta que la belleza terrenal es efímera y sólo florece durante un pequeño lapso de tiempo.

Enrique asintió, dándome la razón, pero Luca negó apasionadamente con un gesto de la cabeza.

—Es verdad lo que decís, la belleza dura muy poco y la de Fabianne es conmovedora, pero no entiendo esas comparaciones al hablar de una mujer. ¿Qué es eso de serenidad virginal?

Yo intenté protestar y explicárselo, pero él no me dejó.

—Debéis perdonarme, maestro, pero se trata de una persona y habláis de ella como si os refirierais a una imagen, como si estuviera tallada en piedra.

Enrique intentó apaciguar al italiano recordándole mi condición religiosa:

—Es natural que Raoul utilice esas expresiones, Luca.

—Ya lo sé —contestó éste con rápidez—. Pero eso no le hace vivir al margen de la realidad. Recordad vuestras palabras, Raoul. Hace un momento decíais que la perfección de Fabianne tiene algo de intemporal, como si fuera una esencia, como pretendiendo mostrar algo duradero. Antes, cuando manifestabais que su esplendor revela la magnificencia de Dios, tenía la sensación de oír hablar de la estatua de una santa. Y no es así. Fabianne es una mujer. Una mujer en ciernes, si queréis. Pero mujer. Su apariencia más o menos agradable no tiene importancia; ni su esplendor es perfecto ni tiene por qué serlo. No sé como lo verás tú, Enrique, pero yo no siento ninguna veneración por su encanto.

El cantero le miraba con ojos socarrones.

—Hombre, algo de razón tenéis, maestro —continuó Luca, tras pensarlo un momento—. Es cierto, su inocencia tiene algo de ese atractivo virginal que mencionabais antes, pero, desde luego, me siento más seducido que arrebatado.

—Ves como tú también... —le interrumpí, tratando de hacer míos sus argumentos. No me dejó hacerlo.

—Quiero decir que mi fascinación no se debe a la serenidad de la que habláis, sino a su sensualidad, a su expresividad. A la expresividad de una mujer.

—En verdad —dijo Enrique mirándome de soslayo—, no sabría definir si estoy conmovido, arrebatado o cualquier otra cosa que hayas dicho. Sólo sé que es hermosa. También considero natural que Raoul sienta a través de ella la plenitud de la creación. Y tú, Luca, me parece que exageras —puntualizó con picardía—. Opino que antes que una mujer, todavía es una niña, ¿o no lo crees así?

Luca sonrió para sí mismo y no dijo nada más. En cuanto a mí, debo reconocer que no capté los reveladores matices de la conversación, porque retomé el discurso de la belleza y les hablé largo rato de las manifestaciones de la bondad de Dios en la naturaleza, ajeno al fondo de la cuestión.

La familia de Fabianne, los Chartier, procedía de Conques, en Aquitania, y era especialmente devota de Santa Fe, joven mártir de Aquisgrán que está representada en su catedral por una pequeña escultura dorada que, si bien es tosca y hasta fea, está tan llena de riquezas y transmite tal aire de solemnidad que, cuando la vi, me inspiró un religioso espanto. La santa, sentada en su trono, resplandecía entre oro y pedrería, con su delicada corona dorada y las decenas de camafeos que adornaban la túnica de metal.

Recordé entonces las palabras del patriarca de los Chartier, Alain:

—Los milagros de Santa Fe son tan numerosos que los monjes apenas tienen tiempo de consignarlos por escrito. Ante cualquier disputa, plaga o calamidad, se saca la estatua de la santa en procesión sobre un caballo, mientras que a su alrededor los clérigos hacen resonar címbalos y olifantes de marfil. Deberíais verlo —me dijo— porque, por dondequiera que pasa Santa Fe, se acaban los problemas, restableciéndose inmediatamente la concordia.

Me contó también que, por eso, cuando en la primavera anterior su hijo Jacques perdió el habla al caerse de un caballo, el matrimonio se había dirigido a postrarse ante la imagen para suplicarle el milagro de devolverle la voz. No obstante, en esta ocasión el intento fue fallido y el muchacho siguió mudo. Decepcionados, acudieron al obispo de Conques. Éste, tras examinar al muchacho, les sugirió peregrinar a Compostela a solicitar el favor del Apóstol, ya que como apostilló Alain:

—Conques está en el Camino de Santiago porque el poder de Santa Fe no puede llegar a todos los hombres.

Con un razonamiento ingenuo pero no exento de lógica, prosiguió:

—El obispo Galbert lo aclaró: si Santa Fe pudiera realizar cualquier milagro, todos se postrarían ante ella y nadie peregrinaría a Santiago. Por eso decidimos seguir su consejo y dar una prueba más —con expresión humilde, acabó diciendo—: Probablemente sea a causa de nuestros pecados por lo que Santa Fe no ha podido devolver la voz a mi hijo, pero sí podrá interceder por nosotros ante el Santo Santiago.

De esa forma, la familia entera se había puesto en camino, uniéndose desde Conques al grupo de mercaderes. Al principio se mantuvieron distantes, pero pronto los avatares del viaje nos obligaron a relacionarnos y, al final, intimé bastante con Alain. De hecho, a menudo situaba mi caballo cerca del carro en el que viajaban su mujer y sus hijos, Jacques, Arlette y Fabianne, para conversar con ellos.

Gracias a eso pude enterarme de que tenían prisa por llegar a Estella pues habían sido invitados a la boda de Elena, la hija de Guzmán de la Rua, condestable del palacio de los reyes de Navarra. Una hermana de Alain estaba casada con el mayordomo del rey de Navarra y sería la madrina del enlace.

Pero volviendo a Luca, lo cierto es que su ambiguo carácter fue especialmente contradictorio frente a las Chartier. De hecho, observándole, parecía tener varias personalidades. Con Arlette unas veces se manifestaba expansivo y dichacharero, pero otras estaba triste, sin pronunciar palabra. Y con Fabianne, ya lo dije antes, embobado e inseguro, al menos en apariencia.

Siempre me ha sorprendido esta forma de actuar; no soy sino un observador, pero he comprobado que los hombres que más éxito tienen entre las damas son los del tipo tortuoso, los de la duda y la sonrisa afligida. Ya sé que se afirma lo contrario y se pregona a los jóvenes la conveniencia de ser rudo y seguro para conquistarlas, pero es falso. No es casual haber visto demasiado a menudo a hombres aparentemente débiles e inseguros triunfar donde antes habían fracasado otros más apuestos y valientes. Lo paradójico es la forma en que se mantiene esta falacia, cómo se difunde ese malentendido.

Probablemente por eso, por la combinación de realidad y prejuicios, la melancolía de Luca no tuvo problemas para encontrar refugio en Arlette, la mayor de las muchachas. Ahora sé que ella buscaba compartir con él sus más íntimos sentimientos y que Luca la trataba como si fuera un hombre. Arlette, sin elección, le dejó hacer; parecía resignarse a actuar como amiga y camarada. Y para nosotros era lo más cómodo, nos evitaba pensar, nos impedía temer otras complicaciones. Además Enrique, a pesar de tener sólo dos años menos que Luca, era excesivamente sencillo para el italiano y su compañía no le ofrecía la riqueza de matices de la joven. Pero era un vínculo imposible. Debía haber recordado las Sagradas Escrituras cuando comparan la conversación de la mujer con el fuego ardiente, porque se apodera de la preciosa alma del hombre y puede llegar a arruinar a los más fuertes. Debía haberme prevenido mi conocimiento del Ecclesiastés: «La mirada de la fémina es lazo para el corazón y, sus manos, ataduras».

Y entre ellos pasó lo que tenía que pasar. Ahora sé que, desde el momento en que lo vio, Arlette se enamoró locamente de Luca, pero sólo puedo decir en mi descargo que su comportamiento no inducía a pensar en ello. Para mí eran dos jóvenes como los que había visto tan a menudo desde mi púlpito de la Universidad. Sin embargo, olvidaba que mis alumnos eran todos hombres y, lo más decisivo, que no eran dos adolescentes. Luca tenía casi veinticinco años y Arlette diecinueve. Ni tampoco eran dos muchachos, como ingenuamente dábamos por hecho al verlos porfiar, jugar o desaparecer a caballo. Esta situación ambigua nos mantuvo ajenos al desarrollo de la futura trama y, más que a nadie, a mí.

También contribuyó a nuestra confusión que Luca, poco a poco, medio a escondidas, con mil pequeños pretextos, seguramente sin ser él mismo consciente de ello, empezara a cortejar a Fabianne. Ya he señalado que se comportaba con ella con extremada delicadeza, con una timidez que pasaba por candor aunque estuviera más cerca de la picardía. Su habilidad, casi seguro no premeditada, ahora lo he comprendido, fue saber adaptarse a la personalidad de las dos muchachas y tratarlas como deseaban ser tratadas. Sin duda, la aptitud de los seductores exige atenciones y estratagemas para las que hay que estar dotado. Él lo estaba. Fue bastante hábil. Con frecuencia se acercaba al carro de los Chartier para charlar con las mujeres o jugar con Jacques, a quien incluso invitaba a cabalgar, consiguiendo vencer paulatinamente su temor reverencial a los caballos desde el accidente. Al principio, sus padres se opusieron a que montara, pero Luca fue ganándoselos y al fin Alain los miraba satisfecho y hasta llegó a presumir cuando veía a su hijo, con su sonrisa muda, galopando sin miedo abrazado a la cintura de Luca.

No obstante, me costaba imaginar que fuera capaz de mantener esa extraña relación con Arlette y, al tiempo, tras sus buenas palabras, persiguiera conquistar a Fabianne.

Algún tiempo después, Luca comenzó a relatarme los hechos.

—Fui muy ingenuo —nos confesaría con desazón—. Es cierto que me trataba con Arlette como hombre y mujer, pero para mí era parte del juego. Os parecerá increíble y es difícil explicarlo... pero era un desahogo... como el apéndice de nuestras peleas o nuestras discusiones.

—¿Tú crees? —le contestaba aviesamente Enrique—. Yo no tengo tu experiencia. Hombre, puedo entender la situación por mi aventura con Giselle.

—Son casos diferentes —decía Luca.

—No, espera. Te aseguro una cosa, sin contacto no hay peligro. Incluso en los encuentros menos sensuales, la pasión surge del roce.

—No es lo mismo —insistía el italiano—. Tú me has dicho que Giselle te deseaba y tú a ella. En mi caso no ha sido así. Además, Arlette siempre me trataba con distanciamiento. Nunca actuó como una mujer enamorada. ¡Oh!, sé de lo que hablo. A veces me animaba ella misma y se mofaba si ponía algún inconveniente, pero otras, al acercarme me apartaba con malos modos, pidiéndome que no la incomodara. Al final estaba un poco harto y acabé por rehuirla. También es cierto que, desde que empecé a conocer a Fabianne, me encontraba mal conmigo mismo por los encuentros ocasionales con su hermana. Pero nunca me preocuparon sus sentimientos. Pensaba que Arlette sólo se estaba divirtiendo conmigo...

—¿Y?

—Arlette caminaba cinco pasos por delante de mí —musitó Luca con amargura—. Incluso fue ella la que me descubrió que me estaba enamorando de Fabianne.

—¿Arlette?

—Sí, Arlette.

Luca prosiguió contándonos la escena con gran lujo de detalles. Gracias a esta conversación y a otras posteriores, puedo reconstruir con razonable fidelidad ciertos acontecimientos que no presencié, pero cuya veracidad me pareció indudable al escucharlos.

Una tarde, después de acampar, Luca fue a buscar leña para el fuego y se encontró con Arlette. Ella había cruzado un viejo huerto de manzanos y cerezos recogiendo ramas y estaba sentada en el suelo, bajo uno de los árboles, a poca distancia del seto que acababa de saltar. Con la espalda apoyada contra el tronco del árbol, comía una manzana verde. El italiano miró su cabello castaño, cortado como el de un hombre, y no sintió deseos de hablar, pero le intrigó la media sonrisa que velaba su rostro; parecía regocijarse con algún escondrijo interior de cálidos secretos. Al detenerse a su lado, Luca la miró con una expresión de afecto indulgente.

—Te estaba esperando —le dijo Arlette al verle llegar.

Él seguía en silencio, sin decir nada.

—Quería hablar contigo a solas —continuó—. Vi que salías del campamento a buscar leña y me adelanté para esperarte. ¿Sabes?, últimamente es difícil hablar contigo. He tenido la sensación de que me rehuías, pero yo tenía algo que decirte.

Le miró con sus grandes ojos grisazulados, como lagos muertos:

—Ya sabes que no has sido el primer hombre con el que he mantenido relaciones íntimas. Debo serte sincera y, la verdad, si al principio me gustaba, ahora ya no me satisface. Lo he estado pensando y creo que será mejor dejar de hacerlo.

Luca no se lo esperaba y, aunque no le halagó oír cuestionar su virilidad, se sintió aliviado. Quería librarse de ese peso sin herir la susceptibilidad de Arlette y sabía que la mejor solución era que ella lo planteara.

—¡En fin..! —contestó con falsa resignación—. No lo haremos más. Tal vez tengas razón, no debemos actuar así sólo por divertirnos.

—¿No? —dijo ella ácidamente—. Te advierto que a mí no me importaría si fuera más divertido, pero no es muy estimulante estar al lado de un hombre que piensa en otra mujer.

El italiano se quedó mirándola fijamente, sin comprenderla. Por entre las hojas del árbol, se filtraba la luz del sol moteando su camisa blanca.

—No entiendo tus palabras —le contestó.

—Pues está muy claro, al menos para mí —dijo Arlette—. Y si no, dime, ¿por qué cuando estás con Fabianne te sonrojas como si te turbara?, ¿por qué pareces otra persona y eres incapaz de articular palabra?

—¿Quién, yo? —preguntó estúpidamente Luca.

Ella continuó incansable.

—¿Por qué estas pendiente de cualquier deseo suyo y tienes un especial interés en hablar de ella? ¿Por qué te haces el desentendido cuando hago la menor referencia a mi hermana, y luego me preguntas por toda clase de detalles?

Luca intentó sonreír socarronamente. Fue un triste fracaso.

—Yo te lo diré —proseguía Arlette—, porque estás enamorado de ella.

El genovés se echó a reír.

—No te hagas el inocente.

—No lo hago —contestó Luca, tratando de sostener la mirada de Arlette—. Ya que eres tan lista, explícame ese comportamiento tan extraño.

—No tiene nada de extraño. Simplemente no te atreves a reconocer que estás enamorado. Te pones nervioso a su lado y no sabes cómo actuar. Y no te gusta admitirlo.

Él inclinó la cabeza en silencio sin saber responder. Optó por esperar a que continuara.

—Pero estáte tranquilo —añadió Arlette—, si no deseas que lo sepa, por mí no sabrá nada. Además, me da igual, ya te he dicho que me estaba empezando a aburrir tu insistencia.

A él le dolió el comentario. No era verdad que la persiguiera. Ella misma había reconocido que la estaba rehuyendo. Al notar la expresión de disgusto del italiano, añadió con picardía:

—Es más, si quieres, puedo ayudarte a conseguir a mi hermana. Es aún una niña. Y aunque os tenga a todos embobados, es muy simple. Será muy fácil conseguir que se interese por ti.

Al escuchar esta declaración de complicidad, Luca se sintió atrapado. En un instante desapareció el resentimiento hacia Arlette. De nuevo era su amiga. Con su ayuda, con sus consejos, gracias a sus comentarios, podría superar la timidez y acercarse a Fabianne.

—Sí, es cierto—acabó confesándole—, estoy medio enamorado de tu hermana, pero no sé qué hacer. Cuando está a mi lado se me nubla la mente y no puedo pensar. ¿De verdad me ayudarás?

El relato me hizo comprender. Imaginaba la escena a la perfección. Arlette en el suelo, manejando a su arbitrio las emociones de Luca sin la menor dificultad, mientras éste, de pie, se dejaba conquistar. Lo paradójico del caso, lo que Luca era incapaz de comprender, es que aun cuando Arlette parecía controlarle, estaba imposibilitada para conseguir lo único que realmente le importaba, al mismo Luca. Si éste hubiera sido un poco más perspicaz o un poco más cruel hubiera podido invertir la situación sin ninguna dificultad, pues Arlette estaba loca de celos.

Siempre me sorprenderá cómo el prodigio del amor hace perder las formas y confunde a la razón. Me fascina ver crecer esa especie de idolatría, esa extraña obsesión por la que se siente por alguien un deseo apasionado e irrefrenable. Para un espectador imparcial como yo es algo más que inquietante ese lento transcurrir de los sentimientos desde la estima al afecto, del apego a la adoración... Y todo ello, simplemente porque otra persona está investida de una individualidad diferente a la nuestra y porque posee ciertas formas, ciertos gestos, ciertos matices de belleza sobre los cuales, por lo demás, no hay el menor acuerdo. Habiendo renunciado a esas emociones desde que tengo uso de razón, mi único placer en esta materia consiste en escrutar de lejos cómo actúa la semilla del amor y se manifiesta a través de mil formas: ternura, deseo, devoción... incluso desdén y odio. Pero siempre con la misma enajenación, siempre con el mismo abandono... No obstante, no debo entrar en disquisiciones sobre aspectos que desconozco. Únicamente puedo oficiar de testigo en esta historia y acreditar con mi mejor criterio ciertos hechos.

Y pasó que con la aparente ayuda de Arlette, Luca empezó a cortejar a Fabianne de forma consciente. Convencido de la eficacia de sus maniobras, se dejó guiar sin darse cuenta de que ella no tenía ningún interés en facilitarle las cosas. Arlette estaba concentrada en lo contrario y trataba de frustrar cualquier atisbo de atracción que su hermana pudiera sentir por el genovés.

—Ten cuidado con Luca —le decía a Fabianne—. Es un buen compañero de juegos y yo me divierto con él, pero hay que mantenerlo a raya. Presume continuamente de sus conquistas en Génova e incluso ha intentado propasarse conmigo en alguna ocasión.

—¿Y no te importa?

—¿A mí? En absoluto. Incluso me gusta; puedo dominarle sin que se dé cuenta. Me divierte verle intentar seducirme sin darse cuenta que antes de que vaya a un sitio, yo estoy de vuelta. Se considera el más atractivo de los hombres y cree que cualquiera caerá rendida a sus pies en cuanto le diga dos galanteos. Para mí es muy entretenido verle pavonearse como un gallo y pararle en seco cuando se siente más seguro. Pero tú debes tener cuidado con él.

—Conmigo no actúa así.

—Fabianne, no tienes experiencia. A tu lado se comportará con dulzura. Compruébalo cuando quieras. Cuando está conmigo lo verás alegre y comunicativo y contigo, retraído y amable.

—No lo entiendo —dijo en voz baja Fabianne.

—Es una táctica —matizó Arlette con su sonrisa carnívora.

—Sin embargo, parece un buen muchacho —se resistía Fabianne—. Mira cómo acompaña a nuestro pobre hermano Jacques.

—Yo te hablo de otra cosa.

—No, espera, antes de conocer a Luca, Jacques estaba siempre con una expresión de infinita tristeza en la cara. Ahora, aunque no pueda decir nada, sé que le está esperando y cuando aparece, cambia su semblante. Incluso se ha atrevido a montar a caballo con él. Y tú sabes bien, Arlette, el miedo que sentía por los caballos después del accidente.

—No te fíes de él.

Mesándose el cabello, Fabianne dejó en el aire un prolongado suspiro, y concluyó:

—Será como tú dices, yo no le conozco, pero le agradezco que haya hecho tanto bien por Jacques.

Arlette no desistía con facilidad.

—Hazme caso, Fabianne, no le conoces. ¿Piensas que va con Jacques por su buen corazón? ¿Crees que se acerca a nuestro carro y habla con nuestra madre porque le interesa su conversación? No. Desengáñate. Le interesamos nosotras. Como todos los hombres, su único deseo, su obsesión, es fornicar. Y para ello, necesita conquistarnos.

La dulce Fabianne no acababa de entenderlo. Si era como decía su hermana, ¿por qué estaba Arlette todo el día a su lado?, ¿qué interés podía tener en un hombre como aquél? Estaba harta de verla buscar con la mirada a Luca, oírla preguntar por el italiano, comentar con sus padres las liebres que habían cazado o quién de ellos dos había galopado más rápido. No podía odiarle tanto como decía, era incomprensible. Por otro lado —pensaba Fabianne—, dijera lo que dijera Arlette, él nunca se había comportado de forma poco galante con ella. Incluso podía afirmar que era el más cortés de todos los hombres de la expedición. Y sus padres también le consideraban un excelente muchacho. Eso por no mencionar al pobre Jacques, cuyo rostro se iluminaba apenas veía aparecer a Luca: «No obstante —se dijo— será mejor ser precavida. Arlette no piensa más que en mi interés y si me ha advertido contra él, sus razones tendrá».

Esta mezcla de desconfianza y simpatía natural determinó que los pequeños acercamientos que Luca intentó con Fabianne tuvieran escaso éxito. Ella optó precavidamente por evitar al italiano y cuando, con cualquier excusa, el genovés se acercaba al carro de los Chartier, la muchacha solía recluirse en su interior o alejarse del lugar.

Luca estaba desconcertado. Confiando en la ayuda de Arlette, creía que ésta le facilitaría el camino y sin embargo, desde su alianza, no parecía sino que aumentaban las dificultades. A pesar de ello, Arlette supo manejarlo durante un tiempo. Cuando él le pedía una explicación, ésta le regañaba y le rogaba que fuera prudente y tuviera paciencia.

—Todo va bien. No te preocupes —le decía—. Fabianne es muy tímida y se avergüenza cuando está a tu lado.

¿No te das cuenta de que si le da reparo es porque se siente atraída por ti?

—¿Tú crees?

—Los hombres no entendéis nada —luego añadía con impaciencia—: ¿Crees acaso que si le dieras igual, te rehuiría? Pregúntatelo, ¿por qué iba a hacerlo? Si lo hace —argumentaba con lógica— es porque contigo se siente indefensa. Y de ahí a estar enamorada, va sólo un paso.

Luca desconfiaba. Un día, al atravesar un pequeño pueblo, nos detuvimos a escuchar a un charlatán ofreciendo un elixir de amor, una especie de panacea universal que lo curaba todo, males y dolores, restituía de vigor juvenil a los viejos y procuraba amor a los jóvenes. La travesía del Camino de Santiago estaba llena de magos, falsos médicos, curanderos, vendedores de reliquias y traficantes de todo género. No le hicimos mucho caso. Pero Luca le miró de forma diferente. Cuando abandonamos la aldea, buscó una excusa para alejarse a caballo y regresó sobre sus pasos. No le costó mucho encontrar al buhonero. Después del escaso eco obtenido en la venta de la plaza del pueblo, estaba sentado al borde de un pequeño riachuelo, cerca de su carromato, medio dormitando. Al sentir el rumor de los cascos del caballo se sobresaltó y miró al camino con la vista fija en el jinete que se dirigía hacia él. Luego, abrió un frasco de licor y se bebió la mitad de un trago. Acabó cayendo pesadamente sobre la hierba, al otro lado de una pequeña fogata.

Acostumbrado a una vida de trampas, el charlatán no podía esperar nada bueno de una llegada tan intempestiva como aquélla.

—¿Qué buscas? ¿Qué quieres de mí? —dijo con temor cuando le vio acercarse.

—No temas —contestó Luca—. Sólo quiero que me vendas un frasco de la panacea para el amor que anunciabas en el pueblo.

El bribón no esperaba aquello. Cambió de expresión y se le quedó mirando socarronamente.

—¿Acaso no te he visto antes con un grupo de peregrinos de Santiago?

Luca asintió con la cabeza. El buhonero, a su vez, se rascó el ralo cabello pajizo que coronaba su cráneo.

—¿Por qué no lo compraste entonces?

—No te importa por qué no lo hice, maldito tramposo —exclamó Luca con amargura—. Ni tampoco cuáles sean mis motivos ahora. Tú, véndeme un frasco de la panacea y déjate de preguntas.

Al comprobar el interés de Luca, el viejo empezó a rezongar. Conocía su oficio y no estaba habituado a ser perseguido para vender una de sus pócimas, sino más bien a lo contrario.

—Lo siento, no va a ser fácil. Creo que me he quedado sin existencias en el pueblo —le guiñó un ojo—. Me ha ido muy bien, he vendido todos los elixires normales.

Se incorporó para entrar en su carromato. Un segundo después salía, confirmando:

—Así es. Se han agotado todos los frascos de panacea. No te puedo ayudar...

Luca no disimulaba su ansiedad.

—No te preocupes muchacho, tengo algo mejor —hizo una pausa y dijo triunfalmente—: ¡Aún me quedan dos pequeñas porciones de la santa panacea!

—¿Y para qué sirve? —preguntó Luca con recelo.

—¡Ah! —se rió estruendosamente—. ¿Que para qué sirve? ¡Bien se ve que no la conoces! En realidad, es natural tu ignorancia. Anda, ven, acércate...

El charlatán sacó de su zurrón un frasco de color pardusco y lo mostró a Luca; al mirarlo, pensó que parecía igual a los otros, pero ¿quién podía asegurarlo?

—Presta atención, amiguito —continuó el buhonero—. Los frascos que me viste vender en esa villa contienen cantidad suficiente de panacea para prolongar el tiempo que nos ha sido asignado en la vida, regenerando los gastados tejidos del cuerpo. Pero a ti eso te da igual, ¿no es cierto? Tus articulaciones están perfectas, tu cabello sano y no padeces dolores, ictericia, fiebres o escalofríos. Por eso te da lo mismo que haya agotado el elixir común. Y más cuando puedo ofrecerte la santa panacea.

Se detuvo un instante y le guiñó un ojo.

—Has tenido suerte, amigo mío. El contenido de este recipiente no puedo ofrecerlo por los pueblos. Es el resultado de un proceso de destilación laboriosísimo y está reservado para personas y casos verdaderamente especiales. Además, si la gente lo conociera no podría abastecer los pedidos. Tendría que dedicar todo mi tiempo a fabricarlos y aun así no habría bastante para todos.

Arrugó el cuello como una tortuga y abrió los ojos con expresión interrogativa. Luego se agachó hasta el carromato y sacó una botella de vino. Bebió un buen trago y se la pasó a Luca, quien rehusó con la cabeza. Mientras se limpiaba los restos con el brazo, continuó:

—Pero esa vida no va conmigo. Prefiero ganar menos y poder disfrutar las cosas hermosas... como este vinillo o alguna buena moza —le dijo golpeándole amistosamente con el codo.

Luca se impacientaba.

—¿No me crees? Pues es por eso por lo que no hablo de él comúnmente y sólo tengo dos envases de santa panacea. Puedo venderte uno. Y te aseguro una cosa. Si lo bebes con prudencia, no habrá dama que se resista a tus encantos, sea del linaje que sea, esté desposada o soltera, joven o vieja. Si sigues sus instrucciones no habrá empresa que se te resista, ni favor que no puedas alcanzar. Ahora bien, es caro. Para conseguir una sola gota es necesario destilar la carga de un carromato tan grande como ése...

Después de regatear más tiempo del necesario y gastar una cantidad que días antes le habría resultado imposible imaginar, Luca se reincorporó a la caravana con la «santa panacea» dentro del zurrón.

Esa noche, ante la hoguera, convencido de la fuerza del bebedizo, Luca estuvo simpático y divertido. Bajo la brillante luz de la luna nos contó historias de su país natal e incluso hizo algunos malabarismos con tres pelotas de trapo. Aunque estuvo amable con todos, fue especialmente obsequioso con la familia Chartier, invitando a Jacques a practicar con las pelotas. Después de enseñarle a hacer un pequeño juego, le acompañó hasta el extremo de la fogata donde estaban sus padres, sentándose junto a Fabianne. Arlette, que se encontraba al otro lado, entre su madre y él, le miró con odio. Una vez cerca de ella, se mostró encantador. Aquella noche, la muchacha simpatizó abiertamente con el italiano, pero cuando se retiró a dormir y evocó la escena, tumbada en su carromato, aún le roía una ligera desconfianza.

Al día siguiente Luca se despertó animado por el éxito de la noche anterior, pero al dirigirse a Fabianne notó de nuevo el velo de la indiferencia en su voz. Confuso por el frío recibimiento, volvió a mostrarse retraído y torpe. Pasó la jornada melancólico, creyendo pasados los efectos del elixir, pero salvo Arlette, todos atribuimos el cambio de actitud a su ambivalente carácter.

En realidad, los hechos que narro los supe mucho después, cuando Luca nos informó en detalle. También es verdad que quizá todo fuera menos deliberado, pero lo dudo. Lo cierto es que, junto a sus padres, yo debía de ser el único ignorante del enredo, porque luego descubriría que Enrique y otros estaban al cabo de la calle. Cierta vez, ante otro de mis comentarios acerca de la frágil delicadeza de Fabianne, Enrique volvió a llamar mi atención sobre el idealismo con el que planteaba estos temas.

—Maestro Raoul, recordad que vos mismo nos insististeis sobre la fugacidad de los encantos físicos. Seguramente teníais razón y, como les ocurre a tantas otras jóvenes francesas, en poco tiempo el gracioso rostro ovalado de Fabianne se hará pesado y su fino talle se perderá en gordura, pero —matizó incisivamente— por decirlo en palabras de Luca, debéis reconocer que ahora tiene una gracia y una plenitud que resultan irresistibles.

Sin embargo, yo estaba encantado cuando el genovés abandonaba sus estados melancólicos y se comportaba con amabilidad y donaire, sin vislumbrar en su atención hacia Fabianne algo diferente al embrujo que sentíamos todos. Por otro lado, mi posición de clérigo me hace difícil juzgar con objetividad aquellos acontecimientos. Y no sólo porque, a pesar de que me cueste reconocerlo, desde un punto de vista lógico comprendo que su actitud de hombre de acción es diferente a la mía (ya que, mientras él necesita poseer lo que desea, mi goce es intelectual), sino que, además, difícilmente podría expresar resentimiento contra las manifestaciones de la naturaleza. Y allí, me parece que no hicieron sino desatarse las pasiones naturales.

VI. La intriga de Estella
Del 8 al 13 de marzo de 1257

Una mañana nos despertamos con la sorpresa de la nieve compacta, pura, acabada de cuajar sobre la tierra. Mientras caminábamos sobre ella y la sentíamos crujir bajo nuestros pasos, atravesamos un bosque con fama de estar encantado. Antes, habíamos discutido sobre la conveniencia de cruzarlo o dar el rodeo que, prudentemente, tomaban todos los peregrinos para evitar las brujas. Claude, el cura valón que guiaba al grupo, zanjó la cuestión informándonos de que había pasado otra vez por el mismo lugar sin correr el menor peligro. Se situó al frente, con los soldados, y nos animó a seguirle. Continuamos de mala gana. El bosque era frondoso y lo cruzamos por una estrecha senda que desbrozamos y limpiamos de nieve en varias ocasiones. No pudimos disfrutar del periplo; más que entretenidos, íbamos amedrentados por las historias de miedo que nos habían contado, deseando llegar al fin cuanto antes. De pronto, en un recoveco del camino, salieron a nuestro encuentro un hombre y una mujer greñuda riendo histéricamente. Eran de rasgos desagradables y sucios de aspecto, y aunque él parecía rudo, no nos hizo temer ningún mal. Ni estaba muy armado ni parecía demasiado fuerte. Sin embargo, se situó en el centro del camino y nos conminó a detenernos. Dijo entonces varias frases en un idioma ininteligible, del que sólo entendimos: «Ninguno de vosotros puede pasar por aquí». Le explicamos con buenas palabras que necesitábamos continuar: «¿No veis que somos santos peregrinos? —dijo uno de los soldados—. Tened la bondad de apartaros de la calzada y no entrometeros en nuestra marcha». A pesar de que éramos más, mejor armados y más fuertes, les hablamos con un cierto temor, como si estuviéramos intimidados. Él contestó que le daba igual quiénes fuéramos y lo que quisiéramos, pero que por allí no se podía pasar. Por fin, le ofrecimos regalos y dinero y, tras hablar entre sí, consintieron en dejarnos atravesar el paso, no sin antes decirnos la mujer con una voz extrañamente serena: «Podéis seguir, me he compadecido de vosotros». Después, hablamos varias veces sobre ello, pues hubiéramos podido evitar todo sin problemas. Hubiera sido fácil vencerlos, herirlos y hasta matarlos. No obstante, nos amilanaron. Muchas veces he recordado este suceso para corroborar que la intimidación y la influencia no dependen sólo de la fuerza.

Proseguimos el viaje sin más incidentes hasta llegar a Estella, donde nos hospedaron con toda solemnidad. Casualmente, una hermana de Alain du Chartier era esposa de un noble local, mayordomo del rey de Navarra, y actuaba de madrina en los esponsales. Gracias a ello, nos recibieron como huéspedes y nos alojaron en un ala de su elegante palacio. Allí disfrutamos el ambiente cortesano, semejante al de las cortes ducales italianas que había conocido con anterioridad. Visitamos también sus dependencias, austeras pero de mayores dimensiones de lo que cabía esperar. La fachada del palacio era muy sencilla. En ella destacaba un pequeño capitel que mostraba la lucha de nuestro héroe Roland con el gigante Ferragut, aunque tal suceso se desarrollara en realidad en una villa que visitaríamos más tarde, Nájera.

Cuando aparecimos, ya llevaban dos días celebrando las fiestas por el matrimonio de Elena, la hija del condestable Guzmán de la Rua, y nos rogaron integrarnos en ellas, especialmente a la familia Chartier, a Claude, el cura valón, y a mí.

Las celebraciones fueron un derroche de lujo y comimos todo tipo de viandas. Se sirvió mucho pan blanco y se bebieron cinco o seis cargas de vino blanco y tinto, muy oloroso y fino. Degustamos muchas carnes: capones asados, faisanes, gallinas muy tiernas, cabritos y carneros, liebres y conejos. Después se servía la olla, que, como he podido comprobar, es el plato más característico de Castilla. Pero también se sirvieron pescados finos, muchos de ellos desconocidos para mí, como langostas de Santander, salmón de Castro Urdiales, sábalos y lampreas de Sevilla y Alcántara, arenques y besugos de Bermeo, albures, congrios de Laredo, sollos, pulpos, ostras, cangrejos y ballena. De postres nos ofrecieron dátiles, almendras y piñones confitados, palmitos y muchas frutas verdes y secas. Finalmente repartieron regalos, sobre todo piezas de brocado y collares de oro y seda. Ningún caballero salió de aquellas bodas con las manos vacías. Incluso el servicio, los villanos y los amigos pobres pudieron degustar asado y olla con vino tinto y pan.

Fue una gran fiesta. Comimos sentados en el suelo, en silencio y sin alboroto, al estilo de los castellanos, es decir, con los brazos desnudos. Según me dijo un capellán, los franceses y los alemanes no sabíamos comer bien, pues utilizábamos mangas largas y nos manchábamos con la escudilla. Acabó reprochándome nuestra forma de engullir la carne:

—Con vuestro sistema de trocear y comer sobre la mano o bajo un trozo de pan, mientras en la otra mano ponéis la sal, ensuciáis el pan y la servilleta. Nosotros lo hacemos limpiamente, sin trocearla. Así, respetamos su forma y sabor, y además no nos manchamos.

Sí, fue una gran fiesta, pero también tuvo consecuencias notables. Allí pude averiguar buena parte del cometido de la misión y establecer los hechos esenciales de mis pesquisas posteriores. Pero sobre todo, aquellos muros conocieron el desencadenamiento de todo tipo de pasiones. Fuimos testigos de intrigas políticas, lances amorosos e incluso disputas de sangre. Las circunstancias provocaron acontecimientos de toda índole; tantos, que será conveniente ordenarlos.

El primer día lo dedicamos a alojarnos. Al atardecer nos avisaron para bajar a la sala de la planta baja. Habían preparado el ambiente encendiendo braseros muy grandes y medianos y poniendo mesas para jugar a los dados. Cuando estuvimos reunidos todos los invitados, bajó el condestable, precedido por el son de atabales y chirimías, para jugar un rato con sus amigos. Después nos hizo regalos a los presentes y mandó servir la colación de la víspera. Más tarde se retiró a sus aposentos mientras los demás seguíamos la fiesta.

Lo que yo supuse casualidad hizo que coincidiera al lado derecho de la mesa con un noble local que ostentaba uno de esos apellidos compuestos tan característicos del país, Cárdenas y Villarroel Barrena Pacheco. Tan enjundioso nombre se acomodaba mal con su fisonomía, pues era de facciones delicadas y casi melifluo. Rubio, un tanto calvo, fino, llevaba bien sus ropas de gala y sus modales eran correctos. Al poco exhibió con orgullo unos anteojos montados al aire que limpió minuciosamente con un pañuelo de seda. Después de colocárselos sobre la nariz, sonrió maliciosamente y me preguntó si los había visto antes. Al contestarle que yo mismo tenía una horquilla de vidrios similar, pareció decepcionado, pero reaccionó con rapidez.

—¡Ah!, vos también tenéis unos —manteniendo la sonrisa, añadió—: Veo que sois persona importante. No me había engañado la intuición. Decidme, ¿dónde os los hicieron?

—En Palermo, la gran ciudad de la isla de Sicilia. Me los fabricó un artífice árabe experto en física y óptica. Y son enormemente útiles. Gracias a ellos puedo leer sin dificultad, aun con poca luz, cosa que antes no podía hacer.

—Sí —me dijo, achatando los ojos—. Los míos están hechos en Murcia y me han costado buenos sueldos, pero compensan su precio. De todas formas, cuando me los vendieron, me dijeron que en Castilla no habría otros ejemplares iguales. Me resulta extraño que un monje dominico los lleve.

¿Cómo sabía que yo era dominico? Una expresión extraña debió de pasar por mi rostro. Me miró con astucia, luego abrió sus ojos y su mirada volvió a brillar. Ante mi gesto de desconcierto, continuó:

—No os sorprendáis, ni os dejéis engañar por el tumulto de las fiestas. Ésta es una ciudad pequeña y todos saben que bajo vuestro anónimo sayal de peregrino se esconde el hábito de dominico. También me han indicado vuestro nombre y vuestra categoría. Por otro lado —añadió con intención—, podiáis haberlo imaginado cuando os acomodaron en esta mesa, próxima a la del mismo condestable y en compañía de miembros de su familia.

Así era, debía haberlo supuesto cuando dispusieron el orden en el que debíamos tomar asiento. No obstante, me intrigaba qué podían haber contado los Chartier sobre mí, entre otras cosas porque no les había dicho casi nada. Para ellos yo era un magíster de la Universidad de París cumpliendo con la peregrinación a Santiago por motivos de fe. No me parecía que Alain fuera un hombre dado a los comentarios especulativos, aunque probablemente su mujer... Sin embargo, no pude cavilar demasiado. Mi compañero de mesa interrumpió mis pensamientos:

—¿Y para cuándo esperáis llegar a la ciudad del santo Santiago?

Ya a la defensiva, respondí:

—No lo sé muy bien. La organización de la travesía la lleva un sacerdote valón que ha realizado otras veces el Camino. En todo caso, queremos llegar antes de la festividad del Apóstol, supongo que sobre mediados de julio.

—Eso imaginaba.

Apoyando la palma de la mano bajo su mentón, añadió con lentitud:

—Espero que disfrutéis de vuestra visita, y no os sorprendáis al encontrar la ciudad inquieta por los recientes acontecimientos.

—¿Qué recientes acontecimientos? —repetí tontamente—. ¿Qué puede haber ocurrido para inquietar a una ciudad de las dimensiones de Santiago de Compostela?

—¿No lo sabéis?

Respondí con una mirada de incomprensión.

—Bueno, parece natural. Sois extranjero y lleváis poco tiempo en el país, pero toda Castilla está al corriente. Veréis, al día siguiente de la festividad del Apóstol se ha de celebrar el juicio contra don Rodrigo García, hijo de don García Fernández, cabeza del linaje de los Villamayor, quien fue mayordomo de doña Berenguela, la abuela del rey, y también su ayo. Se acusa a ese malvado de haber asesinado a don Diego Pérez y será condenado a muerte...

—¿Y..? —le interrumpí—. No me parece suficiente motivo un juicio para alterar la vida de una villa tan grande.

—Observo que os he de explicar todo. Don Rodrigo García no es un caballero común. Ya os he dicho que su padre fue ayo del rey, pero además su hermano Juan es el mejor amigo de Alfonso desde que ambos eran apenas unos niños. De hecho, el infante vivió en su casa varios años, hasta que fue reclamado por su padre, nuestro gran rey Fernando, para comenzar su educación militar. Alfonso no olvidó a su amigo de la infancia y cuando fue investido en Sevilla como soberano de Castilla y León, le mandó llamar a la corte —Cárdenas no podía evitar un tono de despecho al hablar—. En poco tiempo le ha convertido en uno de los nobles de mayor poder e influencias del reino. Primero le nombró mayordomo de la corte, reemplazando a Rodrigo González Girón. Ese cambio fue muy comentado; Girón contaba con la estima de toda Castilla...

Me dio unos segundos para calibrar la importancia de la sustitución.

—Pero eso no es todo. Ahora dicen que también va a hacerle adelantado mayor de la mar —sonrió ladinamente—. Al menos eso se comenta. Y por si fuera poco, también ha llenado de honores a Fernán y Alfonso, otros dos hermanos de Juan. No —reflexionó—, un hermano de don Juan García no es en absoluto un caballero común, ni su condena a muerte un acontecimiento trivial.

Por fin salía el tema. Decidí mantenerme como estaba, a la expectativa, atento.

—Ya veo —dije por llenar el silencio. Era el momento de aprovechar la ocasión y averiguar los pormenores del caso.

De momento, las palabras de Cárdenas corroboraban punto por punto las advertencias del obispo de Jaca. Con un tono que intentaba aparentar indiferencia, continué:

—Comprendo. Y es cierto, no sabía nada —mentí—. Ahora entiendo vuestros anteriores calificativos. Sin duda hubo de ser todo un acontecimiento...

Con voz más ligera, añadí:

—Contadme, no me mantengáis en ascuas. ¿Qué pudo motivar un lance como ése? Por fuerza, debe ser una historia apasionante.

—¿Apasionante? —repitió—. Sí, tal vez no sea una mala descripción, porque su bellaco comportamiento lo motivó una mujer. ¡Malditas mujeres, que Nuestro Señor confunda! ¡Falsas, volubles y mentirosas hembras..! Dios sabrá lo que ocurrió antes del suceso, pero los hechos no dejan lugar a dudas.

—¿Tan claros son?

Cárdenas se adelantó hacia mí.

—Juzgadlo vos mismo. Don Rodrigo estaba enamorado de una hermosa dama, María Correa, y pretendía hacerla su esposa. Sin embargo, ella se comprometió formalmente en matrimonio con don Diego Pérez, señor de Bembriz. Hasta aquí todo transcurrió con normalidad. Pero Rodrigo no se conformaba...

Debí de sonreír. Me miró con intención antes de continuar:

—Ahora veréis. Si bien Rodrigo aparentaba aceptar la negativa de María, debía de estar tramando algo, porque poco tiempo después, cuando ambos coincidieron en unas fiestas similares a éstas, se amparó en la oscuridad de la noche y penetró en sus aposentos para intentar abusar de su honor. La joven se resistió cuanto pudo, gritando, pidiendo socorro, pero poco le cabía hacer. Por casualidad, Diego se encontraba cerca de su estancia y acudió presuroso en su auxilio. Supongo que forcejearon duramente, pero cuando llegó Alonso Correa, el padre de doña María, don Diego yacía moribundo sobre las losas del suelo. A su lado, Rodrigo sostenía una daga cubierta de sangre.

Mi acompañante hablaba conmovido, exaltado. Me miró directamente a los ojos y se mesó los cabellos, exclamando:

—¡Fijaos! ¡La misma daga de don Diego! ¡Fue tan innoble que le asesinó con su propia arma! El resto ya os lo imaginaréis...

Extendió los brazos como intentando abarcar lo evidente. Su cara quería expresar resignación. Lo conseguía a medias:

—Aunque los hechos parecían claros, don Alonso Correa exigió en el acto una explicación. No obstante, tanto don Rodrigo como su hija guardaron silencio.

—¿No confesaron nada? —pregunté.

—Directamente no. Pero cuando le preguntaron a Rodrigo si había matado a Diego por celos, no lo negó.

Cárdenas se arrellanó con comodidad en su sitial antes de proseguir:

—Todo estaba ya claro, ¿verdad? No obstante, Alonso Correa pidió a su hija que confirmara o negara las palabras de don Rodrigo.

—¿Y qué contestó?

—No dijo nada, fue incapaz de articular una palabra.

—¿Tan confundida estaba?

—Eso supusieron, que estaba enajenada por haber presenciado el asesinato. En todo caso, su silencio confirmaba lo dicho por el de Villamarín.

Cárdenas se incorporó de nuevo para señalarme con el dedo:

—Don Alonso quiso hacer justicia allí mismo —prosiguió—. Y lo hubiera hecho de no impedírselo por la fuerza otros caballeros que le acompañaban...

—Pero don Rodrigo alegaría algo en su defensa...

—Según parece, Rodrigo también permanecía como ausente, sin prestar atención a momentos en los que se jugaba la vida.

—Es curioso que ningún testigo pudiera hablar —apostillé.

—El comportamiento de María es fácil de explicar —replicó Cárdenas—. Y en cuanto a Rodrigo, da igual lo que hiciera; fue conducido poco después a los calabozos del castillo, de donde saldrá en julio para ser condenado a muerte.

Quedamos unos instantes en silencio.

—Teníais razón —no pude menos que exclamar—. Es una historia extraordinaria. No me extraña que la comente todo el país.

—Por eso me chocaba que no hubierais oído nada.

—Pensándolo mejor, es normal —dije—. Viajo en compañía de peregrinos extranjeros. El único castellano del grupo regresa de Francia, donde ha estado dos años, ¿cómo podía haberme enterado?

Me miró fijamente a la cara. Sus duras pupilas brillaban como diamantes. Esbozó una sonrisa lateral antes de añadir:

—Quizá podíais haberlo oído mentar en alguna villa del camino. Por ejemplo, en Puente la Reina, donde me imagino que pernoctaríais en una hospedería... O si no, en Jaca. O haberlo escuchado de otra persona... No sé... hay muchas formas.

—Es cierto —reconocí.

—Y además, perdonadme que sea tan directo —dijo señalando a Velasco al otro lado de la sala— pero ese hombretón que viaja en vuestro grupo, ¿no vive en Pamplona? Puedo estar equivocado, pero juraría haberlo visto una vez en el séquito de Guillermo, el obispo de Jaca.

Se inclinó hacia mí y murmuró en tono incisivo:

—No estoy seguro, pero parece el mismo hombre que trajo a Guillermo una misiva cuando estuvimos preparando el sitio de Jaén.

Alarmado por la imprevista reacción, tragué saliva e intenté salir del paso:

—Ignoro de qué habláis. Tan sólo sé que estaba retirado como eremita en el monasterio de San Juan de la Peña.

Cuando pasamos por allí, su abad me solicitó que le dejáramos caminar a nuestro lado. Quería, como nosotros, peregrinar a Santiago. Por lo demás, le conozco muy poco. Es un hombre reservado y taciturno que apenas pronuncia palabra. Pero os será fácil averiguarlo, preguntádselo directamente.

Sus cejas descendieron como persianillas sobre los ojos. Miré su rostro impasible, tratando de juzgar cuánto sabía. Pero su rostro no me lo dijo.

—Ya lo hice, no creáis, ya lo hice. Él, sin embargo, no parece reconocerme. Contestó evasivamente, diciéndome que no había participado en ese asedio, ¡como si yo le hubiera preguntado eso! Admitió conocer al obispo Guillermo, pero según él, apenas de vista, por haberlo visto en alguna ocasión en ese monasterio aragonés...

Se frotó el mentón reflexivamente y añadió en un murmullo:

—Todavía dudo. No olvido con facilidad un rostro. Y ése es el reflejo exacto del que conocí en Pamplona preparando la campaña de Jaén. ¡En fin! —exclamó, dándose en apariencia por vencido—. Me habré equivocado y será como ambos decís.

Aquella noche me retiré preocupado a mis aposentos. Si bien apagué la vela casi de inmediato con la intención de descansar, tardé un buen rato en conciliar el sueño. Apenas cerré los ojos, recordé las prudentes palabras de Guillermo aconsejándome cautela y discreción. No podía comprender cómo habían reconocido a Velasco. El obispo aseguró que no habría forma de relacionarlo con él, y su comportamiento era un modelo de sigilo. Mi tranquilidad estaba empezando a desmoronarse. Abrí los ojos. Había sido buena idea no comentar nada con Velasco esa misma noche. No era el momento adecuado para solventar dudas.

Después de un rato dando vueltas en la cama, encendí la vela y me incorporé. Estaba oscuro al otro lado de la ventana y no se podía ver nada.

Sí, había hecho bien reprimiendo mi primera idea de hablarlo con Velasco. Desconfiaba de que aquel José Cárdenas y Villarroel hubiera quedado satisfecho. Y por otro lado, no era imposible que a partir de entonces me vigilaran. Nada confirmaría mejor las sospechas de mi acompañante que verme acudir tras nuestra conversación a hablar con Velasco.

Decidí pues, posponer las averiguaciones y esperar a mejor momento. Volví a acostarme. Sin embargo, no podía dormir. Desde la cama agucé el oído intentando percibir algún rumor. Nada. A veces llegaba un remoto ladrido. De madrugada se levantó viento y las contraventanas de la estancia crujieron y repiquetearon movidas por el aire repentino. Sentí envidia del sueño tranquilo de los habitantes de Estella. El diálogo de la cena no se iba de mi mente. Con los ojos abiertos evoqué flotando en la oscuridad a mi interlocutor con su maliciosa expresión, dirigiéndome sus envenenados dardos:

—Pudisteis haberos enterado en Jaca. ¿Ese hombre no está al servicio del obispo Guillermo?

Dormí mal, pero al cabo, los acontecimientos del día me obligaron a conciliar el sueño.

Por la mañana me desperté sobresaltado. En el corredor del piso de arriba sonaba incesante el toque de la alborada, las trompetas y atabales, mientras que en la puerta donde dormía el condestable las chirimías, los cantores y el rumor de otros instrumentos más suaves saludaban la nueva jornada. Después de tranquilizarme, me uní al espectáculo. Pocos minutos más tarde acudimos a la iglesia a rezar maitines y oír dos misas, tras las cuales volvimos a palacio a continuar con las celebraciones de la boda.

Al finalizar las eucaristías busqué con la mirada a Velasco sin el menor éxito, parecía habérselo tragado la tierra. No me dio tiempo a más, Enrique distrajo mis preocupaciones manifestándome las suyas. Era la primera vez que se encontraba en una fiesta como aquélla y estaba inquieto por conocer las reglas del comportamiento correcto en la mesa.

—Maestro —me dijo—, anoche me sentía inseguro viendo tantos manjares ante nosotros. Ni Luca ni yo hemos estado nunca en una boda como ésta y no sabemos cuáles son las normas a seguir. Si pudierais ayudarnos, os lo agradeceríamos mucho.

—Claro, muchacho. ¿Qué queréis saber?

—¡Oh, tantas cosas! Decidme, por ejemplo, ¿debemos tomar de todo?

Suspiré, pasándome la mano por la frente.

—El buen caballero sabe que no debe hacerlo —le contesté—. Una de las pruebas para distinguirlo de un villano consiste en ofrecerle muchas clases de viandas. El villano comerá de todo, mas el caballero sólo tomará lo mejor. Pero vuestro caso es diferente. Nunca tratéis de aparentar lo que no sois. Al final os descubrirán y será peor. Ése es mi primer consejo. Y tranquilizaos, no tendréis la menor dificultad. Limitaos a observar el comportamiento de vuestros compañeros de mesa y actuar igual que ellos. Veréis como no tenéis ningún problema.

Enrique me miró con expresión decepcionada y bajó la cabeza durante unos pocos segundos, levemente cohibido. Luego murmuró con voz queda:

—Ya... Pero nosotros queríamos saber algo más. Aunque en esta fiesta podamos pasar desapercibidos, si tenemos ocasión de acudir a otra celebración similar, no nos gustaría hacer el ridículo —me dirigió una mirada de súplica—. No es preciso entrar en detalles, tan sólo quisiéramos conocer alguno de los hábitos cortesanos.

Le miré con otra cara. No había percibido su inseguridad. Al escucharle hablar de esa manera, avergonzado por su desconocimiento de las prácticas adecuadas, comprendí que estaban solicitando algo más que un conjunto de normas para salir del paso. Traté de infundirles confianza. Mirándoles con picardía, contesté:

—Os daré un buen consejo. Cuando os inviten, comed mucho, pues si os lo ofrece un amigo vuestro, se alegrará, y si es enemigo, se dolerá por ello.

Dio buen resultado. Luca rió. Le pregunté por qué lo hacía. A lo cual respondió:

—He recordado la historia que contaba un negro del puerto de Génova llamado Maimundo. Cierto anciano le preguntó cuánto era capaz de ingerir. Y él contestó: ¿de qué comida, de la mía o de la tuya? ¡De la tuya, Maimundo!, contestó el anciano. ¡De ésa, lo menos que pueda!, respondió. ¿Y cuánta de la otra?, dijo el anciano. Todo lo que pueda, contestó Maimundo.

Los tres reímos su historia. Sin embargo, Enrique aún no estaba satisfecho. Pasado el momento de vergüenza, quería saber más cosas. Continuó:

—Nos habéis dicho cuánto debe comer un caballero, pero nos importa más cómo debe hacerlo. Decidnos, ¿cuáles son las reglas para comer con educación?

Sonreí indulgente antes de contestarle. Como me temía, los muchachos querían instruirse a fondo:

—Escuchad, si queréis comportaros como gentilhombres, debéis lavaros las manos y no tocar nada hasta el momento de empezar. Hay muchas costumbres, pero la mayoría son de sentido común. Por ejemplo, no se debe mostrar impaciencia, y por ello, no comáis pan antes de que se ponga otro manjar sobre la mesa. Y para no parecer glotones, tampoco os llevéis a la boca un trozo tan grande que se salgan las migas por un lado y otro. Luego hay que masticar bien los alimentos antes de tragarlos, no vayáis a ahogaros. Otros buenos consejos son: no tomar la copa antes de tener la boca vacía, para no cobrar fama de bebedor, ni hablar con la boca llena; además de ser descortés, corréis el peligro de que vaya algún resto de comida de la garganta a la tráquea y ahogaros. Más de uno ha muerto por eso, no creáis.

Me detuve y les cogí del brazo:

—Mirad muchachos, cuando veáis en el plato un manjar que os guste, fijaos bien en si está ante vosotros, es decir, si no le corresponde a otro comensal, para evitar tomarlo por equivocación. De esa manera, no dirán que sois pobres rústicos. Otro consejo muy saludable es lavarse las manos después de comer, como hacen los árabes...

—¿Para qué? —dijo Luca.

—Piénsalo un poco.

Abrió las manos en un gesto de impotencia.

—Para evitar enfermedades —contesté—. Sigues sin verlo, ¿verdad? Pues bien, pregúntate esto, ¿cuántas veces te has frotado los ojos después de comer con las manos sucias?

Ambos asintieron con una media sonrisa. Me gustaba aquella charla, los jóvenes estaban verdaderamente interesados en aprender las normas de la cortesía.

—Si alguien me invita a comer, ¿qué he de hacer? —dijo Luca.

—¡Ah! Eso depende de quién lo haga —contesté enigmáticamente—. La ley de los judíos dice que hay que poner especial atención al rango de quien te invite. Si es persona grande, acepta enseguida. Y si no lo es, según sea su importancia, hazlo a la segunda o a la tercera vez.

—Ésa sí que es una norma extraña —insistió el italiano.

—La razón la da Abraham, del que se cuenta la siguiente historia. Un día estaba sentado a la puerta de su casa y vio venir a tres ángeles bajo apariencia humana, a los que invitó a entrar en su morada, lavarse los pies, tomar algún alimento y reponer fuerzas. Los ángeles, por ser él un gran patriarca, aceptaron. Pero poco después, llegaron los mismos ángeles a casa de Loth y, a pesar de haber sido invitados por él una y otra vez a entrar, sólo aceptaron tras insistirles mucho, porque no era persona tan grande.

Entretenidos con la conversación, nos encontramos de nuevo en la puerta del palacio de Guzmán de la Rua. Siguiendo a los demás, fuimos introducidos en la gran sala del banquete.

Alertado por nuestra charla, puse atención al protocolo y en verdad debo confesar que fue muy prolijo. Vale la pena reseñarlo.

Mientras a los invitados nos ofrecían aguamaniles para lavarnos las manos, los capellanes bendijeron la mesa, tanto al principio como al final de la comida. Pero antes de hacerlo nos habían distribuido con un orden muy estricto. El condestable se sentó aparte en una banca, sobre un estrado con gradas de madera cubierto de tapicería. A su espalda estaba situado un dosel con un bello brocado de tracerías moriscas. Junto a él, sentados en unas banquetas, se hallaban su mujer, el padrino y la madrina, la madre de la condesa, el arcediano de Estella y Gonzalo Mejía, señor de Santofimia. Se habían vestido con mucha elegancia. Los hombres llevaban bucles en la cabeza y la barba rizada, mientras que la condesa tenía trenzado el cabello con hilos de oro. La novia estaba especialmente hermosa bajo sus ricas vestiduras. Un ligero velo cubría su rostro y llevaba una falda muy amplia llena de brocados geométricos que parecían reproducir los motivos árabes que tantas veces había visto en la isla de Sicilia. Pero si los adornos resultaban extravagantes, su hechura era similar a los de las damas de otras cortes, ostentando esas enormes mangas acampanadas que nunca dejarán de asombrarme por su longitud y anchura.

El resto nos sentamos por el suelo de la sala. Las escasas mesas estaban reservadas para los invitados más importantes. En las situadas frente a la puerta se sentaron los señores de la iglesia mayor, los canónigos. Los de la universidad o cofradía de los clérigos lo hicieron en las mesas próximas al ventanal y después todos los capellanes y sacristanes, en el orden que seguían en sus cabildos y reuniones.

Cuando los maestresalas, por el orden de la mesa en que servían, entraron con el aguamanil, todos nos pusimos en pie. Después, el deán bendijo la mesa y se inició la comida. El orden lo dirigía el hermano del condestable, que actuó como maestresala mayor. En la mesa principal y en las demás servían caballeros e hidalgos de la casa, mayordomos, pajes y otros oficiales entrenados para soportar el trajín de las fiestas. El servicio lo componían grandes aparadores de vajillas de oro y plata. La aparición de cada plato y cada copa fue saludada con piezas interpretadas por los músicos. Ya mencioné antes los muy variados manjares que degustamos; baste ahora señalar que probamos muchas y diversas aves y vinos finos.

Tras el ágape cesó la música, se retiraron bancos y mesas y se despejó la sala para que los invitados ocupáramos nuestros lugares en bancos adosados a la pared. Mientras, los porteros se ocupaban de impedir entrar a nadie en la sala. A una señal del condestable, empezó a sonar de nuevo la música, iniciando las danzas los gentiles hombres y pajes. Más tarde lo hicieron las personas de la mesa principal y después todos los demás. Hubo un intermedio en el que se representaron dos pequeñas piezas teatrales, que aquí llamaban *momos*, bien trabadas y no exentas de picardía. Después continuó la música y el baile hasta muy tarde.

Yo asistía divertido, observando a jóvenes y mayores participar con entusiasmo en la algarabía. Enrique bailó muchas veces, pero Luca prácticamente no se movió de su sitio. Únicamente, si recuerdo bien, se enlazó en una o dos piezas con la mayor de los Chartier, Arlette, quien se mantuvo la mayor parte del tiempo a su lado, hablando en susurros con él.

Mientras tanto, los padres de Arlette y su hermana menor, Fabianne, se habían integrado en el ambiente de la fiesta. Ella estaba muy hermosa con su largo traje blanco revestido de brocados y pasamanerías. Le llegaba hasta los pies, pero pasaba casi desapercibido por el tocado de gasas en diversos tonos de azul que le cubría la cabeza. Como si fueran múltiples telas de araña superpuestas, los velos de muselina le caían serpenteantes por la espalda y mangas del vestido. El atuendo, imposible en otra dama, se acompasaba a la perfección con su rostro sereno y dorado. No fui el único en darse cuenta; los jóvenes nobles e hijosdalgos lo percibieron antes que nadie y la requerían continuamente para el baile. A fuer de sincero, debo confesar que si la novia era la protagonista indudable del evento, Fabianne también pudo haberle disputado el protagonismo. Sin embargo, su discreta naturalidad y la dulzura que emanaba de su mirada impedían que nadie pudiera siquiera considerarlo.

Ya consciente de los sentimientos de Luca, me apenó verle con Arlette, mirando con resentimiento a Fabianne, abatido y solo. Pensé en su dolor y me apiadé de él. Sin embargo, no le di mayor importancia.

Tampoco tuve tiempo para más. Mediada la celebración, se me acercó con gran sigilo un caballero al que había visto sentado la noche anterior al otro lado de la mesa. Me tocó suavemente con la punta de los dedos en el hombro y, al volverme, comentó que había escuchado toda mi conversación con Cárdenas. Asentí con desconfianza, sin pronunciar palabra, pero él continuó:

—Anoche os contaron una versión de la historia de la muerte de don Diego. No es la única. Quizá esté equivocado, pero intuyo que os interesa saber la verdad.

—Podría ser —le confirmé sin querer comprometerme.

—Vos sabréis. Pero si así fuera, yo os podría contar algunas cosas.

—Os escucho.

—Aquí no podemos hablar. Es muy inseguro.

—¿Entonces?

—Seguid estas instrucciones. Ante todo, esperad a que finalicen dos piezas de baile más. Luego, abandonad la sala y subid al piso donde está situado vuestro aposento. Continuad por el corredor. Al final del mismo, frente a una galería cubierta por un rosal, hay un pequeño portón de madera. Empujadlo, estará abierto. Tras él hay una escalera por la que subiréis una planta hasta llegar a otro corredor. Tomadlo y entrad en la primera puerta que surja a vuestra derecha. Allí os esperaré y podréis conocer la verdad.

Unos segundos después, mi misterioso interlocutor se había desvanecido. Durante el tiempo de espera estuve dándole vueltas a la conversación. En apariencia, se había violado el secreto de mi misión. En aquel palacio todos parecían estar seguros de que mi interés por la muerte de Rodrigo García superaba con mucho la natural curiosidad. Y si eso era así, ¿no me estaría arriesgando a sufrir algún percance? Si acudía a la misteriosa cita, ¿no me estarían preparando una celada? Qué mejor ocasión que aquella —pensé—, en medio del bullicio de la fiesta. Podrían hacer de mí cuanto quisieran. Sin embargo, aquel hombre, todavía no sé muy bien por qué, me había inspirado confianza. No le vi sino unos instantes, pero algo me dijo que podía fiarme de él. Parecía cabal y equilibrado. Además, su forma de acercarse a mí, su manera de plantear el asunto, franca y directa, tan distante del sibilino estilo del melifluo Cárdenas, me tranquilizó. De todas formas, no tenía muchas opciones; no podía seguir dudándolo más tiempo. La danza postrera acababa y me esperaban. Debía decidir de inmediato.

Opté por arriesgarme y acudir. El riesgo, por lo demás, ahora que reflexiono sobre el papel, era calculado. Para poder cumplir con éxito la misión debía averiguar los hechos y éstos, al menos en apariencia, se me estaban ofreciendo en bandeja. Por otro lado, si me engañaban y sufría algún percance, formaba parte del envite. Mi experiencia de otras situaciones similares me había enseñado que no existe empresa fácil. Si uno desea averiguar ciertos detalles, es necesario asumir algún peligro. No obstante, opté por actuar con una mínima precaución. Busqué con la mirada a Velasco para avisarle, pero no lo encontré. Pensé en hacer alguna advertencia a Enrique o Luca. Tampoco pude, el primero bailaba distendido con una dama y el italiano se encontraba concentrado en otra de sus interminables conversaciones con Arlette. Sin otra arma que mi endeble cuerpo, asumí afrontar la entrevista en solitario.

Abandoné el salón y me alejé por el corredor hasta la escalera. Tras pasar una columna, sentí surgir una sombra del vacío y apoyarse una mano en mi hombro.

—¿Dónde vais, maestro?

—¡Velasco! —respondí alterado—. Te estaba buscando. Necesitaba decirte algo y no daba contigo...

Él sonrió fugazmente, con esa expresión suya de aplastante seguridad.

—En adelante, no os preocupéis por eso. Recordad que si vos tenéis vuestra misión, yo tengo la mía. Estaré siempre cinco pasos por delante o por detrás de vos, según lo requiera la ocasión. Olvidaos de encontrarme. Yo os hallaré. Y ahora hablad, ¿qué debo saber?

Creo que ésa fue la primera vez que le escuché pronunciar un parlamento tan extenso. Pero no era cuestión de hablar sobre su retraimiento. Le expliqué someramente la situación mientras él meneaba la cabeza arriba y abajo.

—Me parece bien —confirmó—. Debéis acudir a la cita y tratar de enteraros. Subid a ver a ese misterioso confidente. Y no temáis por vuestra seguridad. Yo velaré por ella.

Tranquilizado por sus palabras, seguí las instrucciones que había recibido. Llegué sin dificultad al portón indicado. Sin embargo, al intentar girar el tirador encontré la puerta cerrada. Tenuemente, llamé con los nudillos. No hubo respuesta. Insistí con algo más de fuerza. Nada. Hubo un intervalo de silencio, tan prolongado que empecé a pensar que, o bien me habían gastado una broma, o mi enigmático amigo se había marchado a algún sitio, cerrando la puerta al irse y llevándose la llave. Cuando ya estaba a punto de desistir, se abrió la puerta de golpe.

—Disculpad la espera. Aguardaba también a otra persona y habéis llegado los dos al mismo tiempo. Cuando llamasteis, estaba abriéndole a él. Pasad, en este cuarto podremos hablar sin que nadie nos interrumpa.

Entré en la estancia y, siguiendo sus indicaciones, me acomodé en una banca adosada al muro. Al fondo, envuelto entre las sombras, otro hombre nos miraba con gravedad cruzado de brazos. En el intervalo, quien me había citado, se situó frente a mí:

—Antes que nada, permitid que me presente. Mi nombre es Miguel de Miranmón y provengo del norte de las tierras leonesas; soy hijo del señor de una pequeña villa de la comarca del Bierzo.

Señalando al hombre que había a nuestro lado, continuó:

—Él es un amigo. Se llama Leví y como podéis imaginar, es hebreo. Por su profesión de médico, recorre con frecuencia el trayecto que vais a hacer y está enterado de muchas cosas. Ahora os dirá. En cuanto a vos, no es necesario que comentéis nada. Sabemos vuestro nombre y aunque decís ser peregrino a Santiago, más de uno pensamos que quizá tengáis otros objetivos para viajar a la ciudad del Apóstol.

Intenté protestar, pero me detuvo antes de que pudiera pronunciar una palabra.

—Repito, no es necesario que añadáis nada. Ayer os vi muy interesado en escuchar la penosa historia de mi buen amigo Rodrigo García y creo que si queréis conocer todos sus entresijos, os puedo aportar algún detalle interesante. Es así, ¿verdad?

Yo le miré sereno, aún a la defensiva.

—Así es, en efecto —le contesté—. Me gustaría conocer los detalles de este enredo, pero, os lo aseguro, mi interés por ello es simple curiosidad y nada más.

—¡Oh!, no me aseguréis nada. No es necesario —sonriendo irónicamente, zanjó la cuestión—. Pasemos a los hechos. Os contaré lo que he averiguado.

Yo le miré expectante, como invitándole a hablar. Miguel, que hasta entonces había permanecido de pie, acercó una banqueta y se sentó a mi lado. Tras detenerse un instante, tratando de poner en orden sus ideas, comenzó a decir:

—Primero deseo aclarar que me une a don Rodrigo García una profunda amistad. A su lado he pasado momentos entrañables de mi niñez y mi juventud. Por eso, aunque los acontecimientos que ayer os relataron responden a la verdad oficial, me resulta imposible aceptarlos. ¡Rodrigo no ha podido asesinar a don Diego de esa forma! —afirmó con énfasis—. Ni concuerda con su carácter, ni con su personalidad.

Bajó el tono de voz.

—Cuando me narraron la historia, más o menos en la misma forma en que ayer la escuchasteis vos, me quedé completamente desconcertado. No podía aceptar que Rodrigo matara por la espalda a don Diego, y menos por haber sido sorprendido intentando abusar de doña María Correa. ¡No es posible que haya cometido la vileza de profanar la honra de una dama! Tampoco entiendo su reacción. ¿Por qué guardó silencio ante las evidencias de la muerte? ¿Por qué aceptaba hechos que suponían el más grave deshonor para él?

Hablando para sí mismo, continuó:

—En realidad, mal que me pese, la única explicación posible es la que os han referido. Pero ya digo, es imposible reconocer en ese comportamiento el carácter de mi amigo Rodrigo. Ni aun ebrio de diez toneles de vino lo imagino actuando de forma tan bellaca.

Le alenté a continuar con la mirada.

—He tratado de averiguar la verdad. Viajé a Santiago y pude hablar con él en la celda donde le han confinado. Pero no me aclaró nada. Estaba completamente abatido, sin ganas de vivir, y casi no habló. Cuando me encaré con él y le pregunté si eran ciertos los hechos que se le imputaban, me miró en silencio y afirmó con la cabeza. Le pedí que me explicara sus razones y me mandó callar.

—¿No dijo nada?

—Sólo que debía aceptar la situación como estaba sin tratar de intervenir.

Hizo una pausa frunciendo el entrecejo. Tenía el rostro del color de la ceniza y sus mejillas temblaban febrilmente:

—Perdonad, pero si vos le conocierais como yo, tampoco comprenderíais su reacción. Soy un amigo de la infancia. ¿Por qué no se desahogó conmigo? Don Rodrigo sabe que no iba a juzgarle. Sólo quería estar a su lado, acompañarle. Sin embargo, me fue imposible; se mantuvo distante, como si fuera un extraño. Mientras yo le reclamaba una explicación, él seguía obstinadamente en silencio. ¡En fin!, ya os digo, salvo aquella confirmación con la cabeza y, tras pedirme que dejara las cosas como estaban, ¡nada! ¡absolutamente nada! Me trató con una indiferencia que unos días antes hubiera juzgado increíble en él.

Su voz era pensativa y la cabeza se le iba hundiendo entre los hombros.

—Al abandonar el calabozo —prosiguió—, caminé por las calles de Santiago desolado, sin poder comprender esa pasmosa frialdad, esa indiferencia ante lo que se avecinaba.

Agregó a modo de consuelo para sí mismo:

—Porque una cosa tenía clara. Y sigo teniéndola: Rodrigo no lo ha hecho.

Me tomó del brazo.

—Pase lo que pase, estoy seguro y siempre lo estaré. Os parecerá ingenuo, pero es así...

Se quedó callado y continuó con voz ronca:

—Sí, ya sé, no tengo pruebas para sustentarlo, salvo mi propio e íntimo conocimiento de su temple. No os convenzo, también lo sé...

Me miró con ojos dolidos. Incómodo, desvié la vista hacia Leví. Éste frunció los labios con gesto escéptico. Volví a Miguel: no miraba a ninguna parte en concreto sino que levantó las manos en un ademán de fastidio y prosiguió:

—¡En fin! —continuó—, cuando salí de la cárcel sólo sabía una cosa: los comportamientos no concordaban.

—Pues todo lo que he oído hasta ahora confirma la misma tesis —dije.

No replicó sino que hizo un gesto de silencio entre irritado y obstinado.

—Mirad, padre, empiezo por admitir que de labios de Rodrigo no salió una sola palabra desmintiendo la versión oficial. Sin embargo, no quedé satisfecho. No podía argumentarlo con lógica, pero había demasiados hechos desconcertantes.

Irritado e impotente, decidí que al menos intentaría averiguar lo que pudiera.

Se detuvo y me miró de arriba abajo con fijeza. Era otro hombre. Continuó:

—Os diré lo que he conseguido. No es mucho, pero quizá pueda seros útil. Para empezar, insisto, ciertos aspectos se contradicen radicalmente con la forma de ser de Rodrigo.

—Veámoslos.

—Primero, conocía a María Correa desde su infancia y era para él una amiga querida. Segundo, todos suponíamos que acabarían prometiéndose en matrimonio. Y si era algo sabido por todo su entorno, yo estaba especialmente enterado. Él mismo me había confesado que deseaba hacerla su esposa y que así lo solicitaría formalmente a su padre, don Alonso. Únicamente esperaba la llegada de su hermano Juan para cumplir con el formulismo.

—¿Para qué lo necesitaba?

—Como mayordomo del rey, le daría el tinte de solemnidad que tanto gusta a los Correa. Pero tenéis razón, no lo necesitaba, era una precaución innecesaria. Ambas familias son amigas desde hace generaciones y Rodrigo estaba seguro de contar con la mano de María.

—Pero si es como contáis, si tenía la seguridad de convertirla en su esposa, ¿para qué iba a intentar abusar de ella? —le interrumpí.

Miguel se pasó la mano por la frente, apartándose el cabello y me señaló con el dedo índice:

—Eso digo yo. Pero esperad, hay otros detalles. De entrada, un conjunto de casualidades demasiado extrañas para admitirlas sin más. ¿O no os resulta sospechoso que el acusado sea el hermano menor de Juan García, la persona a quien más ha encumbrado nuestro rey?

—Ya lo habéis mencionado antes.

—¿Y también sabéis que María Correa es casualmente la prima de Mayor Guillén?

—¿Mayor Guillén?

—Claro, vos no la conocéis, pero se trata de una dama muy ligada al rey. La historia es ésta. Aunque hace ocho años Alfonso se desposó con Violante de Aragón, hija de Jaime I de Aragón y Violante de Hungría, fue un matrimonio de Estado. De hecho, el rey tenía veinticinco años y ella sólo doce, pero el enlace estaba comprometido desde hacía mucho tiempo. No os extrañará, pues, que Alfonso mantuviera otras relaciones. Pues bien, por estas fechas las tenía con doña Mayor, hija de don Guillén Pérez de Guzmán y hembra de temperamento. De estos amores nació hace trece años Beatriz, la muy querida hija de Alfonso...

—¡Bah! —contesté instintivamente—. Por mucho que la ame, no puede ser heredera suya, no es sino una bastarda...

Miguel se echó a reír.

—¡Qué poco conocéis a nuestro monarca! Esa «bastarda», como la llamáis, será la futura reina de Portugal. Alfonso le profesa tal amor que ha renunciado a sus pretensiones sobre el Algarve a cambio de casar a su hija natural con el rey portugués, Alfonso III. La paz se selló hace cuatro años con ese compromiso. ¿Qué os parece eso?

Yo estaba asombrado por la noticia pero, salvo por la expresión de mi rostro, no delaté nada.

—Vos mismo juzgaréis la importancia de estos datos. Sobre todo, si tenéis en cuenta las intrigas de ciertos nobles descontentos con las reformas que el rey está emprendiendo en la corte. Pero no quiero entrar en el terreno de las especulaciones. Os contaré los datos irrefutables. Veréis, cuando ocurrieron los hechos, doña María vivía recluida casi todo el año en el monasterio de Santa Clara para educarse. Así que Rodrigo y ella apenas se veían. De hecho, he averiguado que él no se acercó nunca al monasterio. Sin embargo, quien sí pudo hacerlo fue don Diego, puesto que el castillo de su familia, los Bembriz, dista apenas tres leguas.

Sus ojos se entrecerraron, quedando como dos rendijas, inteligentes, marrones.

—Y bien, sobre Diego Pérez Arias he de deciros algo. No quisiera hablar mal de nadie y menos si ha muerto, pero Diego, desde pequeño, fue un ser vil y cobarde. Sí, es verdad, era diestro con las armas, montaba bien a caballo y solía ser el campeón de los torneos. Pero también era obstinado y cruel; para él todo estaba justificado si deseaba conseguir alguna cosa. Y si alguien le contrariaba, tarde o temprano acababa vengándose.

—No parece que os gustara mucho.

—En realidad, nunca estuvimos unidos y apenas llegamos a tener algún contacto de niños, en parte porque nos daba miedo; desplegaba una crueldad en sus juegos que nos aterraba. De mayor continuó igual. Una vez le vi castigar sin piedad a un mozo de cuadras por haberle ajustado mal la cincha del caballo...

Parecía recapitular:

—No, no me gustaba don Diego. Ni creo que le gustara a nadie. Fue siempre un solitario. Ya desde muchacho pasaba la mayor parte del tiempo con sus hombres, en el monte, cazando. Ha dormido más noches en la montana que en la casa de su familia y se encontraba más a gusto con su capitán, un soldado portugués de expresión cetrina, que con cualquier otro. Sus correrías son famosas por toda la región. No debe haber aldea ni villorrio donde no haya quedado su huella...

Alzó los hombros como queriendo abandonar esas ideas.

—A lo que vamos —continuó—. Sé que don Diego también quería hacer de María Correa su esposa. Parece ser que Rodrigo estuvo una vez un poco arrogante con ella, pavoneándose ante otras personas de lo enamorada que estaba. Y María, probablemente por coquetería, le paró los pies diciéndole que no estuviera tan seguro de ella, pues había otros caballeros tras su mano. Poco tardó Rodrigo en enterarse de que ese otro era Diego.

—¿Y no le preocupó la aparición de un competidor?

—Claro. No hace tanto tiempo —respondió Miguel con voz nostálgica— don Rodrigo me confesaba su preocupación por ver a María recluida en un monasterio tan cercano a las posesiones de los Bembriz —alzó los hombros—. No debo exagerar. La verdad, concedía poca importancia a tales pretensiones. No albergaba la menor duda sobre María. Desde pequeños se habían sentido atraídos el uno por el otro y pensaba que su compromiso era una mera cuestión de trámite...

Hizo una pausa ligera antes de continuar:

—Y de pronto, de forma repentina, cambió todo. Era incomprensible.

—Y Alonso Correa, el padre de María, ¿qué opina?

—Está indignado con el comportamiento de Rodrigo y desea verle muerto, sin duda, pero en el fondo está tan sorprendido como nosotros por los inesperados sucesos. No lo digo por hablar. Os lo puede confirmar él mismo.

—Sigo sin comprender la causa de tantos cambios —le dije.

Miguel alzó la mirada. Tenía los ojos llenos de cansancio y de dolor. Se apartó de nuevo los cabellos de la frente con un movimiento excesivamente lento.

—Es difícil precisarlo. Todo comenzó hace unos pocos meses, cuando se celebró el torneo que se organiza tradicionalmente en el castillo de los Eanes a finales de noviembre. Yo no pude asistir, pero sí estuvieron Juan y Rodrigo García, María Correa y otros conocidos. Según me contó Alonso, el padre de María, don Juan aprovechó la ocasión para solicitar a su hija en nombre de su hermano pequeño...

—¿Entonces..? —pregunté.

—Esperad. No llegó a concederla, aunque parece que estuvo a punto.

—¿Por qué motivo no lo hizo?

—Por nada especial. Creía que ése era también el deseo de su hija, pero quiso preguntárselo a ella antes de dar una contestación. No costaba ningún trabajo hacerlo y María, dama orgullosa y altiva, se sentiría contenta de saber que su padre no la había comprometido sin consultárselo. Lo que no podía sospechar Alonso era su respuesta. Le dijo tajantemente que rechazaba a don Rodrigo por esposo. Su padre se quedó atónito; no entendía por qué de pronto cambiaba de opinión. Sabía que María estaba enamorada de Rodrigo desde la infancia. Disgustado con su respuesta, le exigió una explicación convincente: «Hija mía, no te entiendo. Perdóname, pero en la práctica casi he aceptado conceder tu mano a don Rodrigo. ¿Puedes explicarme por qué rechazas ahora, de repente, a quien ha sido para todos tu prometido?». María le contestó sollozando que ella le amaba desde que tenía memoria, pero que últimamente no estaba segura de su carácter.

«¿Cómo que no estás segura de su carácter? —le respondió Alonso—. ¿Qué historias son ésas? No tiene sentido. He estado varias veces con él en los últimos meses y es el mismo hombre de siempre. Y en cuanto a ti —le preguntó con un tinte de sospecha—. ¿Cómo lo sabes si apenas le has visto? No me dirás que os habéis entrevistado a escondidas... Además, no lo creería. Las monjas de Santa Clara no son ningunas bobaliconas y no te lo pueden haber permitido».

María acabó por confesar. Una semana antes había ido a ver a unos magos que se habían instalado en los aledaños del monasterio. Estos magos tenían fascinada a la región por la clarividencia de sus adivinanzas y la sabiduría de sus respuestas. Tanto oyó María hablar de su ciencia que le picó la curiosidad y fue a preguntarles por su porvenir, acompañada de su buena amiga Marta.

—¿Cómo sabéis datos tan precisos? —dije.

—La misma Marta los confirmó —añadió Miguel—. Recordaba la escena un poco nebulosamente, pero parece que estaban instalados en una pequeña cueva y casi no les pudieron ver; sólo tenían una vela para iluminar la estancia. Sin embargo, las dos muchachas salieron sobrecogidas de aquel lugar. Primero, porque a pesar de no haberlos visto nunca antes, les describieron su carácter, sus aficiones y deseos con un conocimiento fuera de toda lógica. Tras demostrarles su clarividencia, uno de los magos se dirigió a María para advertirle:

—Muchacha, deberás mantenerte alerta en los próximos meses, pues de ellos dependerá tu felicidad o tu desgracia. Pronto te solicitará en matrimonio un caballero por el que te sientes atraída desde muy joven. Pero, ¡atención!, debes evitar esa boda si no quieres ser desgraciada toda la vida. A quien tienes por un noble galán, el joven del que sólo guardas recuerdos amables, en realidad esconde un carácter terrible y ha tenido aventuras con muchas doncellas de la comarca. Sigue mi consejo y rechaza ese enlace, después de casarse contigo aparecerá en toda su crudeza la verdadera personalidad de tu prometido. Te hará terriblemente infeliz.

—María —continuó contándome Miguel— se espantó ante la noticia; no coincidía ni con sus expectativas ni con sus deseos. Sin entender las palabras del mago, le pidió que fuera más explícito y le solicitó pruebas para aclararse. Por ejemplo, le pidió detalles de la apariencia del supuesto pretendiente. Y de manera increíble, el mago hizo un retrato tan minucioso y pormenorizado que sólo una persona en el mundo podría caber en él, Rodrigo García. Aún incrédula, María le dijo: «Pero siempre se ha comportado con gentileza. ¿Cómo estás tan seguro de que será un mal esposo?». A lo que el mago repuso: «Lo sé. Desconfía de sus buenas palabras. Es un nigromante que ha hecho un pacto secreto con el diablo para que todos crean que es afable y bondadoso, cuando por dentro le hierve la crueldad. Estáis todos engañados, yo he soñado la escena y he visto a tu pretendiente en pactos con Lucifer. Estoy completamente seguro de mis palabras, por duras que sean».

—Por eso —concluyó Miguel— don Alonso acabó aceptando los temores de su hija y decidió rechazar la proposición.

—¿Cómo reaccionó don Rodrigo?

—No entendía nada. Pensad que él desconocía la entrevista con el mago y no esperaba una respuesta negativa. Quedó consternado ante la contestación final. Un día antes su hermano mayor, el mayordomo de la corte, prácticamente había acordado el compromiso. Según le dijo, la conversación había sido muy cordial y todo se prometía perfecto. El anuncio formal parecía reducido a un mero trámite. Sin embargo, ¿por qué apenas veinticuatro horas más tarde era rechazado sin una explicación? No obstante, Rodrigo aceptó su suerte resignado, confiando en que fuera una falsa alarma.

Hizo una pequeña pausa. Luego continuó con voz baja y ahogada.

—Y para concluir esta increíble historia, pocas semanas después, con ocasión de la boda de Martín de Guzmán e Isabel Torregrosa, Rodrigo intenta violar a su prometida y asesina a Diego. Para el padre de María —continuó Miguel— el mago había acertado: Rodrigo tenía un corazón malvado y, por fin, después de haberlos engañado a todos durante años, había salido a la luz.

—Es una historia increíble —no pude menos que replicar.

—Pues esperad, que todavía no ha acabado —dijo Miguel—. Después de esta conversación con el padre de María incluso yo salí dubitativo de su casa. ¿Sería posible que Rodrigo nos hubiera engañado a todos y que, en efecto, hubiera hecho un pacto con Lucifer? ¿Podría ser cierto que aquel amigo, a quien yo consideraba como un hermano, escondiera una personalidad terrible que ninguno había sido capaz de atisbar? Casi me convencieron las palabras de don Alonso, pero seguía dudando.

—Sois un amigo fiel, no cabe duda.

—Eso espero. Pero quería decir otra cosa. La versión aceptada de ciertos hechos no es siempre la verdadera. Yo, por ejemplo. Desde niño he tratado con antipatía a mi maestro de armas y todos aceptan esta actitud. Pero no es verdad. La verdad es todo lo contrario. Siempre le he admirado en secreto, pero él nunca manifestó el mismo interés por mí que por mi primo Jaime. Vive con nosotros, es más fuerte que yo y ha sido su favorito desde la infancia. Como esa preferencia me humillaba profundamente, he intentado dominar mis sentimientos repitiéndome a mí mismo que me era antipático. Así que ya veis hasta qué punto sé lo ilusorio de ciertas apariencias. Por eso decidí comprobar un último detalle. Ya imaginaréis cuál fue, ¿no?

—¿Hablar con el misterioso mago? —dije.

—Exacto —contestó Miguel—. Sería la confirmación definitiva. Buscaría a los magos para preguntarles yo mismo por sus revelaciones. Sin embargo, los adivinos desaparecieron de la comarca de la misma forma que habían llegado: como por ensalmo. Parecía habérselos tragado la tierra y no fue posible hallar ninguna respuesta sobre su destino o su origen. Un poco picado, indagué por todas partes hasta encontrar la respuesta. Pero, esperad, ahora debo dejar la palabra a otra persona. A pesar de mi interés, yo no he podido hablar con ellos. Quien sí lo ha hecho, y por eso está aquí con nosotros, es Leví, el médico que os presenté al principio de la conversación. Él os relatará lo sucedido.

Yo ya estaba intrigado hasta el tuétano con la trama. Invité con la mirada a Leví a continuar y éste así lo hizo:

—Tal y como os ha contado don Miguel, yo sabía del interés de mi señor por encontrar a los magos. Nos había hablado de ello a muchas personas, rogándonos que, si por casualidad los hallábamos, se lo hiciéramos saber. Pues bien, hace apenas tres semanas estuve en Sahagún atendiendo a unos enfermos. Allí oí hablar de un antiguo eremita y famoso adivino que había vuelto a su patria natal. La gente comentaba con envidia su cambio de suerte; cuando salió de allí, unos meses antes, no tenía nada y ahora vivía como un señor. Me pareció factible que fuera el que buscaba don Miguel y averigüé su residencia: Grajal de Campos, una pequeña localidad cercana a Sahagún. Al visitarlo, después de no pocas averiguaciones que sería largo detallar, comprobé que era uno de ellos, pero me costó sonsacarle; no tenía el menor interés en contarme nada. Al fin, hablé largamente con él y conseguí alguna información.

—¿Cómo lograsteis persuadirle? —le pregunté.

—¡Oh!, fue bastante difícil vencer su resistencia, tenía órdenes precisas de no decir una palabra pero, para empezar, profesaba la vieja ley, como yo mismo. Después resultó que era de la rama de los Sabarra, es decir, medio pariente mío. Con que —concluyó con satisfacción— pude encontrar vías para liberar su lengua.

—¡Ah!, es judío también —exclamé—. Pero, contadme, ¿qué os dijo?

—Muchas cosas. Pero a vos creo que os interesan tres. Primero, que tanto él, que se llama Salomó Sabarra, como su compañero Todrós Ibn Varga fueron contratados para trabajar en las cercanías del monasterio, informándoseles de ciertas características de algunos de sus visitantes, por lo que no les fue difícil adquirir fama de clarividentes. Así estuvieron durante algunas semanas, hasta que, al fin, la persona que les había contratado y con quien mantenían relación, les dio instrucciones para que desaparecieran con la misma rapidez con que habían llegado. Me contaron que casi no les dio tiempo a recoger sus pertenencias. Tuvieron que salir disfrazados y de madrugada, para asegurarse de no ser vistos por nadie.

—¿Y qué motivos les dieron para salir de allí tan de estampida?

—No muy claros —dijo Leví—. Parece ser que les asustaron con la amenaza de una reclamación de alguien a quien habían interpretado mal su futuro. Les dijeron que debían marchar de inmediato porque se había dado orden de prenderlos y llevarlos ante la justicia. Pero no creyeron demasiado la historia. De hecho, no tenían miedo e hicieron el viaje de regreso con cierta calma. En realidad, recibieron más una orden que un aviso. Pero habían sido espléndidamente pagados por sus servicios; les pareció prudente no hacer demasiadas preguntas, recibir su paga y regresar por donde habían venido.

—Sí, parece natural —convine—. ¿Y cuáles son los otros dos aspectos que suponéis me interesan?

—El más importante —respondió Leví— es el siguiente. Pude constatar más allá de toda duda que jamás, repito, jamás, habían visto a una muchacha que respondiera a la descripción de María Correa. Y por si eso fuera poco o hubiera algún tipo de duda, Salomó me aseguró que no habían prevenido a ninguna joven para no contraer matrimonio.

—¿Cómo? —exclamé— ¿Me estáis diciendo que no vieron a María Correa? ¿Que no la avisaron del peligro que asumía si contraía matrimonio con Rodrigo García?

Le miré con perplejidad y maticé:

—¿Tampoco sabían nada del pacto con el demonio que teóricamente había hecho don Rodrigo?

Detrás de nosotros, don Miguel nos contemplaba con expresión grave, asintiendo con la cabeza. Leví respondió:

—Así es. Yo sólo conocía algunos detalles de la historia que os ha contado don Miguel, pero sabía lo suficiente para tratar de concretar ciertos datos. Y Salomó me confirmó que no habían especulado con nadie sobre el carácter de su prometido y que, desde luego, no tenía idea de ningún aviso sobre pactos con el averno. Conforme le iba preguntando se mostraba más sorprendido, negando con palabras y gestos mis interrogantes. No sólo negó que hubieran intervenido en cualquiera de los pormenores que yo había oído referir a don Miguel, sino que estaba convencido de que debía tratarse de otros magos. «Yo no sé nada de eso —me dijo Salomó al fin con tono cortante—. Vimos sobre todo a campesinos ignorantes que nos planteaban cuestiones inocentes: cuándo pariría una vaca o si la próxima cosecha sería buena. Nosotros no tratábamos con caballeros o con damas. Lo que dices no tiene sentido —añadió—. ¿Acaso crees que somos estúpidos? En primer lugar —sentenció irónicamente—, ningún mago, astrólogo, médico o adivino debe comunicar la verdad a su señor. Lo primero que aprendemos es a contestar usando caminos ocultos o indirectos, alegorías, metáforas o expresiones maravillosas. Y en segundo lugar, jamás nos hubiéramos atrevido a cuestionar una alianza matrimonial. Ése es un terreno muy peligroso. Te diré la razón —me explicó—: Nunca se contenta a las dos partes. Si el prometido se queja de su amada y tú le das la razón, al final acaba enfadándose contigo. Una cosa es que él proteste y otra muy distinta oír a un extraño criticar a su dama.·Y si le quitas la razón, se molestan desde el principio. No, nunca nos hubiéramos atrevido. Me hablas de un tal Rodrigo García al que nunca oí mentar, ni sé quién es. Debes de estar equivocado de magos» —terminó diciéndome.

—Bueno, eso último es más comprensible —dije—. No tenía por qué saber los nombres de los interesados. Si el enredo era premeditado, lo natural es que los magos hablaran sólo de un prometido desleal.

—Eso es cierto —terció Miguel incisivamente—. Pero sigue sin encajar el resto. Hasta hace un momento partíamos del hecho irrefutable de unos adivinos que habían convencido a María para que no se casara con Rodrigo. Pero ahora sabemos lo contrario; ellos mismos son los que niegan haber hablado con ninguna joven de sus características o prevenir alianzas matrimoniales. Por consiguiente la pregunta es: ¿quién lo hizo entonces?

—Sí —convine—, ¿quién lo hizo?

La cuestión pareció tocarles del lado realista. Leví se encogió de hombros y Miguel sostuvo mi mirada en posición pensativa. Se irguió en el borde de la silla para contestar, pero me anticipé a sus palabras:

—Esperad, procedamos con orden. ¿Quién les llevó a ese lugar a instalarse? ¿Quién les contrató? ¿Quién les avisó para que se marcharan y les pagó?

Sonriendo con confianza, Leví abrió sus manos y continuó:

—Ésa es la tercera cuestión que suponía que os iba a interesar. Salomó no pudo darme demasiados detalles al respecto. Pero lo fundamental es que sólo trataron con una persona: un hombre de unos cuarenta o cuarenta y cinco años, fornido y bien armado. Era un hombre parco de expresión y poco dado a las intimidades. Lo hablaba todo con Todrós y, según parece, más que negociar daba órdenes. Todrós comentaba que debía de tratarse de algún soldado u hombre de armas por su forma de hablar y por una cicatriz que atravesaba su mejilla derecha, tal vez la huella de una antigua herida.

—Y esa descripción —le interrumpió Miguel— corresponde, como una gota de agua con otra, con el capitán de los soldados de don Diego de quien os hablé antes, maestro. Supongo que recordaréis de quién se trata.

Abandoné la estancia con las ideas mucho más claras. En la puerta me esperaba Velasco, silencioso y fúnebre como siempre. Por la expresión de su cara, deduje que nos había oído y tenía hecha su composición de los hechos.

—Has escuchado la conversación, ¿no es cierto, Velasco?

—Sí, he oído parte de lo que hablabais —me dijo.

—¿Y qué opinas?

Velasco sonrió para sí y suspiró confiado.

—Lo que empezáis a ver vos mismo —me dijo—. Que las cosas no son lo que parecen y que estáis comenzando a penetrar en el hilo de la verdadera historia.

Le miré con perplejidad. Su cara se tironeaba de un color negro azulado. «Este hombre —pensé— sabe mucho más de lo que cuenta». Él debió de adivinar lo que pasaba por mi mente y concluyó tajante:

—Lo lamento, no os puedo decir nada de lo que sospecho o sé. Debéis ser vos quien desentrañe este misterio. Yo no puedo añadir nada. He recibido órdenes precisas en ese sentido.

Debí de poner cara de enfado.

—Tan sólo diré una cosa —continuó Velasco—. Ayer os habló Cárdenas con un interés concreto. Está casado con la hija de Munio Fernández, merino mayor de Galicia hasta hace poco tiempo. El rey le ha sustituido por un buen caballero, Rui Suárez.

—¿Y bien?

—Os lo podéis imaginar. Si su suegro ha sido destituido... Y lo siento, no voy a añadir nada. Ya os dije que tengo instrucciones concretas. Debéis entenderlo, tenéis que ser vos, maestro, quien llegue a la verdad por vuestros propios medios.

—No lo entiendo, Velasco, ¿por qué no puedes intervenir?

Sonrió afablemente, pero su voz era firme al responder:

—Mi única misión es evitar cualquier percance en vuestro viaje. Y ahora, perdonadme, pero debemos volver sin tardanza a la fiesta.

Yo no podía aceptar aquella premisa e intenté protestar. Me cortó en seco:

—Escuchadme. Debemos regresar inmediatamente. Hace mucho tiempo que abandonasteis las celebraciones y no faltará quien se extrañe. Apresuraos, debemos dar la impresión de haber salido sólo un rato.

Tenía razón. Volvimos con rapidez al salón donde se celebraban los bailes. Dentro, la fiesta estaba en su apogeo y me dio la impresión de que nadie había echado de menos mi ausencia, aunquc lucgo los hcchos dcmostraran lo contrario. Yo iba abstraído, contemplando la situación y empezando a encajar las piezas de aquel complicado tablero de ajedrez.

Cuando entré vi a Fabianne conversar animadamente con el mismo noble local con quien la había dejado cuando partí. Por su parte, Enrique seguía bailando y Luca había desaparecido con Arlette. Me serví una copa de vino. Al poco se me acercó el caballero con quien había hablado la tarde anterior, don José Cárdenas, para demostrarme lo ilusorio de mi confianza:

—¿Dónde habéis estado este tiempo, maestro? Os he buscado para continuar nuestra conversación, pero no pude dar con vos.

—¡Oh!, he estado visitando el palacio y dando un paseo por los alrededores.

No me interesaba continuar en esa dirección, así que cambié de tema:

—Está animada la fiesta, ¿verdad? Es un placer ver a los jóvenes bailar y divertirse castamente.

—Así es —contestó Cárdenas—. Pero nosotros ya no somos tan jóvenes.

Se echó a reír mostrando los dientes torcidamente, como una sandía calada. Añadió con procacidad:

—Ni tan casto, al menos yo.

Viendo mi expresión de reproche, continuó:

—No os molestéis, padre. Era una broma. Un poco simple, si queréis, pero sólo una broma. Y ahora permitidme que acabe, si habéis entendido otra insinuación, me habré expresado mal. Simplemente quería invitaros a probar un vino especial que no se sirve en la boda. Venid conmigo, tengo guardada una jarra de un vino licoroso cuyo sabor no tiene parangón...

Le acompañé a una pequeña estancia que había detrás. El sabor del vino no era demasiado interesante y volví decepcionado a la sala. Después de alguna frase de cortesía pude librarme de aquel hombre y reintegrarme a mi actitud de observación. Sentado en una esquina de la sala, viendo al resto de la fiesta participar en el envite, podía dedicarme a repasar los acontecimientos y situar los hechos. Por lo demás estaba habituado a este tipo de situaciones y había adquirido la habilidad de mantener mientras pensaba una sonrisilla permanente de satisfacción que la gente tomaba por la expresión de quien mira con simpleza. Sin embargo, no pude permanecer en mi postura mucho rato. Al poco me encontraba mareado, con una sensación de náusea y vacío que no recordaba desde hacía muchos años. No entendía qué pasaba. Apenas había tomado dos o tres copas. A pesar de ello me encontraba entre embriagado y exhausto, sin poder controlarme. No podía concentrar la vista y, con desagrado, se me ocurrió pensar si no estaría borracho. Antes nunca me habían afectado de esa manera unos vasos de vino, ni siquiera en otras reuniones más entusiastas. Con la cabeza dándome vueltas, me puse en pie y me dirigí fuera de la sala, a un banco del jardincillo. Me vi vacilar sobre mis pies y, aunque probablemente nadie lo notó, tuve la impresión de ser observado con reprobación por toda la sala. Me daba igual. Cuando salía me tambaleé hacia un costado y conseguí mantenerme en pie justamente cuando se me empezaban a doblar las piernas.

El camino se me hizo muy largo hasta llegar al banco. Frente a él, me recliné como pude y traté de dejar pasar el mareo. Era imposible. Me cogí la cabeza con las manos y, haciéndome un ovillo, esperé a que pasasen los efectos. Pero el malestar iba a más; poco a poco noté un sudor frío que me caía a raudales sobre la cara y me mojaba los hábitos. Desesperado, me puse de rodillas e intenté vomitar. Tampoco podía, más allá de algún ácido agrio no logré expulsar nada. Impotente, volví a sentarme con una sensación insoportable en todo mi ser. Es imposible, completamente imposible hacerse una idea adecuada del horror de mi situación. Poco después, trataba de respirar, jadeando, mientras un estremecimiento comparable al acceso de la calentura me recorría el cuerpo. Sentí que los ojos se me salían de las órbitas y me resonaba en la frente un «tan tan» insufrible. Tengo una vaga idea de los momentos siguientes. Envuelto en una náusea áspera, acabé por perder el sentido. Pasó más tiempo del que puedo recordar, pero al fin acudió en mi ayuda Enrique, que había salido al jardín para refrescarse un poco. No recuerdo muy bien qué ocurrió a continuación, pero sé que más tarde llegaron Velasco y quizá otras personas y fui penosamente arrastrado a mi dormitorio.

Cuando varias horas más tarde desperté, se encontraban a mi lado Velasco, Enrique y Leví, el médico hebreo que me había presentado Miguel de Miranmón. Fue un instante terrible. Parecía que en mi cabeza estuvieran sonando los tambores de diez ejércitos. Sentía los ojos duros y doloridos y notaba el aliento espeso y fétido. Una luz contra los párpados me devolvió a un mundo rojo y opaco. Oí una voz sobre mí y mantuve los ojos cerrados. La voz era el suave ronroneo de Enrique haciendo un sonido como un cloqueo con la lengua contra el paladar. Me seguía costando abrir los ojos. Durante un tiempo volví a la consciencia desde la oscuridad, escuchando sus voces en la lejanía.

Como siempre, Enrique debía de estar tratando de saciar su curiosidad, porque Leví explicaba con voz didáctica:

—... El límite entre la medicina y el veneno es muy tenue. Incluso los antiguos griegos utilizaban la misma palabra, *pharmacon,* para referirse a los dos. Hay que saber de ambas disciplinas para poder curar...

Fue entonces cuando debió de verme. Se interrumpió para exclamar:

—Espera muchacho... nuestro querido maestro Hinault está abriendo los ojos. Pobrecillo, debe de encontrarse dolorido y molesto, pero no ha habido más remedio que actuar así.

Horas después me enteraría de que estaba vivo por casualidad. Después de que Velasco avisara a Leví, me sostuvo bajo sus brazos. Percibió de inmediato el cuerpo blando y el aliento febril, por lo que desechó la idea de la ebriedad y supuso que me habían envenenado. Gracias a Dios conocía su profesión. Sin perder tiempo, preparó un vomitivo y me aplicó un antídoto del que después averigüé la composición o al menos parte de ella: ortiga, ajo y valeriana.

Más tarde, cuando me encontraba casi restablecido, le pregunté por la causa de esos extraños ingredientes:

—Bueno, supuse que os envenenaron con un compuesto particular. La sensación de embriaguez que padecíais, por cierto, muy adecuada para la circunstancia de una fiesta como la de ayer, delataba a algún buen herborista. Normalmente, cualquiera lo hubiera tomado por una simple borrachera. No obstante, la expresión de vacío de los ojos me alarmó. De hecho, el veneno que os dieron llevaba varios componentes. Supuse que tenía fresnillo en flor por el estado de ebriedad. Además, creo que contenía eleboro blanco y belladona, pero es difícil afirmarlo con seguridad. Después de examinaros hice que limpiarais el estómago con una fórmula muy antigua que obliga a expulsar toda la comida. Pero creí que debía hacer más, porque alguna de las substancias que, supongo, componían el veneno, podía tener efectos sobre la mente. Por eso os he dado ortiga, que protege de las visiones. También habéis tomado ajo, siempre beneficioso contra los venenos; y, por último, os di un poco de valeriana para calmar el cuerpo. Esta última hierba es muy curiosa —añadió—, porque si se toma en grandes cantidades también es venenosa.

Habría muerto en pocos minutos. No recuerdo gran cosa de las horas sucesivas. Estaba en un estado de semiinconsciencia que me hacía quedar dormido por momentos y despertarme casi inmediatamente. Pasé así buena parte de la noche, fuera del discurrir de la fiesta y las bodas. Sólo puedo recordar el momento en que, apremiado por la necesidad, me levanté a orinar por la ventana. Tenía la luz de la noche de frente, deslumbrándome. Debajo de mí había una pequeña jofaina y la levanté para echarme un poco de agua en la cara. Pero cuando me vi reflejado en su superficie, con los párpados entrecerrados, la cara congestionada, la boca blanda y húmeda y los ojos turbios, volví a acostarme. Antes de conciliar el sueño recordé las palabras de la bruja que conocimos cerca de Sangüesa, previniéndome contra los efectos de la embriaguez. «¡Ah, maldita! —pensé—. ¡Y yo que la había considerado una simple por ese comentario!». Dos minutos después estaba dormido.

VII. La tumba de la abadía
Marzo de 1257

Mientras yo pasaba por este penoso trance, Luca y Arlette vivían acontecimientos de no menor envergadura. Al principio de las fiestas, el italiano volvió a caer en uno de esos estados de abatimiento que de cuando en cuando le afectaban. El éxito de Fabianne entre los nobles caballeros navarros y su dificultad para participar de la fiesta determinaron que se retirara al fondo de la sala al poco de comenzar las danzas. Desde allí contemplaba el jolgorio general con expresión de rabia. Por su parte, Fabianne era requerida continuamente e iba de baile en baile. Incluso Enrique danzó con ella, pero el toledano se hallaba integrado en la algarabía y, tras acompañarla cortésmente un pequeño lapso de tiempo, la dejó; Luca no era capaz siquiera de acercarse a ella. Después de estar mucho rato solo, Arlette, que seguía la evolución de sus sentimientos con interés, se apiadó de él y se sentó a su lado:

—Vamos Luca, trata de animarte. Estás serio y triste, sin hablar con nadie, como si esto fuera un duelo. Si te vieras la cara en un espejo, te entraría la risa. Anda, ven, bailemos.

Arlette le había estado observando durante todo ese tiempo. Su mente le decía que tenía pocas posibilidades de reconquistarlo y hacerlo suyo. Unos días antes, al rechazarle, quiso anticiparse a él. Sabía que le estaba perdiendo y no se conformaba. Puesto que Luca la eludía y no podía ser su verdadero amante, al menos podría ser su confidente. Si el genovés hubiera sido mejor observador habría notado que, lejos de su descaro habitual, Arlette se turbaba en su presencia.

En realidad, ella nunca se había sentido segura ante los hombres. Por desgracia, no era bonita como su hermana y no podía competir en ese terreno. A pesar de ello, estaba convencida de ser cien veces más inteligente, más capacitada. Su inseguridad se delataba al evitar las comparaciones y adaptarse al terreno en el que se sentía más resguardada. De ahí que escondiera su silueta en trajes holgados y llevara el pelo cortado a lo chico; de ahí su preferencia por los juegos masculinos y su negativa a esperar ser pretendida por su dote por algún vulgar campesino. No iban con ella las actitudes tópicas; convencida de que la vida no le iba a regalar nada, aceptaba este hecho con el aplomo del que no tiene nada que perder. Había aprendido que, si quería conseguir sus deseos, debía obtenerlos por sí misma. «Yo no puedo seguir la conducta de Fabianne» —se repetía a cada instante—. Si bien comprendía la necesidad de atenerse a ciertas normas morales, envidiaba la ley de los hombres, la tramposa ley de los hombres, regida únicamente por el deseo. También sabía que ella no podía actuar como ellos. Las reglas eran demasiado claras y no podía vulnerarlas a su antojo. «En cambio —se decía—, ¡qué diferente es la posición de Luca! Él no tiene que pensar en términos de orden. Una cosa está bien y basta: no debe evocar ningún conjunto de normas elaboradas por otros hombres. Forman parte de su vida y eso basta».

Al observarle, pensaba: «Mi pobre Luca, ahí estás, abatido y sin fuerzas simplemente porque mi hermanita te ignora».

Sonrió para sí misma, satisfecha:

—Te lo tienes merecido por idiota.

Al poco cambió de actitud; no debía complacerse en el sufrimiento de Luca.

—Venga, ven... bailemos —insistió.

—No, déjame —le contestó Luca—. No tengo ganas de hacerlo... ni tampoco de hablar con nadie. Perdóname, pero no estoy de humor para nada...

Arlette no le hizo caso. Le cogió del brazo y con tono afectuoso, añadió:

—No seas tonto. Si dejas que tu cara muestre tan claramente tus deseos, vas a conseguir que todos se den cuenta de tus sentimientos. No querrás que te tomen a chanza, ¿verdad? Por lo menos aparenta que lo estás pasando bien.

Luca no era capaz de relajarse. La interrumpió con expresión hosca:

—¿Y cómo voy a estar? —dijo—. Si tengo cara de enfadado, es porque lo estoy. ¿O crees que me divierte ver a Fabianne coquetear con todos los hombres de la fiesta?

—Ya imagino que no te entusiasma —contestó Arlette—. Pero era inevitable...

Hablaba con voz apagada, llena de implicaciones:

—Mírala. Verdaderamente, está hermosa con su traje de seda y su mirada de niña inocente, ¿verdad? Fíjate cómo revolotean todos los hombres en torno a ella, parecen moscas alrededor de la miel.

Y reflexionando para sí, añadió:

—¡Qué tontos sois los hombres! ¡Qué fácil es haceros perder la compostura y que os dejéis llevar por el encanto de una mirada! Y eso que Fabianne es apenas una niña y no sabe nada. Si fuera consciente de su belleza o supiese un poco de la vida podría manejaros a su antojo.

Luca la miraba con expresión hostil.

—No te preocupes, Luca —le dijo pasándole la mano por el hombro—, es incapaz de pensar la menor maldad. Ahí está disfrutando, ajena a todo, jugueteando con todos, sin percibir las pasiones que levanta. Y te digo más, si se lo dijéramos, no nos creería. Diría que estamos exagerando y que cualquier otra joven se divierte tanto como ella. No comprende su poder, ni sabe usarlo.

El italiano no respondía. Con la mirada baja, pendiente de algún lugar entre el suelo y su mente, contestaba de vez en cuando con pequeños gruñidos ininteligibles. Arlette no se desanimaba.

—Lo cierto, Luca —le dijo—, es que debes aceptar la verdad. Quizá cuando vayamos en la caravana tengas mejor ocasión, pero ahora, tus posibilidades son muy escasas. Trata de asumirlo y por esta noche olvida a Fabianne. Ahora no tienes nada que hacer.

Luca levantó los ojos hacia Arlette. Su perpleja mirada se hizo más profunda. Recorrió con la lengua el labio superior como si fuera a decir algo. Fuera lo que fuera, quedó dentro de él.

—A menos —añadió ella con la voz como una delgada hoja de cuchillo— que te quede un poco de tu famoso elixir mágico.

Se echó a reír y continuó, indiferente al efecto que producirían sus palabras:

—¡La santa panacea! ¡Qué ingenuo eres! Me parece que ahora te serviría de poco. Creo que no hay pócima capaz de hacerla fijarse en ti ni de que pierda el entusiasmo por ese caballero navarro.

Luca reaccionó como si le hubieran hundido un aguijón en el pecho:

—Eso piensas, ¿eh?

—Estoy segura.

—Pues no lo estés. Si quisiera podría conseguir que sólo tuviera ojos para mí.

Arlette le contempló con una mueca despectiva. Pero Luca volvía a tener la mirada clavada en las losas del suelo. Después añadió con una sonrisa cansada:

—No me creerás, pero conozco el medio para hacer mía a la mujer que desee, sin que ella pueda hacer nada para evitarlo.

Arlette seguía con la misma expresión de burla cuando Luca alzó la cabeza y se encaró con ella:

—Piensas que miento, que digo una baladronada, pero no es así. Si quisiera, vería tu hermanita lo que puedo hacer...

Se detuvo de nuevo, silencioso. Parecía resignarse:

—¡En fin!, habrá que aceptar los hechos como son...

—Claro —contestó Arlette—, es mejor no pensar en imposibles y olvidar pócimas y bebedizos que no sirven para nada. No seas tonto, Luca, o ¿crees de veras que, si hubiera algún elixir mágico, no lo conoceríamos todos y se utilizaría?

—No me refería a ninguna pócima —respondió Luca—. No sabes de lo que hablo, así que mejor mantén la boca cerrada. ¡Vaya!, no lo haré, pero insisto, podría conseguir el medio de que fuera mía para siempre sin que su voluntad y su conciencia pudieran oponerse...

Arlette asintió con sarcasmo, sin querer profundizar en la herida.

—Claro, claro...

Fue entonces cuando Luca la miró directamente a los ojos.

—Veo que sigues sin creerme —dijo—. Pues haz el favor de escuchar con atención y verás si tengo razón o no. Hace unos quince días estuve con el maestro Hinault en Eunate, una pequeña iglesia cerca de Pamplona, donde hablamos con un caballero templario llamado Gerard de Molay. Nos contó una historia sobrecogedera que ocurrió hace muchos años. Trata de una historia de amor entre un noble y una doncella, que no pudieron consumar porque el día de los esponsales ella murió súbitamente. Aun después de enterrarla, el caballero se negó a aceptar la pérdida de su prometida y permaneció como obsesionado en el cementerio mirando la tumba. Poco a poco se fueron marchando los familiares y se quedó solo, a su lado, como si una extraña fuerza le impidiera separarse de su amada. De madrugada, impelido por el deseo, se acercó a la sepultura y desenterró el féretro. Luego abrió el ataúd para verla por última vez y presa de un amor y una locura incontrolable, la violó. Tras vaciar su vigor comprendió aterrorizado la amplitud de la terrible profanación. No tuvo tiempo de arrepentirse, a su espalda, una voz que parecía venir del más allá le reprochó su acción al tiempo que le exigía regresar al cabo de nueve meses. El caballero, aterrorizado, huyó. Pero al cumplirse el plazo, volvió al cementerio. Durante mucho tiempo dudó antes de volver a abrir el féretro, pero por fin lo hizo. Al levantar la tapa se encontró con la doncella, milagrosamente intacta, y con varias cosas que no estaban cuando la violó. Lo primero, el fruto de su acto: una cabeza entre las piernas, como un extraño recién nacido. La misteriosa voz volvió a resonar manifestando que ésa era la consecuencia de la violación. Pero no debía temer, porque también era la prueba de un amor más allá de la vida humana. Después le exigió que la llevara siempre consigo, pues haría de él un hombre invulnerable y le daría poder sobre todas las cosas.

Luca hizo una pequeña pausa, como dando efecto teatral a sus palabras.

—Luego nos contó Raoul que a esas cabezas los templarios las llaman *bafomet* y son los símbolos de su poder y sus ritos.

Luca vio a Arlette interesada y sonrió con malicia.

—Pero había más. Atiende, que ahora viene lo mejor. Aparte de esa misteriosa cabeza que, como te he contado, se llevó el caballero, había otros dos objetos. Al menos eso dijo Gerard. El más importante era un anillo de boda en el dedo índice de su mano derecha...

—¿Un anillo? —repitió Arlette—. ¿Con qué finalidad?

—Parece ser que para atestiguar el vínculo de unión entre los dos amantes. La voz le dijo que esta alianza proporcionaría a quien la ungiera un poder especial. Gracias a ella podría conseguir hechizar la voluntad de la mujer que deseara.

—Y claro, se lo quitó...

—Si no recuerdo mal, él mismo se lo había puesto. Así que, ¿tú dirás..? No —añadió con voz serena—, se quedó mirando el anillo. El caballero templario dijo que ella tenía las dos manos apoyadas sobre el pecho y la diestra, la misma de la alianza, sostenía con delicadeza una rosa blanca milagrosamente intacta.

—¿También una rosa? —dijo Arlette— ¿Y para qué, si puede saberse?

—De eso no me acuerdo —contestó Luca a la defensiva—. Pero sí recuerdo a la perfección el poder del anillo.

Arlette estaba impresionada y no quería demostrarlo. Tardó muy poco en recomponer su compostura. Sin quitar los ojos de Luca, añadió:

—Es una bonita historia, pero no entiendo qué tiene que ver contigo. Aun suponiendo que tu fantástica leyenda fuera cierta, ¿qué?

—Bueno, podría conseguir el anillo...

Luca miró alrededor para confirmar que nadie les escuchaba y continuó:

—Eso es lo más interesante. Verás, no estoy muy seguro de poder encontrarlo, pero tampoco creo que sea tan difícil. Porque sé alguna cosa más. Aunque te parezca increíble, Gerard nos dijo que la tumba se encuentra precisamente en esta ciudad, Estella. O, con más exactitud, en el cementerio de una pequeña abadía en las afueras. Según parece, la gente le tiene un temor reverencial y nadie se atreve a acercarse por aquellos parajes.

Hizo una pausa, se sonrojó y su cabeza se hundió entre los hombros.

—Es natural. En realidad a mí también me da miedo y no sé si sería capaz de ir a profanar esa tumba, pero ya ves, si quisiera, podría hacerlo.

Arlette se había quedado silenciosa, pensativa. Cuando Luca acabó de hablar, le preguntó:

—¿Dices que esa abadía está cerca de Estella?

—¿Cerca? ¡A un paso! Gerard nos dijo que estaba en la salida de la ciudad, en un paraje que se conocía como el prado de la Virgen. Nos describió tan bien el lugar que podría dar con él sin la menor dificultad. Se trata de una pequeña iglesia abandonada, en ruinas, con un pequeño cementerio a su izquierda. Pues bien, la tumba de esta doncella está en una esquina de la cerca, bajo una lápida que tiene inscrita sobre la piedra una cruz pateada.

—Me parece increíble —reconoció Arlette—. Tiene que ser mentira. No es posible que sea cierto. No puedo creer que exista un instrumento de poder como ése y que nadie lo haya intentado conseguir.

—Eso pensé yo al principio. Luego le he dado vueltas y no me parece tan disparatado.

—¿Por qué?

—Gerard nos aseguró que ningún habitante de estas tierras se atrevería a profanar de nuevo la tumba; pesa una maldición sobre ella y los ciudadanos de Estella le tienen pavor. En cuanto a los demás, dudo que lo sepa mucha gente. Gerard lo contó medio por error. Raoul es muy hábil sonsacando a la gente y se le debió escapar. Pero ahí está, esperando que alguien se atreva a abrirla de nuevo.

—Porque tú serías incapaz de hacerlo, ¿verdad? —dijo Arlette con malicia.

—¡Qué cosas dices!... Sí, la verdad, me da miedo hasta pensarlo; no creo que tuviera fuerzas para quitarle el anillo. ¿Te imaginas lo que debe de ser entrar en ese cementerio y abrir la tumba? Sólo de pensarlo se me eriza el cabello...

Se volvió a Arlette con gesto altivo y le dijo:

—Ya veo lo que estás pensando. De acuerdo, no lo haré, pero reconocerás que conozco el medio para conseguir lo que te decía, reconocerás que tenía razón.

—Quizá la tengas y quizá no —dijo Arlette—. En todo caso, no lo sabremos nunca, si no eres capaz de demostrarlo.

Después le miró con lentitud y apoyándose el dedo índice en la boca, prosiguió:

—Con franqueza, te lo decía antes, los hombres sois estúpidos. Aquí estás tú desesperado de amor por mi pequeña hermanita, loco de celos viéndola bailar con todos los jóvenes de la fiesta, sin ser capaz de hacer algo más que reconcomerte en tu interior y pensar «si yo quisiera, podría hacerla mía».

La cabeza de Luca se hundió aún más.

—¡Estúpido! —continuó Arlette—. ¡En tu caso, yo no tendría ninguna duda! ¡Pensar que podrías conseguir lo que más anhelas y te da miedo! ¡Ah, si yo fuera hombre!

Arañó el brazo de Luca con los dedos y lo asió:

—¡Despierta! Aunque todo sea una quimera, al menos tienes una esperanza, una puerta abierta. Y sin embargo, ¿qué haces? Nada, absolutamente nada. Dejas pasar la ocasión y lo único que se te ocurre es lamentarte.

—Eres demasiado dura conmigo, Arlette.

Ella sonrió desagradablemente, como si los filos mellados de una sierra estuvieran rozando dentro de su boca.

—¡Bah! Tu cuento es divertido pero también me ha decepcionado. Al venir a sentarme a tu lado sentía pena, pero ahora me estoy arrepentiendo de haberlo hecho.

Se levantó y marcando con cuidado las palabras, le dijo a modo de despedida:

—Te dejo, Luca. Ya no siento ninguna pena. Quédate solo y maldice tu suerte, porque si eres tan cobarde, ni Fabianne ni nadie que valga algo será para ti...

Luca miró orgullosamente al frente y guardó silencio. Cuando Arlette se daba la vuelta para marcharse, la cogió del brazo y la hizo detenerse:

—Espera, no me dejes. Para ti es muy fácil. Pero, yo... ¿qué puedo hacer?, ¿cómo voy a atreverme a profanar una tumba maldita?

—No, ¿verdad? Ahora dime —contraargumentó Arlette—. ¿Cuántas veces has estado en esta ciudad? Ninguna. Bien, ¿cuántas de las que vengas crees que estarás poseído por el deseo y los celos como ahora?

Le dejó plantearse las preguntas unos segundos, para continuar insistiendo:

—¿Acaso piensas que todo es una casualidad? Yo no. Yo opino que el destino está entretejido en nuestras vidas y no es casual que oyeras aquella historia y ahora te pase esto. Si no te atreves a dar un paso más, es cosa tuya, pero, desde luego, yo lo haría. O ¿crees que tendrás otra oportunidad como ésta en tu vida?

Luca pensaba de forma atropellada. Arlette tenía razón. No podía ser casual que los hechos se hubieran concatenado así. Sin embargo, seguía sin atreverse a tomar la iniciativa.

—Espera, quizá tengas razón. Ven, siéntate aquí a mi lado. ¿Tú crees de verdad que debo intentarlo?

—Mira Luca, no es que lo crea —dijo ella con convencimiento—. Estoy segura. Las cosas no ocurren porque sí y más las de este tipo. No sé si existirá esa misteriosa abadía, ese cementerio, la tumba o la doncella, pero te aseguro que si yo estuviera en tu lugar, lo comprobaría. De alguna manera, parece que esa historia está sin terminar y que has sido elegido por el destino para concluirla.

—Es una locura.

Luca quedó un momento pensativo y le dijo a bocajarro:

—¿Me ayudarías a hacerlo, Arlette?

—¿Yo? ¿Por qué iba a hacerlo? ¿Qué puedo ganar yo? No. Lo siento; es cosa tuya, Luca.

—Atiende —insistió el genovés—. Si sigues tu argumentación verás que tampoco puede ser por azar el que tú te hayas enterado ahora. O si no, hazte las mismas preguntas de antes, ¿cuántas veces habías venido a Estella?

Arlette dudaba. Luca, mirándola con ternura, la cogió de la mano y con expresión suplicante continuó:

—Si me acompañas, creo que soy capaz de vencer el miedo e ir a la tumba a conseguir el anillo.

—¿Y qué gano yo? —preguntó Arlette con voz fría.

—Bueno... después te lo podría prestar en alguna ocasión. Gerard no dijo que tuviera poder para una sola persona. Igual lo tiene para más...

—¿Me lo dejarías después de haber conseguido a Fabianne? —dijo Arlette.

Él asintió solemnemente con la cabeza.

—Entonces, de acuerdo —concluyó Luca sin pensar—. Pero sería mío y podría recuperarlo cuando lo necesitara.

—Pues adelante —dijo Arlette con determinación—. Te ayudaré.

De manera súbita, Luca fue consciente de la apuesta en la que estaba entrando. Volvió a asomar la inseguridad. «Esto está yendo demasiado rápido —clamaba una voz en su cerebro—. Aún no estoy preparado. Todavía no es el momento», pero su expresión era indecisa.

—¿Seguro? —dijo a media voz—. Entonces, ¿cuándo lo hacemos? Hay que elegir muy bien la hora para no ser sorprendidos...

—¡Oh!, deja ya de rezongar —contestó Arlette—. Si quieres que te acompañe, debemos hacerlo inmediatamente. No hay mejor momento que éste. Todos están pendientes del baile y nadie reparará en si nos marchamos durante unas horas. Además, pronto será de noche y nos ampararán las sombras. Mañana no seríamos capaces de reunir el valor suficiente. Venga, levántate y vamos a tu abadía. Veremos si tienes el valor de entrar en ella y arrebatar a esa dama su poderoso anillo.

Tras abandonar silenciosamente el salón, salieron a la puerta del palacio. Por el camino fueron pensando en la manera de averiguar el sitio exacto de la misteriosa abadía. Haciendo ver que eran una pareja de enamorados, le preguntaron a un soldado que custodiaba la entrada cómo podían llegar al prado de la Virgen.

—Es al final del pueblo. Encaminaos por esa calle hasta el fondo y lo encontraréis. No hay pérdida posible —soltó una carcajada y añadió riendo—. Si buscáis estar tranquilos, no habíais podido escoger un sitio mejor.

—No sé qué te parece tan gracioso —contestó Luca, suspicaz.

—Bien se ve que sois forasteros —añadió el otro centinela, más sereno. Y dirigiéndose a su compañero, le recriminó—: No seas así, Guzmán. No tienen por qué saberlo. En serio, quien os haya aconsejado ese paraje, se estaba burlando de vosotros. Es una zona maldita, contaminada. Se cuentan historias de todo tipo, muertos, aparecidos... Además, os da igual, no podréis pasar; lo impide una empalizada.

—¿Una empalizada? —repitió Luca.

—Sí, hace cinco años se declararon tres casos de peste en ese barrio y se cerró al tránsito. Hace tiempo que no hay apestados, pero todavía se mantiene la tapia y nadie en su sano juicio la cruzaría, y menos en una noche como ésta.

Luca retrocedió asustado. ¡La peste! Ahora comprendía que nadie visitara ese paraje. Miró a Arlette con terror, pero ésta le animó a apartarse de los soldados con los ojos cargados de intención. Caminaron unos metros y cuando se sentía al abrigo de oídos indiscretos, le dijo:

—Entiendo tu temor, ya sé lo que estás pensando, pero creo que la situación es providencial.

Luca la miraba sin dar crédito a sus oídos: «Está loca —pensó— si cree que voy a entrar en una zona apestada».

Empezó a retroceder.

—Espera, Luca —le dijo Arlette, cogiéndolo del brazo—. No hablo por hablar. La peste pasó hace mucho tiempo. Mantienen el barrio cerrado por precaución. Y si te fijas bien, el miedo nos evitará el peligro de ser sorprendidos. ¿No comprendes? Además, tranquilízate por la peste. Yo he vivido dos epidemias en mi vida y puedo asegurarte que, como máximo, después de dos años no hay el menor peligro de ser infectados por atravesar el lugar.

Luca no lo veía tan claro y no se dejaba convencer. Después de un rato de discusiones en voz baja, acabó aceptando a regañadientes acercarse a la empalizada.

Era una noche fría y oscura, sin apenas luna. A trechos, alguien se perfilaba a la luz de un resplandor. Pero eran sombras vacilantes, caminando despacio, de forma acompasada. Salieron del pueblo y enfilaron una callejuela recta. Si bien era muy corta, los portales estaban cerrados, nadie asomaba por las ventanas ni había hombres en las aceras. Las casas se sucedían confusas en una sola pared oscura y larga, como una fachada borrosa. Avanzaban dificultosamente. En la oscuridad costaba distinguir bien los perfiles de los objetos. Luca, a cada paso, tanteaba con el pie por temor a pisar algo que le hiciera resbalar. Caminaba medio agazapado y su cabeza giraba con lentitud de izquierda a derecha. Cinco minutos más tarde se encontraban frente al pequeño muro. Tal y como les había dicho el centinela, se trataba de una simple empalizada, pero bajo el efecto de sus palabras les pareció mucho más imponente. Después de unos segundos de vacilación, Arlette separó unos tablones podridos y cruzó la valla; Luca la siguió. Delante se encontraba el reino de la peste.

Echaron a andar en silencio, sintiendo primero resonar sus pasos sobre las losas y después sobre las hojas secas, mientras dejaban atrás las últimas casas de la villa. Ahora ya se notaba el fresco de la noche. Aunque sólo se escuchaba el ulular del viento y el ladrido de algún perro lejano, ambos percibían con más intensidad el latido de sus propios corazones. Después de avanzar unos pocos metros vieron tres o cuatro casas con las ventanas y puertas cubiertas de tablones. Después, nada. El silencio y la oscuridad eran casi absolutos. Luca se detuvo un instante, miró a los lados, con todos los sentidos alerta y se quedó unos momentos oscilando sobre sus pies, como si sus ojos extraviados pudieran escrutar las tinieblas. Sin embargo, no podía definir ningún objeto en particular, parecía que, al intentar inmovilizar las formas, éstas se difuminaban en la bruma. Inquieto, se frotó los ojos. Un instante más tarde decidió acercarse a una de las casas y comenzó a arrancar tablas y disponerlas en el suelo.

—Aguarda un momento —dijo—. Hemos de hacer algún pequeño fuego para alumbrarnos en el camino.

Ella no respondió. Buscó ramas por el suelo y durante unos minutos juntaron material suficiente para hacer una pequeña fogata. Una vez consiguieron darle forma con la ayuda de unos guijarros, Luca tomó un leño en llamas y lo prendió en forma de tea. Después se pusieron en camino para adentrarse en aquel fétido e intrincado laberinto. Caminando con rapidez, atravesaron un pequeño bosquecillo de alcornoques de cortezas desgarradas, cuyas negras siluetas parecían recortarse contra el cielo como gigantescos harapientos. Detrás se veía sobresalir las ruinas de la torre de una pequeña iglesia. Se acercaron a ella y comprobaron que, en efecto, estaba abandonada desde hacía muchos años. A su alrededor el silencio se imponía, negro como la misma noche. Únicamente los gatos les escudriñaban desde lejos. Vieron sus ojos centelleantes y durante un momento permanecieron inmóviles, conteniendo el aliento. Al comprender que se trataba de simples animales, probablemente mucho más asustados que ellos por la llegada de unos intrusos a sus dominios, Luca se agachó al suelo y les tiró una piedra.

Pero iban tambaleantes por el temor. El viento era helado y brumoso y poco a poco fue reduciendo las llamas hasta que el leño se convirtió en una simple brasa humeante. A su resplandor apagado exploraron el suelo hasta dar con otra rama para sustituir la tea. Continuaron su andadura hasta la pequeña abadía. Bajo ellos, las piedras, arrancadas de sus emplazamientos originales, surgían entre montones en los pastos crecidos, que llegaban más arriba de los tobillos. Si bien Arlette tenía razón y de momento no había causas de temor, Luca se sentía invadido por los hedores más fétidos y ponzoñosos. Atravesaron la iglesia entre montones de argamasa y pilas de piedra talladas hacía mucho tiempo, ensuciándose el borde de la falda y los pantalones de cal y tierra.

A pesar de la oscuridad de la noche, una luz espectral iluminaba tenuemente los perfiles.

—¡Ahí está el cementerio! —dijo Arlette, en un susurro. Vamos, Luca, entremos.

El muro del camposanto estaba casi derrumbado y no necesitaron sino encaramarse superficialmente para atravesarlo. Cuando acabó de hacerlo Luca, ayudó con el brazo a Arlette y entraron. Dentro, el ambiente de inmovilidad sobrecogía. A lo lejos oyeron un quejido corto, sordo y entrecortado al principio, como el sollozar de un niño, que luego creció con rapidez. Presos del vértigo, se tambalearon hasta la pared opuesta y retrocedieron llenos de alarma.

Después de unos instantes, Luca se echó a reír histéricamente, intentando dar muestras de aplomo.

—¡Es otro maldito gato! ¡El viento y un maldito gato! —exclamó, empujando con suavidad a Arlette.

—Ya me había dado cuenta —contestó ésta, displicente; en realidad, estaba tan aterrorizada como él.

El cementerio estaba invadido por la maleza y resultaba difícil distinguir las tumbas. Si a la luz del día hubiera sido laborioso localizar el emplazamiento de una lápida cualquiera, de noche la tarea resultaba casi imposible. No obstante, tuvieron la inteligencia de organizar la búsqueda con orden.

—Espera un momento, Luca —dijo Arlette—. Tratemos de hacer bien las cosas. El camposanto es pequeño y no debe de ser demasiado complicado encontrar la tumba si actuamos meticulosamente.

Luca asintió en silencio, mientras ella continuaba hablando:

—Sabemos que tu doncella está enterrada en una sepultura de piedra que tiene grabada una cruz...

—Es una cruz muy especial, tiene forma pateada.

—No puede haber muchas lápidas así. Lo primero que debemos hacer es localizarlas. Después las iremos limpiando una a una...

El genovés volvió a afirmar con la cabeza y se puso manos a la obra.

Inquietos, poseídos por el miedo, la actividad física fue la mejor medicina para hacerles olvidar su extraña situación. Trabajaron en silencio, entre el ímpetu y cierto método. Empezaron a buscar arrancando y desbrozando hierbajos de norte a sur, abarcando el conjunto del cementerio. Cuando entraron en el territorio apestado, Luca había desenvainado su puñal y ahora se ayudaba de él, sujetando las plantas que surgían a su paso con la mano izquierda, mientras las cortaba con la diestra. Al mismo tiempo, utilizaba el pie para alisar el terreno. Arlette, detrás suyo, recorría con los dedos la superficie de las piedras, intentando localizar la losa. Pronto estuvieron exhaustos y sudorosos. Sin embargo, no cesaron en su ardor.

—¡Ven, Arlette! ¡Ilumíname! Creo que es aquí.

Luca se puso de rodillas. Después de quitar algunos hierbajos, limpió la tierra de alrededor con la palma de la mano y empezó a marcar con el cuchillo la silueta de las incisiones inscritas en la piedra. A su lado, Arlette sonreía con una expresión indefinible, dejándole trabajar.

—Tiene que ser ésta —dijo al fin el italiano—. Observa, aquel caballero de Eunate, Gerard, decía la verdad. Sólo hay una cruz como la que los templarios llevan pintada en sus hábitos y capas. No hay ninguna inscripción más...

Luca se puso en pie y se acercó a Arlette. La cogió por la cintura mirando al suelo. Permanecieron en esa postura, inmóviles, durante algunos segundos. Fuera de ellos el silencio era absoluto y, salvo el sonido de algún gato, al que ya se habían habituado, nada perturbaba su trabajo. Se miraron a la cara sin verse; las sombras impedían distinguir más allá de una forma borrosa y, además, ambos estaban ensimismados en sus imágenes interiores. Finalmente, Luca rompió la pausa y se agachó para marcar los límites de la pequeña parcela. Casi de inmediato volvieron al trabajo. A los pocos minutos habían desbrozado el terreno y la tumba estaba delineada. Afanosamente, fueron abriendo una hendidura en la tierra marcando la línea en la que finalizaba la lápida. Luca, a pesar de contar con la daga, trabajaba más despacio, pero Arlette, con la ayuda de una esquirla de piedra que se había desprendido del conjunto, actuaba como una poseída.

Al terminar de limpiar los lados de la tumba comprobaron que la lápida estaba compuesta de cuatro grandes losas unidas en el centro. Una vez separadas las dos primeras, levantaron trabajosamente una de ellas. Tras hacerlo, se miraron sin hablar, comprendiendo que estaban llegando al fin.

Los acontecimientos se iban sucediendo. Luca se dio cuenta de la imposibilidad de una vuelta atrás y volvió a sentir crecer el temor dentro de él. Poco a poco, notó que iba poniéndose terriblemente pálido y era incapaz de articular una palabra. Tampoco fue necesario, el trabajo hacía gratuito cualquier comentario. Una hora de trabajo más tarde, habían separado los bloques de piedra y tenían ante ellos el montículo de tierra que cubría el ataúd. Con la ayuda de unas tejas desprendidas de la abadía, comenzaron a excavar a intervalos, hasta tocar la madera. Después procedieron con mucho más cuidado hasta delinear y separar la caja. Luca se detuvo, agotado, pero Arlette le relevó en su ímpetu. Sin pensárselo dos veces, cogió el cuchillo, introdujo la punta entre las tablas y separó una esquina de la tapa. Cuando consiguió abrir los tablones, comprobó decepcionada que dentro había otro féretro de mejor madera. Luca observaba la operación sentado a su lado.

Arlette, agotada, se volvió hacia él.

—Bien —dijo—, ha llegado el momento de comprobar la historia de tu caballero templario —señalando con la mano, continuó—: Ahí tienes tu tesoro. Ábrelo y descubre si es verdad lo que venimos a buscar.

Luca se sintió perplejo y desorientado, sin saber cómo detener la catástrofe del sacrilegio. Durante todo ese tiempo había escondido su inseguridad en la actividad física, pero ahora tenía al alcance de su mano la comprobación. De manera inconsciente, había abrigado la esperanza de un fraude, confiando en no encontrar la tumba y, por tanto, no tener que enfrentarse al ataúd. Pero ahora ya no podía hacer nada.

Miró a Arlette y, sin decir una palabra, cogió el puñal que ésta le tendía, dispuesto a acabar cuando antes. No pudo hacerlo. Al inclinarse sobre la caja de cedro, apoyó el cuchillo en una de las tablas con tan poca energía que resbaló. Cuando se recuperó, levantó el brazo con decisión, dispuesto a clavar el puñal, pero acabó abriendo la mano y dejando caer la daga a tierra. Miró sus manos, llenas de rasguños y de sangre, y se volvió hacía Arlette. Con voz temblorosa, confesó su impotencia:

—No puedo, Arlette, no puedo hacerlo.

Sentado sobre el féretro, con las piernas cayendo sobre los lados de la caja, apartó su cuerpo a la derecha y terminó rodando hasta el foso. Tumbado, con la cabeza hundida en la tierra, se preguntó qué hacía allí. Estaba como bloqueado y no conseguía ordenar las ideas. Arlette seguía encima sin pronunciar palabra. Al poco Luca se alzó, se limpió con el brazo los terrones de la boca y con voz implorante, dijo:

—Dejémoslo así, Arlette. No demos un paso más. Vamos a cometer un pecado terrible que llevaremos toda la vida sobre nuestras conciencias. Ya hemos comprobado que todo era cierto. Más vale no continuar.

Frente a él, la muchacha era apenas una silueta borrosa recortándose contra el cielo. Permaneció en silencio, dejándole hablar. Luca continuaba insistiendo en disuadirla del plan. De pronto, Arlette comprendió la impotencia del italiano para culminar la obra y supo que no debía interrumpirle. Cuando éste, ya sin argumentos, había dejado de porfiar y sólo le reprochaba su persistente lejanía, se sentó a su lado sobre el féretro y le apoyó la palma de la mano sobre la mejilla, acariciándole suavemente. Después, le hizo volver la cara y comenzó a besarle en la oreja. Al hacerlo, al apoyar su boca sobre él, percibió el sabor espeso de la tierra entre los labios pero, en vez de repugnarle, se sintió estimulada de deseo. Con lentitud, finalizó el beso y apoyó su mejilla sobre la cara de Luca mientras recorría con sus dedos los cabellos. Éste, incapaz de comprender el desarrollo de los acontecimientos, se mantuvo inmóvil. Aunque intentó decir algo, no podía expresar ninguna idea con coherencia. Desistió de hablar. Después, Arlette se puso de rodillas y comenzó a besarle suavemente los ojos, la cara y el cuello. Minuciosa y reiterativamente, recorrió con la boca cada pliegue de su cara hasta que él no pudo soportarlo. Luca levantó la frente hacía el rostro de Arlette y le sujetó las mejillas con ambas manos. Todavía sollozante, acabó dejando caer la cabeza sobre su hombro. Pero ella, incluso para su sorpresa, se sentía más serena de lo que había imaginado. Siguió acariciándole el pelo con una mano y con la otra llegó hasta la abertura del jubón e introdujo los dedos entre los pliegues de la piel. Después, se inclinó sobre él y apoyó su cabeza en los muslos. El contacto temporal, en todos sus detalles, la textura de la carne, la ubicación precisa de codos y rodillas, les comunicaba la excitante noticia del encuentro. Luca notó con asombro la presión que, muy a pesar suyo, la cabeza ejercía sobre su miembro. Arlette lo sintió crecer y sonrió para sí. Con aparente indiferencia movió la cabeza, como por casualidad. Pronto, Luca estaba tan excitado por el continuo roce que bajó el brazo y con la mano abierta buscó el pecho entre el vestido. Al abarcar su contorno, los dedos se aferraron sobre él, presionando con fuerza. Arlette le permitió acariciarla, sabía que la tensión le había superado y necesitaba desahogarse. Dejó que la mano ciñera su pecho, le dejó después escarbarle a tientas entre la ropa y llegar a la piel, le dejó encontrar el límite de su pezón y jugar con la areola. Pero cuando Luca, cada vez más animado, abría el vestido y ella sintió el aire helado de la noche en la piel, no quiso ir más allá. Por entonces Luca le había agarrado la mano para llevarla a su miembro, mientras que con la otra descendía sobre la falda buscando con afán el sexo. En ese instante, Arlette volvió a la realidad. Le sujetó el brazo y le obligó a detener la progresión. Luca no se daba por vencido. Con los dedos de Arlette entrelazados entre los suyos, volvió a intentar llegar hasta el ombligo y aún más abajo. Finalmente, ella se incorporó. Lo hizo de repente, sin darle tiempo a reaccionar.

—Vamos, levántate —su voz sonaba muy tranquila—. Ya tendremos tiempo de celebrarlo.

Luca le contestó con brusquedad:

—¿Por qué interrumpes ahora..?

—Ahora no es el momento. Me da miedo el lugar.

—Vamos, no seas tonta. Acércate a mi lado.

Ella continuó, afectuosa:

—Anda, déjame. No seas loco, no es el momento. Tenemos que acabar lo que hemos venido a hacer.

—Quizá no sea el momento, pero ¿qué más da? No me dejes ahora —respondió Luca con una nota de resentimiento en su voz.

—Ya te he dicho que no —zanjó Arlette—. Por otro lado —su voz se hizo melodiosa—, si quieres volver a estar conmigo, demuestra primero tu valor afrontando lo que hemos venido a hacer.

Al observar cómo se recomponía el vestido, Luca se olvidó de sus palabras y fue volviendo a la consciencia.

«Es verdad —pensó— esto es una locura. ¿Qué estaba haciendo? —sonrió para sí, ya tranquilizado—. ¡Dios mío, si me hubiera dejado, podía haberla penetrado aquí mismo! ¡Debo de estar completamente loco!».

Arlette estaba ya en pie.

—Vamos, continuemos —le dijo—. Abre el ataúd.

—Ábrelo tú, ya que eres tan valiente.

Sin contestar, Arlette se agachó a tantear la tierra para recuperar el cuchillo. Minuciosamente, pero con energía, comenzó a desprender las tres tablas superiores. Al separarlas apareció el cuerpo de la doncella. Estaba envuelto en una gasa sujeta por cuerdas. Luca se quedó mirándolo fijamente, pero Arlette le apartó y aflojó las ataduras apoyando el puñal sobre uno de los cordeles. Mientras separaba con cuidado el tejido, ella se quedó también como fascinada contemplando el cadáver.

En la oscuridad resultaba difícil distinguir los rasgos de la joven, pero una cosa quedaba clara. Gerard de Molay había dicho la verdad en Eunate. Tenía razón cuando proclamaba que la doncella se había conservado milagrosamente incorrupta. Frente a ellos el cuerpo exánime se desplegaba con la misma consistencia que si hubiera sido enterrada ese mismo día. Luca podía notar el brillo de sus rizos rubios y la lozanía de la carne del rostro. Bajó la vista y empezó a abarcar la figura de la doncella. Tenía el brazo doblado sobre el regazo y, tal como les habían anunciado, una mano sujetaba con delicadeza una rosa blanca. Al agacharse, vieron el anillo de boda ciñendo el dedo índice.

Arlette agarró con ímpetu la flor y ésta se desprendió sin la menor dificultad. Luego, al intentar abrir los dedos le fue imposible enderezar la mano. Estaba cerrada en torno a sí misma y tras varios intentos, comprobaron que a pesar de la tersura de la piel, el cadáver estaba helado. Era imposible extraer el aro. Arlette no lo pensó dos veces. Cogió el puñal de Luca y se situó encima del brazo de la joven.

—¡Espera, loca! ¿Qué vas a hacer?

Ella no le oía. Con determinación, introdujo la hoja de la daga debajo del dedo exangüe y tiró con fuerza hacia sí. Fue preciso intentarlo dos veces más, pero al fin, se apartó del ataúd exultante. Al levantarse sujetaba el dedo índice de la doncella. Luego separó el anillo del dedo y lo mostró a Luca.

—Aquí tienes tu mágica alianza.

Era una sortija muy sencilla, sin adornos, un círculo dorado tan delgado como el tallo de una espiga.

Luca se acercó con expresión anhelante e intentó quitárselo. Ella apartó el brazo con rapidez poniéndolo fuera de su alcance.

—Déjame que lo vea —le apremió.

Arlette le miró con expresión de triunfo.

—Tómalo, tuyo es.

No perdieron el tiempo. Una vez con el anillo en su poder se echaron a reír estruendosamente y, tras recomponer la sepultura, volvieron apresuradamente sobre sus pasos. Recorrieron el trecho que les separaba de la empalizada en unos instantes, como si fueran perseguidos. Allí se detuvieron jadeantes.

—Espera un poco —dijo Arlette—. Estamos cubiertos de tierra y de sangre. No podemos aparecer así en la fiesta. Anda, ayúdame a arreglarme un poco...

Después de adecentarse como pudieron, convinieron aparentar haber estado retozando juntos en algún prado. Cuando fueran vistos por los demás, todos deberían interpretar que su inevitable desarreglo era consecuencia de pasiones más carnales, menos siniestras.

No obstante, sus ropas estaban excesivamente sucias. Se dirigieron al pequeño riachuelo que atravesaba esa parte del pueblo para lavarse. Por el camino Luca iba ensimismado, sin ser capaz de abarcar la dimensión de lo ocurrido. En cambio, Arlette no cabía en sí de gozo. Después de ordenarse las ropas y limpiarse las manchas de tierra en un largo pilón de piedra, consiguieron pasar inadvertidos ante los centinelas. Como preveían, éstos supusieron que venían del disfrute de placeres más comunes.

Al entrar en palacio, Arlette le pidió a Luca el anillo de boda.

—¡Ah, no! Pero no te preocupes, Arlette, tendrás pronto la sortija. Estate tranquila, recuerdo mi palabra y la cumpliré. En cambio, toma, si quieres, la rosa. Guárdala tú.

Pero cuando Luca trató de extraerla de su cintura comprobó que prácticamente había desaparecido. Incrédulo, miró la ajada flor sin dar crédito a sus ojos. Sólo dos o tres pétalos mustios abrazaban el tallo.

—¡Pero si en la fuente, hace un momento, estaba fresca, como recién cortada! ¿No lo viste? Estuve tocando las hojas sin comprender cómo podía haberse conservado tan bien. Y ahora, ¡mírala! ¡No es sino un tallo seco y marchito!

Se calló un momento, preso de temor.

—Arlette, debemos tener cuidado —prosiguió—. Tómala, pero pon atención, estamos tratando con objetos hechizados.

—No, quedátela tú —contesto ella con aprensión, mientras observaba cómo la rosa se deshacía ante sus ojos.

Luca abrió la mano y la flor se escurrió hasta el suelo. Ambos se quedaron mirándola; apenas ocupaba el espacio de un brote minúsculo. Al fin Arlette, rabiosa, pisoteó el minúsculo resto con rabia.

—¡Se acabó la maldita rosa! —exclamó furiosa—. Confío en que el anillo nos dure más. Y ahora volvamos a la fiesta, pero hagámoslo por separado...

Al retocarse las ropas guardó silencio, miró su vestido sucio y roto y cambió de opinión.

—No. Vuelve tú si quieres, Luca. Yo no puedo ir a ningún lado con este aspecto. Además, estoy cansada. Voy a retirarme a mi cuarto. Mañana hablaremos.

Sin esperar contestación, dio media vuelta y con prisa abandonó la sala desapareciendo por un corredor.

Luca se quedó solo, sin saber qué camino tomar. Poco a poco, desganadamente, volvió al salón donde se celebraban los convites. Cuando atravesó la puerta, comprobó que la mayoría de la gente se había marchado ya. Quedaban diez o doce personas hablando con tranquilidad en torno a una mesa. Al entrar, se volvieron todos hacia él. Pero ni fue reconocido ni le prestaron atención. Casi de inmediato retomaron la conversación. Luca miró con detalle a todos. No estábamos ninguno de sus conocidos de la caravana, ni tampoco Fabianne. No conocía a nadie y se encontró otra vez con la sensación de soledad.

Volvió sobre sus pasos y caminó sin rumbo fijo por los pasillos del palacio. Cuando comenzaba a pensar que esa noche estaba todo perdido y la mejor solución sería ir a descansar, creyó oír detrás de él la voz de Fabianne. Se escondió tras una columna para averiguar quién era y, en efecto, la vio venir, acompañada de su padre. Luca les dejó pasar y después, rápidamente, se dirigió a la puerta de la habitación que compartían las dos hermanas.

Allí esperó largo rato, medio escondido entre las sombras, pensando en muchas cosas. Estaba medio agachado y cuando Fabianne llegó y, empujó la puerta, tuvo demasiado miedo para levantarse y mirarla de frente. Oyó como cerraba la puerta de la habitación y luego la sintió canturrear en voz baja mientras iba de un lado a otro. De forma súbita, la habitación quedó en silencio.

Se levantó para dar una pequeña vuelta, sin poder tomar una decisión sobre lo que iba a hacer. De pronto se detuvo y fue entonces cuando, sin saber cómo ni por qué, rehizo sus pasos hasta la habitación de las Chartier. Al llegar, puso la mano en el pomo de la puerta. No tuvo necesidad de empujar. Notó que se abría silenciosamente y vio enfrente a su amada. Miró su cara sorprendida y serena y, por alguna extraña razón, supo que todo iría bien. En realidad, aun antes de que abriera el pestillo y le permitiera pasar, sabía que había ganado a Fabianne. No tenía ningún motivo para ello, salvo el anillo. Y éste había desaparecido para él después de haber recorrido los corredores del palacio y notar la indiferencia de los pocos que permanecían en la fiesta.

Cuando Fabianne abrió por completo la puerta, puso su mano en el hombro de Luca e intentó sonreír.

—¿Dónde estabas? —le dijo—. No te he visto en todo el día.

Luca no contestó. Su primera sensación fue pensar en el extraño aroma a violetas que desprendía aquella habitación. Luego, levantó el dedo, como si fuera a señalarla, y lo apoyó verticalmente sobre los labios de la muchacha. Ella sonrió con dulzura y señaló hacia atrás, de donde venía el rítmico sonido de la respiración de Arlette al dormir. Le cogió de la mano y cerraron con cuidado la puerta. Después echaron a andar con lentitud...

Eso es todo lo que puedo contar sobre aquella extraordinaria noche. Cuando, mucho más tarde, Luca me relató estos sucesos estaba como ensimismado. Recuerdo sin la menor dificultad sus palabras explicando lo sencillo que resultaba reconstruir el inquietante desarrollo de aquellos acontecimientos:

—Cuando miras hacia atrás es fácil. Pero aquel día todo fue una sucesión de insensatas locuras. Transgredimos todas las normas. Penetramos en un territorio infectado, profanamos una tumba, estuvimos a punto de yacer sobre ella como si se hubiera tratado del lecho de unos enamorados e incluso llegamos a seccionarle un dedo al cadáver. ¡Fue la noche más negra de mi vida, maestro! —me dijo—. ¡El día en que parecía que todo era posible!

Quedó momentáneamente en silencio hasta añadir:

—Como así ocurrió.

Al narrar los últimos detalles, Luca estaba como transido. Había llegado hasta ellos en un estado de semiensoñación, pero al evocar su encuentro con Fabianne, sintió turbada su intimidad en exceso.

—No puedo contaros más —concluyó con determinación—. La dejé unas horas más tarde, poco después de amanecer. Ese extraño día que sentí inacabable finalizó con una mañana gris cubierta de niebla en la que parecía que nada podía volver a la vida. Sin embargo, poco después salió el sol y me retiré a descansar un poco.

Enrique le miró como diciendo: «¿Eso es todo?».

Luca estaba serio, abstraído en sí mismo; comprendí que no iba a añadir un solo dato más. Sin embargo, al ver la expresión del toledano, concluyó:

—El resto os lo podéis imaginar.

Miré al italiano con comprensión. Así era, podía imaginármelo perfectamente.

Esa mañana yo estaba demasiado enfermo para haber podido percibir nada. Desperté entumecido, en medio de una luz tétrica y deprimente, la luz blanquecina del amanecer. Mi cuerpo yacía hecho un ovillo entre las sábanas, con las mantas revueltas y la ropa por el suelo. La estancia se encontraba casi a oscuras y una rendija resplandeciente cortaba en dos la ventana. Partiendo de ella, por el techo se extendía un triángulo de claridad difusa. Al intentar moverme del camastro, mis articulaciones sonaron con estridencia y volví a tumbarme.

Luego vendrían a verme varios miembros de la caravana, entre otros, los padres de Arlette y Fabianne, pero no hablé con nadie; estuve descansando todo el día, recuperándome del veneno y el vomitivo que sucesivamente me habían hecho ingerir.

Ese día, no obstante, fue también pródigo en acontecimientos, aunque en menor medida que los de la jornada anterior.

Para empezar, Luca debía hacer frente a las alianzas secretas que había contraído por separado con las dos hermanas Chartier. Lo hizo con más inteligencia de la previsible, aun sin ser demasiado consciente de ello.

Por otra parte, si bien se trató de mantener en secreto el intento de envenamiento, era conocido por suficientes personas como para dejar alguna huella. Por eso, al tiempo que don Miguel se encargaba de vigilar con discreción mi puerta, Cárdenas y algún otro noble de los que participaron con él en su fallido atentado decidieron que era más prudente concluir con las celebraciones y retirarse a sus casas.

Aunque la fiesta continuó ese día, la combinación de mi enfermedad con la súbita despedida de varios invitados, la hizo decaer. Por la noche, el condestable Guzmán de la Rua decidió dar por finalizados los festejos de la boda e hizo que los pajes acompañaran al resto de los invitados a sus casas con antorchas de cera para iluminar el camino.

Paralelamente, Luca mantenía la primera de las dos conversaciones que debía entablar con las hermanas Chartier. A mediodía se levantó confuso; estaba embriagado por la felicidad de su encuentro con Fabianne y, al tiempo, terriblemente inquieto por el secreto que compartía con Arlette. El mágico anillo le pesaba como si estuviera cincelado en hierro y tuviera una dimensión diez veces mayor. Estaba seguro de que su encuentro con Fabianne se debía a las circunstancias y no a la intervención de hechizamientos. Necesitaba estar seguro de eso.

Por otro lado, a pesar de su alegría, se horrorizaba al calibrar la magnitud del sacrilegio que había cometido junto a Arlette. Pero estaba tan contento que ninguna sensación podía interponerse en el recuerdo de su encuentro amoroso. Necesitaba olvidar la imagen del cementerio. Trató de ordenar sus ideas. Si bien contaba con la discreción de Fabianne y no albergaba el menor temor sobre ella, no podía sentir la misma tranquilidad respecto a su hermana. A Arlette la temía.

Determinado a resolver sus dudas, buscó a la mayor de las Chartier y al encontrarla le propuso salir a dar un pequeño paseo. Ella aceptó de inmediato. Se alejaron del pueblo siguiendo el cauce del río. Arlette se mostraba confiada, parecía muy orgullosa por su impunidad. Durante el inicio del trayecto, se dedicó a recrear la noche anterior, deteniéndose con delectación en los momentos más terribles. Luca la dejaba hablar, esperando su momento. Al principio estaba temeroso por la desaparición de Fabianne, pero descubrió con sorpresa que Arlette no sospechaba nada. De hecho, volvía a sentirse segura de Luca; no podía imaginar que, en esa ocasión, los acontecimientos estuvieran yendo por delante.

Luca fue hábil. Escuchó a Arlette en silencio, sin delatarse. Ella le dijo que debían ser muy discretos con su secreto. Aunque descubrieran la profanación de la tumba, nadie había notado su ausencia. Únicamente podían sospechar algo los centinelas de la puerta del palacio, y estaba convencida de que les habían tomado por una pareja de enamorados.

—Por otro lado —añadió—, salvo Raoul y Enrique, nadie sabe que estás al corriente del poder del anillo. Y cuando se descubra el sacrilegio, estaremos muy lejos. Pero aunque no fuera así, creo que tampoco nos relacionarán con el robo. Según me contaste, en Estella todos conocen esta historia. Pensarán que ha sido cualquiera de los lugareños.

Después le pidió a Luca que le mostrara el anillo. Éste, a regañadientes, se lo enseñó, pero no quiso entregárselo. Arlette insistió en tenerlo en sus manos y acabaron discutiendo. En realidad, la mezcla de ese deseo y la seguridad de su posición fueron los factores que facilitaron el error gracias al cual Luca encontró su tabla de salvación.

—Déjame ponérmelo. O al menos que lo vea con tranquilidad —insistía Arlette.

—No. Míralo cuanto quieras, pero nada más. El anillo es mío y te lo dejaré cuando lo desee, pero no antes.

—Pero ayer me dijiste que cumplirías tu palabra y podría utilizarlo también yo.

—Es verdad. Pero todavía es demasiado pronto. Espera unos días y te lo daré.

—¿Por qué unos días? Es tan mío como tuyo. Si no hubiera sido por mí, jamás lo hubieras conseguido. Venga, no seas terco y dámelo ahora.

—No, Arlette. No te lo doy.

Ella no se conformaba. Entrecerró los ojos, que llameaban resentimiento, como si fueran antorchas.

—A veces te odio de verdad.

Luca sonrió, pero no había alegría en sus ojos.

—¿Sí? Pues búscate algún cura que te ayude.

Ella retrocedió como si la hubieran abofeteado. Las venenosas palabras quedaron un momento en el aire entre ellos. Finalmente, avanzó hasta su lado, enojada, y dando rienda a sus sentimientos, exclamó:

—Haz lo que quieras. No puedo luchar contigo. Pero, tranquilo, ya lo conseguiré —guardó silencio y después añadió con maldad—: Además, a ti, ¿de qué te va a servir? ¿O acaso crees que, gracias a su poder, podrás conquistar a mi hermana?

—¿Y por qué no? —contestó Luca con cautela.

—Porque no, Luca. Porque no. Fabianne no es para ti. No cuentes con ello. Te lo advierto, no lo intentes. Estoy dispuesta a todo.

—No te entiendo, Arlette. Ayer dijiste que me ayudarías. Robamos el anillo para eso.

—Tú lo hiciste por eso —matizó Arlette—, no yo.

Luca se encogió de hombros.

—¿Qué más da? —contestó con altivez—. No puedes hacer nada. El anillo está en mi poder. No sé cómo vas a evitarlo.

Arlette se revolvió como un látigo. Su voz estaba teñida de ira:

—Yo te diré cómo, maldito italiano. Escúchame con atención. Si te atreves a acercarte a mi hermana, contaré a todos que me has seducido y te has aprovechado de mí, y que ahora te has encaprichado de Fabianne.

—¡Bah! Nadie te creerá.

—Ya lo creo que me creerán. Recuerda que hemos pasado mucho tiempo juntos desde que nos conocimos en Puente la Reina.

Con malicia, se apoyó en Luca, pesadamente, y le pasó la mano por la cara. No era una caricia sino una expresión de burla.

—Recuerda —prosiguió— que no han sido ni una ni dos las veces que nos hemos ido como ahora por el bosque. Toda la caravana sabe que estamos emparejados y, aunque tú creas que nos ven como compañeros, nadie ve así a un hombre y una mujer cuando van solos.

—Hazlo si quieres —contestó Luca, con agresividad—. Me arriesgaré a ello. ¿A ver a quién creen más? ¿A una mujer resentida por no ser correspondida, o a mí, que siempre he dejado claro que mi relación contigo era de igual a igual?

—No, no te arriesgarás, Luca —dijo Arlette—. Todavía estás en mis manos. ¿O acaso olvidas lo que hicimos anoche?

El italiano se quedó parado como si un obstáculo invisible le frenara el paso. Respondió irritado:

—¿Qué tiene eso que ver? Además, ¿por qué ibas a decir tú nada de anoche? Estás tan comprometida como yo. Si dices algo, te traerá las mismas complicaciones que a mí.

—Quizá sí y quizá no —dijo ella—. No olvides que soy una pobre mujer indefensa. Y puedo contar que yo no he hecho nada. Que tú lo hiciste solo. Podría decir, por ejemplo, que aun cuando me sedujiste al principio de conocernos, te había dejado. Y que tú, despechado, profanaste la tumba para conseguir retenerme. Podría decir que me habías amenazado con el supuesto poder de esa alianza.

Él la miraba sin dar crédito a sus ojos.

—Ten en cuenta los hechos —continuó Arlette—. Yo no tengo por qué saber nada del anillo. Si no recuerdo mal, sólo conocéis su historia Raoul, Enrique y tú. Sí —dijo para sí misma—, podría haber sido de ese modo —se rió antes de añadir—: Además, ¿quién lo tiene? Yo, desde luego, no. Recuerda quién lo guarda. La prueba del robo está en tu poder.

Luca se esforzó para que su voz sonara de forma casual y ordinaria.

—Lo harías, ¿verdad?

Ella le contestó con la misma tranquilidad.

—No lo dudes. Aunque esa sortija te dé el poder de conquistar a quien quieras, recuerda que seré yo quien diga con quién puedes estar y con quién no.

Luca movió la cabeza pensativo. ¡Maldito anillo! Sabía que había sido un error ir a buscarlo. Lo hizo convencido por ella. Y ahora estaba atrapado.

«Mientras lo conserve, tiene razón —se dijo—. Estoy en sus manos. Claro que... mientras lo tenga. Si se extraviara, no tendría ninguna prueba y no se atrevería a hacer nada».

Pero era una idea ridícula. ¡No iba a perder aquello por lo que había arriesgado su vida!

—No seas absurda, Arlette —dijo al fin Luca—. No estoy dispuesto a someterme a ti de por vida. Piensa en otra solución, ésta no la acepto.

Sin embargo, ella estaba segura de tener atrapada a su presa. Reaccionó por instinto.

—No tienes elección, italiano. Hazte a la idea.

Empezó a canturrear y a dar pequeños saltos.

—Te diré algo más —añadió con sorna—, pensándolo bien, quédate con tu dichoso anillo. No lo necesito. Ya no lo quiero. Tendré toda su fuerza sin necesidad de llevarlo puesto. En realidad, si te fijas, es muy divertido. Mira la paradoja. Tú tienes el instrumento del poder que deseas y no puedes utilizarlo porque te verías implicado en un sacrilegio y yo, que no tengo nada, puedo hacer de ti lo que desee.

Luca se quedó mirándola en silencio. Era un día de primavera suave y húmedo y por primera vez comprendía su verdadera personalidad. Le quería para ella y había hecho todo para asegurarlo.

«Y todo —pensó—, por haberme dejado embaucar».

Al oír las últimas palabras de Arlette, Luca actuó por instinto. Casi sin darse cuenta, sacó el aro de su jubón y lo apoyó en la palma de la mano. Ella lo miraba riéndose.

—Quédate con él —le decía—. Es todo tuyo.

Luca se quedó observándolo fijamente en la palma de la mano. Luego lo enlazó con suavidad entre las yemas de los dedos, como si le quemara su contacto. Finalmente, al tiempo que hablaba a Arlette con una extraña serenidad, tomó impulso doblando el brazo hacia atrás.

—Te había advertido que no aceptaría el envite.

Sin pensarlo dos veces, lo arrojó al centro del río. Un segundo después se perdía entre las aguas.

Arlette se quedó petrificada al ver la reacción de Luca. Miró a la corriente y se volvió a él. Todavía no podía creer lo que acababa de contemplar. Con voz incrédula, exclamó:

—Pero, ¿qué has hecho, loco?

—Tirar tu prueba. Veremos si ahora eres capaz de mantener lo que has dicho.

Ella no podía dar crédito a lo que habían visto sus ojos.

—Pero, ¿cómo has podido hacerlo? Todo el esfuerzo de ayer, todo el peligro, todos los riesgos ¡tirados al río! ¡Maldito imbécil, te mataré por esto!

Arlette frunció los labios y se abalanzó sobre él con las manos crispadas como garras. Luca notó el ardor de su rabia que manaba como lava. Sintió que quería arrancarle los ojos.

Quería hacerle daño. Todo el daño posible. Quería saborear su sangre. Para mantenerla a raya, Luca la cogió por las muñecas, percibiendo el odio que palpitaba en su venas, músculos y tendones. Mientras porfiaban, ella se agitó un instante, llameando una rabia que ardía con tal fuerza que se desvaneció con tanta brusquedad como había llegado. Tras caer en sus brazos, Luca la apartó de un empujón.

Un instante después, cuando él ya se sentía tranquilo, Arlette se le acercó por detrás con los puños cerrados y comenzó a golpearle repetidamente en la espalda mientras le dirigía todo tipo de maldiciones. El genovés, cansado, la tomó por el brazo y la apartó de nuevo de su lado. Entonces ella se arrojó sobre Luca, sacudiéndole los brazos, tirándole puntapiés y tratando de golpearle con las rodillas. Aunque ella sabía que todo eso era ridículamente inútil, no dejaba de ser alarmante la furia homicida que la poseía. Luca se limitó a hacerse a un lado, y cuando pasó delante de él, tambaleándose y dando puñetazos en el aire, le aplicó un pequeño golpe en la sien que la hizo caer con pesadez sobre la hierba.

Pero Arlette no sintió dolor por la caída; tampoco Luca había sentido antes sus golpes. Percibía en ellos más el fruto de la impotencia que el de la energía. Y además, se encontraba extrañamente liberado de un objeto que no había hecho sino crearle problemas desde el principio.

«Si después de lo de esta noche Fabianne me rechaza, lo aceptaré —pensó—. En todo caso, ¡gracias a Dios, me he librado de ese horrible designio!».

Arlette seguía golpeándole rabiosa. Pero ahora ya no estaba tan segura. Él notaba en sus maldiciones la misma impotencia que había querido transmitirle. Después se abrazó a su cintura y se puso a hipar desconsolada. Luca acabó apartándola de un manotazo.

—Haz lo que quieras —terminó diciendo el genovés—. Pero recuerda que ya no existen pruebas. Si dices algo, serás tan culpable como yo. En tu caso, lo pensaría muy bien antes de denunciarme.

Al concluir estas palabras Luca dio media vuelta y se marchó. Ella enterró el rostro entre sus manos un instante, calibrando su hostilidad, su estallido de rabia. La dejó atrás, frustrada y amenazante, repitiendo con insistencia:

—¡Me las pagarás, italiano del demonio! ¡Juro por Dios que me las pagarás!

Pasé los dos días siguientes intentando restablecerme. Miguel y Leví cuidaron mi convalecencia con mimo. Tras convencer a todos de que mi súbita enfermedad estaba causada por una indigestión, me administraron hierbas y calmantes para amortiguar mis padecimientos.

En realidad, yo sentía algo muy diferente al dolor. Era algo más parecido al malestar, como si una sensación general dominara sobre mí y acabara de cabalgar al galope durante veinte horas seguidas. Me encontraba terriblemente fatigado. En cada movimiento sentía crujir las articulaciones como si estuvieran trabadas de piezas de metal, pero más allá de eso y una náusea permanente no me dolía ningún miembro. Recuerdo, eso sí, la sed: notaba los labios secos como mortajas; a cada minuto les pedía un poco de agua. Se trataba de un estado difícil de precisar, algo intermedio entre la pesadez y la cordura, entre la vigilia y el sueño.

Debí de dormir la mayor parte del tiempo. A veces escuchaba alguna frase inconexa; otras, yo mismo trataba de intervenir y contestaba a alguno de los comentarios que hacían en ese instante, pero salvo esos retazos de consciencia, aquellos dos días transcurrieron para mí como una pesadilla de la que quieres despertar y no puedes.

Mis compañeros fueron razonablemente pacientes con mi enfermedad. Sospecho que más de uno intuyó la verdad, pero aparentaron aceptar que se trataba de una simple indigestión. Al amanecer del tercer día de convalecencia me desperté fresco y lozano. Aunque Leví insistió en que me convendría descansar otra jornada, acabé por persuadirle para volver al camino. Claude ya había reiterado la necesidad de apresurarnos si queríamos cumplir el itinerario previsto y alguno terminó por apremiarme. Pasado el mediodía, estábamos preparados y el mismo Guzmán de la Rua acudió a la puerta a desearnos una feliz travesía.

VIII. El milagro de la luz
21 de marzo de 1257

Me acomodaron en un carro y avanzamos con rapidez. El día 13 de marzo atravesamos Logroño y llegamos a Nájera, cuyo nombre deriva del árabe y significa *lugar entre las peñas*. Situada en el centro de un fértil valle, es una ciudad relativamente reciente que crece sin cesar. Sus habitantes hablaban con orgullo de su basílica, y presumían todavía más de su vino. De un lado, estaban convencidos de que allí se había introducido por primera vez el cultivo de la vid, origen que también había escuchado de labios borgoñones. Y de otro, se jactaban de la calidad de sus caldos que, por cierto, son excelentes. Provengo de un país pródigo en buenos vinos, he probado los mostos licorosos del sur de la península itálica, el vino áspero de Córcega y el *retxina* griego. Hasta ahora, los mejores a mi paladar eran los bordeleses. Sin embargo, esta región de Castilla produce algunos de tan buena o mejor calidad que los nuestros. Hace pocos días tuve ocasión de hablar del tema con mi anfitrión, don Çag de la Maleha, pero él torció el gesto, desaprobando su consumo, supongo que por razones religiosas. Era una discusión inútil, don Çag ni comprende sus virtudes ni sabe medir sus efectos. Le contesté que del vino no se debe rechazar su uso, sino condenar su exceso. Como vi que me miraba entre apático y displicente, le recordé que san Bernardo —a quien profesa especial respeto— nos dejó escrito: *Bebe vino de manera moderada y tendrás salud de cuerpo y alegría de mente. Bébelo con sobriedad y te sacará de la pereza y de la desidia y te hará solícito y devoto en el servicio de Dios.*

Además, en Nájera habían tenido la habilidad de conseguir asociar el consumo del vino con la economía de la región, por ser aquel lugar de paso en el Camino de Santiago. En realidad, toda aquella comarca veneraba esta bebida. Aquella noche lo confirmé sobradamente.

Por no encontrar espacio bastante para todos en ninguna posada u hospedería, nos alojamos a la espalda de una pequeña ermita. Al principio nos disgustó no poder dormir en una cama, así fuera en un dormitorio común, pero luego nos alegró lo que había dispuesto la providencia. Antes de cenar se organizó espontáneamente una pequeña fiesta y estuvimos cantando y bailando durante horas. Debimos de organizar bastante bullicio porque se unieron a nosotros algunos lugareños e incluso, pasada la medianoche, vinieron dos soldados a pedirnos que guardáramos silencio. Pero lo hicieron con simpatía, dándonos tiempo a finalizar, y no nos molestaron.

Nada de todo eso fue ajeno al vino que consumimos, como dice con sabiduría el Eclesiastés: *Dios nos ha dado el vino para la alegría del corazón*. Es verdad, más de uno se emborrachó. Viendo que los bailes se tornaban cada vez más atrevidos, pensé en las palabras de san Ambrosio sobre los efectos del odioso vicio de la ebriedad: *Una vez distendido el vientre por los alimentos e irrigado con las bebidas del vino, se sigue la voluptuosidad de la lujuria. La ebriedad es el fomento de la sensualidad, rompe el sello de la castidad. Por ella se siguen las fornicaciones.* Pero no hubo mayores peligros, fuera de las manifestaciones normales de los jóvenes, de las que ni por mi carácter ni por mi edad, debo escandalizarme.

En la fiesta, vi a Luca hablar con Fabianne de forma distendida y a Arlette sola en un extremo del grupo. No le di mayor importancia. Después supe que esta última había amenazado al italiano con contarle todo a su hermana. Pero Luca había conseguido superar el dominio que hasta entonces había ejercido sobre él.

—Ya no me asustas, Arlette —le contestó abruptamente—. Creo que estás fanfarroneando, pero de todas formas me da igual. Cuenta lo que quieras y a quien quieras.

—Diré todo lo de Estella —le amenazó.

—No tienes pruebas —contestó Luca—, así que veremos a quién creen de los dos. Además, ya estoy cansado de oírte provocarme a cada instante. Te lo he dicho. No te tengo miedo. Si has de hacer algo, hazlo, pero no me vengas con más líos. Y ahora, adiós. Espero no tener que hablar contigo más...

Arlette comprendió que había perdido la pugna. No tenía elección y debía reprimir sus baladronadas en espera de la ocasión para materializarlas. Mientras tanto, Luca, cada vez más seguro de sí mismo, decidió continuar la obra que había iniciado en Estella.

Cuando la fiesta estaba en su apogeo, se fue con Fabianne a un pequeño bosquecillo sobre el que se extendían las sombras del crepúsculo. El bosque estaba limitado por un muro semidestruido, donde trepaba una parra. Había también un gran roble cuyas ramas se extendían por encima de la vista. Se sentaron mirando el cielo oscurecido, viendo pasar las nubes por encima como un torrente de leche. Estaban callados, Luca seguía teniendo una permanente sensación de inseguridad con Fabianne y temía ser rechazado. A cada momento le parecía que su silencio era un signo de mal agüero. Tardó tiempo en decidirse, pero al cabo se acercó a ella y, con temor, le pasó la mano por los hombros. Fabianne, infinitamente más sabia, se acurrucó con dulzura entre los brazos y le ofreció su cuerpo. También por esa sabiduría, aun sin hablar una palabra, debió de notar la tensión del italiano.

—Ya ves... —dijo ella al fin. Se echó a reír y añadió—: Después de todo, la noche no es tan fría.

Poco a poco Luca fue recobrando la confianza. La besó de nuevo: tenía los labios agrietados y blandos, con un cierto regusto a sal. Fabianne sonrió coquetamente y se echó atrás para desasirse y tratar de incorporarse. Riendo también, Luca la sujetó por la falda y la retuvo. Aturdido por los acontecimientos, notó que estaba un poco borracho: los árboles parecían ondular más allá del rabillo del ojo. Pensó que sólo necesitaba un poco de valor. Volvió a mirarla. Tenía el cabello suelto y los ojos brillantes; las piernas estaban desnudas y eran largas y esbeltas.

Con todo, no daba la impresión de ser más vulnerable y, además, parecía encontrarse en su terreno. Al abrazarla, comprobó de nuevo que era más frágil de lo que aparentaba a simple vista, tan frágil como un pétalo. Luca le apartó la camisa, le acarició el pecho y se arqueó para besarle uno de los pezones. Se sentía más sereno de lo que había imaginado. Cuando ella introdujo los dedos entre su jubón y descubrió la dulce calidez de su piel, se excitó tanto que soltó un gruñido. Al cabo de pocos minutos estaban unidos. Fabianne se abandonó a su propio éxtasis. Cerraba los ojos y tarareaba tenuemente una canción mientras Luca se movía sobre ella. En ese instante perfecto, ella, incluso echó la cabeza atrás para volver a reír. Fue un momento de intimidad absoluta, de secretos compartidos. Fabianne se apretaba contra él en cada impulso y Luca se excitó todavía más al ver su creciente jadeo. Fue entonces cuando alcanzaron la cima, olvidando por un instante al cuerpo que se agitaba junto al suyo. Después de dormitar un poco, al despertarse, él la miró con detenimiento: tenía la boca grande y carnosa y en las mejillas parecían abrirse rosas absorbiendo la luz. Pero sobre todo estaban sus ojos, aquellos ojos transparentes, grandes, serios... Y luego los rizos rubios cayéndole sobre los hombros como una cortina de seda. No podía creer que estuviera a su lado compartiendo el mismo lecho. Por primera vez disfrutó el placer de sentir a su lado a la mujer amada, un cuerpo suave y perfumado que se aquietaba al mismo tiempo que él. Se sintió renacer de nuevo y comenzó a acariciarla. Ella abrió los ojos, medio dormida, resbalando de los besos al sueño como si fuera su jardín privado; los esfuerzos que hacía para mantener los ojos abiertos dilataban sus pupilas. ¡Cogerla entre los brazos, acunarla, adormecer esta debilidad...!

Luego volvieron a estar juntos. Tras finalizar, abrazados, se quedaron adormecidos. Luca reposó poco rato pero soñó con ella. Fue una pesadilla confusa de la que se despertó sobresaltado. En ese momento oyó la tranquila respiración de Fabianne, plácidamente dormida a su lado, y se tranquilizó. Pero las imágenes del sueño persistían. El contraste entre su dicha y la desintegración de Arlette le parecía algo grotescamente injusto. Era como si un sentimiento de culpa hubiera permanecido aletargado todo el tiempo; se sintió como un criminal acusado ante un juicio y, a pesar suyo, los días de vida en común con Arlette, que tanto se estaba esforzando por olvidar, se abrieron de nuevo.

Cuando notó que Fabianne se despertaba, la besó en la oreja y, preso de la confusión, se levantó para dar un paseo por el prado. Al notar su ausencia, ella tanteó por debajo de la capa y se cambió de postura sobre el lecho de hojas secas y hierba, contemplando el techo arbolado con los ojos medio entornados. Permaneció somnolienta por espacio de varios minutos, escuchando el sonido de una canción que canturreaba Luca diez pasos por delante. Vagamente pensó que conocía aquella música pero volvió a quedarse dormida. Fue un sueño muy corto; apenas unos segundos más tarde, Luca, preocupado, la golpeaba con suavidad:

—Fabianne, despierta. ¡Eh, boba! ¡levántate! ¿O quieres que nos sorprendan todos los de la caravana?

Ella se balanceó un poco, mirándole con sus ojos azulados, luego se dio la vuelta y, tras apartar la capa de Luca, se fue poniendo la blusa con lentitud. Cuando se levantó, ya arreglada, le puso una mano en el hombro y Luca se echó hacia delante, pensando probablemente no en la sonrisa de la mujer con quien había dormido, sino en la de la muchacha con la que soñó, que había inventado día tras día.

Aquella mañana tuvieron mucha suerte. Aunque cuando se incorporaron ya había amanecido, nadie percibió su ausencia. Ni siquiera Enrique, normalmente tan perceptivo, notó la llegada de su compañero. La pequeña expedición dormía con sosiego bajo los efectos de la fiesta de la noche anterior.

Nos despertamos tarde y, aunque esperábamos llegar a Santo Domingo de la Calzada antes de ponerse el sol, tuvimos que hacer noche en un claro, a orillas del camino. Ese día nevó y, si bien después de la cena, al calor de la hoguera, me agradó contemplar las vides rompiendo simétricamente el manto blanco de la nieve, me desperté aterido por el frío y con ganas de llegar a la ciudad del santo ingeniero, uno de los héroes de la travesía. Su historia es hermosa. Santo Domingo fue pastor en su juventud, hasta que decidió retirarse como eremita a la ribera del río Oja, que ha dado nombre a la región. Un día, viendo a los peregrinos en dificultades para cruzar el río, decidió arreglar la vieja calzada romana y construir un nuevo puente. Después levantó muchos hospitales y albergues.

Nos alojamos en una de aquellas hospederías, un edificio bien construido de habitaciones grandes y tristes. No disfruté de la estancia, aún no estaba restablecido por completo y, tras la nevada de la noche anterior, pasé todo el día destemplado y con fiebre. Mis compañeros se compadecieron, consiguiendo que pudiera cenar un reconfortante caldo de buey y dormir en una celda individual. Incluso negociaron con un zapatero remendón para arreglar y reforzar mis botas, que iban acusando la dureza del viaje. Poco después de recogerlas, yendo a mi estancia me asaltó un miedo irracional. Tras atravesar el claustro, tuve que avanzar por un estrecho pasillo que olía a orines para llegar a la escalera que conducía a mi aposento. Estaba alarmado y subí corriendo. Pero la escalera era tan angosta que a cada paso rozaba con el codo el revestido marrón; con el paso del tiempo se había ido desdibujando de tanto apoyarse en él. Sobre mí, la luz temblorosa de la vela proyectaba una sombra siniestra en la pared blanca. Llegué a mi cuarto exhausto y sudoroso. Después de acostarme, cuando conseguí recuperarme, me reí a gusto pensando en mi injustificado temor. Sin embargo, a la hora de la partida, al amanecer, me alegré de abandonar aquel caserón siniestro.

En los días siguientes logré restablecerme. El tiempo mejoró y aunque el campo se levantaba blanco, cubierto por un rocío helado, las mañanas solían ser claras y soleadas. Pero lo que determinó que tuviera que posponer y llegar a olvidar mis dolencias fue el paisaje que atravesábamos, abrupto y difícil. Obligaba a estar muy atento; todavía recuerdo la dura ascensión al alto de la Pedraja, en las inmediaciones del monasterio de San Félix de Oca, llena de recovecos y desniveles, poblada de animales salvajes, sobre todo osos y lobos, a los que entreveíamos en los inmensos hayedos y robledales. Según decían, aquellos montes estaban llenos de bandidos y rufianes que moraban en cuevas, por lo que extremamos las precauciones. Así por ejemplo, al cruzar un río de cierta envergadura, enviábamos como primer pasajero a un hombre armado, para evitar la emboscada que pudieran tendernos desde el otro lado.

Cuando llegamos al típico paisaje castellano, desolado y sin árboles, abierto al horizonte como el mar, sentí un enorme alivio. Ahora, con la tranquilidad que proporciona la distancia, siento no haberme detenido en alguna de las villas que cruzamos, sobre todo en Villafranca, la Auca romana, porque cuando Guillén de Monredón me marcó los lugares del itinerario a Santiago en los que se practicaban ritos iniciáticos, había incluido especialmente estos parajes, repletos de símbolos. Y si bien pude ver numerosas ocas representadas de las más diversas formas —en pequeñas esculturas, las marcas de canteros de casi todos los edificios, e incluso en los nombres de villas y pueblos— no pude prestarles demasiada atención.

Por el contrario, disfrutamos con tranquilidad la visita a San Juan de Ortega. Casualmente llegamos el 19 de marzo, pero cuando nos informaron del milagro que se produciría dos días después, insistí en que nos quedásemos a verlo. En el monasterio se verifica dos veces al año el llamado *prodigio de la luz*. El arquitecto de la iglesia había dispuesto la construcción con una habilidad tan portentosa que en los dos equinocios, el 21 de marzo y el 22 de septiembre, un rayo de luz penetra a las cinco de la tarde por la ojiva de la fachada e ilumina paulatinamente, en el capitel de la izquierda del ábside, la escena de la Anunciación, luego la del Nacimiento y por fin, la de la visita de los Reyes Magos.

Parte del grupo manifestó escaso interés por el fenómeno y hube de emplear toda mi elocuencia para que nos quedásemos un par de días. Como indiqué antes, el significado de la luz es uno de los temas a los que más tiempo de reflexión he dedicado. Me impresionaba sobremanera que se hubiera construido una traza tan refinada como aquélla. Como nunca había visto cosa igual, usé todas mis dotes de persuasión, y después de comer prometí explicarles en detalle la importancia de aquello. A la hora prevista, reuní nuestro grupo a los pies de la iglesia y les hablé de la siguiente manera:

—Como sabéis, las iglesias están hechas para el acercamiento de los hombres a Dios. Esto se muestra disponiendo el templo mismo como el nexo de unión entre el mundo de la materia y el mundo del espíritu. Observad —les dije, señalando los capiteles de las columnas— que la parte baja de la iglesia, la zona obscura, está decorada con motivos vegetales, mientras que en las partes altas, los pilares, contrafuertes y pináculos representan el descenso de Dios a los hombres y, en sentido ascendente, el de los hombres a Nuestro Señor. Esta idea se manifiesta también en la Sagrada Misa, cuando el sacerdote alza hacia el cielo la hostia consagrada...

Viendo que había conseguido ganar su atención, proseguí:

—En este discurso, la iluminación tiene una importancia esencial. Las Sagradas Escrituras lo manifiestan con claridad. San Lucas nos ha dejado dicho que *Dios es luz para la iluminación de las gentes.* Y san Juan calificó a Nuestro Señor como *luz verdadera*, poniendo en boca del mismo Cristo la frase *yo soy la luz del mundo.* La importancia de estos principios es tal que, cuando los obispos o los monjes encargan un templo y los arquitectos, escultores y maestros vidrieros lo realizan, tratan la luminosidad como una manifestación divina. Normalmente se hace mediante vidrieras, por converger en ellas la *lux spiritualis*, o sea, la luz de Dios mismo, y la *lux corporalis*, es decir, la interpretación de los hombres del testimonio de Dios. Por tanto, el fulgor corporal, el que recibimos a través de los ventanales, juega un papel simbólico, representando en primer lugar a Dios como luz del mundo y después, lo que aparezca en cada vidriera.

Sentí no estar en alguna de las grandes catedrales francesas para explicar cómo se articulaban los efectos. San Juan de Ortega tenía los tragaluces lisos, sin dibujo alguno, pero en este caso no importaba. Aquí no eran necesarios. Si el arquitecto había sido capaz de concebir su iglesia con un resultado tan admirable, sobraba cualquier otro.

—Este efecto —les dije— ha sido destacado en los textos de muchos santos autores. San Buenaventura afirmó que «la perfección de un cuerpo depende de su luminosidad». Y también que «la luz es fuente de toda perfección». Por eso —continué— este milagro es tan especial.

Hice una pequeña pausa:

—Observad que en este monasterio se ha hecho de forma diferente a la habitual. Con un rigor único, se ha perfeccionado el sistema, o mejor, se ha simplificado, para que el mismo esplendor de Dios ilumine directamente las esculturas del interior sin interferencia alguna. Ahora bien, no cualquier iluminación, ni cualquier escultura, ni cualquier día, ni siquiera cualquier hora. En esta admirable iglesia, el hombre ha sido capaz de organizar un sistema para que el destello llegue a un conjunto de esculturas, en un día elegido y a una hora particular. Creo que ha llegado el momento de que lo veamos. Acerquémonos.

Hubimos de esperar un poco, pero el espectáculo fue maravilloso. Tal y como nos habían anunciado, a las cinco en punto de la tarde penetró un rayo en la penumbra de la iglesia y, como si se tratara de la más certera de las flechas, se detuvo en un pequeño capitel donde estaba representada la Anunciación.

Las pequeñas figurillas de la escena parecieron transfigurarse y cobrar vida. Lo que un minuto antes era un capitel más del conjunto, se convirtió como por arte de magia en el eje del edificio, ante nuestras sorprendidas miradas. Así ocurrió con su tránsito sucesivo, pues, paulatina pero casi imperceptiblemente, el rayo de luz fue trasladándose a otro capitel que representaba el nacimiento de Nuestro Señor. Finalmente, se posó en la escena del homenaje de los Reyes de Oriente y desapareció por una ventana cubierta por una lámina de alabastro. Con ello, el ciclo del nacimiento y glorificación del Maestro se completaba. El recorrido de luz apenas duró diez minutos, pero nos dejó deslumbrados.

Dos días después del milagro de la luz en San Juan de Ortega nos acercamos a Burgos. Antes de llegar, hicimos un alto. Era un atardecer muy agradable y habíamos caminado todo el día. El resplandor de la ciudad delataba el bullicio que nos esperaba. Preferimos descansar y, con la vista puesta en las casas, paramos en un claro para preparar la cena y disponernos a reponer fuerzas. A la mañana siguiente entramos en la villa por la calle de las Calzadas, próxima a la iglesia de San Lesmes, el patrón de Burgos; éste fue un peregrino francés del siglo XI que, impresionado por el Camino de Santiago, dedicó su vida a proteger a otros peregrinos. La desmesurada fábrica de la catedral prometía rivalizar con las más famosas, pero apenas pasamos una jornada en la ciudad. La algarabía de sus calles nos aturdió y Claude, el cura valón, porfiaba continuamente por recuperar el tiempo perdido.

Yo no estaba muy conforme. La noche anterior les había expuesto mi interés por visitar la rica abadía de las Huelgas, noble edificio cuya congregación albergaba al conjunto mayor de hijas de príncipes, duques y condes del reino. Pero mis compañeros se opusieron, recriminándome el tiempo empleado en la visita a San Juan de Ortega y la conveniencia de acelerar el ritmo. Sentí no hacerlo y perderme el prodigio mecánico de la imagen de Santiago del Espaldarazo, cuyo brazo articulado, diseñado y construido con gran pericia por un alarife árabe, sirvió para armar caballeros a muchos reyes, entre ellos, a Alfonso X, el monarca al que iba a visitar.

Cuando abandonamos Burgos, reproché al grupo con una cierta frustración su falta de entusiasmo por estas manifestaciones del ingenio humano. Me respondió Claude, indicándome que sus inclinaciones eran normales, mientras mis aficiones parecían inagotables.

—Queréis verlo todo, deteneros y recrearos en cada iglesia, en cada detalle —me dijo—. Pero eso es imposible. Debemos cumplir un itinerario marcado.

Protesté por el injusto reproche, pero, antes de proseguir, Enrique suavizó la tensión haciendo derivar la conversación al tema de las máquinas. Terció hábilmente, con la insaciable curiosidad que le caracterizaba:

—Lamento que no hayáis podido visitar el artificio ese de las Huelgas. Ya he comprobado que si consideráis interesante alguna cosa, vale la pena verla, pero... debéis aceptar los argumentos, maestro. Claude tiene parte de razón, tenemos prisa y a vos os atrae todo, hasta lo más ínfimo. Además, ¿cuál puede ser el interés de ese artilugio?

—No es sólo esta máquina, sino todas ellas. Son uno de los caminos que nos permiten acercarnos a Dios. Gracias a ellas reflexionamos sobre la Creación, comprendemos mejor la naturaleza y perfeccionamos nuestro intelecto, facilitando el trabajo de los demás.

Supongo que mi reiterativo tono didáctico a veces los aburría, pero Enrique con sus comentarios me empujaba a argumentar y yo, una vez tomada la palabra, no me arredraba con facilidad. Efectivamente, el toledano parecía querer saber más cosas. Por mí no iba a quedar.

—En la Antigüedad hubo artificios prodigiosos, pero la mayoría se ha perdido. Algunas de las técnicas de los griegos y los romanos pasaron de Constantinopla y Bagdad a Sicilia y a la Córdoba musulmana. Después llegaron a los monasterios de Occidente donde, con el deseo de orden, se empezaron a difundir y desarrollar. Una de sus primeras manifestaciones vino determinada por la necesidad de medir el tiempo. San Benito añadió un séptimo periodo a las divisiones del día, y desde el siglo VII, por una bula del papa Sabiniano, se decretó marcar los ritmos del monasterio, es decir, las horas canónicas, tocando las campanas siete veces cada veinticuatro horas.

—Pero eso son tiempos pasados —intervino Hugo, uno de los comerciantes flamencos—. Ahora tenemos el reloj —con un ademán desdeñoso, añadió riendo—: En los monasterios será así, pero en las ciudades es diferente. Las campanas están hechas para los campesinos ignorantes que viven en el campo. Si no fuera por su sonido, no sabrían distinguir las horas.

—Sí —concedí—, el reloj es un invento hecho para la vida en las ciudades. Pero proviene de los monasterios. El primer reloj mecánico moderno, que funcionaba con pesas, fue inventado a finales del siglo X por el monje Gerberto, investido después Papa con el nombre de Silvestre II, a quien Enrique recordará, pues nos contaron su vida en Eunate.

El toledano asintió e intentó añadir algo. Le corté con un suave ademán:

—Pero tienes razón, Hugo —continué—. El reloj mecánico no se ha difundido hasta que el orden de las ciudades exigió su funcionamiento. Hay relojes maravillosos —añadí, dirigiéndome de nuevo a Enrique—. He leído que en la afueras de tu ciudad, Toledo, hay o hubo, pues según parece fueron destruidas y no queda rastro de ellas, unas clepsidras prodigiosas. Dice el historiador musulmán Al-Zuhri que ninguna ciudad del mundo ha poseído semejante maravilla. Estas clepsidras eran dos recipientes de agua, fabricados por el célebre astrónomo Azarquiel, que se llenaban por completo en el curso de las fases ascendente y descendente de la luna, dando por tanto la hora lo mismo de día que de noche.

—En mi vida he oído hablar de ellas —aseguró Enrique.

—Hace ya más de cien años que fueron destruidas —confirmé—. Según me contaron en Palermo, cuando Alfonso VII tomó la ciudad, quedó tan fascinado con su disposición, que ordenó desmontarlas a un astrónomo judío llamado Hamis Ben Zabara para poder observar su funcionamiento. Quería reproducirlas en otros lugares y, a poder ser, mejorarlas. Pero, por mucho que lo intentaron, no dieron con su secreto. Ni siquiera pudieron volverlas a poner en marcha.

—Esas máquinas son inventos del diablo —refunfuñó con aprensión Claude, nuestro cura.

—Te equivocas —corregí—, las máquinas son magia natural y santa. Son producto de la inteligencia humana y pueden reproducir sus formas y su modo de actuar, del mismo modo que actúa el arte al imitar la naturaleza. Os parecerá mentira, pero un día podremos navegar como los peces, a nuestro albedrío, con total libertad. Gracias a ingeniosos instrumentos se podrá recorrer los mares sin estar limitados por el viento y las mareas. Y se hará más aprisa que con los barcos impulsados por velas o remos.

—Eso es tan absurdo —añadió con sarcasmo Claude— como hablar de carros que no necesiten ser movidos por animales.

Todos rieron. Medio enfadado, pero aún indulgente, continué:

—No te burles, insensato, porque incluso esos carros autónomos existirán. No debéis extrañaros de los progresos, sino aceptarlos con entusiasmo. Dios no ha puesto límites al uso moderado de la naturaleza y la vida nos está dando constantemente lecciones de evolución —señalé con el dedo a Claude—. ¿Crees que la naturaleza nos limita y que debemos aceptar su orden como una imposición divina? Pues te demostraré lo contrario.

Saqué de mi zurrón un pequeño estuche de cuero flexible y les mostré su contenido.

—Observa, por ejemplo, estos pequeños vidrios redondos. Sin ellos, apenas soy capaz de leer. Necesito situar el pergamino a un metro de distancia. Pues bien, corrigen los defectos de mi vista y me permiten distinguir las letras sin dificultad. ¡Qué decir de otros objetos similares! El mismo Enrique puede atestiguar la existencia de máquinas facultadas para levantar grandes pesos a pesar de su minúsculo tamaño. Y yo os digo que también habrá otras capaces de prodigios inverosímiles.

—¿Cómo lo sabéis? —dijo Claude.

—Lo sé porque la respuesta está en la misma naturaleza.

Dirigiéndome a Claude, que continuaba mostrando una expresión escéptica, añadí:

—Si eres capaz de mirar con detalle el más ínfimo trozo del suelo, verás éstas y otras maravillas. ¿O no te parece un milagro la extraordinaria fortaleza de las hormigas, trasladando en su mandíbula porciones de comida o espigas de trigo muy superiores a su tamaño? Si las miserables hormigas tienen esa aptitud, ¿alguien puede demostrarme por qué el hombre no va a ser capaz de desarrollar instrumentos capaces de superar nuestra limitada fuerza física?

Hablando para todos, continué poniendo ejemplos:

—Pensad en los imanes. O en los astrolabios. ¿No os parece que, si hemos encontrado la forma de fabricar recipientes transparentes de vidrio enormemente frágiles y al tiempo enormemente sólidos, si podemos domesticar y canalizar la fuerza del agua, también seremos capaces de poder diseñar vehículos que anden por sí solos, o incluso máquinas para poder volar?

—¿Volar?

—Sí, volar. Lo que digo es más lógico de lo que piensas. Si para volar, como se cree, el elemento determinante fuera el peso, los miserables gorriones o incluso aquella mariposa lo harían mucho mejor que las águilas o los buitres. Como han demostrado insignes filósofos, el problema no puede ser el volumen que se arrastra, sino la potencia de impulso de las alas y la resistencia al aire. Ambos dilemas tienen o tendrán solución... En fin, no sé... Nosotros no lo veremos, pero estoy seguro de que algún día se hará...

Noté en sus miradas una expresión de incredulidad atenuada sólo por el respeto que me profesaban. Supongo que debieron de verme como al típico hombre de ciencia, un poco loco, perdido en ensoñaciones y desvelos quiméricos. No importa. Es verdad que a veces me dejo llevar por las ideas y me expreso con excesivo entusiasmo, pero también la ignorancia actúa a menudo con una osadía irritante. Por eso sonreí con indulgencia y lo dejé pasar. En todo caso, la conversación pronto languideció. Nos habíamos aproximado a un riachuelo y durante la parada para repostar fuerzas y rellenar los búcaros de agua, cada uno se ocupó de sus quehaceres.

Aquéllos fueron días de caminar incesante. El paisaje era monótono, lineal. En los confines del horizonte las lomas destacaban sobre el cielo diáfano, poniendo el único contrapunto. Parecían cortadas a cuchillo. El campo de Castilla, compuesto de colinas amarillentas pobladas de viñedos y de trigales, no resultaba hermoso de cerca, pero desde el mirador de cualquier colina cambiaba la perspectiva y se comprendía que estaba hecho para ser visto con una cierta distancia. En ese momento se podía percibir la mezcla de colores de los bancales de tierra —ocres, naranjas, morados, amarillos— unificada por la simetría de los viñedos. Entonces, la vista se perdía más allá de los detalles, deteniéndose a jugar con los escasos accidentes: pequeños arbolillos a la vera del camino, riachuelos que se deslizaban mansamente o el perfil de la torres pardas de algún pueblo, en la lejanía...

Era una tierra difícil de amar, difícil siquiera de comprender. Y no lo digo porque a nosotros, acostumbrados a paisajes verdes y agua abundante, nos fuera extraña, sino porque no parece ofrecer abrigo en parte alguna. Era inhóspita y dura. Pero al mismo tiempo inspiraba sosiego. Incluso los escasos animales que la pueblan participaban de esa insólita serenidad. Por ejemplo, las cigüeñas, con su majestuoso vuelo y su permanente aire de indiferencia. Otras veces, el paisaje se invertía y nos internábamos en frondosos bosques poblados de encinas y carrascales. Pero, por lo general, caminábamos bajo el sol, en medio de un silencio sepulcral, atravesando polvorientas llanuras, áridas y amarillas, o sinuosas colinas de terrazo rojizo.

Aunque la temperatura era agradable para el mes de abril, hacía presagiar los rigores que sufro ahora, en Toledo. Sin embargo, no era preciso esperar la sombra del ramaje redondo de los pinos para encontrar descanso. Y muchas veces, antes del pinar, reposábamos a la orilla de arroyos frescos y cristalinos, entre todo tipo de flores y hojas silvestres, como el tomillo, el romero o el delicado cantueso y otras cuyos nombres no recuerdo. También divisábamos de vez en cuando unas ruedas hidráulicas muy ingeniosas llamadas *norias,* que han sido legadas por los árabes y sirven para elevar el nivel del agua.

Los habitantes de aquella región, los castellanos, son hombres rectos, serios, de pocas palabras y mirada orgullosa. Visten paños pardos muy austeros y conceden gran importancia a los deberes del anfitrión. Aunque son de modales secos y no hablan demasiado, reciben a los visitantes con calor y hospitalidad, alimento y ropas. Con frecuencia nos dieron de comer su plato más típico, el puchero, como nosotros tenemos el *pot au feu*, los italianos los *macaroni* y los árabes el *cus-cus*. El puchero debe de derivar de este último. Se cocina de muchas formas y en sus diferentes variantes puede tener los más diversos ingredientes: cordero, vaca, pollo, capón, chorizo, tocino, pata de cerdo, ajos, cebolla y toda clase de legumbres: guisantes, judías verdes, repollo y, sobre todo, garbanzos. Los garbanzos son la legumbre nacional y, desde la época de los cartagineses, el acompañamiento esencial de todo tipo de platos.

Antes de llegar a Castrojeriz paramos en el convento de San Antón. Uno de nuestros soldados enfermó y sus frailes teníian fama de buenos médicos. Resultó que tenía el llamado *fuego sacro* o mal de San Antón, una especie de gangrena provocada por el cornezuelo del centeno que afecta a muchos peregrinos. Le curaron y, para dar gracias a Dios, ordenamos una misa en su colegiata, frente a la imagen de la Virgen del Manzano, a quien había dedicado unos poemas o *cantigas* el mismo rey de Castilla al que iba a visitar, Alfonso X. Tuve que imponer cierto orden porque, al verles orar, alguno de mis compañeros de grupo hizo comentarios jocosos y hasta se rió abiertamente. La verdad es que los castellanos son bastante escandalosos al rezar. No sólo se arrodillan sino que se inclinan sobre el suelo hasta tocarlo con la frente. En señal de arrepentimiento se golpean el pecho con golpes repetidos y violentos. Hubo también otro detalle que llamó mi atención. En la iglesia se oía por todas partes el canto de los pájaros. Intenté descubrir sus nidos y me encontré con la sorpresa de ver todas las capillas y el techo repletos de jaulas pintadas y doradas con ruiseñores, gorriones y otros pájaros. Luego comprobaría que no era inusual y que pasaba igual en muchas otras iglesias de Castilla.

Esa noche anduve paseando con Enrique y pude reconstruir buena parte de su aventura francesa. Ya conocía algún detalle, particularmente su relación con Giselle, pero fue entonces cuando comprendí sus preocupaciones e inquietudes. Andando, llegamos a un pequeño claro de un bosquecillo y nos sentamos en el suelo. Al poco, Enrique, más para sí mismo que para mí, comenzó a hablar:

—Cuando salí de Toledo, únicamente tenía la intención de quedarme en París, donde mi maestro, Martín, dejó buenos amigos en la obra de la nueva catedral de Nuestra Señora. Confiaba en poder trabajar un tiempo en mi oficio y progresar hasta convertirme en aparejador.

—¿Y esa confianza?

—Martín había escrito una carta al maestro mayor que acreditaba mi preparación. Surtió efecto. No tuve problemas para que me admitieran como cantero en la obra. Pero sólo eso. La nueva catedral era una gran obra y congregó canteros, aparejadores, escultores, arquitectos, vidrieros y orfebres de toda Francia. Pronto me di cuenta de que, si bien podría quedarme hasta finalizar la fábrica, difícilmente progresaría en la profesión. Pasé varias semanas intentando encontrar el momento de realizar un encargo de mayor envergadura, sin que surgiera ocasión de intervenir.

—Y al final, te lo encargaron, ¿verdad?

—No, en realidad hallé la solución por azar. Una tarde, cuando llevaba más de dos meses sin ver salida, me desahogué con un compañero de la cofradía, Michel. Al principio no comprendió mis desvelos y trató de desalentarme.

—¿Por qué?

—No me entendía. Me dijo que me pondrían mil dificultades y, en caso de superar todas las pruebas del gremio, sólo conseguiría complicarme la vida, porque si había un accidente, ¿quién sería el responsable? Yo, el maestro aparejador. Y todo eso, ¿para qué? ¿Por un salario casi igual y muchas menos oportunidades? «Piénsalo bien —me dijo—, mira que como canteros tenemos la seguridad de encontrar trabajo en cada obra. Siempre serán necesarios muchos de nuestro oficio, pero hacen falta pocos aparejadores. Y tienen que tener mucho prestigio. Eso sin contar con que eres extranjero».

—¿Y qué contestaste?

—¿Qué podía decir? Tenía razón, yo sabía que mis proyectos me iban a traer más problemas que ventajas, pero no podía evitarlo. Vos me entendéis, Raoul. Quiero aprender el nuevo arte de construir y, aunque consiga únicamente mayores responsabilidades por un poco más de dinero, es bastante para mí. No quiero ser para siempre un mero instrumento de las ideas de otros. Me gustaría ser capaz un día de disponer una obra por mí mismo. No me imagino llegar a maestro mayor de una catedral, porque no tengo ni el origen adecuado ni la educación suficiente, pero si os soy sincero, sueño con eso. Necesito sentirme capacitado para inventar, para dibujar, para dar las trazas de un edificio y convertirlo en una realidad. Y si eso no es posible, que, por lógica, no lo será, al menos desearía saber interpretar bien los planos de otro. El maestro mayor viene poco a la obra y es el aparejador quien dirige realmente los trabajos, quien distribuye las tareas entre las cuadrillas, quien inspecciona lo que realizamos y al final, quien hace posible que el dibujo del maestro se convierta en realidad...

Yo asentía suavemente.

—En fin —continuó Enrique, abriendo los ojos y mirándome—, acabé convenciéndole de que teníamos una forma diferente de ver la vida, y aunque, como digo, Michel era más pragmático, me ayudó mucho. Habló con su tío, maestro de la cofradía, y éste me citó una tarde en su casa. Me confirmó que su sobrino le había explicado mis pretensiones y que en París, desgraciadamente, las posibilidades eran escasas. Pero había otros lugares donde probar. «Hace poco estuvo a verme mi hermano —añadió— que es aparejador en la ciudad de Bourges, como tú sueñas ser, y me contó que todos los grandes artistas se habían concentrado en París o habían ido a países donde pagaban mejor. Por ejemplo al lado del tuyo, en Aragón. O si no —matizó con malicia—, fíjate en el obispo de la ciudad de Urgel. Acabo de enterarme de que ha estipulado con un lombardo, un tal Raimundo, una renta vitalicia por importe de la prebenda de un canónigo, si finaliza la catedral en siete años, después de lo cual quedará libre para hacer lo que quiera con el prestigio y el dinero ganados. En consecuencia, no me extraña que seas ambicioso con la posibilidad de esos sueldos; pero, a lo que vamos... Lo importante es que mi hermano Jacques me pidió que, si encontraba a algún cantero que despuntara en el oficio, lo mandara con él para poder instruirlo, pues tiene que atender varias obras —con un cierto aire de resignación, continuó—: Me hubiera gustado que mi sobrino Michel tuviera tus inclinaciones, pero creo que su carácter es más acomodaticio que el tuyo. Ya sabes que Michel está enamorado y quiere casarse aquí; con las rentas de su futura esposa y de su trabajo seguramente vivirá mejor que si se deja llevar por estas ambiciones. En suma, si te interesa, puedo escribir una carta a mi hermano y, si demuestras talento y capacidad, podrás convertirte en aparejador».

Le miré unos instantes sin añadir nada, dejando a Enrique continuar su relato con tranquilidad. El muchacho debía de encontrarse a gusto desahogándose conmigo, sus palabras fluían sin la menor dificultad.

—Así que —continuó Enrique—, me fui a Bourges. He estado allí año y medio y durante ese tiempo he trabajado duramente para aprender el oficio. Al fin, hace seis meses, me examiné ante el gremio, obteniendo el cargo con el que había soñado durante estos años. Luego me trasladé a casa de Giselle...

Habíamos hecho una pequeña fogata y Enrique tenía la mirada prendida en las llamas.

—Hasta el examen, mi única obsesión era aprender el nuevo sistema constructivo, su estructura, sus técnicas, sus recursos; comprender el mecanismo que permite desmantelar el muro y hacerlo transparente, sustituido por una vidriera. ¿Cómo es posible, por ejemplo, que, con el nuevo sistema, a diferencia de la arquitectura románica, donde la bóveda condiciona toda la estructura, ahora podamos organizar cada elemento independientemente y el conjunto como una suma de partes?

—Y con ello —concedí yo—, cada edificio se convierte en una especie de problema de lógica que resolvemos si aplicamos con corrección el método deductivo, puesto que cada cosa nos conduce directamente a otra, aun estando distantes entre sí.

—Exacto —contestó con entusiasmo el joven cantero—. En los nuevos edificios cada parte está interrelacionada con las demás formando una unidad indivisible. Con este sistema, el pilar nos arrastra a la bóveda y de ahí a la imagen de la cubierta, mientras que hasta ahora la unidad de abovedamiento obligaba a concebir toda la estructura como un bloque.

Enrique cogió unas pocas ramas del suelo, las acercó a las brasas y prosiguió:

—Si para mí eran fundamentales los problemas técnicos, no podía imaginar que en una catedral se manifestaran tantos pensamientos ajenos a la arquitectura. Aunque soy un ignorante que no sabe casi latín, para mí supuso un descubrimiento penetrar en el simbolismo que esconde cada elemento del nuevo arte. Supongo que vos sabréis de estas cosas, pero para mí era todo nuevo. Por ejemplo, sabía que el dibujo de las plantas de las catedrales con crucero representa a Cristo en la cruz y se basa en la unión de tres rombos, pero desconocía que el de la cabecera simbolice a Dios padre, el segundo a Dios hijo y el tercero al Espíritu Santo y que, por eso, en la intersección entre el primer y el segundo rombo se sitúa el altar...

—De la misma forma que la pila bautismal —le interrumpí— se coloca a los pies del templo, en la zona del Espíritu Santo.

—Así es —asintió Enrique—. Y tantas y tantas cosas. El significado de cada palmo de la iglesia, donde no hay detalle que no contenga alguna enseñanza. Allí aprendí que la catedral es algo más que el templo de la ciudad.

—En efecto —le dije—. La catedral es también una imagen perfecta del mundo, el espejo de la vida moral, la unión del hombre con la naturaleza, el emblema del amor de Dios y la conciencia de la urbe toda....

Asintiendo levemente con la cabeza, Enrique cogió una rama del extremo de la fogata y dibujó a grandes rasgos en la tierra las trazas de una iglesia. Después me señaló con el extremo de su improvisado puntero y añadió:

—También aprendí a entender las verdades escondidas en cada detalle. Que la pared de la derecha representa a los paganos y la de la izquierda a los judíos. Que las columnas y pilares muestran a los obispos y profetas que sostienen el templo y la bóveda simboliza el cielo. Y el significado oculto de las criptas, la girola, el crucero, las puertas, las torres o las piedras. ¡Pensar que he sido cantero desde los doce años y no sabía que las piedras cuadradas representan las almas perfectas, unidas por la argamasa, que simboliza la caridad...!

—Es curioso, ¿verdad?

—Más que eso. Es fascinante. Para mí ha sido todo un descubrimiento.

Enrique me miró directamente a los ojos y abriendo las manos en señal de impotencia, concluyó:

—De todas maneras, es demasiado para mí.

Sonreí con indulgencia.

—No te desanimes —le alenté con afecto—. Es una tarea que lleva toda una vida y todavía eres muy joven.

Parecía desazonado. Mientras reflexionaba, siguió haciendo líneas en el suelo con el tizne del palo. Yo cogí otra rama para juguetear un poco con el fuego, esperando que continuara.

—No, no me desanimo —prosiguió—. En todo caso, la vida es extraña, hace tiempo que no pensaba en todo esto. Cuando logré el cargo de aparejador, había trabajado tanto para conseguirlo, me había privado de tantas cosas, que estaba como exhausto. Desde entonces, me abandoné y prácticamente no he avanzado nada. Primero, porque había que celebrarlo. Me sentía tan feliz que estuve tres días seguidos de fiesta con mis compañeros, de taberna en taberna, comiendo y bebiendo y, perdonadme, padre, de prostituta en prostituta. Y después, bueno, la verdad es que el título se me subió un poco a la cabeza. Tenía ahorrado casi todo el salario de un año en que nada me importó lo suficiente. Pero mi nueva posición cambiaba el decorado. Así que me compré ropa nueva. Dos jubones de Flandes con brocados de oro. Y zapatos de cuero fino. E incluso, aunque me da una cierta vergüenza, dos calzas de seda. Dejé de ir tan a menudo a la obra... También me trasladé de alojamiento. ¡En fin!, ya sabéis lo de Giselle... Y una cosa y otra fueron mi perdición... O quizá no —reflexionó—, porque aquí estoy de vuelta a mi país, empezando de nuevo...

También fue en aquellos días cuando noté a Luca diferente. Estaba habituado a sus cambios de carácter. Pero vi que había algo más. Enrique, con una personalidad menos rica y más lineal, lo percibió antes que yo y hablaba mucho con él. Por la noche solían ir a pasear o mantenían conversaciones aparte del grupo, en un rincón del círculo que acostumbrábamos a hacer frente al puchero. Tardé en darme cuenta, en parte por mi dificultad para que los demás me hagan cómplice de sus conflictos personales; y en parte porque, desde mi disertación sobre la luz en San Juan de Ortega, la mayoría de las noches el resto del grupo me pedía que les contara historias o les aconsejara sobre sus dudas. Vivía en un estado de semicomplacencia en el que me pasaba desapercibida la distancia abierta con mi joven amigo. De hecho, Luca eludía hablarme y si coincidíamos contestaba con frases cortas, cuando no con monosílabos. En mi descargo sólo puedo alegar ignorancia. Pero, aunque Enrique y Luca estaban a menudo juntos, el toledano permanecía a mi lado en la mayoría de las ocasiones, acompañándome durante la velada. Luca, en cambio, solía desaparecer por espacios pequeños de tiempo. Y, como comprobaría después, desaparecía con Fabianne. Si bien yo no lo había percibido, la situación era comentada por toda la caravana. O por casi toda, puesto que sus padres también fueron ajenos a la intriga. Alain, por su carácter sencillo, por su incapacidad para la malicia; Jacques, el hermano mudo, difícilmente podía haber manifestado nada; y en cuanto a las mujeres, Catherine, la madre, no solía salir del carro; y Arlette, aunque quisiera hablar, tenía los labios sellados por el secreto compartido.

No obstante, empecé a oír pequeños comentarios, ironías veladas, frases cargadas de dobles sentidos, advirtiendo que algo pasaba. Una noche los vi salir del grupo, sigilosamente; primero Fabianne, con la excusa de retirarse; más tarde Luca, sin dar explicaciones. De pronto, como suelen ocurrir estas cosas, vi la luz y comprendí todo. Fue como tantas veces, como siempre me ha pasado y supongo que me pasará en el futuro. ¿Cómo no me había dado cuenta? Pero es mi sino, perpetuamente seré sorprendido por la manera en que se desarrollan estas pequeñas intrigas. Durante un tiempo el problema va fraguándose frente a ti, pero por desconocimiento, falta de picardía, habilidad o cualquier otro motivo, permaneces aparte, al margen. Ahora bien, desde el instante en que averiguas el hecho, te llueve información de todas partes, llegándote a preguntar cómo pudo ser posible haber permanecido ausente a la trama, por qué extraños cauces lo que hasta el día anterior era un enigma o un vacío se convierte, de repente, en una evidencia tan aplastante. Quizá por eso, cuando al fin «caigo del burro», como dicen los castellanos, trato de compensarlo buscando intervenir rápidamente.

Al día siguiente insinué veladamente a Enrique el extraño comportamiento de Luca:

—Está raro, es verdad, maestro —me dijo—, pero debéis comprender que a veces todos estamos difíciles. Si lo notáis distante o un poco embrollado, os ruego que le disculpéis. No le deis importancia. Pronto se acabará la peregrinación y ha de viajar solo a Sevilla, donde debe labrarse un porvenir incierto. Es natural su inquietud...

—Claro, muchacho —le respondí con una cierta ironía—. Ahora bien, yo pensaba que sus inquietudes no tenían orígenes laborales, sino más bien de tipo personal —le miré con intención y añadí—: Quizá me equivoque, pero su comportamiento parece delatar razones más concretas y terrenales, curvas más generosas, incluso nombre y apellidos, ¿no te parece...?

Me miró entre sorprendido y aliviado:

—¡Ah, lo sabíais!

Sonrió y se encogió de hombros en señal de indiferencia:

—¿Qué más da? Lo importante es el hecho. Y, con franqueza, me alegro de que estéis al tanto, porque si vos lo notáis diferente, también yo estoy preocupado. Primero me inquietó su relación con Arlette, que era un poco rara, ¿no os parece? Ahora creo que andan medio enfadados.

Cambió de tono:

—Lo de Fabianne es otra cosa. Yo les vengo observando desde lejos. Al principio, andaban jugueteando, entre bromas y risas todo el día, y Luca estaba feliz. Cuando después me contaba algo, siempre poco, lo hacía con el entusiasmo de un enamorado. Pero últimamente regresa de sus escapadas serio. Con franqueza, padre, está afectado. Creo que se debate en un mar de dudas, pero no sabe cómo hacer para abordaros y pediros consejo. Debe de estar pensando en la mejor manera de hacerlo.

Hubo un momento de silencio. Enrique ladeó su sombrero de ala ancha y volvió a recomponerlo, pensando en la manera de proseguir.

—Quizá hubiera sido mejor que os lo contara él antes de descubrirlo vos mismo... Sin embargo, ¡parece mentira que todavía no os hubierais dado cuenta!

Carraspeé ligeramente.

—Debéis disculpar mis palabras, maestro, pero, ¿sabéis? —añadió con un tinte de sarcasmo en la voz—, a veces he pensado en lo contradictoria que es vuestra extraordinaria habilidad para descubrir los matices más recónditos en cualquier objeto y, al tiempo, vuestra ceguera para entrever los detalles más cotidianos, aunque sean tan palpables como los amoríos de Luca y Fabianne, que todo el grupo comenta. ¡En fin, ya está solucionado! Así podréis actuar.

Me dolieron sus palabras no tanto por los reproches implícitos como por saber que respondían a una verdad evidente. Contesté un poco resentido:

—Querido muchacho, estaré encantado de hablar con él y, si alcanza mi entendimiento —añadí con altanería—, aconsejarle sobre el camino a tomar. O al menos darle mi opinión. Pero deberías saber que así ha sido siempre; si Luca no ha hablado antes conmigo es porque no ha querido.

—Por favor, padre, no os ofendáis. No es del todo justo. Comprended la situación. Para nosotros sois un monje venerable. Representáis a un maestro, a un hombre de letras, situado a una enorme distancia de nosotros. Os vemos con respeto y, las más de las veces, no nos atrevemos siquiera a manifestar nuestras opiniones ante vos. Mucho menos nuestros temores o nuestros deseos.

Yo seguía con mi expresión altiva. Enrique prosiguió mansamente:

—Veréis, se trata de un tema de amores, doblemente difícil de plantear... Aparte de eso, disculpad, pero es complicado...

Todavía me tenía preparada otra andanada. Añadió:

—Nosotros hablamos de las cosas cercanas, cotidianas; nos preocupa nuestra vida diaria, los pequeños deseos, los intereses comunes. Cosas, en fin, que nos parecen alejadas de las vuestras. Vos, sin embargo, parecéis siempre ajeno a estos asuntos, como si vivierais por encima de cualquier banalidad. No dais ocasión de compartir anécdotas, detalles, cosas intrascendentes. Cuando nos hemos referido a algún tema concreto, hemos encontrado poca respuesta...

—No sé cuándo —contesté con voz neutra—. Ponme un ejemplo.

—Es difícil concretar, pero creo que Luca os ha intentado hablar alguna vez de ello. Y mientras él intentaba mostraros cuánto le atraía Fabianne, vos creíais que discutía de la belleza en general y disertabais desde un plano teórico muy distante de sus intereses concretos.

Hizo una pequeña pausa y bajó el tono de voz:

—Incluso yo mismo he sacado el tema a colación. Y también he recibido una respuesta doctoral, más acorde con un problema de filosofía que con una situación real. Todavía no lo hemos comentado, pero ya os digo —añadió con tono afectuoso—, Luca conversará con vos; estoy seguro que está deseando compartirlo si ve la menor oportunidad.

Mirándome a los ojos, apoyó su mano sobre mi brazo y añadió con habilidad:

—¿Qué más puede desear que recibir consejo desde vuestra experiencia?

Asentí comprensivamente. Ni siquiera podía alegar en mi defensa que escuchara por primera vez reproches similares, si bien nunca me los habían expuesto con tanta claridad. Ciertamente, aunque presumo de relacionarme con los jóvenes, he compartido pocas experiencias cotidianas con ellos. En la Universidad me trataban con respeto y venían presurosos a escuchar mis comentarios, que sabían eran novedosos y diferentes. Pero no pasaban de ahí. Desconocía sus inquietudes personales, sus temores o sus ambiciones inconfesadas. Además, en los últimos años había viajado solo o en compañía de hombres de mi condición. Hacía mucho tiempo que no convivía con dos jóvenes. Decidí abandonar mi soberbia actitud y actuar con más humildad.

—Tienes razón, Enrique. Es culpa mía si no he sabido comprender. Lamento no haber ayudado antes, pero me gustaría intentarlo ahora. ¿Qué podemos hacer? Cuéntame...

Enrique sonrió de buen grado, demostrando poseer una virtud con la cual no le había relacionado hasta entonces: la bondad.

—Dejadme a mí, padre —me dijo—. Ya os contará Luca. Como he dicho, está deseando encontrar la ocasión de hacerlo. Os avisaré muy pronto.

Esperé impaciente el resto del día. Supongo que resultaba paradójico contrastar la indiferencia con que había contemplado el problema durante días traducida de pronto en curiosidad, en atención extrema. Tampoco era exactamente así. Sabía que Luca deseaba hablar conmigo y compartir sus problemas. En el fondo, si me conociera mejor, habría intuido que pocas cosas me podían satisfacer en mayor medida. La gente lo suele ignorar, pero el elogio que más me importa es que muestren aprecio por mis opiniones, sentir que pueden ser provechosas para sus problemas personales. Y no sólo ante los intelectuales.

Por eso, aunque hicimos un alto en Villalcázar de Sirga, no presté demasiada atención a su iglesia, Santa María la Blanca. Después me lo reprocharía, pues es una de las más queridas por el rey de Castilla. Edificada por los templarios como centro de devoción a la Virgen protectora de los peregrinos, tenía fama de milagrera. El más famoso de ellos provenía de la época de construcción de la iglesia, cuando un joven peregrino fue falsamente acusado de haber robado una piedra de sillería. Condenado a muerte, le colocaron en el cadalso para ser ahorcado. Pero la Virgen puso debajo de sus pies una piedra, evitando que cayera al vacío. En una de las capillas laterales, la Virgen de las Cantigas, de la que habla en sus poemas Alfonso X, recordaba el hecho:

Romeus que de Santiago
ya forum-lle contando
Os miragres que a Virgen
Faz en Vila Sirga

Aquella misma noche esperé infructuosamente un acercamiento de Luca, pero la velada transcurrió sin incidentes. A la mañana siguiente, mientras atravesábamos una llanura polvorienta, Luca igualó el trote de su caballo con el mío y empezó a hablar en tono casual. Al verlo venir hacia mi encuentro, me preparé, tratando de dominar la impaciencia. Le contesté con afecto y cuando llegó, le golpeé afectuosamente con la mano sobre la espalda, ademán que le sorprendió. Después me enteraría por Enrique de un curioso comentario sobre el que he reflexionado a menudo. Según Luca, una de las cosas que más le sorprendía de mi comportamiento era mi dificultad para el contacto físico con las personas; aunque estuviera tocando a cada momento piedras y objetos, mis dedos no solían siquiera rozar a la gente.

Así que ese inesperado acercamiento y alguna propiciatoria exclamación debieron tranquilizarle instantáneamente. Ahora bien, si eso facilitó que recobrara su propia seguridad y empezara a verme tal cual era y no como me había imaginado, también debió de delatar mi impaciencia. No lo sé. En todo caso, deseaba demostrarle que, lejos de serme indiferente, le profesaba aprecio. Pero por el momento cualquier sentimiento suyo a mi respecto se hallaba en suspenso; yo era simplemente algo que él podía necesitar, alguien que podía servirle para aclarar sus debates interiores. Intercambiamos algunas frases en tono intrascendente y, al fin, después de confirmarme que Enrique le había puesto al tanto de nuestra charla previa, me pidió consejo.

A ese efecto, le propuse dejar los caballos para poder hablar sin necesidad de atender a las dificultades del camino. No lo pensó dos veces. Se acercó al conductor del carro de víveres y le ofreció cabalgar un rato, propuesta que le entusiasmó. Por mi parte, até las riendas de mi caballo en la parte posterior del carro y me senté a su lado.

Al principio, me miró con respeto. Siempre había pensado que Luca se sentía intimidado en mi presencia; entonces, al verme cuadrado en medio de aquel carromato, pensé que me veía aún más severo. Yo sonreí imaginando que la ansiedad y el temor hacían que me considerara el símbolo mismo de la reprobación y el castigo. Me equivocaba. Dada la forma en que me manipuló, debió de verme más simple y viejo que nunca. Mi vanidad me perdió. Y mientras yo creía que me imaginaba en alguna especie de salón cuyas paredes estaban cubiertas de libros encuadernados, él debía de tramar la manera de edulcorar los hechos. Hay demasiadas diferencias entre la historia que oí aquel día y la que he ido reconstruyendo después y he pergeñado en las páginas precedentes. Sin embargo, es justo que narre los acontecimientos en el orden en que se desarrollaron.

Enrique, que había observado toda la maniobra a una prudente distancia, se nos unió al poco rato. Por su parte, Luca no perdió el tiempo y fue al grano. Necesitaba desahogarse.

—No sé qué hacer... —empezó a decir—. Todo es tan difícil... Ya estáis enterado de mi relación con la hija de los Chartier, Fabianne. Estoy enamorado y ella dice sentir lo mismo. Pero es un vínculo difícil de mantener. Sus padres no van a querer saber nada de mí. Gracias a Dios, todavía no imaginan nada, pero cuando lo sepan estoy seguro de ser rechazado. Vos me conocéis. No soy sino un aspirante a mercader, sin más medios de fortuna que mis manos y mi escasa inteligencia. Fabianne, en cambio, es hija de un noble y sus padres esperan un yerno de la misma talla...

Se quedó un instante reflexionando antes de continuar:

—Pero no es sólo eso. Si os soy realmente sincero, tampoco estoy seguro de querer casarme. Quizá os extrañe, pero no me imagino cambiando todas las ilusiones con las que he viajado a Castilla por un acomodo más o menos digno en Aquitania. Creo que allí sería considerado siempre como un advenedizo. Además, estoy seguro de que no cuento con el apoyo de su hermana...

Yo le miré entonces con expresión interrogante pero él se apresuró a continuar, intentando evitar el escabroso tema que yo estaba tan lejos de sospechar.

—Y además —terció con habilidad—, sus padres son demasiado orgullosos.

Esta vez mi extrañeza no pudo contenerse:

—¿Orgulloso?, ¿Alain?

—¡Oh! —contestó Luca con ironía—, quizá no lo sea con vos, pero no trata a todos igual. No, maestro, hacedme caso. Quizá Alain sea un poco mejor, pero su esposa Catherine no me puede ver. Dudo que alguna vez me consideraran como a un igual, como a un verdadero yerno. Me da la impresión que si aceptan esta unión, lo cual es más que dudoso, lo harán con resignación, como un hecho inevitable.

—No creo que sea para tanto —acoté.

—Además, ¿sabéis? —continuó él, sin escucharme—, me gustaría probar suerte en Sevilla. Durante el viaje he estado haciendo averiguaciones. Creo que tengo posibilidades de convertirme en un buen mercader. Quisiera ser capaz de demostrarme, de demostrar a mi padre y a mi querido hermano Paolo, que soy capaz de valerme por mí mismo...

Apartó los ojos de nosotros y bajó la vista:

—Supongo que no entendéis muy bien el sentido de estas últimas palabras. Hasta ahora os he contado poco sobre mi vida en Génova, porque, la verdad, no tenía ganas de hablar demasiado. Ahora, sin embargo, debo hacerlo. Os dije que venía a Sevilla porque en Génova tenía pocas posibilidades, puesto que Paolo, mi hermano, es el primogénito y heredará el negocio familiar.

—Así es.

—Es verdad, pero no toda la verdad. Paolo no sólo es el mayor, sino además casi perfecto. Desde niño he tenido que sufrir comparaciones con él en las que inevitablemente salía perdiendo. Y en general, con razón.

—¿Por qué? —preguntó Enrique.

—Tú no eres ningún tonto —dije yo.

—No le conocéis —contestó—. Paolo es un ejemplo de virtud, el primero en llegar al negocio y el último que lo abandona; recto en su trabajo, en sus relaciones, en sus obligaciones familiares... Demasiado, en mi opinión. ¿No os parece extraño que en sus veintisiete años no haya tenido un desliz, un amorío, una aventura?

Enrique dejó escapar una interjección blasfema de incredulidad.

—¡Pues, que yo conozca, ni una sola! Antes de mi partida iba a casarse con la hija de un socio de mi padre. Pero hablaba de su futura mujer con menos deseo que si se refiriera a una tela flamenca o a un damasquinado árabe. Parece como si ella fuera una posesión más, un simple objeto. En sus ojos no había deseo, para él era un negocio más.

—Así será —dije—. Pero eso no tiene por qué afectarte.

—Sí me afecta. Paolo es muy duro conmigo. Bueno, conmigo y con casi todos. Juzga con excesivo rigor a la gente que le rodea. Estoy seguro de que será un gran negociante, pero no tiene amigos, ni puede tenerlos. No comprende que se pierda el tiempo en las tabernas, cantando unas canciones o acercándose a alguna muchacha.

Hizo una ligera pausa, pasándose la mano por la frente.

—Pero no es sólo Paolo. Con mi padre es mucho peor. Desde niño he tenido un sentimiento de inferioridad respecto a él. Nunca llegaré a saber la causa del odio de mi padre. Pero no me soporta. Cada vez que se sentía frustrado o disminuido, tenía que pagarlo yo. Me daba tremendas palizas y, al principio, yo aguantaba sin gritar para que no me escucharan Paolo ni los niños de la vecindad, pero el dolor era mayor que mi voluntad y acababa por llorar y dar grandes voces. Luego Paolo se reía de mí, yo pensaba que los chicos me habían oído gritar y no me atrevía a salir a la calle durante días. Era una situación imposible porque en casa de mi familia me sentía mucho peor. O bien me encontraba con mi padre, del que huía como la peste, o con la mirada gélida de mi hermano mayor, sonriendo desde la distancia. Al verlos, yo bajaba los ojos y no sólo porque fuera el chico más castigado de Génova, sino porque también me sentía el más culpable. Esta irrazonable culpabilidad me hizo desarrollar desde la infancia una indiferencia y un temor que me impedían cualquier contacto. Estaba como prevenido contra la posibilidad de cualquier clase de amor, incluso el de mi madre, que me parecía también sospechoso.

Hubo un silencio que se prolongó unos segundos. De pronto continuó con voz reposada y ronca:

—Durante mucho tiempo creí lo que mi padre decía de mí: no merecía ser amado. El desprecio de mí mismo fue tan grande que desconfiaba de mis aptitudes, incluso de las más simples. Estaba muy solo, aunque al final fuera precisamente la soledad lo que me ayudara a afirmarme. Yo era ya ese bicho un poco raro que he sido más tarde y que ha suscitado malentendidos. Siempre en guardia contra el amor y la confianza.

—No exageres, Luca —dijo Enrique con simpatía.

El genovés se volvió hacia él y luego retornó a su postura original. Continuó:

—Poco a poco me volví tímido y reconcentrado y, al mismo tiempo, cuando fui creciendo, traté de dar salida a mi agresividad y deseo de suscitar afecto. Mi timidez era recelosa y contradictoria y cuando me acostumbré a salir, empecé a convertirme en el reverso del Luca familiar. Busqué divertirme, perderme entre las risas y las bromas, aunque fueran ficticias. Empecé a frecuentar prostíbulos y pronto comprendí que, si en mi casa yo no parecía existir, con las mujeres era otra cosa. Al principio no era capaz de entender qué podían ver en mí, pero después de que los compañeros comentaran con envidia mi éxito, fui envalentonándome.

—Ya nos hemos dado cuenta.

—Es verdad, me gusta disfrutar del placer del enamoramiento, el dulce jugueteo, el entrelazamiento de miradas. Y otras cosas que ya os imagináis. No sé si será por rechazo a la figura paterna, pero en Génova tenía fama de desordenado. Confieso que a veces yo mismo la fomentaba conscientemente, harto de los ataques que recibía y de la maldita perfección de mi hermano.

—¿Y qué pasó después? —preguntó Enrique.

—Bueno, seguí actuando así durante bastante tiempo sin plantearme otra posibilidad. Al menos, yo pensaba que aquello era inevitable. Pero a mediados del año pasado las cosas cambiaron. Empecé a relacionarme con una hilandera de un taller que trabajaba para nosotros y al final —no vale la pena entrar en detalles— quedó embarazada. Si bien no estaba demasiado enamorado, traté de cumplir como un hombre y le propuse matrimonio.

—Con que te ibas a casar, ¡eh! No me habías dicho nada, bribón —exclamó Enrique.

—Eso creía yo. Nella, ése es su nombre, aceptó encantada.

—¿Y qué dijo tu padre?

—Fui un ingenuo, creí que el gesto me agrandaría ante él. Pero, al contrario de lo que preveía, mi padre se indignó con la propuesta: «¿Cómo —me dijo— tú, ¡un Pontano!, casarse con una desgraciada como ésa?». Me demostró su desprecio sin la menor misericordia. Dijo lo de siempre. Que desde que había nacido me tuvo por un inútil inservible, y que cada día lo demostraba con más ahínco. «Pero —me advirtió al despedirme— no creas que vas a comprometer el honor y el prestigio de la familia».

—¿Al despedirse? —repetí—. No entiendo.

—Ahora veréis —prosiguió—. Me citó al día siguiente. Llegué, más muerto que vivo, a la habitación donde solía recibir a sus clientes y repasar las cuentas de sus negocios y préstamos. Estaba de pésimo talante. A su lado, Paolo, silencioso y lejano como siempre. Había llegado a esta determinación: debía marcharme de Génova y embarcar hacia Sevilla al cuidado de mi tío, con la posibilidad de poder abrirme camino por mis propios medios. En caso de que fracasara, no debería volver a Génova, puesto que ni él ni Paolo me recibirían.

—¿Y Paolo continuó callado?

—Mi querido hermanito fue incapaz de añadir una palabra de comprensión. Fueron implacables —dijo lastimeramente—. Jamas les perdonaré. ¡En fin, un desastre! Me dieron algo de dinero y embarqué a los pocos días. A Jaca llegué una semana después de desembarcar en Barcelona. El resto lo conocéis.

Miré a Luca. La frente, que había tratado de mantener en alto durante toda la conversación, se humillaba ahora. Quedó apenado, con la mirada puesta en sus botas, la cabeza baja, los brazos caídos. Parecía la imagen misma de la desolación. Aún añadió penosamente:

—¡Triste destino el mío! Espero encontrar algún día mi lugar. No lo hallé con los míos. No estaba a la altura de un Pontano. Hoy tampoco estoy a la de Fabianne...

Intercambié con Enrique una mirada de complicidad. Éste levantó las cejas, animándome a tomar la iniciativa y responder a Luca. Cualquiera que fuese la combinación de sentimientos que pudiera haber experimentado por mí, carecía ahora de importancia. Era el momento de ayudarle.

—Tranquilízate, Luca, no seas fatalista, ni te reproches nada —respondí—. La vida lleva su curso y, en mi opinión, por lo que dices no has cometido ninguna falta de la que debas sentirte avergonzado. Si ahora te has enamorado o trataste de divertirte en Génova, tu ciudad, no creo que haya motivos graves para censurarte.

—Eso decís ahora.

—Es lo que pienso. Tuviste la gallardía de dar la cara y ofrecerte a reparar el honor de aquella hilandera. Son excesos, sí, pero excesos típicos. Te digo más, a los veinticuatro o veinticinco años, tu edad, el exceso es virtud. Me parece peor la actitud prematuramente envejecida de tu hermano y sobre tu padre prefiero no hablar.

Apoyé la mano en el brazo y continué en tono animoso:

—¡Anda!, deja de compadecerte y tratemos de afrontar el problema. Lo primero de todo, cuenta con nosotros. En Enrique y en mí tienes dos amigos que van a estar a tu lado en la línea que propongas. Si nos parece equivocada o injusta te lo diremos pero, en todo caso, te vamos a apoyar.

—¿De veras? —pregunto el italiano, en un murmullo.

—Pues claro —respondió Enrique.

—Aclarado esto, lo principal —continué yo—, y aunque ya nos has indicado tus intenciones, reflexiona un poco y dime: ¿Qué quieres hacer con tu vida? Y antes de eso, contesta: ¿qué pasa con Fabianne?

Mientras pronunciaba estas palabras lancé una rápida mirada a Luca, pero no replicó. Sus labios se entreabrieron en una mueca y acabó frunciéndolos. Al fin alzó los hombros con gesto vago, sin articular palabra.

—Afirmas rotundamente que serás rechazado —proseguí hablando—. Y la verdad, no estoy de acuerdo. Quizá lo hagan en un primer momento, pero si estás enamorado, como dices, y ella de ti, sus padres acabarán aceptándolo y tratándote bien.

—No los conocéis.

—Es posible —reconocí—. Pero te aseguro que lo harán. Por su propio interés. ¿No te das cuenta de que, si te conviertes en su yerno, te igualas a ellos; si te tratan mal a ti, tratan mal a su hija?

—Cualquier padre sabe que si rechaza al marido de su hija, la pierde a ella —añadió Enrique.

—Además —le dije yo—, no sé por qué dudas del apoyo de Arlette. Os he visto en el viaje reíros y charlar animadamente infinidad de veces. Si habéis tenido algún pequeño enfado, supongo que podréis superarlo sin problemas.

Luca me miró incrédulo. Continué:

—Ya ves que, por ese lado, lo podríamos arreglar, al menos en mi opinión. Pero antes debes aclararte y determinar si lo deseas de verdad o se trata de una aventura pasajera, en cuyo caso, es mejor que sus padres no averigüen nada. Te lo vuelvo a plantear, Luca, ¿qué quieres hacer?

—¿Y qué puedo hacer? —preguntó él tontamente.

—Lo que desees, Luca, lo que tú quieras. Lo sabes muy bien —traté de imponer un tono de seriedad en mi voz—: No juegues con nosotros, Luca, te lo ruego. Sé sincero.

—No estamos aquí para juzgarte, ya te lo ha dicho Raoul —insistió Enrique.

—... sino para tratar de ayudarte —precisé yo—. Ahora bien, no vamos a tomar la decisión por ti. Eres tú quien debe hacerlo...

Levantó la cabeza y con lentitud nos fue mirando a ambos. Después, situó su vista al frente, en la lejanía, apretando con firmeza las palmas de las manos sobre los muslos:

—Ya lo he dicho antes. Fabianne me gusta. Es una muchacha deliciosa. Vos mismo la alababais a menudo. Pero no sé si deseo casarme con ella. Todavía es demasiado infantil. Aunque tiene quince años sigue siendo una niña. Fijaos hasta qué punto. Creo que tú estás al tanto, Enrique, pero Raoul no debe de saberlo. No sé si lo recordaréis, padre, u os disteis cuenta, pero en Estella y luego en Nájera, llegué a pasar casi dos noches a su lado. Bien, pues nuestras relaciones sexuales fueron inocentes. No voy a decir que no hiciéramos nada, pero fueron prácticamente castas.

Bajando la voz, añadió:

—Fui incapaz de penetrarla —mintió—. Pude hacerlo, pero al final me dio reparo. Otros dirían que fui tonto, pero al verla a mi lado, desvalida y entregada, sentí una inmensa ternura y se me apagó el deseo. Estuvimos juntos, abrazados, hasta el alba, pero sin mantener relaciones maritales.

Hizo una pausa como si quisiera recapitular:

—Muchas mujeres evolucionan con más rapidez que nosotros, los hombres, y he conocido en Génova a muchachas tanto o más jóvenes que Fabianne, cuya sabiduría para relacionarse, cuya picardía, cuya experiencia sexual, las convertía en verdaderas mujeres... No sé muy bien cómo expresarlo, pero Fabianne no es así. Según dice, me adora y quiere pasar la vida a mi lado, pero no estoy seguro. Sus palabras reflejan el capricho de una niña, no el deseo de una mujer...

Luca suspiró profundamente antes de proseguir. El tono de voz fue cogiendo firmeza:

—En todo caso, no quiero hablar de ella. No quiero utilizar sus sensaciones para justificar mis actos. Como antes me decíais, Raoul, debo tomar mis propias decisiones. Y por Fabianne siento afecto, ternura, cariño o como lo queráis llamar...

—¿No sientes pasión y deseo? —le pregunté.

—No, no tengo esas emociones.

—Espera Luca —arguyó Enrique—. Hace un momento decías que estabas enamorado de ella...

El genovés se encogió de hombros. Después añadió:

—Por otro lado, la herida de Génova debe cicatrizar. Y debo cerrarla, curarla yo solo. Toda mi vida recordaré la mirada de desprecio de mi padre cuando me echó de su casa, el gesto indiferente de Paolo asintiendo a sus palabras. Pues bien, ¡ahora verán si puedo labrarme un porvenir!

Nos miró con sus ojillos vivarachos y siguió hablando, como si deseara demostrarnos una voluntad inflexible:

—No. Debo ir a Sevilla y empezar de nuevo en el único oficio que conozco: el de mercader. Abandonar ahora y asumir la solución fácil que me ofrecen las circunstancias es demasiado sencillo. Estaría siempre con la sensación de no haber podido hacer nada por mí mismo, tutelado por mi padre o por el de mi esposa.

Hizo un silencio y su voz cambió de inflexión. Ahora era el Luca melancólico y lastimero:

—Pero es difícil resolverlo. No sé cómo hacerlo. Todavía quedan muchos días de viaje hasta Santiago de Compostela y no puedo romper con Fabianne de repente. Estará llorando todo el día y su familia acabaría por advertirlo. Y si continuamos, puede ser todavía peor...

Se pasó la mano por la frente y se dirigió a Enrique, como si le avergonzara mentir mirándome a los ojos.

—Fabianne continúa siendo virgen, puedo dar fe de ello, pero ¿quién sabe qué pasará en los próximos días? Yo, desde luego, no me atrevo a garantizar mi fortaleza permanentemente. Y además, si he de seros sincero, luego está lo de su condenada hermana, Arlette...

—¿Qué pasa con Arlette? —pregunté desconcertado.

Fue entonces cuando Luca accedió a contarme parte de la intriga. Habló durante un buen rato, pero sólo descubrí la parte que quiso enseñarme. Luca actuaba por instinto. Y por principio, siempre trataba de escapar. Contaba la mitad de la mitad, jugando con datos ciertos que, aunque no cubrían el mínimo espacio necesario para apreciar la realidad, tampoco eran falsos. Quiero pensar que después, con el tiempo, aprendí cómo tratarlo y comprendió que eran inútiles sus contradicciones y mentiras, pero en ese momento supo engañarme. Sólo cuando asumí que mi pretendida habilidad del pasado era inútil, empecé a ganar su confianza. Al principio, los orígenes de Luca constituían un verdadero misterio y mis esfuerzos por aclararlo se habían estrellado contra un muro. Pero en parte era culpa mía. Ahora sabía que el sentimiento de inferioridad convertía su personalidad en algo demasiado sinuoso y complejo para tratarlo con simplicidad. Y, sobre todo, sabía que debía esperar a que él tomara la iniciativa.

Aquel día dimos el primer paso. Después sólo fue cuestión de tiempo. Poco a poco, él mismo empezó a completar las escenas. En los días sucesivos supe que su primera versión de la aventura con Arlette era bien diferente de como habían transcurrido los hechos; conocí la profanación de la tumba en Estella y sus verdaderos devaneos con Fabianne. Pero me enteré de forma paulatina. En realidad, creo que hasta nuestra llegada a Santiago de Compostela no pude recrear las escenas como las he narrado. Y por eso aquella mañana le contesté de forma bien diferente a la que hubiera adoptado días después. Me manipuló, es cierto, pero en ese momento mis datos eran insuficientes: Fabianne estaba enamorada y continuaba virgen, él no podía garantizar su fortaleza ante el deseo y, sobre todo, no deseaba casarse con ella. Mi respuesta no tenía opción:

—No pienses en ello, Luca. Tienes razón, no podemos seguir exponiéndonos al peligro de esa relación. Lo mejor es cortar cuanto antes. Pero sin rupturas. Hay que hacerlo con más inteligencia. Debemos buscar una buena coartada...

Después de considerarlo con atención, proseguí:

—Atiende, porque mientras hablabas se me ha ido ocurriendo una idea que puede solucionar el problema. En las cercanías de Sahagún, una villa a la que llegaremos dentro de dos o tres jornadas, hay un monasterio en cuya biblioteca voy a imaginar un códice del Apocalipsis de San Juan bellísimamente ilustrado, que me será imprescindible ver. Esta noche hablaré de ello al grupo, insistiendo en su interés. Estoy seguro de que no discutirán su belleza, pero al final se opondrán a la visita, argumentando con toda clase de razones para no retrasar el itinerario previsto. Aun así me las arreglaré para dar la impresión de no quedar convencido del todo. Finalmente, mañana o pasado, les diré que, incluso comprendiendo sus razones y argumentos, he decidido visitar el monasterio.

—Intentarán disuadiros —dijo Enrique.

—Probablemente, pero me mostraré inflexible. El peligro es otro...

—Que acaben cediendo, ¿no?

Asentí con un gesto ligero.

—Para evitarlo —continué—, vosotros podéis alegar que no deben preocuparse, pues empezasteis el camino conmigo y no vais a abandonarme ahora. Si lo hacemos bien, podemos preparar la situación para quedarnos en Sahagún sin problemas, amigos de todos.

—Y tú Luca, podrás separarte de Fabianne obligado por las circunstancias —acotó Enrique en voz baja.

—Exacto —dije yo. Debes mostrarle pena, impotencia y pedirle resignación. Estoy seguro de que lo comprenderá... Sí, creo que podemos solucionar el problema de esta forma. ¿Qué os parece?

A Luca se le iluminaron los ojos. Enrique me miró con su media sonrisa característica, asintiendo con parsimonia.

—¡Ésa es la solución! ¡Es una idea genial! —afirmó Luca, sonriendo ampliamente por primera vez desde que comenzamos nuestra charla. Como corroborando el acierto de mis palabras, el italiano unió sus dedos índice y pulgar en un círculo alrededor de los labios:

—Conociendo vuestra fama, si decís que queréis ver alguna iglesia o documento a nadie le extrañará. Ni buscará otras causas. Nadie pensará que se trata de eludir a Fabianne, ni siquiera ella... Es perfecto.

Yo no estaba tan seguro como Luca de que una excusa tan simple evitara las sospechas. Además de alterar mis planes iniciales, era posible que alguno viera más allá del simple desarrollo de los hechos. Pero, al menos, el italiano tenía razón en algo. Ni Fabianne ni su familia comprenderían nuestros verdaderos motivos. Y dudaba de que alguno se los comentara. En todo caso, para entonces difícilmente le creerían. Fabianne sería una niña, pero tenía la suficiente perspicacia para comprender que, una vez sin Luca, no tenía ningún interés reconocer ante sus padres sus amoríos y conseguir una reprimenda gratuita.

Luego informé a Velasco del nuevo curso de nuestros proyectos. Ciertamente, ya había pensado detenerme en Sahagún. Mi única pista estaba allí. La información que me proporcionó Miguel de Miranmón lo aconsejaba y las palabras de Leví situaban en esa villa al menos a uno de los misteriosos magos que, teóricamente, habían desaconsejado el matrimonio entre María Correa y Rodrigo García. Y para conocer los hechos resultaba indispensable poder contar con su testimonio. Esperaba convencer a la caravana para hacer una pausa sin despertar más sospechas de las inevitables. Desde el intento de envenenamiento había comprendido que los rivales del rey no iban a perder ocasión de conseguir sus fines. No obstante, evaluaba la dificultad de retener al grupo y desde hacía días iba cavilando sobre el medio de conseguirlo. Todavía no había hallado la solución al problema y el buen Luca vino a eliminar cualquier atisbo de duda.

«En todo caso —me dije—, no creo que hubiera sido fácil retener al grupo más de un día o dos. Claude quiere sentirse el guía y nunca le han gustado mis interrupciones».

Una vez decidido el curso de los acontecimientos, convenía ponerse manos a la obra. Sólo que ahora interesaba el efecto contrario. Necesitaba preparar la separación del grupo sin despertar sospechas. Para ello, decidí cargar un poco las tintas y en la siguiente villa importante que atravesamos, Carrión de los Condes, reuní a todas frente a la iglesia de Santa María del Camino para explicar en detalle el friso de la portada. Fui conscientemente reiterativo y pesado, deteniéndome en los pormenores de cada uno de los veinticuatro ancianos del Apocalipsis que, junto a los Apóstoles, rodeaban al Pantocrátor. Hice una disertación doctoral, erudita, difícil, evitando los detalles didácticos y las historias divertidas. Por ejemplo, me costó eludir algunos de los frisos, especialmente el que narraba el tributo de cien doncellas que debían pagar cada año al emir musulmán. Noté en la mirada de más de uno el aburrimiento, pero no me importó. Me interesaban las consecuencias.

Por eso, cuando por la noche les manifesté mi decisión de quedarme un día en Sahagún para ver el beato, los escasos apoyos que había conseguido la velada anterior se disolvieron como el azúcar en el agua. Incluso alguno recibió la noticia con alivio, cansado de tantas paradas y explicaciones ante cada monumento relevante.

Con ello, una vez más, se prueba la importancia, nunca bien ponderada, de saber enseñar y transmitir con sagacidad los mensajes. Jamás se insistirá bastante, pero es imprescindible deleitar con las explicaciones, incluso el tema más atractivo resulta árido si se muestra de forma distante. Lo he comprobado innumerables veces. En la labor del magíster se produce una relación causa efecto casi perfecta. Si el profesor ama la materia y es ameno, el alumno también la amará. Por el contrario, si la expone de forma triste, con desazón, los discípulos también sentirán la misma desgana. He discutido este asunto en infinitas ocasiones con mis compañeros de claustro y, aunque parezca mentira, casi ninguno está de acuerdo. Alguno de mis doctos colegas incluso está convencido de lo contrario, llegando a proclamar la conveniencia de explicar los temas de forma tediosa, para que los alumnos asuman su importancia. Y, lo que es peor, lo hacen así, confundiendo la erudición con la pedantería, el conocimiento con el aburrimiento. Con ello sólo consiguen discentes desinteresados, incapaces de razonar lo que sustentan; o incluso peor, fanatizados que confunden la disconformidad con la herejía. No quiero lamentarme, pero ¡cuántas veces la aversión hacia las disciplinas está motivada únicamente por la forma en que se exponen!

Mientras tanto, Luca debía despedirse de Fabianne sin despertar sospechas. La tarde siguiente, aprovechó que instalamos el campamento antes del anochecer para dar un pequeño paseo y explicarle todo. Por una vez prudentes, decidieron obrar con cautela. Se citaron en una pequeña colina situada detrás de la vaguada donde acampamos. Luca se fue a esperar su llegada y ella aguardó con sus padres la ocasión de partir sola.

El genovés esperó mucho rato a Fabianne. Ascendió por el barranco y se detuvo junto a un bosque de pinos para tumbarse en la hierba, boca arriba. Los árboles del camino desplegaban en el cielo un armazón de troncos y ramillas tan complicado como las cubiertas de una iglesia. Luca estaba muy nervioso ante la perspectiva de la entrevista y pensaba sin demasiado orden. Por un vestigio de sus temores de niño se puso a cantar. Le angustiaba la idea de que el sonido del corazón se hiciese perceptible e intentaba exorcizarlo con su voz alta y aguda. Al sentir llegar a la muchacha, tuvo miedo de volverse y ver su cara. Continuó con su canción, haciendo como que no la veía. Fabianne no se inmutó; se sentó a su lado e hizo acopio de paciencia. Frente a ellos, un caballo retozaba por el prado. Luca lo contemplaba con aire abstraído. Fabianne, a su derecha, esperaba tranquilamente, jugando con un puñado de arena, dejando escurrir los granos entre los dedos.

Cuando el genovés creyó que el corazón normalizaba el ritmo de los latidos, se volvió hacia ella, buscando su mirada. Después le habló con convencimiento, intentando persuadirla de que no tenía más remedio que acompañarme a Sahagún. Fabianne continuó mirando de frente, dejándole hilvanar explicaciones y excusas. Al finalizar, mientras él resoplaba exhausto, ella, repentinamente, como si hubiera adivinado lo que de verdad quería decirle, se volvió y le puso una mano en el hombro. Luego sonrió, le dio un beso fugaz y, antes de que él pudiera ver aparecer sus lágrimas, se puso de pie y salió corriendo.

Luca la vio partir con los ojos llorosos y se quedó sentado, sin mover un músculo, repasando mentalmente la interminable historia que ahora concluía.

Al principio no podía creer que todo hubiera sido tan sencillo. Convencido de que habían sido sus razonamientos y no su actitud los que la habían hecho aceptar los hechos con tanta facilidad, no comprendía que Fabianne maduraba por momentos y había intuido sus palabras antes de que él las pronunciara. El italiano sólo percibía lo que deseaba advertir.

Al incorporarse para regresar sintió ascender del barranco un viento fresco y ligero. Lo engulló a pulmón lleno. Se encontraba muy bien; era maravilloso notar el péndulo del corazón en el pecho y el alboroto del pelo sobre la frente. Le asaltaron deseos de reír y bajó corriendo la colina. El sendero caía desbocado cuesta abajo y en pocos minutos alcanzó la torrentera que abría paso a nuestro improvisado campamento. Al llegar se sentía agotado y, al tiempo, inconscientemente pleno, como si todo se hubiera desarrollado a la perfección.

Cuando después le vi —lo decían sus ojos astutos— pensé que había sido una gran día para Luca. Luego, al explicarme lo sucedido, volví a preguntarme la razón por la que aquel hombre podía tener tanto éxito entre las mujeres. Y, sin embargo, Fabianne había crecido con la experiencia. Yo supe entonces que era ya una mujer. Lo confirmé antes de llegar a Sahagún, cuando se acercó a mí para despedirse. Durante la conversación le dije que se estaba convirtiendo en una joven muy hermosa. Ella me contestó: «Yo había oído decir que, al llegar a cierta edad, hay como una savia profunda que nos renueva. Me dijeron que el cuerpo se torna floreciente y los hombres se vuelven a mirarnos por la calle. Y de pronto he comprendido que todo eso me estaba pasando a mí. No sé si estoy preparada para este cambio, pero debo aceptar que las cosas son diferentes —me miró con calidez y dijo—: Algo está claro. No se debe dar más importancia a las cosas de la que verdaderamente tienen». Yo asentí ante sus enigmáticas palabras, sin querer añadir nada. Hubiera sido, además de innecesario, gratuito.

IX. Los magos de Sahagún
Finales de abril de 1257

Atravesamos Sahagún con prisa, sin detenernos a curiosear por la ciudad del románico islámico o, como lo llamaban allí, el mudéjar; un arte de ladrillo, sin relieves, incapacitado para relatar historias. En las últimas casas nos despedimos del grupo con grandes muestras de afecto. Dimos un abrazo a nuestros compañeros y nos deseamos toda clase de venturas, confiando en un posible reencuentro en Santiago.

Tras separarnos, tomamos la ruta de Palencia con la aparente intención de ver los códices del cercano monasterio de la Peregrina. Allí pasamos buenas horas charlando con los monjes franciscanos y recorriendo sus instalaciones. El edificio, construido sobre los restos de un palacio árabe del que conservaba algunas trazas, estaba muy lejos de las fastuosas descripciones que le atribuí, y su bibliotecario habría sido mucho más feliz custodiando alguno de los manuscritos que mi imaginación había situado entre los muros de sus dominios. Pero consideré que mi pequeña mentira estaba justificada.

El prior era un anciano muy sencillo, de expresión afable; transmitía una sensación de paz interior, integridad y benevolencia admirables. Cuando llegamos estaba en la misma postura en la que le vi durante toda nuestra estancia, apostado en la galería, contemplando el inexistente movimiento de la calle con sus serenos ojos de niño viejo. Vestido con un hábito muy usado, parecía vivir en una atmósfera propia, distinta de la de los demás mortales, cuyo ajetreo seguía con la mirada, como un gallo en su corral.

A menudo siento envidia de estos monjes apartados del mundo. Después de haber recorrido media Europa y vivido en regias abadías y lujosos palacios, cuando visito este tipo de monasterios y conozco a sus moradores, pienso si no hubiera sido mejor haberse dedicado a la vida de oración. Pero soy un *homo viator*, un hombre en el camino. Un peregrino permanente condenado a vivir en el exilio. O como indica san Isidoro de Sevilla, que hace derivar la palabra de *extra solium*, alguien fuera del propio suelo, fuera de los confines de la patria. Ahora bien, si mi condición natural ha sido vivir lejos de mi territorio de origen, apartado de la continuidad de las tumbas de mis padres y abuelos, sin los vínculos ambientales naturales y el marco de mi parentesco, tampoco he conseguido anclarme en alguno de estos cenobios, donde la paz, el sosiego y las plegarias habrían permitido tranquilizar mi espíritu. Supongo que no debería escribir estas cosas, pues la condición de mi orden impone el desarraigo, pero a menudo he pensado retirarme a algún pequeño monasterio y alejarme de los artificios de la corte y de tantas innecesarias especulaciones para vivir en medio de arquitecturas desnudas, trabajando con las manos. ¡Cuánto más feliz sería compartiendo mi vida con monjes sencillos como aquéllos, en vez de polemizar enrevesada e inútilmente con mis compañeros de Universidad..!

No tuvimos que hacer excesivas averiguaciones para enterarnos de que, al menos uno de los magos que había regresado de Galicia, vivía en las afueras de una villa cercana llamada Grajal de Campos. Según parece, a su vuelta compró una casa grande rematada por un gran palomar y toda la comarca andaba elucubrando sobre las razones de su cambio de fortuna. Cuando el intendente nos acompañó a instalarnos en una celda común para pasar la noche, saqué el tema a colación. No tuve que esforzarme mucho.

—Sin duda os referís a Salomó Sabarra. No os preocupéis —nos dijo—. Os será muy fácil dar con él: es cojo, sólo tiene una pierna. Es un hombre poco hablador al que no gustan las visitas. Pero aunque querría pasar más inadvertido y evitar los comentarios que suscita su inexplicable riqueza, no ha podido ocultarlo en una región tan poco poblada como ésta.

—¿Tan brusco ha sido el cambio?

—No es normal salir de aquí en la pobreza y regresar al cabo de pocos meses súbitamente enriquecido. La gente no lo entiende y se pregunta el porqué —se paró para rascarse la cabeza—. Tampoco sois el primero en preguntar por él.

—Ah, ¿no?

—A finales de enero o principios de febrero, no recuerdo bien, vino a verle otro médico de su religión y después, al menos que yo sepa, ha recibido a alguien más. Cualquiera os podrá indicar cuál es su casa.

Aunque el intendente estaba intrigado por el interés que despertaba el mago, pude zafarme de él sin dar casi ningún detalle. No obstante, comprendí que estábamos dejando un reguero de huellas fácilmente recuperable. Debíamos actuar con presteza. Hablé con Velasco que, por su cuenta, había confirmado la misma información. Tras contarle mis noticias, Velasco afirmó con un gesto y esa tarde nos comportamos como simples peregrinos. No esperaba hallar la solución con tanta rapidez, por lo que, si bien a la mañana siguiente reemprendimos el camino, lo hicimos con calma, no fuéramos a encontrarnos con nuestros predecesores. Tal precaución resultó innecesaria. Apenas habíamos caminado una legua, hallamos el carro de un mercader judío de vinos con las mercancías por el suelo. Nos pidió amparo y le ayudamos a recoger sus pertenencias en silencio, oyéndole maldecir su desgracia:

—Llevo más de un mes recorriendo los pueblos vecinos sin haber tenido un solo percance, y ahora, cuando casi podía divisar la torre de la iglesia de mi pueblo, Grajal de Campos, soy atacado y desvalijado por bandidos. ¡Malditos bribones, asesinos, que Nuestro Señor confunda!

Como estaba magullado y sucio, nos compadecimos por su mala suerte y le acompañamos unas leguas hasta su casa. Por el camino pensé que aquélla podría ser una buena ocasión para facilitar el contacto con el mago Salomó y, de paso, conocer las costumbres de los hebreos peninsulares. Por otra parte, los intereses de Luca aconsejaban retrasar nuestra incorporación a la ruta compostelana. Más valía actuar con prudencia. Por eso les pedí discretamente a mis amigos que no me identificaran como clérigo. Bajo mi humilde apariencia de peregrino, procuré entablar conversación con el judío y distraer el disgusto de la agresión.

Era un tipo interesante, de constitución ancha, bajo de estatura y rostro rubicundo, pacífico. Si bien sus modales eran corteses, primaba en él esa astucia tan característica de los campesinos: la lamentación permanente. Salmodió cien veces la historia del asalto, su negra suerte, la pérdida del oro y el verano de miserias que aguardaba a su familia. Cuando llegábamos a Grajal comenzó a relajarse. Lo mejor era su nombre: Samuel Sabarra. Al escucharlo le miré con incredulidad. La fortuna, tantas veces esquiva, parecía estar de nuestro lado. «Esa coincidencia en el apellido no puede ser casual» —pensé—. Pero me mantuve silencioso y no comenté palabra, confiando en el curso de los acontecimientos.

Al llegar a casa de Samuel nos sentamos en la entrada a tomar un pequeño refrigerio: agua aromatizada con esencias de azahar y un cestillo de frutos secos compuesto de almendras, piñones, avellanas y unos que probé por primera vez, los pistachos.

Un rato después comprobaría la futilidad de sus lamentos, ya que había conseguido ocultar en sus partes pudendas el grueso de sus ganancias. Le sorprendí contándoselo a su mujer en un extremo del patio, donde estaba la cocina. ¡El muy ladino! Casi me entra la risa al enterarme. Ocurrió por casualidad. Pensando que nuestra estancia con ellos tocaba a su fin y que era el momento de comprobar mi intuición o, al menos, de averiguar el paradero de Salomó, decidí curiosear un poco por la casa, cuya disposición era muy diferente a la que esperaba. Los encontré en la cocina, delante de un hornillo de barro alimentado por carbón vegetal. Samuel estaba diciendo a su esposa: «No hay mal que por bien no venga, gracias a los bandidos, en el pueblo se compadecerán de nosotros». Con ojillos traviesos, extrajo una pequeña bolsa de fieltro y le mostró las monedas de oro. De pronto, volvió la mirada y se encontró conmigo detrás. Al ver su expresión aturdida, instintivamente intenté alejarme de la habitación, pero me detuvo. Reaccionó con rapidez y una vez pasado el momento de la sorpresa, le restó importancia, limitándose a encogerse de hombros y guiñarme un ojo.

Supongo que después lo pensó mejor. Al acompañarme a la entrada, donde esperaban mis compañeros, nos rogó compartir la cena con su familia y pasar la noche en el establo. Con sagacidad, insistió en ofrecernos una mínima muestra de agradecimiento por nuestra ayuda. Imagino que, con ello, se quería asegurar de que no revelásemos su secreto, sin comprender que para nosotros era indiferente la difusión del verdadero alcance del robo. Lo cierto es que, como convenía a nuestros planes, y fue razonablemente persuasivo, accedimos sin la menor dificultad.

Nos presentó a sus dos hijos, Aarón y Rubén, y después de escuchar el toque de vísperas, tras la puesta de sol, nos invitó a lavarnos las manos antes de sentarnos a cenar. No esperaba este hábito cortesano en un simple comerciante, debía de tratarse de una tradición religiosa. Luego nos sentamos en el suelo, sobre esteras de esparto y pequeñas alfombras, delante de las cuales habían dispuesto unas mesitas con escudillas y varias fuentes, llamadas *ataifores,* que contenían diversos alimentos. Con gran ceremonia, nos ofreció varios tipos de panes: un pan trenzado de sabor dulce; pan de uvas, pasas y azafrán; y hasta uno extraño llamado *cenceño*, hecho sin levadura, que nos explicó se tomaba durante la Pascua, en recuerdo de la salida de Egipto. Con mucha pompa, atendió a un ceremonial preestablecido. Nos sirvió primero nuestras porciones, después la suya y a continuación las del resto de la familia. Nos ofreció también un vino de Málaga, dulce y pegadizo, que agradó a todos menos a mí. Aunque entonces pensaba que el vino era una bebida prohibida para los judíos, se tomó sin disimulo alguno. Finalmente sacaron un gran plato de pollo relleno acompañado de una guarnición de coles. Mientras lo comíamos, Enrique tomó la palabra:

—Hace unos días cenamos también coles. Claro que fue acompañando a unos conejos cocidos. Estuvimos cazándolos todo el día —añadió con orgullo—. Yo conseguí cuatro piezas.

Nos miraron seriamente, en silencio. La mujer de Samuel puso cara reprobatoria y sus hijos bajaron la vista en dirección a sus platos. Al poco, Samuel cambió su semblante, aclarando:

—Debéis comprender la reacción de mi familia. Nuestra religión nos prohíbe ingerir animales rumiantes o con la pezuña hendida. Tampoco podemos comer carne con leche, ya que la Biblia advierte que el cordero no debe hervir en el flujo de la ubre materna. Y sólo podemos alimentarnos de carne sin sangre que, después de cocer, salamos y remojamos para dejarla bien limpia.

Poco a poco reanudamos la conversación, mientras se distendía la velada. Todavía tenía reservada otra sorpresa; a diferencia de nuestras costumbres, la bendición de la mesa se hizo al finalizar la cena. Nos rogó silencio y después, con la cabeza baja, inició su oración de acción de gracias diciendo:

—Bendito seas Señor, Rey del Universo, por los alimentos que nos proporcionas.

Después de tomar el postre, trasladamos nuestros enseres al porche. Hacía una noche apacible, clara, con un suave viento de poniente. El pequeño jardín era muy agradable. A la derecha, unas enredaderas con flores trepaban por la baranda hasta el techo; y al otro lado, junto al pozo, una parra se encaramaba por la cuerda hasta la garrucha. Al principio, Samuel nos contó sus dificultades, achacando al hecho de ser judíos la causa de sus problemas, pero tal era la eterna cantinela de su raza y, desde mi impresión, luego ampliamente corroborada, en Castilla se les trataba con una tolerancia inusual; ese argumento no delataba las cuitas de religión sino la naturaleza de sus negocios.

Al poco se nos unió una familia que venía caminando sin prisa por el sendero. Al llegar a nuestro lado, Samuel les recibió con alegría:

—¡Salomó! ¡Qué agradable sorpresa! Venid, sentaos con nosotros, hermano. Disfrutad de una copa de vino caliente con estos amigos.

¿Era posible que se tratara del hombre que andaba buscando? No podía creer en mi buena suerte. Miré con complicidad a Velasco y le vi sonreír y afirmar con la cabeza. En efecto, era él. Tal y como nos habían dicho, el hombre tenía una sola pierna, y se mantenía erguido gracias a un bastón. Era un individuo ya mayor, con el pelo ondulado y fino, apenas suficiente para cubrir su calva. Tenía la piel muy oscura, rojiza, como si hubiese estado sometida mucho tiempo al sol, y vestía una especie de camisola de seda verde sobre una túnica parda; además, llevaba alrededor de los hombros dos correajes para sujetar una bolsa de cuero que le colgaba en la espalda. Andaba con mucho esfuerzo y, cuando se sentó, sacó de su bolsillo un trapo mugriento para enjugarse el sudor que le chorreaba por la cara.

Debían saber de nosotros porque su mujer, no bien se hubo sentado, dijo:

—¿Acaso no sois vosotros los que han preguntado por la casa de mi esposo en la Peregrina? Uno de los sirvientes del monasterio les oyó hablar de nosotros y nos dijo que se trataba de cuatro hombres, dos de ellos jóvenes y otros dos mayores, uno de constitución muy robusta.

La autora de la pregunta era una mujer gruesa, con el cabello recogido encima de las orejas y un traje que le caía ancho de cintura. Mientras se dirigía a mí, cogió con el brazo a uno de los chicuelos. La mujer le limpió los mocos con el extremo de la falda y le atrajo con un ademán de orgullo. Hubo un momento de silencio, que aproveché para recorrer el auditorio con la vista, advirtiendo las miradas pendientes de mí.

—Sí, somos nosotros —reconocí mirándola directamente al rostro. Aquel criado era buen observador; la descripción que hizo de nosotros era casi perfecta. Luego me presenté a mi anfitrión y añadí:

—Debéis perdonarme, Samuel, por no haberos dicho que era un hombre de religión, pero tenía curiosidad por conocer vuestras costumbres y prefería que no supierais que soy un monje dominico.

Samuel hizo un gesto dando a entender que ese asunto no le importaba. Su expresión parecía decir: «Dejad eso. Ahora no me interesa. ¿Qué queréis de mi hermano?». Pero yo no estaba interesado en esa respuesta ni quería plantear mis cuestiones delante de todos. En consecuencia, reconocí que, en efecto, deseaba hablar con Salomó y eludí contestar lo que esperaban.

Me hubiera gustado observarle con más atención, pero no podía ser; las circunstancias me obligaban a tomar la iniciativa. Me levanté y, dirigiéndome a Salomó, le invité a dar un pequeño paseo. Creo que no le dejé elección.

Salomó se puso en pie con dificultad y caminamos en silencio por espacio de algunos segundos. Un soplo ligero estremecía los arbolillos del camino y hacía oscilar la llama afilada de los cipreses.

Al llegar a un pequeño claro empecé a hablar. Primero le expliqué de manera algo vaga que actuaba por encargo del arzobispo de Santiago para investigar unos sucesos que habían ocurrido un año antes. El hombre asintió con la cabeza, animándome a proseguir, demostrando que conocía los hechos. Estimulado, comencé a plantearle los interrogantes que necesitaba aclarar. ¿Por ventura era él uno de los magos que se habían instalado en las cercanías del monasterio de Santa Clara? Si era así, ¿dónde estaba el otro adivino? Y aún, ¿qué les había inducido a instalarse allí? Y, sobre todo, ¿quién les había contratado?, ¿por qué había regresado a Grajal después? Y ya, lo decisivo, ¿acaso había advertido a una joven llamada María Correa sobre la inconveniencia de su próximo matrimonio?

Salomó no tenía el menor interés en mis pesquisas y hube de insistir. Sólo cuando le mencioné que ya conocía el relato por boca de Leví, empezó a aflojar su resistencia. «¡Ah, le conocéis!» —me dijo con un punto de asombro en la voz. Sin embargo, no quería hablar, estaba asustado, desconocía la intriga en la que, a su pesar, estaba involucrado y temía comprometerse. Después de insistirle, contestó escuetamente a la mayoría de mis preguntas, sin querer identificar a quien le había contratado. Se escudó en la ignorancia:

—Manteníamos los tratos a través de un intermediario. Yo no puedo añadir nada a lo que sabéis.

—Pero al menos sí sabréis quién le ordenó hacerlo.

—Ni conozco, ni quiero saber el nombre de quien esté detrás —me contestó con voz cortante—. Ya se lo dije a vuestro amigo Leví. Además, me lo han prohibido expresamente...

—¿Cómo? —exclamé—. ¿Quién lo ha prohibido?

—Nadie —contestó con desgana—. Bueno... lo hizo otro mensajero al que tampoco conozco. ¡Oh, dejadme en paz! Ya os he dicho todo cuanto sé. No hablamos con ninguna muchacha ni aconsejamos a nadie con quién debía casarse.

Salomó se encontraba incómodo. Le noté amedrentado y, viendo que podría sacar poco más de él, preferí dejar la conversación como estaba. Tenía los datos esenciales y le había convencido para que me recibiera al día siguiente en su casa para poder hablar con tranquilidad. Al principio no quiso, alegando haberme contado todo cuanto sabía, pero conseguí persuadirle con la excusa de solicitar su consejo como adivino. Terminó aceptando sin interés.

—No entiendo qué esperáis de mí, pero si queréis venir a consultarme, no puedo impedirlo. En todo caso, hacedlo a media mañana, es el mejor momento.

Por otro lado, empezaba a hacer frío y mi acompañante jadeaba continuamente; la respiración entrecortada delataba su cansancio y los demás aguardaban al fondo de la larga vía que llevaba a la casa. Cuando nos sentamos, el grupo quedó en silencio esperando alguna noticia de nuestra conversación. Pronto comprendieron que no les íbamos a complacer. Sorprendí una mirada fugaz entre los dos hermanos y vi a Salomó hacerle un ademán como indicando que ya le diría más tarde.

Gracias a Dios el tiempo intervino para diluir la tertulia, inevitablemente rota. El viento que antes soplaba ligeramente, se había detenido. Luego, la calma del ambiente inundó al grupo. No se escuchaba ni un ruido, salvo el aleteo de los pájaros en torno a la casa. Después, sentimos que el cielo se teñía de negro y Samuel aprovechó esa circunstancia para cortar la embarazosa situación. Arguyendo que la tormenta se avecinaba, se levantó y se despidió para acostarse. Como si las nubes le hubieran oído, empezaron a caer gruesas gotas. Un momento después nos retirábamos los demás.

Pero ninguno estaba cansado. Al poco de instalarnos en el pajar para dormir, Velasco se me acercó y le informé del plan que estaba elaborando sobre la marcha:

—Salomó me ha confirmado punto por punto la información que nos dio el médico Leví. Nunca vieron a ninguna joven de las características de María Correa y fueron despedidos a toda prisa, como si sus amos temieran algo. Parece que al principio viajaron confiados y luego empezaron a recibir amenazas más o menos veladas. Al final, decidieron que lo mejor era volverse a sus pueblos y tratar de pasar desapercibidos por algún tiempo.

Velasco asentía suavemente.

—Y por cierto —continué—, el otro mago se llama Todrós Ibn Varga y, aunque es toledano, está viviendo en casa de una hermana suya en una pequeña aldea cercana a Oviedo. Así que, ya imaginarás, lo primero que hemos de hacer es localizarle...

—No está muy lejos —Velasco calculaba mentalmente—. Deben de ser, más o menos, unas cinco jornadas desde aquí, pero es dirección opuesta a la de Santiago de Compostela. ¿Cómo lo haremos?

—En eso estoy pensando —contesté—. Creo que va a ser mejor dividir nuestras fuerzas. Estamos a 20 de abril y sabemos que el juicio contra Rodrigo García se celebrará el 26 de julio, por lo que todavía tenemos tiempo...

—Tampoco tanto, sobre todo si hay que seguir haciendo averiguaciones por el camino —matizó Velasco.

—De momento nuestra única baza son los magos. Hay que conseguir que estén en Santiago el día de la vista.

—Es cierto, su testimonio puede ser revelador.

—Por otro lado —le dije—, tú ya has sido reconocido en Estella y quizá nos estén preparando alguna celada. Sí... hay que contar con tiempo.

—¿Y cómo conseguiremos convencer a los adivinos para hacerles ir a Santiago? Éste, ya lo habéis visto, es un anciano lisiado. Dudo que quiera venir...

—Tú, déjame a mí, Velasco —le dije con confianza—. Te diré lo que he pensado. Debemos persuadir a Salomó para que te acompañe hasta Oviedo a recoger a Todrós. Mañana le diré que compraremos un carro para que pueda hacer el viaje cómodo, pero si se muestra muy reticente, lo haremos al revés. Irás primero a por Todrós y luego vienes a por Salomó. Lo importante es que lleguéis a Santiago a mediados de julio.

—Alto ahí, Raoul, tengo el expreso encargo de acompañaros y no os puedo abandonar así como así...

—Ya lo he pensado, Velasco, pero no hay otro remedio. Hazme caso, no hay el menor peligro. Es más, ya te lo he dicho antes, tú has sido reconocido. Tu presencia puede acarrearme más peligros que ventajas.

Rezongando, acabó aceptando mis argumentos. Poco después volvíamos a discutir las alternativas posibles.

—Me gusta más la primera solución —dijo Velasco con voz pensativa—. Si vamos a Santiago por la ruta de Oviedo nos será más fácil pasar desapercibidos. Nadie supondrá que viajamos por esa ruta. Y vos también podréis esquivar miradas indiscretas. Os esperan integrado en una caravana y no acompañado de dos jóvenes de veinte años.

Hizo una pausa antes de añadir:

—Y hablando de eso, ¿no va siendo hora de que sepan algo de nuestras intenciones? Ya me han preguntado varias veces por nuestro extraño comportamiento y he tenido que responder con vaguedades. Si a partir de ahora viajáis sin más compañía que Enrique y Luca, conviene convertirlos en aliados, no vaya a ser que por ignorancia o por sentirse excluidos actúen contra nuestros intereses.

—Cierto —convine—. Ya lo había pensado. Mañana les pondré al tanto de nuestros proyectos. Ahora bien —le advertí—, no pienso mencionar nada del encargo real. Sólo les diré que he de intervenir en un juicio por encargo del obispo de Jaca. En cuanto a ti, Velasco, si te preguntan algo, sigue evasivo con ellos. Si mis planes se cumplen, mañana nos despediremos y no tendrás que disimular a su lado. Cuando nos volvamos a encontrar en Santiago, ya te diré cómo debes actuar.

Una vez resuelto el plan, Velasco confirmó con un gesto y se volvió para recostarse. Un instante después podía escuchar su respiración regular, rítmica. Era pasmosa la facilidad de este hombre para conciliar el sueño. Su tranquilidad interior constituía un verdadero enigma para mí. Nada le alteraba, nada le influía. Ningún elemento, por distorsionador que pareciera, cambiaba su actitud práctica y serena.

Yo no pude dormirme con tanta facilidad. Me incorporé y, haciendo un remedo de almohada con la capa, me apoyé contra el muro de adobe. La luz de mi vela era la única encendida en toda la casa. Recorrí con la vista a los demás, tratando de repasar las emociones del día. Pero estaba cansado y las imágenes reales se confundían con escenas absurdas, sin sentido. Insomne, vacilando en las fronteras del sueño, confundía mis esperanzas con las posibilidades reales y, como suele ocurrir en esas horas de vigilia, sentía un estúpido optimismo ante los acontecimientos futuros. No obstante, también estaba intranquilo por la espera. Y por si fuera poco —me dije—, los ruidos: la respiración tranquila y juvenil de Enrique, el ronco resuello de Luca y el suave ronroneo de Velasco, a mi lado. Y eso no era todo. Además estaba el monótono «chap chap» de las goteras y el golpe sordo de un postigo desprendido de la buhardilla batiendo contra la ventana... Me volví a acostar, intentando dejarme vencer por el sopor. Finalmente, cuando menos lo esperaba, conseguí conciliar el sueño.

Me desperté muy temprano y salí a pasear. Por la mañana el cielo se había teñido de gris y rosa, como una pradera, pero en vez de sosegarme, continué irritado. Las noches de insomnio me sacan de quicio; luego me siento más pesado, no consigo concentrarme y las sensaciones de mis brumosos sueños, aun siendo incapaz de recordarlas con precisión, repiquetean en mi memoria. Por suerte, Velasco se había dado cuenta de mi ausencia y me buscó por el patio. Debió de notar mi estado de ánimo. Por una vez, el hombre que no hablaba si no tenía algo concreto que decir, me dio conversación. No recuerdo nuestras palabras, pero para cuando llegaron los demás, estaba de otro humor. Algo más tarde nos encaminamos a ver a Salomó.

Antes de llegar le vi esperándonos en la puerta de su casa. Al acercarnos miró a Velasco con desconfianza y éste, sonriendo levemente, se apartó, dejándome a solas con él. Yo no estaba demasiado lúcido, tuve que emplear todas mis dotes de persuasión para intentar convencer a Salomó de que su presencia era necesaria en Santiago en la fecha del juicio de Rodrigo García. Se resistió con denuedo. Salomó arguyó tercamente contra mis propuestas alegando todo tipo de razones: la delicada salud de su mujer, su dificultad en realizar un viaje, su desconocimiento de cualquier intriga, sus escasos medios...

Le propuse sufragar todos los gastos y hasta una pequeña recompensa. Y también le insistí en que viajaría con toda comodidad instalado en un carro de bueyes. Finalmente, me ofrecí para convencer a su hermano, de manera que su mujer estuviera atendida. Sin embargo, siguió negándose. Todo parecía inútil. Miré el huerto cubierto de zarzales y maleza, pensando que, si bien los ratones debían campar a sus anchas entre la espesura, tanto el tamaño de la casa como su disposición indicaban que no eran precisamente motivos económicos los que le impedían viajar. En cuanto a su salud, acababa de regresar de Galicia sin sufrir mayores contratiempos.

Mientras tanto, Velasco merodeaba por los alrededores. En una ocasión en la que me miró directamente, le hice un gesto de impotencia dándole a entender que nuestros planes podrían irse al traste. No se inmutó. Le vi afirmar con gesto grave y cinco minutos después se acercó sigilosamente a nosotros. Al llegar a nuestro lado, apoyó la mano en mi hombro derecho.

—Maestro Hinault, si me lo permitís, me gustaría hablar unos instantes con don Salomó. Por favor —dijo con autoridad—, dejadnos un momento solos. Os llamaré dentro de un instante.

El adivino le miró con dureza y se volvió hacia mí como indicando: ¿quién es ése para intervenir y cortar nuestra conversación?, pero Velasco le replicó con sus ojos duros y no llegó a terminar el ademán. No sé con exactitud lo que le diría, pero sorprendentemente, apenas diez minutos después, Salomó estaba dispuesto a acompañarle hasta Oviedo y participar en el plan tal y como lo habíamos previsto.

Intrigado, a la vuelta, le pregunté a Velasco qué argumento había utilizado para decidirle; yo los había intentado todos sin el menor éxito. Él me contempló con su mirada serena y esa media sonrisa que formaba parte de su cara.

—Tranquilizaos maestro —me dijo—. Recordad que estoy aquí para ayudaros, para intentar solucionar los problemas que no podáis resolver. Y también comprended —amplió la sonrisa—, que no puedo mostraros todas mis cartas. Tengo instrucciones concretas a ese respecto.

Debí poner un gesto de impaciencia, porque al instante añadió con calor:

—Por favor, no os ofendáis. Os aseguro que más tarde entenderéis por qué se han dispuesto las cosas así y todavía no debéis conocer ciertos aspectos.

No conseguí sacarle nada más. Durante un rato volvimos en silencio. Yo iba cavilando sobre nuestra absurda relación: «Me trata con la deferencia de un criado con su amo —pensaba—. Aunque le tutee y, en apariencia, sea yo quien imparta las órdenes, es mentira. Él trata de hacerme ver lo contrario, pero no soy yo quien decide los pasos a dar —me dije con resignación—. Y menos en casos como éste. Si la situación es embarazosa, al final siempre acaba por solventarla Velasco».

Fui pensando en ello mucho rato. Tanto que hasta me vino a mientes una historia paradójica a la que asistí años atrás, durante mi estancia siciliana. Ocurrió que un criado de conducta irreprochable, del que sólo había escuchado alabanzas, vino un día a quejarse a mi casa por haber sido echado sin contemplaciones del servicio de la esposa de uno de los principales dignatarios de la corte: «Me han expulsado sin la menor explicación —se lamentaba—. Sin un motivo, ni una razón. Nada». Yo le prometí hacer por él lo que pudiera y cuando esa misma tarde le pregunté a su dueña las causas del arrebato, me respondió lacónicamente: «Estaba harta de él. Era un criado inaguantable. Siempre quería hacer más de lo que se le pedía». Al recordar la escena debí de sonreír con la misma cara que cuando me lo explicó la dama siciliana. Velasco, a mi lado, me miró extrañado sin comprender esa risa a destiempo. Pero debió de darle igual. Con su pragmatismo natural, aprovechó mi semblante risueño para recapitular nuestros proyectos.

—Entonces, maestro, si os parece, mañana partiréis acompañado de Enrique y Luca hasta Santiago por la ruta tradicional. Yo saldré después con Salomó por el camino asturiano y recogeré a Todrós dondequiera que esté. Confío en que, cuando lleguéis a Santiago, os aguardará un mensaje mío indicando dónde nos podéis encontrar.

Al final acabó rogándome que mantuviera la calma; con franqueza, en aquel momento me irritó escuchar otra vez una de sus continuas invocaciones a la tranquilidad. Le contesté con un gruñido, pero ahora, desde la distancia, comprendo la injusticia. Las cosas se estaban desarrollando razonablemente bien y no podía reprochar nada a aquel hombre. En realidad, tampoco era justo al evocar por su causa escenas como la de aquel criado siciliano. Los recuerdos arrastran recuerdos. Me viene ahora a la mente y trato de retener la imagen fugaz, familiar, del fiel Velasco. Una noche me dijo una frase que resume a la perfección su manera de ser: «Hablo poco porque nunca se dice lo suficiente y siempre se dice demasiado». No, Velasco fue discreto y diligente, y debo reconocer que desempeñó su misión con total eficacia.

Dos días después, a media tarde, Enrique, Luca y yo entrábamos en León por el puente de Castro, desde donde nos aconsejaron encaminarnos hacia la iglesia de Santa Ana, en cuyas proximidades estaban las hospederías. Por el camino les había contado los antecedentes imprescindibles para que me resultasen útiles si fuera necesario, sin correr el peligro de que pudieran desvelar lo esencial en caso de algún incidente.

Me escucharon atentamente, satisfechos de formar parte de nuestros planes, y yo, viendo su actitud sumisa y complaciente, recuperé buena parte de mi orgullo. Por eso y porque íbamos con tiempo de sobra, por la mañana tomamos *la rua* camino de la iglesia de San Isidoro de Sevilla, cuyas reliquias fueron traídas a León doscientos años antes. Deseaba volver a mi terreno. Necesitaba sentir la mirada fascinada de Enrique y la actitud, indolente pero humilde, que adoptaba Luca ante mis disertaciones.

Frente a la puerta del Cordero, me detuve a mostrarles la simbología de las placas adosadas al tímpano. Empecé por las más tradicionales, como el clipeo con el cordero entre las zarzas, entre cuyas patas sobresale una cruz, sostenida por dos ángeles. Enrique no tuvo dificultad en reconocer al «Agnus Dei», el sacrificio de Abraham y la cruz en la que nos redimió Cristo. Sin embargo, ante otras figuras en posiciones insólitas, mostró su incomprensión:

—Es extraña esta portada. No logro identificar casi nada —reconoció después de un rato de observación—. Pues, ¿qué significan esos hombres descalzándose o tantos jinetes, como aquél que está en la puerta de una casa, o ese otro avanzando y hasta el que tiene un arco? ¿O se trata de simples figuras decorativas?

—No, Enrique. Cada cosa tiene un significado —expliqué—. El que ves descalzándose debe de ser Isaac, que se despoja del calzado para ser sacrificado. El jinete que está ante la puerta simboliza al ángel que guarda la entrada del cielo, mientras que los otros que señalas pueden tener varios significados. O bien representan la paz y la guerra; o bien a Ismael, el otro hijo de Abraham, y a Agar, la esclava de Sara. Pero observad también los signos del zodíaco mostrando la idea de la eternidad, el mensaje *por los siglos de los siglos*. Y, sobre todo, fijaos en la figura de san Isidoro de Sevilla, sentado como un obispo, bendiciendo majestuosamente a los fieles. A su lado está otro santo al que no reconozco...

—Es san Pelayo —intervino un cura que nos había estado escuchando—. La primitiva iglesia estaba dedicada a san Juan Bautista y san Pelayo. Pero entrad, en el interior hay muy buenos capiteles, que representan todo tipo de temas, entre ellos la muerte del oso...

—¡Ah! —le interrumpí—. Qué interesante, el tema de la discordia y el pecado.

—Sí, eso será —asintió—. Veo que sabéis de estas cosas. En ese caso, no dejéis de visitar la cripta, pues está pintada con frescos de gran mérito.

Seguimos el consejo. Valía la pena hacerlo. No esperaba ese conjunto. Todo el espacio disponible —columnas, pilares y bóvedas— estaba cubierto de pinturas que complementaban los mensajes de las fachadas con escenas de todo tipo, tanto sagradas como profanas. Interpreté que la ocasión era adecuada y decidí proseguir la formación teológica de mis jóvenes alumnos:

—Llevamos vistas ya un buen número de iglesias y palacios. Hoy vamos a intentar dar un paso más para entender sus mensajes. Fijaos en que estamos en un templo consagrado a san Isidoro de Sevilla, un hombre que estudió, compiló y difundió todo el saber de su época. Murió hace casi seiscientos años, pero en los veinte volúmenes de sus *Etimologías* están compendiados todos los conocimientos: las siete artes liberales, la historia, la ciencia, la medicina y hasta simples curiosidades. Todavía vivimos de ese legado.

Les miré con intensidad, tratando de captar su atención.

—Atendedme porque os quiero contar algo importante. Esta iglesia, como tantas otras, contiene en sus imágenes y figuras una síntesis similar a las *Etimologías*; es decir, una recapitulación de saberes. Para entenderla es preciso asumir que los símbolos son complejos y muchas veces encierran más de un significado. Son puertas que abren otras puertas. Os lo explicaré utilizando el esquema de otro gran divulgador, Vicente de Beauvais. Según este gran hombre, el saber se cimienta en los llamados «cuatro espejos». Los llamó así porque, del mismo modo que los espejos reflejan la realidad, las imágenes sirven para reflejar las verdades de la fe. En su mayoría los podremos ver aquí mismo y, si no, recordarlos por otros templos como éste.

Me situé un poco más al centro de la sala, bajo un fresco lleno de colorido.

—Según Vicente, el primero es el *Espejo de la Naturaleza* y sirve para manifestar las realidades del mundo material y espiritual en el mismo orden en que Dios las ha creado. Fijaos —les dije señalando con la mano los frescos de las bóvedas— en las escenas con florecillas, hortalizas y animales diversos, palomas, conejos, caballos; ése es el espejo de la naturaleza.

—O sea —dijo Luca—, que cuando vemos flores, hojas o animales, los artistas, aunque no lo sepan, están representando el reflejo de ese espejo.

Asentí con satisfacción esperando alguna otra interrupción, pero Enrique y Luca atendían respetuosos, en silencio. Continué hablando:

—El segundo espejo es el de *la Ciencia.* Aquí se le ha prestado especial atención. Es sencillo de entender. Parte de la idea del hombre caído por el pecado, necesitado de la redención de Dios, pero al mismo tiempo capacitado para redimirse por sí mismo a través del trabajo manual e intelectual. ¿Entendéis ahora por qué los artistas glorifican las labores de la tierra en sus obras? Mirad arriba, en las bóvedas, cómo se han reproducido los trabajos de los meses. Observad el detalle con que describe cada estación del año. La siega de los prados representa al mes de junio, julio se simboliza con la recolección y septiembre y octubre con la vendimia.

Mientras nos deteníamos para admirar la maestría con que estaban descritos los distintos episodios, yo continué con mi disertación:

—Junto a los espejos de la Ciencia y la Naturaleza, Vicente de Beauvois establece el *Espejo Moral.* Éste es un poco más complicado, pero ya veréis que no es difícil. Ya sabéis que el fin de la vida no es el saber, sino el obrar. De ahí que se distinga entre vicios y virtudes. Y se muestran ambos, para que todos podamos aprender. Lo hemos contemplado en multitud de iglesias. Por ejemplo, acordaos de las figuras de mujeres de expresión severa, sentadas, graves, majestuosas. Son las virtudes. Hemos visto a menudo representaciones de las virtudes pero, si hacéis memoria, recordaréis que en muchas menos ocasiones que las de los vicios.

—¿Por qué? —preguntó Enrique.

—Es muy natural —contesté—, las pinturas y las esculturas son un medio para aleccionar y lo importante es lo que debe combatirse. A diferencia de las virtudes, los vicios se muestran mediante escenas y no por símbolos...

Esta vez me interrumpió Luca, que no entendía el motivo.

—También es lógico. En una escena se narra descriptivamente, es decir, se pueden mostrar los efectos de un acto. Ahora lo entenderás mejor. Conocéis muchos casos. Así, cuando veis una escultura con un marido que pega a su mujer se alegoriza la discordia; si veis a un monje huyendo del convento, contempláis la inconstancia; si un hombre adora a un mono, la idolatría; el hombre semidesnudo con una porra en la mano, la locura...

—Sí —asintió Luca—. Y la lujuria mediante una mujer cuyo sexo está siendo devorado por una serpiente...

—Exacto —contesté riéndome.

—Y, por último, el cuarto espejo, el *Espejo Histórico*. Es el más complejo. Si en los otros se mostraba a la humanidad en abstracto, aquí se escenifica la humanidad viviente bajo la eterna mirada de Dios, testimoniada por medio del Antiguo y del Nuevo Testamento. No quiero aburriros con citas teológicas, pero al menos debéis saber que cualquier interpretación de la Biblia puede contener al menos cuatro sentidos. Son éstos. Primero, el sentido histórico, que nos da a conocer la realidad de los hechos; después, el sentido alegórico, en el que el Antiguo Testamento actúa como prefiguración del Nuevo. En tercer lugar, el sentido tropológico, que nos descubre las verdades morales ocultas bajo la letra de la Sagrada Escritura. Por fin, en cuarto lugar, el sentido analógico, que permite entrever los misterios de la vida futura y la beatitud eterna.

—¿Queréis decir —apostilló Enrique—, que las reproducciones de historias bíblicas cuentan al menos cuatro historias?

—No tanto, muchacho. No tanto. Hay veces en que ocurre así, por ejemplo, cuando se reproduce a la ciudad de Jerusalén, pero es más habitual que sólo tengan tres significados. Pensad en cualquier catedral que hayáis visto. Recordaréis que en las jambas de la portada principal se suelen colocar las esculturas de los patriarcas y los profetas. Pues bien, cuando los vemos, visualizamos al menos tres historias: la suya propia, la de cada patriarca o profeta; la historia del mundo, representada a través de ellos; y, por último, el anuncio y emblema de Nuestro Señor Jesucristo.

—Lo recuerdo —reconoció apesadumbradamente Enrique— pero nunca llegué a vislumbrar que los contenidos pudieran superponerse de este modo —hizo una pequeña pausa y prosiguió con tono quejoso—: Necesito aprender más cosas. Cuanto más veo a vuestro lado, tanto más comprendo el enorme trecho que me falta...

Se encogió de hombros y quedó de nuevo en silencio. De pronto le brillaron los ojos y fue abandonando su expresión afligida:

—A este respecto, hay algo que os quería preguntar. Llevo varios días dándole vueltas. Recordaréis que en aquella extraña iglesia de Eunate me aconsejasteis aprender de los templarios, porque se denominan a sí mismos caballeros constructores. No quise interrumpiros entonces, pero no os entendí bien.

—Perdóname Enrique, pero todavía piensas en la construcción como un cantero. Piensas en un oficio. En modelar, en trabajar la materia, en proporcionarle una forma determinada. Si no me equivoco, concibes los edificios religiosos pensando en un espacio que sirva, o bien para albergar a la divinidad, o bien para invocarla.

—¿Y no es correcto?

—Hay algo más. Debes entender que el verdadero maestro intenta plasmar con la arquitectura un plano superior. Es difícil expresarlo, pero la idea es ésta: el edificio es un medio para que la divinidad pueda expresarse.

—Eso lo entiendo.

—Espera, trato de mostrarte lo siguiente. Como te he dicho, la materia tiene la cualidad de albergar en sí a la divinidad; en consecuencia, el constructor debe dotarla de la expresividad adecuada para que lo divino pueda transcender a través de ella y trasmita su mensaje a los hombres. Por eso el aprendizaje de este oficio supera, en mi opinión, la práctica de una habilidad manual o de memorización técnica. Y por eso obliga a conocer íntimamente la naturaleza de la materia misma.

Enrique me miraba con expresión escéptica.

—Quiero decir —proseguí—, llegar a tener la experiencia de abrir a la percepción todos los sentidos para conseguir penetrar tanto en la apariencia y las relaciones materiales de lo que te rodea, como en la naturaleza profunda, divina, de ese entorno.

—Es demasiado complicado —dijo Enrique.

—Espera, lo entenderás mejor con un ejemplo. ¿Sabes qué dijo Dion Crisóstomo ante el Zeus Olímpico, la obra maestra del gran escultor griego Fidias, hecha quinientos años antes del nacimiento de Cristo? Exclamó: *Nuestra intención es manifestar lo invisible mediante lo visible. Ponemos en acción el poder del símbolo para captar lo impalpable y alcanzar lo inteligible a partir de lo sensible.* Observa la idea, hacer visible lo invisible. Es decir, que el magíster de tu profesión, el arquitecto, debe ser un maestro de la técnica, sí, pero también un iniciado que conoce el modo de trascender la naturaleza física de los objetos hacia un estado superior de consciencia. Es alguien en contacto con la naturaleza íntima de la materia, alguien con poder sobre ella. Quizá ahora entiendas mejor —concluí—, por qué necesitas un perfecto conocimiento de los símbolos.

—No sé si llegaré alguna vez a eso —dijo apenado—. Ni siquiera estoy seguro de entenderos bien ahora...

—No importa. Ya lo irás comprendiendo, no temas. Pero recuerda que tu fin será llegar a ese estado; ser capaz de dar el salto de superar la ortodoxia dentro de la ortodoxia. Ya te dije una vez que es un camino largo. Pero ve tranquilo, estoy seguro de que llegarás.

Enrique seguía mirándome con cara de desconcierto.

—Debes recordar —continué— que el mismo Isidoro de Sevilla, a quien veneramos en esta iglesia, ya definía al arquitecto como una unión de albañil y proyectista. Desde entonces, este último plano se ha desarrollado sin cesar. Y es por eso, por ser proyectistas, por lo que han dejado de ser considerados simples artesanos y ahora son tan estimados. Lo que tú ambicionas ser, Enrique, es una profesión importante. Los nombres de los más grandes maestros se esculpen en los edificios. Además, habrás visto los laberintos inscritos en el suelo de las catedrales...

—¿Laberintos? —repitió Luca.

—Sí, hombre, ¡no me digas que no los has visto nunca! —le dijo Enrique aprovechando la ocasión—. Son pequeñas inscripciones hechas con mármoles o simplemente pintadas. Se trata de mostrar un camino imposible para que el fiel pueda realizar simbólicamente una peregrinación física a Tierra Santa.

—¡Ah, sí! —dijo Luca con cara de no haber visto uno en su vida.

Me volví hacia él con simpatía pero sin prestarle demasiada atención; estaba interesado en hacer captar una idea a Enrique.

—Pues bien, en muchos laberintos, como en los de Reims y Amiens, se han inscrito los nombres de los arquitectos en el centro y en los ángulos. Y no por casualidad; el laberinto es la casa de Dédalo, el mítico padre de tu profesión.

El muchacho me miraba con expresión lastimera. Decidí concluir. Era bastante por ese día.

—Pero no quiero aburrirte con más datos. Lo decisivo era que comprendieras la importancia de la profesión que quieres dominar. Como sabes, ahora, con la difusión del nuevo arte, los maestros franceses son buscados en toda Europa. Pero esto lo veremos mejor ante la nueva catedral, diseñada también por un francés.

Cuando llegamos, a pesar del tamaño imponente de la planta, el nuevo edificio de la catedral de León me dio una impresión de fragilidad y de finura que no había percibido en otras iglesias similares. La cabecera era la única parte terminada; no obstante, se había delimitado toda la extensión del templo y en muchos sitios estaba construido hasta la altura de las bóvedas. Luego llegamos al claustro, en cuyas trazas crecían un ciprés y varios laureles. Cansado de la visita, me senté en la esquina, contemplando las piedras blancas de los muros, la grácil arquitectura de la arquería y las notas de color que ponían las flores del jardín. En el centro había un pequeño huertecillo con rosales.

Frente a mí, delante de una pequeña capilla, una hermosa joven oraba con concentración. Estaba de perfil y su expresión tenía la misma sencillez del claustro, con el pelo rubio, liso, recogido detrás. En torno a la frente unos mechones rebeldes formaban una aureola dorada como una especie de nimbo. Tenía las manos fijas, sobre la falda, y la mirada baja, pendiente de sus imágenes interiores. Únicamente destacaba el ritmo lento del pecho, subiendo y bajando incansable. Pero no parecía bisbear oraciones como las beatas, sino que, por el contrario, trasmitía la paz interior y el recogimiento del fiel en contacto con Nuestro Señor.

Estaba fatigado. Cuando regresamos a la posada me retiré a dormir la siesta. Más tarde, cuando bajé al comedor, encontré a Enrique y a Luca departiendo animadamente con otro joven. Me uní a ellos y Luca me lo presentó como compatriota suyo. Se llamaba Sandro y era un toscano más bien alto y bien parecido, con una expresión arrogante que me inspiró desconfianza. Si bien aparentaba ser un potentado, sus burdas ropas contradecían ese origen. Era comerciante de joyas y nos contó una enrevesada historia según la cual, sus competidores le llevaron ante el tribunal del gremio mediante una argucia legal, donde le impusieron el castigo de peregrinar a Santiago de Compostela. Nos pidió que atestiguáramos la veracidad del viaje y le extendí un pliego en el que acreditábamos haberlo conocido en León, camino de Compostela, cumpliendo lo determinado por el tribunal florentino. Cuando finalicé de redactar el documento lo agradeció con gran efusión, pues, según dijo, tenía muchas dificultades para conseguir lo mismo de otros peregrinos. Se empeñó en celebrarlo con nosotros y le acompañamos por varias tabernas. Pasadas unas horas y ya un poco ebrios, acabamos en una posada siniestra, entre jugadores, rufianes y meretrices. Yo estaba agotado, deseando retirarme, mientras Enrique, borracho hasta las entrañas, dormitaba sobre un tablón. Pero Luca y su amigo, completamente serenos, disfrutaban la juerga. En un momento dado, el comerciante desapareció, volviendo al cabo de un rato acompañado de dos sonrientes prostitutas.

La mayor, de unos treinta años, tenía el pelo casi blanco y la cara sonrosada; la otra era una chica pálida, de mirada huidiza, entre rubia y pelirroja. Estaba muy delgada, parecía uno de los perros castellanos que veíamos perdidos por los pueblos, los galgos. Con la piel sobre los huesos, tenía las cejas como pinceladas de oro, sin apenas color, y los ojos azules, claros, como los de las mujeres de Bretaña. Aunque yo la veía de esa manera, Luca dijo que era mujer para saborearla como plato y paladearla como vino. Así lo debió hacer. Cuando luego se la describió a Enrique, le habló de una hembra de unos dieciocho años: lozana, madura, abierta, que destilaba su mejor olor; a la que todo su jugo le salía de dentro, aun sin proponérselo.

Dejé a Luca y a su amigo Sandro disfrutar el «sabroso manjar» y arrastré penosamente a Enrique hasta la hospedería. Nos despertamos tarde, de mal humor. Cuando me levanté, estaba melancólico y perezoso. Llamé con insistencia a Enrique, quien, a pesar de tener los ojos hinchados y la voz pastosa, se levantó con rapidez. El sol inundaba la habitación. Volvió la cabeza lentamente. No debía ver a nadie. El mal olor le hizo tragar saliva. Tenía sed. Le dolía la cabeza. Recobró la memoria poco a poco: el florentino, las dos mujeres, el maestro Raoul... cerró otra vez los ojos. Decidió que debía incorporarse. A su lado, Luca y su paisano, tirados como fardos, roncaban ruidosamente; no hubo manera de hacerles volver a la vida hasta pasadas las once. Les esperé abajo, sentado en el patio de la posada, intentando eludir la pesada charla de un fraile franciscano.

X. Don Nuño Somoza
Mayo de 1257

Salimos de León con la intención de hacer noche en Hospital de Orbigo pero fue imposible llegar. La resaca del día anterior nos hizo cabalgar con desgana y, pasadas las seis de la tarde, teníamos suficiente por ese día. Acampamos al borde mismo de la calzada, junto a un pequeño bosquecillo de álamos cuyas hojas, ese atardecer, parecían llamas cobrizas saliendo de la tierra.

Al día siguiente, ya de mejor humor, divisamos Astorga entre una larga pincelada blanquecina de niebla. La tarde estaba cayendo y todos los caseríos se parecían. Por la mañana recorrimos sus calles empedradas, sobre las que se alineaban casas grandes de ladrillo y pequeñas de adobe, con corrales, por encima de cuyas tapias sobresalían las higueras. La ciudad no tenía excesivo interés, a pesar de ser la Asturica Augusta de los romanos y de haber sido definida por Plinio como «ciudad magnífica». No obstante, sus pintorescos habitantes eran muy curiosos. Se llaman maragatos y son altos y robustos. Visten un extraño traje compuesto por un sayo sujeto por cordones de seda terminados en unos herretes, ancho cinturón de cuero, medias de color, sombrero de fieltro negro de ala ancha y unas bragas tan amplias que recordaban a las de los musulmanes.

Al salir de Astorga, entramos en una zona de continuas gargantas y praderas, casi deshabitada. Al bajar de una ladera sombría elegimos mal el cruce y nos extraviamos. La niebla, vaga y suave al principio, dejando entrever las cumbres, fue haciéndose cada vez más densa, hasta convertirse en impenetrable y acabar por confundirnos. Acostumbrados a cabalgar entre llanuras, bajo el sol, no esperábamos ni esos parajes inhóspitos y boscosos, ni el clima, húmedo y frío. Llegamos a un cruce de caminos y, para nuestra desgracia, tomamos el equivocado, dirigiéndonos hacia el sur. Lo advertimos poco a poco. De repente ya no había pueblos, sino tan sólo aisladas cabañas con los tejados cubiertos de piedras, que apenas destacaban del entorno. De tanto en tanto, un rebaño de ovejas, algún cabrero y, al final, nada, la soledad más absoluta.

Pagamos caro nuestro error, aunque según nos dijeron más tarde, hubiera podido ser peor. Fuimos sorprendidos en las laderas del pico del Teleno, cuya cumbre dominaba toda la región.

Ocurrió por sorpresa, sin darnos tiempo a reaccionar. De pronto, en un recodo del camino, aparecieron dos jinetes de expresión hosca, conminándonos a detener la marcha. Volvimos la vista y nos encontramos rodeados por otros cuatro o cinco hombres. Se dirigieron a mí, supongo que por ser el de más edad de nuestro pequeño grupo, exigiéndonos agriamente nuestras pertenencias. En silencio, nos quitaron los caballos y nos registraron con detenimiento, despojándonos de todos nuestros objetos de valor. Enrique les miraba aterrorizado, pero Luca, de manera insólita, se echó a un lado y animó a los bandidos a robarnos y castigarnos.

Fingiendo ser nuestro criado, exclamó:

—Ya es hora de que reciban su merecido —dijo, mirándonos con resentimiento—. No son sino simples artesanos, pero me tratan como si ellos fueran duques y yo su esclavo. ¡Dejadme ir con vosotros y unirme a vuestro grupo! Entiendo de armas y cabalgo bien. Seré buena compañía...

Los malhechores lo tomaron a chanza, empujándolo por tierra. El jefe, un rufián de poco más de treinta años, grueso, ordinario, encarnado y basto, con trazas de matón, contestó con desprecio; en su grupo no acogían extranjeros pero, ni aun tolerándolos le admitirían a él, un traidor infiel a sus amos. Se acercó al árbol donde nos habían atado a Enrique y a mí, para reconvenirnos:

—Francos, cuidaos otra vez cuando contratéis a un criado. Éste es un bellaco que no entiende de lealtades. Si conseguís liberaros y capturarlo, castigadlo como merece.

Quedó pensativo, dudando, y acabó encogiéndose de hombros:

—En todo caso, es asunto vuestro. Será un maldito traidor, pero nosotros no tenemos nada contra él.

Dio la vuelta a su caballo y se encaró a Luca:

—Márchate, cobarde. Agradece esta oportunidad. Vete solo y confía en que no te vuelva a encontrar, porque si tus amos no te dan tu merecido, lo haré yo.

Con voz enérgica, le ordenó:

—¡Corre y desaparece de mi vista!

Luca, cubierto de barro, se levantó del suelo con expresión amedrentada. No llegó siquiera a incorporarse del todo. Medio agachado, con el temor y el odio brillándole en los ojos, dio media vuelta y echó a correr. Los bandidos rieron, comentando que los lobos darían buena cuenta de él en pocas horas. Al poco, se marcharon dejándonos solos en medio del monte.

Cuando quisimos reaccionar habían desaparecido en el bosque. Enrique y yo nos miramos en silencio. El toledano movía la cabeza de lado a lado, sin poder entender el comportamiento de Luca. Se mantuvo callado, serio, mirando con insistencia al frente, sin ver nada en particular. Yo estaba igual, impotente, indignado, resignado. Pasados unos segundos que parecieron minutos, vimos a Luca emerger de los matorrales. Nos miró desde lejos con el dedo índice en la boca, reclamando silencio.

Luca se limitó a sonreír con tranquilidad. Caminó parsimonioso hacia nuestro lado y nos liberó de las ataduras. Le dejamos hacer sin decir palabra. Mientras nos quitábamos las cuerdas y nos dábamos un pequeño masaje en las muñecas, el italiano nos miraba con expresión traviesa:

—Todavía no comprendéis, ¿verdad?

—¿Qué hay que comprender, maldito genovés? —le contestó Enrique con resentimiento.

—No te das cuenta, idiota —dijo Luca, dirigiéndose a Enrique—, de que, gracias a mi comedia, estás vivo. ¿Acaso crees que, en este lugar perdido del mundo, esos rufianes no nos hubieran dado muerte? Lo único que pretendí fue confundirlos. Yo sabía muy bien que jamás me permitirían formar parte de su banda. ¿Para qué iban a querer una boca más? Como ha dicho su jefe, soy extranjero y me he comportado como un traidor. ¿Quién me admitiría en su grupo? La farsa tenía la intención de salvarnos. Cuando los vi frente a nosotros, en medio del monte, comprendí que debía hacer algo. Por extraña que parezca ahora, era la única solución.

Sonriendo con picardía, añadió:

—Si no fuera por mi estratagema, ¿quién te hubiera liberado de las ligaduras antes de que llegaran los lobos? Dime, Enrique, ¿cómo pensabas pagar de aquí en adelante comida y hospedaje?

Dio un pequeño salto y riendo, sacó una pequeña bolsa de cuero de debajo de la cintura:

—Aunque os parezca mentira, mirad lo que he conseguido conservar...

—No puedo creerlo —exclamó Enrique—, ¿cómo conseguiste escamotear esa bolsa de dinares?

Luca se limitó a abrir los brazos e inclinar con solemnidad la cabeza hacia adelante como un actor. Nos echamos a reír al unísono. Prevenidamente, desde el principio había distribuido sus monedas en dos bolsas separadas; una, la que le habían robado, en un cinturón de piel en torno a su cintura; y la otra, atada con un cordel, sobre sus testículos. Al ver a los bandidos, comprendió la urgencia de inventar una treta para salvar la vida. Sobre la marcha, fue urdiendo el plan que escenificó. Con cierta arrogancia, puso epílogo feliz a la aventura. Cierto es que Luca, como la mayoría de nosotros, tenía un fondo de comediante que exigía espectadores y le impulsaba muchas veces a los mayores absurdos. Pero también es cierto que su representación había sido, además de inesperada, asombrosamente eficaz.

Con expresión orgullosa, añadió:

—Al proclamarme vuestro criado me paralizó el pánico. Una sola palabra vuestra y se habría descubierto la urdimbre. Y aunque no la hubieran comprendido, habría dado igual. Esos canallas no eran hombres de muchas especulaciones. Habrían cortado por lo sano, matándonos a todos. Vi vuestra expresión de asombro, pero os callasteis y pude continuar mi enredo. Ya ves que las apariencias engañan, Enrique.

Con un tono afectuoso que no ocultaba el recelo, continuó:

—Me conoces desde hace varios meses; llevamos muchos días conviviendo juntos, ¿de veras creías que me iba a comportar de esa manera? ¿Pensabas que os abandonaría a vuestra suerte? ¿Tan egoísta me ves?

Enrique le miró con comprensión, avergonzado. Se acercó a Luca y se fundieron en un abrazo. Los miré con afecto. Pero había que tomar una decisión con rapidez, el lugar era peligroso y no debíamos permanecer mucho tiempo allí. Después de pensarlo con detenimiento, decidimos continuar adelante. Los parajes que habíamos dejado atrás eran difíciles e inseguros y el pueblo anterior distaba al menos cuatro horas a pie. Nos arriesgamos a seguir el sendero. Tuvimos suerte. Primero nos topamos con una ancha huella dejada por reses y caballos; después, vimos subir el humo y luego se abrió ante nosotros un profundo valle, en cuya ladera apareció un modesto pueblo. Dos horas después entrábamos en una aldea cuyo nombre no olvidaré jamás: Santa Colomba de Somoza.

Nos dirigimos a la iglesia, el único edificio sólido de la minúscula villa. Delante de la puerta, el cura departía con un caballero bien pertrechado, acompañado de su mozo de armas. Interrumpimos su conversación para narrarles nuestras desventuras. Tras presentarme adecuadamente, ambos escucharon atentamente mis palabras, moviendo la cabeza con expresión resignada. Luego el cura nos indicó nuestro extravío y el verdadero camino:

—Siguiendo la ruta equivocada, habríais llegado a la comarca de la Cabrera, inundada de lobos y verdadero callejón sin salida. Pero ahora no debéis preocuparos —añadió—. Os presento a don Nuño López de Somoza, señor de estas tierras, de regreso a sus dominios en Santa Marina. No le importará que le acompañéis y, desde allí, os será muy fácil llegar hasta Rabanal, por donde pasa la calzada de Santiago.

Don Nuño asintió y se puso en acción de inmediato. Después de lavarnos en la casa del cura tomamos un pequeño refrigerio. Al regresar a la plaza, encontramos a don Nuño con su séquito al completo y tres cabalgaduras aparte, un caballo para mí y dos mulas para Enrique y Luca.

—Es todo lo que he podido conseguir... —me dijo, casi disculpándose.

Don Nuño era un hombre agradable, si bien de pocas palabras. De expresión severa, frente ancha y ojos profundos, observé que sus manos parecían hábiles, pero desproporcionadamente grandes, sobre todo en comparación con las piernas. Diez pulgadas más y se habría hablado de un físico proporcionado. Nos contó que muchos peregrinos se extraviaban en los cruces de caminos, siendo presa fácil de los rufianes que poblaban los bosques:

—Viven en cuevas y se esconden en la espesura, por lo que es difícil atraparlos. Pero estad tranquilos, conmigo no corréis peligro. Ya me gustaría que se atreviesen a atacarme. Pero no. Conocen cada palmo de estos montes y saben quién va por los senderos. El peligro ya ha pasado...

Al atardecer nos desviamos por una trocha zigzagueante hasta llegar a un valle donde una pequeña aldea, Turienzo de los Caballeros, nos ofreció cobijo para pasar la noche. El regidor recibió con respeto a don Nuño, ofreciéndole la única cama de su casa. Nosotros nos instalamos en el establo con la familia. Por la noche, insomne, Enrique decidió salir a recorrer la aldea. De pronto, sentí que me despertaba, presa de una gran agitación.

—Raoul, no lo creeréis, pero acabo de ver a uno de los bellacos que nos asaltaron esta mañana. Hace un momento charlaba en la puerta de una cuadra con otro hombre...

Me incorporé, ya despierto.

—¿Estás seguro, Enrique?

—Sí, maestro, seguro. Reconocería esa cara entre una multitud. Decidme, ¿qué haremos?

No lo dudé un instante. Desperté a don Nuño y tras explicarle la situación, nos dirigimos en su busca con el campesino que nos alojaba. Estaba en el sitio exacto donde había indicado Enrique. E indudablemente era uno de ellos. Durante el asalto se situó a la derecha del jefe del grupo y le habíamos podido ver a la perfección. Nos acercamos en silencio. Al volverse y encontrar un grupo de hombres a su alrededor, rodeándolo, puso cara de duda. Pero, al reconocernos, le mudó la expresión. A pesar de la oscuridad de la noche, pude notar su faz lívida, aterrorizada. Ni siquiera intentó escapar. Se dejó caer sobre la tierra y se quedó con la cabeza baja, como si intentara pensar en algún ardid. Al poco empezó a sollozar implorándonos perdón:

—¡No me matéis! Si prometéis perdonarme la vida, os diré dónde están los otros con vuestros caballos.

Nuño, con expresión fiera, le exigió hablar de inmediato:

—Están dos casas más abajo, en un burdel, gastando el dinero que os hemos robado esta mañana. Id ahora —añadió torvamente—. Les sorprenderéis fornicando y no tendrán tiempo para reaccionar y huir.

—Vamos allá —rugió don Nuño—. Y tú, facineroso, ven con nosotros e indícanos el sitio exacto.

Rodeamos la casa. Uno de ellos intentó escapar por la ventana y lo atrapamos sin dificultad en las calles de la aldea. Felizmente resultó ser el jefe del asalto. Desnudo de cintura para abajo, su aspecto era patético. Sin embargo, debía ser hombre orgulloso; si bien nos miraba sin dar crédito a sus ojos, se mantuvo callado y no suplicó clemencia como su compañero. Para entonces, superada la sorpresa inicial, toda la aldea estaba despierta. De hecho, parecían encantados con el incidente y, entre risas y chanzas, nos ayudaron a amordazarles con cuerdas y les llevaron a un pequeño establo, donde quedaron atados junto al ganado. Aquellos malhechores debían de tener aterrorizada a la comarca.

Recuperamos la mayor parte de las monedas y los caballos de Enrique y Luca, pero no el mío. Lo habían matado esa misma mañana para comérselo. Al darme a elegir entre el que montaba y el corcel del malhechor, Luca dijo que ganaba con el cambio, pero sentí la pérdida. Me había encariñado con mi animal y lamentaba que, a la postre, la pobre bestia fuera la única baja de la aventura.

Abandonamos Turienzo al día siguiente acompañados de los forajidos. Un pequeño afluente del río del mismo nombre llegaba hasta el collado del castillo de don Nuño en Santa Marina de Somoza, donde, nos dijo, se haría justicia. Vinieron con nosotros diez o doce hombres del pueblo y algunas de sus mujeres, deseosas de ver el espectáculo del juicio a los bandidos. Hicimos la travesía entre cánticos y risas, mientras nuestros asaltantes caminaban en medio, atados y vencidos.

Por el camino hablé detenidamente con el señor de Somoza, aclarándole mejor mi condición de *magister dominico,* oculta tras el humilde sayal de peregrino. Si bien yo no pertenecía a la nueva caballería de los monjes soldados de las órdenes militares, era al menos un religioso y teníamos en común la *pugna spiritualis*, la lucha contra el diablo.

Me habló de sus aficiones y sueños. Era hombre educado, conocía los textos literarios y había leído nuestra *Chanson de Roland.* También dijo maravillas de un cantar de gesta, llamado *Cantar de Mío Cid,* compuesto medio siglo atrás, que he podido consultar ahora, en estos días de tranquilidad toledana.

Su interés por la literatura abría otras posibilidades:

—Creo que vuestro rey Alfonso practica la poesía con gran esmero. He oído decir que compuso versos muy hermosos dedicados a la Virgen...

—Es verdad. Los escribió muy joven, cuando se educaba con su ayo, mi buen amigo García Fernández, señor de Celada, por cuyas tierras habéis pasado, ya que su villa está unas leguas al sur de Astorga. Pero aunque el rey pasó por aquí algunas veces, vivió sobre todo en Allariz, otra posesión de los García situada en Galicia. Por eso los escribió en la lengua de esa región, el gallego. Se llaman *cantigas* e hizo gran cantidad de ellas, tanto religiosas como profanas. Algunas de estas últimas son muy divertidas. Las llamamos de escarnio y maldecir...

—¡Ah, sí! ¿De qué tratan?

—En general, versan sobre temas satíricos, en los que, por ejemplo, el poeta se mofa del poco valor demostrado en la guerra por los *coteifes* o soldados de baja ralea, o se reprueba la cobardía a ciertos hidalgos.

Nuño sonrió recordando, probablemente, algún pasaje. Poco a poco retomó su serio semblante:

—Y, en efecto, tienen gran calidad. De hecho, encargué que me hicieran copia de muchas *cantigas*. Si tenéis interés, os las dejaré leer cuando lleguemos a mi casa.

Sin embargo, por buenos que fueran los versos del rey castellano, otras imágenes ocupaban mi pensamiento. ¿Así que don Nuño era buen amigo de García Fernández? Le miré por el rabillo del ojo esforzándome en no delatar la impaciencia. La ocasión parecía perfecta para intentar confirmar mis datos.

—¿García Fernández? —pregunté con expresión inocente—. ¿No será ése el padre de don Rodrigo, el muchacho del que cuentan por todo el Camino que será ajusticiado en Santiago?

—Ése es, amigo mío. Pero no me saquéis el tema, que nos tiene muy afligidos a toda la familia. Mi esposa Beatriz no podía creer que un joven tan bondadoso como Rodrigo haya cometido la felonía que le imputan. Y si os soy sincero, yo tampoco entiendo lo ocurrido. Le conozco bien, sé cómo ha sido educado y me resulta imposible aceptar los hechos que cuentan. ¡Pero, como bien sabréis, padre, por vuestro ministerio, la vida está llena de sorpresas!

—Sin duda —le contesté.

Él asintió lentamente. Sus ojos apagados iban pendientes de la calzada y, de pronto, cambiaron el punto de enfoque. Me miró un momento. Los labios mantenían el esbozo de una sonrisa educada, pero la cara estaba moteada por la rabia, con la boca medio abierta a punto de hablar. Se lo impedí.

—La verdad —dije, tratando de imprimir serenidad a mi voz— es que no estoy demasiado al tanto del crimen de don Rodrigo. He oído decir que mató a un noble por el amor de una dama, pero nada más. Todo lo que sé lo he escuchado en hospederías y posadas, a través de cuentos de ciegos y versiones de otros viajeros. He ido escuchando esta historia a retazos y, francamente, estoy un poco intrigado...

Le tomé del brazo y me incliné hacia él con una media sonrisa.

—Y ahora, cuando al fin me codeo con alguien que puede hablar con conocimiento, no os apetece hablar de ello. No quiero forzaros, pero cuando lo consideréis oportuno me gustaría conocer la verdadera trama.

Don Nuño puso cara de aflicción, como si le doliera expresar en alto sus sensaciones y sintiera que el dolor mismo era el más eficaz alimento de la memoria. Luego lo debió de pensar mejor, me miró e hizo un gesto de asentimiento.

—Antes os dije que no deseaba conversar sobre ello porque mi afecto por don Rodrigo me hacía sentir implicado —respondió—. Pero sea, al menos oiréis una versión más objetiva que las medio verdades, cuando no insidias, que os hayan podido referir por el camino.

Hizo un pequeño alto y comenzó a decir:

—Conozco a Rodrigo García desde que nació. Ya os he dicho que me precio de ser buen amigo tanto de su padre como de su madre, doña Mayor Arias. Le he visto empezar a andar, jugar con mis hijos pequeños, corretear a caballo, entrenarse con sus primeras armas y, en suma, crecer ante mis ojos.

—Sabéis de quién habláis.

—Exacto —contestó—. Fue un niño noble, sincero, sin dobleces, y ha sido un hombre recto hasta que hace apenas unos meses cometió un acto que contradecía el comportamiento de toda la vida. Todavía no lo entiendo. ¡En fin! En todo caso, el tema trascendente es otro. Como sabréis, don Rodrigo es hermano de Juan, el mejor y más temprano amigo del rey Alfonso. Compañeros de juegos, de armas y hasta de otras cosas que me callo por vuestra condición de fraile...

Se paró y me puso una mano en el hombro. Era suave, grande, morena. Continuó en tono burlón:

—¡Incluso sobre esto último dejó versos escritos! Si tenéis curiosidad por saber a lo que me refiero os pasaré en mi casa sus ingeniosas estrofas sobre las *soldadeiras*, como llamamos por aquí a las barraganas que andan entre la tropa...

Apartó su mano del hombro y me miró fijamente. Su brazo quedó levantado en el aire y lo empezó a bajar gradualmente.

—Me estoy desviando. Sólo quería poneros en antecedentes sobre lo extraño del caso. En realidad, la historia es muy simple. Desde que era casi un muchacho, don Rodrigo había estado enamorado de una de las jóvenes más hermosas de Galicia, doña María Correa. Según he oído, ella también le correspondía y nada hacía suponer que algún acontecimiento impidiera ese enlace. Pero la moza tenía otros pretendientes. El más destacado es un medio pariente de la mujer de don García, con quien éste se casó en segundas nupcias. Se llamaba Diego Pérez Arias y aunque peleaba bien, tanto a pie como a caballo, nunca me gustó demasiado.

Enarcó las cejas y le correspondí con una mirada interrogante.

—¿Y eso?

—Para empezar, porque desconfío de los hombres que hablan tan poco como él. Muchas personas aprecian esa conducta, pero yo no. Suele encubrir o bien a quienes no tienen nada que decir, o bien a los que ocultan sus ideas. Y ninguna de las dos cosas me agrada. Además, era retorcido y torticero y aunque, ya os lo dije, era buen jinete, le he visto tratar con excesiva dureza a sus criados.

Yo continué con el rostro dubitativo, aparentando no seguir bien el hilo de sus ideas. Mis ojos trataban de alentarlo a continuar y él pareció adivinar el rumbo de mis pensamientos.

—¡Tened un poco de paciencia! Es bueno que conozcáis mi punto de vista sobre los protagonistas de esta tragedia. Debéis saber quién es quién. Y ya os digo, Diego no era de fiar. Todavía recuerdo cómo mancilló a una pobre aldeana delante de sus hombres. No soy hombre que se escandalice con facilidad y comprendo que los soldados necesitan desahogarse de vez en cuando. Pero una cosa es desfogarse y otra maltratar innecesariamente a quien no puede defenderse...

Nuño carraspeó con desprecio. Todavía, después de tanto tiempo, no soportaba el recuerdo.

—Ya voy al tema que os interesa. Como os dije, Diego también deseaba a doña María, pero ésta estaba más inclinada por los favores de don Rodrigo y, según había oído decir, se prometerían en matrimonio en poco tiempo. Por entonces ella terminaba sus estudios con las monjas de Santa Clara, un pequeño monasterio que hay en las cercanías de las tierras de Diego. No sé qué diantres ocurrió entonces. De forma inesperada quien formalizó el compromiso nupcial con doña María fue Diego. Poco después estuve en casa de don García y pude hablar con Rodrigo. Recuerdo muy bien su actitud. Es verdad que estaba abatido, pero se mantenía como siempre y no había el menor motivo para sospechar ningún incidente, y menos tan terrible, como el que ocurrió.

—¿Y qué fue? —le dije impaciente.

—Es difícil saber con exactitud lo qué pasó. Los hechos de los que os puedo hablar son los siguientes. No creo que llegaran a pasar quince días desde que estuve con Rodrigo hasta que volvimos a coincidir en la boda de Martín de Guzmán e Isabel Torregrosa. Se celebró en un pazo cercano a Santiago. Apenas le vi durante el torneo y en la fiesta del banquete me fijé en que charlaba relajado con Gonzalo Anes do Vinhal, otro poeta, también un amigo común de nuestro rey. Cuando finalizaban las celebraciones y yo ya andaba pensando en retirarme, apareció en la puerta del salón un soldado requiriendo con urgencia al padre de doña María, Alonso Correa, hombre cabal donde los haya. Viendo la alarma del soldado, acompañamos a Alonso varios hombres hasta un pequeño salón, donde nos encontramos con la sorpresa de ver el cuerpo inerte de don Diego tumbado en las losas.

—¿Estaba muerto?

—Sí, tenía un profundo tajo en la espalda. A su lado, de pie, María lloraba desconsolada, mientras que don Rodrigo sostenía una pequeña daga florentina que Diego solía usar de adorno. La escena no parecía albergar dudas sobre su desarrollo. Sin embargo, Alonso, siempre justo, preguntó qué había pasado. Ambos guardaron silencio durante un tiempo, pero al fin, Rodrigo con una voz de ultratumba acabó por aceptar que había asesinado a Diego por celos, pues no podía soportar la idea de que María se casara con otro hombre que no fuera él.

—¿Rodrigo confesó su crimen?

—Ya os lo he dicho —contestó irritado. Luego pareció pensarlo dos veces y añadió—. Bueno... no es que lo proclamara, pero cuando le acusaron del asesinato él lo aceptó. ¡Yo mismo le vi asentir con la cabeza!

Nuño hacía lo contrario. Meneando su rostro de lado a lado siguió hablando:

—Os aseguro que no podía dar crédito a mis oídos. ¡Don Rodrigo asesinar por la espalda a un rival! ¡Imposible! Un hombre que renunció a honores en la corte para cuidar de sus padres cometiendo tal perfidia. Sin embargo, él mismo lo reconocía.

—¿Y después?

—Os lo podéis imaginar. Se dejó prender sin ofrecer resistencia y desde entonces se encuentra encerrado en una mazmorra de Santiago, esperando el juicio que, con toda probabilidad, le conducirá a la muerte.

—¿Cuándo se celebrará?

—Dentro de poco. Creo que a finales de julio. De hecho, tengo por costumbre acudir cada año a Compostela el día 25 de julio, a celebrar la festividad del santo Apóstol. Pero este año no iré. No deseo ver ajusticiar a quien consideré un amigo. No podría consolar a sus padres, ni siquiera ser mínimamente cortés. Supongo que ese día saldré a cazar y luego me emborracharé sin prisas...

—Es una historia muy triste —reconocí—. E igualmente, como decís, un poco incomprensible. Tiene que haber algún detalle que no conozcáis, alguna razón que explique tan extraño comportamiento.

—Eso creo yo —respondió—. Hay demasiados interrogantes. ¿Por qué cambió María de opinión tan de repente? ¿Por qué aceptó a don Diego, si sabíamos que no le profesaba especial cariño? Pero dejando esto, que entender las razones de las mujeres es tarea imposible, lo que resulta inexplicable es que Rodrigo le quitara su puñal a don Diego y se lo clavara por la espalda.

—¿Por qué?

—Primero, porque él nunca actuaría así. Si quería enfrentarse con él, lo hubiera hecho cara a cara, como un caballero. Pero es que, además, Diego no era ningún chiquillo. Dudo que nadie hubiera sido capaz de arrebatarle su arma sin pelear. Ya os lo dije, era diestro con las armas y sabía defenderse.

—¿No había huellas de lucha en la habitación?

—Ésa es otra. Salvo algún mueble descolocado, aquella habitación no mostraba señales de ninguna disputa.

—No parece un panorama normal —le confirmé.

—¿Verdad? El comportamiento de todos es contrario a su carácter. Incluso el de María. Es verdad que es una frágil dama, pero siempre ha sido altiva y nunca tuvo complejos para expresar sus opiniones cuando le venía en gana. Comprendo que estuviera impresionada por la escena, pero ¡tanto como para ser incapaz de pronunciar una sola palabra en todo el tiempo! No obstante, así fue. No abrió la boca. Al principió sollozaba quedamente, pero luego adoptó una posición de serenidad y, aunque tenía ojos de loca, no dijo nada...

—¿Ni una palabra, ni un gesto?

—Nada. Permaneció de pie, junto al cadáver, durante un buen rato. Luego llegó su madre, se abrazó a ella y al poco se marcharon de allí. Pero bueno, era comprensible que en ese momento estuviera anonadada por el impacto de lo sucedido. No lo es, sin embargo, que hasta hoy siga sin haber comentado una sola palabra. De hecho, toda Galicia está ansiosa por saber lo que va a declarar en el juicio.

—¿Acaso creéis que su testimonio cambiará los hechos?

—No lo sé. Éste es un caso complicado y se han polarizado en exceso los partidarios de unos y otros. Es difícil poder aventurar algo. Lo único seguro es otro aspecto que quizá a vos os interese menos, pero que tiene su importancia...

De nuevo le animé a continuar con la mirada. Continuó:

—Veréis, ya os he comentado que Rodrigo es buen amigo de Alfonso X, el rey de Castilla. De hecho, cuando rechazó ir con él a la corte como habían hecho sus hermanos, se comentó mucho su comportamiento. Pero lo hizo por cuidar a sus padres y para casarse con María Correa y a don Alfonso no le molestó. Y por otro lado, también os lo dije, el hermano mayor de Rodrigo, Juan, es el mejor y el más antiguo de los compañeros de nuestro monarca. Así que muchos pensaron que don Alfonso intervendría en favor de Rodrigo. Buena parte de la nobleza anduvo expectante para ver cuál sería su reacción. De hecho, hasta hubo una especie de conjura más o menos explícita para evitar que pudiera hacer algo.

Sonrió despectivamente antes de añadir:

—¡Bah! No le conocen. Si es declarado culpable, Alfonso sentirá como la herida más profunda la muerte de Rodrigo, pero no moverá un dedo para evitar que se cumpla el veredicto. ¡Es rey antes que otra cosa y cumplirá su papel a la perfección! Me he hartado de decirlo a todos pero, aun así, más de uno desconfía. Dicen que ha maniobrado para retrasar la fecha del juicio, y es posible que sea cierto, pero eso no cambia en nada los hechos...

—Y, ¿por qué iba a querer retrasar el juicio?

—Hombre, padre, sed lógico. Ya os he dicho que hay demasiados puntos oscuros en la trama como para que ninguno esté satisfecho. Parece natural que intente prolongar el tiempo de espera por si se aclara algo, ¿no os parece? Es más, supongo que debe de tener trabajando a alguno de sus leales para intentar despejar las dudas. Y otra cosa, ¡ojalá consigan hacerlo! ¡Quiera Dios que podamos comprender las oscuras razones de don Rodrigo! Os aseguro que no me gustaría morir sin saber qué pasó en realidad.

Mientras don Nuño pronunciaba estas palabras, podíamos ver al fondo las primeras casas de la aldea emplazada a los pies de su castillo. En consecuencia, opté por dejar la conversación como estaba. Habría tiempo para retomar nuestra charla. «Quizá —me decía— este don Nuño se pueda convertir en un inesperado aliado. Pero no conviene precipitarse».

Por entonces, los acontecimientos se agolparon impidiéndome cualquier otra reflexión. Desde las afueras de la villa, fuimos recibidos con gran alborozo. Una treintena de personas, entre hombres y mujeres, se unió a nuestra comitiva. Cuando ascendimos hacia las murallas éramos una pequeña multitud. En la puerta del foso esperaban a don Nuño su esposa y señora, doña Beatriz, y sus tres hijos. Tras ellos, el castellán, los soldados que custodiaban el castillo y la servidumbre. Después de besar afectuosamente a su familia, saludó uno a uno con gran pompa. Luego me presentó a todos y comentó las líneas generales de nuestra aventura con los ladrones. Casi de inmediato, dio instrucciones para pasar al interior de la fortaleza, donde satisficimos su curiosidad, contándoles repetidas veces el suceso.

Felices con la vuelta del señor y la captura de los malhechores, organizaron una gran fiesta aquella misma noche. Quedó únicamente la guardia cumpliendo su servicio. El banquete se celebró en un gran salón dentro de la torre del homenaje, junto a la muralla del lado este. Al atardecer los sirvientes y muchos otros hombres y mujeres cogieron tablas y caballetes de un montón apilado en un lado del salón y montaron una larga mesa. Cuando cayó la noche se encendieron velas de junco y grandes hachones de cera para la mesa principal, que se colocó perpendicular a la que atravesaba el salón, en forma de T. Una vez dispuesto todo, nos sentamos a su alrededor en los bancos. Enrique y Luca se acomodaron entre la gente del castillo, pero a mí me guardaron sitio en la cabecera. Uno de los criados fue repartiendo grandes boles y cucharas de palo, contando en voz alta a medida que los entregaba. Otro de los sirvientes llevó tazas de madera a todos los comensales y las fue llenando de vino con unos grandes jarros. Vi a Luca coger su taza para empezar a beber, pero pude indicarle con un gesto que esperara la llegada de nuestros anfitriones.

Don Nuño apareció al poco con su mujer y sus tres hijos. Estaban vestidos para la ocasión y querían demostrarnos su largueza exhibiéndose ante nosotros. Descendieron por la escalinata pausadamente, dándonos tiempo a observarlos en detalle y poder comparar sus adornos: la condesa, con una redecilla de hilos de plata en torno a su cabeza y un traje de seda de Damasco. Por su parte, el conde se había rizado la barba y llevaba una piel de marta alrededor de los hombros. Cuando se sentaron, don Nuño revisó con la mirada la gran estancia y levantó su copa haciendo una especie de brindis a toda la mesa antes de probar el vino. Tras él bebimos todos. Después aparecieron tres grandes calderos con la sopa y seis hombres trajeron la carne. Antes, el cocinero había afilado su cuchillo para matar dos carneros y varios cochinillos que luego don Nuño, una vez asados, partiría por el curioso procedimiento de golpearlos secamente con el filo de un plato de barro. Una vez finalizada la ceremonia de trinchar la carne, el mismo conde cogió una gran hogaza de pan blanco y la cortó en rebanadas. Luego se la pasó a un sirviente que estaba tras él haciendo las funciones de maestresala, y éste se las devolvió una a una, para que pudiera disponer grandes trozos de asado encima del pan. El mismo Nuño las repartió entre los que ocupábamos la mesa principal. Al tiempo, varios lacayos repartían otros panes diferentes, sobre todo el que llaman *tranquilón*, es decir el compuesto de trigo y centeno, para el resto de la gente. Cuando el conde finalizó de servir a nuestra mesa, cubrió tres o cuatro rebanadas más y fue sustituido por el maestresala hasta que cada uno tuvo su buen pedazo de carne sobre pan. Pero éramos tantos que, cuando finalizaron de preparar todas las raciones, nosotros ya comíamos nuestras porciones desde hacía rato. Oí al conde dar la orden de reservar vino para la guarnición y luego se volvió a departir con todos nosotros.

A nuestro alrededor la algarabía era total. Risas, exclamaciones, cánticos y el rumor de cien conversaciones colmaban la estancia. A ello se unió el ruido de un grupo de personas que empezaron a disponer sus instrumentos al fondo de la sala. Se trataba de unos juglares provenzales que más tarde nos deleitarían con poesías trovadorescas. Empezaron por la delicada música del Principado de Cataluña, mas no tardaron en tocar ritmos mozárabes. Del salterio pasaron a la viola y al rabel, finalizando con una melodía que hizo callar a toda la mesa. Era una cadencia insinuante, impregnada de una dulzura que nos fue hechizando. En mitad de la canción, como por ensalmo, surgió entre los músicos una bailarina que nos cautivó aun más que la música. Iba engalanada de la cabeza a los pies, pero a diferencia de los amplios ropajes del resto de las damas, sus ropas eran un conjunto inabarcable de velos y pequeñas joyas que se ceñían a su cuerpo como un guante a la mano.

—Es una *qayna* —me dijo don Nuño con expresión de orgullo. Yo no le entendí y debió notarlo—. Así llaman los árabes a las esclavas con formación de cantantes, bailarinas y conversadoras. Ésta es muy buena y aunque os parezca una niña, tiene al menos veinticinco años.

Efectivamente, parecía no haber salido de la adolescencia. Su cuerpo, si bien mostraba en las caderas la plenitud de las mujeres, tenía el pecho pequeño y la cara dulce, infantil, con formas como desvaídas. Ese contraste y su fuerza repentina nos embriagaron más que el vino y la música. Danzaba como si los instrumentos sonaran dentro de su cuerpo, como si las manos estuvieran hechas para expresar los sonidos que se esparcían por el salón. Tenía la cabeza pequeña y el pelo negro, liso, recogido detrás, pero eso más que verse, se adivinaba. Cubierta por un velo hasta la altura de las cejas, un collar con pequeños anillos de latón le circundaba la frente. Alrededor de las muñecas, los brazos y los tobillos llevaba otros adornos similares, de tal forma que cada vez que se movía se unía el tintineo de los pequeños aros a la melodía principal. Su actuación duró sólo unos minutos, pero nos dejó a todos embobados.

Se oyó primero el sonido suave, incesante, del laúd y de un violín. Y luego, cuando apareció la *qayna*, el tamboril, seco, rítmico, sordo. Ella permaneció inmóvil, como una estatua griega. Al unirse la flauta al tamboril, las manos de la *quayna*, como por ensalmo, empezaron a moverse, entrelazándose, disparándose en el aire. Luego se sumó otra flauta a la armonía y durante un momento pareció que se entablaba un duelo entre los dos instrumentos. La muchacha movía los brazos alentando esa disputa simbólica. La música fue intensificando el compás, obligando al tambor a aumentar la cadencia de los golpes. La *qayna* se dejó llevar y, si al principio parecía que sus movimientos eran dictados por los instrumentos, finalmente fue ella la que los animaba. Su cuerpo, inmerso en el baile, se deslizaba por el espacio, por un espacio minúsculo, con una energía y una delicadeza difícil de transcribir. Los cascabeles empezaron a sonar. La *qayna* cogió una pequeña pandereta y comenzó a girar en rápidas y sucesivas piruetas con el cuerpo completamente curvado. La pandereta aleteaba en sus manos como una mariposa. Los velos de su cuerpo, disparados al aire en continuas oleadas, semejaban pequeñas nubecillas de verano, látigos al viento, bandadas de pájaros que avanzaban y retrocedían. Dentro de ellos, la bailarina se retorcía como si fuera ingrávida: sus pies saltaban, andaban y se deslizaban como si no pesaran nada, sin llegar siquiera a hollar el suelo.

Cuando finalizó quedamos en silencio y ella se agachó en una delicada reverencia que fue interrumpida por el estruendo de aplausos y vítores en toda la sala. Animados por el éxito de la *qayna*, los músicos continuaron con canciones cada vez más rítmicas.

Mientras tanto el vino hacía sus efectos. Por eso concluyeron, ya medio borrachos, entonando canciones plagadas de dobles sentidos que al fin se hicieron de una obviedad insultante. La gente aplaudía y coreaba los estribillos con entusiasmo. Pero yo me había quedado ensimismado con la bailarina y no participé. Me dio la impresión de ser el único sobrio, el único pendiente del desarrollo de la fiesta y el único consciente del apenas perceptible tránsito que se iba produciendo desde la elegancia más sutil hasta el desenfreno más procaz.

Cuando se lo comenté a Enrique respondió que, en su opinión, el suceso no había tenido nada de extraño. Pero a mí sí me lo pareció. Sin duda fue harto curioso. Yo conocía el desarrollo de otras fiestas similares y, aunque ésta transcurrió como casi todas, hubo momentos mucho más intensos que en la mayoría de ellas. Tanto la danza como los juegos de palabras finales fueron, ¿cómo decirlo?... más excitantes. Al principio don Nuño dirigió a su señora, doña Beatriz, un largo poema cargado de referencias cultistas en el que describía su ausencia del hogar y el amor que le profesaba. Pero, conforme transcurría el festín, el tono fue tornándose cada vez más grosero, sin que a nadie le importara, ni siquiera a la condesa, que respondía con descaro a las procacidades. Finalmente todos reían y se golpeaban el pecho con los puños. Fue como siempre y, también, como en cada ocasión, volví a sorprenderme por la ambivalencia entre el amor plátonico y la impudicia con la que los caballeros viven sus relaciones con las damas.

Nos acostamos tarde y cuando conseguí acomodar mi cuerpo en un rincón cerca de la chimenea, sentí que mi cabeza daba vueltas y sólo conseguía mantenerme en cierta paz si cerraba los ojos. Cuando desperté, el fuerte dolor de cabeza me reveló que la noche anterior no había permanecido ajeno a la juerga.

Estaba escrito el destino que esperaba a nuestros asaltantes antes de ser juzgados. Desde el mediodía escuché un incesante claveteo que delataba la construcción del cadalso. Por la mañana, estaba finalizado. Desde la ventana pude contemplar la tétrica imagen de cuatro *picotas* o *rollos* —nombre por el que se conocen aquí— alineados en el centro de una tarima de madera levantada en el patio de armas.

No obstante, se celebró el juicio. Al atardecer estaba todo dispuesto. Don Nuño me pidió que me sentara a su derecha, entre él y Diego, su hijo mayor. La ceremonia fue lenta y procelosa. Vinieron a declarar al menos cinco testigos además de nosotros mismos. El veredicto fue unánime y la sentencia se cumplió al amanecer. Por la noche fui a intentar consolar a aquellos pobres diablos, pero sólo uno admitió la confesión. El resto me maldijo entre gruñidos e insultos, acusándose unos a otros de haberse perdido perdonándonos la vida. Su imagen patética, desolada, meciéndose en las horcas, muñecos rotos batidos por el viento, me persigue desde entonces.

Pasamos dos días más descansando en el castillo de los Somoza. Hablé con el capellán y con el hijo mayor de don Nuño,

Diego, quien me informó del resto del Camino a Santiago. Después, con coquetería femenina, me enseñó su armadura completa, espada y escudo. Más adelante se dirigió a su mozo de armas y le ordenó ayudarle a ponerse la coraza, sujetando las perneras de cuero al dorso de su muslo y espalda. Al tiempo me miraba de soslayo; quería mostrarme su destreza con los pertrechos militares. El mozo peinó hacia atrás a su señor, y apenas éste se colocó en la cabeza un casquete de lino, lo insertó bien adentro. Inmediatamente después le acomodó otro grueso casco de cuero relleno con pelo de conejo y, tras ello, la caperuza de la coraza con el protector del cuello, sobre la cual, le pondría, por fin, el yelmo de hierro templado. Luego dijo al mozo que le ciñera el cinturón de la espada, le sostuviera el estribo del caballo y le llevara la lanza. Recalcó todas estas órdenes para nosotros, para que entendiéramos su significado. También le hizo otras advertencias sobre la manera de sujetar las cinchas de la silla, la hebilla del cinturón y todas las otras correas. Yo, que sabía que sus palabras estaban destinadas a mis oídos, me hice cortésmente el impresionado. Acariciando el cuello del poderoso caballo de guerra, me dijo con orgullo:

—En la próxima expedición acompañaré a mi padre. Llevo entrenándome dos años. Sé sostener una lanza, blandir la espada y llevar a cabo un ataque a caballo...

—Es cierto —confirmó el sargento de la guarnición, que estaba a nuestro lado—. Pelea bien a pie y montado. Aunque, admitidlo —le dijo—, debéis mejorar como jinete, no hay nadie que luche tan bien como vos cuerpo a cuerpo, salvo, claro, su padre. El otro día, en la instrucción —reconoció—, me venció con limpieza...

Por la noche había tomado la decisión de tantear definitivamente a don Nuño. Si mi intuición era atinada podía convertirse en un valioso aliado para la clarificación de una intriga que ya estaba empezando a vislumbrar con nitidez. De ser ciertas mis impresiones, el juicio a don Rodrigo implicaba bastante más que acreditar la verdad sobre unos hechos dudosos. Como me había asegurado Miguel de Miranmón y corroboraba ahora, el monarca castellano estaba haciendo tantos cambios en su reino que no le faltaban enemigos. Sin embargo, por lo que llevaba visto, don Nuño no formaba parte de ese pulso. Me precio de ser un buen fisonomista y, o bien Nuño era un consumado actor, o bien la expresión de su rostro delataba una lealtad para con Alfonso incompatible con la participación en una revuelta. Es más, al hablar conmigo, Nuño se había alineado con claridad junto a su soberano. Estaba persuadido de ello; en caso contrario, podía estar jugándome la vida.

Le informé de mis propósitos y me pidió que le acompañara a una pequeña antesala de su dormitorio. Nos sentamos frente a la chimenea y paulatinamente le fui introduciendo en mi conocimiento de los hechos. Quise actuar con cautela y hablamos primero de las innovaciones legislativas y las transformaciones que se habían introducido en la corte. Necesitaba confirmar mis impresiones. Cuando comprobé que su opinión era favorable a los cambios —«Son duros, pero inevitables», me dijo con sequedad—, le pregunté directamente qué pensaba de los levantamientos de Vizcaya y Andalucía:

—¿Qué voy a pensar? —contestó abruptamente—. He sentido pena por Diego López de Haro, a quien apreciaba, pero creo que su posición de alférez de Fernando III le hizo creer que podía maniobrar con su hijo Alfonso con excesiva facilidad. Se equivocaba. Con Alfonso no se puede vivir de rentas ajenas. En cuanto a la rebelión del infante Enrique, no hay mucho que decir. Es un intrigante nato y, aunque no deseo mal a nadie, me alegra saber que estará fuera de la Península muchos años. No creo que su hermano le perdone y le comprendo.

Era el momento. Después de disculparme por las prevenciones que había tomado, puse a don Nuño en antecedentes. Le dije que conocía parte del enredo de Rodrigo y María Correa e iba a Santiago para averiguar sus pormenores. Aunque supongo que le sorprendería escuchar mis palabras, su rostro no delató ni sorpresa ni el menor reproche por mi comportamiento anterior. También en esto comprobaba que don Nuño era un hombre de acción. Incluso su mente era práctica, poco dada a las especulaciones innecesarias, atenta a los hechos.

—¿Quién os hizo el encargo?

—El obispo de Jaca, Guillermo. Antes, fui enviado por el rey Luis de Francia a requerimiento de vuestro monarca. Provengo de la Abadía de Saint Denis, pero me informaron de que debía venir a la corte de Toledo para una misión no demasiado clara...

—¿Y bien?

—Veréis —respondí—. Por lo que intuyo, se trata de dar a Alfonso X una especie de asesoramiento sobre sus reformas. Pero ya os digo, las instrucciones no fueron demasiado claras. En realidad —añadí a modo de disculpa—, quien me trasmitió el encargo del rey, el canciller de la Universidad de París, no se distingue precisamente por ser diáfano. En todo caso, no me molestó demasiado. Y además, no tuve tiempo. No me dieron otra opción que realizar el viaje de inmediato.

—Y lo que ocurrió, si no me equivoco —me cortó don Nuño—, es que en Jaca os ordenaron desviaros a Santiago para investigar esta intriga...

—Algo así —reconocí—. Pero fue todo mucho más ambiguo. Al principio, Guillermo, el obispo jacetano, trató de convencerme para viajar a Santiago como un peregrino cualquiera, argumentando que había llegado a España demasiado pronto y que el rey no me podría atender hasta el verano.

Una expresión extraña debió de pasar por mi rostro. Me miró con astucia. Luego abrió los ojos y, con la mirada brillante, preguntó:

—Ya, ¿y cómo averiguasteis lo que querían de vos?

Levanté las manos con ademán de fastidio y bajé la mirada, aprovechando para examinarme las uñas.

—Bueno, Guillermo empezó sugiriéndome que lo hiciera así, pero, como os podéis imaginar, la situación no me gustaba. Había realizado el viaje desde París a Jaca con toda la premura posible y, de pronto, me decían que eran innecesarias tantas prisas. No concordaban los hechos —levanté la mirada—. Así que empecé a cuestionar sus sugerencias. Pero él fue muy hábil. Al final acabó medio ordenándome que realizara el Camino para darle en mano un mensaje al obispo de Santiago. No obstante, continué insatisfecho. Sus explicaciones no bastaban. Seguí preguntándole insistentemente hasta que por fin —dije con expresión de triunfo— concretó lo que deseaba de mí...

—Ya veo —susurró don Nuño—. Ese taimado de Guillermo conoce su oficio. Si no sabíais el objeto del viaje, no podíais traicionaros y, en consecuencia, delatar al rey. Ahora bien, no entiendo su seguridad en que acabaríais averiguando los hechos. ¿En qué se fundaba para confiar en que investigaríais por vuestra cuenta?

—No lo sé a ciencia cierta. Supongo que conocía algo de mí y pensaba que si iban dejando ciertas pistas como por azar, acabaría intrigándome y decidiría investigar...

—No, eso no es lógico —reflexionó el conde—. Aun cuando fuerais el hombre más curioso de la tierra y él lo supiera, sería demasiado arriesgado suponer eso. Tiene que haber algo más... Decidme, ¿os acompañan sólo esos dos muchachos con los que os encontré o hay alguien más?

Se lo expliqué. La manera casi casual con que me había indicado la conveniencia de ser acompañado por una persona de su confianza. Y cómo, también casualmente, pues no había otros hombres más apropiados disponibles, se le había ocurrido el nombre de Pedro García de Velasco, un eremita retirado en San Juan de la Peña.

—¿Pedro García de Velasco? No creo conocerlo...

—Sería difícil que así fuera. Es un hombre muy discreto y también de los más efectivos que he conocido. Ahora se encuentra de camino a Asturias para buscar a un mago que nos puede dar una de las claves para resolver la intriga...

Don Nuño me miraba con expresión anhelante. Le precisé lo restante. La boda en Estella, mi extraña conversación con Cárdenas y después con Miguel de Miranmón, quien, a través del médico Leví, nos había puesto en la pista adecuada, el fallido intento de envenamiento, nuestro desvío en Sahagún, y finalmente, la decisión de que Velasco fuera a buscar con Salomó Sabarra a Todrós, el otro mago.

Hablé mucho rato. Al terminar noté la boca pastosa. Sin embargo, don Nuño no me interrumpió una sola vez. Se mantuvo tranquilo, a la expectativa, con el mentón apoyado en la mano y los ojos prendidos en mis ademanes. De vez en cuando asentía con solemnidad, y hubo un par de momentos en los que se levantó para dar la vuelta a uno de los troncos de la chimenea o remover los rescoldos. Pero lo hizo sumido en mis palabras, alentándome a continuar. Cuando acabé tenía la sensación de no haber dejado nada en el tintero. Me equivocaba. Le había pormenorizado los hechos y él necesitaba precisar los detalles. Tras hacerme multitud de preguntas, se dirigió al balcón y abrió las contraventanas. El sonido que llegaba del patio resonó instantáneamente. Por debajo del ruido, su expresión pensativa me indujo a creer que, gracias a los nuevos datos, estaba extrayendo mayor riqueza de información que mis conclusiones. Incluso consiguió identificar a Velasco:

—Ese Velasco... ¿no se tratará de un hombre grande y fuerte, de unos treinta años, moreno, de expresión apacible? Un hombre que, aunque pasa desapercibido y no parece demasiado ágil, se mueve como un gato y parece estar siempre por delante de los acontecimientos...

—No habríais podido describirle mejor —reconocí—. Es ése, sin duda. ¿Le conocéis?

—Personalmente no. Pero he oído hablar a menudo de él. Lo he hecho utilizando, creo, las mismas palabras con que me lo describieron a mí. Pero, tenéis razón, debe ser la misma persona. Es un hombre extraño. Parece ser que conoció al rey en la campaña de Murcia, hace casi quince años. Desde entonces le profesa una fidelidad perruna y lo ha empleado en las más diversas misiones. Por lo que me contáis, deduzco que en San Juan de la Peña tenía otras ocupaciones y no era en absoluto un eremita, como os dijeron. También creo que si se trata del hombre que os hablo, su elección fue todo menos casual.

Ahora empezaba a entender. Comprendía, por ejemplo, por qué Velasco siempre actuaba con tanta seguridad; por qué insistía en despreocuparme. Pero además, entendía las causas por las que tomó las decisiones cuando debían ser tomadas. Ahora cobraba sentido no sólo su aparente sumisión, sino también aquella sensación de impotencia que a veces había sentido a su lado y empezaba a encajar la importancia que el rey de Castilla concedía a todo aquel asunto.

Pero no fui yo sólo quien evaluó el grado de interés de Alfonso X. Don Nuño seguía pensativo, y aun cuando pasaran por su cabeza imágenes similares a las mías, su valoración debía de contener matices más consistentes. No bien hube terminado, me habló de la siguiente manera:

—Supongo que ya habéis asimilado, padre, que el problema al que os enfrentáis supera con mucho al asesinato de Diego Pérez Arias. Aquí están en juego muchas cosas y el juicio a Rodrigo no es sino una excusa. Ahora bien, si como insinuáis y parece deducirse, se hubiera urdido alguna trama, sería necesario prepararse.

Se levantó de nuevo y se acercó a la lumbre. Pasó algunos segundos jugueteando con un tizón hasta que se volvió frente a mí y dijo con voz reflexiva:

—Sin embargo, sigo sin comprender por qué se obstina María en permanecer callada. Ni qué obliga a Rodrigo a confesarse causante del crimen, salvo que sea su verdadero autor. No consigo entenderlo... ¡En fin!, supongo que esperabais de mí alguna ayuda para resolverlo, pero de momento no os puedo aportar mucho...

De pronto, se volvió y vino hacia mí. Señalándome con la mano, añadió:

—Pero estad seguro de que lo averiguaremos. ¡Por cierto que os ayudaré! Y no vamos a esperar mucho. ¿Cuándo pensáis partir para Santiago?

—Yo había pensado hacerlo mañana mismo —contesté con una cierta vacilación en la voz.

—Pues mañana será. Pero si no os importa, llevaréis un acompañante más en vuestro grupo. No os lo he dicho antes, pero llevo horas dándole vueltas a la afortunada casualidad de nuestro encuentro.

Pareció recapitular, pero añadió casi de inmediato:

—Ahora debo deciros algo. Soy decidido partidario de afirmar la autoridad real y he estado trabajando activamente para ello.

Volvió a sentarse para explicarme en detalle su papel.

—El año pasado estuve en las Cortes de Vitoria —dijo—. El rey las convocó para sellar el fin de las sublevaciones nobilarias y la paz con Aragón y Navarra. Me hizo un encargo especial: debía mantenerle al tanto de cualquier alteración que se produjera.

Una intuición pasó por mi mente:

—O sea, que cuando nos encontramos en aquella aldea perdida...

—Efectivamente, venía de inspeccionar la frontera navarra —prosiguió don Nuño.

—Ya entiendo —contesté impulsivamente.

—En ese caso, o vos sois muy sutil o yo muy torpe —respondió con ironía.

Le miré con extrañeza y se echó a reír:

—Lo digo porque el viaje estaba envuelto en una excusa. En apariencia iba a comprobar si había habido incursiones de los herejes cátaros en nuestro territorio... En realidad fui a ver a Teobaldo II, el joven rey navarro —con voz socarrona, añadió—: En Pamplona dieron por buenos los motivos oficiales del viaje, no suponía que las verdaderas motivaciones fueran tan obvias...

Confuso por mi torpeza, traté de salir del paso preguntándole por sus objetivos con Teobaldo II. Nuño no quería hacer sangre de la herida. Me sonrió afablemente y continuó hablando:

—Don Alfonso le hizo acudir a las Cortes de Vitoria para que le prestara homenaje. Como imaginaréis, los nobles navarros no vieron con entusiasmo el sometimiento de su rey al monarca castellano.

—En otras palabras —añadí—, veníais de comprobar la situación sobre el terreno.

—Algo así —contestó—. También fui para intentar pacificar el ambiente, si hubiera sido preciso.

—¿Y no lo fue?

—No. Ahora las cosas están más calmadas. No obstante, la herida de las insurrecciones es tan reciente que bastaría cualquier pequeña fisura para volverla a abrir. Y, según percibo, esta ocasión puede ser perfecta para los que buscan generar agravios insatisfechos.

Con voz resuelta, concluyó:

—Sí, decididamente, iré con vos a Santiago. Creo que os podré ayudar a completar la información y evitar peligros. La gente no es idiota y no tardará mucho en saberse vuestra verdadera misión. Aparte de que mi antigua amistad con Rodrigo os puede servir para conseguir una explicación más satisfactoria.

Asentí con entusiasmo. Ciertamente, había sido un afortunado azar coincidir con don Nuño en aquel pueblo perdido de Santa Colomba. Con él a mi lado, en efecto, sería más fácil acercarme a Rodrigo; y sin duda, por su cuenta, podría averiguar otros detalles a los que yo tendría acceso con más dificultad.

Después de ponernos de acuerdo, el conde pasó a la acción y al poco del alba del día siguiente nos despedíamos de su familia. Decidimos tratar de mantener el anonimato y cuando Nuño apareció, me costó reconocerle. Su poderoso caballo de guerra había quedado en el establo y su cabalgadura tenía una apariencia todavía más discreta que la mía. Por lo demás, se había recortado la barba y vestía un humilde sayal de peregrino. Era otro hombre. Recuerdo la mirada de incredulidad que pusieron tanto Enrique como Luca al verle. Sin embargo, prudentes, optaron por esperar acontecimientos y no abrieron la boca, tomando por natural tanto su apariencia como su presencia entre nosotros.

Decidimos seguir fieles al itinerario compostelano. Durante el viaje hablamos mucho y el mismo don Nuño nos informó de que en Foncebadón debíamos cumplir el ritual peregrino, echando una piedra a los pies de una curiosa cruz de hierro situada en una pequeña colina. Cerca, el importante burgo de Ponferrada también tenía su origen en este metal, por estar su puente reforzado con grapas de hierro —*la Pons Ferrata*—. Dominada por un importante castillo templario, pasamos el tiempo indispensable en sus calles, con una única idea en las mentes: recuperar el tiempo perdido.

Un día después, entre los montes Aquilinos y la cumbre de la Aguiana, tuvimos un encuentro pintoresco. Bajábamos por una ladera contemplando el río que se deslizaba mansamente, cuando escuchamos un fuerte quejido. A nuestro lado yacía un campesino. Mientras estaba subido a un árbol cogiendo fruta, se cayó y se rompió una pierna. Fabricamos una pequeña parihuela y le trasladamos a su pueblo, situado a poca distancia de un cruce de la calzada principal. Su mujer nos recibió alarmada, pero le advertimos que el accidente tenía poca importancia. De todas formas, el labrador se quejaba con intensidad. Avisaron a un médico cercano, que vino con premura. Cuando le tocó bajo la rodilla y comprobó el percance, no perdió tiempo. Encargó buscar una tabla lisa del tamaño de la pierna, y Enrique la encontró en la cuadra. Tras limpiar la herida cuidadosamente, el médico le intentó encajar el hueso, pero los fuertes músculos del campesino lo protegían, impidiendo la maniobra. Nos pidió ayuda para sujetarlo. Su mujer le puso en los labios un poco de un licor transparente llamado *orujo* para atenuar el dolor. Finalmente, con la ayuda de todos, conseguimos encajar los extremos del hueso en su lugar. Luego el médico confeccionó un cabestrillo con tiras de trapo y se lo ciñó al pie y tobillo. Por fin ató ambos con la tablilla. Cuando finalizó su trabajo, le advirtió que debía estar inmovilizado durante un mes. El aldeano, con expresión cansada, contestó:

—En ese tiempo, ¿cuidaréis vos de mis frutales? ¿Daréis vos de comer a las bestias y a mi familia?

El médico se encogió de hombros y se despidió. Por el camino hablamos con él y nos invitó a cenar, permitiéndonos pasar la noche en el establo de su casa, al abrigo del calor de las bestias. Era un hombre de mediana edad, de barba recortada, con los ojos grises y la mirada escéptica. Hacía lo que podía, pero como señaló al final:

—La mayoría de los casos son iguales al que habéis visto. En dos o tres días, volverá al trabajo y la pierna no sanará nunca.

Aquélla era zona de fauna variada y don Nuño la conocía bien. Nos enseñó los urogallos, que yo no había visto nunca, y otros animales como rebecos y lobos. Se trataba de una región aislada, que vivía en torno a sí misma, con casas características. Las llamaban *pallozas* y su disposición era muy singular, pues no tenían chimenea, de manera que el humo se filtraba a través de la paja del centeno y la retama del tejado. Tenían un *lar* o *lareira*, cadena para colgar el puchero sobre el fuego, y, en el techo, unas curiosas ruedas de madera donde se colgaba la matanza. Los muebles también eran extraños. Por ejemplo, solían disponer de una tabla abatible para disponer la comida.

De aquellas últimas jornadas recuerdo especialmente el aroma de los pinos y el dormir en montones de hojas de haya en las chozas de los leñadores. Sin embargo, echaba de menos el paisaje castellano, seco y duro, con sus mañanas admirables. Aquellas vistas magníficas, en las que ningún obstáculo impedía que la mirada abarcara el profundo horizonte. Si bien la primavera tocaba a su fin, en Galicia, las tardes, al caer, eran menos claras; y el cielo, a pesar de estar limpio, era mucho menos diáfano. En todo caso, cuando deteníamos nuestra marcha al atardecer me gustaba sentarme a percibir el silencio y el reposo que destilaba cada terrón de tierra, cada brizna de aire. Pero en ningún sitio como en Castilla la sensación de recogimiento y quietud parecían formar parte del paisaje mismo.

Ascendiendo por las laderas de una montaña, entre valles surcados de riachuelos, una mañana coincidimos con un grupo de vaqueros y acabamos compartiendo la comida con ellos. Les preguntamos si ese año había mucho trasiego de gentes a Santiago. El que actuaba de jefe, un hombretón de cara sonrosada, nos respondió con simpatía:

—Sí que vienen, sí.

Pero fue don Nuño quien puso el contrapunto, al afirmar orgullosamente:

—Por esta calzada milenaria del Camino han cabalgado romanos, moros y cristianos, reyes, arciprestes, buhoneros, trovadores, busconas, monteros y todos cuantos han tenido necesidad de franquear el río por puerto seguro. Pero han cabalgado, más que nadie, vaqueros como vosotros.

El aldeano sonrió agradeciendo sus palabras. Aunque no reconoció la condición del noble tras sus vestimentas peregrinas, se sintió en la obligación de informarnos sobre otras obligaciones y costumbres:

—En el pueblo de Tricastela debéis coger un trozo de piedra caliza para llevarlo a Castañeda, donde están los hornos de cal, contribuyendo así a la construcción de la catedral compostelana. Todos los peregrinos lo hacen.

Cumplimos tanto esta tradición como la de Lavacolla, después de atravesar Portomarín, donde había un torrente en el que los caminantes franceses se lavaban sus partes y todo su cuerpo. Al cruzarlo, Enrique tuvo la desgracia de caer del caballo y romperse una pierna. Tras entablillarle, le acomodamos en su cabalgadura y nos dirigimos con presteza a Santiago ascendiendo al monte del Gozo, o *Montxoi*, desde cuya cima se dominaban los muros de la ciudad compostelana. Mientras contemplábamos por primera vez sus torres, cogí mi guía del peregrino en las manos y les leí las palabras de Aymerich:

Quien vea la catedral de Santiago, aunque esté triste, se vuelve alegre.

XI. El muro jacobeo
Santiago de Compostela, junio-julio de 1257

El 20 de junio atravesábamos las puertas de la mítica Compostela. Rodeada de montañas, la ciudad estaba presidida por la inmensa mole de la catedral. Entramos por la puerta Francígena o de Francia, continuando por la rúa francesa hasta llegar a Santa María del Camino. Buscamos hospedería y conseguimos una estancia para los cuatro, limpia y acogedora. Ya instalados, envié un mensaje al obispo Teobaldo Fortún, solicitando audiencia. En él explicaba que debía entregarle en mano una carta del obispo de Jaca, el único objeto de valor que había logrado conservar en el intervalo del asalto y la captura de los bandidos. Dos horas después, un joven diácono me informó de que Su Eminencia me recibiría dos días después, a las nueve de la mañana.

La catedral estaba al fondo de una gran plaza, ocupada tan sólo por un palacio en su extremo derecho. No me impresionó desde fuera, pues era similar e incluso menor que otros templos románicos de mi país. Sin embargo, a la entrada quedé estupefacto ante la delicada perfección del Pórtico de la Gloria.

Con el paso de los días aprendí a amar aquel templo. Sobre todo desde fuera. No sólo por sus mensajes, también por su apariencia, la catedral del Apóstol es una y varias. Lo es ahora y estoy seguro de que lo será a través de los siglos. Aparece distinta en las diversas horas del día y se debe de mostrar diferente con las estaciones. En los días de nevada, la imagino levantándose blanca, con sus torres y cúpulas, sobre la ciudad blanca. De todas formas, yo sólo la he visto bajo el sol o bajo la lluvia. En tales ocasiones, se envolvía del mismo aire melancólico del resto de la villa. Resultaba especialmente atractiva. De hecho, cuando la contemplaba desde debajo de alguna casa, entre el ruido incesante del agua que caía de los canales sobre la calleja, me parecía más subyugadora que nunca. Quizá porque la cortina de agua sólo permitía adivinar una imagen vaga, o porque la lluvia cayendo sobre las piedras transmitía una sensación especial de limpieza. O quizá porque el ruido natural sustituía al murmullo humano. O será, en fin, porque en esos momentos podía apropiármela y sentirla mía. Tal vez sea esto último, sobre todo porque Santiago es una ciudad de multitudes, donde las riadas de peregrinos y el vocerío continuo de las gentes te confunden a cada instante. No lo sé, pero creo que asociaré toda la vida mi recuerdo de la catedral compostelana con las piedras mojadas. Y esta sensación tan física me sorprende. Al fin, mi buen Enrique me estaba transmitiendo algunas de sus cualidades. ¿Quién iba a imaginar que pensara conservar como recuerdo del sepulcro del apóstol Santiago una imagen como ésta?

El palacio del obispo Teobaldo era una hermosa mansión de piedra, construida en la misma época del Pórtico de la Gloria por Gelmírez, el gran benefactor de Santiago. En la puerta había muchos peregrinos y pobres esperando un plato de sopa. Me abrí paso hasta la entrada y, tras identificarme, ascendí por una escalera muy ancha hasta una puerta de bronce. Al llegar, un arcediano me introdujo en la antesala. Cuando entré, el zaguán estaba en penumbra y me costó atisbar entre las sombras. Era una sala grande, con un asiento de piedra labrado en la misma pared. Había bastantes personas repartidas por la estancia, pero el grupo principal se congregaba alrededor de la chimenea. Debía de tratarse de una grave discusión; estaban enfrascados en torno al fuego y hablaban en voz baja y seria, unos con la indumentaria clerical y otros con los costosos trajes de la pequeña nobleza. Al verme guardaron silencio y se volvieron hacía mí, intentando reconocerme, pero pronto reanudaron su conversación. Poco después me introdujeron en una habitación grande, destartalada, en cuyo fondo se recortaba la silueta de Teobaldo Fortún, obispo de Santiago de Compostela. Sentado frente a una mesa, firmaba documentos que un ayudante le presentaba sin cesar. Después de esperar un par de minutos delante de él, levantó la vista y me saludó con afecto:

—Querido hermano Raoul, bienvenido a la ciudad del Apóstol —me dijo, dándome a besar el anillo.

Lo hice e inmediatamente le entregué la carta del obispo de Jaca. Ni siquiera la miró. Conforme la recibía, la pasó a su ayudante.

—Pero venid, sentaos conmigo.

Me acompañó a una esquina del salón y nos sentamos juntos, bajo un gran ventanal del tiempo de la catedral compostelana. Le observé con atención. Se trataba de un hombre alto, flaco, vestido de negro, de cara larga y expresiva, con los ojos profundos y la barba rala. Casi calvo, con las sienes cubiertas de canas, caminaba encorvado, pero al levantar la vista, destilaba inteligencia. Hablaba con frialdad, pensando cada palabra, con una voz monótona y lenta. Y no se le escapaba nada. Después verificaría que, más allá de esa sensación, tenía una personalidad subyugadora en la que se aunaban las facultades superficiales y brillantes de los grandes clérigos con la facilidad de dar color a detalles, relatar anécdotas, barajar los últimos acontecimientos políticos, aplicarlos con audacia y, en definitiva, seducir a quienes le oyesen. Pero eso fue mucho después. En aquella primera entrevista no pude apreciar casi ninguna de estas cualidades.

Hablamos por espacio de una hora. Comprobé que conocía hasta el mínimo detalle el encargo original y los beneficios que esperaban de él en París. Pero, respecto a la nueva misión, se mantuvo ambiguo, sin querer tomar una postura clara sobre el asesinato de Diego Pérez. Cuando traté de explicar mis pesquisas, me dejó hablar por un tiempo, pero al concretar mis sospechas, su cara se mudó en una expresión impaciente y al fin cortó mis palabras con un ademán seco:

—Mi querido Raoul, basta ya. Creo que no os han informado sobre mi posición en el próximo juicio a Rodrigo García. Disculpadme, pero si la supierais no hablaríais con tanta ligereza del asunto...

Intenté protestar, pero contuvo mis palabras con un gesto duro, autoritario:

—No, escuchadme. Se me ha designado para presidir la sala en la que se enjuiciarán los acontecimientos sobre los que estáis hablando y mi posición me obliga a mantener la imparcialidad. Os he dejado hablar, como he permitido hacerlo a tantos otros. El caso ha sido y es demasiado comentado para que sea posible permanecer ajeno a él. Ahora bien, todo tiene un punto de equilibrio. Ni puedo, ni debo permitir sugestiones concretas sobre aquellos acontecimientos. No lo tolero a personas allegadas al caso, así que menos puedo hacerlo con vos, que no tenéis nada que ver con los sucesos. Os ruego que cambiemos de tema.

—Pero —le dije, sorprendido—. ¿Y la carta de Guillermo, el obispo de Jaca?

—¿Qué carta? —respondió. Luego cayó en la cuenta—. ¡Ah, sí!, la que me trajisteis. La verdad, no le di mayor importancia. Supuse que se trataba de una simple presentación y, como habéis podido comprobar, ya conocía las razones de vuestra llegada. Pero, bueno, veamos esa carta.

Hizo un ademán a su ayudante y tras rasgar el lacre, leyó el contenido de la misiva que guardé durante todo el viaje como el más precioso de los tesoros. Mientras lo hacía, le vi asentir con la cabeza con gestos de corroboración. Terminó de leerla. Su perpleja mirada gris se hizo aún más profunda. Se pasó la lengua por el labio superior.

—La verdad, no entiendo qué habéis querido decir —hizo un ademán al aire, exhibiendo el manuscrito—. En la carta, tal como imaginaba, Guillermo os presenta como enviado por la Universidad de París para asesorar a nuestro rey en Toledo. Me dice también que, por indicación suya, habéis pospuesto vuestra llegada para peregrinar a Santiago como un buen cristiano, y, por último, me pide que os ayude en lo que esté en mi mano, cosa que haré con sumo agrado, pero ¿qué tiene todo esto que ver con el tema anterior?

Aterrado, comprendí en ese instante el error. Teobaldo desconocía el encargo que me habían hecho en Jaca y en la carta tampoco se desvelaba. De pronto pude entender las razones del reservado comportamiento de Guillermo sobre el verdadero motivo de mi viaje; finalmente sabía por qué hube de insistir para averiguar el contendido de la misión. Y, sobre todo, asumía ahora, en ese instante, su verdadera envergadura. Con esa revelación, de ahora en adelante, en Santiago tenía que aceptar mi condición de simple monje dominico. Alguien que, en hipótesis, trabajaría en el futuro al servicio del rey. Si, tal y como me lo habían ordenado, quería intervenir en el juicio debía ingeniármelas para introducirme en él. Sin ayuda. Solo.

Era necesario reaccionar. Como pude, argüí una excusa para salir de la situación, buscando atropelladamente la forma de conseguir una vía para atravesar las dificultades y poder entrar en la acción.

—Me habéis entendido mal —contesté con una media sonrisa. Pensando sobre la marcha, continué:

—Veréis, durante el viaje he oído hablar a menudo del asesinato de don Diego Pérez y con franqueza, me ha intrigado sobremanera la historia. Si antes os hablé de la carta, fue por suponer que en ella Guillermo os pediría que me prestaseis ayuda.

Me detuve y con una cierta solemnidad, añadí:

—Pues bien, quisiera pediros algo...

Sus ojos se achataron.

—Vos diréis...

Traté de afirmar la voz:

—Quisiera que me concedieseis el favor de poder asistir al juicio de Rodrigo García...

Pareció relajarse.

—Si sólo deseáis eso, considerarlo hecho. Yo mismo firmaré la autorización.

—Hay algo más. De forma casual, he podido conocer ciertos datos que considero útiles para el esclarecimiento del caso y, aunque imagino que todos ellos y muchos más saldrán a relucir durante su transcurso, quisiera obtener de vos el favor de intervenir si lo considerara necesario. Y quisiera —añadí con la más seductora de mis sonrisas— que guardarais en secreto esta conversación.

El obispo, con expresión interrogante, chasqueó los dedos. No le permití interrumpirme.

—Supongo que es una precaución innecesaria —continué—. Pero si, como intuyo, la información que he averiguado surge de manera espontánea durante la vista, ¿qué necesidad hay de que se sepa que os he pedido mediar? Casi con seguridad seré sólo un espectador. En ese caso, ¿para qué vamos a inquietar a nadie, sobre todo en un tema tan debatido como éste, revelando una participación más que dudosa?

—Cierto —reconoció—. No conviene crear más causas de inquietud. Pero tampoco logro entender la trascendencia de lo que hayáis podido saber por el camino. El caso está bastante claro. El mismo Rodrigo lo ha reconocido así. La verdad, no os comprendo...

—Sólo pido el beneficio de la duda. Ya os informaré más adelante. Ahora, como bien decís, vuestra posición os impide escuchar consideraciones que vayan más allá de los hechos. Pero os reitero mi ruego, permitidme la reserva de poder intervenir. Permitidme que continúe mi pequeña investigación...

Me miró con recelo, entrecerrando los ojos.

—¿Qué queréis decir?

—Bueno, es difícil de concretar, pero me gustaría hablar con Rodrigo García y María Correa antes de que se celebre el juicio.

—No necesitáis mi autorización para eso —contestó pesadamente—. Para hablar con Rodrigo basta con que os dirijáis a la prisión y lo pidáis al capitán que la custodia. En cuanto a María, es su padre quien ha de permitirlo...

—No os estoy pidiendo permiso, simplemente os informo de que me propongo hacerlo para que si estas visitas llegan a vuestros oídos, no os extrañe. Sólo eso. Lo que sí os pido, repito, es que me concedáis la facultad de poder decir algo en el juicio si lo considero conveniente.

Sus ojos me miraron con recelo. La idea estaba generando en él consideraciones que yo no podía sospechar y me pregunté si no estaría actuando con precipitación. Tras un instante pareció pensarlo mejor y adelantando los hombros hacia delante, contestó:

—Sois muy persuasivo, Raoul. Ya le dije a don Andreo que no veía el alcance de vuestra posible aportación, pero... en fin, ¡sea! Intervenid si lo deseáis, yo os autorizaré a ello. Ahora bien, os ruego que lo hagáis tan sólo si es verdaderamente imprescindible. Esta historia nos trae en jaque a todos. Os confesaré que estoy deseando que acabe cuando antes.

Abandoné el palacio de Teobaldo Fortún sumido en la perplejidad. Hasta entonces estaba convencido de que en él encontraría el apoyo necesario para poder dilucidar el misterio del asesinato, pero de pronto, esa posibilidad se evaporaba en el aire. Tomé conciencia de mi soledad frente a los acontecimientos. Si participaba en el juicio, sería a título particular. En todo caso —pensé—, contaba con suficientes elementos como para sentirme optimista. El testimonio de los magos debería ser suficiente para que Rodrigo saliera de su obstinado silencio y nos informara de lo que había ocurrido. Y por si eso no bastara, existía la posibilidad de que lo hiciera el capitán de Diego Pérez, la persona que les había contratado y despedido. Únicamente faltaba por averiguar quién era aquel misterioso Andreo que había insinuado al obispo que yo querría intervenir en el juicio. Al oír hablar de él le había preguntado al obispo quién era, pero sólo obtuve silencio por respuesta y una mínima información acerca de su cargo: pertiguero mayor de Galicia. En todo caso, imaginaba que don Nuño estaría ocupándose de esos pormenores, y deseaba verle lo antes posible. Un poco más animado pensé que pronto conocería los detalles que me permitirían elaborar la estrategia definitiva.

No tuve que esperar mucho. Cuando regresé a la hospedería vi a Nuño sentado tranquilamente en una mesa junto a la puerta departiendo con otros dos hombres. Pasé por su lado y le hice un gesto de inteligencia que captó de inmediato. Pocos minutos después nos encontrábamos en mi cuarto. Estaba impaciente por conocer las novedades y no le di tiempo a preguntarme nada.

—Nuño, querido amigo. Estaba deseando veros. Decidme, ¿habéis podido hallar al capitán de Diego Pérez?

Me miró con satisfacción.

—Sí, Raoul, lo he hecho. No ha sido fácil, pero he conseguido encontrarlo y aún más, asegurarme de que se encuentre a nuestra disposición para el futuro —sonrió para sí—. Mis buenos dineros me ha costado, pero nos esperará.

Según me explicó, se trataba, en efecto, de un soldado de origen portugués a quien todos conocían por su apellido, Otero. Lo describió como hombre mal encarado, robusto y vivaz, algo mayor, de pelo rojo y marcado por la cicatriz que nos habían señalado. Conocía de oídas la reputación militar de Nuño y le había tratado con deferencia. Le confirmó que, por orden de Diego Pérez, había contratado a unos magos para trabajar en las inmediaciones del monasterio de Santa Clara; él mismo los había despedido cuando constató que María Correa les había consultado. El portugués estaba orgulloso de la inteligencia de su señor: había conseguido avivar la curiosidad de la dama y fue capaz de suplantar a un adivino junto a otro compañero de armas sin levantar la menor sospecha.

Otero estaba satisfecho del desenlace inicial del proyecto. Al principio, todo salió según lo planeado. María se comprometió con Diego y Rodrigo no había desconfiado por el insólito cambio de parecer. Sin embargo, nadie imaginaba el desenlace final. A Otero le resultaba imposible que Rodrigo hubiera podido quitarle el arma a Diego y asesinarle por la espalda, pero no tenía más remedio que aceptar el veredicto de los hechos. Eso sí, confiaba en que Rodrigo recibiera pronto su merecido. Quería ver con sus propios ojos el momento en que la soga ciñera su cuello. Don Nuño me dijo que el soldado portugués se encontraba muy tranquilo.

—No es ningún estúpido. Es consciente de haber participado en una trama que pudo haber tenido consecuencias fatales para él, pero sabe que ahora eso ya no importa a nadie.

—Es verdad —dije yo—, aunque para mí sea fundamental, desde el punto de vista de Otero, después del asesinato de don Diego, ¿a quién le puede importar el medio que éste pudiese utilizar para comprometerse con María Correa?

—Además, con aquellas gestiones Otero ha conseguido una jugosa recompensa. De momento está sin empleo, pero no tiene prisa por conseguir otro. Según parece, el compañero de Diego en la farsa ya le ha insinuado que le tomará a su servicio y piensa con razón que no está nada mal pasarse unos meses descansando.

Yo apenas podía contener mi alegría.

—¿Quién es? ¿Cómo se llama? —le interrogué con impaciencia.

—Es un buen conocido mío. O mejor dicho, de quien sé todo lo que hay que saber es de su padre, Munio Fernández. Ha sido responsable del merinazgo de Galicia durante muchos años, pero ahora ha sido sustituido por Rui Suarez. Este cambio forma parte de la remodelación que el rey ha emprendido en la corte. ¿Recordáis? Os hablé de ello en mi casa. ¡Y por cierto que éste lo apruebo! —afirmó con énfasis—. Rui Suarez es un caballero cabal, mejor persona y seguro que mejor administrador que Munio.

Yo estaba impaciente por descubrir el nombre. Le miré con gesto expectante.

—Os advierto que la decisión ha sido muy criticada... Da igual, toda Galicia lo apreciará en el futuro —Nuño hablaba para sí—. Ha de ser de esta manera; si se quiere modificar ciertos hábitos sólo hay una forma de hacerlo. De nada sirven las medias tintas. O Alfonso actúa con decisión o no podrá cambiar nada...

Se volvió hacia mí y pareció caer en la cuenta de mi ansiedad por saber el nombre del acompañante de don Diego.

—Disculpad si me desvío de lo que os interesa, pero me hierve la sangre cuando veo a la gente protestar durante años por la administración del merinazgo y, ahora que Alfonso sustituye a su responsable, parece increíble que algunos hipócritas se echen las manos a la cabeza y le llamen osado...

—¿Cómo se llama? —le interrumpí al fin.

—¡Ah, sí! A lo que vamos, el caballero que acompañó a Diego Pérez haciéndose pasar por mago judío es Garci Fernández.

—¿Y cómo es? —pregunté con una cierta impaciencia.

—Parecido a como fue Diego —contestó Nuño con tranquilidad—. Buen soldado, aguerrido y fuerte en el combate, pero débil de carácter y de tortuosa personalidad. No he hablado aún con él porque he creído más oportuno informaros antes, pero sé dónde localizarle.

Mientras tanto yo pensaba a toda velocidad. Así que el misterioso compañero de Diego también tenía motivos sobrados para odiar a Alfonso X. Y además, su hermana estaba casada con aquel Cárdenas que intentó envenenarme en Estella. Los hechos iban concordando de forma cada vez más clara.

—Habéis hecho bien —le respondí.

Era el momento de darle a conocer mis novedades.

—Esta mañana he averiguado, para mi sorpresa, que el obispo Teobaldo desconoce mi misión y presidirá el tribunal que juzgue a don Rodrigo.

El conde no se extrañó demasiado. Intuía ese resultado tras su encuentro con don Andreo.

Otra vez el mismo nombre. La conversación comenzaba a exasperarme.

—¿Pero quién es ese misterioso don Andreo? —le dije. Teobaldo también me ha dicho que habló con él de mí y no sé quién es.

Nuño me explicó que ostentaba el cargo de pertiguero mayor de Galicia y, por tanto, actuaba como agente real en la jurisdicción del señorío de la iglesia de Santiago. Su misión había consistido en persuadir a Teobaldo para que no pusiera inconvenientes a mis pretensiones pero, según le manifestó a Nuño, el obispo se mostró poco receptivo con él. De ahí que no le sorprendieran mis palabras. Sin embargo, como no podía ser menos, también quería saber todos los detalles de la entrevista. Le informé pormenorizadamente y al final convinimos en que había sido acertado posponer su visita a Garci Fernández. Las prioridades eran otras. Primero, localizar a Velasco y los magos, que debían de estar a punto de llegar; después, garantizar la asistencia de Otero por si fuera necesaria; y, por último, intentar hablar con Rodrigo y María Correa para que éstos desistieran de su obstinado silencio y nos contaran la verdad.

Hablamos durante mucho rato, planificando en detalle el desarrollo de los acontecimientos. Tal y como preveíamos que marcharían las cosas, teníamos motivos sobrados para sentirnos animados. Si bien aquella mañana me encontré perdido al comprobar que el obispo de Santiago desconocía mi misión, confiábamos en que los datos recientes hicieran salir de su mutismo a Rodrigo. Por su parte, Nuño estaba fatigado, pero también se encontraba a sus anchas pensando en las sorpresas que podría deparar el juicio.

Incluso especulamos un rato sobre lo que debió haber ocurrido en la estancia de María Correa, pero lo hicimos con un cierto espíritu de juego, guiándonos por hipótesis inconfirmables, al menos entonces. Al fin decidimos cortar esa línea de pensamiento. No conducía a nada y era hasta peligrosa. A pesar de mis simpatías personales, mi posición me hacía sentir con orgullo que el encargo real era tan simple como averiguar la verdad. Yo no estaba participando en ninguna trama, ni a favor ni en contra. Únicamente debía confirmar hechos ciertos y facilitar que se hiciera justicia. En consecuencia, quise evitar entrar en la peligrosa senda de las afinidades, pues sé por experiencia que a veces anula el juicio y hace ver las cosas de forma interesada.

A la mañana siguiente recibí un mensaje de Velasco. Salía de la posada cuando se me acercó trastabilleando un buhonero desharrapado y borracho. Traté de esquivarlo pero el hombre, en su torpeza, acabó por tropezar conmigo. Enfadado, le increpé por su descuido, pero éste aprovechó el encontronazo para intercalar entre sus balbucientes excusas que encontraría a Velasco en la hospedería del Puente de Roxos. Dejó escapar el recado en un susurro. El asombro me dejó inmóvil. Volví sobre mis pasos para averiguar que Roxos era una pequeña villa cercana a Santiago. Sin perder un segundo, subí de nuevo a nuestra estancia para dar la nueva a Nuño.

Cuando entré, venía tan alborozado que no pude impedir que Enrique y Luca, hasta entonces ajenos a nuestras últimas andanzas, se enteraran de la novedad. Nuño les señaló con los ojos, intentando evitar la indiscreción, pero no pude o no supe evitarla. Aunque ahora, al reflexionar sobre aquellos acontecimientos, compruebo con pesar cuánto mejor hubiera sido haber continuado dejando a los muchachos al margen, especialmente a Luca, entonces no me importó. De hecho, corregí al conde:

—Da igual, e incluso es mejor que sepan todo, Nuño. A partir de ahora debemos actuar con cautela y tratar de proteger nuestras pruebas —le dije—. Si exceptuamos que Teobaldo ignorara mi misión, las cosas están marchando perfectamente. Demasiado bien, en mi opinión. Vale más que seamos prudentes y utilicemos todos los elementos que están a nuestro alcance...

—¿Qué insinuáis? —me cortó Nuño, todavía con un punto de irritación en la voz.

Sonreí con suficiencia.

—Lo obvio —respondí—. ¿No crees que sería buena idea que Luca nos acompañase a ver a Velasco y se quedara al cuidado de los magos hasta el momento del juicio? Faltan todavía veinte días para que se celebre y aún pueden pasar muchas cosas.

Mientras Nuño asentía rezongando y Enrique protestaba por mi elección, intentando ser útil como fuera, traté de exponerles con claridad las ideas que rondaban por mi testera. Durante el viaje Luca había demostrado con creces su ingenio. Convenía mantenerlo como reserva para proteger una de nuestras pruebas más concluyentes. En cuanto a Enrique, tumbado en el jergón e inmóvil desde su desgraciado accidente, debía esperar en Santiago. «Seguro —le dije— que tendrás más de una ocupación. De momento, sigue reponiéndote y no te preocupes, verás cómo contamos contigo para otros quehaceres».

Por otro lado, el día anterior habíamos averiguado que Alonso Correa y su hija María se encontraban descansando en una casona situada en las cercanías de Noia, a orillas del mar, por lo que dispusimos ir a ver a Velasco para ponerle en antecedentes, dejar con él a Luca, y continuar viaje hasta la casa de los Correa.

Por la tarde estábamos con el buen Velasco. Nos escuchó con tranquilidad, confirmando nuestros planes con breves movimientos del mentón. Tras él se encontraban Solomó y el otro adivino, Todrós, al que habían localizado sin dificultad en Asturias. Era un poco más joven que Solomó, pero caminaba tan encorvado que, visto de lejos, parecía tener diez años más. Casi calvo, llevaba una barbita delicadamente recortada y se mantenía detrás de nosotros, con las palmas de las manos unidas bajo la nariz, tratando de esconder una inquietud por lo demás bastante evidente al observar cómo se las frotaba. Traté de tranquilizarlo, su testimonio sería confirmado por otras personas y, en consecuencia, no corrían el menor peligro. Pero ni él ni Salomó se conformaron con mis palabras, alegando tantas dificultades que hube de prometerles una buena cantidad de dinero por su intervención. Velasco me miró con expresión desaprobadora, pero, a esa altura de los acontecimientos, ya estaba deseando pasar a la fase siguiente. Ni tenía tiempo ni ganas para entretenerme en detalles nimios. Nos esperaban los Correa y deseaba volver cuanto antes, para tener la ansiada entrevista con Rodrigo García.

Llegamos a Noia al atardecer del día 10 de julio. A la entrada del pueblo había una pequeña posada y después de dejar nuestras cabalgaduras a buen recaudo, fuimos a pasear un poco.

Todavía guardo en la retina la impresión que nos produjo el encuentro del mar. Azul, inundado por el sol poniente, con la superficie llena de luces y de reflejos. Al llegar al pie del acantilado nos quedamos callados, viendo extenderse los meandros de espuma plateada, formados por el batir de las olas; la reverberación del sol en las aguas inquietas arrancaba hermosos reflejos. Aún con la vista turbada bajamos a la orilla del pequeño puerto. Algunos pescadores remendaban las redes, otros sacaban las barcas a encallarlas en la arena, y los chicuelos jugaban descalzos y medio desnudos.

Tuvimos suerte y sobre el mismo muelle cenamos sardinas y pulpo, bebimos un vino ácido y fresco que llaman *ribeiro*, y hablamos durante horas. Nuño se explayó relatando sus correrías guerreras, los años pasados en la corte e incluso algunos de sus sentimientos íntimos, esperanzas y anhelos. Yo le correspondí narrándole otras tantas aventuras. Fue una de esas extrañas ocasiones en las que la conversación se desenvuelve con tal naturalidad que sientes la presencia de un lazo invisible de proximidad. Al final comenzaron a caer algunas gotas y decidimos retirarnos a dormir. Caminando bajo la lluvia y los efectos de aquel peligroso ribeiro volvimos a nuestro alojamiento con una euforia tan exultante como artificial.

Alonso Correa era un hombre aún joven a pesar de contar unos treinta y cinco años. De ojos pardos, sereno, se veía que estaba acostumbrado a mandar. Se alegró mucho al ver a Nuño, pero cuando le expuso nuestras pretensiones, cambió de expresión. Yo me mantenía aparte, a la expectativa, dejándole hablar. Alonso escuchó la intriga urdida por Diego para conquistar a María paseando con ímpetu por la habitación, sin disimular su incomodidad.

—¿Y eso qué cambia, Nuño? Tú sabes que Diego no era santo de mi devoción, pero le prometí a María, cuando apenas era una niña, que no la obligaría a casarse con alguien a quien no quisiera y he cumplido mi compromiso. Fue ella, y no yo, la que eligió a Diego. Si él actuó tortuosamente, ahora ¿qué más da? Lo cierto, lo único cierto —dijo con indignación—, es que Rodrigo asesinó a Diego por la espalda. Yo mismo le escuché reconocerlo. ¿O no es así, María?

Su hija se había acercado a nosotros y escuchaba las revelaciones de Nuño con expresión aterrada.

Llegó con tanto sigilo que me asustó. Mientras Alonso hablaba, la examiné con atención. Casi una niña, tenía la cara muy triste. Los ojos verdes estaban encajados en el rostro, adoptando una expresión de lejanía, como si estuviera pensando en algo muy distante y perdido para siempre. El cuello era muy fino, delicado y pálido; más pálido aún que las mejillas. Observé sus manos: dedos inmóviles, transparentes como cirios y tan blancos que las uñas ponían en ellos unas manchas violáceas.

La miré con una sensación de dulzura en los labios. Busqué algo que decir y al no encontrarlo, sonreí. La muchacha me examinó de reojo alguna vez pero tenía un nudo en la garganta y no podía decir nada. Entre los párpados casi cerrados distinguí el blanco de los ojos extraviados. Sus altos pómulos le daban un aspecto lánguido y los labios rosados, largos, fueron adoptando un gesto grave que se transformó en estupor al saber la manera en que fue conquistada. Yo la veía como un pajarillo que hubiera venido a morir allí, sobre el mantel. Sin embargo, era muy bella. Obsesionante, inolvidablemente bella. Al mirarla con detenimiento, comprendí con resignación que ese lindo rostro pudiera ser causa de tantos desvelos.

Nuño y el padre de María seguían debatiendo con calma. De vez en cuando Alonso me miraba con inquietud, preguntándose quizá por mi papel en todo aquello. Cuando el conde acabó de comentarle todo, él volvió a levantar su mirada fría hacia mí, interrogándome con los ojos. Decidí ser sincero y le expliqué el alcance de mi misión. Al referirme al desconocimiento del obispo de Santiago sobre la dimensión de mi encargo, comentó con un suspiro irónico:

—No me extraña. Ese hombre ha llegado donde está por la fuerza del viento y no por la de su voluntad.

Nuño no debía de ver claro mi proceder, me miraba con expresión de duda y me hacía gestos como implorándome discreción, pero interrumpí su actitud:

—Espera, Nuño, sería arbitrario e injusto ocultar la verdad a los Correa. La verdad... —dije mirando a María—. En realidad, sólo perseguimos eso. Saber lo que pasó...

—Es cierto, María —continuó Nuño—. Como te dirá tu padre, el rey no pretende sino hacer justicia. Ahora bien, auténtica justicia, recta, íntegra, escrupulosa con los hechos.

—Y hablando de eso —le interrumpí—, ¿no tienes nada que contarnos, muchacha?

Alonso meneó la cabeza en señal de aprobación y la miró. Aunque ella estaba como ausente, la pregunta pareció tocarle el lado realista. Se irguió en el borde de la silla y sostuvo nuestra mirada. Después, abatida, la bajó y se volvió hacia mí, pero sus ojos eran otra vez duros y vacíos, como agujeros. Tenía las manos cerradas con tanta intensidad que las uñas debían herirla. La miré tratando de mantener una expresión grave e imagino también que sin saber esconder mi pena. Su aspecto, de tan frágil, invitaba a prodigarle atenciones cariñosas. Estaba muy delgada. Tras los puños prietos, se adivinaba una fibra especial en los dedos largos y húmedos, pero muy al fondo. En ese instante sólo demostraban la crispación de la impotencia.

Al fin, se levantó de repente y se marchó envuelta en un silencio corrosivo. Dio unos pasos, pareció cambiar de idea y se quedó quieta, de espaldas a nosotros. Sin embargo, no llegó a pronunciar una palabra. Sentí su cuerpo en tensión, concentrado, a la defensiva. La vi inclinar la cabeza de un lado a otro, absorta en sus pensamientos; creí escuchar un suspiro sombrío e incluso adiviné una mueca de impotencia, pero lo único que pude constatar es que, tras alguna pequeña duda, echó a andar con decisión hacia el interior de la casa.

Alonso nos miraba ácidamente. Se encogió de hombros y señaló la puerta por la que había desaparecido su hija.

—Ya lo habéis visto —dijo con voz resignada—. Yo no puedo hacer más. Sólo os diré una cosa. No soy ningún imbécil y sé que hay algún secreto en esta historia, pero únicamente pueden desvelarlo quienes estaban allí. Y por lo que respecta a mi hija —añadió abruptamente—, no toleraré la menor presión.

—Pobre muchacha —dijo Nuño con voz comprensiva.

Alonso pareció tranquilizarse. Se acercó al conde y le cogió suavemente del brazo.

—Vive como en tinieblas —nos dijo—. Ni habla, ni come, ni vive. Ha perdido el interés por todo y cuando la veo deambular por las estancias como una sonámbula, me siento inerme como un recién nacido —con un suspiro apesadumbrado, añadió—: Antes, su rostro estaba iluminado por una sonrisa permanente, pero ahora es otra persona. Hemos venido a esta casa con la esperanza de que el aire del mar le hiciera recobrar la salud, pero ya veis cómo se encuentra...

Su cabeza se hundió todavía más. Nuño hizo un gesto para indicarme la conveniencia de marcharnos sin despedidas. Le hice caso y nos levantamos en silencio, pero no llegamos a abandonar la habitación. Mientras abría la puerta, Alonso dijo a nuestras espaldas:

—Sólo puedo prometer una cosa —parecía haber recobrado el temple—. Durante estos días he estado dándole vueltas a la supuesta obligación de que María asista al juicio. Aunque en teoría está forzada a hacerlo, he dudado si alegar razones de salud sin llegar a tomar una decisión. Pero hoy lo he visto claro. El día 26 de julio estaremos ambos en la sala. Será la última oportunidad de que ella y Rodrigo nos aclaren las dudas.

Era bastante. Echamos a andar sin responderle. Fuimos en silencio. Al fin, en un recodo del camino, Nuño me habló con pena de su amigo:

—No sabes cómo ha adelgazado. Me ha impresionado su mirada lánguida y la palidez de su rostro bajo la barba. Parece como si otro hombre hubiera tomado posesión de su cuerpo. Te parecerá mentira, pero si lo hubieras conocido antes, dudo de que lo hubieras reconocido ahora.

Su voz era pensativa. Antes de encerrarse en un mutismo dolorido, que duró todo el camino, agregó a modo de consuelo para sí mismo:

—Esperemos que la brisa marina les siente bien.

Asentí con gravedad, sin saber qué contestar. Luego, aunque el aire estaba templado, empezó a lloviznar y aceleramos nuestro paso hasta llegar a la posada.

Preparamos nuestros enseres y nos pusimos en camino. Sobre nosotros caía la misma lluvia, ligera, persistente, de la noche anterior. Cabalgamos callados, pendientes cada uno de sus imágenes particulares. Yo iba dando vueltas a lo que me parecía obvio después de haber visto a María y había sospechado siempre. Ese estado de inconsciencia sólo tenía sentido si ella había participado directamente en los hechos. En cuanto a la actitud de Rodrigo, era perfectamente explicable en un caballero con su sentido del honor. Pero sabía que no debía compartir esas conjeturas, tenía la certera sensación de que Nuño y Velasco pensaban de la misma forma y hubiera sido deshonroso manifestarlo en voz alta. Aunque no compartiera exactamente su punto de vista sobre los deberes de un caballero, era consciente de que con ese debate no ganábamos nada. ¿Qué más daba quién fuera el autor material de los hechos? Lo importante era salvarlos a ambos. Traté de ahondar en otra línea de pensamiento, especulando con la idea de mantener otra entrevista con el obispo compostelano. Desde el principio me había costado aceptar su ignorancia. «¿No sería factible —pensaba— que cambiase de opinión si conociese los testimonios que iban a prestar los dos adivinos judíos y el capitán de don Diego?». Alentado por esa posibilidad, expuse a Nuño mi idea. Lo discutimos y al fin se mostró de acuerdo en intentarlo de nuevo. Luego permanecimos en Roxos el tiempo imprescindible para informar a Velasco. Por la noche, estábamos de nuevo en la hospedería de Santiago.

Sin embargo, Teobaldo Fortún no respondió en la forma que esperaba. Me habló, eso sí, de la corte de Toledo y Sevilla, sobre la inutilidad de las revueltas nobilarias del año anterior y hasta se explayó analizando las posibilidades de Alfonso en la pugna por la corona imperial. Aquel día conocí tanto al clérigo mundano como al hombre frío, al negociador que trataba los hechos de forma objetiva, sin nexo moral con las personas o las cosas que eran materia de su trabajo. Aunque Alonso lo había descrito cruelmente y, por consiguiente, esperaba menos de su inteligencia, esa ausencia de compromiso, esa aparente neutralidad, le permitió mantenerse a distancia, a salvo de cualquier sospecha por mi parte.

Le obligué a escucharme. Debía conocer los hechos. Tan sólo le oculté mi íntima convicción sobre el desarrollo de los hechos y las razones de mi periplo hasta Compostela, argumentando que, al principio, conocí detalles del caso por casualidad y luego, picado por la curiosidad, decidí seguir investigando. Pasado el primer momento de estupor, el obispo se levantó de su mesa y fue hasta la ventana. Permaneció así un rato, mirando a través del cristal. Luego decidió obviar el tratamiento, se me acercó y me señaló con un dedo:

—Hablas de dos supuestos magos de los que no he oído hablar nunca. Y además, judíos... Con franqueza, Raoul, yo no comparto las simpatías de nuestro rey por esa raza y, en principio, dudo que su testimonio vaya a cambiar algo. Ahora bien, tal y como lo cuentas, la historia es sin duda inquietante. He visto varias veces a Otero y Garci Fernández era, efectivamente, uno de los mejores amigos de Diego.

—¿Entonces?

—Sigue resultándome increíble que te hayas enterado por casualidad de estos hechos, como afirmas, pero así será. De acuerdo. Debo reconocer que tus inquietudes están fundadas. Me has convencido de la conveniencia de tu intervención. Ahora bien, por muy coherentes que sean los argumentos, he de hacerte una seria advertencia...

Su cara pareció achicarse y endurecerse. Apoyó una mano sobre mi brazo. Continuó:

—La ley castellana es tajante sobre estos asuntos. Te prevengo, Raoul, si medias en el juicio más vale que estés seguro de probar lo que plantees. Si de tus palabras se deduce alguna duda sobre el honor de cualquier caballero, éste tendrá el derecho de poder lavarlo, retándote en combate. De nada te valdrán los hábitos.

—¿Qué costumbre es esa? —pregunté en tono irónico.

—Una muy antigua que siempre ha sido respetada. Si un hombre es acusado en un juicio y se demuestra que la acusación es infundada, bien porque así se acredite o bien, recuérdalo Raoul, simplemente porque no pueda probar lo que dice, el ofendido tiene derecho a tomar venganza y puede matarlo en combate.

—¿Aunque sea clérigo?

—Ya me has oído antes. Es una ley sin excepciones que nos afecta a todos, incluso al rey.

Sostuve su mirada durante un tiempo, tratando de dominarme y dominar la situación. Intenté sonreír, pero fue un triste fracaso. Incliné la cabeza en silencio.

—Es una tradición extraña, pero parece razonable —contesté con todo el aplomo que pude—. Os agradezco la información.

—Ya suponía tu sorpresa. Pero así ha sido siempre en este país. Creemos que el acusador es quien ha de probar su declaración y no el acusado su inocencia. Se estableció esta ley para prevenir las calumnias. De esa forma, si un caballero escucha cualquier murmuración sobre él, puede obligar a quien la haya pronunciado a ratificarla o a desdecirse en juicio público...

—Ya os dije que me parecía razonable.

Se acercó a mí, pisando las losas con suavidad felina. Me miró por encima del hombro y, mucho más obsequiosamente, añadió:

—Te digo esto, Raoul, porque tus palabras encierran una dura acusación contra Garci Fernández. Aseguras que conspiró con Diego; dices, nada menos, que se hizo pasar por un adivino judío para engañar a María Correa. Son inculpaciones muy serias. Estoy seguro de que las rebatirá invocando pruebas. Y en el caso de que no puedas confirmar punto por punto lo que digas, también puedo asegurar que exigirá una reparación. Pues bien —concluyó—, quiero que comprendas que si se desarrollaran los acontecimientos de esa forma, no tendré más remedio que concederle el derecho al desagravio. Y eso, amigo mío, es condenarte a una muerte segura. Garci es uno de los mejores caballeros de la región y está perfectamente entrenado en la batalla. No le durarías un solo minuto...

Todavía aturdido por el resultado de la entrevista, acudí con Nuño a ver a Rodrigo a la prisión. Estaba situada al sur de la ciudad, detrás de una torre fortificada. Se trataba de un edificio de piedra largo y estrecho, sin ventanas. Delante de ella se extendía una explanada vasta y oscura, barrida por el viento. Nos enfrentamos a las ráfagas secas y frías caminando de prisa y con la cabeza baja.

Al llegar, vimos que la única abertura era una sólida puerta de madera con clavos de hierro. Después de llamar, la puerta se abrió tétricamente y entramos a una sala que destilaba polvo acumulado y putrefacción. A derecha e izquierda, pude vislumbrar varios compartimientos separados por paredes de cascotes, pero no nos fue posible pasar de un recibidor estrecho. Dos soldados bien pertrechados nos obligaron a detenernos. Desde el fondo, un hombre sentado en una pequeña silla nos preguntó qué queríamos:

—Estamos aquí para ver a don Rodrigo García —contestó Nuño con energía—. Permitidnos pasar.

—Hoy es imposible, señor —contestó el carcelero—. Se ha acabado el tiempo de visitas. Debéis volver mañana.

—¿A qué hora?

—¡Oh! Eso es difícil de precisar —respondió con voz meliflua—. Las normas cambian de día en día. Pero venid y os indicaré si es hora de visita o no lo es...

—Basta ya —le interrumpió Nuño—. Dinos el precio por verlo ahora mismo.

—Pero ahora es imposible, mi señor. Ya os lo dije. Tengo un empleo que mantener y si me descubrieran incumpliendo las normas, podría perderlo...

El carcelero se levantó y vino hacia nosotros con los brazos colgantes y paso inseguro. Las articulaciones de sus rodillas y tobillos eran abultadas y rígidas, al parecer, por la artritis. Desde su inclinación perpetua, nos miró ansiosamente, con los ojos entrecerrados. A su vez, Nuño le miraba con fiereza manteniendo el pulso.

—Está bien —retrocedió haciendo una mueca que intentaba hacer pasar por una sonrisa—. Sé reconocer a un hombre importante en cuanto lo veo. Me arriesgaré a permitiros pasar, pero... os costará caro.

—¿Cuánto? —rugió Nuño.

El carcelero se puso el nudillo del pulgar derecho entre los dientes y arrugó la cara como un conejo.

—Cinco monedas de oro —contestó rápidamente.

—¿Cinco? Tomad dos y no me hagáis perder más tiempo, bribón del demonio.

El hombre cogió velozmente las monedas e hizo un ademán a los soldados para que nos permitieran pasar. Inclinado hacia delante, arrastró sus pies, cogió una vela grande y nos condujo por un corredor hasta una escalera estrecha. En el trayecto no pronunciamos una sola palabra. En eso oí como un grito ahogado a mi izquierda. Me di la vuelta. Tropecé con algo en el suelo y me agaché para evitar caerme. Toqué pelo con las manos y sentí una inmensa arcada recorrer mi organismo. Pero logré sobreponerme y bajar con rapidez los escalones. Abajo había una pequeña sala donde esperaban Nuño y el siniestro encargado. Sonreí al primero con turbación...

—Es la segunda celda de la derecha. Avisadme cuando queráis salir.

Luego, sin decir otra palabra, el carcelero empezó a subir las escaleras.

—¡Eh, espera! Necesitamos luz, maldito rufián. Déjanos tu vela.

El hombre se volvió tranquilamente.

—Mi vela. ¿Por qué habría de dárosla? Si la queréis, vale otra moneda de oro.

Nuño le miro con rabia. Sin ganas de discutir, sacó de su bolsa una moneda y se la tiró a los pies. Un instante después, con la vela en la mano, atisbamos con aprensión hacia donde nos había indicado. Bajo el tenue resplandor vislumbramos varias puertas, aseguradas por fuera con barras de hierro. Llegamos a la celda. Nuño levantó la barra de su abrazadera y la apoyó contra el muro. Después abrió la puerta y avanzamos hasta una reja. Dentro la oscuridad era total y se olía un tufo repugnante.

—¿Quién es? —preguntó una voz.

—Don Rodrigo, soy Nuño Somoza y vengo acompañado de Raoul de Hinault, un clérigo francés. Acércate, venimos a hablar contigo.

—No tengo nada que decir —contestó Rodrigo—. Ya te lo dije cuando me visitasteis en la otra prisión.

—Haz el favor de acercarte, Rodrigo...

Escuchamos el tintineo de las cadenas por el suelo. A la luz de la vela, que Nuño mantenía en alto, vi por primera vez a Rodrigo. Llevaba el pelo largo y la barba le llegaba hasta el pecho. No obstante, a pesar de que su ropa estaba hecha jirones y hedía a orines, me estremeció el contraste entre la palidez de su rostro y el brillo de sus ojos.

—¿Quién sois? —dijo, dirigiéndose a mí—. No os conozco.

—No me podéis conocer —respondí con la entonación más cordial de mi voz—. Como te ha dicho Nuño, mi nombre es Raoul y provengo de la Universidad de París, en Francia. He sido reclamado por vuestro rey Alfonso a la corte de Toledo, pero, antes de llegar, me han encargado que verifique las circunstancias de la muerte de Diego García. Lo que ocurrió en realidad —insistí con énfasis—, para que trate de hacerlo valer en el juicio contra vos.

Rodrigo respondió con una sonrisa cansada.

—Supongo que ya os habrán contado lo que pasó. ¿Por qué creéis que estoy aquí? En todo caso, os diré lo que he repetido hasta la saciedad. No tengo nada que añadir a la acusación formulada contra mí.

—Espera un poco —le dijo Nuño—. Debes saber, Rodrigo, que este hombre ha averiguado muchas novedades que quizá te hagan cambiar de opinión. Escúchale con atención...

Con voz tranquila empecé a enumerarle todos los detalles que habíamos conseguido indagar. Luego Nuño me quitó la palabra y le explicó la intriga urdida por Diego gracias a los adivinos, así como la forma en que habían conseguido alejar de él a María Correa. El testimonio de Otero nos confirmaba los hechos, y nuestra convicción de que ocultaba algo. Nuño se dirigió a Rodrigo con voz paciente, reiterándole los argumentos con perspicacia. Finalizó diciendo:

—Debes entender Rodrigo, que tu juicio no es sino una excusa para intereses de otro tipo. Si todo el reino está pendiente de su desenlace es por algo. Piensa que tu hermano mayor, Juan, ha sido encumbrado por el rey a uno de los más relevantes cargos de la corte y ahora se rumorea incluso que será nombrado Adelantado Mayor de la Mar. Tampoco olvides los honores que han recibido tus hermanos Fernán y Alfonso. Comprende que si resultas condenado, se cuestionarán los nombramientos. Y con ellos, volverá a tomar fuerza el descontento de muchos nobles. Recuerda las revueltas del año pasado, ¿te gustaría que se repitieran por tu causa?

Le miramos con expresión anhelante. Negó con la cabeza. La tenue luz de la vela apenas bastaba para iluminar su cara, pero pudimos verle debatirse en su interior, dando vueltas a las novedades. Permaneció en silencio. Nosotros mantuvimos nuestros ojos en los suyos, esperando sus palabras.

—Dices que habéis estado con Alonso Correa. ¿Visteis a María?

—Sí, Rodrigo, la vimos.

—¿Cómo se encuentra? ¿Está bien? —preguntó. Hablaba con lentitud y de vez en cuando le temblaba la voz—. ¿Qué dijo cuando se enteró de la maquinación de Diego? No he sabido nada de ella durante este tiempo, ha sido la peor tortura que pudieron imaginar. Dime, Nuño, ¿qué te contó?

El conde reconoció que también ella se había obstinado en guardar silencio y apenas pudimos sacarle unas pocas palabras. Por lo demás, se encontraba bien de salud y su padre nos había confirmado que ambos acudirían al juicio contra él. Rodrigo le miraba con ojos graves, absorbiendo cada palabra. Viendo que persistía en su silencio, don Nuño insistió de nuevo.

—Por favor, Rodrigo, cuéntanos la verdad de lo que ocurrió aquella tarde...

—¿La verdad? ¿Cuál es la verdad? —respondió Rodrigo con voz baja y ahogada—. Os agradezco lo que me habéis contado, pero no insistáis. No voy a decir nada más. Tengo derecho a ello.

Se había rehecho sin darnos tiempo a aprovechar el momento de debilidad.

—No, no lo tienes —contestó irritado Nuño—. No, cuando están en juego intereses más importantes que tu propia vida. No, cuando sabemos que estás mintiendo.

Nuño le cogió de los hombros a través de los barrotes y le movió con fuerza:

—Respóndenos, Rodrigo.

Éste se dejó zarandear sin oponer resistencia. Luego debió de pensar algo, porque vi proyectarse hacia delante su labio inferior y la mandíbula, transformando la forma de la cara en algo deforme y feo. Observé cómo sus puños se crispaban y los nudillos se ponían blancos. Luego inclinó su torso hacia la puerta y bajó la cabeza, encogiéndose de hombros.

Miré a Nuño en silencio, tratando de expresarle que no había nada que hacer. Pero el conde era persistente. Esperó a que Rodrigo levantara su mirada fría hacia él y cuando sus ojos se encontraron, le miró con intensidad. Rodrigo hundió todavía más la cabeza y empezó a retirarse al fondo de la celda.

—Os ruego que me dejéis tranquilo. Os repito por última vez que no diré nada sobre la muerte de Diego.

Nuño, que no debía de sentir la mínima satisfacción por esa pírrica victoria en la pugna de miradas, trató de detenerle:

—Espera, Rodrigo, no te vayas todavía —el timbre de su voz adquirió un tono de complicidad al añadir con intención—: Sabes muy bien que comparto tu sentido del honor, pero dinos al menos si se te ocurre alguna idea que debamos conocer en relación con el proceso.

Nuño sabía que había llegado hasta el límite y permanecimos expectantes. Enfrente, el rostro de Rodrigo se mantuvo inmóvil como el bronce durante un momento largo. Finalmente, sacudió la cabeza y respondió con acento hosco:

—No.

Retrocedió hacia la oscuridad y le perdimos de vista. Dirigiéndome al vacío, me despedí de él. Un instante después, lo hizo también Nuño. Luego, volvimos sobre nuestros pasos y cuando estábamos colocando la barra de hierro en el travesaño, le oímos decir:

—Adiós, Nuño. Te veré el día de mi condena.

El conde, furioso, colocó con ímpetu el pasador y salió despedido hasta la escalera. Yo seguí como pude la luz de la oscilante llama de la vela hasta que atravesamos la planta baja y salimos al aire libre. Nuño seguía caminando a grandes zancadas por delante de mí. Le dije que me esperara y di una pequeña carrera hasta ponerme a su lado, pero él mantuvo su ritmo. Andaba con brusquedad, como intentando desahogar su impotencia en la energía física. Mientras tanto, yo empezaba a comprender que la aventura no se prometía tan feliz como ingenuamente había pensado dos días antes. Si Rodrigo no aportaba algo nuevo en el juicio, por mucho que demostráramos que Diego había conseguido comprometerse con María mediante engaños, no valdría de nada. Desesperado por el callejón sin salida en el que, en apariencia, nos encontrábamos, pensé que no había otra solución que hablar con Garci Fernández, el otro falso mago. Cuando se lo comenté a Nuño, pareció salir de sus ensoñaciones y se detuvo, mirándome con severidad.

—No veo la utilidad, ¿de qué nos servirá hablar con él? Aun cuando admita haberse disfrazado de adivino, ¿crees que ese testimonio podrá ayudar a Rodrigo? Y eso, suponiendo que reconozca algo, lo que es más que dudoso. Además, con ello le estarás avisando de que pretendes acusarle en el juicio. Sigo sin comprender el interés de esa visita. Con sinceridad, creo que ni contestará a nuestras preguntas.

—Es posible —reconocí—. Pero, ¿qué podemos perder? Quizá sepa algo y se traicione. En todo caso —añadí con voz impotente—, es lo único que se me ocurre para poder ayudar a este pobre muchacho.

Me detuve. Tal y como había temido, mis simpatías personales estaban empezando a influir en los juicios. Me maldije interiormente.

—Quiero decir —rectifiqué—, para poder averiguar los hechos. Porque no sé qué pensaréis vos, Nuño, pero yo estoy cada vez más persuadido de que Rodrigo miente para proteger a María. Desconozco los detalles, pero lo que ocurriera en aquella habitación es demasiado terrible para que se atrevan a confesarlo.

—También yo estoy convencido. Ya os dije que nunca me cuadró esa escena con su actitud anterior. Luego, cuando habéis probado la maquinación, he confirmado mi presentimiento. Pero, ya veis, no hay nada que hacer. No hablarán.

Volvió la cabeza para mirarme y yo acabé por sacudir negativamente la mía.

—¡En fin! —continuó Nuño—, supongo que tenéis razón y no podemos hacer otra cosa que intentar sonsacar algo a Garci Fernández. Pero me extrañaría que consiguiésemos algo substancioso.

Sin otra opción en la cabeza, encaminamos nuestros pasos al palacio de los Eanes. Nuño había estado otras veces y marchaba con paso firme, sorteando los obstáculos de las estrechas callejuelas de Santiago. La casa era un buen edificio de piedra, pero, al estar construido en un callejón atestado de tenderetes, apenas destacaba. Antes de llegar a la puerta, vimos salir a una dama de mediana edad acompañada de una sirvienta musulmana y Nuño se dirigió a ella sin pensárselo dos veces. Se trataba de Ana Eanes, la madre de Garci, e iba discretamente ataviada. Después de saludarse con afecto, negó con la mano y nos informó de que su hijo no se encontraba allí, sino en una iglesia cercana, escuchando misa con Jaime, su hermano pequeño. Nuño se despidió cortésmente de la mujer y emprendimos el camino de la iglesia, pero un sirviente nos detuvo cuando apenas habíamos andado unos pocos pasos:

—No le busquéis en ninguna iglesia. Su madre cree que ha ido porque desea que sea así y a él no le cuesta trabajo complacerla. Pero Garci las aborrece. Dice que son viejas y sombrías y, perdonad, padre, pero también dice que los curas sólo saben hablar de los terrores del infierno. Estará en el castillo de su padre...

Con todo, fuimos a la iglesia y Nuño le buscó entre los fieles. Intentó reconocerlo desde atrás, pero era difícil. El templo estaba oscuro y, al principio, resultaba complicado distinguir la cara de la gente en la penumbra. Al cabo de un momento, sus ojos se acostumbraron y localizó a Jaime. Lo señaló con discreción. Estaba en el lado sur de la nave, cerca de las primeras filas, junto a varias damas y hombres de armas. Nuño me hizo una señal y abandonamos la iglesia para esperarlo en la puerta. A la salida nos confirmó que Garci le había acompañado hasta la puerta y se había despedido en dirección al castillo.

—Pero, por favor —nos suplicó—, no digáis nada de esto a mi madre.

Nuño, sonriendo, le prometió mantener la boca cerrada.

—Es curiosa la vida —me dijo por el camino—. La esposa de Munio vive dedicada a la oración y se pasa la vida en la iglesia, entre confesores, capellanes y obras de caridad. Y, por lo que veo, su hijo menor sigue sus pasos. Por el contrario, tanto Munio como Garci, ya lo verás cuando los conozcas, no piensan en otra cosa que no sea el dinero y las empresas militares.

—¿Conocéis bien a Munio?

—Ya lo creo. Es un hombre muy práctico, de carácter retorcido. Odia a su mujer y trata con desprecio a Jaime, pero pone mucho cuidado para evitar ofenderlos. Ahora, después de haber ocupado tantos años el merinazgo mayor de Galicia, ha conseguido fortuna propia, pero vivió mucho tiempo de la dote que aportó Ana al desposarse. Y en cuanto a ésta —continuó reflexivo—, no pienses que, por vivir rodeada de sacerdotes, es la típica beata sin temperamento. Tiene personalidad; es una organizadora nata y no suele pasársele nada por alto. Ya ves —concluyó—, sabe que ha perdido a su hijo mayor, Garci, pero no renuncia a Jaime...

—¿Y la hija, la que está casada con Cárdenas?

—Esa no cuenta. Nunca ha sido muy lista...

—Pero, ¿y Cárdenas?

—Cárdenas es un oportunista nato. Apoya a Munio por conveniencia, pero podría estar del lado de la madre de igual modo.

—No me ha dado la impresión de tanta pugna soterrada —contesté.

—Pues es así —afirmó Nuño con énfasis—. Pero saben mantener las apariencias. Si te digo la verdad, Raoul, no conozco a otro matrimonio más dispar que éste, ni a hermanos tan diferentes...

Al día siguiente, después de haber preparado nuestros caballos, nos pusimos en camino. Era una mañana clara y fría, más propia de comienzos de primavera que de la estación en la que estábamos, pleno estío. El monte, la tierra mojada, los campos verdes y, a nuestras espaldas, la ciudad inmensa y parda, resplandecían al sol, avivados tras la lluvia caída en la última noche.

El castillo de Munio Fernández distaba casi ocho leguas de Santiago. Avanzamos con paso ligero, sin apresurarnos demasiado. A medida que nos acercábamos, Nuño me explicó que se trataba de una fortaleza importante. Munio, obsesionado siempre con la seguridad, había transformado la obra primitiva con diversos añadidos.

—No sé de dónde habrá sacado el dinero para acometer una obra tan costosa. A la muerte de su padre, este castillo estaba medio en ruinas. Si lo hubieras visto entonces, te costaría reconocerlo. Te digo esto para que comprendas los beneficios que pueden obtenerse del cargo de Merino Mayor. Así entenderás mejor su irritación con el rey por haberle depuesto.

Vimos la fortaleza mucho antes de llegar, primero envuelta en la niebla y después, destacando contra el horizonte. Al llegar a un pequeño promontorio desde donde se dominaba la imponente silueta, Nuño sujetó las riendas de su caballo.

Sobre nosotros, unas pocas nubes blancas, deshechas en harapos, ondeaban al viento y los vencejos parecían ir en su busca, jugando reiteradamente a ascender, caer y remontarse de nuevo.

—Observa la profundidad de los fosos —me dijo—. Me habían hablado de ellos y, desde luego, parece exagerada, pero es indudable que, con esas dimensiones, no se podrá acercar nunca una máquina de guerra a más de quince pasos. Luego, fíjate: ha cubierto la rampa de acceso con un voladizo de piedra y hecho excavar debajo un pasadizo subterráneo, sembrado de obstáculos para proteger a los soldados que entren de cualquier ataque del exterior. ¿Lo ves, Raoul?, la entrada está a la derecha del puente levadizo, marcada por un alfiz.

Confirmé con la cabeza, mientras Nuño seguía hablando:

—Está muy bien pensado. Es tan estrecho que obliga a caminar en fila. De esta forma, evita sorpresas y puede identificar y, en su caso, repeler a cualquier indeseable.

—Es impresionante. ¿Qué dimensión tiene ese pasadizo?

—Unos setenta pasos. Está construido de forma paralela a la muralla, pero luego se desvía en un brazo más estrecho que conduce al recinto interior. Porque ésa es otra —agregó riendo—. Ha reforzado ese recinto como en los *krak* de Tierra Santa. Cuando entremos, verás de lo que trata. O mejor, lo veremos los dos, porque yo no lo conozco acabado. Pero es, sin duda, un modelo muy sagaz.

Viéndole divertido analizando la arquitectura militar, le pregunté cuál era la originalidad de esa medida.

—El concepto, como todas las buenas ideas, es bastante simple. Se trata de construir un talud de refuerzo junto a la muralla, en paralelo a ella, pero en vez de caer a plomo sobre el suelo, desciende en forma de rampa, formando un ángulo agudo con la tierra, mientras que en lo alto delinea la curva de las torres.

—Ya entiendo, se trata de dificultar los trabajos de zapa.

—Más que eso. Si los zapadores superan el obstáculo, al llegar a lo alto se encuentran en el aire, con un foso frente a ellos y bajo torreones circulares en los que rebotan sus proyectiles.

Al acercarnos recordé las advertencias del obispo compostelano. El hijo del constructor de aquella fortaleza debía de ser un buen soldado. Poco tendría que hacer frente a él. Nos acercamos al centinela de la entrada y, después de identificarnos, fuimos admitidos sin más requisitos. En el interior del círculo inferior, protegidos del exterior por murallas de tierra, estaban las cuadras, las cocinas y los talleres. Reinaba un ambiente tranquilo, pero Nuño desconfiaba. Dejamos nuestros caballos al cuidado de un palafrenero y nos dirigimos al salón de la torre del homenaje, donde, al parecer, se encontraba Garci. Así era. Le encontramos en el extremo más alejado, jugando a los dados con un grupo de caballeros de su edad entre los que me pareció reconocer a Cárdenas.

Nos vio acercarnos desde lejos. Noté cómo nos observaba con detenimiento, esbozando una media sonrisa. Cuando estábamos a cuatro o cinco pasos de su grupo, se puso en pie:

—¡Don Nuño Somoza! ¡Qué agradable sorpresa! Hacía mucho tiempo que no os veíamos por aquí —con cara de satisfacción, añadió—: ¿Qué os parecen las modificaciones que hemos realizado en el castillo?

Nuño arrugó el entrecejo al oírle hablar en plural.

—Impresionantes, sin duda. Tu padre —matizó— ha construido la fortaleza más segura de Galicia.

—Sí, eso creemos nosotros —había perdido la sonrisa—. Nuestro maestro de obras estuvo en Tierra Santa combatiendo en la última cruzada y ha copiado algunas de las soluciones de los *krak*.

—Tengo referencias de esas moles. Se lo venía contando a Raoul, mi acompañante, a quien te quería presentar...

Garci me miró por encima del hombro, con expresión desdeñosa. Era un hombre joven, apenas pasada la veintena, de rostro agraciado, rubio y con la barba bien cortada. Llevaba puesta la cota de mallas, pero iba cubierto por una túnica blanca hasta la altura de las rodillas.

—¿Raoul de Hinault? —repitió en voz alta—. He oído hablar de vos. No os extrañéis, Santiago es una ciudad más pequeña que París y las novedades duran poco.

Afirmé suavemente pensando en Cárdenas, a quien busqué con la mirada sin éxito. Al mismo tiempo, Nuño, viendo a su grupo de amigos detener la partida y escuchar atentamente nuestras palabras, le cogió del brazo para sugerirle que nos apartásemos de ellos.

—Queremos hablar contigo en privado.

Garci Fernández nos condujo a través del salón hacia una pequeña puerta que comunicaba con las escaleras. Subimos hasta la cubierta de la torre, y allí, sin más compañía que un soldado que permanecía en el interior de su garita, nos preguntó qué deseábamos.

Se lo expuse con mucho cuidado, tratando de hacerle hablar. Para ello, intenté darle la impresión de haberme enterado por casualidad de la argucia empleada para suplantar a unos magos y fingí desconocer que habían sido contratados por ellos mismos. Zalameramente, le comenté la gran amistad que había demostrado con el fallecido Diego Pérez.

—Y eso —añadí—, sin mencionar los reflejos que demostrasteis, aprovechando la coyuntura de que esos adivinos trabajaran en las inmediaciones del monasterio de Santa Clara.

—No sé quién os ha podido contar tal hatajo de mentiras —contestó seco—. Lo que decís resulta divertido y hubiera podido estar bien, sobre todo si, como consecuencia de ese ardid, al final se hubieran casado Diego y María Correa. Pero, como debierais saber, Diego fue cobardemente asesinado por Rodrigo García, y no me gusta que venga nadie a verter insinuaciones maledicentes sobre su memoria.

Nuño trató de suavizar la tensión.

—Bueno, Raoul asegura que se lo han confirmado esos magos en persona.

Sin embargo, Garci no ocultó su irritación. Abrió las manos en ademán de desdén, exclamando:

—Me extraña mucho que nadie haya podido confirmar tal cosa. ¡No sé qué confianza os pueden merecer unos malditos adivinos, pero, desde luego, a mí, ninguna! Vos veréis —dijo, dirigiéndose a Nuño— a quién debéis creer, si a unos miserables judíos o a mí.

Miré a Nuño con intención. También lo había percibido. Aprobó con el mentón. Respondí en su nombre:

—Perdonad, Garci, yo no he mencionado la procedencia de esos magos, ¿cómo sabéis que eran judíos?

Su rostro se turbó repentinamente, pero fue sólo un instante. Se dio la vuelta y se detuvo frente a mí, encarándome con una mirada de dura sospecha. Se movía como un luchador, con sus manos grandes curvadas hacia dentro. Luego, de forma paulatina, fue serenándose. El golpe había precipitado en él una segunda personalidad y me preguntaba si podríamos aprovechar la contradicción.

—Lo he supuesto —contestó a la defensiva—. No sé cuántos adivinos habrá en Francia que no sean judíos, pero aquí lo son casi todos. ¿O no es así, Nuño?

Aunque ya desde ese instante comprendí que, pasado el momento de debilidad, se había repuesto, y, en consecuencia, no iba a sacar mucho de él, traté de insistir en el mismo tono suave. Pero, como imaginaba, se estaba creciendo. A las siguientes preguntas contestó cada vez más altivo, riéndose a carcajadas en más de una ocasión ante mis veladas alusiones. Al final, la cara se cerró como un puño y, obviando por primera vez el tratamiento, me advirtió con voz amenazante:

—Te diré algo. Mira, francés, no sé quién eres ni qué deseas. Has venido a mi casa acompañado de un querido amigo, y por ese motivo he contestado tus preguntas, e incluso olvidaré tus ambiguas palabras. Ahora bien, si persistes en esa línea, tendré que olvidar mi hospitalidad e invitarte a abandonar estos muros.

Se acercó hasta un paso de mi rostro, y, desde una distancia segura, blandió el dedo índice en el aire:

—Te lo advierto solemnemente, Nuño es testigo. Ten mucho cuidado en farfullar otra vez insinuaciones calumniosas sobre la memoria de mi buen amigo Diego o sobre mí mismo.

La próxima vez que lo hagas, te exigiré que pruebes cualquier afirmación. Si no lo haces, Nuño puede explicarte cuál es el procedimiento en este país.

Se detuvo y miró al vacío como si fuera a añadir algo más. Pareció pensarlo mejor.

—Y ahora, si me perdonáis, debo volver con mis amigos. Disculpad si no os acompaño hasta vuestros caballos. Hemos estado hablando mucho tiempo y les debe extrañar mi tardanza.

Y dirigiéndose a Nuño, le dijo:

—Otro día os enseñaré con detalle las reformas que hemos hecho en el castillo —enfatizó el plural—. Ahora debo regresar. El centinela os indicará el trayecto.

Salimos cabizbajos, incapaces de comprender la inexplicable seguridad con que se expresaba el joven Garci. Es verdad que nuestras conjeturas sólo permitían probar la intriga urdida para conseguir que Diego se comprometiera con María. También era cierto que necesitábamos el auxilio de Rodrigo. Sin él no podíamos avanzar un paso para resolver la causa de la muerte de Diego. Ahora bien, ¿por qué negaba rotundamente Garci haber suplantado a los magos? Tampoco tenía tanto que perder. Otero actuó con lógica cuando le confirmó esos datos a Nuño, quitándoles toda trascendencia, pues ¿a quién podía importar, a estas alturas de los acontecimientos, cómo se hubiera conseguido un compromiso matrimonial que nunca se consumó? ¿Quién iba a cuestionar ese detalle cuando el novio había sido asesinado por el antiguo pretendiente de María Correa? No conseguía entender el comportamiento de Garci Fernández. Nuño, a mi lado, mantenía la misma mueca de incomprensión. Volví a mis reflexiones con inquietud.

Lo único claro de todo aquello, la única causa que podía justificar esa seguridad... Esa arrogancia sólo tenía sentido si...

Nuño debió de llegar a la misma conclusión que yo. En ese instante se quedó parado y me cogió impetuosamente del brazo.

—¿Los magos?

—En eso estaba pensando. ¿Crees que puede haberles pasado algo?

Sobraban las palabras. Nos miramos aterrorizados y, sin perder tiempo, descendimos hasta las cuadras para ensillar nuestros caballos. Tardamos casi cuatro horas en recorrer las nueve leguas que separaban el castillo de Munio Fernández y Roxos, pero antes del anochecer vi a Nuño descabalgar a toda velocidad y dirigirse corriendo a la pequeña casa de las afueras, que Velasco, por mayor precaución, había arrendado cuando volvimos de Noia. Yo iba un poco rezagado y le contemplé entrar a grandes zancadas por la puerta. Todavía con el pie en el estribo escuché sus primeros juramentos. Corriendo, me encaminé yo también a la casa.

Dentro, el espectáculo era terrorífico. Frente a mí, sentado en una pequeña silla, a la izquierda de la sala, la barbilla exánime de Luca reposaba sobre el pecho. Me acerqué a él y tras el cuello, observé el puño de una daga firmemente hundido en su espalda. Un pequeño ventanuco, detrás, mostraba el camino que debieron de utilizar los asesinos para sorprenderle. Nuño, desde el piso alto, me llamaba sin cesar. En un estado de total desconcierto, subí a contemplar el resto de la fechoría. Tumbado en un jergón, la cara de Solomó tenía la expresión de terror de quien intenta reaccionar inútilmente al estrangulamiento. Sobre el cuello y la sábana, un fino cordel se desparramaba indolente.

Nuño no podía dar crédito a sus ojos. Maldiciendo sin parar, se desgañitaba jurando tomar venganza de aquello. Yo me acerqué con parsimonia a su lado, sin poder aceptar los hechos. Miré por toda la estancia y, de pronto, caí en la cuenta de que faltaban los cuerpos de Velasco y Todrós. Rápidamente, volví sobre mis pasos y regresé al piso bajo. Tampoco estaban allí:

—¡Nuño! ¡Nuño! —voceé—. ¿Has visto a Velasco o a Todrós, el otro mago?

Un par de segundos después llegó su respuesta.

—Aquí no están. Ven, busquémoslos fuera de la casa.

Sin embargo, a pesar de que recorrimos minuciosamente el pequeño jardín y los alrededores, no encontramos el menor rastro de ellos. Escudriñando por encima de unos matorrales, Nuño, más tranquilo, me informó de que el ataque debió de ser perpetrado aquel mismo día, pues los cuerpos no estaban fríos. Al instante caímos en la cuenta del peligro. Era necesario salir lo antes posible de aquel lugar. Si, como parecía, los crímenes no habían sido descubiertos, corríamos el peligro de ser acusados nosotros de haberlos ejecutado. Por suerte, era ya noche cerrada y la casa se encontraba a más de cincuenta pasos de cualquier otro lugar habitado. Desandamos el camino con cautela y, tras ensillar los caballos, nos dirigimos a Santiago. Completamente desalentados, los únicos que agradecieron el cambio de ritmo fueron las pobres bestias, que venían casi agotadas después de galopar sin descanso desde el castillo de Munio Fernández.

Todavía no habían terminado las sorpresas de aquella jornada. Al llegar a la posada, sin ánimo para nada, destrozados física y moralmente, ascendimos a nuestro cuarto con la intención de descansar, aun a sabiendas de que nos sería imposible conciliar el sueño. Yo creía que mi capacidad de asombro había tocado su límite, pero fui incapaz de contener un grito de alegría cuando vi a Velasco dormitando en mi lecho.

—¡Velasco! ¡Te creía muerto! ¿Dónde has estado? ¿Qué ha pasado? Acabamos de regresar de Roxos, y de ver a Salomó y Luca asesinados. Dinos —pregunté excitado—, ¿qué ha ocurrido?

—Calmaos, maestro —contestó con voz baja mientras se desperezaba—. Por desgracia, sé tan poco como vosotros y todavía estoy impresionado por la muerte de nuestros compañeros.

—¿Cómo ha sido? —pregunté con impaciencia.

—Esta tarde me ausenté unos minutos para comprar provisiones. Llevábamos dos días en la casa aguardando pacientemente y no habíamos percibido ninguna señal de peligro.

—¿No viste ninguna cara nueva en el pueblo? —dijo Nuño.

—No, Roxos es una aldea pequeña y ya conocía a casi todos sus habitantes. Al no hallar ningún motivo de alarma, me había tranquilizado. Pensé que debíamos avituallarnos un poco, porque se nos estaban agotando los víveres. No obstante, por precaución, llevé a Todrós conmigo y dejé a Salomó al cuidado de Luca, pero, cuando regresamos, encontramos la misma escena que debéis haber visto vosotros. Vuestro amigo Luca con una daga clavada en la espalda y Salomó, con huellas de haber sido estrangulado mientras descansaba.

Ambos escuchamos sus palabras con pesar.

—Los asesinos fueron muy profesionales —aseveró Velasco con un cierto deje de admiración—. No debieron ni verlos. Luca parecía descansar con placidez en una silla y Salomó estaba tumbado en su jergón. Creo —confesó con pesadumbre— que no sintieron la muerte hasta que les cayó encima. No había la menor señal de lucha. Supongo que desde que entraron en la casa hasta que les mataron no debieron transcurrir más de unos pocos minutos...

Me quede atónito. Pues ¿no parecía sino que Velasco se complacía con la diligencia de esos canallas? Él debió de entender la transformación que experimentó mi rostro mientras le miraba.

—Maestro, estos detalles son más importantes de lo que suponéis. Demuestran, para empezar, que nos enfrentamos a hombres decididos, con la fuerza y los instrumentos necesarios para llevar a cabo sus planes.

Nos dejó un tiempo para asimilar la hondura de su razonamiento.

—Y hemos recibido sólo un aviso...

—¿Cómo? ¡Un aviso! ¿Te parece que matar a traición es un aviso?

—En mi opinión, así es. Hay que aceptar las cosas como son. Y yo las veo de esta forma. Primero, si hubieran querido podrían habernos sorprendido también a nosotros; segundo, los hechos acreditan tanto el peligro al que estamos expuestos como, y esto es lo más importante, que están dispuestos a acabar con cualquier prueba con la que creamos contar.

—Sin embargo, todavía contamos con el testimonio de Todrós —contesté inmediatamente—. Y tú, Nuño, ¿acaso no sabes dónde está Otero? ¿No dijiste que, si lo necesitábamos, podrías localizarlo sin problemas?

—Sí, creo conocer su paradero —respondió el conde—. Le di una buena recompensa con esa condición. Ahora bien, tras los últimos sucesos no podría asegurar que le encuentre donde le dejé...

—Claro está —confirmó Velasco—. Otero jugó con vos, Nuño. No le importó confesar algo que sabía no iba a tener la menor repercusión y, de paso, se ganó una buena cantidad de dinero.

Y tras un instante de reflexión, añadió dirigiéndose a mí:

—Sois demasiado ingenuo, Raoul, yo siempre he pensado que eso era todo lo que ese capitán portugués haría por nosotros. Nuño, ¿no afirmasteis que esperaba ser tomado al servicio de Garci Fernández? ¿Acaso creéis que va a declarar en contra de su futuro señor? No, desengañaos, amigos, Otero no ha pensado nunca testimoniar a nuestro favor. Es mucho más simple, vio una manera fácil de ganar unas monedas y os manipuló a su conveniencia.

—Quizá tengas razón, Velasco —contesté cada vez más hundido—. Pero, ¿y Todrós? ¿Estará contigo, verdad?

—Algo así. En realidad, se encuentra mejor protegido que si estuviera a mi lado. Está escondido en la judería, con los miembros de su comunidad. Allí no corre ningún peligro. Están habituados a las dificultades y pueden esconder a un hombre durante meses, sin que se sepa nada de él.

—Testificará en el juicio, ¿no? —le interrumpí.

—Ésa es otra cuestión —respondió sombrío—. Está muerto de miedo. Mientras veníamos a Santiago, miraba continuamente a izquierda y derecha, viendo enemigos por todas partes. Sólo se tranquilizó un poco cuando le dejé en manos del *nasí*, el jefe de su comunidad. Éste me garantizó que, por intermedio suyo, podría ver a Todrós cuando quisiera, pero dudo que ahora piense lo mismo.

—¿Por qué no habría de permitirlo? —repuse—. Le salvaste la vida.

—Eso mismo dijo el *nasí*. Estuvo muy obsequioso conmigo, agradeciéndome con todo tipo de melindres haber salvado a un miembro de su religión. Pero yo los conozco. Son negociadores natos y no les cuesta nada pronunciar palabras. Sin embargo, pensad un poco; ahora Todrós les habrá contado que él ya había sido precavido y se encontraba a buen recaudo cuando fui a buscarle a Asturias. Les habrá explicado que pretendemos involucrarle en un pleito que no tiene el menor interés para ellos. Daos cuenta de que queréis utilizar la palabra de un judío para contradecir a un noble...

Naturalmente, Velasco tenía razón. Hasta entonces yo había considerado la intervención de Todrós con excesiva ingenuidad. De hecho, me sentía tan simple como un niño sorprendido haciendo una travesura.

—Deben de estar debatiendo sus posibilidades —continuó Velasco—. Y, con sinceridad, no albergo muchas dudas. Supongo que a estas horas o, cuando mucho, mañana, Todrós saldrá de la ciudad camuflado entre las mercancías de algún mercader. Lamento decir esto, Raoul, ojalá me equivoque, pero sospecho que hoy he visto por última vez a ese hombre.

—Pero, si imaginabas esa actitud —rebatí con desgana—, ¿por qué le llevaste a ver al *nasí*? ¿No había otro sitio donde esconderlo con seguridad? Y, por favor, deja ya el tratamiento, llevamos demasiado tiempo juntos y hemos pasado demasiadas cosas, para aceptar que me sigas hablando con esa distancia.

—De acuerdo —asintió—. Y, por lo que respecta a lo primero, te contestaré claramente: no, no había otro sitio. Y además, en todo caso, ¿qué podíamos perder? Si el objetivo era garantizar su seguridad, más me valía hacerlo de una manera convincente. Si ahora Todrós es poco útil, mucho menos lo sería muerto. Pero no es sólo eso. La única posibilidad de conseguir que colabore con nosotros es protegiéndolo con eficacia, demostrándole que estamos de su lado.

—¿Y si no quiere hacerlo? —pregunté.

—Que no querrá —matizó Nuño.

—¿Cómo le vamos a obligar? —concluyó Velasco—. No, Raoul, desengáñate...

Traté de hacerle patente mi disgusto con una mirada entre la impotencia y la resignación. Su voz delataba una mente más serena.

—Hay algo claro —continuó—. Si Todrós declara en el juicio, ha de hacerlo por convencimiento propio. Es mejor dejarle tomar la iniciativa, hacerle sentir que confiamos en él, apelando a su sentido del honor. De todas formas —añadió con tono pensativo—, reflexionad un poco. Si ya estábamos en una posición en la que él iba a hacer lo que quisiera, ¿no te parece mejor darle facilidades? Nos guste o no nos guste —concluyó pesadamente—, va a decidir según los dictados de su conciencia. Por consiguiente, prefiero que piense que hemos sido honestos con él. Eso, aparte, repito, de no contar con medios para garantizar su vida. La verdad, no me gustaría llevar sobre la conciencia el peso de otra muerte...

Se detuvo, para recuperar el aliento. Continuó:

—Por otro lado, ¿os habéis parado a considerar un poco los asesinatos? ¿Quién tenía interés en impedir testimoniar a los judíos? ¿Quién podía saber que estábamos en esa aldea?

La pregunta me dejó helado. Traté de poner en orden las ideas, pero no tuve que esforzarme demasiado. La respuesta llegó por su propio peso: ¡Teobaldo! ¡El obispo de Santiago! De nuevo tenía razón. Sostuve su mirada durante un tiempo, tratando de dominar la situación. No obstante, estaba cansado y como prematuramente envejecido. Me volví hacia ellos, recorriendo sus siluetas sin verlos. Estaba rendido, literalmente derrotado. Todos los esfuerzos se habían frustrado. Había que admitirlo. Si después de la primera visita al obispo salí un poco desconcertado por su aparente ignorancia, ahora cobraban sentido sus palabras. Teobaldo estaba en nuestra contra desde el principio. Sólo así se explicaba la arrogancia impertinente con que nos trató Garci Fernández; sólo así se entendía la facilidad para localizar a los magos judíos y el asesinato de Luca y Salomó. Pues, ¿quién, si no él, conocía estas circunstancias?

Debía ser realista, todo estaba perdido. Si antes, con la ayuda de los adivinos, teníamos una ligera esperanza de esclarecer la verdad —puesto que el testimonio decisivo dependía de Rodrigo o de María—, ahora, sin ellos, se desvanecían todas las posibilidades. Desconcertado por los acontecimientos, reflexionaba intentando hallar una salida.

De pronto, una imagen se me apareció con total nitidez. Suspiré, pasándome una mano por la frente.

—En realidad —les dije, entornando los ojos con un esbozo de sonrisa que no lograba asentárseme en los labios— contamos con algo seguro. Lo único que podemos asegurar, o mejor dicho, que puedo casi confirmar, es la amenaza de Garci Fernández... Tal y como están las cosas, supongo que debo esperar el reto. Más vale hacerse a la idea, ¿no os parece?

—No te preocupes demasiado por eso —contestó Velasco—. Ya lo había pensado antes y puedo actuar como tu *albarraz.*

—*¿Al-barraz?*

—¿No sabes qué son? Se trata de una vieja institución castellana. Los *al-barraces* son duelistas profesionales, tanto en las cortes andaluzas como en las castellanas. Luchan al servicio de su señor en las filas de batalla, contra un desafiante enemigo, o en un duelo sujeto a normas cuando su señor o algún miembro de su familia o de su séquito no puede librarse de otro modo de una grave acusación.

—Desconocía que existiera esa figura —contesté—. Es la primera vez que oigo referirse a ellos.

—Pues es una costumbre muy arraigada aquí. Suponía que, aunque seas extranjero y lleves poco tiempo en la Península, habrías tenido noticias de ellos. Sin embargo, me cuesta creer que no. ¿De veras no has oído hablar del famoso *al-barraz* del emir de Zaragoza, que cobraba quinientos dinares anuales y combatía con un látigo?

—Ya ves que no lo sabe —le reconvino Nuño—. De todas formas, Velasco, ¿estás seguro de poder ser *al-barraz* de Raoul? Disculpa, pero creía que eras *pardo* y, como bien sabes, si así fuera, no te sería posible combatir en duelo público con un noble.

Yo estaba cada vez más confundido.

—¿Qué es un *pardo*? —pregunté débilmente.

—Es el nombre popular con el que se alude a los caballeros villanos —contestó rápidamente Velasco. Pero no estaba interesado esta vez en satisfacer mi curiosidad. Dirigiéndose a Nuño, añadió con orgullo:

—Aunque mis apellidos no tengan la raigambre de los vuestros, no soy *pardo*, sino *infanzón*. Puedo acreditarlo en el momento en que sea preciso.

—¿Podéis explicarme de qué estáis hablando? —les dije, ya un poco irritado.

—Claro, Raoul —respondió Nuño, con cordialidad—. Los *pardos*, ya te lo ha insinuado Velasco, no son caballeros, ni tampoco soldados profesionales. A estos últimos, se les llama *hidalgos*. En cambio, los *pardos* son milicianos, es decir, pequeños propietarios plebeyos del campo o de las ciudades fronterizas, lo bastante adinerados como para procurarse caballo y armamento y participar, de vez en cuando, en cabalgadas por territorios moros.

Una vez que creyó satisfecho mi desconocimiento de los usos hispanos, continuó:

—En cuanto a ti, Velasco, si te han ofendido mis palabras, te pido disculpas por mi comportamiento. Has sido tan discreto sobre tu vida privada que por error había supuesto que se debía a una cierta vergüenza por el origen. Supuse que no te gustaba hablar de tu pasado porque tu ascendencia era villana.

Hizo una pausa y añadió con voz resignada:

—En todo caso, amigos, admitámoslo, nuestros planes se han arruinado. Hay que saber cuándo se gana una contienda y cuándo se pierde. Y, por desgracia, ésta se ha perdido antes de librarla. Me cuesta reconocerlo, pero nuestros adversarios han sabido maniobrar mejor que nosotros. Y si he aprendido algo con el tiempo es a saber retirarme del campo de batalla cuando no puedo ofrecer combate en buenas condiciones. Siento decir esto, Raoul, pero es innecesario que Velasco se bata por vos. Creo que sería mejor asumir la derrota.

Pasado el primer momento de sorpresa, le miré aturdido. Una cosa eran mis sensaciones y otra plantear abiertamente la conveniencia de abandonar. No podía dar crédito a mis oídos. Intenté protestar balbuceando algunas palabras.

Mientras, Velasco nos escuchaba discutir. Estaba muy tranquilo apoyado contra la pared, con los brazos cruzados sobre el pecho y el ala del sombrero tapándole los ojos.

Un momento antes me sentía abatido, desalentado, prematuramente derrotado, pero ahora, al oír la reacción de Nuño, no podía aceptar esa iniciativa con sumisión. Me levanté del jergón como un águila, como si una ira más allá del lenguaje hiciera de mí, por fin, un hombre de acción. Situado en el centro de la estancia, tomé la palabra:

—Esperad un poco; por decirlo con tus mismos términos, Nuño, no podemos rendirnos, no acepto esa rendición. No hemos llegado hasta aquí para abandonar sin presentar batalla. Y tampoco toleraré que se salgan con tanta facilidad con la suya.

Quedé un momento pensativo:

—Y ahora que lo pienso, ¿no podría ayudarnos ese don Andreo del que me hablasteis? Si es el agente real de Alfonso X y tiene jurisdicción en este señorío, tendrá informaciones interesantes, ¿o no?

—No, su papel es muy delicado y tiene que obrar en segundo plano. Ya os lo dije, es el pertiguero mayor de Galicia. Además, ya ha hecho todo lo que estaba en sus manos. Ha conseguido garantizar la autorización para que podáis intervenir y, aunque ahora os parezca mentira, ha estado protegiendo discretamente nuestra seguridad. No puede hacer más. Es mejor olvidar esa salida.

Otro camino vedado. Impotente, levanté las palmas de las manos, mirándoles en detalle. Me fue invadiendo una sensación de rabia contenida y al final la dejé salir:

—Os diré algo. Hasta ahora creía contar con las fuerzas y las facultades de tres hombres adultos, pero si sólo me queda la mía, bastará. Es cierto que las posibilidades son muy pequeñas, pero también ahí radica nuestra única esperanza. Ésa tiene que ser la baza a explotar. En este momento nuestros enemigos deben de estar frotándose las manos. Estarán tan confiados que nos imaginarán preparando nuestro equipaje a toda prisa...

Hice una pequeña pausa:

—Pues bien, eso es precisamente lo que dejaremos que crean. Y además —añadí con pesadumbre—, es lo menos que podemos hacer por la memoria del buen Luca...

¡Luca! Pobre muchacho. Los acontecimientos me habían hecho aceptar su muerte sin dedicarle un momento de reflexión. Me detuve un instante. Estaba cansado y sentía frío bajo el hábito. Contuve el aliento y paseando me acerqué hasta la ventana. Permanecí así un rato, mirando a través del marco de la pared. Y, una vez más, mi mente empezó a evocar su recuerdo sin dificultad. Pobre Luca... La vida había sido cruel con él, pero se había rebelado contra ella en busca de un mejor destino. Estaba seguro de que en Sevilla se hubiera convertido en un mercader de éxito. El ladino y astuto Luca. Capaz de divertirnos e inquietarnos, su carácter siempre había sido una incógnita y, a la postre, fue con quien más intimé, a quien mejor conocí en el largo camino a Santiago.

En ese instante, su imagen apareció nítida ante mí. Le podía ver mirándome con sus ojos socarrones o haciendo ese gesto tan característico suyo de unir en un círculo los dedos índice y pulgar. El buen Luca, el atrevido y seductor Luca. En verdad, yo no era la persona más apropiada para valorar sus aptitudes, pero no podía dejar de admirar que él hubiera sido el único capaz de cortejar y seducir a las damas del grupo, Arlette y Fabianne. El resto miró y criticó, pero él era quien se comprometía, quien parecía querer exprimir cada gajo de la vida como si se tratara de un limón maduro.

No, no podía olvidar a quien nos salvó la vida cuando fuimos atrapados por los bandidos y dejados a merced de las bestias del bosque. No quería alejar de mi mente al perspicaz y melancólico genovés que hacía de cada pequeño acontecimiento de la vida una batalla de su continua pugna por rehabilitarse consigo mismo. No debía tolerar que las cosas quedaran así. Teníamos una deuda de honor con él. Debíamos vengar su muerte. Aunque sólo fuera en su memoria...

Me volví hacia ellos. Mi mirada vieja se había esforzado por ver a través del paso del tiempo, pero ahora volvía al presente:

—Dime, Nuño, cuando te encontré llevabas un año fuera de tu casa, separado de tu mujer y tus hijos. Sin embargo, a pesar de no haber estado con ellos más que unos días, no dudaste en abandonarlos para ayudarme en este envite. Y ahora, ¿vas a desentenderte con tanta facilidad?

Él contemplaba el suelo con expresión dubitativa. No quiso mirarme, sabía que le estaba dirigiendo una mirada de súplica y, sin saber responder, optó por ignorarme. Yo me mantuve firme y al fin abrió las manos con gesto impotente, pero no le permití contestar:

—Y tú, Velasco, ¿no tienes, acaso, como única misión ayudarme a tratar de esclarecer la verdad de los hechos?

Afirmó con la cabeza.

—¿Y vas a abandonar ahora?

Me miró con una leve sonrisa. Sacudiendo la cabeza, negó con energía.

Aún tardamos un poco en superar el momento de indecisión, pero finalmente comprendieron la cobardía de abandonar a Rodrigo a su cruel destino. Después charlamos mucho rato, examinando todas las posibilidades de acción que se abrían ante nosotros, pero para entonces yo sabía que en el fondo había poco que decir.

Mientras ellos se debatían tratando de escudriñar en sus mentes algún argumento, yo volvía a mis soledades. Pasado el momento de entusiasmo, una vez restablecida la situación, sentí de nuevo ablandarse mi cuerpo por la falta de energía. Con la sensación de encontrarme al borde de un barranco en uno de esos días en los que el cielo está agitado y se masca en el aire un clima de tormenta, me veía como si hubiera corrido hasta su bordc para ver si podía hacer algo y encima de mí se agolparan las nubes, siniestras y amenazantes, la atmósfera tensa esperando el rayo desgarrador del velo de las nubes, el espacio infinito frente a mis ojos. Allí estaba yo. Desafiando a la naturaleza entera y a todo un bosque de pruebas y silencios.

No podía engañarme. Al final, lo decisivo, iba ser el desarrollo del juicio. Si era capaz de encontrar algún resquicio para hacer hablar a Rodrigo o María, quizá pudiera solucionarse el enredo, pero si las cosas se desarrollaban con normalidad, iba a ser testigo del ajusticiamiento de un hombre sobre cuya culpabilidad albergaba serias dudas. Si los enemigos de Rodrigo actuaban con un mínimo de serenidad no sólo iba a dar al traste con la misión encomendada, sino que, además, el sacrificio de Luca y de Salomó habría sido en balde.

Llegamos a la única conclusión posible. Nuño y Velasco se concentrarían para conseguir el testimonio de Otero. Por mi parte, trataría de pergeñar una línea de defensa que me permitiera intentar atrapar a Garci en alguna contradicción. También sabíamos que debíamos extremar las precauciones.

Al atardecer me trasladé a una posada algo más incómoda y bastante más discreta. Velasco se encargó de todo. Al acompañarme, me hizo atravesar el salón y entrar en mi estancia tan embozado que parecía un fugitivo de la justicia. Una vez conseguido el cambio de alojamiento, asumí la conveniencia de reducir al mínimo las salidas y pasé los ocho días siguientes en la soledad de mi cuarto, repasando las posibilidades del procedimiento judicial, con el único consuelo de saber a Enrique a salvo por su afortunado accidente...

Siete días después, el 25 de julio, festividad del Apóstol, Santiago se despertó pletórica. Desde primeras horas de la mañana escuché el rumor de un griterío constante que se repartía por todos los barrios. Me hubiera gustado poder estar presente en las celebraciones, pero no podía ser. Desde mi estrecho mirador, observando la calle de enfrente, abierta como una raja en la masa desordenada de casas, contemplé la algarabía con envidia. En la plaza del fondo, unos pocos harapientos merodeaban alrededor del buey que giraba imponente, perforado por un asador grande como una lanza de guerra. Otros adquirían vituallas a los vendedores ambulantes que circulaban pregonando su mercancía de pasteles, quesos y jamones. Un bufón remedaba, en un soportal, los ritos del jubileo alrededor de un grupo de peregrinos. Al final de la tarde fui incapaz de reprimir el deseo y salí a dar una vuelta.

Esa noche recorrí con un cierto detalle por última vez la ciudad. Fue un hermoso paseo. A esa hora, Santiago desprendía un halo melancólico que se acompasaba perfectamente con mis propias sensaciones. Los viejos caserones de piedra, las calles empedradas con sus grandes losas, apenas atravesadas por algún gato, los desperdicios por el suelo, conferían a la villa un aire de paz que contrastaba con el gentío mañanero. A veces se oía pasar un carromato allá en la lejanía, apagado como un palpitar de sienes. A trechos, alguien se perfilaba a la luz de un resplandor: algún borracho, un viandante perdido. Al fondo escuché los últimos estertores de una canción. Era una bella melodía entonada por voces graves, dulces y ásperas, cantando sencillamente la alegría elemental de la fiesta. Luego vi a un hombre en medio de la calle. Tenía una sola pierna, y se mantenía erguido gracias a un bastón. Era un individuo de edad indefinida, con el pelo enmarañado y la piel oscura, como sometida mucho tiempo al sol. Con su pata de palo, el traje raído y la cara hosca, tenía algo de inhumana rigidez. Mientras le observaba, me sentí muy cerca de él. Como yo, estaba impedido, era incapaz de caminar por sí mismo más que unos pocos pasos y vivía dependiente del auxilio ajeno.

Era la hora del crepúsculo y ya se notaba el fresco de la noche. Al salir de la posada alcé los ojos, el sol no llegaba sino a los balcones más altos, pero vi en una terraza a una mujer de mediana edad contemplándome con curiosidad. La ciudad mostraba un inconfundible aire de resaca; las calles estaban sucias y se presentía tras aquella inmundicia el hueco que deja la fiesta. Las cancelas estaban echadas, nadie asomaba por las ventanas, ni había niños jugando bajo los soportales. Poco a poco fue cayendo la noche, hasta que, al fin, las casas se sucedieron confusas en una sola fachada borrosa con el sabor de un decorado. El frío de la noche comenzaba a calar mis huesos. Me embocé con la capucha, cara al viento, que ahora soplaba cortante y helado como un carámbano. Estaba dispuesto a continuar, pero era inútil, ya no se veía nada. Decidí regresar al calor de mi habitación.

XII. El juicio de Santiago
Compostela, 26 de julio de 1257

Por la mañana me engalané y acudí junto a Nuño al edificio donde se celebraría el proceso. Adosada a la catedral, la sala del juicio era bastante impresionante: treinta pasos de fondo por unos quince de ancho. Tres pilares enroscados sobre sí mismos —los que los italianos llaman *tórtile*— sostenían la estructura, cubierta por bóvedas de crucería. Al fondo, el espacio reservado para el tribunal estaba presidido por un sillón profusamente tallado sobre el que descansaba un pequeño almohadón de terciopelo. Delante de él, a su izquierda y derecha, habían instalado cuatro filas de bancas con un pequeño pasillo en el centro. Había además tres sillas aparte, reservadas una para el acusado, otra para el escribano que daría fe de lo que sucediera y, la tercera, para ser ocupada por los testigos.

Nuño y yo fuimos de los primeros en llegar. La noche anterior, cuando regresé de mi paseo, estaba durmiendo y no quise despertarle. Esa mañana se había mostrado taciturno y reservado.

—A la espera de las noticias que traiga Velasco —me dijo—. Ya te enterarás durante el transcurso del juicio.

El soldado que custodiaba el ingreso a la entrada del salón nos dejó pasar sin que fueran precisas identificaciones. Contemplé en silencio aquel escenario vacío. Al poco empezaron a llegar los demás; una hora antes del comienzo previsto, la sala estaba atestada. Todos los eclesiásticos importantes de la región y algún otro enviado desde Castilla estaban allí. Don Nuño se acercó a saludar a sus conocidos y yo quedé aparte, viéndoles hablar dentro de sus mejores galas. Iban embutidos en capas de armiño y otras pieles preciosas y los trajes de seda y las lanas de brillantes colores se entremezclaban con vistosos adornos dorados, espadas y collares de plata. Reconocí a muy pocos: Garci Fernández y dos o tres caballeros de su castillo hablaban en un pequeño grupo del fondo; algunos de los eclesiásticos que había visto mientras esperaba ser recibido por primera vez por el obispo Teobaldo se volvieron a mirarme cuando pasaba. Por su parte, Alonso Correa y su hija María llegaron tranquilamente y, con la vista fija al frente, se dirigieron a las primeras filas para ocupar su sitio, sin detenerse a hablar con nadie, a pesar de que fueron requeridos por el camino en dos o tres ocasiones. Estaban en línea diagonal conmigo y les podía ver bien. María, a diferencia de las otras damas, vestía de forma austera y ni su pelo, recogido en una elegante trenza circular alrededor de la nuca, ni su largo vestido azul de seda de Alejandría, llamaban la atención.

Mientras recorría con los ojos a los espectadores, dispersos en pequeños grupos, tenía la sensación de encontrarme en los prolegómenos de una fiesta palaciega, aguardando la aparición del monarca. Sin embargo, lo que toda Galicia y el reino mismo estaban aguardando era el veredicto del tribunal. Claro que lo que menos importaba era el asesinato de Diego Pérez o la virtud de Rodrigo. Lo que allí estaba en juego era el pulso final entre ciertos nobles y su rey.

El obispo de Santiago hizo su aparición con toda majestad. Entró con parsimonia estudiada y, desde el momento en que se sentó, su solemne traje carmesí, doblado y esparcido por el suelo en bucles perfectos, se impuso como punto de referencia. Luego llegaron los otros miembros del tribunal y el escribano, un sacerdote de expresión asustada que intentaba pasar lo más desapercibido posible. Por último, apareció Rodrigo García custodiado por dos hombres de armas. Le habían cortado el pelo y arreglado la barba, pero tenía la misma expresión de palidez que me había inquietado al visitarle en la prisión. Con una túnica de algodón blanco por única indumentaria, se dejó caer con indiferencia en el lugar reservado para él, después se llevó ambas manos alrededor de la cintura e introdujo los dedos pulgares en el interior del cinturón. Desde esa orgullosa apostura dio un rápido vistazo por la sala y concentró sus ojos en el presidente del tribunal.

Teobaldo Fortún introdujo el caso sucintamente. Anunció que estábamos allí para escuchar, reflexionar y dar un veredicto sobre el cargo de asesinato cometido por don Rodrigo García a don Diego Pérez. Una vez expuestos los hechos, nos informó de que el acusador real establecería las circunstancias, pudiéndose defender Rodrigo bien por sí mismo o bien a través de quien deseara representarle entre los que estábamos en la sala. A tal fin, previno a todos los espectadores sobre los riesgos que comportaba una intervención innecesaria. Terminó su alocución, dirigiéndose a Rodrigo:

—Después de haber oído los cargos, ¿tenéis algo que alegar?

Rodrigo seguía mirándole fijamente, pero se mantuvo en silencio.

Llegado este punto, el obispo hizo una señal y entró el acusador en la sala. Incrédulo, titubeé al verle dirigirse a su lugar. ¡No podía ser! El caballero que había entrado andando con una cadencia de príncipe y ahora nos recorría con la mirada era el mismo Cárdenas y Villarroel que conocí en Estella, el mismo hombre que me anunció el caso y emitió su veredicto sin albergar la menor duda sobre la culpabilidad de Rodrigo. Quien me relató la historia de forma tan torticera que hizo intervenir a Miguel de Miranmón para que empezara a apreciar las primeras imposturas. El que casi había conseguido envenenarme y quizá asesinó a Luca. Con razón me había parecido reconocerle en el castillo de Garci... De nuevo se apoderó de mí el desánimo. Día tras día había ido comprobando la cuidadosa urdimbre con la que habían tejido los detalles para evitar caer en el menor error. Ahora constataba que, en el caso de que se cometiera algún desliz, tanto el fiscal como el presidente del tribunal podrían enmendarlo sin la menor desavenencia.

Cárdenas presentó el tema con inteligencia:

—Estableceré —nos dijo— que Rodrigo asesinó por la espalda al querido Diego Pérez sin causa alguna, sin haber recibido la menor afrenta.

Luego explicó con minuciosidad «su turbio comportamiento, impropio de un caballero, fundado únicamente en el despecho por no haberse podido prometer con María Correa». Finalizó anunciando que exigiría del tribunal la condena a muerte, para ejemplo de buenos cristianos y escarnio de cobardes.

Tras el largo parlamento, mandó levantarse a Alonso Correa y le ayudó a tomar asiento. Poco a poco, con determinación, fue estableciendo los hechos fundamentales:

—Decidnos, Alonso, al escuchar los gritos de vuestra hija y dirigiros a la estancia de la que provenían, ¿qué encontrasteis al entrar en ella?

—Vi a Diego Pérez tumbado sobre las losas del suelo, sobre un charco de sangre. A su lado, arrodillado, se encontraba Rodrigo García, mientras María, mi querida hija, estaba situada al fondo de la habitación, presa del desconsuelo, hipando y llorando.

—¿Creéis que murió asesinado?

—Sin ninguna duda.

—¿Le asesinó Rodrigo?

—Sí, así lo creo. Sostenía la daga de Diego en la mano y, lo que es más importante, cuando le pregunté por ello, lo confirmó con la cabeza.

Poco después salía al estrado María Correa. Avanzó con gran dignidad, pero tras la máscara de fortaleza que cubría su rostro, se la adivinaba asustada y frágil. La expectación recorrió la sala. La mayoría la miraba de forma comprensiva, compadeciéndose del sufrimiento de la mujer que ve morir a su prometido días antes de la boda; otros pocos —entre los que me encontraba— la veíamos con esperanza, pendientes de sus silencios y omisiones; y uno sólo, con la fascinación del enamorado, como si se enorgulleciera del nicho de secretos compartidos que albergaba con ella.

Cárdenas no era ningún estúpido y llevó el interrogatorio de forma muy delicada. Consciente de su pesadumbre, le dirigió atenciones que conmovieron a toda la sala. Nos explicó que conocía a María desde la cuna, y que era para él mucho más que la hija de un buen amigo. Incluso llegó a pedirle apear el tratamiento.

Ella asintió en silencio.

—Te lo agradezco, María —le reconoció Cárdenas—. Te conozco desde la niñez y me es más fácil hablarte sin formalismos.

La cortesía no impidió que prosiguiera inquiriendo con tenacidad. María dijo que no podía recordar nada, pero él supo plantear las cuestiones de manera tal que la muchacha debía responder con una afirmación o una negación. A la postre, una vez hubo dado su testimonio, quedó claro que esa tarde se había retirado a su cuarto a descansar. Después llegaron Rodrigo y Diego y, tras discutir acaloradamente, se enzarzaron en una dura pelea. Ella, asustada, optó por cerrar los ojos, y cuando los abrió, su prometido estaba por el suelo, herido de muerte.

Aunque Cárdenas tuvo la habilidad de eludir que se pronunciara por las razones de la disputa y tampoco le permitió concretar quién había irrumpido primero en su estancia, cuestión que me interesaba especialmente, fracasó en su pretensión de hacernos escuchar de sus labios una acusación concreta contra Rodrigo.

María se escudó tras la ignorancia, alegando no haber visto nada.

—Me cuesta explicarlo —dijo—, tengo como un velo que me impide recordar el menor detalle.

Cárdenas no se daba por vencido con facilidad. Viendo que ella era testaruda e iba a persistir en su idea, desvió el interrogatorio.

—Dime, María, ¿de quién era la daga con que asesinaron a Diego?

—No lo sé. Ya os he dicho que no me fijé en detalles.

—Te lo preguntaré de otra forma.

Se acercó a la primera fila de la izquierda y recogió un objeto envuelto en un lienzo de terciopelo verde. Abrió el envoltorio con delectación. Después nos lo mostró a todos. Se trataba de un pequeño puñal con el mango de bronce, adornado de piedrecillas preciosas. Se dirigió de nuevo a María:

—¿Conoces esta daga?

Ella la miró con atención.

—Sí, la conozco —reconoció—. Era de Diego. Me la había enseñado varias veces.

—Pues bien —anunció con voz triunfal—, con este puñal se perpetró el asesinato.

Volvió a envolverlo con detenimiento, dejándonos apreciar el efecto de la prueba. Inmediatamente después, volvió a acercarse a su testigo:

—Otra cosa, María, ¿crees que Diego era un hombre fuerte, o más bien débil?

—Ésa es una pregunta ociosa —contestó ella con rabia—. Toda Galicia sabe que era un soldado aguerrido, fuerte como un toro.

—En cambio, no describirías a Rodrigo de esa forma, ¿verdad?

María guardó silencio. Por lo demás, el contraste entre uno y otro era evidente. Rodrigo era más bien magro y, aunque bajo su delgadez se adivinaba la fibra de la agilidad, nunca se habría dicho de él que fuera un aguerrido soldado.

—Insistes en reiterar tu imposibilidad para recordar. Según dices, no pudiste ver nada. Está bien —dijo con estudiada magnanimidad—, aunque estoy seguro de que debes tener una opinión formada, no te preguntaré más por ello.

—Gracias —murmuró ella.

—Si no quieres hablar, respetaré esa discreta actitud. No obstante, sí podrás responder a esto. Dime, ¿crees posible que Diego se clavara el arma por accidente?

—Es posible —reconoció con una débil sonrisa.

Me estremecí. El hábil Cárdenas estaba empezando a manipular a María sin que se diera cuenta. Jugando con las insinuaciones veladas y las medias verdades, le estaba haciendo creer que si ella, la única testigo, no podía acreditar fehacientemente los hechos, se evitaría la condena de Rodrigo, sin percibir que, con ese ardid, el astuto interrogador la estaba haciendo entrar en un callejón sin salida.

—¿Crees que todo pudo deberse a un accidente? ¿Que quizá Diego se pudo haber caído sobre su arma y habérsela clavado él mismo? ¿O es que piensas —añadió con ironía— que ni siquiera fue preciso eso, que él mismo se la clavó por la espalda?

—No entiendo lo que insinuáis —se excusó María.

—Quiero decir lo siguiente. Recuerda que has jurado sobre la Santa Biblia decir la verdad... Aunque no vieras casi nada, ¿piensas, te atreves a afirmar que, desde tu punto de vista, la causa probable de la muerte de Diego fue un accidente involuntario?

—Yo sólo he dicho que... —balbuceó María, consciente del juramento— podría haber sido un accidente.

Quedó pensativa durante un instante que transcurrió eternamente. Después, levantó la cabeza y con voz más serena, añadió:

—Sin embargo, no afirmo que la causa probable de su muerte fuera accidental. En justicia, no creo eso, no puedo aceptarlo.

Cárdenas se volvió con arrogancia hacia nosotros. Ella misma —dijo—, ¡la única testigo del suceso!, lo había corroborado. No fue un penoso contratiempo. Por si fueran poco las palabras de Alonso Correa reconociendo haber visto a Rodrigo asentir cuando le preguntaron si él había matado a Diego, el testimonio de María no dejaba lugar a la duda. Sólo había tres personas en esa sala y salieron dos; luego, si no fue un accidente, una de ellas mató a Diego. Obviamente, María no lo había perpetrado, estaba al fondo del salón mientras ellos porfiaban.

—En consecuencia —dijo, señalando de manera amenazadora a Rodrigo— tú eres el asesino de Diego.

Nuño me susurró al oído:

—Creo que debemos prepararnos para perder. Tal y como se están exponiendo, los hechos no plantean el menor interrogante.

—La exposición inicial ha sido perfecta —reconocí con tranquilidad.

—Vamos a perder, Raoul, y de forma aplastante.

Preferí no contestar.

Inmediatamente después, Rodrigo fue llamado a declarar. Estaba como inconsciente y no respondió a la mayoría de las preguntas. Se mantuvo fiel a la misma cantinela de la prisión.

—No tengo nada que añadir a lo dicho por María Correa.

Cuando finalizó su testimonio, Teobaldo tomó la palabra y, con una amplia sonrisa, anunció un receso hasta la tarde. Nuño me cogió del brazo, para ayudarme a levantar. Le miré con resignación, pero él parecía estar desolado. Salimos cabizbajos, como si diera igual el futuro desarrollo de la vista. No obstante, aún esperaba que se produjera el milagro y pudiéramos encontrar la forma de desentrañar el hilo de ese imposible ovillo. Mientras Nuño me explicaba su sensación de hundimiento, sentí de nuevo el ansia de rebelarme. Le contesté con sequedad que tuviera un poco de paciencia. Él fue más duro:

—Tu pasión es aplastante, Raoul, pero también es inútil.

—Calma, Nuño. Hemos visto el primer acto, pero lo que cuenta es el final. Veremos qué pasa después de comer.

—¿Qué puede pasar?

—Voy a sacar a Garci Fernández al estrado y obligarle a confesar.

—¡Vas a obligarle a confesar! —repitió con ironía—. ¡No sé cómo! ¡Tú me dirás las pruebas con las que cuentas!

—¿Qué sabes de Velasco? ¿Qué está haciendo?

—Te lo puedes imaginar, Raoul. Intenta conseguir el testimonio de Otero, pero con franqueza, no creo que pueda convencerle —me cogió del brazo y con un tono más tranquilo, añadió—: Mira Raoul, deja a un lado tu orgullo, lo único que conseguirás es un reto a muerte, ver a Velasco combatir con Garci en tu nombre y a uno de los dos muerto.

Se pasó una mano por el pelo y se rascó la coronilla.

—Debo reconocerlo —añadió pensativo—, Velasco parece un buen soldado, pero antes de dar ese paso, piénsalo bien; Garci es un magnífico espadachín. Francamente, no me gustaría llevar sobre mi conciencia la pérdida de un hombre como Velasco, sobre todo si es innecesaria.

—Alto ahí, Nuño —le dije con resolución—. No tienes derecho a hablarme en ese tono. No quiero intervenir por orgullo, sino para desentrañar lo ocurrido y, si es posible, para salvar a Rodrigo. Lo lamento, pero tengo una misión que cumplir y nadie puede cuestionarme lo que debo o puedo hacer.

Le puse la mano en el hombro antes de proseguir:

—La única esperanza de Rodrigo se basa en las posibles contradicciones de Garci. No hay otro camino para sonsacar los verdaderos antecedentes. Hace un momento te sentías hundido. Tú mismo has dicho que todo estaba perdido. Te digo como la otra noche, ¿acaso vamos a abandonar?, ¿permitiremos dejar las cosas como están?

—Supongo que no —reconoció Nuño—. Pero ten mucho cuidado con las acusaciones infundadas. Pon especial atención con las alusiones a su honor, si lo hieres las consecuencias pueden ser terribles.

—Estate tranquilo. Pero debes comprender que necesito una cierta osadía para averiguar la verdad.

—¿Y cuál es la verdad? Desengáñate, Raoul, no lo sabemos y, aunque lo supiéramos, la verdad es siempre difusa. No quiero entrar a discutir contigo de filosofías, soy un profano y, en cambio, tú un experto, pero sé algo. ¿Cuál es la verdad? ¿Qué es lo verdadero y qué lo falso?

Yo tampoco estaba interesado en ese debate.

—Digamos que persigo hechos tangibles, pruebas, signos inequívocos de lo que ocurrió aquella tarde. Y para conseguirlos, insisto, tengo que ser audaz. Si quiero arrancar testimonios, no puedo frenarme ante un testigo esencial.

—Mira, Raoul, si piensas que te puede atrapar, debes dominarte. No sé si eres consciente de tu situación, pero estarás solo. Recuerda que actúas por tu cuenta, sin respaldo de ningún tipo.

—Estás equivocado. Es cierto que no tengo un sólido bastón para sostenerme, pero me han ordenado una misión muy clara.

—No, Raoul, no es así. Insisto, cuando saques a testificar a Garci no esperes encontrar apoyo alguno. Ni en la sala ni fuera de ella. Y si, como es probable, no consigues arrancarle una confesión, tu única recompensa será el castigo. Ojalá no sea así, pero prepárate a desistir del viaje a Toledo si las cosas no salen bien. El rey ni te recibirá...

Nuño me miró con afecto, como si fuera un niño atrancado con la explicación más sencilla. Continuó:

—No puedes invocar que cumples una orden real. Don Alfonso ha sido muy consciente al obligarte a actuar solo. Date cuenta. Siendo quien era Rodrigo y tras las revueltas del año anterior, tenía la obligación de minimizar sus riesgos. De esa forma, si fracasabas, no pasaría nada. Nadie podría alegar una intervención real. Sé lógico, ¿por qué piensas que has sido elegido tú, precisamente tú, un clérigo francés sin apenas experiencia y conocimiento del país? ¿Crees acaso que no hay en Castilla hombres mejor preparados para desempeñarla? ¿No te has preguntado por qué el obispo de Jaca fue tan reticente contigo y sólo después de insistirle, te indicó la misión? Dime, ¿tampoco te has interrogado por la ausencia de cualquier respaldo oficial?

Me miraba con astuta desconfianza. Asentí cabezonamente.

—No me hables como si fuera idiota. Mi punto de partida es precisamente ése. El rey ha planteado su posición de la única manera posible para él, sin arriesgarse. Sé que sólo intenta ayudar a restablecer la verdad. Y también sé, recuérdalo, que han dejado a mi libre albedrío la manera de actuar.

—Eso es verdad. Pero hay algo más. Conozco a don Alfonso, tengo referencias sobre sus prioridades y puedo aventurar cómo ha previsto abordar el problema. Por eso te digo lo siguiente: estoy seguro de que si alguien de la sala sospechara estos antecedentes, el rey preferiría que fuera condenado Rodrigo a reconocer su participación. Con todo el dolor de su corazón, sin duda, pero al final pesarían las razones políticas sobre los afectos.

—De acuerdo, Nuño, has dejado clara tu opinión sobre el tema —le dije con tono de apremio—. Conozco las consecuencias de mis actos, pero antes tengo que realizarlos.

Poco después del mediodía nos reintegramos al salón del juicio. La antesala estaba atestada de gente y el rumor de las voces y comentarios impedía avanzar con comodidad, pero de las pocas frases sueltas que pude oír se deducía claramente una sentencia unánime: Rodrigo sería condenado a muerte.

Un poco antes de entrar vi a Alonso Correa en una esquina hablando con un pequeño grupo de gente. Cuando nuestras miradas se cruzaron me hizo un gesto de impotencia, como diciendo ¿qué puedo hacer yo? Respondí con una leve inclinación de la cabeza. Un instante después estábamos dentro, esperando la reanudación de la vista.

Teobaldo Fortún y Cárdenas debían de esperar una sesión de mero trámite. De hecho, cuando el primero de ellos tomó la palabra, casi lo anticipó. Con voz grave y parsimoniosa hizo un pequeño resumen de lo acreditado hasta entonces antes de anunciar que, si alguna persona deseaba intervenir en defensa del acusado, debía hacerlo entonces. En caso contrario, el acusador real establecería las conclusiones a las que había llegado y se emitiría el veredicto.

Se hizo el silencio en la sala. Noté la mirada del obispo pendiente de mis movimientos, pero yo también estaba a la expectativa. Había decidido esperar a ver si por casualidad otra persona se animaba actuar pero, como sospechaba, nadie lo hizo. Pasaron tres interminables minutos y cuando Cárdenas ya se levantaba jubiloso, dispuesto a anudar el cáñamo alrededor del cuello de Rodrigo, me levanté, proclamando en alta voz:

—Esperad, solicito intervenir en defensa de Rodrigo.

Mientras a duras penas salía de la banca sintiendo las miradas de toda la sala concentradas en mis pasos, vi a Cárdenas esbozar un gesto de protesta que Teobaldo cortó con un seco ademán.

—Si ésa es vuestra decisión, os autorizo a hacerlo.

Luego, dirigiéndose a todos, me presentó a la sala, explicando mi legitimación para intervenir:

—Hace unos días, en una entrevista previa conmigo, Raoul de Hinault me puso en antecedentes sobre cierta serie de hechos que me determinaron a permitirle actuar.

Continuó alegando que, según le había manifestado yo mismo, esos hechos habían sido averiguados de forma casual y se basaban en presunciones, cuando no sospechas. A continuación explicó cómo había confiado en que la fuerza aplastante de los testimonios expuestos a lo largo del desarrollo del juicio me hicieran desistir pero, puesto que, en todo caso, ésa era una decisión mía, la aceptaba. Concluyó diciendo:

—Antes de daros el uso de la palabra, y tal y como os previne cuando me anunciasteis vuestro propósito, debo haceros dos advertencias. Primero, si llamáis a los testigos previstos, debéis respetar escrupulosamente todos los requerimientos de la ética personal y militar. Y segundo, si de vuestras preguntas o conclusiones se deduce alguna imputación que afecte al honor de un caballero, queda autorizado para exigir de vos la reparación contemplada por los usos y las costumbres del reino.

Le miré con gravedad. Aquello, más que advertencias, eran pura y llanamente amenazas. Sin embargo, para bien o para mal, la suerte estaba echada.

—Solicito que venga a declarar don Garci Fernández.

Garci recibió la noticia con cara de pocos amigos, pero cuando salió de la banca y se dirigió al sitio reservado a los testigos, su rostro ostentaba una expresión tal de seguridad, rabia y desafío que me hicieron palidecer.

Decidí actuar con toda la cautela posible.

Tras explicar que la presencia de Garci estaba motivada por haber sido el amigo más cercano de Diego García y participar junto a él en ciertos acontecimientos que podrían arrojar luz sobre los antecedentes del caso, le pedí que confirmara mis palabras.

—Todos saben que me unía a Diego una estrecha amistad. No voy a negar eso. Lo que no acabo de entender es adónde queréis ir a parar con esa amalgama de insinuaciones. No sé cuáles son esos acontecimientos, ni qué luz pueden arrojar para esclarecer el asesinato.

—Ya llegaremos a ese punto —le corté—. Ahora, os ruego que contestéis a algunas preguntas concretas.

—Bien.

—¿Os extrañó que Diego anunciara su matrimonio con María Correa?

—No. ¿Por qué habría de extrañarme?

—¿No sabíais, acaso, que estaba prácticamente comprometida con Rodrigo García y cambió de opinión en el último momento?

—Que yo sepa no había ningún acuerdo formal entre los Fernández y los Correa. Por otro lado, María es una mujer de temperamento, todos la conocemos; para mí no tuvo nada de extraño que acabara prefiriendo a otro pretendiente. Además, no se trataba de un cualquiera, sino de don Diego Pérez Arias, heredero del señorío de Bembriz.

Decidí abordar otro ángulo del problema:

—¿Oísteis hablar de unos misteriosos magos judíos que se establecieron en las inmediaciones del monasterio de Santa Clara, llamados Salomó Segarra y Todrós Ibn Varga?

—Algo oí, sí, pero no sé qué tiene eso que ver...

—Les conocisteis.

—Yo no.

—Y Diego, ¿creéis que los conocía?

—No lo sé. ¿Cómo lo voy a saber? —exclamó con desdén—. No entiendo vuestras preguntas ni dónde queréis llegar.

En ese instante se levantó Cárdenas como impulsado por una palanca. Se dirigió a Teobaldo:

—El testigo tiene razón. Éste es un diálogo irrelevante sin relación alguna con los hechos del juicio. Solicito que emplacéis al defensor de Rodrigo para que finalice cuanto antes.

Me anticipé a responder al obispo:

—Os ruego un poco de paciencia. Necesito un pequeño margen para poder establecer ciertos hechos que considero fundamentales.

Rezongando, Teobaldo me dio la razón:

—Un margen pequeño. Más vale que lleguéis a algo pronto.

Proseguí en mi línea explicando a la sala los pormenores del caso. De pie, sin dirigirme a nadie en particular, con un tono casi ligero, empecé a hablar. Tal y como se había acreditado, Rodrigo estaba medio comprometido con María Correa cuando ésta, de repente, cambió inexplicablemente de opinión. Según Garci, no hubo motivos para ello. No obstante, yo demostraría que se había elaborado y puesto en práctica un plan muy cuidadoso para determinar esa decisión. Con mi mejor retórica relaté cómo el joven Diego había preparado todo; primero, contratando por mediación de Otero, su capitán, a dos adivinos judíos para que se establecieran cerca del monasterio de Santa Clara, donde ella estaba recluida. Pronto, la fama de estos magos asombró a la región, por lo que María y otra amiga suya, Marta Alvear, decidieron ir a consultarlos. A continuación, expliqué cómo los magos advirtieron a María del grave peligro al que estaba expuesta si se comprometía con el noble con quien pensaba hacerlo, pues éste, lejos de ser un hombre íntegro, era un ser ruin y vengativo. Después, describieron a ese pretendiente con tal lujo de detalles que María se asombró al ver retratada la imagen exacta de Rodrigo. Anonadada por la entrevista, decidió romper su compromiso y aceptar al de Bembriz.

—Lo que María ignoraba —concluí— es que su entrevista no se produjo con los verdaderos magos, sino con Diego Pérez y Garci Fernández, disfrazados como tales para suplantarlos. Por eso pudieron darle a María esos detalles tan significativos.

Había tratado de pintar un cuadro plausible y franco. Luego me volví con tranquilidad a Garci, mirándole directamente a los ojos:

—¿Os atrevéis a negar los hechos que he descrito?

—No tengo por qué negar ni afirmar nada. Habláis de una historia fantástica de suplantaciones y equívocos sobre la que no tengo nada que añadir.

Insistí con denuedo:

—¿Juráis por la Santa Biblia que no suplantasteis a esos magos junto a Diego Pérez? Recordad que puedo llamar a declarar a María Correa o a Marta Alvear para corroborar mis afirmaciones.

—Hacedlo si lo deseáis —contestó Garci con desdén—. Ya he dicho cuanto tenía que decir. Si estáis tan seguro, os reto a probarlo y, en todo caso, insisto, no sé qué tiene esto que ver con el asunto que nos ha traído aquí.

—Veo que os negáis a contestar. Os preguntaré otra cosa. Vos conocéis bien al acusado, Rodrigo Fernández. Sabéis que hasta ahora ha sido considerado un ejemplo de probidad y rectitud. Sabéis también que es incorruptible y que se ha caracterizado por dejar bien sentada su postura sobre cualquier acontecimiento importante. Si no me equivoco, incluso habéis tenido algún enfrentamiento en el pasado por eso, ¿no es cierto?

—Es verdad, Rodrigo parecía sentirse superior a nosotros y un día se permitió reprendernos con dureza por ciertos hechos que no vale la pena explicar. Le contestamos como merecía, ¿quién era él para inmiscuirse en nuestras vidas?

—Y sabiendo eso, ¿no os ha extrañado su silencio esta mañana cuando estaba sentado en vuestra misma silla?

—¿Y por qué había de extrañarme? Supongo que estará avergonzado por la fechoría... Se le habrán pasado las ganas de llamar la atención sobre los defectos ajenos, pero ni lo sé ni me importa.

—A mí sí me importa. Yo puedo explicarlo. La verdad es que ocurrió algo. Lo cierto es que, con su comportamiento innoble, Diego alteró sustancialmente...

No pude acabar. Cárdenas se levantó violentamente, interrumpiendo con grandes voces mi parlamento.

—Esto es intorelable. Pretende mancillar el honor de un soldado muerto con la desesperada ilusión de ganar puntos basándose en una apariencia de incorrección —y dirigiéndose a Teobaldo continuó—: Permítame recomendarle, señor, que Raoul sea reprendido por su conducta y que el testigo se retire con las más profundas disculpas del tribunal.

Teobaldo seguía su propio cauce. Me interpeló inopinadamente:

—¿Afirmáis que hay una conexión entre la suplantación y el asesinato de Diego?

—Sí —repuse con energía—. Y afirmaré más que eso...

El obispo me miró con indecisión, casi presto a aceptar la iniciativa de Cárdenas. Mientras, Garci sonreía irónicamente con una mueca de desprecio. Traté de aprovechar la incertidumbre del instante.

—Os parece gracioso esto.

—No, no lo es —contestó Garci—. Es patético.

—¿Patético? —repetí—. Lo que a mí me resulta patético es comprobar que habéis sido incapaz de contestar de manera concreta a ninguna cuestión. Os lo diré de nuevo, ¿tenéis una respuesta para los hechos que he narrado?

—Por supuesto —respondió con altivez—. Mi respuesta es que no lo sé. No sé cuál es el carácter de Rodrigo ni tengo por qué saberlo. ¿Acaso son éstas las preguntas? ¿Son éstos los interrogantes que he venido a resolver? ¿Sobre el carácter de Rodrigo Fernández? ¿He abandonado mi casa y he sido llamado a declarar para opinar sobre la forma de ser de Rodrigo?

Se detuvo un instante, entrecerró los ojos y, dirigiéndose a mí, añadió:

—Por favor, dígame que no ha asociado sus esperanzas al carácter de Rodrigo.

Permanecí en silencio hasta que la voz de Teobaldo cortó mis pensamientos.

—Raoul, ¿tenéis alguna pregunta más para el testigo?

Fue el momento más difícil de aquel penoso interrogatorio. Sentí que estaba pisando terreno resbaladizo sin conseguir asentarme sobre ningún argumento consistente. Supongo que debió de traslucirse en mi cara el titubeo. Teobaldo no perdió la ocasión.

—Repito. ¿Hay alguna pregunta más para el testigo?

Apenas debieron transcurrir unos instantes, pero yo seguía paralizado. Sin embargo, la providencia quiso que Garci decidiera acabar su declaración y se precipitara. Se levantó con tranquilidad y, sin esperar contestación, se dispuso a marcharse. Al pasar por mi lado, comprendí la necesidad de reaccionar de inmediato.

—Alto, Garci. Volved a vuestro sitio. No he terminado todavía con vos.

Éste, irritado, miró al juez y viéndole asentir, regresó de mala gana. Sin embargo, no estaba dispuesto a ser devuelto a declarar sin añadir algo. Después de sentarse, se volvió a Teobaldo para comentar:

—Decidme, ¿qué vamos a discutir ahora? ¿Mi carácter, el vuestro o el de María Correa?

La sala estalló en una carcajada. Toda la tensión acumulada se desahogó con ella. Miré a Garci. Tenía una expresión satisfecha, pero yo aún me debatía sobre el camino a tomar. Al final opté por la única línea posible:

—Os advierto, Garci, que se os ha preguntado con insistencia para que no pudierais alegar desconocimiento. Pero si os negáis a hacerlo, dará igual. Fuera de la sala está esperando el antiguo capitán de Diego, Otero, que vendrá a declarar después de vos para atestiguar quién suplantó a los magos.

Garci me miró con odio y no repuso nada. Al fin veía aparecer la duda en sus ojos. Indeciso, miró anhelante a Cárdenas y éste, con las palmas de la mano puestas hacia el suelo, le conminó a tranquilizarse. Sin embargo, estaba claro que no se sentía seguro. Pasados unos segundos, contestó balbuceando:

—No entiendo la relación de todo esto con el asesinato de Diego Pérez.

Traté de ahondar en su inseguridad. Con tono parcial y conciso, le sugerí:

—Puedo hacer hablar al capitán de Diego, Otero.

Era el momento de la verdad. No obstante, Garci no era idiota. Pasado el primer momento de indecisión, comprendió el envite y acabó retándome:

—No lo veo en la sala, pero llamadlo, si queréis. Y dejad ya de decirme lo que vais a hacer. Haced lo que sea y permitidme finalizar.

Teobaldo asintió gravemente. Tomó la palabra para señalar que estaba insistiendo en una senda de preguntas irrelevantes. Luego me advirtió con palabras que empezaron suaves y terminaron secas y cortantes: quería cuestiones concretas, porque, si no, quien cortaría el interrogatorio sería él.

Aturdido por la advertencia, retomé mis argumentos llegando a la mínima conclusión de que Garci era incapaz de asegurar si se cometió un fraude incitando a María a rechazar a Rodrigo. El pequeño malabarismo no tuvo ninguna eficacia.

—Voy a poner fin a esto —dijo el obispo con impaciencia.

—Esperad —le pedí—. No es mi intención demostrar la cobardía de Garci, sino acreditar que actuó motivado por otras razones...

Cárdenas no pudo soportarlo más. Se irguió como un gato ante su presa y, dirigiéndose al juez, habló a todos los rostros que nos contemplaban:

—No sé por qué estamos tolerando este torrente de insinuaciones improcedentes que no conducen a ningún sitio.

Tenía razón. En ese momento, tuve la sensación de que todo estaba perdido. Me volví a Nuño con la expresión impotente de quien lo ha intentado.

Fue entonces, en ese instante, cuando se abrió la puerta y vi entrar en la sala a Otero, el capitán portugués. A pesar de no conocerle en persona, su imagen no dejaba lugar a dudas. Venía vestido con una cota de mallas y ostentaba tanto los colores del blasón de la casa de Bembriz como sus inconfundibles rasgos, el enmarañado pelo rojo del que me habían hablado sin cesar y la huella de una honda cicatriz en la mejilla derecha.

Finalmente entreveía una esperanza. Velasco había conseguido convencerlo. Me volví a Garci con otra expresión. Ahora era él quien temblaba. También había contemplado la entrada de su futuro capitán. Al principio, le miró incrédulo, pero ahora estaba asustado.

—Garci —le dije—, bien sabéis que a veces los hombres deben resolver sus asuntos por su cuenta. Con honor, pero entre sí. En consecuencia, no os debéis preocupar por acontecimientos que pasaron hace tanto tiempo.

Él me miraba fijamente. Continué:

—Os lo preguntaré de nuevo, Garci. Y esta vez os exijo una respuesta clara...

No me dejó terminar.

—No tengo por qué contestar, insolente monje francés.

—Estáis equivocado. Debéis hacerlo. Decidme, ¿estabais con Diego en aquella cueva? ¿Suplantasteis a los magos judíos?

Cárdenas protestó ruidosamente. Teobaldo se dirigió a Garci.

—El testigo no tiene por qué contestar.

—Sin embargo, puedo invocar otros testimonios —alegué yo.

Pero Garci ya estaba fuera de sí. Con voz impaciente me cortó:

—¿Quieres respuestas?

—Creo que tengo derecho a ellas.

Sin escucharme, Garci repitió chillando:

—¿Quieres respuestas?

—Quiero la verdad —le contesté.

—¿La verdad? ¿Qué sabrás tú de la verdad? Tú no quieres la verdad. Cuestionas el modo en que resolvemos nuestros problemas como si fueras mi juez, pero no eres nada de eso...

Yo no iba a darme por vencido en ese momento:

—Contesta, Garci, ¿estabas con Diego cuando éste suplantó al adivino judío?

—Hice lo que tenía que hacer.

—¿Estabas con Diego?

Al fin fue incapaz de contenerse:

—Por supuesto que estaba. ¿Y qué?

El silencio recorrió la sala como un fantasma. Finalmente había conseguido hacerle confesar. No obstante, quedaba lo más difícil. Suspiré con alivio y me volví al testigo, pero, antes de que pudiera decir una palabra, oí a mis espaldas la voz cristalina de María solicitando intervenir en el juicio.

Como una sola persona, todos la vimos ponerse en pie y dirigirse hacia la parte delantera de la sala. Me aparté a un lado para dejarla pasar. Por el rabillo del ojo observé a Garci volver su rostro hosco y torturado hacia Teobaldo y Cárdenas.

Acabó inclinándose hacia delante, sin querer ver a María, que lentamente se aproximó a mí.

De pie, junto a un extremo de la mesa del escribano, empezó a hablar con la cabeza baja. Parecía no dirigirse a ninguno en particular, pero yo sabía que sus palabras estaban destinadas a tres personas: Rodrigo, su padre y yo mismo. Su tono era grave, tranquilo, casi un murmullo:

—Quiero hacer una declaración pública. Primero debo pedir perdón a todos y, antes que nadie, a mi padre, que ha soportado mi presencia ausente de los últimos meses. Pero si he permanecido ciega y sorda, lo hice sin la menor intención de dañar a nadie. Hoy he recibido el aldabonazo que me ha hecho despertar, pero hasta hace un momento, vivía en una niebla en la que era imposible apreciar cualquier detalle. Aquellos terribles acontecimientos que presencié me sobrecogieron de tal manera que he dejado transcurrir el tiempo sin ser capaz de hacer nada positivo. Lo cierto es que, hasta ahora, yo misma he creído que todo transcurrió de la forma en que ha sido presentado esta mañana. He pasado días dándole vueltas a aquellos minutos sin conseguir recordar nada, absolutamente nada. Confusa, me retorcía tratando de indagar en mi interior. ¿Qué pasó realmente? Pero no supe o no pude contestarme. La fuerza de los acontecimientos me golpeó con tanta crudeza que bloqueó mi inteligencia. Sólo podía atestiguar lo que sabía. De hecho, no podía recordar más que el final de la escena: Rodrigo arrodillado, junto al cadáver de Diego, y yo detrás, aterrorizada, incapaz de entender ese resultado. Recuerdo el afecto de Rodrigo al verme en ese estado y también recuerdo el terror con el que me retiré hacia atrás cuando intentó tomar mi mano. Después todo fue un continuo agolpamiento de sucesos. La llegada apresurada de mi padre a la estancia y tras él no sé cuántos hombres más. Entre los gritos y las exclamaciones, mi padre preguntó a Rodrigo por las causas de aquella muerte y yo le oí aceptar con expresión humilde ser el culpable del asesinato de Diego. En ese momento, yo también le creí. Por eso, esta mañana no podía jurar sobre la Biblia que pensaba que Diego había fallecido de manera fortuita.

Se acercó a Rodrigo y con voz muy tenue, continuó:

—Compréndeme Rodrigo, ¿cómo iba a jurar que Diego había muerto por accidente cuando yo misma te había oído declararte culpable? Es verdad que no recordaba aquellos instantes, es cierto que no vi la escena y me tapé los ojos con las manos. Pero también había partes obscuras. Hasta ahora no lo he sabido, pero mientras escuchaba al maestro Hinault interrogar a Garci, ciertas preguntas sin respuesta han empezado a resonar en mi mente: ¿Cómo empezó todo? ¿Quién vino primero a mi estancia? ¿Por qué llegó el otro? ¿Cuál fue la causa de la supuesta pelea?

Hablaba con voz bien timbrada, conmovedora y firme. Se detuvo y miró a su alrededor, haciendo una pausa. Todos la observábamos con atención.

Se dirigió a mí:

—¿Sabéis, Raoul? Al principio no comprendía dónde queríais llegar. No os entendía bien. Pensaba que estabais intentando dilatar la condena de Rodrigo, buscando cualquier excusa para retrasar lo inevitable. Con franqueza, no podía aceptar que Diego y Garci hubieran sido capaces de actuar de forma tan tortuosa. Sin embargo, conforme avanzaba el proceso, he ido asimilando vuestros argumentos. Pero, sobre todo, he comprendido que el interrogatorio no estaba dirigido ni a Teobaldo, el presidente del tribunal, ni a Garci, vuestro testigo. Ni siquiera a la sala. Tenía una sola dirección: yo misma... yo misma y también Rodrigo García. Sin embargo, él no contaba, ¿verdad? Vos sabíais que Rodrigo jamás hablaría antes de que yo hubiera comprendido todo.

Afirmé con la cabeza.

—Por fin he entendido vuestra estrategia. Sin posibilidad de condenar al verdadero culpable de toda la intriga, éste tenía que condenarse a sí mismo. Ahora bien, ¿cómo hacer que se delate un cadáver?

Sonrió ligeramente al mirarme.

—¿Es así? —me preguntó.

—Algo así.

—Pues bien, habéis logrado resolverlo. Porque si Diego, muerto, no podía delatarse, vuestro único punto de apoyo era que yo, completamente ofuscada desde entonces, exánime y también como muerta, renaciera. Debíais conseguir que volviera a brotar para poder recordar aquella tarde. Finalmente ha ocurrido. Os diré lo que pasó...

Se detuvo un instante para recuperar el aliento. Nosotros apenas respirábamos, pero podíamos oír nuestros latidos. Ella continuó su parlamento mientras jugaba lentamente con un anillo. Casi enfrente, Rodrigo seguía inalterable; ni se había movido, ni se observaba ningún cambio en su expresión grave, absorta. Estaba con las manos sobre las rodillas y la cabeza baja, como si se encontrara en la iglesia. María levantó la cabeza en dirección a la sala.

—Ocurrió de la siguiente manera, amigos. Raoul estaba en lo cierto. En el monasterio oí hablar de la pasmosa clarividencia de unos magos y fui a visitarlos con mi amiga Marta por curiosidad, sin otro fin que divertirnos. Por eso mi sorpresa fue mayúscula cuando me predijeron terribles consecuencias si contraía matrimonio con alguien que sólo podía ser Rodrigo.

Se acercó a él y le cogió de la mano. Por primera vez, Rodrigo cambió de expresión y sonrió con dulzura. Yo le había mirado muchas veces sin notar el menor cambio en su rostro, pero ella lo consiguió con un mínimo gesto.

—Dijeron de vos, querido amigo, que bajo la supuesta afabilidad, escondíais un carácter terrible y manteníais aventuras secretas con muchas doncellas de la comarca. Y, la verdad, consiguieron amedrentarme. De hecho —añadió—, quedé apenada pues, tú lo sabes, estaba enamorada de ti... Pero ante unos detalles tan concretos, ¿qué podía hacer?. Era imposible que un mago extranjero pudiera saber tantos matices... Y, bueno, no vale la pena buscar justificaciones: acepté su advertencia y cuando tu hermano Juan propuso a mi padre nuestro matrimonio, tuve miedo y fui incapaz de aceptarte. Poco después, Diego me pidió que me casara con él... Yo no estaba interesada, seguía aturdida por los temores que habían introducido en mi cuerpo los magos, pero me deje arrastrar...

Se mesó el cabello con suavidad y levantó la vista al auditorio:

—Insisto, no quiero justificarme. Consentí comprometerme con Diego.

Rodrigo no respondió. No era necesario.

—Unos días antes de la fecha de nuestra boda, acudimos todos a otro enlace. Se casaba mi buena amiga Isabel Torregrosa. La fiesta fue larga y al final yo estaba cansada, por lo que me retiré a mis aposentos. Mientras me refrescaba un poco la cara, vi entrar subrepticiamente en mi cuarto a Diego. Estaba muy bebido y bromeaba sobre cualquier cosa. Al principio no me dio miedo, pero poco a poco se fue acercando de forma peligrosa. Después intentó forzarme. Yo traté de disuadirle y me resistí como pude. Forcejeamos, pero poco podía hacer frente a su fuerza... Cuando terminó de humillarme, ahora lo recuerdo muy bien, Diego me dijo que la próxima vez sería más sumisa. Él sabría encontrar la forma de dominarme, igual que consiguió convertirme en su prometida. Le miré confundida pero, antes de dejarme llevar por la rabia, tuve la paciencia de preguntarle por qué decía eso. Orgullosamente, se pavoneó de su inteligencia. Al final me confesó con desdén la manera en que me había engañado, cómo se había fingido un mago y me adivinó el porvenir. Ahora veo todo el cuadro con claridad. Aterrada y ciega de ira, me dirigí a él, tratando de golpearle, de hacerle daño, pero mis puños apenas hacían mella en su pecho. Diego se rió en mis narices, incluso reía cuando conseguí quitarle una pequeña daga de su cintura.

Abrió los brazos y recorrió con la mirada toda la sala. Su cara era una mueca de impotencia:

—Todos le recordáis, ¿qué podía hacer yo contra él? Pero estaba como poseída y, aunque no podía enfrentarme a su corpachón, necesitaba hacerlo. Él me trató con desdén y, al final, optó por marcharse con tranquilidad. Sin embargo, no podía ser. Cuando Diego iba a salir por la puerta, me abalancé contra él y le hundí la daga en la espalda. Luego me quedé mirando el cuerpo hasta que apareció Rodrigo y se encontró con los hechos consumados.

Me dolía interrumpirla, pero era el momento de precisar todos los detalles de la historia. Pregunté directamente a Rodrigo por qué había acudido a esa estancia:

—Estaba intranquilo —contestó con una voz que venía de lo más hondo—, paseando por los corredores, cuando oí sus gritos. Sin pensarlo corrí presuroso hasta los aposentos de María y encontré la situación que ella ha descrito.

—Recordad también, Rodrigo —dijo María con tono cariñoso—, mi absurdo, mi imperdonable silencio. Sin embargo, no os importó. Me tendisteis la mano y yo, paralizada y presa de un pavor incomprensible, la rechacé. Lo cierto es que ni entonces ni hasta hace unos pocos minutos, fui capaz de recordar los hechos. Y también es cierto que tú, querido Rodrigo, aceptabas pagar con tu vida una muerte en la que no habías tenido nada que ver.

Él lo reconoció en silencio, con un suave gesto de la cabeza. Cuando calló la voz de María, no se oyó un rumor en toda la sala. El tribunal —sentado en torno a la mesa, los ojos fijos en ella— y todos habíamos quedado anonadados. Tardé un poco en reaccionar, pero era necesario aclarar algunos puntos. Tomé la palabra:

—Lo demás podemos imaginarlo. Don Rodrigo no sabe qué ha pasado, pero comprende que la causante de la muerte debe ser María. En ese instante pasarían por su cabeza muchas imágenes, pero para un hombre como él, sólo importaba una. Si María había matado a Diego, debía haber alguna justificación. Por eso decidió esperar acontecimientos. Cuando acudieron a la habitación Alonso, los guardias y el conde palatino, Rodrigo siguió aguardando pacientemente. Al escucharles deducir que había sido él quien intentó penetrar en los aposentos de doña María y quien mató a don Diego, se debió quedar tan sorprendido como escandalizado. No obstante, su honor de caballero le impedía acusar a María. Debía ser ella quien lo aclarara todo. Mientras tanto, los recién llegados seguían acumulando datos: la prueba del asesinato, la herida en la espalda de Diego; la prueba de la indefensión, haber sido muerto con su propia arma. Ante tal cúmulo de disparates, Rodrigo optó por refugiarse en el silencio. Sin afirmar ni negar nada, se dejó prender. Supongo que esperaba ver reaccionar en ese momento a María. Pero ella estaba bloqueada y muda, como un testigo de cera. No había nada que hacer y se dejó llevar por el curso de los acontecimientos.

Hice una pausa y dirigiéndome a Rodrigo, le dije:

—Fue más o menos así, ¿verdad?

—Aproximadamente —contestó con desgana—. Pero ahora eso ya da igual. Si las apariencias me delataban, ¿qué podían pensar? Es mejor no darle excesiva importancia a hechos que ya no tienen solución...

Debo reconocerlo. Le miré con un cierto asombro. Rodrigo llevaba sufriendo en silencio desde hacía meses la más penosa de las situaciones, aquélla en la cual tienes conciencia de tu inocencia, pero te impiden demostrarla deberes superiores a ti mismo. No estaba habituado a reacciones de ese nivel de generosidad. Esperando un cierto grado de rencor, o al menos de despecho, me costaba aceptar tal grandeza de ánimo. Hubiera sido humano un talante menos virtuoso, algo más arrebatado. Pero también dudo que hubiera tenido esa efectividad: bastaba contemplar el arrobo con el que le miraban María y el resto de las mujeres de la sala para comprender su inteligente postura.

Teobaldo, desde la tribuna, consciente de que el villano se estaba trasmutando en héroe con demasiada rapidez, le miraba irritado. Mientras, Cárdenas, nervioso, se mantenía ocupado arreglando y recolocando los enseres de su pequeña mesa. Garci ni se había movido de la silla de los testigos. Aún mantenía la mirada perdida y la cabeza entre las manos, intentando evaluar la dimensión de la derrota, debatiéndose entre el ridículo espantoso que había cometido y la posibilidad de asumir un comportamiento tan caballeresco como el de Rodrigo.

El obispo, con voz alterada, quiso poner fin al procedimiento lo antes posible. Sabiendo que todos sus empeños habían naufragado de manera miserable, decidió concluir sin demora. Así pues, tomó la palabra para felicitar a Rodrigo por su noble actitud, eximir a María de cualquier culpa por haber matado al hombre que abusó de su honor y cerrar el juicio con presteza.

Sin embargo, los acontecimientos le estaban superando. Al tiempo que pronunciaba las últimas palabras, Alonso Correa se levantó y con paso lento avanzó hasta Rodrigo para, con toda la solemnidad posible, fundirse en un abrazo. Cuando se separaron, María avanzó hacia él, en la vasta sala repleta, y le tendió los brazos. Estaba aún más hermosa que la vez anterior, su mirada tenía la blancura de la nieve recién caída y el cabello ceñido enmarcaba su rostro ovalado y los ojos verdes, espejeantes, como los de ciertos insectos. Manejaba su cuerpo con una gravedad parsimoniosa: el ritmo lánguido, la cadencia infinita llegaron por fin hasta Rodrigo. Le cogió las manos y durante unos segundos se reconocieron con lentitud. Luego se acercó Nuño para felicitarlos por el feliz desenlace. Durante unos minutos hubo una auténtica procesión de nobles y eclesiásticos para estrechar la mano del caballero. Al poco estábamos los cuatro juntos charlando amigablemente. Ya quedaba muy poca gente en la sala. Teobaldo, tras su arenga final, al comprobar el escaso eco de sus palabras, había levantado el vuelo con toda la celeridad posible. Cárdenas aprovechó su salida para ir en pos de Teobaldo. En cuanto a Garci, desapareció inadvertidamente, se esfumó en el aire sin llamar la atención. No me importó, había todo el tiempo del mundo para que la justicia le requiriera por su posible perjurio.

Iban quedando muy pocos en la sala. Entre ellos, al fondo, continuaba Otero, el bendito capitán portugués cuya intervención, a la postre, resultó innecesaria, pero cuya presencia había sido esencial para dar el giro definitivo del proceso.

Al verle solo en aquella esquina, le llamé para unirse a nosotros. Él asintió sonriente y se levantó con calma. Paramos un momento la conversación mientras se iba acercando. Avanzaba despacio, con una cadencia muy especial. Desde que se levantó empezó a restregarse con fruición la cicatriz de la mejilla. Luego se pasó la mano por el pelo y la barba varias veces. Venía con una sonrisa irónica que atravesaba todo el salón. Al llegar a nuestro lado, le miramos con detenimiento. Nuño se echó a reír inmediatamente y, dándome un codazo, se dirigió a él hasta fundirse en otro abrazo. Yo estaba tan asombrado que no sabía reaccionar.

—¿Pero..? ¡Tú no eres Otero! ¡Dios mío, Velasco, mi buen Velasco! ¡Será posible!

Nos echamos a reír todos. Primero de forma natural, después con risas desenfrenadas, y al fin, casi histéricas.

—¡Grandísimo bribón!

—Sí, maestro —contestó con picardía—. No hubo más remedio que acudir a esta estratagema. Otero se negó a acompañarme. Por el camino vine pensando en nuestras posibilidades y, al final, se me ocurrió que si la base de toda esta intriga había sido el engaño y el disfraz, ¿por qué no podía serlo también su desenlace?

—Verás cuando se entere Teobaldo —dijo Nuño, conteniendo la risa.

—¿Y qué? —arguyó Velasco con fingida inocencia—. Yo no he mentido a nadie.

—Hombre, nos has engañado a todos —dijo Alonso.

—Espera, Nuño, Velasco tiene razón —repliqué yo—, no ha mentido. Mientras Diego y Garci mintieron a conciencia para elaborar su trampa, él no ha abierto la boca. La diferencia entre ambas farsas es que los primeros forzaron la realidad para provocar acontecimientos, mientras que Velasco no ha dicho una palabra. Todos hemos creído lo que deseábamos. Esperando ver a Otero en la sala, creímos que era él, sin cuestionarnos los detalles. Pero Velasco ni lo ha confirmado ni lo ha negado. Nadie puede acusarle formalmente de haber suplantado a Otero.

Volvimos a reír con estruendo.

Aquella noche celebramos el inesperado desenlace con una pequeña fiesta. Enrique, que había permanecido ajeno a los últimos acontecimientos, nos miraba con envidia mientras recreábamos cien veces las escenas del juicio. Rodrigo y María estaban ensimismados por la dicha; salvo algún instante en que ella hizo algún comentario sobre los pormenores del proceso, permanecieron cogidos de la mano, pendientes el uno del otro. En cuanto a Nuño y Alonso, no podían ocultar su satisfacción; el primero, por haber contribuido a abortar la semilla de otra posible revuelta contra su soberano, y Alonso, por ver de nuevo a su hija pletórica, dueña de su destino. Yo escuché tantas lisonjas que siento vergüenza de transcribirlas. En resumen, celebramos el desenlace como merecía y a los postres, para evitar nuevas demoras, les anuncié lo siguiente:

—Es hora de finalizar esta curiosa peregrinación a Santiago, amigos. Debo emprender el camino de vuelta a Toledo sin tardanza. Aunque ahora podamos reconocer que el rey ha estado tras de mí, me espera otra misión a su lado...

—¡Bah! No exageres —dijo Nuño—. A Alfonso no le importará que tomes unos días de merecido descanso. Vente conmigo a Santa Marina de Somoza. Lo pasaremos bien...

Poco después se disputaban los ofrecimientos. Rodrigo quería invitarme a su casa; Alonso opinaba que lo mejor era que descansara unos días en el mar y hasta Velasco terció para persuadirme. Pero yo estaba decidido. Quería averiguar de una vez por todas lo que esperaban de mí en la corte castellana. Al final acabaron por aceptar mis argumentos y concluimos la celebración.

Si bien pasé una jornada paseando con tranquilidad por las calles de Santiago, cuatro días después estábamos en Astorga y, apenas una semana más tarde, en Plasencia. El día 4 de agosto, acompañado de Enrique, entraba en Toledo, donde escribo estas notas recordando las palabras de aquella bruja quiromante que conocimos cerca del monasterio de Leyre: «No obtendrás reconocimiento de lo que imaginas, pero serás reconocido por lo que no esperas».

XIII. El tablero de ajedrez

Camino de Granada, finales de junio de 1258

La naturaleza nos traiciona, la fortuna cambia, un dios mira las cosas desde lo alto. No descubro nada, lo afirma un viejo *adagio* romano: *natura deficit, fortuna mutatur, deus omnia.* Evoco estas palabras recordando las páginas que escribí al llegar a Toledo hace diez meses, antes de entrevistarme con el rey. Hace pocos días me encerré por última vez con ellas en mi cuarto del Alficén. Durante horas fui desplegando sobre la mesa los manuscritos para repasar los pormenores del viaje. No quise leerlos. A pesar de ello, permanecí largo tiempo, tal vez horas, frente a las hojas de papel, meditando sobre los meses pasados. Ahora, entre los anillos de humo del tiempo, me esfuerzo por recobrar esos instantes. No es fácil. Es más sencillo olvidar... Tratar de borrar esa especie de tufo acre que impregnaba mi cabeza, la sensación de cansancio y de bochorno permanente...

Al anochecer, quedé prendido de un trémulo rayo de luz que cruzaba oblicuamente la estancia. Acabé tendido en mi jergón de lana. De fuera me llegaban los ruidos de la penumbra: una lejana conversación, apenas un susurro; el leve frisar de los árboles en la calle; el ronquido rítmico de Rabiçag en el cuarto de al lado; el golpear de un casco de caballo en la calzada. Levanté la cabeza y me moví para desentumecerme: zumbaba un mosquito. Al fin terminé sentándome en el lecho, ajustándome el hábito, el cinturón y las sandalias para incorporarme.

Abrí los postigos pero el aire frío no purificó el ambiente. Los hombres que me arrastraron durante el tránsito compostelano seguían dibujando en mi mente su ronda discorde: Hugo de Conques, el canciller de mi Universidad, inmenso, pesado y triunfal, agitando la cabezota con su voz monótona; el obispo Guillermo, aquel taimado y sutil clérigo de ademanes corteses; don Nuño, el franco y leal Nuño; don Çag, el irreprochable cortesano; Velasco, silencioso y eficaz; y también Alfonso X, el rey seductor, capaz de alabarme y humillarme en el intervalo de una sonrisa. Había muchos otros. Mi añorado Luca, Enrique Haro, la dulce Fabianne... ¡Tantos personajes! La búsqueda de Rodrigo y María Correa, los peligrosos Cárdenas y Teobaldo Fortún...

Salí a respirar el aire nocturno. Era una noche singularmente clara, que confería al paisaje una rara palidez, como si todo él estuviera sembrado de luces indirectas. De repente, me vi solo y extraviado... Yo era consciente de ser el culpable de cuanto me acontecía y no dejaba de repetirme que no había tenido ni la calma ni la perspicacia necesarias para advertir mi posición. Es verdad, no podía haber previsto los últimos acontecimientos políticos, pero no me conformaba... Sólo estaba claro un hecho: dos días más tarde abandonaría la capital hispana sin otra alternativa que volver inmediatamente a mi país... o hacer caso a Rabiçag y viajar a Granada. ¿Cuánto tiempo permanecí allí, asombrado, dudando, tratando de entender? ¿Y si yo estuviera equivocado? ¿ Y si todo este reflexionar frente a los acontecimientos no fuera más que un juego retórico? No, esos pensamientos desazonantes no podían ser retóricos. Tampoco lamentaba especialmente mi falta de experiencia cortesana, pero no podía dejar de reprocharme mi imperdonable orgullo...

Para ahuyentar estas ácidas reflexiones, que proclamaban mi inicial y estúpido fracaso —un fracaso cuya magnitud yo no había vislumbrado en el momento— me refugié en las imágenes de mi universo íntimo. Buscando llegar al final del laberinto por el que deambulaba a tropezones, traté de concluir de manera digna: ser de nuevo un viajero y, al mismo tiempo, amo, capaz de ver y dominar al mismo tiempo. Sí, viajaría a Granada, ¿qué otra cosa podía hacer? Cuando alcancé esta obvia conclusión vi claro mi camino y, como en un juego cuyas piezas se arman velozmente, me percaté del único desenlace posible para un pobre dominico. Fue entonces cuando me di cuenta de la ventaja que significa ser un hombre nuevo y un hombre solo, sin ligaduras, hijos, ni misiones, un Ulises cuya Ítaca es sólo interior: *homo viator*.

No pensaba volver a coger la pluma para referirme a esta extraña misión. De hecho, conforme andaba leguas hacia el sur, incluso había comenzado a reconciliarme conmigo mismo. Pero cerca de Ciudad Real tuve la desdicha de enfermar de calenturas y deber guardar cama. La dolencia me ha dejado pálido y macilento; tras ocho días de reposo, todavía no me encuentro en condiciones de proseguir el viaje. Mi cuerpo viejo sigue pasando factura. Con las primeras fiebres me indigné: daba la impresión de que el destino no perdía ocasión de mofarse de mí. Sin embargo, ahora creo que el receso está siendo providencial. La calma y el silencio opaco de estas tierras me permitirán algo más importante que el mero restablecimiento físico.

He decidido reseñar los postreros acontecimientos de mi estancia en la corte desde la distancia que proporciona conocer el desenlace. Y también, desde la suficiente cercanía temporal para rastrear mis sensaciones y dejar constancia de ellas antes de que se apaguen las huellas de las heridas, los agravios y los honores.

Dejé en manos de Çuleman las páginas anteriores, el grueso de este legajo personal al que quise llamar Informe. Es curioso, en Toledo hablé muy poco con él. Sin embargo, su influencia fue decisiva durante mi estancia en esa ciudad. Me dio las sugerencias precisas para transcribir la primera parte, y es, en buena medida, responsable de esta postrera etapa granadina. Sólo Çuleman conoce la existencia y el fin del manuscrito. Así pues, considero justo que posea también su conclusión. Debo hacérsela llegar cuando la finalice.

Hace ya casi un mes que abandoné la capital hispana. Lo hice con tristeza; de hecho, he atravesado el mar de tierra que llaman La Mancha apesadumbrado por el escaso bagaje de este último año, consciente de haber sido poco más que un desecho inútil en la corte toledana. De nada valía lamentarme. Una vez aceptados los hechos, no podía seguir compadeciéndome por mi buena o mala suerte, sobre todo cuando la suerte es un poco como la inspiración; no se tiene porque sí, es preciso ir en su busca.

Escribo la mayor parte del día. Al atardecer me gusta vagar con mi burda sarga del hábito y unas zapatillas de esparto entre los carros y las mulas, las ruedas y las esteras. A veces me detengo a descansar en árboles solitarios, la alegría de unos palmos de verdor y agua: ese sueño castellano. Se trata de pequeños paseos en los cuales evoco a menudo los meses pasados, como si quisiera preparar las ideas para la siguiente jornada y hacer balance de mi estancia en España.

He llegado a algunas conclusiones. Para empezar, mi ingenuidad. Esta confesión me produce sonrojo. En realidad, ¿qué podía esperar de una situación que me superaba? ¿Cómo podía albergar la menor duda frente a políticos y protagonistas cien veces más sutiles que yo? Pero es indudable, el rey, el obispo Guillermo y hasta el buen Velasco me manejaron a su antojo. Y lo hicieron con tanta habilidad que no lo he percibido hasta el final. Su perspicacia fue mayor porque comprendieron la altura de mi vanidad y jugaron con ella, haciéndome creer parte fundamental de una partida de ajedrez, en la que me creí visir y sólo era peón o, como máximo, caballo. Tampoco deseo exagerar. Durante el periplo, fueron varias las ocasiones en que me vino a la cabeza esta misma comparación con el tablero de ajedrez. Con el transcurso de los meses fui asumiendo mi verdadero papel: el de una pieza capaz de moverse y realizar ataques por sí misma, pero en todo caso, mero instrumento de un programa mucho más global.

También creo que no he podido hacer más por Alfonso porque no me lo permitió. Estas últimas palabras suenan a excusa y quizá lo sean. Necesito superar la estancia en la corte toledana y únicamente puedo continuar mi andadura por medio de la pluma. Celebro haber tenido la previsión inconsciente de cargar en mi zurrón suficientes pliegos de papel.

Una cosa más, don Çuleman solía afirmar que entre los fracasos, cada uno escoge el que menos compromete su orgullo. Probablemente tuviera razón y ahora me encuentre eligiendo una vía de escape. No lo sé. Sólo puedo argüir que intento retomar las riendas de mi destino y que trataré de atenerme con fidelidad a los hechos. Tal y cómo los recuerdo, transcurrieron de la siguiente manera:

Hace diez meses, poco antes de finalizar mi informe personal, recibí el encargo de ir a entrevistarme con el rey Alfonso. Esa tarde había estado escribiendo concienzudamente durante varias horas. Cuando empezaba a describir las primeras escenas del juicio compostelano, atardecía en Toledo. La luz, hasta entonces tan fuerte que me obligó a proteger la ventana con un visillo, se estaba convirtiendo en un tenue hilo anaranjado que apenas alumbraba. Yo me resistía; con un movimiento instintivo del brazo, abrí los batientes de la celosía y me apresuré a tomar tinta del tintero, intentando aprovechar los últimos estertores de claridad.

—Buenas tardes, maestro Hinault...

Don Çag había llegado silenciosamente a mi estancia y, tras abrir la puerta, llevaba unos minutos contemplándome sin querer interrumpir mi tarea: le gustaba ver trabajar a los hombres de ciencia, embebidos en su asunto, ajenos a cualquier otra cosa que no fuera el tema que tenían delante. Más tarde me comentó que al llegar inició un saludo cortés, pero viendo mi estado de abstracción, sus palabras quedaron entre la boca y el aire. Luego me miró con calma. Yo estaba sentado de espaldas a la ventana con un pequeño chal sobre los hombros. A contraluz, mi larga silueta debía perfilarse con nitidez. Pasados unos momentos de espera, decidió intervenir...

—Buenas tardes, maestro Hinault. Os veo muy concentrado...

—¡Eh!.. sí... bueno. Buenas tardes, don Çag. No os había visto.

—Ya me he dado cuenta —contestó sonriendo—. Estabais tan ensimismado que me daba pena interrumpiros...

—Nos os preocupéis por eso —respondí de buena gana—. Llevo demasiadas horas escribiendo y ya es tiempo de hacer un descanso...

—O de dejarlo —completó la frase don Çag con decisión. Me miró con curiosidad—. Espero que alguna vez tengáis la bondad de contarme lo que os traéis entre manos...

Sonreí en silencio. Continuó:

—¡En fin, no pierdo la esperanza! Pero no debéis fatigar más la vista trabajando a la luz de una vela. Mañana proseguiréis. Ahora deberíamos bajar a tomar algún alimento. Además, tengo que hablaros.

Asentí quedamente al tiempo que ordenaba y recogía mis papeles. Él fue al grano. Lo enunció con su voz monocorde, precisa:

—Vengo de palacio de despachar con el rey y me ha encarecido que vayáis a verle esta misma noche después de cenar. Desea hablar con vos.

Bajé la mirada mientras me ponía en pie, me sacudía el pantalón y me desperezaba.

Volví a sonreír a don Çag; llevaba muchos días esperando la noticia y, en ese instante, al escucharla de labios de mi anfitrión, quizá por la forma de plantearlo, por el cansancio acumulado o porque todavía seguía absorto en los recuerdos, mi rostro no delató la menor reacción.

—De acuerdo. ¿Dónde he de verlo? ¿En el Alcázar?

—No. Va a ir a cenar a su casa de las afueras, un pequeño palacete llamado la Huerta del Rey o palacio de Galiana.

—¿Tiene dos nombres?

—Esa casa, como casi todas las de Toledo, tiene cierta historia y guarda sus leyendas y sus misterios. Sin embargo, en este caso el nuevo nombre se le ha dado por asimilación. Está construida sobre los restos de la vieja Almunia Almansura, un viejo caserón moro edificado hace más de doscientos años por el rey Al Mamún. Tras castellanizar su nombre, siempre ha sido conocida como la Huerta del Rey...

—¿Y lo de Galiana?

—Los palacios de Galiana fueron la residencia de los reyes visigodos de Toledo. Están en el Alficén, frente al puente de Alcántara y se les llamó así por una curiosa tradición, según la cual fueron al principio morada de una distinguida dama toledana destinada a casarse nada menos que con Carlomagno.

—Ya entiendo —le corté—. Con la típica afición a los juegos de palabras de esta ciudad, el nombre alude a que dicho puente es el arranque del camino de las Galias ¿o no?

—¡De las Galias y de cualquier otro sitio! —contestó don Çag riendo—. No hay otro puente en la ciudad, así que vos diréis. Pero sí, ésa es la explicación. Tras la conquista cristiana, los monarcas castellanos se establecieron en el Alficén, al menos por temporadas, pero Alfonso X ha trasladado su residencia oficial al Alcázar. Parte de los viejos palacios de Galiana se han reestructurado para acoger a la Escuela de Traductores y al Observatorio Astronómico.

—¡Ah!, están ahí —contesté.

—Sí. Del resto de los edificios se está deshaciendo. Hace unos meses donó uno de ellos a la orden de Calatrava y ha repartido otras porciones entre sus amistades. Y, para concluir, aunque el rey viva en el Alcázar, ha arreglado el viejo palacio moro de los arrabales. Tiene especial predilección por él, era el preferido de su antepasado Alfonso VI, al que tanto admira, y le gusta pasear por los mismos rincones en los que anduvo él.

—Sigo sin comprender la razón de dos nombres.

—Siempre se llamó «de Galiana» a la morada de verano. Y ahora, de forma inconsciente la vieja Huerta del Rey también está tomando el nombre del palacio del Alficén.

—¿Cómo llegaré hasta allí?

—No os preocupéis por eso. El rey mandará un carruaje a recogeros dentro de una hora u hora y media.

Se acercó hasta mí para cogerme suavemente del brazo.

—Y ahora, si os parece, bajemos a refrescarnos y tomar algún alimento hasta vuestra partida.

Mientras descendíamos al salón, le mencioné que era una extraña hora para recepciones reales.

—No debe extrañaros, Alfonso duerme poco y le gusta conversar de noche. Suele tener invitados durante la velada. Además, puedo asegurar que desea hablar tranquilamente con vos, sin los agobios y las interrupciones de la corte. Y, como pudisteis comprobar, en el Alcázar era muy difícil hacerlo. No receléis, conociéndole, es muy lógico que haya elegido este momento.

Una hora y media después me encontraba camino del palacio del monarca castellano. Al principio temía que el hombre que guiaba el carruaje fuera el típico charlatán. Nunca he entendido la extraña razón por la cual la mayoría de los mayorales se han sentido obligados a darme conversación, tenían opiniones sobre cualquier tema y las trasmitían sin desmayo. Pero éste, ¡gracias a Dios!, era un hombre silencioso. Apenas me introdujo en su pequeña carreta, concentró su vista en el caballo y no me dirigió la palabra. El hecho era, además, doblemente sorprendente porque la travesía no presentaba la menor dificultad, el camino estaba bien pavimentado y la noche era muy clara.

Hacía una noche templada, de luna llena; su resplandor iluminaba con claridad los campos. El castillo de San Servando brillaba enfrente, como una mole rectangular de aristas plateadas. Al atravesar el río y pasar ante los restos del acueducto romano, me estremecí de alivio con el cambio de temperatura. Levanté la mirada para contemplar el inmenso cielo bordado de estrellas. Una brisa ligera me acariciaba el rostro y formaba remolinos y olas entre las adelfas. A su lado, en los barbechos, sobresalían los lirios silvestres de flores azules y los grandes cardos morados.

En realidad, apenas podía distinguir nada; mi ánimo no estaba en el paisaje. Necesitaba poner en orden mis ideas antes del encuentro con don Alfonso. Me sentía un poco perplejo. Tenía la paradójica sensación de encontrarme al fin del camino. O al principio del fin, ¿quién podía asegurarlo? Una cosa era indudable: desde que había puesto los pies en Toledo, sólo había tenido una referencia: poder escribir mi pequeña reflexión, intentar armonizar mis pensamientos. Aquel minúsculo cuarto de la casa de don Çag en el que había manuscrito tantas páginas se convirtió para mí en el único punto fijo de una capital que me habían descrito como hospitalaria y tolerante, pero que yo sentía distante y tenebrosa. Las pocas veces que abandoné la casa de don Çag me abrumó la corte.

Era casi paradójico, pues si durante la travesía a Santiago me había detenido en cada pueblo y en cada ciudad, en Toledo quise permanecer al margen y las jornadas transcurrieron en una especie de niebla. Una vez resuelto a escribir mi informe, llegué a la conclusión de que, mientras no pudiera situarme, mientras viviera en la ignorancia, todo me parecería irreal y fuera de sentido: la gran población de Toledo, los cientos de seres humanos que cruzaba todos los días, los mercaderes, los puestos callejeros, las calles llenas de gritos y gente de todos los países, los rostros rubios, morenos, grandes y pequeños.

—Y ahora —me decía— quizá todo eso cambie. Por fin podré hablar con tranquilidad con Alfonso X.

Desde antes de llegar a Castilla había estado recibiendo noticias dispares sobre él. En París, Hugo de Conques me había insinuado su carácter, pretensiones, alianzas e incluso su política internacional. Por Hugo confirmé que el síndico de la República de Pisa, Bandino di Guido Lancia, le había propuesto ser emperador, dejando traslucir que tras ellos se encontraba toda Italia. Estaba al tanto de que Alfonso había aceptado encantado la propuesta y conocía el nombre de Ricardo de Cornualles, el otro candidato. En todo caso, a mis efectos, esa disputa tenía poca trascendencia.

Iba a ver al rey. Evoqué la única vez en que me había encontrado cara a cara con él: la sorpresa que me produjo la palidez de sus treinta años, el color plateado de sus sienes, el frío de sus ojos azules, y aquél mentón apuntado... Don Alfonso... Recordaba algunos datos que había ido obteniendo en el camino. Por ejemplo, su promiscuidad y, por ende, la escasa importancia de su vínculo matrimonial con Violante de Aragón. No sólo porque cuando se casaron el monarca tuviera veinticinco años y Violante doce, sino porque, además, el Papa le obligó a esperar dos años para consumar el matrimonio. Y lo peor es que, tras consumarse, ella tardó demasiado en quedarse embarazada. Tanto que, según me habían dicho, don Alfonso se impacientó y estuvo a punto de repudiarla. Existía incluso una leyenda según la cual hizo venir a Castilla a la bella Cristina de Noruega para casarse con ella. Sin embargo, yo sabía que la hija del rey Hakon de Noruega estaba destinada a Felipe, el hermano del rey. En todo caso, hubiera sido imposible repudiar a la infanta aragonesa: Violante dio a luz a Berenguela antes de la llegada de Cristina.

—¡Berenguela!... —pensé, evocando a la abuela a quien homenajeó el monarca al dar este nombre a su hija. Pero si el recuerdo de aquella reina fue importante para Alfonso X, había sido mucho más decisiva la influencia de su madre, Beatriz de Suabia. Durante el viaje había escuchado a menudo comentarios elogiosos sobre ella. Rubia, de ojos azules y mirada serena, llegó a Castilla con veintiún años y fue expresamente buscada por Berenguela, cuyo matrimonio con un compatriota, Alfonso IX, había sido desgraciado, mientras que el de sus padres, Alfonso VIII y Leonor de Aquitania, fue muy feliz. Como en otros asuntos, Berenguela tuvo razón, el matrimonio resultó muy fecundo.

También era consciente de ir a vérmelas con un hombre muy culto, quizá el monarca mejor formado de Occidente. Un hombre que además tenía las ideas muy claras en lo concerniente a política cultural. Hugo de Conques lo había advertido con claridad. Consciente de la importancia del legado árabe y la pobreza de la tradición en latín, había apostado por una vía diferente del saber: oficializar el idioma vernáculo. Durante la travesía a Santiago había podido comprobar la trascendencia de esa decisión. Sin duda sería interesante oírla de sus labios... Sí, Alfonso X era un monarca cultivado... En ese momento me vino a mientes alguno de sus preceptores, como el gran jurista Jacobo de Junta. Yo sabía que, desde que apenas tuvo uso de razón, Alfonso escribía versos y tenía estrechas relaciones con literatos y hombres de ciencia. En los cinco años que llevaba como rey, su corte había adquirido fama de fastuosa. Conocía algunos nombres: trovadores como Gonzalo Eanes do Vinhal, poetas como Per Amigo de Sevilla, Bernardo de Bonaval o Men Rodríguez Tenorio. Además, estaba rodeado de traductores, eruditos y juristas y había creado en Sevilla un *Estudio General* para promover la enseñanza de las ciencias en árabe y traducir los textos más importantes al castellano.

No todo era perfecto. Había comprobado en carne propia alguno de sus problemas con la nobleza. Al principio todo marchó bien; su padre había dejado el reino en paz, bien trabada la unión entre Castilla y León y con los nobles disfrutando del botín de la Reconquista. Pero él había querido imprimir su propio sello renovando la corte en profundidad. Desde entonces ya nada fue igual. Según Nuño, todo aquello era agua pasada. Todavía sentía resonar en la mente cómo minimizaba estas disputas.

—No hagáis caso de rumores —me decía don Nuño—. Siempre habrá descontentos, pero el rey está más afirmado que nunca. Después de dominar a la nobleza rebelde, ha hecho reconocer su hegemonía al rey de Navarra y firmado la paz definitiva con Aragón.

Sin embargo, para mí no estaba tan claro. Las sublevaciones nobiliarias de Vizcaya y Andalucía parecían más importantes que una mera revuelta. Percibía que alguna de estas dificultades seguía estando latente. Es más, lo había podido comprobar en carne propia. E incluso había tomado consciencia de otras no menos trascendentes, como, por ejemplo, la situación económica. Estaba aterrado ante el alza desmesurada y constante de los precios. Tanto en Toledo como durante el viaje, cuando pregunté por sus causas me dieron la misma respuesta: se habían puesto en circulación enormes masas de moneda acuñadas por la proliferación de guerras. Pero ésa no era razón suficiente para la carestía de la vida.

Abstraído en estas reflexiones, no percibí el giro de la carreta al entrar en un pequeño zaguán y avanzar paralela a la fachada hasta un jardincillo lateral de la Huerta del Rey. Al notar el freno del carruaje, mis pensamientos se interrumpieron sobresaltados y traté de situarme.

No tuve ni tiempo de preguntar al mayoral. A mi lado un oficial de la guardia del rey me miraba con expresión de dureza. Otro soldado había sujetado las riendas del caballo e interpelaba al conductor:

—Un momento. ¿Viene contigo el maestro Hinault?

Me quedé mirando al oficial. Era un hombre viejo, acartonado, con ojos oscuros. Aunque el cochero debía haber asentido, respondí yo mismo:

—Sí, yo soy.

—Entonces bajad. Sed bienvenido, os están esperando...

Descendí con tranquilidad. Tras los soldados se encontraba un mayordomo del palacio.

Me desperecé un poco contemplando el edificio: la Huerta del Rey era cuadrangular, con un cuerpo central y dos alas laterales. Construida en piedra arenisca amarillenta y ladrillo rojo, la puerta era baja, pintada de verde grisáceo, el mismo tono decolorado por el sol y los años de tantos palacios moriscos.

El mayordomo, tras saludarme con la cortesía reservada a los grandes dignatarios, me rogó que le siguiera. Caminando con rapidez, me dejé llevar por varios salones decorados de manera austera. El interior del palacio estaba distribuido con tanta confusión que necesité concentrarme en los pasos del sirviente. Atravesamos una cocina enlosada en la que se quemaban sarmientos y se acumulaban grandes braseros de cobre repujado hasta llegar a la puerta trasera. Luego enfilamos por un estrecho camino arbolado iluminado por antorchas que discurría paralelo a la casa.

Estudié el terreno con admiración. Varios abetos enormes se elevaban en el cercano parque ondulante y las claras aguas de las fuentes refrescaban el aire. Llegamos a un pequeño patio adornado por un brillante macizo de florecillas estivales, la mayoría tan exóticas que desconocía el nombre. Al fin cruzamos un porche estrecho, en el que una pequeña orquesta interpretaba piezas andaluçíes sobre una tarima, y atisbé lateralmente un grupo de personas conversando.

Estaban sentados en una especie de terracilla y delante de ellos había varias mesas pequeñas con recipientes de metal.

El mayordomo abrió el brazo y la mano derecha para que le precediera. Afirmé con un ligero movimiento del mentón y le pasé delante, dirigiéndome al círculo de los sillones. Se oía hablar con animación: pude distinguir entre los demás el timbre especial de la voz del rey, vibrante y, al tiempo, velado. Estaba sentado en una postura indolente con una copa de vino en la mano. A su lado otro hombre de su edad le hablaba gesticulando con grandes ademanes.

El monarca parecía muy tranquilo.

El servidor me indicó que me acercara a ellos y se retiró de inmediato.

Al llegar a su lado vi que había una silla vacía a la izquierda del rey. Supuse que estaba destinada a mí y me acerqué. Antes de sentarme, don Alfonso giró la cabeza y me encontré con su mirada azulada:

—Maestro Hinault... Veo que por fin habéis llegado. ¿Conocéis a estos amigos? —puse cara de duda—. En ese caso, permitidme presentároslos... A mi derecha está alguien de quien habéis oído hablar a menudo y que os está especialmente agradecido, Juan García de Villamayor, el mayordomo de la corte. Tras él, frente a vos, mi buen amigo Nuño González de Lara y, a su lado, Pedro López de Arana. Y luego, entre nosotros dos, se sienta Rodrigo Alfonso.

Escuché la larga retahíla de los altisonantes apellidos españoles, respondiendo con pequeños asentimientos de salutación ante cada uno de ellos. Sin embargo, estaba más pendiente de cómo era observado por los invitados que en retener sus nombres. Y, sobre todo, miraba al rey. Éste, vestido con una cómoda *jubba* de algodón, hablaba con el tono distendido de los buenos anfitriones.

Al finalizar las presentaciones formales, Juan García se incorporó y vino hasta mi lado con los brazos abiertos.

—Permitidme que os abrace, maestro Hinault —tenía el cálido rostro envuelto en una sonrisa—. Esta tarde, cuando el rey nos anunció que contaríamos con vuestra presencia, me llevé una gran alegría. ¿Sabéis? Mañana debo partir a Galicia a resolver algunos asuntos. Nada me complacerá más que decir a mis padres y a mi hermano Rodrigo que os he podido trasmitir personalmente nuestra gratitud.

Tras el sonoro abrazo, me dejé caer con pesadez en la silla mientras recorría con la mirada al grupo.

Eran todos hombres en torno a los treinta o treinta y cinco años, aproximadamente la misma edad del rey, e iban vestidos de manera similar a él, con túnicas de manga larga. Aunque Juan García estaba pendiente de mi mirada, yo estaba situado casi de costado a él, lo que me permitía observarle con cierta tranquilidad. Al poco, quise evitar encontrarme con sus ojos tan a menudo y me dediqué a repasar a los demás.

Había oído hablar de casi todos y sabía que componían parte del círculo más íntimo del rey. Quien estaba a mi derecha, Rodrigo Alfonso, debía de ser el de más edad; era hijo bastardo del último rey de León, Alfonso IX, y había sido liberado del ostracismo al que le sometió Fernando III con un importante cargo en las antiguas posesiones de su padre natural. Los demás también habían sido favorecidos por el monarca, bien con posesiones en el repartimiento de Sevilla, bien con cargos en la corte. Se trataba, pues, no sólo de un grupo de amigos, sino de un grupo de leales inquebrantables.

Como tenía por costumbre, traté de mantenerme durante un tiempo al margen de la conversación. Apoyado sobre los codos, no contestaba ni intervenía a menos que fuera interpelado de manera directa.

Hablaban con rapidez, pasando de un tema a otro: repasaron los resultados de la última embajada al Vaticano para obtener el apoyo del Papa en su candidatura imperial; valoraron la necesidad de que los mudéjares de Murcia vendieran sus propiedades a los cristianos y algún otro tema político. Pero aquélla era una velada fuera de la corte y la conversación terminó rondando el tema más natural, las mujeres. Ninguno parecía cohibido por mi presencia, ni siquiera por mis hábitos.

En un momento dado, Pedro López se dirigió a Nuño González para anunciarle que Andrea Guzmán había tenido un hijo.

Noté estremecerse a Nuño. Intentando mantener la calma, preguntó:

—Sí. ¿De quién?

—Me lo han atribuido a mí —contestó Pedro—; pero no cargo con el mochuelo. No he sido yo el único que ha rondado por esas piernas...

Se echaron a reír todos. En ese momento, el rey decidió que era bastante y les llamó la atención sobre mi condición religiosa. Lo hizo riéndose también:

—Calmaos, amigos... No debemos escandalizar a nuestro monje al que, además, estamos dejando al margen.

Pedro sonrió con embarazo y Nuño con alivio. Un instante más tarde me llegaron preguntas de todas las direcciones sobre mi viaje por Castilla y el asombroso éxito del juicio a Rodrigo García.

—Bueno, tampoco es para tanto —contesté—. De veras. Sólo que... bueno, he tenido un buen año.

Siguieron preguntando y les hablé de mi buen año. Había empezado en París, donde me encontraba trabajando como magíster de Saint Denis.

—De pronto —dije dirigiéndome al rey con cautela—, cuando menos podía esperar una misión de esa índole, fui llamado de forma un poco intempestiva por el canciller de la Universidad para acudir con presteza a Toledo, para, según creo, perdonad, prestaros asesoramiento...

—¡Ah, ese canciller! —comentó Alfonso con vivacidad.

La luz rojiza de las velas sobre su rostro le hacía aparecer colérico, pero sonreía con su media sonrisa. El incidente le divertía.

—¿Así que os dijo que yo reclamaba a una especie de asesor? ¿Y para qué?, si no os molesta que os lo pregunte tan directamente.

—No lo explicó con claridad —respondí, abriendo los brazos en un gesto burlesco de desesperación—. Yo entendí que buscabais a alguien con una cierta experiencia en las cortes de otros países europeos para compararla con la vuestra. Pero eso es más una intuición que una certeza. Él fue vago a conciencia —añadí con una sonrisa cansada—. No me dejó opción. Debía abandonar todo y dirigirme con presteza a la frontera castellana...

—Y, sin embargo, os encontrasteis con que vuestra presencia en Toledo no era tan urgente, ¿verdad? —acotó Juan García.

—Exacto. Mi primera gran sorpresa fue la entrevista con Guillermo, el obispo de Jaca. Primero me disuadió de venir a la corte con la rapidez que me habían ordenado y, después, me puso en el camino de Santiago con una misión completamente diferente.

—Mi querido Guillermo... —contestó el rey en voz baja y ausente. Luego continuó con decisión:

—Ciertamente, Raoul, nos habéis complacido al solucionar este enigma con tanta brillantez. Siempre os estaré agradecido por eso. Ésta ha sido una larga historia... ¡Y sórdida!

Pero ¡gracias a Dios, ha acabado bien! —Alfonso sonrió con una sonrisa blanca y agradable—. Contadme, ¿cómo fueron los hechos en realidad? Los he oído explicar a muchas personas, pero sólo vos podréis aclararlos por entero.

Debí de poner cara de sorpresa. ¡Como si él no lo supiera! De pronto, caí en la cuenta de la presencia del resto de los invitados. ¡Ah!, me dije, está digiriendo la conversación. Bien, sea.

Se lo conté. Sabía que estaba entre un círculo de íntimos y podía hablar con libertad. Sin embargo, opté por guardar ciertas precauciones. Les describí mi conocimiento paulatino de la historia, la extraña intervención de Cárdenas en Estella y el oportuno acotamiento de Miguel de Miranmón. Les hablé de la inteligente perspicacia de Velasco, «sin cuya ayuda —añadí—, nunca hubiera podido conseguir los resultados finales». Sin hacer referencia al intento de envenamiento, me extendí con don Nuño y los Correa y hasta mencioné en detalle a mis dos compañeros de correrías, Enrique Haro y el pobre Luca, asesinado en las cercanías de Santiago.

Debí hablar con gran intensidad en la voz; Alfonso se volvió para mirarme a los ojos. No le devolví la mirada; no podía. Narraba acontecimientos que me habían dejado una honda huella y mi expresión debía de ser ensoñadora, con el rostro concentrado fijamente en el horizonte negro de la noche. Acabé diciendo:

—Nunca olvidaré este verano. Ha sido un mes muy intenso. Cuando llegué a Santiago con Nuño estábamos persuadidos de poder solucionar la intriga sin excesivos problemas y, pocos días más tarde, nuestra posición había variado de tal forma que parecía imposible encontrar una salida razonable. La verdad —reconocí—, estuvimos a punto de abandonar. Sin embargo, al final hubo suerte...

Paré de hablar un instante. Rodrigo Alfonso, desde mi izquierda, tomó la palabra:

—Es cierto, habéis tenido suerte. Quizá demasiada.

Su afirmación me inquietó. Rodrigo mantenía su sonrisa gastada y no añadió nada. Miré al rey de reojo. La sangre ardía en su mejilla y enrojecía su oreja.

—¿Por qué dices eso, Rodrigo? —preguntó el monarca con suspicacia.

—Bueno, según parece, el juicio estuvo hasta el último momento perdido y el idiota de Garci sólo se decidió a hablar cuando creyó ver a Otero, el antiguo capitán de Diego Pérez...

—Que era Velasco disfrazado —dijo Pedro sin contener la risa—. La verdad, Rodrigo, hay que admitir que fue una suerte que no reconocieran al buen Velasco.

—Es cierto —continué—. De todos modos, las cosas no pasan porque sí. Estos días he reflexionado en detalle sobre todo aquello. Y me he dado cuenta de que fuimos guiados durante todo el camino. Era como si tuviéramos una especie de revelación... ¿Se da cuenta? —dije a Rodrigo, aunque las palabras estuvieran dirigidas al monarca.

Se daba cuenta. Se daban cuenta todos. Habíamos tenido una revelación. Lo que para mí resultaba evidente debía de serlo también para ellos. Alfonso observaba la escena con curiosidad. Continuaron interrogándome un poco más, pero el rey había decidido alterar el rumbo de la velada.

—¿Os gustaría jugar una partida de ajedrez? —me preguntó a bocajarro.

Afirmé complacido:

—Con mucho gusto.

Tras ello, levantó el índice derecho en una pequeña seña y dispusieron un tablero de ajedrez en una mesa de campaña ligeramente apartada del grupo. Cuando finalizaron de colocar las piezas, Alfonso se levantó para ocupar su sitio y el resto de los invitados comprendieron que la tertulia había terminado para ellos. Se despidieron en un instante.

Apenas dos minutos después, me encontraba cara a cara con el joven monarca español. Al ver más de cerca las piezas y el tablero, quedé maravillado por la exquisitez de su diseño. Alfonso lo percibió de inmediato y después de las jugadas de apertura exclamó:

—Os gusta este tablero, ¿verdad? Os contaré una historia acerca de él. Pero no penséis que es una leyenda o una parábola. Son hechos reales que ocurrieron hace no demasiado tiempo. Apenas dos generaciones. Hay cuatro protagonistas en ella. Mi tatarabuelo, el rey Alfonso VI de Castilla; Al Mutamid, rey de Sevilla y excelente poeta; su visir y buen amigo, Ibn Ammar; y finalmente, el Cid, Rodrigo Díaz de Vivar, el guerrero más famoso de la historia de Castilla.

Alfonso hablaba despacio y con cierta solemnidad. Tenía la voz sonora y potente, y en apariencia su mirada estaba puesta en mis ojos, pero descubrí por su brillo que se hallaba más allá de mi silueta.

—Como os decía, Al Mutamid, el monarca sevillano, era un poeta inspirado y, más que eso, el modelo perfecto de un caballero. Su matrimonio con una muchacha de origen humilde que poseía dotes de poetisa se hizo famoso.

—Continuad —respondí con cortesía. ¿Qué sucedió?

—Una tarde, cuando paseaba acompañado por su amigo insustituible Ibn Ammar por la orilla del Guadalquivir, le propuso a éste el comienzo de un verso:

la brisa transforma al río
en una cota de malla...

Pero antes de que Ibn Ammar tuviera ocasión de recoger y continuar el verso, una muchacha del pueblo que pasaba en ese momento, lo continuó en el metro arábigo exacto:

En efecto ¡qué armadura más bella
Si el hielo la dejara sólida!

Al oír estas palabras, Al Mutamid, admirado, se volvió hacia la poetisa y, como era sumamente bella, envió a sus servidores para que se la trajeran. Al llegar a su presencia, la muchacha se presentó como esclava de un tal Rumayk, cuyas mulas conducía. El rey le preguntó si estaba casada; ella repuso que no. «Bien —dijo él—, pagaré tu rescate y me casaré contigo». Así lo hizo, tenía talento, belleza y estaba llena de ocurrencias y caprichos. Le fue leal durante toda la vida.

Miré al rey con embeleso. Éste, a su vez, me observaba por el rabillo del ojo, sonriendo para sí, como si hubiera ganado un tanto. Luego su afilado rostro volvió a mostrarse solemne.

—Pues bien, hace casi doscientos años, este gobernante singular se encontró sitiado por el ejército de Alfonso VI, que había rodeado Sevilla y estaba presto a conquistarla. Los sevillanos habían perdido todas las esperanzas, pero Ibn Ammar, el visir al que Al Mutamid encomendaba las tareas más difíciles, salvó la situación gracias a una estratagema. Había hecho fabricar un tablero de ajedrez de inaudita perfección artística, con piezas de madera de ébano, áloe y sándalo, incrustadas de oro. Cuando, en nombre de Al Mutamid, visitó como emisario el campamento de Alfonso VI, se llevó consigo ese juego de ajedrez. Fue recibido con todos los honores, ya que el rey castellano había oído hablar mucho de él y le consideraba uno de los hombres más capacitados de la Península. Ibn Ammar se las arregló para que algunos cortesanos llegasen a ver su maravilloso juego de ajedrez, y éstos hablaron de él al rey, que era un jugador apasionado. Así ocurrió que el visir enseñó al rey la obra maravillosa y se mostró dispuesto a jugar con él una partida, si aceptaba la siguiente condición: si perdía Ibn Ammar, el tablero y las piezas serían propiedad del rey, mas si Alfonso perdía, tendría que acceder a cumplir una petición del visir. El castellano, deseoso de conseguir el bello tablero, se puso pálido; no quería arriesgar tanto. Sin embargo, algunos cortesanos, convenientemente sobornados por Ibn Ammar, alentaron al rey: «Si ganas recibirás el juego de ajedrez más bello que jamás haya poseído soberano alguno, y si pierdes y su petición es insolente, aquí nos tienes a nosotros para dar una lección a los moros». De esta manera, mi antepasado fue seducido para aceptar el envite; pero Ibn Ammar, que era maestro en este arte, le dio jaque mate.

Al pronunciar estas últimas palabras, el joven monarca español hizo un alto en su relato. Mientras hablaba había mirado sin cesar hacia delante y, no obstante, tuve de nuevo la sensación de que sus ojos estaban encima de mí. Era una mirada velada, aunque no vaga, que parecía estar fija en un punto situado mucho más allá; mirada aguda y tenaz; mirada ardiente e imantada de la que conseguía desprenderme cada vez con mayor esfuerzo.

«Este hombre es un seductor nato», me dije. «Y además, lo sabe.»

—Cuando el rey, vencido —continuó hablando don Alfonso—, preguntó a Ibn Ammar qué deseaba, éste solicitó que retirase su ejército de las fronteras del reino sevillano. Alfonso VI se tragó su cólera y dijo, vuelto hacia su séquito: «Justamente es lo que yo temía y vosotros me habéis inducido a ello». Pero no tuvo más remedio que cumplir su palabra; los cortesanos sobornados le apoyaron en eso. Así, Sevilla quedó salvada sin que se derramase una gota de sangre. Ahora ese famoso tablero está ante vuestros ojos.

—¡Qué bella historia! —contesté—. ¡Es increíble pensar que el resultado de un asedio se resolvió mediante una partida de ajedrez! Y todavía más sorprendente la inteligencia de Ibn Ammar, de quien había oído alabar sus poemas, tanto como la nobleza de vuestro antepasado Alfonso VI, desistiendo de una batalla ganada por haber empeñado su palabra.

Sin contestar, el monarca inició un movimiento atrevido con la torre. Contemplé intranquilo el tablero. Por su parte, don Alfonso me observaba con expresión distendida: debía de divertirle mi presencia. Mientras jugábamos traté de vigilar sus ademanes, intentando resistirme a su capacidad seductora. Pero él estaba tranquilo, llevaba una vida entrenándose y era un maestro en el arte de engatusar a las personas. Me dejó que le sostuviera la mirada e incluso apartó la suya en dos o tres ocasiones, hasta que, en un momento dado, levantó los ojos y se apoderó de los míos.

—Tenéis razón —continuó al fin, satisfecho por mi elogiosa contestación—. Alfonso VI era un hombre de palabra. Mirad hasta qué punto. Como sin duda sabréis, fue el monarca que conquistó Toledo a los mahometanos. De hecho, tomó el título de *imperator toletanus* y reclamó para sí la herencia completa de los visigodos. Pues bien, en las capitulaciones de Toledo convino respetar los derechos de la población musulmana y, por ejemplo, permitió que siguiera en su poder la mezquita mayor. Pero estaba edificada sobre la antigua catedral visigótica de Toledo y, cuando tuvo que abandonar la ciudad para proseguir sus conquistas, la reina y el obispo de la ciudad se confabularon y con el apoyo de unos pocos soldados tomaron posesión de ella.

—¿La reina traicionó la palabra del rey? —pregunté incrédulo.

—Así fue. Cuando la noticia llegó a oídos de Alfonso, regresó a Toledo encolerizado. Mandó que le esperaran a las puertas de la ciudad y, tras reprocharles amargamente haber quebrantado su compromiso, se dispuso a pasarlos a cuchillo. Entonces salió de entre la multitud un jurista musulmán llamado Abu Walid y le rogó, en nombre de sus correligionarios, que dejara la mezquita a los cristianos para no suscitar odio contra los musulmanes, siempre y cuando se respetaran el resto de las capitulaciones. Alfonso, agradecido por su actitud, mandó esculpir un retrato de ese hombre en la catedral. Podéis verlo si queréis; mi padre, Fernando III, tenía gran estima por aquel gesto y mandó colocar su busto en el coro. Dudo que haya una estatua de un musulmán en otra catedral cristiana. ¡En fin!, ya veis si Alfonso VI concedía valor a su palabra. Estuvo a punto de ajusticiar a su amada esposa y al obispo por no respetarla.

—Otra historia asombrosa. No conocía estas anécdotas. Veo que vuestro antepasado era un gran hombre.

—Lo era, lo fue. Su única desgracia fue ser el soberano del más famoso soldado de la cristiandad, Rodrigo Díaz de

Vivar, a quien los moros llamaban *Mio Cide*, mi señor. Esa afortunada calamidad —dijo, recreándose en la paradoja—, ha disminuido injustamente su fama. Estuvieron enfrentados durante todo el reinado, pero ambos eran hombres de palabra, orgullosos y leales.

—¡Claro! —exclamé—. ¡Ahora entiendo la causa del distanciamiento! ¿Cómo podría perdonar un hombre como Alfonso VI, para quien la palabra dada era tan importante, que un simple caballero la pusiera en cuestión y le hiciera jurar sobre la Biblia no haber participado en la muerte de su hermano?

—Exacto —contestó el rey—. Mi tatarabuelo no podía olvidar esa afrenta. Por eso le desterró de Castilla. No obstante, a pesar del enfrentamiento, el Cid se comportó con gran nobleza. Según la costumbre, habría tenido libertad para pasarse a los enemigos de su señor. Pero no lo hizo. Aunque fue obligado a alejarse de su patria junto a su mesnada, guardó siempre fidelidad a su rey natural.

—Eran otros tiempos —dije con voz resignada—. Pero decidme, me habéis intrigado: ¿qué fue del resto de los protagonistas de la primera historia? ¿Qué pasó con el rey de Sevilla, Al Mutamid, y su astuto visir, Ibn Ammar?

—A Ibn Ammar el éxito le volvió insolente y empezó a actuar según su propio albedrío. Aunque desde niño había sido el mejor y más querido amigo de su soberano, acabó actuando contra él y al fin chocaron. Tanto, que tuvo que exilarse y buscar refugio en la corte de Zaragoza. Al final murió a manos de su antiguo señor, Al Mutamid.

—¿Al Mutamid le mató?

—Es una historia larga, pero sí, fue el mismo rey quien le degolló después de una nueva traición. Arrancó del muro su hacha de combate, corrió a la cárcel en la que estaba confinado Ibn Ammar y, cuando le tuvo frente a él, exclamó: «Estaba dispuesto a perdonarte, pero te ha perdido la arrogancia». Dicho esto, levantó el hacha y le partió el cráneo: «Ha hecho de Ibn Ammar una abubilla», observó Rumaykiyya, la mujer de Al

Mutamid, con burla cruel. Estaba vengada, pues Ibn Ammar, en el exilio, había escrito un poema en el que ridiculizaba sin compasión sus dotes de poetisa.

—¿Y Al Mutamid? —dije con fruición.

—No tuvo un final mejor. Fue derrotado por sus propios correligionarios musulmanes y por propia elección. Ante el avance de las tropas castellanas, llamó en su ayuda a los almorávides. Pero no las tenía todas consigo. Su comentario ha pasado a la historia: «Nadie me acusará de haber entregado Al-Andalus a los cristianos... No quiero que se me maldiga desde todos los almimbares del Islam; si he de elegir, prefiero apacentar los camellos de los almorávides a cuidar los cerdos de los cristianos».

—Sí, es una anécdota famosa —argüí reconociendo la frase.

—Al principio, su envite marchó perfectamente —continuó el rey—. Los almorávides vinieron a la Península, derrotaron a los cristianos y regresaron a África. Pero volvieron cuatro años más tarde, reclamados por las quejas de la población andaluza, para conquistar Al-Andalus. Al Mutamid se les enfrentó, contando incluso con la ayuda de su antiguo enemigo, Alfonso VI de Castilla, pero al fin fue vencido y acabó con sus huesos en una cárcel del Alto Atlas, donde murió. Hasta el último de sus días siguió escribiendo bellos poemas; es más, sus versos mejor inspirados y profundos los hizo en esta penosa situación. Aún recuerdo el fragmento que escribió en su celda, recordando su vida:

Todo tiene su término fijado, y hasta
muere la muerte como mueren las cosas.
El destino tiene el color del camaleón,
hasta su estado fijo es mudadero.
Somos para su mano un juego de ajedrez;
quizá se pierde el rey por causa de un peón.

—Realmente hermoso —reconocí. Aprovechando la coyuntura, remarqué—: Y con él, señor, si os parece, podemos volver a nuestra partida; por culpa de mis continuas preguntas os la he hecho abandonar.

—No importa —contestó Alfonso con una sonrisa—. Me gusta recordar estas viejas historias. Además, con ellas quizá entendáis mejor que árabes y castellanos no siempre hemos sido enemigos y que nuestra cultura, la de ambos, no sólo está entremezclada, sino que debe seguir estándolo. Es más, toda mi política cultural descansa en la base del aprovechamiento y estímulo de cualquier influencia beneficiosa, árabe, judía o cristiana. ¿Qué más da? Mi parecer, a diferencia de otros príncipes cristianos, se sustenta en el fomento de nuestras raíces y no, como me proponen desde fuera, en su represión. ¿Qué opináis vos?

—Coincido con vuestras apreciaciones, bien lo sabéis, señor —contesté—. Pero, también sabréis que en Francia no piensan igual.

—Vosotros no podéis comprenderlo. Los francos no habéis vivido la experiencia de convivir durante siglos con los musulmanes. Los veis como infieles invasores, pero para nosotros son tan españoles como cualquier otro. Y observad que no hago distingos entre reinos y estoy hablando de España...

—Sí, ya había notado el matiz.

—Es importante —remachó el rey—. Pero, a lo que vamos, pensad que el pueblo islámico lleva viviendo más de seis generaciones en estas tierras. ¿Creéis acaso que puedo decir a alguien cuyos abuelos y tatarabuelos nacieron aquí que no es español y debe marcharse? ¿Creéis que puedo rechazar sus creencias y opiniones, cuando sé que son razonables y están sustentadas en la experiencia? ¿Debo prohibir, acaso, este juego, el ajedrez, porque sea árabe?

—No, es claro que no —alegué—. Pero el ejemplo es útil a nuestra conversación; no sé si sabréis que nuestro rey, Luis de Francia, ha prohibido taxativamente jugar ajedrez a todos sus súbditos.

—Algo había oído. No creáis que he puesto el ejemplo por casualidad. Pero es una medida incongruente. Yo, por el contrario, pretendo difundirlo —haciendo un gesto con la mano, se me acercó amistosamente y dijo en un susurro—: Os haré una confidencia. Estoy empezando a preparar la redacción de un *Libro del ajedrez,* en el cual se explicarán las reglas de este juego y otros afines a él, resaltando el simbolismo del tablero, su significado como esquema del universo...

—¿Esquema del universo? —contesté, intentando estimular al castellano.

—¿No lo sabíais? —preguntó extrañado el rey.

—Bueno —respondí—. Sé que el tablero del ajedrez simboliza el mundo. Las cuatro casillas centrales representan las cuatro fases básicas de todos los ciclos, las épocas como las estaciones. También he oído que la alternancia de blanco y negro es comparable al cambio del día y la noche, nacer y morir.

—Hay más. La franja que rodea esas cuatro casillas interiores corresponde a la órbita del sol, con los doce signos del zodíaco, y la de las casillas exteriores a las veintiocho casas de la luna. Además, todo el cuadrado del tablero, con sus ocho por ocho casillas, plasma los movimientos cósmicos que se desarrollan en el tiempo...

—Es decir, el mundo —corroboré—. Y en ese esquema del universo las piezas representan de forma unívoca dos ejércitos...

—Y con ello —concluyó don Alfonso—, el tablero se convierte en campo de batalla y el juego adquiere ese carácter de *espejo de príncipes* que admiro tanto. Pues, en efecto, ¿qué mejor educación que ésta, tanto para el príncipe como para el caballero? Con este divertimiento, el jugador aprende a refrenar su pasión y a elegir con cuidado.

—Es cierto —reconocí—, hay que ser muy perspicaz ante el número aparentemente ilimitado de posibilidades que se ofrecen ante cualquier jugada.

—Como habéis podido comprobar en estos meses, la cautela es una virtud inestimable —dijo el rey—. En el ajedrez es básica; cualquier elección equivocada puede arrojarte en una dirección que te conducirá a campos de acción cada vez más limitados.

—Tal es la ley de la acción y del mundo.

—Así es. De hecho, la libertad está íntimamente vinculada con el conocimiento de esa ley, con la sabiduría.

Yo no entendía el verdadero alcance de sus palabras y contesté pensando únicamente en la partida.

—Claro que ésa es la teoría —añadí sonriendo—, o al menos el planteamiento del juego...

Alfonso me miró extrañado, sin comprender...

—Quiero decir —precisé— que esa posibilidad de elección existe mientras no estés acorralado, como me encuentro yo ahora...

—Eso es muy cierto —dijo Alfonso, riendo—. Tan cierto que, lamentándolo mucho, voy a daros muerte al rey...

—¿Jaque mate ya?

—Sí, sólo faltan dos movimientos. Ved, cuando yo mueva el alfil y coma vuestro peón dándoos jaque, no tendréis otra posibilidad que colocar la torre delante del rey, pero dará igual, el visir puede acabar con ella sin obstáculo.

—Sea —reconocí con resignación, para añadir después con expresión socarrona—: ¡El rey ha muerto!

Alfonso se echó a reír complacido.

—Vuestro sentido del humor os honra. Esa frase no es usual en mi presencia. Sin embargo —dijo arrugando sus ojillos—, me imagino que vuestro comentario tiene más alcance que esta obviedad...

—Sí —contesté aliviado—. Era un simple juego de palabras. No necesito deciros que *jaque mate* deriva del árabe *al-sah mat*, o sea, *el rey ha muerto*.

—No, no es preciso —reconoció Alfonso—. Sólo confirma lo que antes mencionaba. Éste es un juego real, y no sólo porque juguemos la pieza del rey, sino porque toda su concepción es una parábola de lo que podríamos llamar el arte real, una parábola matemática en la cual se manifiesta la relación interna entre la acción libremente escogida y el destino inevitable.

—Por cierto, ya que mencionáis esa relación entre la libertad y el destino, me gustaría preguntaros algo —me atreví a proponer finalmente.

—Ya imagino lo que deseas comentar —contestó casi al instante el monarca castellano, con un cierto tono de reproche—. De hecho, te he venido hablando indirectamente de ello. Pero antes de nada, permíteme que te trate con familiaridad. Me has hecho el favor de un amigo y deseo hablar contigo como si lo fueras. Supongo que querrás saber lo que espero de ti ahora.

—Así es.

—Antes quiero reiterarte otra vez —sin testigos— mi gratitud por el servicio que has prestado a la Corona. También quiero agradecerte tu discreción, incluso la de esta noche, cuando he querido plantear el tema directamente ante los demás. Supongo, Raoul, que a estas alturas habrás comprendido los motivos que tenía para no poder delatarme. Entiéndelo, tenía que hacerte llegar la misión sin que lo percibieras. Guillermo me contó que, dada tu insistencia, no pudo evitar darte ciertos datos. Luego Miguel de Miranmón te informó más en detalle. Era mejor así, que creyeras que ibas averiguando todo por tus medios. Ni Teobaldo, ni Cárdenas, ni otros a los que no has conocido iban a dejar de aprovechar cualquier resquicio, por pequeño que fuera.

—Teníais razón —reconocí, recordando hasta qué punto habían previsto todos los detalles—. Era mejor no dárselo.

El rey me sonrió abiertamente. Sus ojos se nublaron fugazmente pensando en aquellos adversarios. Fue apenas un instante.

—Pero no deseo hablar de política contigo. Todo ha salido bien y eso es lo que importa.

Asentí con aparente tranquilidad. En realidad, estaba inquieto; no deseaba volver de nuevo al tema de Santiago. Estaba esperando conocer mi futuro. El rey lo sabía y parecía jugar conmigo. Al fin tomó la palabra:

—Todavía no te he dicho para qué te he hecho venir a Toledo.

No tuve que contestar, mis ojos lo decían todo. Alfonso prosiguió:

—Las circunstancias han cambiado mucho desde que escribí aquella carta al rey Luis y la versión que te trasmitió Hugo de Conques no me parece muy exacta. A pesar de ello, hay parte de verdad. Puede ser interesante tu parecer sobre ciertas reformas que estoy emprendiendo. Quizá, con la información que te dieron, hayas pensado que deberías redactarlo por escrito e incluso es probable que tengas hecha una cierta composición de su estructura, ¿me equivoco?

No se equivocaba. Aun empezando a dudar de la quimera en la que me había movido, le confirmé que así era. Incluso le dije que había pensado el orden de los temas más interesantes a tratar.

—¿Ah, sí? —contestó Alfonso, con un cierto deje irónico—. Cuéntame, ¿qué habías pensado?

Volví a sentirme como una de las piezas del tablero que tenía delante. Pero el orgullo me impidió contenerme:

—No lo tenía demasiado claro. Basándome en la hipótesis de Hugo de Conques, podía hacerme una cierta composición de lugar. Pensé que mi opinión podría seros interesante en muy pocos temas. Quizá en uno solo. Sé muy bien que tenéis a vuestro servicio a algunos de los más importantes hombres de ciencia del continente. En consecuencia, sería ridículo que yo fuera a comparar su trabajo con el que se hace en otras ciudades. También estoy informado de los contactos que habéis tejido en todas las cortes de Europa, por lo que debéis saber lo que se cuece en ellas, así que tampoco os podría aportar mucho de ese lado. En consecuencia, deduje que el único encargo posible debería girar en el terreno social. Quiero decir, que quizá querríais conocer una cierta reflexión sobre la sociedad que estáis construyendo...

—Ya —contestó divertido el rey—. ¿Y cómo pensabas estructurarla?

—Insisto en que no está definida. Debía haber sido esta entrevista la que diera las pautas. Pero ya que queréis saber algo del esqueleto que había ideado, os diré algo.

Hice una pequeña pausa. Era consciente del atrevimiento. Pero el mismo rey había dicho que me consideraba un amigo. Además, sentía la necesidad de explicarme. Llevaba meses planeando ese trabajo de manera más o menos consciente y, en cierto modo, organizándolo en mi mente. No me contuve; seguí hablando, vertiendo las palabras como si hubieran estado congeladas dentro de mí durante mucho tiempo y necesitara desahogarme. ¿Por qué no iba a hacerlo ahora?

—No sé, he imaginado incluir temas como el problema de la lengua, que tanto os importa, o el de los nuevos vínculos entre la tierra y la sociedad. Quizá estaría bien reflejar la situación de los hombres nuevos, la caballería villana, los agricultores y ganaderos, los artesanos y comerciantes e incluso los grandes mercaderes. Planteado de esa manera, tendría que contener aspectos como el problema de la alimentación, la vida en las ciudades, la contraposición entre el lujo y la pobreza...

—No es mal planteamiento, Raoul, no es mal planteamiento. Es más, te sugiero que lo hagas. Será sin duda muy interesante. Pero, debes entenderlo —añadió con un especial énfasis de la voz—, yo no te voy a encargar ese trabajo. Y una cosa te digo: en caso de que lo escribas, por favor, manda hacer una copia para mí antes de difundirlo a tus otros dueños.

Le miré con expresión de sorpresa.

—Y otra más —continuó—. Yo de ti, me organizaría para hacerlo por encargo de quienes te lo anticiparon. ¿No te parece más conveniente?

Mi asombro fue menguando conforme iba comprendiendo adónde quería ir a parar el monarca.

—No, querido amigo. No es eso lo que pretendo. Te he dicho antes que quería tratarte como a un amigo y lo haré. Perdóname si ahora soy demasiado sincero, pero creo que me comprenderás. En primer lugar, como ya te he insinuado, no espero ningún informe por escrito. Comprende con quién estás hablando y me evitarás darte mayores explicaciones. ¿O te parecería lógico que un rey extranjero solicitara un informe confidencial a un hombre enviado desde otro reino?

Abrí los brazos con gesto de embarazo.

—Me has demostrado con creces tu valía —continuó—, pero tienes otros deberes anteriores a los míos. ¿Acaso puedes creer que voy a desconocer eso? ¿Crees que debo permitir que esa reflexión, como tú la llamas, sobre mi reino, sea leída por tus superiores eclesiásticos y políticos? ¿Y que sea hecha por encargo mío?

Le miré con expresión avergonzada. Tuve que reconocer que no. Quizá fuera precisamente esa actitud la que facilitó que pudiera enterarme del resto.

—Quiero decirte la verdad —continuó el rey—. Quizá te parezca un poco simple, pero así es la política y ése es mi oficio, como el tuyo es reflexionar. Claro que antes, si me lo permites, te aclararé algo. Vengo observándote con atención toda la noche y voy a atreverme a hacerte una sugerencia. Sé que tu intuición y capacidad de análisis son muy encomiables, pero quizá por eso a veces se te escapan obviedades mucho más elementales. Y la actual situación, aun siendo tan decisiva para esta parte de tu vida, es una de ellas...

Sentí resonar esas palabras en el cerebro como un mazazo. Yo mismo había anotado con dolor esa incapacidad en relación con la intriga de Luca, Fabianne y Arlette. Ahora bien, una cosa era que yo, tras una vida, pudiera detenerme a hacer observaciones sobre eso y otra que alguien, aunque fuera señor de Castilla y León, me hiciera un comentario tan explícito en nuestra primera conversación a solas. Pero así estaban las cosas. Alfonso proseguía:

—Ha sido todo mucho más sencillo, querido maestro. Hace un año, tu rey Luis me pidió que le enviara a dos físicos de mi corte para prestarle ayuda en la confección de nuevos astrolabios basados en las *Tablas del Universo* que se estaban elaborando en Toledo. Cuando volvieron, Luis, en su carta de agradecimiento, me habló de la importancia de vuestra Universidad parisina, enfatizando su alto nivel teológico y jurídico. Pero él sabe que mi forma de entender el derecho es diferente a la vuestra y que no estoy interesado en particular por la teología. Así que, cuando me aconsejaron y yo decidí corresponderle, debía plantear el tema con una cierta inteligencia. Por eso solicité al rey Luis un teólogo que hablara árabe y hubiera vivido en otras cortes europeas.

—Así que vine para devolver la petición anterior de mi rey Luis... —contesté en voz baja—. Entonces, ¿se trataba únicamente de corresponder a una formalidad diplomática?

—Hombre —dijo el rey—. Algo más que eso pero, en esencia, es como dices. Mira, Raoul, con franqueza, pensaba haberte utilizado para algún estudio de escasa trascendencia y, una vez cumplido el trámite, hacerte retornar a tu patria; pero la verdad, debo reconocer que nos viniste como anillo al dedo para el asunto de mi querido amigo Rodrigo. ¿Quién mejor que un extranjero, ajeno al problema, para tratar de dilucidar el enigma? Sobre todo porque aquí todos creían en su culpabilidad. Incluso yo, no vayas a pensar. El mismo Rodrigo la había reconocido. Pero, como sabes, había puntos que no encajaban. Me interesaba que alguien pudiera ayudar a esclarecer el caso. Y tú llegaste como caído del cielo. Por eso te utilizamos. Tu verdadera misión ha sido la de Santiago.

—No comprendo. Sin conocerme de antemano, ¿qué garantías teníais de que os fuera a ser útil?

—¿Quién dice que no te conocía de antemano? —respondió Alfonso astutamente.

—¿Y cómo?

—Pero bueno, Raoul, me sorprendes —contestó con tono de reprimenda—. ¿Crees, acaso, que por estar la corte a muchas leguas de Santiago no he estado informado de todo? ¿Crees que puede permitirse esos lujos el rey de un territorio como el de Castilla y León? —continuó de forma casi didáctica—. Mira, en primer lugar, has estado dos años trabajando en la corte de Federico II de Sicilia y he recibido referencias tuyas a través de él. Es buen amigo mío y colaboramos en muchas cuestiones. Luego, cuando te designaron en Saint Denis para venir aquí, me informaron desde París de quién eras y qué capacidades tenías. Y después has pasado varios tamices razonablemente finos. ¿O crees que las conversaciones con Guillermo en Jaca o con tu querido Guillén de Monredón de San Juan de la Peña no tenían más utilidad que la aparente? Por último, ¿no te informó don Nuño sobre mi agente en la jurisdicción del señorío de la iglesia de Santiago?

¡Claro, don Andreo! —me dije—. ¡El pertiguero mayor de Galicia! No le había conseguido conocer y sentía como una pesada losa no haber contado con su ayuda para poder plantear de manera más adecuada la estrategia. No pude contenerme y pregunté:

—¿Por qué no pude conocer a don Andreo? Su consejo hubiera sido ser de gran ayuda.

—Ya lo pensé, no creas. Pero debía actuar así, el riesgo era muy elevado. Don Andreo es demasiado conocido en ese territorio y su presencia a tu lado hubiera delatado mi participación. ¿No te das cuenta de que, si te hubieran visto junto a él, se hubiera revelado que yo estaba detrás de todo?

Era cierto. Asentí con tono contrito.

—De todas formas, también era imposible por su mismo carácter.

Alfonso había cambiado el timbre, su voz era más ligera y desenfadada:

—Andreo es un hombre muy religioso y un poco pejiguero. Él tenía instrucciones precisas de no verte en persona. Todo lo que debiera comunicarse, tenía que hacerse a través de Nuño. De hecho, antes de tu encuentro con Teobaldo Fortún, ya había acordado con el obispo que no te pondrían obstáculos para que pudieras intervenir en el juicio. Luego, si te soy sincero, estuve a punto de cambiar de opinión y llegué a contemplar la posibilidad de que elaborarais juntos la táctica a seguir. Sobre todo, después del asesinato del adivino judío y ese italiano amigo tuyo.

—¿Por qué no lo hicisteis?

—Andreo me lo pidió formalmente. Le había asegurado al obispo compostelano que no te conocía y no iba a conocerte, y no quería romper su palabra. Al final, el mismo Juan García me convenció de que nuestras posibilidades de salvar a su hermano Rodrigo eran muy escasas. No parecía servir de nada un encuentro con Andreo. Sólo hubiera aportado confusión y un cierto peligro para mí; ya te he dicho que no confiaba en el éxito de tu intervención. ¿Comprendes ahora por qué no le conociste?

Lo entendía a la perfección. Durante unos instantes me encerré en un silencio dolorido, asimilando la última información. Finalmente las piezas dispersas de ese tablero habían encajado y ya estaba claro todo el desarrollo de la misión compostelana. No obstante, continuaba con casi la misma incertidumbre que antes sobre mi cometido actual. Había divagado sobre él con el rey, pero seguía sin saber con exactitud su alcance. Alfonso me miraba con expresión apacible. Al verme confundido, se echó hacia delante. Sus dedos arañaron mis brazos al asirme.

—Maestro Hinault, tengo una deuda de gratitud contigo y voy a cumplirla. Nunca habrías escuchado de mi boca estas palabras si estuvieras en Toledo para la embajada que te indicaron en París. Si no hubiéramos decidido cambiar tus planes y te encontraras aquí con el vago encargo que trasmití a tu rey Luis, no te diría esto. Pero debo hacerlo. Ahora sabes que perseguíamos un fin justo a través de ti... y que te manipulamos para alcanzar objetivos que desconocías. Es también justo hablarte con sinceridad...

Inclinė la cabeza en silencio. Alfonso se echó atrás en su sillón y me miró un momento; sus labios mantenían una sonrisa velada, como la luz del sol sobre el campo arado, pero en sus ojos brillaba una señal de complicidad.

—Si hubieras llegado a la corte desde París sin ninguna tarea previa, sólo me habrías visto una vez en el Alcázar. Como te he dicho antes, con tu presencia correspondía a la anterior petición de tu rey y para mí se hubiera tratado de una cuestión diplomática.

—¿Y cuál hubiera sido el encargo?

—En nuestra entrevista habría ponderado tus conocimientos y experiencia, para acabar por encargarte una misión de cierta trascendencia, pero ya te he dicho que iba a ser sincero; una misión que hubiera podido resolver con mis propios colaboradores sin mayores problemas...

—Pero, ¿cuál? —pregunté de nuevo.

—Eres insistente, Raoul... En realidad no lo sé. Pensaba que, dados tus antecedentes en filosofía y simbología, quizá hubieras podido traducir y redactar un pequeño compendio de las frases más memorables de los sabios de la Antigüedad sobre algún tema concreto. No lo tenía decidido: dialéctica, retórica o quizá sobre el lenguaje artístico, asunto sobre el que, según me han informado, estás especialmente versado. Pero, ¡vaya!, lo que quiero asegurarte es que habrías elaborado un trabajo sobre una disciplina global, algo generalista...

Traté de asimilar sus palabras.

—Desengáñate —continuó—, jamás te hubiera permitido reflexionar sobre la realidad del reino o cualquiera de los temas que con cierta ingenuidad me planteabas antes. Nunca encargaría ese trabajo a alguien que no me diera cuentas exclusivamente a mí.

—¿Y al acabarlo? —murmuré.

— Cuando estuviera finalizado el ensayo, habría mandado hacer una copia y, tras darte las gracias de manera ostensible, te hubiera despedido con una carta de agradecimiento. De esa forma, el rey Luis se habría sentido correspondido y vuestros obispos y ese curioso canciller que dirige vuestra Universidad habrían tenido ocasión de seguir especulando. Y eso es todo. Como ves, los hechos son más sencillos de lo que habías supuesto.

Alfonso dejó un pequeño espacio de tiempo para que asumiera por completo la situación y pudiera ponerme al tanto de dónde estaba. Me anticipé:

—Entonces, si las cosas están así, ¿qué queréis que haga ahora? Supongo que querréis mantener el acuerdo con mi rey Luis. ¿Tendré entonces que redactar ese compendio antológico?

—No, ahora no es preciso. Si te lo he explicado ha sido para poder liberarte del compromiso. Pero no te preocupes, será hecho por cualquiera de mis traductores y cuando regreses a tu país, el trabajo pasará por tuyo. Después de tus servicios al reino, no considero razonable obligarte a cumplir una formalidad diplomática. Claro que siempre que ése sea tu deseo. Porque si quieres dedicarte unos meses al estudio, pondré todos mis medios a tu disposición. En todo caso, ésa es tu opción. Tú decidirás.

—Y si no lo hago, ¿en qué emplearé el tiempo que justifique la redacción de esa obra?

—¡Bah, no te preocupes! Hay mucha tarea por delante. Hoy he querido conocerte para hablar contigo y darte una explicación, y también para tratar de encauzar el final de tu viaje por España. Conforme se ha ido desarrollando nuestra conversación, me he decidido a contarte todo lo anterior, antes de tomar una precaución necesaria. Hasta ahora no me ha importado, pero debo hacerlo ya. Mira —me dijo después de una pequeña pausa—, tienes dos posibilidades. La primera, continuar con las apariencias y cumplir el trabajo encomendado. La segunda, dejarte llevar...

—¿Dejarme llevar? —repetí.

—¿Sabes?, me gustaría conversar a menudo contigo, en noches como la de hoy o parecidas. O poderte llamar a palacio para pedirte opinión sobre algún tema que me preocupe. También quiero que me acompañes en algún viaje y poder charlar tranquilamente...

—Pero perdonadme, señor, ¿de qué hablaríamos?

—¡Oh!, no lo sé. Hay muchas cosas que me preocupan. Estoy enfrascado en demasiados proyectos. No te apures por eso, no faltarán ocasiones.

—¿Creéis que puedo seros útil?

—Mira, Raoul, te contaré un pequeño secreto que debe saber cualquier monarca. Si se quiere hacer reformas, tomar decisiones, llevar la iniciativa... se debe recordar que al final no hay reglas válidas. La única norma es terminar la operación con éxito. Lo importante es lo siguiente: hay que arriesgarse a cometer errores. Nadie aprende de sus aciertos, sino de sus equivocaciones. Para ser hábil en cualquier oficio es necesario equivocarse. Así que ya me dirás si me es útil o no el consejo.

Le miré con admiración, reconociendo la sabiduría que encerraban esas palabras. Era así, yo lo había aprendido también. He reflexionado muchas veces sobre lo mismo llegando a parecida conclusión. Se aprende por intentos y fracasos y no por intentos y aciertos. Los errores tienen al menos dos ventajas claras. Primero, nos permiten desechar caminos; a partir de cllos, sabemos lo que no hay que hacer. Y segundo, nos indican cuándo debemos cambiar de dirección, nos dan la oportunidad de un nuevo planteamiento.

Alfonso X lo estaba expresando mucho mejor que mis torpes pensamientos:

—La única diferencia entre el sabio y el necio consiste en que el sabio comete errores mucho más graves e importantes. Es lógico, nadie confía las decisiones verdaderamente cruciales al necio: sólo el sabio tiene la oportunidad de perder una batalla o una guerra.

No pude proseguir mis especulaciones, el rey castellano seguía hablando:

—Ya lo estás viendo, esta noche no voy a pedirte nada concreto. Sería, además de innecesario, gratuito. Dependerá de las necesidades del momento. Y antes de que contestes nada, la precaución que te anuncié. Debo rogarte con toda formalidad que guardes secreto de esta conversación con cualquier otra persona.

—¿No puedo hablarlo con nadie, ni siquiera con don Çag? —respondí.

—Çag o Çuleman no cuentan. Son mis consejeros y forman parte de mi entorno más íntimo. Me refiero a todos los demás, tú sabes de quiénes hablo. Con ellos, considera que me has oído en secreto de confesión porque no reconoceré haber dicho estas palabras. Y ahora, tómate el tiempo que necesites para optar por uno u otro camino. Ya me comunicarás tu decisión la próxima vez que nos veamos.

—¿Cuándo será?

—No temas, muy pronto. Y recuerda esto, si decides elegir la segunda opción, deberás comprometerte y jurarme que aparentarás ante tus superiores eclesiásticos y políticos haber estado realizando el encargo inicial, la pequeña antología de autores clásicos. ¿Está claro?

La pregunta quedó en el aire suave y obsequiosamente. Una expresión preocupada empezó a entreverse en mis ojos. Alfonso debió de decidir que me sentaba bien y la dejó asentarse. Por su parte, estaba impasible de nuevo. En su rostro moreno sólo se movían los pálidos ojos y la boca; el resto era una máscara de madera, una mueca indescifrable. Tras unos segundos, comenzó a incorporarse...

—Y ahora, si me perdonas, Raoul, debo retirarme. Llevamos mucho tiempo conversando y mañana me espera una dura jornada. Dentro de dos o tres días te pediré una contestación a través de don Çag y me darás tu respuesta. Hasta entonces, ¡que Dios te guarde, amigo!

XIV. El patio de los Leones. Homo Viator
Finales de junio de 1258

De vuelta a casa de don Çag, iba aturdido. Aun comprendiendo la secuencia lógica de todos los acontecimientos, no podía aceptar mi ingenuidad: «¿Cómo he podido alimentar la esperanza de realizar un trabajo sobre la sociedad del país? —me decía—. ¿Cómo he esperado que me confiara un estudio de esa envergadura?». Avergonzado por esa estrechez de miras, traté de acompasarme a la nueva situación. Mientras iba pensando en todo ello, me vino a mientes la leyenda de la hidra, el monstruo mitológico de las siete cabezas. Me precio de ser un buen conocedor de la mitología clásica y sé que si le cortan una, otras dos crecen en su lugar. Yo había solucionado un problema y ahora la hidra tenía varias cabezas nuevas.

Al comentar con don Çag el desarrollo del encuentro con el rey le hablé de ello. El almojarife respondió:

—No os atormentéis, Raoul, seguramente erais consciente de que cada solución engendraba dos o tres nuevas vías. Vuestro error es bastante común. Sólo os podéis reprochar no haber examinado el mito hasta las últimas consecuencias, como otros hacen.

Contraje el rostro con rigidez; bastante tenía con mis propios reproches. Don Çag sonrió amablemente, antes de seguir hablando:

—Debéis comprender que don Alfonso está obligado a contemplar estas cuestiones con una perspectiva mucho más amplia que la nuestra. Os falta aprender de él lo decisivo: al llegar a los niveles decisorios de la jerarquía, cuando se engrandece el panorama, uno debe cambiar también los puntos de vista.

—Ya veo —manifesté con amargura. Mis premisas eran demasiado simplistas para percibir la forma de ver las cosas de un rey.

Don Çag seguía manteniendo su media sonrisa.

—En otras palabras, he sido sorprendido por cándido, ¿no es así?

—Yo no lo expresaría con tanta crudeza... —contestó don Çag, dándome la razón sin querer profundizar en la herida.

Esta conversación, mantenida al día siguiente de mi visita a la Huerta del Rey, resonó durante bastante tiempo en mi cabeza. Acuciado por la dificultad para vislumbrar los propósitos reales, sumido en la duda, abandoné mi único refugio seguro: la escritura. Durante dos días me sentí alterado e incómodo por el ambiguo porvenir. Por las mañanas permanecía en la cama hasta tarde con la sensación de estar cubierto por una pátina. De alguna manera, me veía de forma abstracta y distante, como una figura en el aire, alguien que no está en ninguna parte, en ningún sitio concreto y del que se puede prescindir sin el menor obstáculo. Era como una de esas almas errantes que atravesaban los fondos de los beatos, innecesario para el rey castellano y para los intereses de Francia.

A cada momento me cuestionaba el alcance de mi verdadero papel. Las premisas habían saltado por los aires. Ingenuamente, creí poder anticiparme a los deseos del monarca español, sin percibir no ya la imposibilidad de captar la diversidad de influjos que convergían en su mente, sino el insignificante papel que me tenía reservado. Una vez hube asumido mi verdadera condición, empecé a tranquilizarme. A partir de ese punto todo se tornó más claro. De entrada, era ridículo cuestionar el futuro. Mis deseos eran lo de menos. No me estaban planteando dos opciones: sólo había una. Si el rey me pedía que actuase como consejero accidental, la respuesta no tenía duda.

Don Çag, al corriente de todo, aguardó con paciencia mis palabras. Como buen oriental, sabía que había que dejar madurar las brevas y esperar a que cayesen solas. Tras dos jornadas de obstinado silencio, comenzó a apremiarme con suavidad. Para entonces yo ya había comprendido todo. Al escuchar mi decisión de aceptar el encargo real y mantener las apariencias de estar realizando un trabajo científico, asintió levemente con la cabeza. Luego me indicó la conveniencia de trasladar mi residencia para asegurar la discreción.

—Se ha dispuesto una estancia para vos en la sede de la Escuela de Traductores del Alficén —dijo con lentitud—. Allí podréis trabajar sin ser interrumpido por nadie. Y cuando don Alfonso quiera veros, os haré llegar sus instrucciones de manera tal que nadie pueda percibir vuestro doble cometido.

Una semana más tarde me encontraba instalado en mi nueva morada. Durante los primeros días me entretuve dedicándome a conocer el sistema de trabajo de la famosa Escuela. Había oído hablar de ella en los últimos veinte años y estaba particularmente interesado en desentrañar aquel emporio de erudición. Tenía muchas razones. En realidad, mi conocimiento de Aristóteles se fundamenta en las traducciones toledanas de Gerardo de Cremona o Miguel Scotus. Y si puedo operar con el sistema numérico árabe es por la difusión que Roberto de Chester hizo desde la corte castellana al continente europeo. Incluso conocí en París a alguno de esos grandes traductores. Por ejemplo, puedo evocar sin el menor esfuerzo la tarde en la que paseé junto a Daniel de Morley por los alrededores de Saint Denis. Ese día me explicó la forma en que había deslumbrado al obispo de Norwich disertando sobre astrología. Daniel era un hombre ya mayor, algo cargado de hombros, pero trasmitía verdadero ardor al ponderar la diferencia entre el saber anquilosado de París en comparación con Toledo, donde estudiaban con estilo pedagógico a Platón y Aristóteles. Al explicar cómo se había visto asediado de amigos deseosos de saber en detalle *de mirabilibus et disciplinis toletanis*, sus palabras destilaban el significado mismo de la palabra *entusiasmo*, el *Dios contigo,* de su origen griego.

Por eso, me sorprendió comprobar que no trabajaban en ella los autores que la habían hecho célebre en Europa. Ahora los traductores no eran mayoritariamente extranjeros, sino hispanos, bien cristianos, como Álvaro de Oviedo, Garci Pérez, el maestre Bernardo el Arábigo, Juan de Mesina y Buenaventura de Sena, o judíos como Mosca el Menor o Isaac Ibn Cid, llamado Rabiçag. Pero lo decisivo era otro aspecto: el empeño no estaba puesto en verter al latín traducciones de metafísica o teología, sino en trasladar al castellano vernáculo obras de agricultura, astronomía, astrología, mineralogía o alquimia. De hecho, hasta los rabinos hebreos llamaban al castellano *nuestra lengua*, oponiéndola al latín, el lenguaje romano, impuro, eclesiástico...

Con el paso de los días, me hice especialmente amigo de Rabiçag, quien casualmente tenía su cuarto contiguo al mío.

Una tarde, mientras paseábamos, me explicó en detalle el sistema de trabajo:

—Amigo Raoul, a nuestro rey Alfonso no le interesan las ciencias especulativas. Él tiene la idea de convertir su corte en un centro de erudición similar a los de los príncipes árabes. Esto explica la selección de los textos que hace traducir, prestando particular atención a las ciencias cosmológicas.

—Es verdad. Cuando estuve a su lado, disertando sobre el juego de ajedrez, me explicó que ve su obra como *arte regio*.

—Es un monarca muy especial —manifestó Rabiçag—. Es difícil expresarlo, pero yo diría que quiere ejercer esta influencia por considerarse representante de la ley cósmica en el prisma humano.

—Sí, creo que os entiendo —corroboré.

—Me alegro —afirmó complacido Rabiçag—. De acuerdo con este propósito, Alfonso está componiendo en romance castellano la mayoría de las obras; quiere que su pueblo pueda rivalizar en cultura con los moros. En otros tiempos hubiera sido impensable redactar una obra científica en un idioma diferente del latín. Pero el ejemplo del árabe, que es al mismo tiempo lengua científica y viva, le ha hecho cambiar los criterios.

—Y de esa forma —continué—, el árabe contribuye a la independización de las vernáculas europeas, no sólo del castellano, sino de otras lenguas como el provenzal o el toscano.

—Así debería ser —concluyó Rabiçag.

Durante las semanas posteriores anduve vagando entre las obras de cada taller. Comprobé con asombro, por ejemplo, que nunca hubo, como suponía, una escuela superior, sino múltiples pequeños colegios. En general, estaban compuestos por un arabista y un romancista, ayudados por un glosador. Trabajaban despacio, con una minuciosidad y un conjunto de documentación envidiables y su plan incluía todos los textos conocidos, incluidos el Corán, el Talmud y la Cábala. Poco a poco me fui incorporando a los equipos de trabajo. Aproximadamente un mes más tarde me concentré en un grupo que elaboraba una guía sobre movimientos celestes, calculados sobre el meridiano de Toledo. Se basaba en unas observaciones astronómicas hechas doscientos años antes por Abu Ibrahim b. Hahya al-Naqqas al-Zarqali, el Azarquiel de los latinos. El trabajo prometía; en ese momento estaban tratando de establecer la órbita no circular de Mercurio y acababan de terminar tres de sus más importantes libros: *Acabeo, La ochava esfera* y *Alcora*.

No obstante, era consciente del paso del tiempo; los meses transcurrían sin recibir noticias del rey.

El estudio comenzó a absorber mis energías. Durante los meses siguientes apenas vi a don Alfonso en tres o cuatro ocasiones. Las primeras fueron recepciones de palacio en las que pasé inadvertido; después fui llamado a una tertulia informal similar a nuestro primer encuentro a solas, pero no pude intercambiar opiniones con don Alfonso. El grupo festejaba el éxito de la reciente expedición militar a Tánger y debatía sobre la política a medio plazo. Cuando tuve oportunidad de integrarme en la conversación, comprobé que no estaba allí para cuestionar nada sino, en todo caso, para asentir y celebrar los planes reales. Con todo, el monarca se dirigió a mí en una ocasión, poniéndome al tanto de sus proyectos:

—Antes de morir, prometí a mi padre, Fernando, proseguir la conquista en territorio musulmán. Por eso, tras la incursión de la que habéis oído hablar, he proyectado hacer una cruzada a África con todos mis medios. No lo sabíais , ¿verdad?

—¿Y qué opina el Papa? — le pregunté con cautela.

—Alejandro IV apoya la idea de la cruzada. Cuento además con otros aliados, como Hugo, duque de Borgoña; Guy, conde de Flandes; Enrique, duque de Lorena y hasta con el vicario imperial, Ezzelino di Romano. Si todo sale bien, mi idea es ser consagrado emperador después del triunfo.

En el transcurso de las jornadas sucesivas oí hablar a menudo de los preparativos de esa cruzada; en Cádiz y el Puerto de Santa María se estaban construyendo atarazanas y el monarca viajó a comprobar la marcha de las obras.

Confiando en no ser llamado a palacio, fui asumiendo paulatinamente mi posición secundaria, mientras me integraba de forma cada vez más activa en el ambiente de la Escuela de Traductores.

Una tarde, mientras atravesaba una plazuela, tuve la dicha de encontrarme con Enrique. ¡Mi buen Enrique Haro, cuya sombra, ausente durante tanto tiempo, seguía tan presente en mi memoria! Después nos vimos varias veces. Al llegar a Toledo le sonrió la fortuna y pudo conseguir su sueño de trabajar como aparejador en la catedral. Si bien tuvo algún percance con un colega flamenco llamado Gilles, no fue importante; contaba con el apoyo de Martín, su maestro, y todo parecía ir bien. Lo decisivo, lo verdaderamente memorable era otro asunto. No había transcurrido un mes desde que Enrique se reintegró a la obra cuando quiso el azar que se enamorara perdidamente de una muchacha judía. Según parece, la conoció por casualidad, mientras paseaba por la judería. Después empezaron a verse en secreto, pero se trataba de una relación imposible: la ley era clara, una cosa era tolerar a los judíos y otra permitir un matrimonio mixto. Si para cualquiera hubiera supuesto un sinfín de problemas, para Enrique, empleado del cabildo catedralicio, era sencillamente un suicidio. La muchacha, de nombre Sara, era sobrina de un astrónomo con quien había colaborado a menudo, Salomó Ibn Ezdra, y al conocerla, le tomé afecto de inmediato. Una tarde caminé con ellos, debatiendo sus posibilidades. Estaban encantados, trasmitían ese ardor intenso e ingenuo de las verdaderas parejas, pero también aterrados: no podían ignorar las incógnitas de su futuro. Traté de consolarles con escaso éxito. Después debo confesar que los fui olvidando. Sin embargo, hace pocos días Salomó me dio la buena nueva de que habían optado por abandonar Toledo y dirigirse a Granada, donde su enlace podía pasar desapercibido. Salomó estaba satisfecho con su suerte. Al parecer, se iban integrando en la ciudad musulmana, tenían una pequeña casa y Enrique había encontrado trabajo en las fortificaciones de la muralla.

El tiempo iba pasando. De vez en cuando pensaba en mi prometido papel de confidente y sonreía al comprobar cuán diferentes se estaban mostrando los hechos. En el fondo casi me alegraba de haber medio desaparecido entre los múltiples intereses del rey; había conseguido acompasarme con el espíritu de los astrónomos y sabía que podía aportar muy poco a los planes de Alfonso X.

Por eso no estaba preparado para ser interrumpido con tanta brusquedad. Ocurrió todo con gran rapidez.

Una mañana en la que había quedado para trabajar con Juan d'Aspa, recibí el encargo urgente de dirigirme al Alcázar.

Corría el mes de mayo y llevaba nueve en Toledo. Ajeno a los acontecimientos diplomáticos, me extrañó la llamada. Creyendo haber sido olvidado, me irritó tener que hacer antesala con tantas personas. Poco a poco, fueron siendo llamados todos y el saloncito quedó desierto. Los minutos transcurrían con lentitud y me aburría mortalmente.

Eso no evitó que me sobresaltase al abrirse la puerta y anunciarse mi nombre. Juan García estaba detrás de ella, indicándome con un ademán que pasara al salón:

—Sentaos, por favor, maestro Hinault. El rey vendrá dentro de un momento.

Había otros tres hombres más en la estancia; a dos de ellos no los conocía de antes, pero estaba también don Çag, con su sonrisa bondadosa grabada en la cara.

—Álvaro y Fernán, salid un momento —dijo Juan a los dos desconocidos.

Los hombres cumplieron la orden sin dilación, dejando tras ellos una estela fugaz. Don Alfonso entró después. Venía con la cabeza baja, como si estuviera abstraído en otros problemas más importantes. Al verme sonrió fugazmente y se acercó a un pequeño estrado barnizado en tono cobrizo sobre el que había una mesa de nogal. Al llegar a ella, Alfonso buscó un legajo de papeles con sus dedos afilados, separó de él un documento blanco y se volvió hacia mí:

—¡Ah!, maestro Hinault. Me alegra veros de nuevo, he de comunicaros algo.

Asentí con suavidad, esperando sus instrucciones con una cierta sorpresa. El rey había cambiado de expresión, los ojos eran fríos y la voz distante.

—He decidido dar por finalizada vuestra estancia en nuestra corte. Podéis regresar a París cuando deseéis, ya se ha comunicado así a vuestros superiores. Aquí tenéis la orden de partida.

La recogí en silencio.

—¿Pero..? No entiendo...

—Ni es necesario que lo hagáis —me cortó Juan García, a su lado—. Se os han dado órdenes claras. Seguidlas. Es todo.

Desconcertado, no supe qué contestar. Durante unos instantes me sentí perdido y dejé vagar la mirada por el salón. Afortunadamente, se encontraba al fondo mi viejo amigo don

Çag. Cuando encontré sus ojos, observé que me hacían señas para que guardara silencio. De manera instintiva, me dejé guiar por ese signo. Sin embargo, había algo que no podía eludir.

—Entonces, la obra que estoy traduciendo... ¿qué pasará? —dije con lentitud al monarca, tratando de imprimir a mi voz un tono de complicidad.

—No os preocupéis por eso —contestó Alfonso con rapidez—. Ya la terminará otra persona en vuestro lugar.

Luego me miró suspirando y evité encontrarme con sus ojos. Alterado por la noticia y, más que eso, irritado con el comportamiento del rey, no podía centrarme. Contemplé la sala bajo la penumbra intentando poner en orden mis ideas: creía venir para una cuestión de trámite y, por contra, era despedido sin explicaciones, como un lacayo.

No podía dar crédito a mis oídos. Mantuve la mirada al frente, como si estuviera echando una ojeada al pequeño tapiz que adornaba el muro. La entrevista había finalizado; me levanté, me abroché el mantón y salí despacio. Caminaba con aire ausente, estaba confuso; en realidad, no tuve tiempo siquiera de sentirme traicionado por el repentino cambio de criterio del rey. Don Çag se acercó a mi lado con premura.

—Lamento esta desagradable sorpresa —me dijo nada más llegar—. Llevo intentando localizaros desde ayer sin la menor fortuna. Quería preveniros, pero no pude dar con vos. En todo caso, ya estáis al corriente de todo...

—No comprendo lo ocurrido... ¿por qué ha cambiado el rey de opinión tan radicalmente?, ¿por qué se desembaraza de mí sin la menor explicación?

—Ahora lo entenderéis todo, Raoul; no os preocupéis. Aunque no os lo parezca, habéis sido tratado con especial deferencia. Sin embargo, otra vez tenéis que aceptar los avatares políticos. Lamento que vos tengáis que ser víctima de ellos... ¡En fin!

El almojarife se llevó la mano derecha a la frente para limpiarse el sudor de la cara. Luego continuó:

—Hace unos días, el 11 de mayo para ser exacto, Francia y Aragón han firmado un pacto en Corbeil por el que se reconocen ayuda mutua. Como sabéis, Alfonso X está enfrentado desde hace mucho tiempo con el aragonés Jaime I. Por desgracia, desconocía los preparativos de este acuerdo y al enterarse se ha sentido traicionado por vuestro monarca. En consecuencia, se han enfriado mucho las relaciones con Francia. Su reacción ha sido fulminante. De momento, ha hecho despedir a todos los representantes de la monarquía gala, obligándoles a abandonar las fronteras de Castilla y León en el plazo de una semana. Sin embargo, con vos tenía una deuda de gratitud y ha querido comunicároslo en persona. Pero es lo máximo que hará...

—¿Francia y Aragón aliadas contra Castilla? —pregunté incrédulo.

—Algo así. La política no es tan obvia. No se trata de un frente común contra nosotros, pero, en la práctica, no podemos ignorar esa posibilidad.

Era una novedad importante. Sin embargo, yo no estaba interesado en las consecuencias diplomáticas.

—Ha dicho una semana de plazo, ¿verdad?

—Sí.

—¿Y no hay ninguna excepción?

—Si os referís a hacerle cambiar de opinión, no. Lo siento, Raoul; no tenéis más remedio que aceptar los hechos y dejaros conducir.

—¡Una semana...!

—No os desaniméis, si leéis el documento comprobaréis que vuestra salida no está condicionada a fecha alguna.

—¿Entonces..?

—Bueno, eso quiere decir que os hace la merced de no expulsaros en los mismos términos que a los demás. Si ellos tienen siete días para encontrarse fuera del reino, vos contáis con un margen más amplio —dijo don Çag con una desmayada sonrisa, tan desmayada como los rayos del sol que iluminaban la calle.

—¿Cuánto de amplio?

—No mucho mayor. Tres o cuatro días más, quizá otra semana...

Dejé marchar al almojarife y empecé a caminar sin rumbo fijo: había pasado la hora de comer y ya no tenía hambre. Al bajar Zocodover atravesé la casa del Alficén en la que vivía y me encaminé al puente de Alcántara.

Al final del mismo se encontraba una pequeña taberna que había visto muchas veces y en la que no había estado nunca. Entré y me dieron una copa de vino caliente mezclado con miel. En las mesas cercanas había soldados jugando a los dados; voces altas e insolentes en medio de un griterío constante. La tabernera, pequeña y morena, permanecía inmune al alboroto en la cocina. Estuve pocos minutos. Luego, empecé a desandar el camino de vuelta. Pero no quería regresar aún a mi aposento. Pasé frente a una pequeña iglesia y me detuve, indeciso, dejándome envolver por la fresca sombra del jardín. La puerta estaba entornada y la empujé; dentro no parecía haber nadie. Era antigua y estaba desprovista de ornamentos. Llevado por la costumbre, mojé los dedos en agua bendita e hice una genuflexión frente al altar. Luego eché a andar por la nave central. Nunca había estado allí fuera de las horas de oficio y me sorprendió ver tan vacía aquella nave. No se oía nada. Vi un cubo de madera lleno de jabón junto a un pilar y una negruzca fila de humo que se elevaba de alguna vela; debían de haberlas apagado hacía poco. Me quedé mirándolas atentamente, sintiendo el humo perderse en el aire claro. Más tarde, oí un tenue rumor y me dirigí hacia una banca en cuya esquina una mujer vieja desgranaba pecados al oído de un sacerdote, mientras éste suspiraba con un ritmo lento y a veces contraía la cara. Continué la marcha hasta sentarme en el muro. Empecé a orar de forma maquinal, sin conseguir concentrarme: el encuentro con el monarca castellano todavía ocupaba mi mente. Me veía como hundido, como si llevara sobre el cuello la rueda de molino de la parábola bíblica, cayendo cada vez más hondo ante la mirada atónita de todos mis amigos y compañeros.

No quiero exagerar; en realidad, más que abatido, mi verdadero sentimiento era de cansancio. Bostecé en la oscuridad con hambre atrasada y, de pronto, me levanté para dirigirme a mi casa del Alficén. Crucé el umbral y atravesé los corredores a grandes zancadas hasta la puerta de mi cuarto. Al llegar frente a ella, me paré en seco para desabrocharme la camisa y buscar el cordón del que colgaba la llave; tras darle la vuelta en la pequeña cerradura, me encontré de nuevo sobre la alfombrilla de esparto que había bajo mi catre. Contuve el aliento para escuchar los ruidos que llegaban de alrededor. Con el oído alerta a cualquier zumbido de fuera, oí los pasos de Rabiçag resonando en la habitación contigua, su lento arrastrar de pies y, más adelante, el rumor del agua cayendo en la jofaina. Ese sonido familiar me tranquilizó. Conocía bien los pasos de mi vecino y sabía hasta cómo rechinaba la puerta del cuarto al abrirse. Rabiçag la abría despacio, sólo hasta un determinado punto, aproximadamente la mitad de lo que podía hacerse, para acabar escurriéndose de lado por la abertura, como si fuera un intruso. También noté que se extendía el desagradable olor a caldo característico de esa hora. Pero, más allá de esas dos sensaciones, el lento desplazar de pasos en la habitación de al lado y el olor áspero de la comida, nada; silencio sepulcral allá abajo. Tenía una sensación de soledad absoluta. Me dejé caer en la cama con la cabeza entre las manos.

—¿Cómo me había podido ocurrir esto ahora, justo cuando había olvidado las intrigas políticas y me encontraba tan a gusto colaborando con mis compañeros?

Sonreí interiormente. Ellos eran mis auténticos cofrades y no los altos clérigos, los dignatarios de la corte o los nobles palaciegos. Aquél era mi terreno; en él podía debatir con comodidad sobre las materias que me interesaban. Recordé con nostalgia la tarde anterior, ahora tan distante. Había paseado con el judío Xossé Alfaquí y con Bernardo el Arábigo por los alrededores del castillo de San Servando. Mientras evocaba el paseo, sentí las palabras como si hubieran sido pronunciadas hacía mucho tiempo, las oí resonar muy lejos.

Los hechos se imponían. Era imposible prever ese cambio de circunstancias, pero debía asumir la situación. Un poco más tranquilo, traté de actuar con lógica. Si así estaban las cosas —pensé—, no estaría mal comentarlo con mis interlocutores de la catedral. Sin embargo, sabía que allí me volverían a confirmar punto por punto lo escuchado de boca de don Çag. Comencé a preparar mis pertenencias con desgana. Empecé a sacar prendas del baúl y al poco me detuve: no tenía deseos de ordenar nada. Las ropas quedaron desparramadas por toda la estancia. Me acerqué a la ventana. La tarde empezaba a caer; fuera se habían encendido ya algunas antorchas y lamparillas de aceite. A través del grueso cristal penetraba una luz amarillo-verdosa iluminando la pared por encima de mi espalda y proyectando contra la puerta una sombra delgaducha y gris.

Paulatinamente, fui adquiriendo conciencia de la situación. Ahora veía las escenas que habían ocurrido unas horas antes con mucha más claridad, y también empezaba a vislumbrar desde muy lejos, como si estuviese en el límite del mundo, en otro espacio separado del nuestro por un inmenso abismo. Veía en él a alguien, que sin duda era yo mismo, avanzando penosamente por el suelo desigual.

Durante toda mi vida he tenido un sueño recurrente que, paradójicamente, he vivido tanto en vigilia como dormido. Voy caminando sobre el hielo, una capa muy delgada que cubre la superficie del agua. No me importa, tengo la extraña seguridad de ser protegido desde la orilla. Si se quiebra —me digo—, vendrán en mi ayuda. Esa noche, al revivir aquellas imágenes, comprobé que por primera vez tenía dudas sobre su estabilidad. Traté de consolarme. El hielo comienza a resquebrajarse en algunos puntos, pero son lugares cercanos a la orilla, poco peligrosos. Podrá volverse a helar con facilidad.

No obstante, las palabras del rey —tan a destiempo, tan inoportunas— habían tenido el efecto de burbujas de calor sobre la capa de hielo por donde caminaba. Tenía miedo de no poder seguir allí encima demasiado tiempo. Pensé: ¿lograré ponerme a flote si algún día se hace un agujero en el hielo? ¿No me desmoronaré y me volveré a hundir en el agua? Cerré los ojos, los volví a abrir, los volví a cerrar, los abrí otra vez; la inseguridad no desaparecía. El sueño permanecía inmutable y, a pesar de su permanencia, tampoco podía reconstruirlo como hubiera deseado.

Antes de apagar la vela oí llamar a la puerta quedamente. Los nudillos apenas arañaron la madera, pero sentí la presencia de Rabiçag tras el marco. No quise responder.

—Está abierto. Si quieres pasar, empuja.

No tenía fuerzas para contestar. Cuando el hebreo se decidió a arrastrar la puerta, me encontró sentado en la cama. Rabiçag no se atrevió a entrar más allá; se quedó plantado, escuchándome decir con voz dura, tan dura que hasta me sorprendí yo mismo:

—¿Qué quieres?

—Venía a verte —contestó Rabiçag, exhibiendo esa sonrisa suya que nunca fallaba.

Luego se sentó a mi lado y le miré en silencio. Permanecimos mucho tiempo sin decir una palabra. Tanto que, en un momento dado, estuve a punto de levantarme y acercarme otra vez a la ventana. No lo hice. Sabía que si me incorporaba, comenzaría a andar arriba y abajo y empezaría a hablar; de manera que me contuve, sin comprender que mi compañero debía conocer mi estado de ánimo y era infinitamente paciente. De hecho, un rato después, no pude estar quieto por más tiempo y me levanté del catre. Descorazonado y nervioso, eché a andar por la habitación. De pronto, me volví frente a la tranquila figura de Rabiçag. Mirándole a los ojos, exclamé:

—Ya sabrás que he sido despedido de Toledo.

—Lo sabemos todos. No eres el único.

Más tarde, en la oscuridad, recé para conseguir aquel sueño de paz que tanto deseaba y nunca había podido alcanzar. Durante el último año había tenido suerte, pude dejarme llevar con la secreta esperanza de continuar con mi trabajo silencioso, erudito y tranquilo, sin ser molestado por nadie.

Por la mañana me dirigí a la catedral para confirmar las órdenes recibidas. Todos estaban al tanto. También me hicieron ver que no era preciso que regresara con excesiva presteza. El rey quería verme fuera de la corte, pero sólo eso. Podía realizar el viaje con tranquilidad. Al salir, doblaban las campanas con tañido grave y apacible y pensé que las escuchaba por última vez.

Ese mismo día, mientras comentaba mis perspectivas con los compañeros, Rabiçag me aconsejó tomármelo con calma y volver a París después de visitar Granada, la ciudad que tanto anhelaba conocer.

—Piénsalo bien, Raoul —me dijo—. Conozco a muchos hombres importantes de Granada; puedo conseguirte una estancia muy provechosa. Además, desde Almería o Málaga puedes viajar por mar hasta París y es difícil que tengas otra oportunidad como ésta para vivir en una ciudad musulmana.

Al acostarme, la imagen del rey no me abandonó mientras estuve despierto. Recorrí con ella todos los momentos que había pasado a su lado. La habitación estaba oscura y no conseguía conciliar el sueño. Poco a poco, como si necesitaran despertar despacio, fueron invadiendo mi memoria vagos recuerdos de tantos otros traslados. Recorrí con la mente los distintos países en los que había estado trabajando: Francia, Borgoña, Sicilia, Alemania y ahora, Castilla. Murmuré los nombres de las ciudades que había visitado y pensé en mi villa de nacimiento, Rennes, con su tierra negra y las tumbas de mis antepasados. Noté que el corazón me latía con intensidad. El pasado y el presente resbalaban uno sobre otro, como si fueran discos que buscaran un punto donde converger. De un lado, sentía un inmenso resentimiento por haber sido obligado a dejar Toledo como si fuera un delincuente y, de otro, empezaba a sentir el gozo que siempre experimentaba ante un nuevo viaje.

«Tiene razón Rabiçag», pensé, «no puedo desaprovechar la ocasión de viajar a Granada».

Tenía otro motivo.

En realidad, tengo dos. El primero es sencillo: quiero encontrar a Enrique Haro y a su mujer Sara; me gustaría despedirme del hombre con el que atravesé la frontera hispana y con quien compartí la travesía a Santiago de Compostela.

El otro es más profundo. Curiosamente, me lo proporcionaron los autores indirectos de este largo relato —que ahora sé inútil—, don Çag y don Çuleman.

Ocurrió hace ya muchos meses, en mis primeras jornadas toledanas. Fue una noche en que hablábamos de la corte y comparábamos el espíritu de Toledo con el de otras ciudades. Deseo transcribirlo con un cierto detalle porque, en mi opinión, ejemplifica la enseñanza más importante que debo retener de este viaje por tierras hispanas.

No obstante, antes de comenzar, debo hacer una precisión. Soy consciente de mi estado de ánimo, tan distinto del orgulloso aplomo con el que regresé de Santiago. Además, he reflexionado a menudo sobre aquella conversación. Son palabras que fueron pronunciadas hace muchas semanas, y están transformadas por la calidez del recuerdo. Quiero decir que al verlas aisladas, desconectadas de los detalles anteriores y posteriores, han perdido las fibras y envolturas del tiempo y, lo que es más importante, han empezado a cobrar un nuevo sentido para mí, probablemente mucho más hermoso. Tampoco ignoro que sus protagonistas han sufrido una metamorfosis parecida y que, al hundirse lentamente en el océano de la memoria, mi corazón les ha ido asignando, en cada nivel del descenso, un valor distinto. Dicho de otro modo: no soy tan ingenuo como para ignorar la capacidad que tiene la nostalgia de distorsionar los recuerdos.

Pero precisamente por ese valor, necesito aferrarme a un fruto palpable para extraer de mi andadura algo más sólido que un fracaso cortesano. Y sobre todo, algo menos efímero para lo que en última instancia me interesa y soy: un simple *homo viator*.

La conversación fue larga. En un momento dado, don Çuleman nos dirigió las siguientes palabras:

—Como sabéis, amigos, he estado de viaje por Écija y Sevilla, donde poseo algunos bienes arrendados. Pues bien, durante mi ruta, decidí acercarme a Granada a visitar a un buen amigo, Ibn Nagriella, visir del gran rey de Granada Ibn Ahmar. Vive en un suntuoso palacio en cuyo centro hay o había una maravillosa fuente con doce leones. Deberíais verla, amigos, porque es realmente magnífica. Sus cabezas están vueltas hacia el exterior y parecen montar guardia alrededor del surtidor central, pero igualmente forman parte integrante de la fuente, puesto que el agua, recogida primero en una taza de mármol blanco, vuelve a salir por la boca de cada uno de los leones, para caer luego a una alberca que la reparte por cuatro canales.

—Pues bien, hace poco tiempo —continuó con su narración—, visitó su casa el rey de Granada. Quedó tan encantado con la fuente que mi amigo decidió regalársela como adorno para un palacio llamado Al-Hambra, que está construyendo en la colina que rodea la ciudad, al lado de la Alcazaba. Días después, el rey, entusiasmado, le dijo que tras pensarlo detenidamente había decidido convertir la fuente de los leones en el centro de uno de los patios principales. Sin embargo, observad —dijo, dirigiéndose a mí— que se trataba de un conjunto pleno de significados judíos.

—¿Por qué? —pregunté extrañado.

—Primero, cada león lleva marcada en la frente la estrella de David, y después, como no se le escapa a nadie, los doce leones, en conjunto, representan a las doce tribus de Israel.

—¿Y, a pesar de ello, el monarca musulmán va a hacer de ella el eje del patio principal de su palacio?

—Tratad de verlo de la forma del rey granadino —contestó Çuleman—. Intentad penetrar en el significado esencial de la fuente y comprenderéis la clave del problema. La inteligencia, la capacidad de asimilación de Muhammad Ibn Ahmar es poco común. Para él, la fuente de los leones no simboliza la fe judía, sino el tronco común de nuestras creencias.

Le miré incrédulo. Don Çuleman me detuvo con un gesto e inclinó la cabeza a un lado, absorto en el recuerdo de aquellas esculturas, como si tratara de elegir cuidadosamente sus palabras:

—Permitidme describiros su estructura —me dijo—. Ya os he señalado que tanto la taza como los leones actúan como surtidores. Pues bien, el agua, al caer, desemboca en una pequeña alberca cuadrada, abierta a su vez a otros cuatro canales que se dirigen hacia cada uno de los puntos cardinales. En consecuencia, ese agua que surge en el centro mismo del patio tiene la misión de evocar una fuente mucho más importante. La que, según nos dice el Corán, está en el centro del paraíso.

—O la que menciona el libro del Génesis, en la Biblia —recordé—. El río que salía del Edén se dividía en cuatro brazos: Pishon, Ghion, Tigris y Eúfrates.

—Es el texto común de las tres religiones —acotó con inteligencia don Çag.

—¿Lo vais viendo? —exclamó Çuleman, dirigiéndose a ambos.

Pero ni mi rostro ni el de Çag debían delatar excesiva comprensión.

—No me sorprenden vuestras dudas. También mi amigo quedó asombrado cuando oyó decir al rey de Granada que no importaban los símbolos extraños al Islam en la fuente, siempre que su función fuera aproximarnos a Alá. Y aún más, al escucharle añadir que había proyectado el patio para reflejar el paraíso al que se nos destina. En ese espacio mágico se evocaría a Dios, pero no se le recrearía, porque Él no admite asociados en su obra creadora...

—Es una idea compleja —reconocí.

—Ya os digo que Ibn Nagriella quedó tan desconcertado como vos por el proyecto del rey granadino y tampoco supo entender el sentido total de sus palabras. Sin embargo, cuando ha visto dibujado cómo será el patio de su palacio lo ha comprendido todo. Lo más hermoso es que para su diseño se ha inspirado en otro patio similar, el del palacio de Salomón, descrito en el Libro de los Reyes de la Biblia. Según parece, el patio bíblico tuvo capiteles adornados con granadas y, en el centro, una magnífica fuente, cuya taza, a causa de sus dimensiones, era comparada a un mar de bronce. La taza reposaba sobre doce bueyes...

—Recuerdo ese episodio —dije, intentando seguirle—. Si no me equivoco, en el libro sagrado se detalla que tres bueyes miraban al norte, tres a occidente, tres al sur, tres a oriente; el mar se alzaba sobre ellos, y todos sus cuartos traseros estaban vueltos hacia el interior.

—Eso es —dijo Çuleman—. Pero el Libro de los Reyes contiene otras referencias más concretas. Por ejemplo, recordad la forma del trono recubierto de oro puro hecho en honor de la reina de Saba...

—¡Es verdad! —contesté—. También tenía doce leones.

—Es normal que el proyecto del patio contenga evocaciones del palacio de Salomón —insistió don Çuleman—, se trata del rey profeta convertido en príncipe por excelencia en las leyendas judías y musulmanas.

—Lo que decís —acoté— es indudable con respecto a las tradiciones judías, pero me cuesta aceptar que tenga un significado igual para los árabes.

—¿Por qué? —preguntó Çuleman—. Para los musulmanes es fundamental la asociación entre el agua y los jardines. Y si recordáis los textos bíblicos, el Templo de Jerusalén puede ser un símbolo perfecto para ellos...

—Bueno... sí, es razonable —acepté en un murmullo.

—Pues, con franqueza, yo no lo veo tan claro —terció don Çag.

—No es tan difícil, Çag. Piensa un poco en todo ello. Como sabes, se supone que Salomón construyó un jardín de oro con reproducciones doradas de todos los árboles, y que Dios obró el milagro de que cada árbol de oro produjera frutos con el mismo sabor que los de los árboles auténticos. Por otro lado, cuando Salomón recibió a la reina de Saba, creó un suelo de cristal tan parecido al agua que la reina se levantó la túnica para andar sobre él, pensando que se trataba de un estanque.

Don Çag seguía con una expresión de duda.

—En realidad —continuó Çuleman, dando por sentada la cuestión—, ni siquiera son necesarias tantas disquisiciones porque, aunque os parezca increíble, la futura fuente del palacio de la Al-Hambra está descrita desde hace casi doscientos años en un poema de Ibn Gabirol, donde todo esto se cita con claridad. Esperad un momento a ver si lo encuentro, si no me equivoco debo de tener una copia en el salón...

Don Çuleman se levantó de su asiento y al cabo de unos instantes regresó con un rollo que nos fue leyendo desde la entrada:

Hay un copioso estanque que semeja
al mar de Salomón,
pero que no descansa sobre toros;
tal es el ademán de los leones,
que están sobre el brocal, cual si estuvieran
rugiendo los cachorros por la presa;
y como manantiales derraman sus entrañas
vertiendo por sus bocas caudales como ríos.
Y junto a los canales, hincadas, corzas huecas
para que el agua sea trasvasada
y rociar con ella en los parterres
las plantas y asperjar los juncos de aguas puras
y el huerto de los mirtos con ellas abrevarlo;
y siendo como nubes, salpican un ramaje

fragante, con aromas de esencias, cual si fuera
de mirras incensado.

Don Çag asintió silenciosamente mientras Çuleman tomaba de nuevo asiento entre el grupo. Venía sonriendo con expresión maliciosa y, no bien se hubo acomodado entre los almohadones, continuó:

—Pero atended, Raoul, que ahora viene lo mejor. Fijaos hasta qué punto es sutil el rey granadino, que este conjunto de ideas no le satisfacen por completo, y quiere completar todavía más su obra. Para ello, va a encargar la realización material del patio a un arquitecto cristiano...

—¿Cristiano? —repetí.

—Sí, cristiano. A Ibn Ahmar le interesa vuestro pensamiento y admira a los príncipes castellanos; hace siete años, cuando murió Fernando III, mandó que velaran su tumba cien caballeros granadinos con antorchas. Ahora veréis su proyecto, al menos en palabras de mi amigo. Según parece, le gustaría disponer unas galerías cubiertas rodeando la fuente, evocando dos imágenes aparentemente contrapuestas. De un lado, el aspecto de los claustros de los monasterios cristianos y, de otro, las primitivas casas de los árabes, es decir, las tiendas de lona del desierto. Y para ello necesita a alguien que pueda sintetizar ambos mensajes.

—¿Y lo ha encontrado? —pregunté, como dudando que fuera posible hallar a un maestro capaz de entender y saber dar forma a este conglomerado de ideas.

—No lo sé —reconoció Çuleman—. Pero seguro que acaba por dar con él. Si ha sido capaz de aglutinar todos estos pensamientos en un simple patio, no creo que tenga dificultades para encontrar a quien sepa plasmarlas. De todas formas, a los efectos de nuestra conversación, da igual. Lo importante es el concepto. Porque, y a eso quería llegar, amigos, con su proyecto va a hacer aunar las tres religiones en un único canto al Altísimo.

Ésa fue aproximadamente la conversación. He querido reconstruirla porque su enseñanza de tolerancia y aprovechamiento del legado de las tres religiones debe ser el hecho que más huella ha dejado en mí. También es el privilegio, la enorme ventaja de este reino al que don Alfonso se refería como España.

A la mañana siguiente de hablar con Rabiçag y de que éste me aconsejara viajar a tierras granadinas, la bolsa estaba preparada. Dos días más tarde me puse en camino. Como ya señalé, unas calenturas han motivado estas apresuradas líneas para tratar de poner por escrito algo casi imposible, el tránsito de la soberbia a la templanza... Es hora de concluir. En el silencio de la estancia se amontonan las historias. No soy viejo, pero tengo una edad en la que el pasado empieza a ocupar un lugar importante en mis pensamientos. Ha transcurrido casi un año desde que presencié los acontecimientos anteriores y ahora, después de haberlos releído, siento que ocurrieron hace diez. Pequeños sucesos que casi había expulsado de mi memoria, de pronto, aparecen, ahí, revividos, nuevos, como si le hubieran pasado a otro y no a mí mismo. Es hasta irritante la lejanía que adquieren las pequeñas cosas cuando se multiplican las peripecias. Pero, al mismo tiempo, reconforta saber que esos pasos fueron dados y que el papel —¡ah, el magnífico papel toledano!— los mantiene casi intactos. Don Çuleman sabrá entenderlos, darles su verdadero significado.

Poco a poco, al hilo de estos pliegos, me he ido restableciendo. Desde esta venta desvencijada y sucia puedo notar de nuevo el flujo de las venas y los tendones: mi cuerpo está otra vez en movimiento. A medida que me han obligado a renunciar a todo lo que tenía por indudable se han ido apaciguando las fuerzas que hasta ahora porfiaban en mi interior. Con ello no sólo me he tranquilizado, sino lo que es más importante, vuelvo a renovarme. Es una sensación extraña: siento como si éstas fueran de nuevo las jornadas posteriores a mi bautizo y me hubiera liberado de todas mis obligaciones. Ni la Universidad de París; ni Luis, el rey de Francia; ni Alfonso, el de Castilla, esperan nada de mí. Sin deberes para con nadie, constato con orgullo que no persigo otro fin con esta última etapa que el enriquecimiento personal. Granada no es sino otra meta de un peregrinaje permanente, un faro más para un *homo viator* cuyo único placer estriba en el hecho mismo del tránsito. Y también constato con orgullo que el odio con el que abandoné Toledo se está transmutando en gozo. Ese gozo inquieto que te impide asentarte en cualquier sitio y preguntarte a cada instante por el lugar de destino.

Este libro
se terminó de imprimir
en los Talleres Gráficos
de Unigraf, S. L.
Móstoles, Madrid (España)
en el mes de marzo de 1999